ELIZABETH ADLER

DER REICHTUM DER IVANOFFS

Roman

WILHELM HEYNE VERLAG
MÜNCHEN

HEYNE ALLGEMEINE REIHE
Nr. 01/8746

Titel der Originalausgabe
THE PROPERTY OF A LADY

Redaktion: Inge Schneider-Obeltshauser

Copyright © 1990 by Lisana Ltd.
Copyright © der deutschen Ausgabe 1993
by Wilhelm Heyne Verlag GmbH & Co. KG, München
Printed in Germany 1993
Umschlagillustration: Sophie-Renate Gnaamm, München
Umschlaggestaltung: Atelier Ingrid Schütz, München
Satz: Prechtl, Passau
Druck und Bindung: Elsnerdruck, Berlin

ISBN 3-453-06380-5

*Für meinen Mann Richard
und meine Tochter Annabelle
in Liebe*

1.
Teil

Prolog

Bangkok

Vor dem Oriental Hotel hielt ein vollklimatisiertes Taxi, aus dem eine junge, hochgewachsene Frau mit langen, glatten, braunen Beinen stieg. Schimmerndes schwarzes Haar wippte um ihre Schultern, und in ihren Gesichtszügen vereinten sich Ost und West zu einer gelungenen Komposition. Ungeachtet der brütenden, feuchten Hitze strahlte sie in ihrem teuren Leinenkleid und dem breitkrempigen Hut eine kühle Eleganz aus.

Vorbei an dem plätschernden Springbrunnen und dem Kammermusik-Quartett, schlenderte sie durch die Empfangshalle und bog in die Geschäftsarkade im rückwärtigen Teil des Hotels ein.

»Meine Schwester hat bei Ihnen ein Päckchen hinterlegt«, erklärte sie dem Verkäufer des Antiquitätenladens. »Sie bat mich, es für sie abzuholen.«

Die Tasche mit der Aufschrift von Jim Thompsons Seidengeschäft in der Hand, spazierte sie dann wieder unter den Arkaden zurück, hin zu der malerischen, orchideenumrankten Terrasse mit Blick auf den Chao Phraya-Fluß, und bestellte dort eine Tasse Tee. Sie legte die Tasche neben sich auf den Boden und trank ohne Eile ihren Tee, während sie auf den gemächlich dahingleitenden Bootsverkehr blickte. Nach etwa einer halben Stunde verließ sie das Terrassencafé, stieg die Stufen zum Fluß hinunter und nahm ein Wassertaxi zur Innenstadt.

Als das Boot sie abgesetzt hatte, ging sie raschen Schrittes bis zur nächsten Kreuzung, winkte ein Taxi herbei und ließ sich zum Hotel Dusit Thanai bringen.

In der Damentoilette zog sie ihr elegantes, schwarzes Leinenkleid aus, verstaute es, sorgfältig zusammengefaltet, in ihrer Tasche und kleidete sich in ein schlichtes, weißes T-Shirt und Jeans. Sie nahm ihr seidiges Haar zu einem Pferdeschwanz zurück, befestigte ihn mit einem weißen Gummiband und legte einen hellen Lippenstift auf. Als sie das Hotel durch den Hintereingang verließ, bedeckte sie die Augen mit einer Ray-Bans-Sonnenbrille — einer echten, nicht einer der billigen Kopien, die in Bangkok an jeder Straßenecke verkauft wurden — und nahm sich ein weiteres Taxi in die Patpong Road.

Der Taxifahrer grinste ihr plump vertraulich durch den Rückspiegel zu. Er kannte die Patpong Road, dieses Spelunkenviertel voller Rotlichtbars, schäbiger Clubs, Massagesalons und Sexläden, wie seine Westentasche, und er glaubte zu wissen, was sie dorthin führte. Sie ignorierte seine Annäherungsversuche, gab ihm beim Aussteigen ein bescheidenes Trinkgeld und bahnte sich dann routiniert ihren Weg durch das Labyrinth von unratübersäten Gassen. Vor einem schmalen, grauen Gebäude, das sich in einer Seitengasse zwischen zahllose andere, scheinbar völlig identische Häuser quetschte, blieb sie stehen und las den Namen auf der kleinen, fleckigen Visitenkarte, die mit einer Reißzwecke an einem Brett neben der Haustür befestigt war. Offensichtlich zufrieden betrat sie daraufhin das Haus und eilte zielstrebig — vorbei an der Klinik, die Behandlung von Geschlechtskrankheiten und anderen sexuellen »Unglücksfällen« anbot — in den zweiten Stock. Sie drückte auf die Sprechanlage, wartete auf eine Antwort und nannte dann mit gedämpfter Stimme ihren Namen. Als ein leises Summen ertönte, stieß sie die Tür auf und schloß sie sorgfältig hinter sich.

Sie befand sich in einem düsteren, engen Korridor, in dem es schwach nach Urin und Chemikalien roch und an dessen Ende eine weitere Tür war. Ohne zu zögern, ging sie darauf zu und öffnete sie.

Eine kleine, lichtstarke Lampe bestrahlte die Oberfläche eines schäbigen Schreibtisches, hinter dem ein Mann saß. Obgleich er im Halbschatten verborgen war, gewahrte sie seine monströsen Umrisse, die der ins Groteske übersteigerten Karikatur eines menschlichen Wesens glichen. Er war in die Betrachtung eines Häufchens glitzernder Steine versunken, und als er nun den Kopf hob, fiel das Licht der Lampe voll auf sein Gesicht. »Nehmen Sie doch Platz«, sagte er.

Mit vor Abscheu gekräuselten Lippen setzte sie sich ihm gegenüber. Seine Züge wiesen eine geradezu fatale Ähnlichkeit mit denen eines Schweines auf. Die schmalen, zwischen Fettwülsten vergrabenen Augen rollten über sie hinweg wie graue Kiesel. »Ich habe es Ihnen bereits gesagt: Sie vergeuden Ihre Zeit«, bellte er sie schließlich mit guturaler Stimme an.

Ungerührt griff sie in ihre Tasche, zog aus den Falten der schimmernden Thai-Seide ein kleines, in schwarzes Seidenpapier gewickeltes Päckchen hervor und reichte es ihm. »Das glaube ich nicht, Mr. Abyss«, erwiderte sie. Gelassen beobachtete sie, wie er hastig das Papier auffaltete und dann, als er den Inhalt sah, scharf den Atem einsog.

Nach einem kurzen, prüfenden Blick in ihre Richtung zog er die Lampe näher zu sich heran. Die Lupe ins rechte Auge geklemmt, drehte er den Edelstein zwischen seinen fetten Fingern wie eine Spinne einen schönen Schmetterling. Nach ein paar Minuten ließ er die Lupe aus seinem Auge fallen und legte den Stein auf das viereckige, schwarze Samtdeckchen auf seinem Schreibtisch. Er lehnte sich in seinem zerschlissenen Armsessel zurück und faltete die Hände über seinem gigantischen Bauch. Schweigend begegneten ihre blauen, mandelförmigen Augen seinem Blick.

Endlich erhob er die Stimme. »Auf der ganzen Welt gibt es nur einen einzigen Smaragd dieser Größe und Qualität. Und der ist seit mehr als siebzig Jahren verschollen. Darf ich fragen, wie er in Ihren Besitz gekommen ist?«

»Diese Frage kann ich Ihnen nicht beantworten«, entgegnete sie kühl. »Lassen Sie es mich so erklären: Ich arbeite nicht allein. Meine Partner sind an Ihrer Entscheidung sehr interessiert.«

Versonnen betrachtete er erst sie, dann den riesigen Smaragd. »Der Stein ist von exquisitem Schliff«, sagte er schließlich. »Der Steinschleifer hat perfekte Arbeit geleistet, der ich nichts mehr hinzufügen kann. Also? Was genau wollen Sie von mir?«

Sie beugte sich vor, berührte den Stein mit einem langen, rotlackierten Nagel und sagte: »Ich will, daß Sie den Stein in zwei gleiche Hälften zerteilen. Zwei Smaragde statt einem.«

Einen Moment glaubte sie, in seinen verhangenen Augen so etwas wie ein Gefühl aufblitzen zu sehen. Sie hatte ihn überrumpelt, ihn bei seiner irgendwo noch in ihm schlummernden Berufsehre gepackt.

»Einen Stein wie diesen zerschneiden? Sie sind wohl nicht ganz bei Trost!« Er kramte in einer Schublade und zog eine Flasche Whisky und ein kleines, verdrecktes Glas hervor. Fragend hob er die Flasche, aber sie schüttelte den Kopf und sah ihm zu, wie er sein Glas bis zum Rand füllte und in einem Zug hinunterkippte. Sogleich schenkte er sich nach, und diesmal bemerkte sie, wie seine Hand beim Eingießen zitterte. Dieses Zittern war der Grund, daß Abyss, der begnadete Diamantschleifer, nun nicht mehr wie vor zwanzig Jahren in Paris in einer Luxus-Suite, sondern in einem schäbigen Zimmer im verrufensten Viertel Bangkoks wohnte. Ein Edelsteinschleifer mit unsicherer Hand war wertlos. Dennoch gab es niemand anderen, den sie um diese Aufgabe hätte bitten können. Sicher, es war ein Risiko; aber nach langen, gründlichen Debatten hatte sie sich bereit erklärt, das auf sich zu nehmen.

»Ich kenne diesen Smaragd«, sagte er, während er den Stein abermals zwischen seinen fetten Fingern rollte. »Seit das große Diadem vor achtzig Jahren zur Neugestaltung bei Cartier in Paris war, wurde der Stein in Europa nicht mehr gesehen. Ein Smaragd von neunzig Karat, in dieser Reinheit ... das ist einzigartig.«

»Genau. Er ist einzigartig und deshalb leicht identifizierbar. Und um das zu vermeiden, wollen wir, daß Sie, Mr. Abyss, den Stein in zwei Hälften schneiden. Selbst jede dieser Hälften ist dann noch Millionen wert.«

In seinen Kieselaugen flackerte Gier auf. Erneut hielt er den Stein gegen das Licht und begutachtete ihn ausgiebig durch die Lupe.

Angespannt beobachtete sie ihn. Für sie hing eine Menge

von seiner Einwilligung ab; er war nach wie vor der beste Steinschleifer der Welt, der einzige, der die Aufgabe erfüllen konnte. »Wir zahlen gut«, sagte sie sanft. »Sieben Prozent.«

Ihre Augen begegneten sich. »Ich kann nichts garantieren«, brummte er. »Ihnen ist sicher nicht unbekannt, daß Smaragde die zerbrechlichsten Steine der Welt sind. Ein falscher Handgriff, und dieses kostbare Juwel zerfällt in wertlose Splitter, die gerade noch für billige Ringe taugen. Zudem ist der Smaragd im Ganzen weit mehr wert, als es die Hälften je sein können.«

Sie strich mit den Händen ihr ohnehin schon glattes Haar zurück und wischte mit einem Taschentuch den Schweiß vom Haaransatz. Es gab keine Klimaanlage, und die Hitze zusammen mit dem schalen, säuerlichen Geruch verursachten ihr zunehmend Übelkeit. »Wie lange wird es dauern?« fragte sie scharf.

Als er sie anlächelte, verschwanden seine Augen vollends hinter den Fettwülsten. »Fünfzehn Prozent«, sagte er mit seidenweicher Stimme.

Sie starrte ihn an. Seiner Kehle entrang sich ein Kichern, das sogleich in ein blubberndes Husten umschlug. Am liebsten wäre sie davongerannt, aber es gab weltweit nur drei wirklich gute Steinschleifer, in Israel, Amsterdam und hier, in Bangkok; und Abyss war nun mal für ihre Zwecke am besten geeignet. »Zehn Prozent«, schlug sie vor, ehe sie sich erhob und ihr T-Shirt an den naßgeschwitzten Schultern zurechtzupfte. Reglos und kalt schaute sie auf die zitternde Hand mit dem funkelnden Smaragd herab. »Ich weiß nicht so recht«, begann sie dann zögernd, »vielleicht wäre Amsterdam doch besser . . .«

»Gut, zehn«, stimmte er rasch zu.

»Sie haben einen Monat Zeit«, sagte sie, während sie ihre Tasche ergriff.

»Einen Monat?« keuchte er. »Unmöglich! Ich muß mich mit dem Stein vertraut machen, ihn erforschen, mir jeden einzelnen Schritt überlegen . . . das kann ein Jahr dauern . . .«

»Ein Monat und zehn Prozent. So lauten die Bedingungen. Schaffen Sie es oder schaffen Sie es nicht?«

Ungeduldig trommelten ihre rotlackierten Fingernägel auf den Schreibtisch. Eine Weile starrte er sie fassungslos an; dann verschwanden seine Augen wieder hinter einem freudlosen Lächeln. »Ich werde es als Herausforderung betrachten«, sagte er.

Sie nickte und ging zur Tür. Die Hand bereits auf der Klinke, drehte sie sich noch einmal um. »Wir sind sehr großzügig, Mr. Abyss. Von der Quelle, aus der dieser Stein stammt, gibt es noch mehr zu holen. Wir könnten Sie zu einem reichen Mann machen — wenn Sie nicht zu gierig werden.« Ihre schönen Mandelaugen bohrten sich gnadenlos in jede einzelne, schweißgetränkte Falte seines Gesichts. »Und wenn die Gier Sie doch übermannt — dann wissen meine Partner, was zu tun ist.«

Mit dieser Drohung wandte er sich ab und schloß leise die Tür hinter sich. Sie huschte durch den dumpfen, stickigen Korridor, eilte die Treppen hinunter und tauchte wie ein Schatten in die wogende Menschenmenge ein, die sich wie jeden Abend durch Bangkoks pulsierenden, lärmenden Rotlichtbezirk wälzte.

1

Moskau

Das graue Haar des Mannes, der das geräumige Büro im Kreml innehatte, kündete nicht nur von seinem ehrwürdigen Alter, sondern auch von seiner Wichtigkeit im Politbüro. Marschall Sergei Solovskys ZIL-Limousine war über die zentrale Durchgangsstraße gefahren, die seit Jahren nur für den Verkehr von Moskaus Elite reserviert war. Zudem durfte er von sich behaupten, unter Stalins Herrschaft lange Zeit im sibirischen Arbeitslager verbracht zu haben, ganz zu schweigen von der zweijährigen Verbannung in die Provinzen, ein hinterhältiger Schachzug des vor Machtgier schier wahnsinnigen Bulganin, der es auf Solovskys Frau, eine attraktive Tänzerin, abgesehen hatte; die allerdings blieb seinen Annäherungsversuchen gegenüber standhaft, Solovsky hatte Sibirien vorgezogen: Die Trostlosigkeit der Provinzen war eine perfidere Version von Wildnis und hatte ihn an eine Kindheit erinnert, die er lieber vergessen wollte.

Auf seinem Schreibtisch lag ein Katalog mit einer Auflistung wertvoller Juwelen, die bei Christie's in Genf versteigert werden sollten. Dem Katalog lag ein Schreiben seines Bruders und Feindes bei, Generalmajor Boris Solovsky, dem Leiter des KGB. Es bezog sich auf das Objekt auf Seite fünfzehn, einen großen, ungefaßten Smaragd von makelloser Qualität. Sergei Solovsky las das Schreiben noch einmal durch.

»Obwohl dieser Stein etwas weniger als halb soviel wie der Ivanoff-Smaragd wiegt, besteht kaum ein Zweifel daran, daß er ein Teil eben dieses Edelsteines ist. Unserer Auffassung nach wurde der Stein zerteilt und wird nun getrennt angeboten, wenngleich die andere Hälfte sicher nicht vor Ablauf einer bestimmten Frist auftauchen wird. In Anbetracht der Tatsache, daß letztes Jahr bereits ein Diamant auf dem Markt erschienen ist, den wir derselben Quelle zugeordnet hatten, kommen wir zu dem Schluß, daß der Ivanoff-Schatz abgestoßen wird. Endlich!«

Sergei nahm erneut den Katalog zur Hand. Die Herkunft des Steines war nicht angegeben; er war lediglich als »Privatbesitz einer Dame« deklariert. Nachdenklich lehnte sich Sergei zurück. Er wußte, wonach sein Bruder trachtete. Es war etwas weit Wertvolleres als Smaragde und etwas weit Machtvolleres als die Ivanoff-Milliarden, die in Schweizer Banken auf einen Anspruchsteller warteten. Dem KGB ging es darum, jene geheimnisvolle Person aufzuspüren und nach Rußland zu bringen, damit kein anderer in den Besitz des Vermögens komme. Doch Boris Solovsky hatte darüber hinaus ein sehr persönliches Interesse an dem Fall.

Müde strich Sergei durch sein stahlgraues Haar. Die Ivanoff-Geschichte war unauslöschlich in sein Hirn gebrannt. Die Vergangenheit hatte ihn schließlich eingeholt, und nun sollte — Ironie des Schicksals — gerade er derjenige sein, der das Getriebe in Gang setzte.

Er drückte auf die Sprechanlage und wies die Sekretärin an, seinen Sohn, den Diplomaten Valentin Solovsky, in sein Büro zu bestellen.

Washington

Der geheimen Sitzung im Weißen Haus wohnten sechs Männer bei: der Präsident, sein Staatssekretär, der Verteidigungsminister, der Abgeordnete für Rüstungskontrolle und Abrüstung, der Leiter des CIA und der Abgeordnete des Nationalen Sicherheitsrates. Ein jeder hatte eine Ausgabe des Christie-Katalogs vor sich auf dem ovalen Tisch liegen. Dann und wann warf der Präsident seinem Staatssekretär einen Blick zu, während sie den Ausführungen von Cal Warrender lauschten, einem intelligenten, ruppig wirkenden Mann, der sich trotz seiner erst achtunddreißig Jahre im Nationalen Sicherheitsrat bereits eine machtvolle Position erkämpft hatte. Cal balancierte auf dem schmalen Grat zwischen Weißem Haus und Außenministerium und hatte sich bei beiden einen guten Ruf erworben. Er galt als einer der vielversprechendsten jungen Männer in Washington.

Cal berichtete gerade darüber, wie er, als potentieller Käufer getarnt, bei Christie's in Genf gewesen war. In seiner Begleitung war ein Experte von Cartier gewesen, der den Stein nach gründlicher Prüfung eindeutig dem Ivanoff-Schatz zugeordnet hatte.

»Smaragde sind für ihre Zerbrechlichkeit bekannt«, sagte Cal, »und einen Stein wie den Ivanoff-Smaragd zu zerschneiden, bedeutet ein enormes Risiko. Das Unterfangen hätte in einem Häufchen wertloser, grüner Splitter enden können. Er wurde von einem Meister geschnitten, und wir wissen, daß weltweit nur drei Männer in Frage kommen, die einer solchen Aufgabe gewachsen sind. Einer in Amsterdam, einer in Israel und einer in Bangkok. Ich denke, wenn wir den Steinschleifer gefunden haben, werden wir auch den geheimnisvollen Anbieter aufspüren, jene anonyme »Dame«.«

Er reichte dem Präsidenten die Reproduktion einer verblichenen Sepia-Fotografie, die 1909 in St. Petersburg aufgenommen worden war, und deutete auf den großen Smaragd im Zentrum des diamantbesetzten Fürstendiadems, das auf dem Haupt einer ernst dreinblickenden, jungen Frau prangte. Bei der Frau handle es sich um die schöne Fürstin Anouschka Ivanoff, erklärte Cal, die das Diadem anläßlich ihrer Hochzeit getragen hatte.

»Die Tatsache bleibt bestehen«, meldete sich der Präsident säuerlich zu Wort, »daß die anonyme Anbieterin, wer immer sie auch sein mag, die Antwort auf eine Frage weiß, um deren Lösung wir uns seit nunmehr siebzig Jahren vergeblich bemüht haben. Wenn die Russen sie zuerst aufspüren, wird sich die Waagschale der Macht ganz entscheidend in ihre Richtung neigen. Der Wettlauf hat begonnen, Gentlemen. Egal, was es Sie kostet, egal, wohin es Sie führen wird . . . finden Sie diese »Dame«!«

Düsseldorf

Der große, hagere, blonde Mann durchmaß mit langen Schritten sein luxuriöses Büro des Arnhaldt-Konzerns, dessen weltweiter Handel Eisen, Stahl, Waffen sowie Bergbau-

und Konstruktionszubehör umfaßte. Seit der napoleonischen Ära hatten die Arnhaldts für jeden Krieg die Waffen geliefert und waren, gleichgültig, wer den Krieg verloren oder gewonnen hatte, immer obenauf gewesen, jedesmal reicher und mächtiger als zuvor. Unter den führenden Konzernen der Welt waren sie eine einflußreiche Machtgruppe.

Ferdie Arnhaldt hielt inne und blickte aus dem Fenster seines gediegenen Büros, ohne jedoch den sich dreißig Stockwerke unter ihm entlangwälzenden Verkehr wahrzunehmen. Seine Gedanken weilten bei dem auf Seite fünfzehn aufgeschlagenen Katalog auf seinem Schreibtisch. Der Besitzer dieses Smaragdes bedeutete zwar eine Bedrohung für die Sicherheit und Stabilität des Arnhaldt-Konzerns — doch würde er jene »Dame« finden, könnte sein Konzern zum reichsten und mächtigsten der ganzen Welt werden. Es gab nur alles — oder nichts! Er mußte sie finden und mit ihr verhandeln, ehe ihm die anderen Interessenten zuvorkamen.

Genf

Genie Reese schlenderte gedankenverloren über die Eingangsstufen des Richmond Hotels. Sie war achtundzwanzig Jahre, blond und, wie ihre Mutter einmal lachend bemerkt hatte, »beinahe eine echte Schönheit. Wenn deine Nase nur eine Idee kleiner wäre«, pflegte sie Genie zu necken, »und deine Haare drei Nuancen heller, könntest du glatt als Filmstar durchgehen.« Ihre Mutter war freilich nur an ihren guten Tagen zum Lachen und Scherzen aufgelegt gewesen; die meiste Zeit über hatte sie mit Genie überhaupt nicht gesprochen. Sie war nun schon seit Jahren tot, aber mitunter dachte Genie, daß sie über die Entwicklung ihrer Tochter zufrieden gewesen wäre.

Im Lauf ihres Heranwachsens hatten sich ihre Züge mehr und mehr in die richtigen Proportionen gefügt. Die hübsche Nase wirkte in ihrem zarten Gesicht nicht mehr zu groß, und dank dem Zauberer im Friseursalon war ihr Haar nun die erforderlichen drei Nuancen heller geworden. Sie war groß und langbeinig, und sie besaß »Stil«. Allerdings war sie nicht der von ihrer Mutter erträumte Filmstar geworden, sondern Reporterin beim amerikanischen Fernsehen.

Ihr Metier waren eigentlich die politischen Ereignisse in Washington, und während sie an den Stufen des Richmond Hotels darauf wartete, daß sich ihre Filmcrew aufnahmebereit machte, fragte sie sich zum wiederholten Mal verärgert, weshalb man sie wegen eines derart trivialen Geschehens nach Genf beordert hatte. Ursprünglich hatte sie eine Titelgeschichte über die entscheidende Rede des Präsidenten vor der texanischen Ölindustrie geplant, sie hatte dafür Recherchen gemacht, sich einen Ansatz überlegt... und dann hatte ihr Produzent ihr aus heiterem Himmel mitgeteilt, er wolle sie für eine Reportage über Juwelen einsetzen, da sie als Frau doch dafür prädestiniert sei. Zu allem Übel hatte er auch noch ihren Rivalen, Mick Longworth, an ihrer statt nach Texas geschickt, und zum erstenmal war ihre mühsam erworbene Gelassenheit beinahe zusammengebrochen, und sie hatte gegen Tränen der Wut ankämpfen müssen.

»Wen interessiert schon, ob irgendwelche reichen Zimtzicken Juwelen kaufen oder verkaufen?« hatte sie wütend gefragt.

»Genau das ist der Punkt«, hatte er mit einem kaum verhohlenen Grinsen geantwortet, für das sie ihm am liebsten eine Ohrfeige verpaßt hätte. »Man munkelt, daß Washington und Rußland an der Sache interessiert seien.« Ihre nächste Frage vorwegnehmend, hatte er gesagt, er wisse auch nicht, weshalb, aber genau das solle sie eben herausfinden.

Und so kam es, daß sie drei Tage später im Richmond bei Christie's Auktion zugegegen gewesen war. Ihre Crew hatte die angereisten Kaufinteressenten gefilmt: unauffällige, dünnlippige Männer in Nadelstreifenanzügen, die über ihren Katalogen brüteten, und elegante Damen der Gesellschaft in Chanelkostümen, die sich im Vorbeiflanieren kokett in den langen, ovalen Spiegeln begutachteten und untereinander gehässige Bemerkungen austauschten.

Jetzt war alles vorbei, und die Filmcrew stand bereit, um sie bei ihrer Reportage vor dem Richmond Hotel zu filmen. Vom See her wehte ein frischer Wind, der sich in ihren blonden Haaren verfing. Ungeduldig warf sie den Kopf zurück und kniff die blauen Augen gegen das gleißende Scheinwerferlicht zusammen.

»Tja«, begann sie, »ganz unerwartet wurde der Smaragd — der »Privatbesitz einer Dame« — Sekunden vor der Auktionseröffnung vom Verkauf zurückgezogen. Gerüchten zufolge sollte er für mindestens sieben Millionen Dollar verkauft werden, doch von privater Seite wurde eine ungleich höhere Summe geboten, so daß sich der Anbieter, vielmehr die Anbieterin, entschloß, diesem Gebot zu folgen. Es soll sich um eine Summe von über neun Millionen Dollar handeln. Doch weshalb der hohe Preis? Die Experten würden uns lediglich erzählen, daß die Einzigartigkeit des Steines auf seine Reinheit zurückzuführen sei. In der Stadt munkelt man indes, daß es sich bei dem Stein möglicherweise um eine Hälfte des Ivanoff-Smaragden handelt, der zuletzt am großen Diadem der Fürstin Anouschka gesehen worden ist, der Ehefrau eines des reichsten Fürsten im zaristischen Rußland ... Um sich ein Bild zu machen, sollten Sie wissen, daß es mehr als zweihundert dieser adeligen Familien gab, die alle *wirklich* reich waren. Doch Fürst Michael — *Mischa* Ivanoff — galt als noch reicher als der Zar selbst. In Petersburg spottete man gern darüber, daß sich der Zar mitunter ein, zwei Rubel pumpen mußte, da alles Geld in die Bewahrung und Instandhaltung seiner riesigen Ländereien geflossen war, ganz zu schweigen von den Dutzenden von Palästen sowie den zahllosen Bediensteten und deren Familien. Mischa Ivanoff hingegen war nie in Geldschwierigkeiten. *Obwohl* er eine wunderschöne Frau hatte, der das Geld wie Wasser zwischen den Fingern zerrann. Anouschka Ivanoff war wie eine habgierige Elster: Alles, was glitzerte, mußte sie haben. Sie galt zu jener Zeit als Cartiers beste Kundin.

Der besagte Smaragd nun soll einem früheren Ivanoff-Fürsten auf einer Indienreise von einem Maharadja geschenkt worden sein. Der Prinz hatte seinem Gastgeber ein Service aus purem Gold mitgebracht, nicht zuletzt deshalb, weil er mit ihm über den Verkauf von Land verhandeln wollte, das er als reich an Bodenschätzen und Gold erachtete. Um hinter dem wertvollen Gastgeschenk nicht zurückzustehen, riß der Maharadja einen gigantischen Smaragd aus dem juwelenverzierten Kopfschmuck seines über alles geliebten . . .«, lachend hielt sie inne. ». . . seines geliebten und vergötterten *Elefanten!* Anscheinend liebte der Maharadja dieses Tier mehr als alle seine vielen Frauen zusammen! Fürst Ivanoff wußte den Wert des Geschenkes zu würdigen — nicht nur den materiellen Wert des Edelsteines, sondern auch die Hochachtung, die ihm der Maharadja dadurch zollte. Nun, er war unbestritten ein gewiefter Geschäftsmann, denn es gelang ihm, die Schatzkammer der Ivanoffs um weitere Millionen zu füllen. Das Vermögen war so riesig, daß selbst ein, zwei Generationen von Spielern und Lebemännern aus den Reihen der Ivanoffs es nicht zu verprassen vermochten. Wie großzügig sie es auch verschwendeten, es wurde dennoch immer größer.

Später wurde dann der Smaragd von Cartier in das Diadem der Fürstin gefaßt. Es bestand aus einundzwanzig Reihen großer Diamanten und war so schwer, daß die Fürstin jedesmal, wenn sie es bei offiziellen Anlässen tragen mußte, Kopfschmerzen bekam.

Lebten die Ivanoffs zu prunksüchtig? Es ist anzunehmen, denn als der Tag der Revolution heraufdämmerte, wurde der Familie ihr aufwendiger Lebensstil und ihr gigantischer Besitz zum Verhängnis. Der Fürst soll auf seinem Landgut verbrannt worden sein. Die Fürstin floh mit ihrer Schwiegermutter und den zwei Kindern, dem sechsjährigen Alexei und der dreijährigen Xenia. Aber sie kamen wegen des eisigen Winters nicht weit und wurden im verschneiten Wald aufgespürt. Berichten zufolge, wurden alle niedergemetzelt und ihre Körper den Wölfen zum Fraß überlassen. Die berühmte Juwelensammlung der Fürstin verschwand spurlos vom Erdboden, darunter auch das wertvolle Diadem — und der Smaragd des Maharadja.

Ist dies nur eine kleine Geschichte, die der heutigen Auktion bei Christie's eine pikante Note geben sollte? Oder stimmen die Gerüchte, wonach verschiedene Regierungen ein auffälliges Interesse an dem Stein bekundet haben? Und wenn es so wäre, was ist dann der Grund? Wir wissen nur, daß der Smaragd privat verkauft wurde. An Rußland? Oder gar an die USA? Die anonyme Anbieterin, im Katalog lediglich als »Dame« angeführt und geschützt durch einen Geheimhaltungs-Kodex, der das Schweizer Banksystem als eine Runde von Klatschtanten erscheinen läßt — diese Anbieterin also wäre die einzige Person, die möglicherweise das Geheimnis um das Ivanoff-Vermögen lüften könnte. Einem Vermögen, das, Gerüchten zufolge, sicher in Bankschließfächern ruht und mit jedem Jahr anwächst, bis es irgendwann eines der größten der Welt sein wird. Milliarden und Abermilliarden von Dollar, wurde uns gesagt. Aber wer immer die Lösung unserer Fragen kennt, verrät sie nicht. Die »Dame«, die heute erwiesenermaßen um mehr als neun Millionen Dollar reicher geworden ist, ist so flüchtig wie der Geist der Fürstin Anouschka Ivanoff. Möge sie in Frieden ruhen.«

Müde senkte Genie ihr Mikrofon. »Das war's, Jungs!« rief sie ihrer Crew zu. »Ich werde es im Senderaum noch redigieren, doch jetzt lade ich euch erstmal alle auf einen Drink ein. Ich bin fix und fertig, und außerdem habe ich die Nase gestrichen voll von diesen verfluchten Juwelen und den Gerüchten. Und überhaupt wäre ich im Moment lieber sonstwo als ausgerechnet hier!«

Maryland

Die alte Dame, die eingesunken in dem breiten Sessel am Fenster saß, griff mit zarter, blaugeäderter Hand zu dem Tisch nebenan. Sie drückte auf die Fernbedienung, um den Fernsehapparat auszuschalten, und lehnte sich dann erschöpft zurück. So, dachte sie, jetzt ist es endlich passiert. All die Jahre des Versteckspielens, all die Jahre des Kampfes, um ihr Versprechen einzuhalten — innerhalb eines Tages waren sie zu einem Nichts dahingeschmolzen. Sie hatte sie gewarnt, aber diesmal hatten sie ihre Warnung nicht beachtet. Wenngleich sie wußte, daß es nur geschehen war, um ihr, einer müden, alten Frau, weiterhin ein Leben in Luxus zu ermöglichen. Der Verkauf des Ivanoff-Smaragden war ein Akt der Liebe gewesen — obgleich dieser Akt nicht mehr nötig gewesen wäre.

Sie hustete und sog keuchend Luft in ihre angegriffenen Lungen, ein Verhalten, das ihr inzwischen so zur Gewohnheit geworden war, daß sie es kaum noch bemerkte. Sie dachte an das Mädchen, deren Kommentar sie gerade im Fernsehen verfolgt hatte. Sie hatte so unpersönlich über die Ivanoffs berichtet, als seien sie bloße Figuren in einem russischen Schachspiel gewesen. Aber das traf die Wahrheit nicht im mindesten. Sie wußte es, denn sie war dabei gewesen. Und sie wußte auch, was die großen Nationen, abgesehen von dem immensen Wert des Juwels, wirklich wollten. Sie waren auf der Spur eines Geheimnisses, zu dem nur sie, Missie O'Bryan, die Lösung kannte, sie und eine russische Zigeunerin, die ihr vor vielen, vielen Jahren prophezeit hatte, daß einst eine große Verantwortung auf ihren Schultern lasten würde. Eine Verantwortung, die den Lauf der Welt verändern könnte.

Sie öffnete eine Schublade des kleinen Beistelltisches und holte einen kunstvollen Silberrahmen, der mit reichen Emailleverzierungen umfaßt war, hervor. Auf der Spitze befand sich das Wappen der Ivanoffs, ein Wolfskopf, und vor dem Hintergrund eines Saphirs blitzten fünf Diamantfedern, die mit Rubinen zusammengebunden waren. In zarten, goldenen, kyrillischen Lettern war das Familienmotto eingearbeitet: »Bewahrer von Wahrheit und Ehre.« Sie hielt die verblichene Sepia-Fotografie des Fürsten Michail Alexandrowitsch Ivanoff, dessen Vorfahren seit Peter dem Großen bei allen russischen Königshöfen gedient hatten, nah an ihr Gesicht. Sie erinnerte sich, wie sie ihn das erste Mal in der weiträumigen Halle seiner St.Petersburger Stadtresidenz gesehen hatte. Geblendet von seiner vornehmen Erscheinung, war sie zögernd an der Tür stehengeblieben. Wie Magneten waren ihre Augen von dem hochgewachsenen, blonden, gutaussehenden Mann angezogen worden, der, eine Hand auf dem Halsband seines großen, bernsteinfarbenen Hundes, majestätisch am oberen Absatz der Marmortreppe gestanden hatte. Und nach wie vor war sie sich nicht sicher, ob die

Zeit nicht tatsächlich für einen Moment den Atem angehalten hatte, als ihre Augen sich trafen.

Seufzend legte sie die Fotografie in die Schublade zurück. In ihrem ganzen langen, ereignisreichen Leben hatte sie es nie über sich gebracht, das Foto der Öffentlichkeit preiszugeben. Seit über siebzig Jahren schon verbarg sie Mischas Gesicht zusammen mit ihrem Geheimnis sicher vor der Außenwelt.

Damals war sie natürlich noch Verity Byron gewesen, doch der Fürst hatte sie immer »Missie« genannt — mit diesem ganz besonderen Anflug von Zärtlichkeit in seiner tiefen Stimme, die ihr lustvolle Schauer über den Rücken gejagt hatte. Sie hatte ihn damals geliebt, und sie liebte ihn noch heute. Mehr als irgendeinen anderen Mann in ihrem verworrenen Leben. Und sollte der Himmel die Realität sein, an die sie glaubte, dann würden sie eines nicht allzu fernen Tages wieder vereint sein. Beide wären sie plötzlich wieder jung und schön, und ihre Liebe würde ewig währen. Natürlich würde sie ihm dann auch erklären müssen, was geschehen war. Und daß ihr Versprechen sie zum Schweigen gezwungen hatte.

Aber bevor sie starb, würde sie die wahre Geschichte dem letzten Menschen, der sie wirklich liebte, erzählen müssen. Dem Menschen, der die Juwelen verkauft und dadurch, ohne es zu ahnen, eine internationale Krise heraufbeschworen hatte.

Missie seufzte auf, als ihr jene Nacht in den Sinn kam, in der ihr altes Leben geendet und ihr neues begonnen hatte. Diese Nacht war so unauslöschlich in ihr Gehirn geätzt, daß selbst die Zeit es nicht vermocht hatte, die Erinnerung an den Schrecken auszulöschen — und an die Schuld, die so unendlich groß war, daß sie gewünscht hatte, sie könne ebenfalls sterben und ihre Erinnerungen mit sich begraben.

Und wenn sie jetzt ihre Augen schloß, dann wußte sie schon im voraus, welche Szenerie sich entfalten würde, perfekt bis in das kleinste, schreckliche Detail. Bisher war sie noch keine einzige Nacht ihres langen Lebens von den beklemmenden Bildern verschont worden.

2

Rußland, 1917

Diese Nacht war die schwärzeste, die Missie je erlebt hatte. Die alte, hölzerne Troika glitt geräuschlos den unsichtbaren Pfad entlang, der sich durch das Birkendickicht zum Wald hin schlängelte. Nach einer Weile gewöhnten sich ihre Augen an die Dunkelheit, und sie erkannte glitzernde Eiszapfen an den Ästen der Bäume und kleine Eiskristalle an dem Fellfetzen, den sie um ihren Mund gebunden hatte, damit ihr der Atem nicht gefror. Unmerklich gingen die Birken in den Nadelwald über, und plötzlich befanden sie sich mitten im Wald, und um sie herum herrschte nur undurchdringliche Schwärze, dick und schwer wie gefrorener Samt.

Der riesige Barsoi namens Viktor war Fürst Mischas Lieblingshund. Sein kräftiger Schädel und der dichte, zottige Fellmantel ließen in ihm den Abkömmling des echten russischen Jagdhundes erkennen, einer Rasse, die nicht nur zur Fuchs-, sondern auch zur Wolfsjagd gezüchtet wurde. Viktor wich seinem Herrn fast nie von der Seite, doch jetzt rannte er vor dem Schlitten her, um das Hundegespann über den eisigen Pfad, den nur er sehen konnte, durch den Wald zu führen.

Niemand redete. Nur das Zischen der Metallkufen, die durch das Eis schnitten, und der keuchende Atem der Hunde waren zu hören. Und das dumpfe Schweigen der Schwärze.

Missie dachte an ihren achtzehnten Geburtstag zurück, den sie gestern gefeiert hatte. Über Varischnya, dem herrlichen Landsitz der Ivanoffs, hatte eine düstere Wolke aus Angst und drohendem Unheil gelegen, und trotz des Champagners und Mischas tapferem Lächeln hatte sie genau gewußt, welche Gedanken ihm durch den Kopf gegangen waren: daß diese Feier die letzte in seinem geliebten Heim sein würde. Vielleicht sogar die letzte, die sie zusammen erlebten. Es war gut möglich, daß sie nie wieder Varischnya — und einander — sehen würden.

Die meisten Dienstboten hatten bereits das Weite gesucht; nur der Küchenchef und Fürstin Anouschkas Zofe, die als Franzosen naserümpfend auf die »revoltierenden Bauern« herabblickten, waren geblieben. Aber gestern waren sie dann doch, auf Mischas Befehl hin, in den Zug zum baltischen Hafen nach Talin gestiegen, von wo aus sie ein Schiff nach Europa nehmen wollten. Missie hatte sich geweigert, mit ihnen zu gehen. Da ihr Vater tot war, besaß sie in Europa kein wirkliches Zuhause mehr, und abgesehen davon war sie hoffnungslos in Fürst Mischa verliebt. Und nun rannte sie um ihr Leben und versuchte den bolschewikischen Revolutionären zu entkommen, die plündernd und mordend durch das ganze Land schwärmten.

Missie spürte Xenias Kopf an ihrer Schulter und dankte Gott, daß das kleine Mädchen schlief. In seine Träume verloren, würde es ihrer aller Angst nicht spüren. Was machte es da, daß sich durch das Gewicht des Mädchens das große Diadem schmerzhaft gegen ihre Rippen bohrte.

Fürstin Anouschka hatte ihre Juwelen nicht zurücklassen wollen. Wie ein Wirbelwind war sie durch ihr prächtiges Schlafzimmer gefegt, hatte ihre zauberhaften Pariser Modellkleider achtlos über das Bett geworfen, die luxuriösen Pelze ungeduldig auf den Boden geschleudert und hektisch die grauen, wildledernen Schubladen des Juwelenschrankes herausgerissen, während Nyanya, die alte russische Kinderfrau, hastig die Rubinringe und Saphirbroschen, die Diamantkolliers und Perlenketten in Mantelsäume und Korsetts eingenäht hatte. Selbst der Saum von Xenias wollenem Trägerkleid war mit Diamanten bestückt worden. Und zum Schluß hatte Anouschka eigenhändig die Enden des großen Diadems auseinandergebogen, damit sie um Missies schmale Taille paßten.

Das Diadem war vor Jahren von Cartier neu gestaltet worden. Mischa hatte den Rat des Juweliers, Platin zu nehmen, abgelehnt und darauf bestanden, das fast hundert Prozent reine Gold der Originalfassung zu verwenden. Damals hatte er freilich nicht geahnt, wie nützlich einst das weiche Gold sein würde.

Anouschka hatte die Enden mit einem Band an Missies Rücken zusammengeschnürt; »wie ein juwelenbesetzter Kummerbund«, hatte sie lachend bemerkt, während ihre schönen Augen mit den Diamanten um die Wette geblitzt und sich Strähnen ihres korngoldenen Haars verspielt um ihre Schultern gekringelt hatten. Aber Missie wußte nur zu gut, daß Anouschka einen seltsamen Drahtseilakt zwischen Euphorie und tiefer Verzweiflung durchlebte. Sie wandte sich ihr in der Dunkelheit zu und überlegte, was wohl gerade in ihr vorgehen mochte.

Anouschka saß ruhig da, ihren sechsjährigen Sohn Alexei in ihr weiches Zobel-Cape eingeschmiegt, auf das zu tragen sie entgegen Mischas Einwänden, sie müßten sich um ihrer Sicherheit willen als Bauersleute verkleiden, bestanden hatte.

»Unsinn, Mischa!« hatte sie gerufen, während sie ein Sträußchen duftender Veilchen, die eigens für sie in den Gewächshäusern Verischnyas gezogen wurden, mit einer Nadel an ihre Schulter gesteckt hatte. Das Kinn arrogant erhoben, hatte sie ihn mit jenem sonderbaren, schönen, spöttischen Lächeln bedacht, welches Missie immer als mit eisigem Stahl durchsetzt erschien. »Und außerdem«, hatte sie leichthin angemerkt, »wer würde es schon wagen, der Gemahlin des größten russischen Fürsten ein Leid zuzufügen?«

Missie drückte die kleine Xenia enger an sich und betete, Anouschka möge recht behalten.

Als die altertümliche Troika über eine vereiste Wurzel holperte, entrang sich Mischas Mutter, der Fürstinwitwe Sofia, ein lautes Stöhnen. Missie sah sie angstvoll an, doch durch das dichte Schneegestöber konnte sie ihr Gesicht kaum erkennen.

Trotz ihrer fünfundsiebzig Jahre würde niemand auf die Idee kommen, Sofia als alte Frau zu bezeichnen. Sicher, ihr dichtes, schwarzes Haar war von weißen Strähnen durchzogen, die klare Schönheit ihrer Gesichtszüge hingegen war unverändert geblieben. Ihre Haut war noch immer glatt, und ihren brennenden, dunklen Augen, die sie einem Zigeuner-Vorfahren zu verdanken hatte, entging nichts. Sie hatte ihren Sohn angefleht, sie in Varischnya, dem herrlichen Landsitz, den sie einst vor fünfundfünfzig Jahren als Braut betreten hatte, bleiben zu lassen, oder wenigstens in St.Petersburg, wo ihr geliebter Gatte in der großen Peter-Pauls-Kathedrale bestattet war.

»Ich bin zu alt, um noch einmal fortzugehen, Mischa«, hatte sie erklärt, erstmals in ihrem Leben auf ihr Alter anspielend. »Laß mich hier bei dir bleiben und der Dinge harren, die da kommen.« Aber er hatte sich geweigert, ihr zuzuhören, und vorgegeben, er wolle nur bleiben, um darauf zu achten, daß Varischnya nicht zerstört werde. Er hatte gesagt, es bestehe keine Gefahr, und er würde sie alle in wenigen Wochen auf der Krim, im fernen Süden Rußlands, wiedersehen. Beiden war klar gewesen, daß er log, aber sie hatte sich dennoch dem Wunsch ihres Sohnes gefügt.

Der Schnee fiel immer dichter und verwandelte die undurchdringliche Schwärze in wirbelndes Weiß. Viktor rannte unermüdlich weiter; sein langer, buschiger Schwanz peitschte die Schneeflocken in einem gleißenden Bogen beiseite.

»Wir sind sicher schon über eine halbe Stunde unterwegs«, sagte Sofia unvermittelt. »Bald müßten wir die Bahnstation von Ivanovsk erreicht haben.«

Ihre Stimme brach zu einem Keuchen ab, als plötzlich eine Salve von Gewehrschüssen die Nacht durchbrach. Die Schlittenhunde bäumten sich auf und jaulten in ihrem Todeskampf, während die schwere Troika außer Kontrolle über den gefrorenen Pfad schlitterte. Missie gewahrte noch die weit aufgerissenen Mäuler der Hunde und ihre aufgerollten Zungen, ehe die Troika schließlich gegen einen Baum knallte und Missie herausgeschleudert wurde. Die kleine Xenia unter sich begrabend, landete sie in einer Schneewehe.

Der metallische Geschmack der Angst legte sich in ihren Mund, erstickte sie förmlich, während sie auf die nächste Salve wartete, die ihrem Leben genauso sicher ein Ende setzen würde wie zuvor dem der Hunde. Aber kein Geräusch war zu hören. Am ganzen Leib zitternd, hob sie vorsichtig ihren Kopf und spähte durch das wilde Schneetreiben. Anouschka lag etwa fünfzehn Meter von ihr entfernt, und trotz der dicht fallenden Schneeflocken konnte sie das Blut, das aus ihrem Haar hervorquoll und den eisigen, weißen Teppich mit dunklen Tropfen benetzte, erkennen. Von Alexei und Sofia war nichts zu sehen.

Nun drang aus dem Wald das Geräusch heiserer, wütend durcheinander debattierender Stimmen und das Knirschen schwerer Stiefel durch den Schnee. Und dann durchzuckte das gleißende Licht von Taschenlampen die Nacht.

Schaudernd betrachtete Missie die herannahenden Männer. Es waren keine Soldaten, sondern ein halbes Dutzend bärtiger Bauern in derber, schmutzbefleckter Kleidung und dicken Fellstiefeln. Neben ihren Gewehren trugen sie Flaschen in der Hand, und einige unter ihnen hatten teure Fellmützen auf. Offenbar hatten sie einen Raubzug hinter sich und waren von dem erbeuteten Wodka, dessen stechender Geruch sogar den frischen Duft des Nadelwaldes überbot, bereits völlig betrunken. Als sie auf sie zutorkelten, preßte sie die Augen fest zusammen, verbarg ihr Gesicht im Schnee und betete, sie möchten ihr Zittern nicht bemerken.

»Eine Bauersfrau«, stieß einer verächtlich auf Russisch hervor, während er ihren schäbigen, zusammengeflickten Mantel mit seinen schmutzigen Fingern befühlte. »Das erkennt man schon an ihrem Gestank.«

Die anderen lachten roh auf. »Und obendrein ist sie auch noch tot«, gröhlte ein anderer. »Da, alles voller Blut . . . aber wir wollen lieber mal sichergehen . . .«

Unter dem Tritt seiner schweren Stiefel lösten sich Missies Rippen in eine Kaskade von Schmerz auf, doch die Angst ließ ihr den Schrei in der Kehle ersticken.

Sie wandten sich von ihr ab, ihre Schritte knirschten durch den harten Schnee. Mit hocherhobenen Taschenlampen umringten sie nun Anouschka. Ihr blondes Haar ergoß sich über das dunkle Zobel-Cape, und an ihren hübschen Ohren und um ihren Hals funkelten riesige Perlen. Plötzlich schlug sie die Augen auf und starrte die um sie stehenden Männer an, nahm mit goldbraunem Samtblick jede Einzelheit ihrer derben Gestalten und bäurischen Züge wahr.

»Ich kenne euch«, hörte Missie sie matt sagen. »Ihr seid Waldarbeiter der Ivanoff-Ländereien. Du, Mikoyan, du bist mit deinen Kindern immer zu den Osterfesten zu uns gekommen . . . und du, Rubakoff, und dein Bruder . . .«

»Genug!« rief der Mann namens Mikoyan. »Es wird auf dem Land der Ivanoffs keine Osterfeste mehr geben! Der Besitz gehört fortan uns, dem Volk, den Revolutionären!« Mit seiner schmutzigen, schwieligen Hand packte er ihr seidiges Haar. »Und an Frauen, wie Ihr es seid, werden sich unsere Helden bestimmt gerne erfreuen!«

Missie gewahrte Anouschkas schmerzverzerrte Miene, als Mikoyan ihren Kopf nach oben riß und sein plumpes, bärtiges Gesicht zu ihr hinabbeugte.

»Aber nicht, ehe wir selbst herausgefunden haben, was der Fürst all die Jahre in seinem Bett genossen hat, was, Kameraden?«

Rauh lachend reichten sie ihm eine Flasche Wodka; er ließ Anouschkas Kopf brutal in den Schnee zurückfallen, stellte sich breitbeinig über sie und schüttete die scharfe Flüssigkeit bis auf den letzten Tropfen in sich hinein. Den Kopf zurückgeworfen, beförderte er sodann grunzend eine Ladung Schleim aus seiner Kehle und spuckte ihn aus. Aufstöhnend drehte Anouschka ihren blutenden Kopf beiseite. Mikoyan riß ihr Cape auf, und Anouschka beobachtete mit schreckgeweiteten Augen, wie er sein Bajonett am Gewehrlauf befestigte.

Ein dünner, hoher Schrei durchschnitt plötzlich die Nacht: Alexei tauchte zwischen den Bäumen auf und rannte auf seine Mutter zu. »Nein . . . nein . . . nein . . .«, kreischte er. »Das ist Fürstin Maman, laßt sie in Ruhe, geht weg . . .«

Die Männer wirbelten herum und richteten ihre Gewehre auf die kleine Gestalt, die auf sie zustolperte. Heiße Tränen brannten in Missies Augen, und sie wünschte sehnlichst, sie könnte sich bewegen, um ihre Ohren gegen das grausame Gelächter zu verschließen, als die Männer Alexei am Kragen packten, ihn wie ein sich windendes Hündchen in die Luft hielten, während er sie wild anflehte, seine Mutter in Frieden zu lassen.

Mikoyan setzte die Spitze seines Bajonetts auf die Brust des Jungen, und Alexeis schiefergraue Augen wurden schwarz vor Angst.

»Aha, da haben wir also den kleinen Fürstenlümmel, der nach seiner Mama schreit!«

»Laßt meinen Sohn in Ruhe!« befahl Anouschka schwach und fügte unter Aufwendung ihrer letzten Kräfte in gebieterischem Ton hinzu: »Oder ich schwöre bei Gott, daß mein Gatte euch auspeitschen wird! Ihr werdet am höchsten Baum von Varischnya hängen . . . ihr alle . . .«

Mikoyan warf seinen Kopf unter brüllendem Gelächter zurück. »Sieh gut zu, Fürstenlümmel!« rief er höhnisch. »Du kannst jetzt etwas lernen, das du niemals zu Hause in deinen wunderbaren Palästen gelernt hättest! Eine Lektion aus der *wirklichen* Welt! Eine Lektion über die Welt von Männern, in deren Herzen tausend Jahre Wut angestaut ist!«

Bebend beobachtete Alexei, wie Mikoyan auf seine Mutter zusprang und mit seinem Bajonett ihr hübsches Wollkleid vom Hals bis zum Saum aufschlitzte.

Schweigend starrte Mikoyan dann auf sie nieder. So eine Frau, ganz aus golden schimmerndem Fleisch, von feiner Seide und Spitze umsponnen, hatte er noch nie gesehen.

Schaudernd schloß Anouschka die Augen, als er seine ungepflegte Hand ausstreckte und damit über ihren Körper strich. Seine Ausdünstung war unerträglich. Grob schloß sich seine Hand um ihre Brust, und dann stieß er plötzlich einen wütenden Schrei aus.

»Was haben wir denn da?« brüllte er, als er ihr seidenes Mieder mit dem Bajonett aufschlitzte und die darin eingenähten Diamantringe und Broschen herauspurzelten. Einen Moment herrschte atemlose Stille, ehe die Männer mit unflätigen Freudenslauten über die Schätze herfielen.

»Reichtümer, Reichtümer . . .«, gröhlten sie, ihre Trophäen gierig in die Taschen stopfend und zwischendurch große Schlucke Wodka in sich hineinkippend. Verschlagen grinsten sie einander zu, da sie annahmen, hier noch mehr Schätze zu finden.

Lachend zerrten sie Anouschka die verbliebenen Kleidungsstücke herunter, rissen ihr die Perlen von den Ohren und vom Hals, schlitzten den Saum des Zobel-Capes auf und schnappten sich ganze Hände voll der Juwelen, die darin verborgen waren. Als sie endlich damit fertig waren, lag Anouschka nackt auf den Resten ihres prächtigen Zobels, vor Kälte, Angst und Schmerzen zitternd.

»Bringt den Jungen näher!« befahl Mikoyan den anderen Männern, die mit vor Lust brennenden Augen auf Anouschka herabblickten. Den Kopf gesenkt, stand Alexei da, über seine Wangen rollten Tränen. Und dann begann Mikoyan, seine Kleidung zu lösen, und Missie schloß ihre vor heißen Tränen überquellenden Augen, um das nun stattfindende, grauenvolle Geschehen nicht zu sehen. Doch den Geräuschen vermochte sie nicht zu entfliehen, dem geilen Gelächter, den bestialischen Grunzlauten, Anouschkas gepeinigten Schreien und der hohen, wimmernden Stimme des kleinen Jungen, der immer wieder »Fürstin Maman, oh, Maman, Maman . . .« rief. Missie war klar: wenn sie diese Nacht überlebte, würden diese Laute sie bis an ihr Lebensende verfolgen.

Es waren sechs Männer, und noch ehe jeder von ihnen an der Reihe war, wurde Anouschka unversehens still. Und dann begann sie plötzlich zu lachen, ein wildes, wahnsinniges Lachen.

Missie kannte dieses Lachen. Sie hatte es schon viele Male gehört. Diesmal freilich stimmte es sie froh, zeigte es ihr doch an, daß Anouschka sich in ihre eigene, private Welt zurückgezogen hatte, in der sie niemand erreichen und ihr niemand wehtun konnte.

»Hör auf damit, du Hexe!« brüllte der Mann über ihr und starrte sie argwöhnisch an. Aber sie lachte weiter.

Mikoyan ergriff sein Gewehr und zielte zwischen ihre schönen, samtbraunen Augen. »Hör auf, sage ich!« knurrte er mit betrunkenem Zähnefletschen. Doch Anouschka hörte ihn nicht, und sie hörte auch nicht das Krachen der Kugel, als sie ihre Stirn durchbrach und ihre Schönheit in eine unkenntliche Masse aus zersplitterten Knochen und blutig zerplatztem Fleisch verwandelte.

Eine tiefe Stille senkte sich über den Wald. Schweigend blickten die Männer von Anouschka zu Mikoyan, der das noch rauchende Gewehr hielt. Der Mann, der Alexei festhielt, lockerte seinen Griff, aber der Junge rannte nicht fort. Reglos stand er da und starrte benommen auf das, was einst das Gesicht seiner Mutter gewesen war.

»Das wär's!« rief Mikoyan achselzuckend. »Wer ist jetzt an der Reihe? Sie ist noch warm — für das, was ihr vorhabt, braucht ihr sowieso kein Gesicht!« Ein rohes Gelächter erscholl, ehe der nächste über sie herfiel.

Die Augen geschlossen, begann Missie zu beten. Sie betete für Anouschkas Seele und für die Rettung des kleinen Jungen, obgleich sie sich fragte, ob es für ihn nicht besser wäre, auf der Stelle tot umzufallen als diesen Alptraum mitzuerleben.

Die Männer lärmten so laut, daß sie das herannahende Pferd nicht hörten, aber Missie hörte es, und sie spähte hoffnungsvoll in die Dunkelheit. War Mischa doch noch zu ihrer Rettung gekommen?

Der Hauptmann der Revolutionären Volksarmee war um die dreißig Jahre alt, glatt rasiert und mit einem eleganten, blaugrauen, langen Mantel und einer Fellmütze bekleidet. Die beiden jungen Männer in seiner Begleitung trugen Kosaken-Uniformen und ritten auf erstklassigen, widerstandsfähigen Pferden, die sie offenbar dem Eliteregiment der zaristischen Kavallerie abgenommen hatten.

»Mein Gott!« flüsterte der Hauptmann und vergaß für einen Augenblick, daß er nicht mehr an Ihn, sondern an das neue Regime und seinen Führer Lenin glaubte. Die Pistole gezogen befahl er seinen Männern mit gedämpfter Stimme, abzusteigen und sich schußbereit zu machen. Doch da entdeckte er plötzlich Alexei.

»Wartet!« wisperte er erregt. »Nicht schießen, da ist ein Kind!«

Mikoyan und die anderen Bauern lagen betrunken im

Schnee und feuerten den auf Anouschka liegenden Mann mit Obszönitäten an.

Mit einem Sprung war der Hauptmann zur Stelle und verpaßte einem von ihnen einen kräftigen Tritt. »Aufstehen!« brüllte er. »Hände über den Kopf!«

Schwankend erhoben sie sich. Der Hauptmann stieß den Mann von Anouschka herunter, und seine Leute erhoben die Gewehre und zielten.

Als sei er von einem Zauberbann erlöst, rannte Alexei los — und direkt auf Missie zu. Er warf sich neben sie in den Schnee und ergriff ihre eisige Hand. »Missie, Missie!« flehte er. »Hilf mir, bitte, Missie, ich hab' solche Angst . . .«

Sie kniff die Augen noch fester zusammen. Ihr ganzes Sein verlangte danach, Alexei in die Arme zu nehmen, ihn zu wiegen und zu trösten und zu versuchen, seinen Alptraum mit ihrer Liebe zu mildern, doch sie wußte, daß auch jene neu hinzugekommenen Männer ihre Feinde waren. Sie gehörten zwar einer anderen Richtung an, waren aber dennoch Feinde. Alexei hatten sie bereits, und wenn sie nicht weiterhin totstellte, würden sie Xenia ebenfalls finden. Und dann würden beide Kinder als Gefangene des neuen Regimes abgeschleppt werden. Wieder und wieder sagte sie sich vor, daß sie ihm nicht helfen konnte, ihm nicht helfen *durfte*. So hatte wenigstens Xenia eine winzige Chance. Alexeis Tränen netzten ihre Hand, und sie betete verzweifelt, sie möge die Stärke haben, ihn zu ignorieren.

»Ihr besoffenen, widerwärtigen Schwachköpfe! Ihr gehört in den Schweinestall zu den anderen Schweinen!« knurrte der Hauptmann. »Stellt sie der Reihe nach auf!« befahl er seinen Männern, die daraufhin mit ihren Gewehren die Bauern in eine schwankende Reihe stießen.

»Bringt mir den Jungen!« ordnete der Hauptmann an.

Ein Mann rannte los und holte Alexei herbei. Schweigend betrachtete ihn der Hauptmann. Alexeis Gesicht war aschgrau, und in seinen schönen Augen stand namenloses Grauen.

»Ich kannte deinen Vater«, sagte der Hauptmann schließlich. »Wäre es in meiner Macht gestanden, hätte ich dir diese

Nacht erspart. Aber was geschehen ist, ist geschehen, und du mußt dich der Sache wie ein Mann stellen. Ich will, daß du jetzt genau zusiehst, kleiner Junge. Ich werde dir zeigen, wie die Volksarmee deine Mutter rächen wird!« Ausdruckslos betrachtete er die Reihe betrunkener Bauern, jene Leute, für die die Revolution entfacht worden war. Schließlich rief er: »Feuer!«

Alexei hielt sich mit den Händen die Ohren zu, um den gräßlichen Schreien und Flüchen zu entfliehen, doch seine Augen schloß er nicht. Ernst und starr beobachtete er, wie ihre Körper sich unter dem Kugelhagel krümmten und aufbäumten, und erst als die letzten Zuckungen aufhörten, wandte er den Kopf und schaute dem Hauptmann stumm in die Augen.

»Komm«, sagte der Hauptmann und hielt Alexei die Hand entgegen, »wir müssen jetzt gehen.« Doch Alexei rannte zu seiner Mutter, kniete neben ihr nieder, hüllte zärtlich das dunkle, weiche Zobel-Cape um ihren blutverschmierten, nackten Körper und bedeckte ihre arme, eisige Hand mit Küssen. Darauf ließ er sich neben sie sinken, vergrub seinen Kopf in dem weichen Pelz über ihrer Brust und sog tief den vertrauten Duft von Veilchen in sich ein. Neben ihr im Schnee lag wie ein Tropfen frisch gefallenen Blutes ein Rubinring. Instinktiv schloß sich seine Hand darüber.

In der Ferne erklang das Donnern einer gewaltigen Explosion, und am Nachthimmel erschien ein unheilvolles, orangefarbenes Glühen. »Sie haben Varischnya in die Luft gejagt!« rief der junge Leutnant.

»Verfluchte Narren!« knurrte Hauptmann Solovsky wütend. »Dieser entfesselte Mob läßt sich einfach nicht mehr kontrollieren. Wir müssen sie zur Räson bringen, sonst erreichen wir unsere Ziele nie.«

Alexei blickte still in den glühenden Himmel. Sein Gesicht war leer, bar jeder Emotion. Unauffällig ließ er den Ring in seine Hosentasche gleiten.

»Komm!« sagte der Hauptmann erneut. »Du mußt das alles vergessen!« Alexeis ernster Blick bohrte sich in den seinen. »Vor dir liegt ein neuer Lebensabschnitt«, fuhr der

Hauptmann etwas barscher fort, »und wer weiß, vielleicht wirst gerade *du* beim Aufbau des neuen Rußland mithelfen.« Die Ironie dieser Bemerkung brachte ihn zum Lachen. »Ja, vielleicht wird sich gerade in dir der neue revolutionäre Menschenschlag erfüllen.«

Gehorsam folgte Alexei den drei Männern zu ihren Pferden. Hauptmann Solovsky hob ihn vor sich in den Sattel. »Die Toten können wir den Wölfen überlassen«, rief er gleichgültig seinen Männern zu. »Sie werden die Nacht sicher nicht überdauern.«

3

Während des gesamten, langen, anstrengenden Rittes hielt Grigori Konstantinov Solovsky den Jungen fest und sicher vor sich im Sattel. Der Weg ins dreißig Kilometer südlich gelegene Dvorsk verlief über eine tückische, weil beinahe unsichtbare Straße, vorbei an der Bahnstation von Ivanovsk, der kleinen Privatstation der Ivanoff-Familie, die allerdings, da die Schienen unter den Schneemassen begraben waren, nur durch die Signallampe und den Rauch aus der Hütte des Bahnvorstehers erkennbar war. Und jeden Meter ihres Weges schalt sich Solovsky, ein Narr gewesen zu sein.

Solovsky war ein Offizier der neu gegründeten »Roten Armee«. Er war ein harter Mann mit einer schweren Kindheit, und in seinem Leben gab es keinen Raum für zarte Gefühle. Ein Menschenleben mehr oder weniger, egal ob nun seines oder das des Jungen, spielte keine Rolle. Einzig die Sache der Bolschewiken, für ihn gleichbedeutend mit dem russischen Volk, lag ihm am Herzen. Und dennoch hatte das hilflose, verstörte Gesicht des Jungen eine Saite in ihm erklingen lassen. Es war derselbe Ausdruck, den er in seinem eigenen Gesicht gehabt haben mußte, als er vor vier Jahren seine drei Söhne an Typhus hatte sterben sehen. Er war stolzer Vater von vier gesunden Söhnen gewesen, die er für den Aufbau des neuen Rußland hatte einsetzen wollen, und dann war ihm nur einer geblieben. Und vorhin, in diesem Wald, hatte er es einfach nicht fertig gebracht, einen weiteren Jungen sterben zu lassen.

Die Idee war ihm ganz plötzlich gekommen. Er wußte, es war ein Risiko, welches bei seinen Mitstreitern, wenn sein Geheimnis entdeckt würde, ernsthafte Zweifel an der Aufrichtigkeit seiner revolutionären Gesinnung erwecken würde. Aber er hatte die menschliche Seele lange genug studiert, um zu wissen, daß das Risiko minimal war. Solovsky hatte die Frontsoldaten, die von den Schrecken des deutschrussischen Krieges zurückgekehrt waren, betreut. Er hatte Gefangene kennengelernt, die schwere Folterungen erlebt hatten, und er wußte, daß diese Menschen wenig redeten und keine Fragen stellten. Überleben konnten nur jene, die ihre persönlichen Bilder des Schreckens und Grauens in einer speziellen Kammer tief in ihrem Gehirn eingesperrt hatten, einer Kammer, die sie Zeit ihres Lebens verschlossen hielten. Und diejenigen, die sich erinnerten, wurden wahnsinnig.

Die nächsten Wochen würden über die Zukunft von Fürst Alexei Ivanoff entscheiden. Entweder der Junge würde die Szenen im Wald wie auch seine bisherige Identität und Vergangenheit vergessen und als ein Waise der Revolution von Grigori und Natalya Solovsky adoptiert werden, oder er würde sich in den Wahnsinn zurückziehen. Es gab nur diese zwei Möglichkeiten.

Solovsky stammte aus Sibirien, wo die Menschen rauh und hart waren. Wären sie es nicht, könnten sie nicht überleben. Jetzt lebte er in der kleinen Provinzstadt Potosk in Belorußland, der Heimat seiner Frau, wo das Leben sanfter und grüner war. Aber bei den seltenen Gelegenheiten, wenn er zu Hause war und mit Freunden bei einem Essen und unzähligen Gläsern Wodka zusammensaß, unterließ er es nie, sie an seine Überlegenheit als »Siberiusk« zu erinnern. Hatte er genügend Gläser intus, warf er sich auf die Knie und begann mit tiefer, donnernder Stimme, die Schweigen gebot, das alte Sprichwort »In Sibirien« zum Besten zu geben: »In Sibirien machen vierzig Grad unter Null noch *keinen Frost aus.«* Meist machte er nach diesem ersten Satz eine kurze Pause und betrachtete der Reihe nach sein Publikum, um sich dessen Aufmerksamkeit zu versichern. *»Hundert Kilometer machen keine Entfernung aus und ein halber Liter Wodka keinen Drink.«* An dieser Stelle hob er sein Glas und ließ sich nachschenken, ehe er grinsend fortfuhr: *»Und vierzig Jahre keine Frau.«* Dann kippte er, unter den begeisterten Zurufen seiner Gäste, den Wodka mit einem Schluck hinunter, und wenn die Menschen auch lachten, so war Solovski doch von der tiefen Wahrheit jenes Sprichwortes überzeugt.

Dieses Sprichwort kam ihm nun in den Sinn, als er auf dem Rücken seines kräftigen, alten Kavalleriepferdes saß, das sich wacker durch den Schneesturm kämpfte. Der Schnee gefror sogar schon im Fallen, und das Pferd rutschte und stolperte, wieherte auf und rollte angstvoll die Augen. Solovsky warf einen Blick zu seinen neben ihm reitenden Männern; sie waren von Kopf bis Fuß mit Schnee bedeckt. Nur ihre von einem weiß gefrorenen Wimpernkranz gesäumten Augen waren zu sehen. Solovsky empfand kein Mitleid mit ihnen, er hatte in seiner Jugend schlimmeren Unwettern widerstanden. Sie würden in jedem Fall nach Dvorsk durchreiten.

Er wickelte seinen Mantel fester um den Jungen, der so reglos dasaß, daß Solovsky nicht wußte, ob er bereits tot oder noch lebendig war. Während sie langsam durch die eisige Nacht ritten, dachte er an seine eigene Kindheit, und er dachte, wie seltsam das Leben doch spielte, daß gerade er, der Sohn einfacher Bauern, das Schicksal des Sohnes eines der reichsten Fürsten Rußlands in den Händen hielt.

Grigori wurde kurz vor der Jahrhundertwende als fünfzehntes Kind einer Bauernfamilie geboren, deren Vorfahren seit undenkbaren Zeiten immer im selben Dorf gelebt hatten. Die Solovskys waren durch langjähriges Einheiraten mit jedem Dorfbewohner verwandt, und so war es nur natürlich, daß sein Vater seine Cousine zweiten Grades — oder war es dritten Grades? — geheiratet hatte. Insgesamt hatte Grigoris Vater sechzehn Kinder gezeugt, von denen fünf die Kindheit überlebten, aber Grigoris Mutter lebte nicht lange genug, um noch eine *Babuschka* zu werden. Sie hatte mit sechzehn geheiratet und war mit fünfunddreißig gestorben, jung an Jahren, doch vom Aussehen her bereits eine alte Frau.

Die Familie lebte in einer Hütte, die sein Vater damals für seine Braut erbaut hatte. Er hatte dazu die Baumstämme verwendet, die aus den Holzfällerlagern der weiten, endlosen Wälder des Nordens mit dem Fluß vorbeigeschwemmt worden waren. Die nächste Stadt, Novosibirsk, bestand lediglich aus einer Ansammlung von Holzhütten an den Ufern des Ob, und sie war nur deshalb errichtet worden, weil die neue Transsibirische Eisenbahn den Fluß an genau dieser Stelle überquerte.

Eine der frühesten Erinnerungen Grigoris war es, wie sein Vater ihn zur Bahnstation mitgenommen und ihm einen schlanken, bärtigen Mann, der gerade dem Zug entstiegen war, gezeigt hatte. Der Mann war bleich wie der endlos graue Himmel über ihnen. Er stand am Bahnsteig und betrachtete schweigend die düstere, karge Landschaft und die Handvoll armer Bauern, die ihn ausdruckslos ansahen. Sein Blick fiel auf den kleinen Jungen, und für einen Moment starrten sie einander trübsinnig an. Schließlich huschte ein trauriges Lächeln über das Gesicht des Mannes, und er sagte: »Du, mein Junge, bist die Zukunft Rußlands. Vergiß das nie!« Nachdem er wieder in den Zug gestiegen und abgefahren war, erzählte ihm sein Vater, der Mann sei Vladimir Ilyich Lenin und befinde sich auf dem Weg in sein sibirisches Exil. Viele Jahre später las Grigori dann als Student, was Lenin über das Sibirien dieser Zeit geschrieben hatte: »Es ist eine unfruchtbare Wildnis ohne Behausungen und Städte.« Und Grigori verstand, was er meinte, denn die verlorene Landschaft schien sich in der Ewigkeit und im Nichts aufzulösen.

Grigoris ältere Schwestern heirateten beide Holzfäller und zogen mit ihnen in den fernen Norden. Er sah sie nie wieder. Seine beiden Brüder heirateten ihre Cousinen und ließen sich im anwachsenden Novosibirsk als Bahnarbeiter nieder. Und soweit es der damals achtjährige Grigori beurteilen konnte, waren sie keinen Deut besser dran als sein Vater.

Obgleich er keine Aussicht auf eine anders geartete Zukunft zu erwarten hatte, spürte er tief in sich doch, daß es außer dem immer gleichen, armseligen Leben als Bauer noch etwas anderes geben mußte. Manchmal stand er an der großen Bahnbrücke, die den Ob überspannte, und sann darüber nach, wie sie gebaut war und wer das Wissen haben konnte, solch ein Gerüst zu konstruieren, ohne daß es in sich zusammenfiel, und wie dieser Jemand wohl zu diesem Wissen gelangt war. Und fuhr der Zug aus dem fernen Moskau dann über die Brücke, stand er gebannt neben den Gleisen und winkte wild hinterher, bis der Zug von der grauen Unendlichkeit verschluckt wurde. Er dachte über die Passagiere nach, deren Gesichter er für den Bruchteil einer Sekunde gesehen hatte, ehe sie in eine unbekannte Welt entschwunden waren.

Diese Menschen kamen von Orten, deren Namen ihm unbekannt waren, aus großen Städten. Grigori wußte nicht einmal, wie eine »Stadt« aussah. Nachts lag er wach und lauschte dem entfernten Pfeifen des Zuges, das wie ein Klagelied über die weiten, trostlosen Ebenen hallte, und wenn er schließlich einschlief, verfolgte ihn dieser Laut bis in seine Träume. Der Zug und seine Passagiere waren ein Geheimnis, das ein armer Junge wie er niemals enthüllen würde, da er dumm und ungebildet wie seine bäuerlichen Vorfahren war.

Der Tradition entsprechend war er im Alter von sechs mit den anderen Dorfjungen zum Kühehüten geschickt worden, und mit acht erhielt er die Berechtigung, sich um die Pferde zu kümmern. An seinem sechzehnten Geburtstag würde er dann dem *Skhod*, dem Verband der Familienoberhäupter, beitreten und fortan als Erwachsener gelten. Für die Mädchen im Dorf war es anders. Ihnen wurden die eher untergeordneten Arbeiten anvertraut, wie Wasserholen vom Fluß, Holzsammeln und vor allem Mithilfe bei der Hausarbeit. In dem entlegenen Dorf hatte es noch nie eine Schule gegeben, doch in Novosibirsk war mittlerweile eine Schule für die

Kinder der lokalen Eisenbahnverwalter und Aufsichtsbeamten errichtet worden.

An einem Wintermorgen wanderte Grigori die zwanzig Kilometer zu der baufälligen Hüttenstadt, bis hin vor die Tür des kleinen, aus Holz erbauten Schulhauses. Die *Klassnaya dama* starrte ihn verwundert an. Für sein Alter war er recht klein; sein stämmiger Oberkörper und die kräftigen Beine verrieten seine bäuerliche Herkunft. Er war von Kopf bis Fuß in rauhen, selbstgesponnenen Stoff gehüllt: in das traditionelle hochgeschlossene Hemd, sackartige Hosen und in einen provisorischen Umhang. An den Füßen trug er primitive *velinki*, Fellstreifen, die mit Birkenrinde um die Füße gewickelt wurden. In seinen buschigen, schwarzen Augenbrauen blitzten Eiskristalle. Mit festem Blick und entschlossener Miene trat er nun vor die Lehrerin und teilte ihr mit, er wolle »lernen«.

»Aber was willst du denn lernen, Söhnchen?« fragte sie, über seinen Anblick lächelnd, da die Wärme des alten Kachelofens seine Augenbrauen auftaute und zahllose Tröpfchen über sein Gesicht rieseln ließ.

Grigori bemerkte es nicht einmal. »Alles!« antwortete er einfach.

Die Lehrerin stieß einen zufriedenden Seufzer aus. Ein Jahr mit einer widerspenstigen Meute junger Schüler, die im Winter lieber Schneeballschlachten veranstalten und sich im Sommer lieber gegenseitig in den Fluß werfen würden, hatte sie an ihrer selbstgewählten Laufbahn verzweifeln lassen. Jetzt hatte sie endlich jemanden, der nichts anderes wollte als »lernen«.

So kam es, daß Grigori zu der Lehrerin in das winzige Häuschen einzog und im Winter auf dem schmalen Holzregal über dem Kachelofen, im Sommer dann auf der kleinen Veranda schlief. Die *Klassnaya dama* lehrte ihn lesen und schreiben, und nachdem er dies geschafft hatte, führte sie ihn in die neue, wunderbare Welt der Geographie und Geschichte ein und schärfte darüber hinaus seinen Verstand mit Mathematik und anderen wissenschaftlichen Fächern. Als Gegenleistung holte er für sie Wasser und Holz, obwohl

41

dies als »Mädchenarbeit« galt und er dafür den Spott der anderen Kinder auf sich nehmen mußte. Und hin und wieder legte sein Vater wertvolle Päckchen aus frischen Eiern und Butter auf ihre Türschwelle.

Kurz vor Grigoris dreizehntem Geburtstag wurde ihr jedoch klar, daß sie ihn alles, was sie wußte, gelehrt hatte, sein Wissensdurst hingegen noch lange nicht gestillt war. Sie meldete Grigori für ein Stipendium in Moskau an, das er auch erhielt, und die *Klassnaya dama* ließ es sich nicht nehmen, ihren Schützling höchstpersönlich nach Moskau zu begleiten. Aber vorher schleppte sie ihn noch zu einem ansässigen Schneider, einem wagemutigen Juden, der sich im zunehmend expandierenden Novosibirsk niedergelassen und ein Geschäft eröffnet hatte. Dort erhielt Grigori als Geschenk der *Klassnaya dama* sein erstes Paar ordentlicher Hosen und einen richtigen Mantel. Mit vor Stolz roten Wangen posierte Grigori vor dem Spiegel und schwor sich, es ihr irgendwann zu vergelten.

Angetan mit seiner neuen Stadtkleidung durfte er schließlich in den Zug nach Moskau steigen, in jenen Zug, der sein Leben so lang begleitet hatte. Die Lehrerin brachte ihn zur Schule und küßte ihn unter den neugierigen Blicken seiner Mitschüler liebevoll zum Abschied. Vor ihrer Rückreise nach Sibirien wollte sie ihrer Familie in St. Petersburg noch einen Besuch abstatten. Und Grigori blieb plötzlich mutterseelenallein in einer gänzlich neuen Umgebung zurück, die ihm Angst einflößte.

Seine neuen Kleidungsstücke tauschte er gegen eine blaugraue, militärisch geschnittene Schuluniform ein, und seine Angst verbarg er hinter einer Maske aus Aggression. Dennoch errötete er, wenn er hörte, wie die in züchtig braune Kleider und schwarze Schürzen gekleideten Mädchen hinter vorgehaltener Hand über den »Wilden aus dem Hinterland« kicherten.

Einen Monat darauf kam seine geliebte *Klassnaya dama* bei einem Zugunglück nahe von Moskau ums Leben, und eine Weile glaubte Grigori, ebenfalls sterben zu wollen. Sie war für ihn die einzige Verbindung zwischen seiner Vergangenheit und seinem neuen Leben gewesen, und ohne sie fühlte er sich plötzlich völlig entwurzelt. Sein brennender Ehrgeiz wurde ihm schließlich zur Rettung. Und die Magie, die der Unterricht auf ihn ausübte.

Er überlebte die Schulzeit, indem er für sich blieb und die Hänseleien der gewandten Stadtkinder ignorierte, die ihn nach einer Weile auch in Ruhe ließen. Mit achtzehn erhielt er ein weiteres Stipendium in der St. Petersburger Politeknik-Hochschule. Die Studenten setzten sich vor allem aus Söhnen des Adels, des Militärs und der höheren Berufsstände zusammen; aus der Arbeiterklasse waren nur sehr wenige vertreten und aus der bäuerlichen Schicht noch weniger. Grigori zog es zu niemandem hin, aber er entwickelte einen bitteren, nagenden Neid auf die Aristokratensöhne, die ihr Studium völlig sorglos betrieben und in einer Nacht für Wein und Zigeunermädchen mehr ausgaben, als Grigori seiner Meinung nach je haben würde. Ein Teil von ihm sehnte sich danach, wie sie zu sein, und ein anderer Teil haßte sie, da er ihnen nie gleich werden würde. Damals wurde ihm bewußt, daß er und seinesgleichen — die inzwischen immer zahlreicher wurden — eine neue Klasse bildeten, die, wie er fest glaubte, eines Tages eine nicht zu unterschätzende Macht darstellen würde.

Der junge Grigori war ein williges Opfer der neuen Ideologie. Gierig verschlang er die Lehren von Marx und Engels, von Trotzkij und Lenin, da sie eine Saite in seinem Herzen zum Erklingen brachten. *Er* war der Mensch, über den sie redeten, der Bauer, der sich durch harte Arbeit und Ausbildung selbst den Weg geebnet hatte. Es war *sein* Verstand, und es waren *seine* Fähigkeiten, welche die neue Sozialdemokratische Arbeiterpartei benötigte, wenn die Zeit der Revolution heranbrechen würde — von deren Eintreffen er felsenfest überzeugt war. Grigori trat in die Partei ein, und die geheimen Treffen waren die Höhepunkte der ganzen Woche. Schon bald wurden ihm niedere Verwaltungsaufgaben übertragen, und wegen seines Eifers und seiner Hingabe erntete er den Respekt der Bezirksführer.

Als er die Politeknik-Hochschule mit Auszeichnung verließ, erhielt er eine Anstellung bei der Eisenbahngesellschaft in Moskau. Nun wußte er endlich, wie man die Brücken baute, von denen er als Kind geträumt hatte. Doch dieser Traum verblich bald gegen den Reiz, den die Idee des neuen Rußland für ihn ausmachte, eines Rußland, das dem Volk gehörte, für das Volk da war, eine Utopie, in der früher oder später alle sozialen Unterschiede beseitigt wären. Grigori glaubte wahrhaftig daran, daß diese Utopie in Erfüllung gehen würde und dann alle Menschen unterschiedslos am Wohlstand ihres Landes teilhaben könnten.

Er wurde in der Partei immer aktiver, reiste umher, warb neue Mitglieder an und ermutigte die Arbeiterverbände oder »Soviets«, für ihre Rechte zu streiken. Der bolschewistische Führer Lenin, den er vor zwanzig Jahren auf dem gottverlassenen Bahnsteig erstmals gesehen hatte, blieb weiterhin sein Idol.

Auf einer dieser Parteireisen begegnete er Natalya. Sie war sechzehn Jahre alt, so alt wie seine Mutter bei der Hochzeit, und sie besaß die für Belorußland typische kühle, weiße Haut, die rosigen Wangen und hellblonden Haare. Natalya wurde seine zweite Leidenschaft. Es spielte keine Rolle, daß sie ungebildet war. Der stämmige, dunkle Bauernsohn war hingerissen von ihrer plumpen, milchigen Sanftheit. Es genügte ihm, ihre weiche, makellose Haut zu berühren, ihre kirschroten Lippen, unerfahren wie die seinen, zu küssen und seine Hände durch ihr festes, gelbes Haar gleiten zu lassen. Ihre Familie sah in ihm eine gute Partie, und schon innerhalb eines Monats waren sie verheiratet.

Grigori führte seine frischgebackene Ehefrau in das trostlose Zimmer in Moskau, in sein »Zuhause«, und das Landmädchen gab sich auch alle Mühe, mit dem Leben in der großen Stadt zurechtzukommen. Sie füllte den altmodischen Samowar mit blubbernd heißem Wasser, damit sie seinen »Freunden«, wenn diese zu einer Besprechung kämen, stets frischen Tee anbieten konnte, und als sie dann entdecken mußte, daß alle nur Wodka tranken, war sie ziemlich geschockt. Sie hatte keine Ahnung, was all die Gespräche über »Anarchie« bedeuteten, und da Grigori oft auf

Reisen war, fühlte sie sich zunehmend einsam und nieder-
gedrückt.

Er spürte, wie unglücklich sie war, und als sie nach einigen Monaten schwanger wurde, brachte er sie zu ihrer Familie nach Belorußland zurück und besuchte sie, so oft er nur
konnte. In kurzen Abständen gebar sie ihm vier Söhne. Im
Lauf der Jahre nahm sein Ansehen in der Partei stetig zu,
und er war rundum glücklich. Bis die Typhusepidemie ausbrach, die Tausende von Menschen dahinraffte, einschließlich drei seiner Söhne. Nur Boris, der jüngste, blieb davon
verschont.

1914 führte Rußland Krieg gegen die Deutschen, und Grigori wurde in die Armee eingezogen. Wegen seines akade-
mischen Grades und seiner Reitbegabung wurde er zum
Unteroffizier einer Kavallerie-Einheit der zaristischen Armee
ernannt. Der Krieg entwickelte sich zu einer Katastrophe für
Rußland und forderte zahllose Menschenleben, und sehr
bald schon wurde Grigori zum Hauptmann befördert. Die
sinnlose Vergeudung menschlichen Lebens, die er tagtäglich an der Front miterlebte, bedrückte ihn zutiefst. Die
Durchfahrt durch Rußlands schmale, schlammige Straßen
verlief nur noch im Schneckentempo; die Versorgungswag-
gons blieben auf halber Strecke im Morast stecken, und
seine Männer hatten gegen die feindliche Übermacht keine
Chance. Die halberfrorenen, ausgehungerten Soldaten wurden niedergemetzelt oder starben an der Ruhr, und Grigori
konnte nichts dagegen tun.

Die Revolution, auf die er so lange hingearbeitet hatte,
setzte im Februar 1917 mit den St. Petersburger Aufständen
wegen der Brot- und Kohleknappheit ein. Nachdem Grigori
von der Front zurückgekehrt war, half er bei der Neugrün-
dung des militanten Arbeiter- und Soldatenrates. Bald darauf sah sich Zar Nikolaus zur Abdankung gezwungen. Aber
im Lauf der folgenden Monate stellte sich heraus, daß die
neue Regierung unfähig war, die Nahrungsmittelknappheit
zu bewältigen. Lenin kehrte nach Moskau zurück, und unter seiner Führung begann die Oktoberrevolution.

Grigoris schönstes Erlebnis war, als er seinem Helden vorgestellt wurde. Lenin sah für ihn noch genauso aus wie damals: bleich, bärtig, schmal und mit diesem intensiven Blick, der direkt in Grigoris Seele zu dringen schien. Auf der Stelle wurde ihm klar, daß er, wenn nötig, für diesen Mann sein Leben opfern würde, denn seiner Überzeugung nach konnte einzig Lenin Rußland noch retten. Von dieser Meinung war Grigori nie abgewichen.

Er blickte auf den in seinen Mantel gehüllten Jungen herab. Es lag nun an ihm, zu beweisen, daß man aus einem Angehörigen der verhaßten Oberschicht einen echten Revolutionär machen konnte.

Dvorsk bestand lediglich aus einer Reihe düsterer Holzhäuser, die sich entlang der Bahngleise hinzogen. Grigori wurde über der Bäckerei einquartiert; der Bäcker besaß zwar nur einen kleinen Vorrat an Mehl, doch bei ihm war es warm, und die Vorräte reichten allemal für einen Teller heißer Kartoffelsuppe, ein Stück bitteres, dunkles Roggenbrot und ein, zwei Gläschen Wodka zum Hinunterspülen. Grigori erhielt ein eigenes Zimmer, und seine Männer würden auf dem Fußboden der Bäckerei schlafen. Nachdem Grigori sie aufgefordert hatte, sich aufzuwärmen und etwas zu essen, ritt er zum Bahnhof. Der Zug nach St. Petersburg hätte um sieben Uhr abends ankommen sollen, war aber trotz der späten Stunde noch immer nicht eingetroffen. Der Bahnhofsvorsteher hatte keinerlei Kommunikationssystem, und niemand wußte, wann der Zug endlich kam — es konnte Stunden dauern, Tage, vielleicht sogar Wochen.

Grigori bat den Bahnhofsvorsteher, ihm beim Herannahen des Zuges unverzüglich Bescheid zu geben, und ritt dann zur Bäckerei zurück. Er trug Alexei in sein Zimmer und legte ihn auf die schmale Eisenpritsche, dem einzigen Bett im Raum. Das Gesicht des Jungen war kalkweiß und seine Hände eisig, aber seine Augen standen nach wie vor unter dem Schock der schrecklichen Erlebnisse weit offen.

Grigori setzte sich neben ihn auf das Bett und redete ruhig auf ihn ein. Er sprach englisch, die bevorzugte Sprache der adligen Russen, die er sich während des Studiums angeeig-

46

net hatte. »So, junger Mann«, begann er, »denn nach der letzten Nacht bist du nicht länger ein kleiner Junge. Wir müssen jetzt an deine Zukunft denken und die Vergangenheit ruhen lassen.« Mit fester, eindringlicher Stimme redete er weiter: »Ich will, daß du das, was du gesehen hast, aus deinem Gedächtnis tilgst. Dein Vater und deine Mutter sind tot. Du bist nicht länger der Sohn von Mischa Ivanoff. Jetzt bist du mein Sohn, und dein Name lautet Sergei . . . Sergei Solovsky. Hast du das verstanden?«

Alexei nickte und starrte Grigori mit weiten, unergründlichen grauen Augen an. Den Augen seines Vaters.

Tatsächlich war die Ähnlichkeit zwischen Alexei und Fürst Mischa, den Grigori bei den Treffen der *Duma*, des Parlaments, mehrfach gesehen hatte, so frappierend, daß Grigori fürchtete, der Junge könne erkannt werden. Erneut fragte er sich, ob er richtig handelte, aber mit einem Achselzucken sagte er sich, daß es für eine Rückkehr sowieso schon zu spät sei; er würde den Jungen eben für eine Weile vor der Öffentlichkeit verbergen müssen. Abgesehen davon, reizte ihn das Experiment. Er würde die natürliche Ordnung der Dinge umkehren. Er war ein einfacher Mann, der auf Grund seiner Ausbildung Teil der neuen Elite geworden war. Und nun würde er diesen aus der Elite stammenden Fürstensohn in einen einfachen Mann verwandeln — und dann würde er sehen, was er aus ihm machen konnte.

Als er dem Jungen eine gute Nacht gewünscht hatte, blies er die Kerze aus, legte sich, in seinen Mantel gewickelt, auf den Boden und schlief auf der Stelle ein.

4

Genf
Versonnen in sein Champagnerglas blickend, grübelte Cal Warrender über das Mißlingen seines Vorhabens nach. Die luxuriöse Hotelbar des Beau Rivage war hell erleuchtet und warm, aber draußen tobte ein heftiger Sturm, der die

Schneeflocken durch die Luft wirbelte, ehe sie sich in sanften, weißen Schneewehen niederließen. Wegen des plötzlichen Unwetters war der Genfer Flughafen geschlossen worden, und so blieb Cal nur die Aussicht auf ein einsames Dinner und die betrübliche Gewißheit, daß der Ivanoff-Smaragd für ihn vorerst verloren war. Er war von einem gerisseneren Interessenten geschlagen worden.

An der Bar saß Valentin Solovsky in Begleitung zweier Russen und trank schweigend seinen Wodka. Die drei Männer sahen genauso trübsinnig aus, wie Cal sich fühlte, und er fragte sich, ob Valentin Solovsky etwa ebenfalls dem Smaragd nachtrauerte und keine Ahnung hatte, wie er der geheimnisvollen »Dame« nun auf die Spur kommen könnte. Wenn freilich die Russen den Stein nicht gekauft hatten, wer dann?

Zweifellos weilte Valentin aus demselben Grund wie er in Genf: Er hatte den Auftrag, die »Dame« zu finden. Und sowohl er als auch Valentin wußten, daß es nicht um das Geld, sondern um die Minen ging.

Als Fürst Ivanoff vor langer Zeit den Maharadja getroffen hatte, hatten sie sich mit ihren Geschenken nicht nur der gegenseitigen Achtung voreinander versichert, sondern auch den Kaufvertrag besiegelt, der den Fürsten zum Besitzer eines Grundstücks in Rajasthan machte. Der Fürst hatte herausgefunden, daß dieses Gebiet reich an Wolfram war, einem Element, das man zum Härten von Stahl benötigte, und sofort den Wert für die neue, technisierte Welt erkannt. Gleich nach der Revolution hatten dann die Russen Besitzansprüche auf die Minen geltend gemacht, da sie angeblich ein legales, von Fürst Mischa Ivanoff unterzeichnetes Dokument besaßen, in dem er der neuen Sowjetrepublik die Minen überschrieben hatte; um jeglichen Einwänden zuvorzukommen, hatten sie beigefügt, daß die Minen sowieso von Rechts wegen Rußland gehörten, da jegliches Privateigentum mittlerweile in den Staatsbesitz übergegangen sei. Die Authentizität des Dokuments war damals bezweifelt worden, doch da kein Mitglied der Ivanoff-Familie sich je gemeldet und irgendwelche Ansprüche geltend gemacht hatte, war die Sache vorerst ad acta gelegt worden, zumal die westlichen Nationen nie ein sonderliches Interesse an den Minen gehabt hatten. Vor kurzem hatte man jedoch entdeckt, daß die Minen auch große Mengen eines für die moderne Industrie wichtigen Elements enthielten — vor allem für die Verteidigungsindustrie. *Und die moderne Kriegführung.* Seitdem war die ganze Welt damit beschäftigt, Rußlands Besitzansprüche in Frage zu stellen.

Cal wußte, daß die Russen zum Beweis ihres rechtmäßigen Anspruchs die Unterschrift eines Ivanoff benötigten. Wenn sie die »Dame« zuerst fänden, würden sie diese Unterschrift bekommen — und wieder einmal die ganze restliche Welt mit ihrer überlegenen Macht einschüchtern.

Verdrießlich leerte er seinen Champagner, den er eigentlich zur Aufheiterung bestellt hatte — und als Bluff, damit die Russen dachten, er feiere den Erwerb des Smaragden. Er war auf eigenen Wunsch hin auf diesen Fall angesetzt worden und hatte weder vom CIA noch vom FBI Untestützung gefordert . . . in dieser Sache wollte er ganz allein arbeiten. Und wenn er den Fall zu einem guten Abschluß brächte, würde er auf der politischen Karriereleiter einen entscheidenden Sprung nach oben machen. Immerhin befand er sich bereits auf der richtigen Spur. »Es ist eigentlich ganz einfach«, hatte er damals gesagt. »Wir müssen nur die Edelsteinschleifer befragen. Und die werden uns dann zu dem Besitzer führen.«

Es hatte wie ein Spiel begonnen. Zuerst war er nach Amsterdam gereist und hatte Peter van Stalte, rangältester Edelsteinschleifer und ein ehrlicher Mann obendrein, aufgesucht. Van Stalte hatte gesagt, der Smaragd sei in der Stadt nicht gesehen worden, und er persönlich hätte den Job auch nicht gern übernommen. »Zu riskant«, hatte er erklärt und stirnrunzelnd an seinem kurzen Bart gezupft. »Auch die sicherste Hand in Amsterdam könnte einen Erfolg nicht garantieren.«

In Jerusalem hatten ihm die Israeli mitgeteilt, daß sie den Smaragd weder gesehen noch das Wagnis, ihn zu zerteilen, auf sich genommen hätten. Ihrer Auffassung nach gebe es nur einen einzigen Mann, der solch ein Unterfangen möglicherweise riskiert haben könnte: Gerome Abyss. Aber Abyss sei nach einer Reihe von Mißgeschicken mit großen, wertvollen Diamanten aus Paris und aus der Edelsteinschleifer-Szene verschwunden. Die gewölbte Hand wie ein Glas zum Munde führend, hatte Stein, ein Fachmann aus Israel, gesagt: »Im Grunde hat allein der Schottische Whisky Gerome Abyss in den Ruin getrieben. Gerüchten zufolge soll er in Hongkong oder Singapur untergetaucht sein. Oder war es Bangkok?«

Cal hatte sich auf die Information von Interpol verlassen, derzufolge Abyss zuletzt in Bangkok gesehen worden war, einem der Hauptzentren für die Edelsteinschleiferei im Fernen Osten, aber seine Suche hatte irgendwo in einer schäbigen Seitenstraße der Patpong Road ein Ende gefunden. Er hatte auf die schmuddelige Visitenkarte gestarrt, die mit einer Reißzwecke neben der Eingangstür befestigt war. Sein Klingeln war unbeantwortet geblieben, und die Angestellten der Klinik für Geschlechtskrankheiten hatten ihm versichert, Abyss seit Wochen nicht mehr gesehen zu haben. Zwei ganze Tage war er daraufhin durch das Dschungelnetz der benachbarten Straßen gewandert und hatte in jeder einzelnen Bar nach dem Besitzer des Hauses gefragt, doch als er ihn schließlich gefunden hatte, wünschte er fast, es wäre ihm nicht geglückt.

Das Büro des Mannes befand sich im hinteren Teil eines neonglitzernden »Massagesalons« mit daran angeschlossener Bar. Aus den gigantischen Lautsprechern plärrte ohrenbetäubende Disco-Musik, und auf der kleinen Bühne schwenkten halbnackte Thaimädchen lethargisch ihre schmalen Hüften, während die Handvoll Gäste schweigend dasaß und hinter schweren Lidern lüstern dem Schauspiel folgte. Als Cal nach dem Hausbesitzer fragte, tauchten aus dem Schatten plötzlich zwei Muskelmänner auf, die ihn wortlos an den Armen packten. Sie drängten ihn über einen langen Flur, vorbei an der Bar und den »Massage-Mädchen«, die vor dürftig verhangenen Abteilen kauerten und schwatzend und rauchend darauf warteten, ihre »Künste« dem unentwegt vorbeiflanierenden Strom an Männern darzubieten. Ein Mädchen rief Cal zu sich, mit den Händen auffordernd über ihren zarten Körper streichelnd. »Komm zu mir, Mister, ich werde dich verwöhnen!« rief sie kichernd. Die Muskelmänner zerrten ihn jedoch weiter und schoben ihn schließlich in ein Zimmer am Ende des Ganges. Nach dem ekelerregenden Gestank von Schweiß, Ammoniak und Desinfektionsmitteln, gegen den selbst das schwere, billige Parfum der Mädchen machtlos gewesen war, war Cal schon um die abgestandene Luft im Büro dankbar, und er atmete einige Male tief durch, während er neugierig den kleinen Mann hinter dem riesigen Schreibtisch musterte.

Der Mann war kein Thai, sondern Laote. Mit seinem glatten, gelben Gesicht wirkte er völlig alterslos. Seine Augen waren so schmal, daß man unmöglich die Farbe, geschweige denn einen Ausdruck erkennen konnte. Er war auffallend klein und schien in dem imposanten, geschnitzten Teakholz-Stuhl förmlich zu versinken. Seine winzigen Kinderhände spielten unentwegt mit einer Schnur aus Bernsteinen. Links und rechts von seinem Stuhl stand ein weiteres Paar furchteinflößender Bodyguards, und Cals Kehle wurde mit einem Mal sehr trocken. Natürlich hatte er um die kriminelle Unterwelt Bangkoks gewußt, doch er hatte nicht erwartet, einfach so hineinzustolpern. Diese Männer kontrollierten die Geschäftswelt, und zum Glück war es nicht die Art von Geschäft, mit der Cal zu tun hatte: Sie waren Drogenhändler, Zuhälter, Kredithaie . . .

»Ich habe nur eine einfache Frage an Sie, Sir«, begann er ausgesucht höflich. »Ich suche einen Edelsteinschleifer namens Abyss.«

Der Laote musterte ihn eingehend, ehe er mit hoher, quiekender Stimme fragte: »Weshalb?«

»Weshalb?« wiederholte Cal hilflos.

»Weshalb suchen Sie Abyss? Schuldet er Ihnen etwa Geld?«

»Oh, nein, nein! Abyss schuldet mir nichts. Ich, äh . . . ich habe einen Job für ihn.«

»Zeigen Sie mir den Stein, den er für Sie schleifen soll!«

»Den Stein?« Cal fühlte, wie ihm der Schweiß den Nacken hinunterlief, und fragte sich, wie in Drei-Teufels-Namen er in diese Situation gekommen war. »Ich habe ihn in Amsterdam gelassen. Es ist ein ganz spezieller Stein. Man sagte mir dort, nur Abyss könne ihn schleifen.«

Ein langes Schweigen trat ein. Cal zwang sich, dem unergründlichen Blick des Laoten standzuhalten, und verfluchte sich im Stillen dafür, sich in solch eine verzwickte Lage gebracht zu haben.

»Sie lügen!« sagte der Laote schließlich mit seiner dünnen Stimme. »Abyss ist ein Säufer. Seine Glanzzeit als Edelsteinschleifer ist längst vorbei. Er schafft es gerade noch, seinen Alkoholkonsum mit dem Schleifen und Polieren minderwertiger Steine zu finanzieren. Aber er verdient nicht genug, um mich auszubezahlen. Mr. Gerome Abyss ist vor zwei Monaten verschwunden, obgleich er mir für verschiedene Dienste noch Geld schuldet. Das war ... unklug. Verstehen Sie?« Als er fortfuhr, war sein Lächeln so schmal und ausdruckslos wie seine Augen. »Mein Kollektor war nachlässig; er gewährte Abyss einen Aufschub — etwas, das ganz entschieden gegen meine Regeln verstößt. Nun, der Kollektor hat inzwischen natürlich seine gerechte Strafe erhalten. Und was Mr. Abyss betrifft ... er schuldet mir insgesamt eintausend Dollar. Keine große Summe ... aber *niemand*, hören Sie, *niemand* hat jemals meiner Organisation Geld geschuldet, ohne dafür zur Rechenschaft gezogen zu werden! Tja, Mr. ... Warrender, da Abyss anscheinend ein Freund von Ihnen ist, wie wäre es dann, wenn *Sie* seine Schulden begleichen würden? Als eine Art Bußgeld gewissermaßen. Und als Gegenleistung werde ich Ihnen erzählen, was ich weiß.«

Als Cal ihn überrascht anstarrte, verschwand das Krokodilslächeln aus seinem Gesicht. Was könnte der Laote ihm schon sagen? Daß sie Abyss wegen der tausend Dollar umgebracht hatten? Diesen Kerlen traute er alles zu ... wobei der Tod wahrscheinlich noch die gnädigere Variante war. »Tausend Dollar?« fragte er dennoch, während er in sein Jackett griff, um die Brieftasche herauszuholen.

Der Gorilla neben ihm hielt seinen Arm fest, und am Nacken spürte er das weiche, kühle Metall eines Messers.

»Wollen wir uns wegen der Zinsen auf fünfzehnhundert einigen?« schlug der Laote lächelnd vor.

Cal nickte, und der Laote bedeutete dem Muskelmann mit einer kurzen Bewegung seiner winzigen Hand, Cal loszulassen.

Cal atmete erleichtert auf, da er schon gefürchtet hatte, als eine weitere anonyme Leiche, die aus den Tiefen des Chao Phraya gefischt wurde, in die Statistik einzugehen. Nervös sagte er: »Nehmt ihr Jungs Traveller-Schecks? Oh, das war nur ein Scherz, nichts als ein dummer Scherz!« wandte er hastig ein, als er bemerkte, wie die Augen des Laoten in wütenden Schlitzen verschwanden und sein dünner Mund noch schmaler wurde. »Fünfzehnhundert Dollar, ja?« Er zog die fünfzehn Scheine aus seiner Brieftasche und legte sie auf den Schreibtisch. »Und Sie erzählen mir jetzt, wo ich Abyss finde?«

Der Laote winkte einem seiner Gorillas, das Geld wegzunehmen, und sagte dann: »Mr. Abyss' Spur wurde von Kuala Lumpur bis Singapur verfolgt, und dann weiter nach Jakarta, wo er, meinen Kontaktpersonen zufolge, eine Frachterüberfahrt nach Istanbul suchte. Weiter sind meine Nachforschungen noch nicht gediehen. Und da die Schulden nun bezahlt sind, wird das auch nicht länger notwendig sein. Leben Sie wohl, Mr. Warrender!«

Als die Muskelmänner erneut seine Arme packten und ihn unsanft durch den Gang geleiteten, überlegte Cal, woher der Laote seinen Namen gewußt hatte. Er mußte von seinen Erkundigungen gehört und es dann als seine Pflicht angesehen haben, seine Identität herauszufinden. Der Laote war kein Mensch, an dem irgend etwas vorbeigehen konnte.

Die Massage-Mädchen lugten hinter ihren schäbigen Vorhängen hervor und blickten ihm schweigend nach. In der Bar flackerten nach wie vor die roten und blauen Neonlichter, und aus den Lautsprechern röhrte in unverminderter Lautstärke die Disco-Musik. Ehe er sich's versah, beförderte ihn ein Stoß in den Rücken auf die Straße hinaus, und er sog die feuchte, faulige Luft der Patpong Road in sich ein, als sei sie der Atem des Lebens.

Er nahm den nächsten Flug nach Istanbul, der alten Stadt, die einst Konstantinopel und noch früher Byzanz geheißen hatte. Bei seiner Ankunft regnete es, und die prächtigen Kuppeln und Minarette waren unter den tiefhängenden Wolken verborgen. Selbst der berühmte Bosporus war enttäuschend grau.

Um den Hafen erstreckte sich ein heruntergekommenes, verwahrlostes Industriegebiet, voll von russischen Frachtern und schrottreifen, türkischen Schiffen. Land und Meer verschmolzen in dem geisterhaften Dunst zu einer einzigen Nebelwand, und der feine Nieselregen durchweichte Cal bis auf die Haut, als er an den Docks entlangspazierte, um den kleinen Beamten der Einwanderungsbehörde zu suchen, der ihm, laut Interpol, gegen eine entsprechende Summe eventuell weiterhelfen würde. Aber auch als er ihn schließlich aufgespürt hatte, mußte er sich noch zwei weitere trübselige, graue Tage durch die Akten kämpfen, bis er endlich fand, wonach er gesucht hatte.

Er verglich das Foto in den Einwanderungspapieren mit dem Foto, das er von Interpol erhalten hatte. Kein Zweifel, das war der richtige Mann. Das runde, durch die Hitze der Fotolampen mit einem glänzenden Schweißfilm überzogene Gesicht, dessen Haut sich straff über die Fettwülste spannte, war ebenso unverkennbar wie die kleinen, listigen Äuglein und die fleischigen Lippen. Als einzige Tarnung hatte Abyss seine spärlichen Haare in ein absonderliches Rot gefärbt, sich einen Schnurrbart wachsen lassen und sich einen neuen Namen zugelegt — wenngleich er auch dabei nicht gerade besondere Originalität bewies: Er hatte sich kurzerhand in George Gerome umbenannt, seinen Angaben zufolge ein Stoff-Fabrikant aus Nimes, in Frankreich, der türkische Baumwollwaren nach Europa exportieren wollte. Als Adresse war ein kleines Hotel in der Innenstadt angegeben.

Cal schrieb sich die Informationen auf, steckte Abyss' Foto in die Tasche, drückte dem nervösen Beamten ein zusätzliches Trinkgeld von fünfzig Dollar in die gierig ausgestreckte Hand und machte sich auf den Weg zum Hotel.

Nach einem kurzen Geplauder mit dem Empfangschef und weiteren fünfzig Dollar Schmiergeld erhielt er die Gästeliste der letzten zwei Monate, in der jedoch kein Mr. Gerome verzeichnet war. Ein paar diskrete Fragen bestätigten seinen Verdacht, daß niemand, auf den Abyss' Beschreibung passen würde, in letzter Zeit einen Fuß in das Hotel gesetzt hatte. Cal befand sich wieder dort, wo er angefangen hatte.

Hinter den dreispurigen Boulevards des modernen Istanbul verbarg sich ein Labyrinth von schmalen, mittelalterlichen Gassen, die sich die Hügel entlangzogen und von verfallenden Holzhäusern mit düsteren, geheimnisvollen Innenhöfen gesäumt waren. Es war eine Stadt, in der ein Mensch, wenn er wollte, problemlos untertauchen konnte. In seinem Beruf arbeitete Abyss bestimmt nicht mehr, denn für das Zerteilen des Ivanoff-Smaragden hatte er sicher eine Stange Geld bekommen. Wahrscheinlich investierte er jetzt sein gesamtes Vermögen in besten Schottischen Whisky und soff sich stillvergnügt zu Tode. Achselzuckend sagte sich Cal, daß er diesmal eine Niete gezogen hatte.

Und jetzt saß er im eingeschneiten Genf fest, ohne den Smaragd und ohne Hinweise auf den Besitzer — weder den alten noch den neuen. Sein brütender Blick schweifte zu Solovsky, der nach wie vor mit seinen russischen Freunden an der Bar stand. Unbestreitbar hatte Solovsky eine ganz eigene Ausstrahlung, die ihn von seinen Landsmännern unterschied. Nicht nur, daß er sie an Größe und Breite überragte; nein, in seinem gesamten Gebaren und Verhalten lag ein Hauch des alten Rußland. Selbstvertrauen gepaart mit höflicher Vornehmheit, entschied Cal — notwendiges Rüstzeug für einen Diplomaten. Plötzlich wandte sich Solovsky um und begegnete seinem Blick. Ohne zu lächeln, nickte er Cal zu, drehte sich dann wieder um und orderte eine neue Runde Wodka. Sie kannten einander nur flüchtig, aber Cal war überzeugt, daß er mehr über Solovsky wußte, als dieser über ihn.

Valentin Solovskys Ausbildung war von Anfang an gezielt auf eine politische Karriere ausgerichtet gewesen, und mit sechsunddreißig hatte er sich bereits einen Namen im Außendienst gemacht: als Presse-Attaché der russischen Botschaft in Paris, als Militär-Attaché in London und zuletzt als Kultur-Attaché in Washington. Paris, London, Washington, sinnierte Cal, während er seinen Champagner trank. Für den Sohn des obersten Mitglieds des Politbüros, Marschall Sergei Solovsky, und den Neffen des gefürchteten KGB-Leiters, Boris Solovski, war das Beste gerade gut genug. Selbst in der Volksrepublik war die Vetternwirtschaft anscheinend nicht totzukriegen.

Valentins Kopf drehte sich zur Tür. Cal folgte seinem Blick. An der Tür zur Bar stand zögernd Genie Reese. Sie sah schön aus, wenn auch etwas mißgestimmt.

Cal war Genie mehrfach bei Pressekonferenzen im Weißen Haus und auf Washingtoner Partys begegnet. Seiner Meinung nach war sie eine verdammt gute Reporterin. Sie war klug, ihre Recherchen waren immer sorgfältig und ihre Storys nie manipulativ. Und sie war absolut aufrichtig. Abgesehen davon war sie eines der attraktivsten Mitglieder des Washingtoner Presseverbands — ein Detail, das Valentin Solovsky anscheinend nicht entgangen war.

Als Genie, die auf einen Fenstertisch zusteuerte, an Cal vorbeikam, rief er ihr zu: »Sie haben doch nicht die Absicht, ganz allein zu trinken, Genie!« Er deutete auf den Eiskübel mit der Champagnerflasche auf seinem Tisch. »Wollen Sie mir nicht ein wenig Gesellschaft leisten?«

Ihre blauen Augen musterten ihn unentschlossen, ehe sie schroff erwiderte: »Tut mir leid, ich will einen Moment allein sein. Ich muß über etwas nachdenken.«

»Müssen wir das nicht alle?« murmelte Cal philosophisch vor sich hin. Er beobachtete, wie sie sich an einen freien Tisch setzte, ihre blonde Mähne nach hinten schüttelte und den Ober um ein Glas frischen Orangensaft mit Eis bat. Kein Alkohol? dachte er verwundert. Schließlich war der Arbeitstag beendet, und die meisten anderen Presseleute würden jetzt die Flaschen anrollen lassen, als sei für morgen die Prohibition angekündigt. Genie Reese schien über eine *wirklich ernste* Sache nachdenken zu müssen.

Zu schade, daß sie ihm nicht Gesellschaft leisten wollte, dachte er, während er sich seufzend nachschenkte. Solovsky hatte sich wieder seinen Begleitern zugewandt und war in ein intensives Gespräch vertieft. Cal schaute auf seine Uhr. Halb neun war sicher nicht zu früh für ein Abendessen. Und wenn schon, er war jedenfalls verflucht hungrig. Mit einem Nicken in Genies und Solovskys Richtung verließ er die Bar und machte sich auf den Weg ins Restaurant.

5

Aus den Augenwinkeln beobachtete Genie, wie Cal die Bar verließ. Er wirkt gut durchtrainiert, dachte sie; ohne den für Washingtoner Politiker typischen Fettansatz als Ergebnis zu vieler üppiger Geschäftsessen und Dinnerpartys.

Sie wußte, daß Cal auf dem Washingtoner Heiratsmarkt als gute Partie galt. Er war im richtigen Alter, ungebunden und heterosexuell. Und zudem recht attraktiv: groß und schlank, mit vertrauenerweckenden, rötlichbraunen Augen, drahtigen, dunklen Haaren und einem festen, muskulösen Körper, wie ihn die Frauen liebten. Nicht zuletzt war er ein Mann, dem man eine große Zukunft vorhersagte. Für jede verkupplungswütige Gastgeberin mußte er der ideale Partygast sein; und für jede Frau der ideale Ehemann. Aber Genie hatte das dumpfe Gefühl, daß für Cal die Arbeit absoluten Vorrang hatte. Er liebte seinen Job ebensosehr wie sie.

Die meisten Gäste in der Bar waren ihr bekannt: Da war der Herausgeber der spanischen Zeitschrift *Hóla,* eine Reihe sehr eleganter Französinnen, die ihr schon auf der Auktion aufgefallen waren, und ein paar bekannte, aber für sie dennoch uninteressante Leute, da sie lediglich im gesellschaftlichen Leben eine Rolle spielten. Gib es ruhig zu, sagte sie sich seufzend, du bist völlig in die Politik vernarrt — und genauso ehrgeizig wie Cal Warrender.

Als ihr Blick auf den Rücken eines an der Bar sitzenden, großen, blonden Mannes fiel, verengten sich ihre Augen. *Valentin Solovsky.* Was, zum Teufel, machte *der* denn hier? Auf der Auktion hatte sie ihn nicht gesehen — doch aus welchem Grund sollte er sonst in Genf sein? Zur Zeit wurden keine UN-Sitzungen abgehalten, und wären irgendwelche anderen wichtigen Treffen anberaumt, hätte sie bestimmt davon erfahren. Außerdem liefen in Washington genügend Veranstaltungen, die die Anwesenheit des russischen Kultur-Attachés erfordert hätten. Heute sollte beispielsweise das Kirov-Ballett im Kennedy Center auftreten. Als Ehrengast würde der Präsident höchstpersönlich anwesend sein, und anschließend wollte die russische Botschaft eine riesige Party geben, zu der das gesamte Diplomatencorps eingeladen war. Die Veranstaltung war eines der Glanzlichter auf dem kulturellen Kalender. *Wenn Solovsky also anstatt in Washington in Genf war, dann hatte er dafür einen überaus wichtigen Grund. Und Cal Warrender ebenfalls!*

Als sie das Glas hinstellte, zitterte ihre Hand so sehr, daß die Eiswürfel aneinanderklirrten. Großer Gott! dachte sie. Dann stimmen die Gerüchte also doch! Rußland und Amerika kämpfen tatsächlich um den Besitz des Ivanoff-Smaragden — zu jedem Preis! Aber *weshalb?* Und *weshalb* hatten sie zugelassen, daß jemand anderer ihnen den Smaragd vor der Nase wegschnappte? Lagen in den Schweizer Banken tatsächlich Milliarden? War es das, was sie wollten? Und was hatte es dann mit dem Gemunkel auf sich, die Großmächte jagten hinter etwas völlig anderem her? Entschlossen stand sie auf und glättete ihren schwarzen Rock. Es gab nur eine Möglichkeit, das Rätsel zu lösen. Als sie die Bar verließ und durch die Halle zum Restaurant schritt, merkte sie mit einigem Unbehagen, wie ihr Valentin Solovskys dunkle Augen nachdenklich folgten.

»Hi!« Sie blieb an Cals Tisch stehen und strahlte ihn freudig an. »Haben Sie etwas dagegen, wenn ich von Ihrem Angebot jetzt doch noch Gebrauch mache? Der Schneesturm scheint ja gar nicht mehr aufzuhören. Schon komisch, so plötzlich den Gewalten der Naturkräfte ausgeliefert zu sein.

Ganz allein in einem fremden Land ... verstehen Sie, was ich meine?«

»Klar!« Er erhob sich, während der Ober den Tisch zurückschob, um Genie Platz zu machen.

Der Ober füllte Genies Glas mit Champagner. Sie prostete ihm zu. »Gibt's etwas zu feiern?« fragte sie unschuldig.

Cal grinste. »Ja, daß *Sie* hier sind.«

Sie stützte die Ellbogen auf den Tisch und beugte sich zu ihm. »Ach, geben Sie es schon zu, Cal«, flüsterte sie. »*Sie* haben den Smaragd heute gekauft, stimmt's?«

In gespieltem Entsetzen schlug er die Hand an seine Brust. »Warum sollte ich so etwas tun? Außerdem könnte ich ihn mir bei meinem Gehalt nicht leisten! Ich bin nur ein armer Junge aus New Jersey.«

Ihn scharf fixierend, sagte sie: »Sie haben ihn im Auftrag der U.S.-Regierung erworben. Die Gerüchte stimmen also doch.«

Er zuckte lässig mit den Achseln. »Sie setzen auf das falsche Pferd, Genie. Und auf die falschen Gerüchte.«

»Ach, lassen Sie uns später darüber reden«, sagte sie, nervös ihre Haare zurückstreichend. »Ich hatte einen schweren Tag und sterbe vor Hunger.« Seufzend betrachtete sie die erlesene Speisekarte. »Ich fühle mich außerstande, heute noch irgendwelche Entscheidungen zu treffen. Am liebsten hätte ich etwas ganz Normales, Rippchen mit Bratkartoffeln — bei Monty's.«

Der Ober setzte eine geschmerzte Miene auf, Cal hingegen lachte laut auf. »Dann werde eben *ich* für Sie aussuchen.« Er nannte dem Ober die Speisefolge und wandte sich dann wieder Genie zu. Ihre Augen trafen sich. Hübsche Augen, dachte sie im Stillen, wie bei einem Irish Setter — nein, der Vergleich war unfair. Die Farbe stimmte vielleicht, doch der Ausdruck seiner Augen war wach und intelligent. Und mitunter konnten sie sicher auch sehr hart werden. Plötzlich erschauerte sie. Cal Warrender hatte etwas an sich, das ihr riet, auf der Hut zu sein: Ihn als Feind zu haben, war sicher nicht ratsam.

»Ich hoffe, das Essen ist Ihnen normal genug«, sagte er

leichthin, »aber ich verspreche Ihnen, daß ich Sie nach ihrer Rückkehr nach Washington zu Monty's einladen werde.«

»Monty's ist in Los Angeles. Als Kind war das mein absolutes Lieblingsrestaurant.« Sie seufzte. »Es ist ein Jammer, daß unsere Vorstellungen von Genuß sich mit zunehmendem Alter ändern müssen . . . von Rippchen mit Bratkartoffeln zu Austern und Trüffeln, von Milkshakes zu Champagner.«

»Ach, so schlecht finde ich den Tausch gar nicht . . .«

Sie lachten, und er tätschelte aufmunternd ihre Hand. »Ich erzähle Ihnen jetzt ein Geheimnis. Sie kommen mir nämlich bedrückt vor — obgleich ich derjenige bin, der den Smaragd nicht gekriegt hat!«

»Sie machen Witze!« Verblüfft starrte sie ihn an. »Aber wer hat ihn dann?«

Achselzuckend nickte Cal zur Tür hin. »Vielleicht unser Freund Solovsky?«

»Also ist es wahr«, murmelte sie, während sie beobachtete, wie der Russe durch das Restaurant schritt und einen ihnen gegenüberliegenden Tisch wählte, der ihm zwar Blickkontakt bot, aber außerhalb der Hörweite lag. Ehe er sich setzte, deutete er eine kurze Verbeugung in ihre Richtung an.

»Wahr oder nicht wahr«, erwiderte Cal, »eines ist jedenfalls sehr ungewöhnlich: Solovsky ist allein.« Auf ihren fragenden Blick hin erklärte er: »Bedeutende Russen sind nie allein. Sie werden ständig von jemandem beschattet, um sicherzugehen, daß sie keine Geheimnisse ausplaudern oder in den Westen überlaufen — und hinter dem Bewacher steht wieder ein anderer, der aufpaßt, daß *dieser* nicht überläuft. Für einen prominenten Mann wie Valentin Solovsky ist es in der Tat mehr als ungewöhnlich, daß er allein ist. Ich frage mich, wie er die zwei Typen in der Bar abgehängt hat.«

»Vermutlich hat er ihnen erzählt, er wolle sich vom Zimmerservice ein paar belegte Brote bringen lassen, und ist dann klammheimlich entwischt, um endlich einmal ungestört schmausen zu können«, antwortete sie grinsend. »Ich wette, er konnte den Anblick der beiden nicht mehr ertragen.«

Schmunzelnd beobachtete Cal, wie sie eine Auster ausschlürfte und dabei genießerisch die Augen schloß.

»Valentin hin oder her«, sagte sie fröhlich, »*ich* bin jedenfalls im Moment absolut zufrieden.« Sie warf einen kurzen Blick auf den Russen. »In der Bar kam er mir etwas schwermütig vor, aber so wirken alle Russen, nicht wahr? Das liegt irgendwie in ihrer Natur.«

Verstohlen musterte sie Solovsky, der gerade über der Speisekarte brütete. Er hatte einen faszinierenden Kopf: gut geschnitten, voller Ecken und Kanten, mit tiefliegenden Augen und einem dichten, dunkelblonden Haarschopf. Er sah irgendwie romantisch aus. Und dieser leidenschaftliche Mund ... Plötzlich schaute er auf, begegnete ihrem Blick, und sie spürte, wie sie errötete, als habe er ihre Gedanken gelesen.

»Wissen Sie, was?« wandte sie sich rasch an Cal. »Ich finde, er sieht aus wie ein Filmstar. Er könnte ohne weiteres an der Seite der Garbo in *Ninotschka* spielen. Mit ihm als Präsidenten würde *Glasnost* ungeheuren Anklang finden! Zumindest unter der weiblichen Bevölkerung der Vereinigten Staaten!«

Während der Ober ihre Gläser nachfüllte, fragte Cal interessiert: »Sie sind also ein echtes kalifornisches Mädchen? Wie es die Beach Boys so begeistert besungen haben?«

Achselzuckend erwiderte sie: »Kalifornien ist voll von großen, braungebrannten, phantastisch aussehenden Blondinen. Deshalb bin ich auch weggezogen«, fügte sie grinsend hinzu. »Der Wettbewerb war zu hart. Und um Ihnen die üblichen Fragen zu ersparen: Ja, ich bin in Los Angeles geboren und aufgewachsen. Nein, ich war kein Cheerleader. Ja, ich spiele ganz passabel Tennis. Nein, ich will nicht zurückgehen.«

Cal knabberte an dem köstlichen Walnußbrot. »Lebt Ihre Familie noch dort?«

»Meine Eltern sind geschieden, ich habe meinen Vater nie kennengelernt. Mom ist vor ein paar Jahren gestorben.« Erneut zuckte sie mit den Achseln. »Mich zieht absolut nichts mehr nach Kalifornien zurück. Meine Heimat ist nun dort, wo ich mich zu Hause fühle — und das ist Washington.«

Bei der Erwähnung ihrer Mutter war ihr Gesicht vor Traurigkeit ganz weich geworden. Cal dachte bei sich, daß sie ein sehr hübsches kleines Mädchen gewesen sein mußte, der Traum einer jeden Mutter. »Kein Liebäugeln mit New York?« fragte er. »Aufstieg zur Elite-Moderatorin für die Sechs-Uhr-Nachrichten, Top-Interviews, Barbara Walters . . .?«

Sie lachte. »Ich bin wie Sie, Politik ist meine Leidenschaft. Ich habe mich auf das Weiße Haus, auf diplomatische Missionen und Verdeckungsaffären auf höchster Ebene spezialisiert — Sex- und Skandalgeschichten aus den Reihen der Regierenden. Für mich ist Washington genauso schillernd und aufregend wie Paris. Außerdem habe ich ein hübsches kleines Haus in der N-Street in Georgetown, und zwar Tür an Tür mit einer der vornehmsten Gesellschaftsdamen Washingtons. Sie hat natürlich acht Schlafzimmer und einen Butler, der ihren winzigen Pudel spazierenführt, und ich nur ein Schlafzimmer und einen riesigen Köter, der so viel Auslauf braucht, daß ich für ihn eigens einen Studenten engagieren muß, aber dafür liegen die neuesten Informationen quasi vor meiner Haustür. Ich beobachte die Gäste meiner Nachbarin und merke mir, wer mit wem das Haus wieder verläßt. Ich bin kein naives Püppchen«, fügte sie verschmitzt lächelnd hinzu. »Braut sich ein Skandal zusammen, dann bin ich die erste, die davon Wind bekommt, weil er nämlich meist genau vor meiner Tür beginnt.«

»Hatte Ihre Familie Geld?« fragte er, während er ein Stück Lachs auf die Gabel spießte.

Sie schüttelte den Kopf. »Nein, zumindest nicht immer. Mom hat nur gelegentlich gearbeitet. Sie war Schauspielerin. Manchmal war viel Geld da — manchmal keins.«

Schweigend sahen sie sich einen Moment lang an, und beiden gefiel, was sie sahen. »Und Sie?« fragte sie. »Was gibt es über Ihr Leben zu berichten?«

»In der Bronx geboren, die Eltern haben das Haus wegen dem Bau eines Parkhauses verkauft und genügend daran verdient, um nach Fort Lee, New Jersey, ziehen zu können — deren Entscheidung wohlgemerkt, nicht die meine! Ich war ein heller Kopf, lernte gut und ausdauernd und schaffte den Sprung in die Bronx High-School — eine der besten Schulen der Ostküste. Dann folgte Harvard — Politische Wissenschaften, anschließend die Kennedy Regierungsschule. Den Rest kennen Sie vermutlich.«

Sie nickte. »Gut. Und würde sich jetzt bitte der wahre Cal Warrender zu Wort melden?« Seine Irish-Setter-Augen starrten sie verständnislos an.

»Na ja, jetzt habe ich Ihren Lebenslauf gehört . . . *aber wer sind Sie?* Wo wohnen Sie? Was mögen Sie? Was tun Sie, wenn Sie nicht im Weißen Haus sind? Was hassen Sie? Was ist das Wichtigste in Ihrem Leben — abgesehen von der Politik?« Sie hielt kurz inne, ehe sie weich hinzufügte: »Ist da eine bestimmte Frau?«

Schweigend schaute Cal sie an. »Ach, kommen Sie schon«, murmelte sie. »Stellen Sie sich einfach vor, wir befänden uns in einer Somerset Maugham-Geschichte — zwei Fremde, an einem unbekannten, sturmgepeitschten Ufer gestrandet, und unser einziges Vergnügen bestehe darin, unsere beiden Lebensgeschichten auszutauschen . . .« Endlich lächelte er, und sie atmete erleichtert auf. Er sollte nicht den Eindruck gewinnen, sie sei eine sensationsgierige Klatschreporterin auf der Suche nach einer neuen Story.

»Keine *bestimmte* Frau«, beantwortete er ihre Frage von vorhin. »Dafür fehlt mir einfach die Zeit. Obwohl ich nicht Nein sagen würde, sollte diese »bestimmte« je meinen Weg kreuzen.«

Seine verschmitzte Miene brachte sie zum Lachen. »Für Sie gibt es also keine Kompromisse. Mir geht es genauso; ich bin einfach zu beschäftigt.«

»Ich merke, Sie sind eine ehrliche Frau«, sagte er, sein Glas zu einem Toast erhebend. »Auf die »bestimmten« Menschen, die uns nie über den Weg laufen werden!«

»Was motiviert Sie eigentlich, Cal?« fragte sie, während sie an ihrem Champagner nippte. »Was macht einen Politiker aus? Sind Sie in die Rolle hineingeboren wie ein Maler oder Musiker? Oder ist es ein erworbenes Talent?«

Nachdenklich betrachtete er sie; ihre Art gefiel ihm. »Nun«, sagte er schließlich, »auf jeden Fall begreife ich jetzt, was einen guten Reporter ausmacht. Sie verstehen es, die richtigen Fragen zu stellen, um Ihr Gegenüber aus der Reserve zu locken — und Sie tun das so charmant und reizend, daß man einfach antworten muß. Ich kann von mir nicht behaupten, »Talent« zu haben, aber ich glaube, ich war schon immer von der Politik fasziniert. Ich stamme aus einer Familie, in der, egal ob morgens, mittags oder abends, immer sehr heftig und leidenschaftlich über Politik diskutiert worden ist.

Meine Entscheidung, in die Politik zu gehen, habe ich schon sehr früh getroffen — genauer gesagt, als siebenjähriger Knirps, als ich mit meinen Eltern erstmals nach Washington gereist bin. Sie wollten, daß ich das Capitol sehe, um, wie mein Dad sagte, »den Sitz der Macht zu spüren«, und ich weiß noch, wie beeindruckt ich von den breiten Straßen und den gigantischen Hochhäusern war. Ich weiß, daß Washington es an Flair und Weltoffenheit bestimmt mit Paris aufnehmen könnte. Diese Meinung habe ich übrigens nie geändert. Und wenn ich mir heute den kleinen Jungen aus der Bronx vorstelle, der angesichts des Capitols die ersten politischen Ambitionen in sich erwachen fühlt, dann spüre ich denselben erhabenen Schauer wie damals. An jenem Tag wurde mir klar, daß ich ein Teil davon sein wollte. Ich wollte dort, im Weißen Haus, sein, in dem die Entscheidungen getroffen werden, ich wollte mithelfen, auch wenn es auf der niedrigsten Ebene wäre — als Botenjunge, als irgend etwas, Hauptsache, ich könnte durch diese Tore gelangen. Vermutlich erging es mir da wie vielen Millionen anderer kleiner Jungen«, fügte er mit einem Grinsen hinzu, »außer, daß ich dafür etwas getan habe. Und nach wie vor ist die Politik für mich die abenteuerlichste, aufregendste Sache der Welt, die alle anderen Berufe in den Schatten stellt.«

»Ich beneide Sie um Ihre Zielstrebigkeit«, sagte sie bewundernd. »Man sagt Ihnen ja nach, Sie seien für eine Position an allerhöchster Stelle bestimmt.«

»Mag sein«, erwiderte er gleichgültig. »In Washington gibt es eine Menge Gerede und Gemauschel. Ich bin nicht allzu glücklich darüber, aber das scheint der Job nun mal mit sich zu bringen.«

»Man sagt auch, Sie gehören einer ganz seltenen Spezies an, nämlich jener der *aufrichtigen* Politiker«, fuhr sie gewollt provokant fort.

»Das hoffe ich«, entgegnete er ernst. »Und nun zu Ihnen! Was motiviert *Sie*, Genie Reese?«

Sie überlegte einen Moment, ehe sie antwortete: »Ich weiß nicht genau. Vielleicht will ich mich gegenüber meiner Mom beweisen, obgleich sie schon tot ist. Sie hatte ein schweres Leben, kam nie so ganz damit zurecht . . . Vermutlich will ich es für uns beide wieder gutmachen.«

Was für ein trauriger Grund, eine Karriere anzustreben, dachte er bei sich und sah sie mitleidig an. »Also eine Art Buße für die Sünden Ihrer Mutter?« fragte er nach.

Verlegen lächelte sie. »Nein, so großartig ist es denn doch nicht.« Schweigend sahen sie sich eine Weile an, dann platzte sie heraus: »Und wovon wird Ihr berühmter Ehrgeiz sonst noch angetrieben?«

»*Berühmter* Ehrgeiz?«

Angesichts seiner verblüfften Miene lachte sie auf. »Sie wissen doch bestimmt, daß Sie »ein Mann sind, der in seinem Job völlig aufgeht — ein echter Vollblutpolitiker, aus dem Stoff, aus dem Präsidenten gemacht werden«? Lesen Sie denn nie die Presseberichte über sich, Mr. Warrender?«

Sie strich ihre langen Haare zurück und fragte: »Erzählen Sie, wo wohnen Sie? Oder nein, lassen Sie mich raten . . . Watergate.«

»Wie konnten Sie das erraten?«

»Kinderspiel. Ein lediger Politiker muß nicht nur in der Nähe der Regierungsbüros und des Weißen Hauses wohnen, sondern zudem an einem Ort, wo man sich um ihn kümmert. Watergate ist da bestens geeignet — Zimmermädchen, Wäscheservice, Restaurants an Ort und Stelle für das einsame Mahl, schicke Geschäfte, in denen man auf die Schnelle ein neues Hemd oder eine Krawatte erstehen kann . . .«

»Und nicht allzu weit von Ihrer Wohnung entfernt«, konterte er vergnügt. »Vielleicht könnten Sie mich von Zeit zu Zeit zu einem selbstgekochten Essen einladen. Denn das ist das einzige, worauf ein lediger Politiker verzichten muß — die ganzen Dinnerpartys werden von Catering-Unternehmen organisiert.«

»Ich wette, Sie trauen mir gar nicht zu, daß ich kochen kann«, rief sie in gespielter Empörung. »Aber ich habe es schon auf dem Schoß meiner Großmutter gelernt.«

»Und war *sie* eine gute Köchin?«

»Die beste — obgleich ich zugeben muß, daß diese Nachspeise unübertrefbar ist.« Sie kostete die lockere Mousse au Chocolat. »Eigentlich esse ich nie Nachspeisen. Da sieht man mal wieder, was geschehen kann, wenn man den Naturgewalten ausgeliefert ist. Jegliche Disziplin geht flöten!«

»Sie sehen aus, als lebten Sie einzig von Mondstrahlen und Champagner«, sagte er bewundernd.

Sie lachte. »Genau so soll es auch wirken.«

»Unserem russischen Freund sind Ihre Reize anscheinend auch nicht entgangen«, sagte Cal leise. »Er läßt Sie schon den ganzen Abend nicht aus den Augen.«

Errötend griff Genie nach ihrem Glas und stieß es dabei versehentlich um. Während der Ober eilends den verschütteten Champagner aufwischte, sagte Cal überrascht: »Ich hätte nicht erwartet, daß Valentin eine so überwältigende Wirkung auf Sie ausübt.«

»Tut mir leid . . . ich glaube, ich bin einfach nur müde.« Nervös fuhr sie sich durch das Haar. »Lassen Sie uns den Kaffee im Salon trinken. Mir ist nach ein wenig Klaviermusik zumute.«

Als sie an Solovsky vorbeiging, stand er auf, schaute ihr tief in die Augen und verbeugte sich dann mit leisem Lächeln. Wieder spürte sie, wie sein Blick ihr folgte, während sie, etwas zu rasch, das Restaurant verließ.

Draußen toste immer noch der Schneesturm, doch im Hotel Beau Rivage herrschte nur Ruhe und dezenter Luxus. Der Salon wirkte mit der gedämpften Beleuchtung, den seidenen Vorhängen und den duftenden Blumengestecken ausgesprochen einladend. In dem großen Kamin prasselte ein

Feuer, und der junge Mann am Klavier glitt mühelos zwischen Cole Porter und Debussy umher.

Genie setzte sich neben Cal auf das pinkgestreifte Sofa und musterte ihn verstohlen von der Seite. Sie mußte ihn dazu bringen, ihr zu erzählen, was vor sich ging. Aber wie? Es gab nur eine Möglichkeit: Sie mußte mit ihm in der Sprache reden, die er verstand. Sie wandte sich ihm zu und berührte leicht seine Hand. »Cal«, begann sie zögernd, »ich stehe an einem Wendepunkt meines Lebens, meiner Karriere.« Seine Augen ermunterten sie, fortzufahren, und so sprudelte sie hervor: »Ich wurde in einem Auftrag, den ich eigentlich nicht haben wollte, hierhergeschickt. Ursprünglich hatte ich eine Story über den Besuch des Präsidenten in Houston geplant, aber die Sendeleitung hat mich statt dessen zur Juwelenauktion abkommandiert. Weil ich eine Frau bin.«

Cal nippte an seinem Brandy. »Genie«, sagte er bedeutungsvoll, »es ist unübersehbar, daß Sie eine Frau sind, und Frauen reden nun mal untereinander über Juwelen.«

»Genau!« entgegnete sie triumphierend. »Und deshalb sollte ich meinen Status als Frau auch ausnutzen — und zwar voll und ganz. Stimmt's?«

Er nickte. »Für die Karriere ist es legitim, wenn Sie sich all Ihrer Möglichkeiten bedienen.«

»Cal, ich brauche Ihre Hilfe«, flüsterte sie. »Ich bin da einer Riesengeschichte auf der Spur, aber niemand läßt mich näher heran. Cal, wenn ich einen Exklusivbericht über diese Ivanoff-Sache bringen könnte, dann wäre ich als Reporterin gemacht. Ich dachte, wir könnten einander helfen. Sie erzählen mir, was ich wissen will, und dafür erzähle ich Ihnen, was *Sie* wissen wollen.«

»Als da wäre?« fragte er, nachdenklich in seinem Kaffee rührend.

»Beispielsweise, wer den Smaragd gekauft hat«, antwortete sie sanft.

In Cals rotbraune Setter-Augen trat ein harter Glanz. »*Das wissen Sie?*«

»Es war nach der Auktion«, sagte sie rasch. »Ich hatte meine Crew zu einem Drink an der Richmond-Bar eingeladen. Auf dem Weg zur Toilette bemerkte ich, daß die Tür zum Auktionssaal etwas offen stand, und so lugte ich natürlich hinein. Der Saal war leer, aber auf dem Podium lag das rote Hauptbuch, in das, wie ich vorher beobachtet hatte, der Auktionator jedes einzelne Angebot eingetragen hatte. Und da fragte ich mich, ob er womöglich auch das Angebot für den Smaragd eingetragen haben könnte — schließlich war er erst kurz vor Auktionsbeginn zurückgezogen worden. Moralische Bedenken kamen mir in diesem Moment, ehrlich gestanden, nicht«, bemerkte sie verlegen. »Dieses rote Buch zog mich ebenso unwiderstehlich an wie Eva der berühmte Apfel. Glauben Sie mir, mein Herz klopfte so heftig, daß ich befürchtete, jemand könne es hören und würde herbeigelaufen kommen — ich sah mich schon im Schweizer Gefängnis Tüten kleben. Na ja, jedenfalls schlich ich auf Zehenspitzen zum Podium und warf einen Blick in das Buch . . . Gleich auf der ersten Seite wurde ich fündig: Posten fünfzehn, ein großer, lupenreiner Smaragd von vierzig Karat. Privatbesitz einer Dame . . . verkauft für 9,26 Millionen Dollar.«

»Das war eine extreme Nachlässigkeit des Auktionators«, sagte Cal leise.

Sie zuckte mit den Achseln. »Sein Fehler — meine Chance.«

Er starrte schweigend in seinen unberührten Kaffee, und sie spürte, wie ihr Mut sank. Oh Gott, er ließ sich nicht darauf ein . . . sie hatte es verpatzt . . .

»Ich überlege gerade, was ich sonst noch für meine Information von Ihnen bekommen könnte«, sagte er schließlich.

Erschrocken sah sie ihn an. Das war zwar nicht das erste Mal, daß man ihr zweideutige Angebote machte, doch von einem Mann wie Cal hatte sie so etwas nicht erwartet.

»Verstehen Sie mich nicht falsch«, erklärte er lächelnd. »Ich meinte, wie wir uns sonst noch gegenseitig weiterhelfen könnten. Um unser beider Karrieren willen.«

»Jederzeit«, sagte sie atemlos. »Wann immer ich Ihnen helfen kann . . .«

Cal war sich bewußt, daß ihm gerade eine goldene Gelegenheit quasi auf dem Tablett angeboten wurde. Solovsky war an Genie interessiert, und wenn einer wußte, wohinter die Russen her waren, dann *er*. Genie verstand ihre schönen blauen Augen sicher geschickt einzusetzen, und es wäre nicht das erste Mal, daß man sich einer Frau als Informantin bediente.

»Okay, Genie Reese«, sagte er entschlossen. »Sie erzählen mir, wer den Smaragd gekauft hat, und ich verspreche Ihnen Ihre Exklusivstory.«

»Woher soll ich wissen, ob ich Ihnen trauen kann?« fragte sie argwöhnisch.

Er streckte ihr die Hand entgegen. »Großes Indianerehrenwort«, sagte er grinsend.

»Der Smaragd wurde von einem Düsseldorfer Händler gekauft. Sein Name ist Markheim.«

»Steht in dem Buch, wen er vertritt?«

Sie schüttelte den Kopf. »Nein. Nur Markheim.«

Cal runzelte die Stirn. Das war nicht der Name, den er suchte, aber zumindest ein Hinweis, den er dem Russen hoffentlich voraus hatte.

»Okay, Miss Reese«, sagte er. »Legen Sie Block und Stift beiseite und vergessen Sie Ihren Kassettenrekorder, denn was ich Ihnen jetzt mitteilen werde, ist allein für Ihre Ohren bestimmt — bis das Weiße Haus die Information freigibt.« Als er weitersprach, weiteten sich ihre Augen vor Verblüffung. »Dies ist eine Angelegenheit von *nationaler Sicherheit*. Und ich warne Sie hiermit, auch nur ein Sterbenswörtchen darüber verlauten zu lassen. Ich weihe Sie nur deshalb ein, weil ich Ihre Unterstützung brauche.«

»Selbstverständlich«, stimmte sie eifrig zu.

»Nach der Revolution war Rußland am Ende. Die großen Nationen mißbilligten das neue Regime und verweigerten finanzielle Hilfen. Die junge Sowjetunion besaß kein Geld, um die Landwirtschaft aufzubauen, also hungerten die Menschen, und sie hatten kein Geld für die Industrien, also konnten keine Produkte verkauft werden. Die Revolutionäre hatten sämtliche Bankkonten und Besitztümer der ermordeten Adelsfamilien konfisziert und veräußerten nun planlos Rußlands unbezahlbares Erbe an Gemälden, Schmuck und Antiquitäten für einen Bruchteil ihres eigentlichen Wertes. Sie wußten von den Ivanoff-Milliarden in den Schweizer Banken und versuchten alles, um ihrer habhaft zu werden. Aber ohne von einem Ivanoff unterzeichneten Schriftstück hatten sie natürlich keine Rechte und trafen bei den Schweizer Banken auf verschlossene Türen. Keine Ivanoff-Unterschrift, keine Milliarden.

Die Geheimpolizei, der Vorläufer des KGB, war als Tscheka bekannt. Sie waren der Meinung, daß einigen Familienmitgliedern der Ivanoffs die Flucht gelungen war, denn man hatte lediglich die Leiche von Fürstin Anouschka gefunden, wenngleich Augenzeugenberichten zufolge auch Fürst Mischa ums Leben gekommen sein soll. Doch die Großmutter, der sechsjährige Junge und seine kleine Schwester waren wie vom Erdboden verschluckt. Sie durchsuchten ganz Rußland und durchkämmten anschließend Europa, Amerika, ja, sogar Südamerika, und obwohl sie nicht aufzufinden waren, hat der KGB diese Akte nie ganz geschlossen.

Die ganzen Jahre über waren die Ivanoffs den Russen ein Dorn im Auge gewesen. Sie repräsentierten alles, was sie haßten, und nicht einmal ihr Vermögen war ihnen zugänglich. Tja, und nun sind die Russen der Auffassung, daß die Person, die den Smaragd verkauft — und wir sind ziemlich sicher, daß es sich um den *Ivanoff*-Smaragd handelt —, ein Mitglied eben dieser Familie sein muß. Sie wollen die »Dame«, die letzte Überlebende der Ivanoffs, aufspüren und sie dazu bewegen, das Dokument zu unterzeichnen. Dann gehört das Geld endlich ihnen.«

Ehrfürchtig wisperte Genie: »Also ist es wahr! Es sind tatsächlich *Milliarden* von Dollar!«

»*Milliarden*. Aber wer immer die »Dame« auch ist, sie hat nie einen Anspruch auf das Geld erhoben. Vermutlich fürchtet sie, daß die Russen ihre alte Rechnung begleichen und sie töten werden. Meiner Meinung nach hat sie den Smaragd nur zerteilen lassen, weil sie annahm, man könne ihn dann nicht mehr identifizieren. Vielleicht dachte sie, der

Schmuck sei inzwischen in Vergessenheit geraten und die Russen seien nur noch hinter dem Geld her. Freilich kann man historische Edelsteine wie diesen nicht einfach unkenntlich machen, indem man sie zerschneidet.«

Genie sah ihn aus schmalen Augen an. »Da ist noch etwas, stimmt's?«

Er setzte eine unschuldige Miene auf. »Noch etwas?«

»Sie können mir nicht einreden, daß Rußland nur auf die Milliarden scharf ist«, sagte sie mit einer ungeduldigen Handbewegung, »denn nicht umsonst ist auch *Amerika* an der Sache interessiert. Weshalb?«

Er schüttelte den Kopf. »Das darf ich Ihnen nicht sagen. Zumindest nicht jetzt. Später, wenn alles vorüber ist, verspreche ich Ihnen die notwendigen Informationen für Ihren Exklusivbericht. Aber zunächst müssen wir von Markheim erfahren, wer den Smaragd gekauft und vor allem wer ihn verkauft hat. *Wir müssen die »Dame« finden, ehe uns die Russen zuvorkommen!*«

Nachdenklich blickte sie in das Kaminfeuer. Cal beobachtete sie eine Weile und sagte dann: »Ich habe gesagt, daß ich Ihre Hilfe brauche. Aber nicht für mich, Genie Reese, sondern *für unser Land!* Ich bitte Sie, an Valentin Solovsky heranzutreten und herauszufinden, ob er den Smaragd über den Zwischenhändler Markheim gekauft hat. Und falls nicht, wer es dann gewesen ist.«

Erschrocken sah sie ihn an. »Warum ich? . . . Ich dachte, wir haben speziell ausgebildete Spione!«

»Sie sollen nicht Spionin spielen, Genie«, sagte er sanft. »Sie brauchen nur ein paar unschuldige Fragen zu stellen. Es ist völlig ungefährlich. Stellen Sie einfach Ihr Talent als Reporterin unter Beweis, wie Sie es ja eben auch bei mir erfolgreich getan haben. Schließlich haben Sie mir alles herausgelockt, was Sie wissen wollten!«

Mit einer Kopfbewegung deutete er zu Solokovsky, der inzwischen am Fenster saß und in die stürmische Winternacht hinausschaute. »Ich werde jetzt gehen, damit Sie in Ruhe darüber nachdenken können. Kommen Sie doch morgen zum Frühstück in meine Suite und erzählen Sie mir, was geschehen ist. Wären Sie mit neun Uhr einverstanden?«

Sie nickte, doch in ihren Augen stand immer noch Furcht, und so lenkte er ein: »Es gibt nichts, wovor Sie Angst haben müßten! Schließlich sind die Russen hinter der Ivanoff-Erbin her, nicht hinter Ihnen.« Er ergriff ihre schlaffe Hand, küßte zart die Fingerspitzen und fügte grinsend hinzu: »Außerdem sind Sie keine Mata Hari. Sie sind nur eine verdammt gute Reporterin, die einer brandheißen Geschichte auf der Spur ist. Einer Exklusivstory! Denken Sie daran?«

Ihr noch einmal beiläufig zuwinkend, schlenderte er hinaus. Wie von einer unwiderstehlichen Macht angezogen, wandte sie ihren Kopf dem Mann am Fenster zu. Als ihre Augen Valentin Solovskys melancholischem Blick begegneten, wußte sie, was sie zu tun hatte.

6

Lange Zeit blieb Valentin Solovsky allein an seinem Tisch in dem leeren Restaurant sitzen. An der Tür stand ein einsamer Ober, eine weiße Leinenserviette über seinen verschränkten Armen gefaltet, und wartete geduldig, bis der berühmte Gast seine letzte Flasche Chateau Margeaux geleert haben würde.

Valentin drehte seinen Stuhl zum Fenster und starrte in das tobende Schneetreiben hinaus. Als Russe war ihm dieser Anblick vertraut, wiewohl er nicht damit gerechnet hatte, diese heimatlichen Witterungsverhältnisse auch in Genf anzutreffen und deswegen hier festsitzen zu müssen. Er trank einen Schluck des exzellenten Roten und schmeckte das weiche, dunkle Bouquet auf seiner Zunge. Aber in Gedanken weilte er Tausende von Meilen entfernt bei seinem Vater in Moskau.

Der Tag, der sein Leben so einschneidend verändern sollte, hatte wie ein ganz gewöhnlicher Tag begonnen. Er war früh aufgestanden und hatte sich in der Küche seines kleinen, aber luxuriösen Appartements ein Frühstück bereitet. Seine Wohnung mit den hohen Räumen und den marmornen Kaminstellen befand sich am Kutuzovskiy Prospekt in einer alten, herrschaftlichen Villa, die aus irgendeinem Grund die Revolution unbeschadet überstanden hatte und vor einigen Jahren für hochrangige Parteimitglieder in Appartements umgewandelt worden war. Dank seiner vielen Auslandsreisen waren Valentins drei Zimmer mit russischen Antiquitäten möbliert, die er aus London und Paris wieder in die Heimat überführt hatte, und seine Küche war mit dem neuesten technischen Schnickschnack aus New York ausgerüstet, wenn auch nur die Kaffeemaschine benutzt aussah. In den wandhohen Regalen standen Bücher zu den verschiedensten Themen in unterschiedlichen Sprachen, da Valentin außer Russisch und einigen regionalen Landessprachen auch noch Französisch, Englisch, Deutsch und Italienisch beherrschte.

Anders als bei anderen ergebenen Parteimitgliedern, zierten die Wände weder grelle sowjetische Revolutionsgemälde noch propagandistisch aufgemachte Poster von Landarbeitern, die stolz neben einem Traktor standen, oder von Fabrikarbeitern, die fröhlich vor einer schimmernd neuen Maschine posierten. Als Tribut an die Sowjetunion hing lediglich ein Bild von Lenin an der Wand.

Weitere Bilder gab es nicht, nur vier gerahmte Fotografien, die auf einem Tisch in dem kleinen Wohnzimmer standen. Auf dem einen war sein Großvater, Grigori Solovsky, im Alter von sechzig Jahren abgebildet; dunkelhaarig und braungebrannt stand er fest auf seinen kurzen, stämmigen Bauernbeinen, einen Arm um die Taille seiner Frau geschlungen. Ihr gelbblondes Haar war frühzeitig ergraut, aber ihre blauen Augen waren unschuldig und lebenssprühend wie die eines jungen Mädchens. Beide waren sie vor zehn Jahren kurz hintereinander gestorben: er an einem Gehirntumor, sie an gebrochenem Herzen.

Daneben befand sich das Porträt seines Onkels, Boris Solovsky: grimmig und ernst, sein Schädel glatt wie eine Billardkugel, mit verbitterten Falten von Nase zu Mund und einem eingegrabenen Runzeln zwischen seinen paranoiden, dunklen Augen. Boris hatte nie geheiratet, doch seine lasterhaften Affairen waren Anlaß zu viel Gemunkel und Getuschel. Man sagte seinem Onkel nach, ein Sadist zu sein, nicht nur in seinem Sexualleben, sondern auch in der Führung des KGB, dessen Leitung er seit sieben Jahren innehatte.

Das größte Foto war das Hochzeitsfoto von seinem Vater. Sergei Solovsky, und seiner Mutter, Irina. Beide lächelten in die Kamera, und dieses Bild war Valentins Lieblingsfoto, da er seinen Vater in seinem ganzen Leben nie so glücklich wie auf diesem Bild erlebt hatte. Irina sah jung genug aus, um seine Tochter sein zu können, doch das sanfte Glühen der Liebe auf ihrem süßen Gesicht war unverkennbar. Sie waren ein außerordentlich schönes Paar: Sergei groß, blond, markant und scharfäugig; Irina eine kleine, biegsame Ballerina, ihr seidig dunkles Haar zu dem klassischen Tänzerinnenknoten gesteckt. Valentin konnte sich nicht entsinnen, seine Mutter je bei einer ungraziösen Bewegung ertappt zu haben, ob als dahinschwebende Ballerina auf der Bühne des Bolschoi-Theaters oder als arbeitsame Landfrau in ihrer *Datscha* in Zhukova. Auf dem vierten Foto war ein Bühnenbild seiner Mutter, als sie die Aurora in *Dornröschen* getanzt hatte. In ihrem weitgeschwungenen Ballettröckchen sah Irina, Tochter eines Dorfschreiners und einer Analphabetin, wie eine leibhaftige Märchenfee aus.

Das Appartement war seit nunmehr zehn Jahren Valentins Zuhause, und er hoffte, er würde nur dann ausziehen müssen, wenn er auf der Karriereleiter einen entscheidenden Schritt nach oben gemacht hatte. Denn danach verlangte es ihn mehr als nach allem anderen auf der Welt.

Wie alle russischen Jungen war Valentin den Jungen Pionieren beigetreten und später, mit vierzehn, dem Komsomol, dem Kommunistischen Jugendverband. Mit Religion hatte er sich nie befaßt, da den Kindern von klein auf beigebracht worden war, ihr Leben einzig und allein der Kommunistischen Partei zu widmen, und nur sehr wenige hatten sich je dagegen aufgelehnt. Valentin erinnerte sich, wie seine Schulkameraden zwei Jungen, deren Eltern nach wie vor die Kirche besuchten, verhöhnt und ihnen das Leben zur Hölle gemacht hatten. Jene Familie wurde dann sehr plötzlich aus Moskau in ein entlegenes, eisiges Gebiet am Nordkap »versetzt«. Valentin wußte auch, daß jeder, der nicht dem Komsomol beitrat, sich jeder Möglichkeit zu einem Hochschulstudium beraubte. Für ihn, als Sohn eines bedeutenden Parteimitglieds, war diese Frage freilich nie aufgetaucht. Ganz automatisch erhielt er eine seiner Intelligenz und seinem Status angemessene Ausbildung, die zwangsläufig zu einer politischen Karriere führen mußte.

Nach seinem Studium der politischen Wissenschaften und der Rechtswissenschaften an der Universität Moskau hatte er ein Jahr als Offizierskadett im berüchtigten *Spetsnaz*-Ausbildungscamp im weißrussischen Ryazan verbracht. »Sei bereit, dich im Namen deines sozialistischen Vaterlandes zu opfern«, lautete das Motto seines Regiments, und getreu dieser Parole wurden die Auszubildenden angehalten, die Befehle ihrer Vorgesetzten, egal, wie extrem sie auch sein mochten, ohne Zögern auszuführen. Bald wurden sie Experten für Mord, Anschläge und Terrorakte. Die Soldaten waren zu je hundert in winzigen Baracken untergebracht und mußten Tag und Nacht bereitstehen. Wohin immer sie gingen, mußten sie marschieren: zum Morgenappell und anschließend zum sechsstündigen, waffenlosen Kampftraining; mittags marschierten sie zum Essen, und danach marschierten sie zum Trainingsgelände, um noch weitere Übungen zu absolvieren. Abends marschierten sie zum Abendessen und zum Anwesenheitsappell, ehe sie schließlich zurück in ihre Baracken marschierten. Jeden Sonntag erhielten einige Männer die Erlaubnis, die Kreisstadt zu besuchen, doch Heimaturlaub war nur gestattet, wenn ein Familienmitglied verstorben war. Sie verdienten gerade genug, um sich Toilettenartikel und Zigaretten zu kaufen. Alkohol hingegen war in jeder Form strikt untersagt.

Valentin hatte nie verstanden, weshalb junge Männer freiwillig dem brutalen *Spetsnaz*-Regiment beitraten. Als Offizierskadett war er zwar privilegierter als die gemeinen Soldaten, und auch das harte, körperliche Training war ihm eher Freude als Qual, aber dafür verabscheute er die Gewalt und die permanente Bevormundung. Das Schlimmste war für ihn allerdings, als man ihn nach Abschluß seines Ausbildungsjahres für sechs Monate zum aktiven Einsatz an die afghanische Grenze beorderte, wenn ihm auch klar war, daß er damit die Schulden an seine Heimat zurückbezahlte.

Schon als Junge war ihm sein Ziel klar vor Augen gestanden. Von klein auf war er von politisch außerordentlich einflußreichen Männern umgeben gewesen — seinem Großvater, seinem Vater, seinem Onkel und deren Freunden. Sein einziges anderes Interesse galt, wie das seines Vaters, der Musik. Sein Vater hatte ihn als kleinen Jungen nicht nur zu den Ballettauftritten seiner Mutter mitgenommen, sondern auch in die Oper und in Konzerte. Ganz der Musik hingegeben, waren sie nebeneinander auf den zerschlissenen, roten Samtsesseln der Moskauer Konzerthallen gesessen, und Valentin hatte sich bei diesen Gelegenheiten seinem Vater immer viel näher gefühlt, als es sonst der Fall war. Anschließend hatte ihn Sergei dann zum Abendessen in sein Lieblingsrestaurant, das von einer alten Zigeunerfamilie geleitet wurde, ausgeführt. Zu Valentins Überraschung hatte sein Vater all deren Lieder gekannt und mitunter sogar zur Gitarren- und Balalaikamusik der Zigeuner lauthals gesungen.

Sergei Solovsky hatte der brennende Ehrgeiz seines Sohnes jedoch ziemlich beunruhigt. Als man Valentin seinen ersten wichtigen Posten als Assistent im Außenministerium angeboten hatte, hatte Sergei ihn vor einer allzu einseitig ausgerichteten Zielstrebigkeit gewarnt.

»Klammere die Liebe nicht aus deinem Leben aus, Valentin«, hatte er gesagt, als sie nach der Feier anläßlich Valentins neuer Stellung durch den Garten der *Datscha* spaziert waren. »Sie ist das kostbarste Gut und eines der letzten echten humanen Gefühle, die uns Russen nach wie vor freistehen.«

»Natürlich nicht, Vater«, hatte er verblüfft erwidert, obwohl ihm schon damals klar gewesen war, daß sein Ziel, dereinst Oberhaupt von Rußland zu sein, immer an erster Stelle stehen würde. Sein gesamtes Leben war nur auf dieses eine Ziel hin orientiert, und er schwor sich, daß er alles, was sich ihm in den Weg stellte, gnadenlos niedermähen würde. Ihm schwebte vor, die krisenerschütterten Regionen der Sowjetunion zu einer neuen Einheit zusammenzufügen, ein Bewußtsein für den Zusammenhalt des Völkerbundes zu schaffen, wie es zu Zeiten Lenins und in den ersten Tagen der Revolution vorgeherrscht hatte. Und dann könnte er seine Nation zur führenden Weltmacht aufbauen.

Alles war so verlaufen, wie er es geplant hatte. Beförderung folgte auf Beförderung, bis er schließlich in den Diplomatenstatus aufgestiegen war, der es ihm erlaubte, die Schwächen und Stärken der anderen Nationen an Ort und Stelle zu studieren — ein Wissen, das er im Hinblick auf seine Zukunft unbedingt benötigte.

Als ihn sein Vater vor drei Monaten angerufen und ihn wegen einer dringenden Angelegenheit aus Washington zurückkommandiert hatte, war er sehr überrascht gewesen. Weit mehr hatte ihn freilich der Inhalt dieser Angelegenheit überrascht. Die Ivanoff-Juwelen seien auf dem Markt, erfuhr er. Die Person, die sie verkaufte, müsse aufgespürt und unverzüglich nach Rußland gebracht werden. Sein Onkel Boris habe das Oberkommando an ihn, Valentin, für den Auftrag »gefordert«.

»Aber wieso denn ich?« protestierte Valentin aufgebracht, während er mit langen Schritten das riesige, mit einem roten Teppich ausgelegte Kreml-Büro seines Vaters durchmaß. »Warum setzt er nicht einfach den KGB darauf an?«

In die Augen seines Vaters trat ein seltsamer Blick. »Dies ist ein ausgesprochen heikler Fall. Amerika weiß, weshalb wir die Person, die die Juwelen verkauft, haben wollen. Du bist unser Mann an der Front, Valentin. Als Diplomat kannst du ungehindert um die Welt reisen. Du kannst die Auktion besuchen und ein Angebot für den Smaragd machen . . . aber hinter dir steht der KGB und sucht nach der geheimnisvollen »Dame«.

Morgen wirst du die Sache mit Boris durchsprechen«, schloß sein Vater, die Hand erhebend, um jeden Einwand

von vorneherein abzuwehren. »Ich muß jetzt zur Fernsehstation nach Ostankino. Sie filmen dort ein Konzert der Ge-
winner des Nationalen Jugendorchesterwettbewerbs. Komm
doch mit!«

Als sie sich in Sergeis schwarzem, behäbigem ZIL zur
Fernsehstation chauffieren ließen, vermied Valentin wohlweislich das Thema des Ivanoff-Smaragden; wenn Sergei
nicht redete, mußte er einen Grund dafür haben, und abgesehen davon waren selbst die Autos hochrangiger Politiker
mit Wanzen versehen. Der Begriff »Vertrauen« wurde innerhalb der Kremlmauern nicht gerade überstrapaziert. Bei der
Fernsehstation angekommen, entließ Sergei den Chauffeur
mit der Bitte, in zwei Stunden wiederzukommen.

Nach Beendigung der Aufnahmen schlug Sergei seinem
Sohn einen Spaziergang im nahegelegenen Dzerzhinsky
Park vor. Vorbei an den wunderbaren hundertjährigen Ei-
chen wanderten sie schweigend durch den Botanischen
Garten auf das Arboretum zu.

»Was ich dir mitzuteilen habe, ist extrem schwierig«, ergriff
Sergei schließlich das Wort. »Eigentlich glaubte ich, daß ich
mein Geheimnis mit ins Grab nehme, genauso wie vor mir
dein Großvater.«

Neugierig sah Valentin ihn an.

»Ich weiß, daß du dich öfter über die Unterschiede zwischen mir und deinem Onkel Boris gewundert hast«, begann Sergei. »Der Grund hierfür ist sehr simpel: Ich bin im
Alter von sechs Jahren von Grigori Solovsky adoptiert worden.«

»Adoptiert?« Valentin blieb wie ungewurzelt stehen und
starrte seinen Vater entgeistert an. »Aber was macht das
schon«, fügte er rasch hinzu. »Für mich spielt es keine Rolle,
wer du *warst*. Du *bist* Grigori Solovskys Sohn. Und du bist
mein Vater.«

»Aber für Boris spielt es eine Rolle«, entgegnete sein Vater
ruhig. »Er war ein schwerfälliger, plumper Junge und wußte
immer, daß ich anders war. Während er nur eine russische
Landessprache beherrschte, sprach ich mit sechs Jahren bereits Französisch und Englisch wie die Aristokraten. Ich war

intelligent und ein weitaus besserer Reiter. Die Schule bereitete mir absolut keine Schwierigkeiten. Er war neidisch — und ich hatte Angst vor ihm. Boris war grausam und schier wahnsinnig vor Eifersucht. Heutzutage würde man ihn als Psychopathen bezeichnen.« Er sah Valentin durchdringend an. »Ich will, daß du dir eines klar machst: Boris ist dein Feind, genauso wie er der meine ist! Für einen Menschen wie ihn gibt es nur Schwarz und Weiß«, fügte er achselzuckend hinzu. »Dazwischen existiert nichts, kein Mittelweg. Die Menschen, die er loswerden will, tötet er.«

Schweigend spazierten sie weiter. Nach einer Weile nahm Sergei das Gespräch erneut auf: »Am meisten hat es Boris gewurmt, daß Grigori seiner Familie nie erzählte, *wer* ich war. Er hat ihnen nur gesagt, ich sei eine Waise der Revolution. Doch Boris hatte immer schon den Verdacht gehabt, ich stamme aus dem Adel, und als er alt genug war, begann er Nachforschungen über meine Herkunft anzustellen — in der Absicht, mich zu zerstören.« Sergei seufzte müde. »Mein ganzes Leben war ein Drahtseilakt zwischen zwei verschiedenen Identitäten — zwischen der Person, die ich wirklich war, und der, die ich geworden bin. Und zwischen zwei verschiedenen Welten: der Welt, der ich mich durch Geburt zugehörig fühlte, und der, die ich angenommen hatte. Und ständig war Boris da und wartete auf einen falschen Tritt. Aus diesem Grund entschloß ich mich, allein zu leben und nicht zu heiraten. Denn würde man eines Tages meine wahre Identität entdecken, würde ich unweigerlich gefangen genommen und getötet werden. Aber viele Jahre später begegnete ich deiner Mutter und verliebte mich. Ich war älter geworden, und die Liebe machte mich selbstsüchtig: ich sagte mir, wenn Boris mein Geheimnis bis dahin nicht entdeckt hatte, würde er das auch in Zukunft nicht tun.

Am Tag meiner Hochzeit war Boris bester Laune. Er küßte die Braut, lachte und scherzte. Noch nie zuvor hatte ich ihn so ausgelassen erlebt. Kurz bevor wir in die Flitterwochen abreisten, überreichte er mir einen Briefumschlag.

»Eine kleine Überraschung für dich, Sergei«, sagte er mit diesem bösartigen Glimmen in seinen Augen, das ich schon als Kind gefürchtet hatte. Und dann fügte er hinzu: »Oder sollte ich sagen, *Alexei*?«

Lachend ging er von dannen, und dieses Lachen werde ich im Leben nicht vergessen. Es klang wie das eines Wahnsinnigen — der er ja *tatsächlich* war. Und noch immer ist.« Sergei hielt inne und fügte dann mit bebender Stimme hinzu: »Im Briefumschlag befand sich das Foto meines leiblichen Vaters.«

Sergei verstummte, und während sie weiter durch den Park wanderten, fragte sich Valentin verwundert, weshalb sein Vater diesem Foto solch eine Bedeutung beimaß.

»Ich wußte nun, daß Boris die Wahrheit kannte«, nahm Sergei schließlich seine Erzählung wieder auf, »und während unserer Flitterwochen wartete ich auf seinen Angriff. Ich wartete Tage, Wochen, schließlich Monate. Wie ein Mann auf dem Schafott, der den tödlichen Axthieb des Henkers erwartet. Bis mir irgendwann dämmerte, daß Boris zwar das Wissen, aber keinen *Beweis* besaß. Die Tatsache, daß ich dem Mann auf dem Foto ähnelte — wie übrigens auch du, Valentin —, reichte nicht aus, um die Regierungsspitze davon zu überzeugen, einer ihrer Topleute sei nicht der, der zu sein er vorgab. Es konnte ein bloßer Zufall sein, und wenn Boris mich ungerechtfertigt beschuldigte, würde er seine eigene Karriere aufs Spiel setzen. *Er braucht diesen Beweis!* Immer noch trägt Boris eine Kopie dieses Fotos in seiner Brieftasche, und er weiß, daß ich nach wie vor eine Entdeckung fürchte.«

»Aber es muß mittlerweile doch völlig egal sein, wer dein Vater war«, sagte Valentin verstört.

»Es ist nicht egal«, erwiderte Sergei leise, während er den Ring, den er all die vielen Jahre sorgsam verborgen gehalten hatte, hervorzog. Es war ein großer Sternrubin in einer kunstvollen Goldfassung. Ihn Valentin reichend, sagte er: »Das ist alles, was ich von unserem Erbe retten konnte. Meine leibliche Familie war eine der reichsten Rußlands. Sie waren so mächtig, daß sie auf der Todesliste der Tscheka gleich hinter dem Zaren standen. Mein Vater — dein Großvater — war Fürst Mischa Ivanoff. Unserer Familie gehören diese

Milliarden und die Minen. Und deine Verwandte, *dein Fleisch und Blut*, sollst du nun aufspüren und nach Rußland zurückbringen. Zu Boris und in den sicheren Tod.«

Und während sie langsam durch den Park zurückwanderten, erzählte ihm Sergei, was in jener langen, dunklen Nacht vor vielen, vielen Jahren im Wald geschehen war. Und mit jedem Wort zerfiel für Valentin sein bisheriges Leben immer mehr in einen Trümmerhaufen.

Valentin trank den letzten Schluck des herrlichen Clarets, erhob sich darauf schwerfällig, drückte dem geduldigen Ober ein großzügiges Trinkgeld in die Hand und verließ das Restaurant.

Er schlenderte in den Salon und wählte einen Fensterplatz. Vor dem Kaminfeuer entdeckte er Cal Warrender, der sich angeregt mit der amerikanischen Fernsehreporterin, Genie Reese, unterhielt. Er beneidete ihn um seine Gemütsruhe — und um das Mädchen. Sie war der Inbegriff des amerikanischen Schönheitsideals, von dem Fremde wie er träumten: eine Rose, langstielig, zart, schön.

Während er seinen Kaffee trank, überlegte er, worüber die beiden wohl derart intensiv reden mochten. Aber so sehr er sich auch abzulenken versuchte, kreisten seine Gedanken doch unentwegt um die Worte seines Vaters: »Und deine Verwandte, *dein Fleisch und Blut*, sollst du nun aufspüren und nach Rußland zurückbringen . . . in den sicheren Tod.« Ihm war sofort klargewesen, daß Boris die »Dame« nicht nur für Rußland haben wollte, sondern um mit ihrer Hilfe Sergeis Identität aufzudecken. *Boris wollte Sergei vernichten.*

Bereits in den Anfängen seiner Karriere hatte Valentin erkannt, daß man politische Macht nur mit persönlichen Opfern erlangen konnte; eine Persönlichkeit des öffentlichen Lebens konnte jederzeit für ihr Tun zur Rechenschaft gezogen werden und mußte für die anderen Menschen die Funktion eines Vorbilds erfüllen. Valentin hatte lange über seine Möglichkeiten nachgedacht. An erster Stelle stand die Pflicht seinem Heimatland gegenüber. Das Kräfteverhältnis zum Westen stand auf dem Spiel. Wenn er die »Dame« finden und nach Rußland bringen würde, bekäme sein Land nicht nur das ihm rechtmäßig zustehende Geld, sondern könnte darüber hinaus endgültig seinen Anspruch auf die indischen Minen legitimieren. Es gab nur eine Lösung, das Leben seines Vaters wie auch sein eigenes zu retten und gleichzeitig das Rußland, an das er glaubte, zu unterstützen. *Und das Ziel zu erreichen, auf das er hingearbeitet hatte.* Er mußte die »Dame« finden, ehe ihm die Amerikaner zuvorkamen. *Und sie töten, ehe Boris sie in die Hände bekam.* Düster dachte er bei sich, daß ihm seine Ausbildung in Ryazan nun doch noch zugute käme; aber wenigstens würde die »Dame« in ihm einen weit gnädigeren Henker finden als in seinem Onkel, dessen beliebteste Hinrichtungsart der Tod durch Folter war.

Das Wettrennen hat begonnen, sinnierte er. Und wie er es auch anstellte und welche Opfer es auch verlangte — er mußte die »Dame« als Erster finden.

Er riß sich vom Fenster los und begegnete quer durch den Raum Genies Blick. Cal Warrender war gegangen, sie saß allein da. Seinen Brandy in der Hand, schlenderte er auf sie zu. »Miß Reese«, verneigte er sich lächelnd, »wir sind anscheinend beide Waisen des Sturms. Wollen Sie mich nicht aus meiner Einsamkeit erlösen und mir bei einem Drink Gesellschaft leisten?«

Genie holte tief Atem und erwiderte dann unerschrocken seinen Blick. »Es wäre mir ein Vergnügen, Mr. Solovsky«, sagte sie.

7

Maryland
»Fairlawns«, der sanfte Wiesengrund, machte seinem Namen wahrhaft alle Ehre: weiches, samtig grünes Grasland, das zu einem silbernen See führte, an dessen Ufern, wie Missie von ihrem Fenster aus beobachten konnte, die Wildenten ihre Nester bauten. Die frühen Kirschblüten hatten

dem plötzlichen Kälteeinfall widerstanden, und die über das Wasser geneigten Weiden trugen bereits das zartgrüne Gewand des Frühlings.

»Was für ein schöner Tag!« rief Schwester Sara Milgrim ihr fröhlich zu. »Vielleicht können wir später einen kleinen Spaziergang machen? Was meinen Sie? Wir könnten den Enten beim Nestbau zusehen.«

»Den Wildenten«, berichtigte Missie streng. »Man erkennt sie an ihrem grünen Kopf. Außerdem habe ich Ihnen schon tausendmal gesagt, Sara, daß Sie mit mir nicht wie mit einem Kleinkind reden sollen — oder wie mit einer senilen Alten! Mein Verstand funktioniert noch tadellos. Außer, wenn Sie mich weiter so ziepsen«, fügte Missie hinzu, da Schwester Milgrim begonnen hatte, ihr Haar zu bürsten.

Schwester Milgrim schmunzelte. Missie war heute morgen wohl in einer bissigen Stimmung. Man konnte ihr nichts vormachen: Sie wußte immer, wann ein fröhlicher Tonfall übertünchen sollte, daß sie zum Beispiel wieder einmal Ärger mit ihrem Freund gehabt hatte oder von einem zweiwöchigen Nachtdienst völlig ausgepumpt war. »Sie haben herrliches Haar!« bemerkte sie, während sie liebevoll durch die langen, seidigen Strähnen bürstete. »Das Silber betont das Veilchenblau Ihrer Augen.«

»Veilchen«, murmelte Missie verträumt. »Ach, nein, Anouschka trug immer die Veilchen. Wenn ich die Augen schließe, kann ich sie jetzt noch riechen . . .«

»Anouschka, mhm? Na, ich wette, deren Haare waren nicht so schön wie die Ihren! Sie müssen in Ihrer Jugend etwas ganz Besonderes gewesen sein. Bestimmt waren alle Jungen hinter Ihnen her!«

»Nein, keine Jungen«, entgegnete Missie. »Es waren ausschließlich Männer . . . vier an der Zahl.« Sie seufzte. »Und der einzige, den ich nicht geheiratet habe, war der, den ich wirklich liebte. Meine erste große Liebe.«

»Man sagt, die erste Liebe sei die wahrhaftigste«, ging Schwester Milgrim bereitwillig auf das Thema ein und blickte Missie neugierig im Spiegel an. »Bedauern Sie es, ihn nicht geheiratet zu haben?«

Die Augen geschlossen, antwortete Missie: »Er starb. Es liegt alles schon zu weit zurück, als daß es noch von Bedeutung wäre.«

Ohne den Blick vom Spiegel zu wenden, steckte Schwester Milgrim Missies Haar zu dem üblichen Chignon. Missies Augen waren noch immer geschlossen, doch ihr Gesichtsausdruck strafte ihre letzte Bemerkung Lügen.

»Tut mir leid, Missie«, lenkte sie rasch ein. »Was schwatze ich hier, anstatt Ihnen eine Tasse Earl Grey Tee zu machen? Den mögen Sie doch besonders gern, nicht wahr? Ich bin gleich wieder da.«

Missie vernahm das Schließen der Tür, und wieder einmal war sie allein mit ihren Gedanken. Was war nur in sie gefahren, einfach so über Anouschka zu schwatzen? Wurde sie schon völlig verdreht? Wahrscheinlich war es ihr herausgerutscht, weil sie an Anouschka gedacht hatte. Sie mußte vorsichtiger sein, besonders jetzt, nach dem Bericht im Fernsehen. Milgrim könnte sich den Namen Anouschka gemerkt haben und zwei und zwei zusammenzählen. Anna bereitete ihr nun ernsthafte Sorgen. Wo war sie? Warum rief sie nicht an? Missie seufzte tief auf. Wer hätte gedacht, daß all dies niemals enden würde? Wenn Yeventlov sie nicht im Wald gefunden hätte, wäre sie heute nicht hier, und der Ivanoff-Schatz würde, wie so viele andere Schätze, als verschollen gelten.

Rußland

Beim Erwachen fand sie sich unter einer warmen, weichen, mit Gänsedaunen gefüllten Steppdecke wieder. Sie trug ein rosa Flanellnachthemd, und ihre Hände und Füße prickelten, als würden sie mit unzähligen feinen Nadeln gepiekst. An den Holzwänden flackerte der Schatten eines Kaminfeuers, und von nebenan drang leises Stimmengemurmel an ihr Ohr. Verdutzt schaute sie sich um. An einem Tisch mitten im Raum saß Sofia, kerzengerade wie eh und je, und trank ein Glas heißen Tee. Vor dem Kaminfeuer lag Viktor; sein langes Fell roch wie nasse Schafwolle. Und die kleine Xenia schwatzte unbekümmert in Englisch auf fünf kleine, blasse Kinder ein, die sie anstarrten, als sei sie das neunte Weltwunder. Sie mußten sich im Haus des Bahnhofvorstehers befinden, überlegte Missie. Und plötzlich strömte die Erinnerung wieder auf sie ein; sie begann zu zittern, und Tränen stürzten aus ihren Augen.

»Bleiben Sie liegen«, sagte Madame Yeventlov ruhig. »Sie sind vorerst in Sicherheit. Mein Mann hat Sie im Wald gefunden und hierher gebracht. Ich mache Ihnen jetzt einen heißen Tee, und später, wenn Sie sich etwas besser fühlen, werde ich Ihnen einen Teller guter Suppe bringen.« Anscheinend wußte sie, was geschehen war, denn in ihren braunen Augen stand tiefes Mitgefühl.

Gehorsam trank sie den Tee, konzentrierte sich auf jeden einzelnen, süßen, heißen Schluck, der ihre Kehle hinunterrann, ohne jedoch das Eis, das ihr Herz mit kalter Faust umspannte, zum Schmelzen zu bringen. Sie erinnerte sich, wie sie, als der Hauptmann mit Alexei davongeritten war, im Schnee gelegen war und den Tod herbeigesehnt hatte. *Solovsky, Solovsky* hatte sie leise vor sich hingemurmelt, obgleich sie gewußt hatte, daß dieser Name von nun an sowieso unaustilgbar in ihr Gedächtnis gegraben war. Der Schock mußte wohl ihren Herzschlag verlangsamt haben. Ihre Gliedmaßen waren schwer geworden, und eine tödliche Gleichgültigkeit hatte von ihr Besitz ergriffen. Ihr Blut verwandelte sich in ihren Adern zu flüssigem Eis, und sie gab sich willig der betäubenden Erstarrung hin, hinter der, wie sie wußte, der Tod auf sie wartete. Und dann hörte sie plötzlich das weiche Tappen des ersten Wolfes, roch den fauligen Gestank seines Atems, als er an ihren Haaren schnupperte, und ihr wurde bewußt, daß es ihr nicht bestimmt war, friedlich im Schnee zu sterben: Sie sollte von Wölfen verschlungen werden.

Während der Wolf unschlüssig um sie herumtänzelte und mit der Pfote nach ihr schlug, fiel ihr ein, daß Mischa ihr einst erzählt hatte, Wölfe würden nur tote Menschen reißen und selten lebende angreifen. Doch dieses Wissen würde ihr nichts nützen, denn sie hörte nun aus dem Wald das Gehechel eines ganzen Rudels. Mit einem Mal ertönte ein furchterregendes Jaulen und Knurren, und als Missie erschrocken den Kopf hob, sah sie, wie Viktor die Kehle des ersten Wolfes durchbiß, sich darauf dem restlichen Rudel zuwandte, das sich bereits über Anouschkas Leiche hergemacht hatte, und es mit lautem Bellen und Zähnefletschen verjagte. Müde humpelte er darauf zu Missie zurück und legte sich neben sie. Seine feuchten, braunen Augen sahen sie flehentlich an, und aus einer Wunde an seinem Ohr tropfte Blut.

Wie ein lebenspendendes Feuer erwachte in Missie plötzlich ihr Selbsterhaltungstrieb; sie war erst achtzehn, und trotz all der Schrecken verlangte ihre Jugend nach ihrem Recht. Abgesehen davon hatte sie auch eine Verantwortung, denn sie hatte Mischas Tochter gerettet. Vorsichtig versuchte sie sich aufzusetzen, doch ihre Beine wollten ihr nicht gehorchen, und das wilde Schlagen ihres Herzens raubte ihr beinahe den Atem. Und dann fiel sie in ein tiefes schwarzes Loch, aus dem sie erst in Yeventlovs Haus in Ivanovsk wieder erwachte.

Sofia setzte sich neben Missie und ergriff ihre Hand. »Gott sei Dank sind Sie wohlauf, Missie. Ohne Sie wäre meine Enkelin mit den anderen umgekommen. Als Trost bleibt mir nur, daß Mischa nicht mehr vom schrecklichen Tod seiner Frau und seines Sohnes erfahren wird.«

Missie hatte das Gefühl, als würde man ihr das Herz aus der Brust reißen. Ungläubig starrte sie Sofia an, und die alte Dame nickte traurig. »Oh ja«, flüsterte sie, »ich bin sicher, daß Mischa tot ist. Ich spüre es hier.« Sie legte die Hand auf ihr Herz. »Warum mußte er nur sterben? Er war ein guter Mensch, ein vorbildlicher Grundbesitzer wie schon vor ihm sein Vater und Großvater. Er sorgte für seine Leute wie ein Vater. Er setzte sich in der *Duma*, im Parlament, für ihre Rechte ein. Warum also, Missie? *Warum* haben sie einen so guten Menschen getötet? Wer wird sich nun um sie kümmern, so wie Mischa es getan hat?« Ihre dunklen Augen weiteten sich vor Grauen, als sie fortfuhr: »Was sind das nur für Menschen, die Anouschka so etwas antun konnten?«

Sie wandte sich ab und blickte in das prasselnde Kaminfeuer. »Yeventlov hat Alexei nicht gefunden«, sagte sie leise. »Er nimmt an, daß er den Wölfen zum Opfer gefallen ist.«

»Oh, aber . . .«, begann Missie, brach jedoch unvermittelt ab. Warum sollte sie Sofia noch mehr Kummer zufügen? Sie war schon geschlagen genug. Außerdem gab es für Alexei sowieso keine Hoffnung. Sie drehte ihr Gesicht der Wand zu und ließ sich von den Wogen der Erschöpfung in den Schlaf gleiten. Als sie wieder erwachte, waren die Rolläden noch immer verschlossen; nur Madame Yeventlov war noch wach und knetete einen festen Teig aus dunklem Roggenmehl auf dem Tisch. Sofia schlief auf einer Strohmatratze vor dem Ofen, die kleine Xenia eng an sich geschmiegt. Neben ihnen lag der Hund, doch von den anderen Bewohnern war nichts zu sehen. Sie schliefen wohl in einem anderen Zimmer.

Madame Yeventlov nickte Missie zu. »Na, wieder wach?« lächelte sie. »Dann wird es jetzt Zeit für die Suppe. Oh, doch«, fügte sie hinzu, Missies Proteste mit erhobener Hand abwehrend, »wenn Sie überleben wollen, müssen Sie an Körper und Geist zu Kräften kommen!«

So nahm Missie also auf dem harten Holzstuhl am blankgescheuerten Pinientisch Platz und lauschte Madame Yeventlovs Bericht über die momentane Lage.

Ihrem Mann zufolge, war der Fahrplan für die Züge völlig durcheinander geraten. Sicher war nur, daß alle Verspätung hatten. Da in den Depots die Kohle ausgegangen war, wurden die Dampflokomotiven nun mit Pinienholz befeuert, was den Nachteil hatte, daß es zu schnell verbraucht wurde und die Züge deshalb ohne Brennstoff irgendwo im schneebedeckten Land stecken blieben. Yeventlov mußte auf ein Signal der großen Bahnstation nördlich von Ivanovsk warten, das ihm anzeigte, wann von dort ein Zug bei ihm vorbeikommt.

»Wie lange wird das dauern?« fragte Missie.

Madame Yeventlov zuckte mit den Achseln. Das wisse niemand, erklärte sie. Eine Reise, die normalerweise vier Stunden dauert, könne nun vier Tage oder noch länger beanspruchen. Sie sagte Missie, daß sie sich alle gut verkleiden müßten, da die Soldaten sicher nach Verrätern Ausschau hielten.

Über ihrer Suppe sitzend, fragte sich Missie, wie es gekommen war, daß ausgerechnet sie, die Tochter eines bedeutenden Oxford-Professors, als Verräterin in einem Land, das nicht einmal das ihre war, angesehen wurde.

Und dabei hatte alles so unbeschwert begonnen. Vor etwas mehr als einem Jahr war sie mit ihrem Vater zu einer seiner zahlreichen Spritztouren aufgebrochen, diesmal in die Türkei, um die neuesten Ausgrabungen zu untersuchen.

Professor Marcus Octavius Byron war bereits über fünfzig Jahre alt gewesen, als er die hübsche, junge, langbeinige Alice Lee James geheiratet hatte. Drei Jahre später hatte sie ihn mit einem Baby überrascht, einem Mädchen, das sie Verity nannten, wenngleich es aus irgendeinem Grunde immer nur »Missie« gerufen wurde. Als Missie acht Jahre war, starb ihre Mutter an einer verschleppten Erkältung, die sich zu einer Lungenentzündung ausgeweitet hatte, und von da an schloß sich Missie eng an ihren Vater an. Es gab keine anderen Verwandten. Er war ihre einzige Familie, und er vergötterte sie nicht weniger als sie ihn. Er nahm sie auf alle seine Reisen mit. Mit vierzehn war sie bereits zu Ausgrabungen in Griechenland gewesen, hatte die archäologischen Stätten Indiens besucht und mitgeholfen, antike Gräber in Ägypten auszuheben. Aber ihr Zuhause war immer das hohe, schmale, etwas heruntergekommene Haus in der ruhigen Allee gewesen, gleich um die Ecke von Oxfords Trinity College.

Ihr Vater beteuerte ihr zwar immer, wie hübsch sie sei, aber sie hielt ihn diesbezüglich für voreingenommen, da sie eine verblüffende Ähnlichkeit mit ihrer verstorbenen Mutter aufwies. Sie hatte Alice Lees veilchenfarbene, ins Violette spielende Augen, ihren bleichen, milchigen Teint und ihr geschmeidiges, goldbraunes Haar. Dennoch war Missie mit ihrem Aussehen alles andere als zufrieden. Ihrer Meinung nach war sie zu mager, ihre Wangenknochen waren zu betont, die Nase zwar gerade, aber am Ende doch nach oben geschwungen und ihr Mund viel zu groß. Darüber hinaus war sie mit ihren langen Beinen größer als die meisten Jungen, die sie kannte.

Von Erinnerungen überwältigt, saß Missie in der bescheidenen Hütte der Yeventlovs, die unangetastete Suppe vor sich auf dem Tisch, und klammerte sich hinter geschlossenen Augen verzweifelt an das vertraute, tröstliche Bild ihres Vaters. Er war ein großer, dünner Mann gewesen, leicht gekrümmt vom jahrzehntelangen Brüten über alten Geschichtsbüchern. Er hatte einen grauen Bart und blaßblaue Augen und war tagaus, tagein in sein geliebtes, verblichenes Tweedjackett gekleidet, und wenn sie sich an ihn geschmiegt hatte, war ihr der vertraute Duft von guten Zigarren und altem Portwein in die Nase gestiegen.

Gegen ihre Tränen ankämpfend, erinnerte sich Missie, wie sie an die Tür seines Arbeitszimmers geklopft und auf sein in Latein gebrummtes »Intra!« gewartet hatte. Lächelnd hatte er sie willkommen geheißen, seine Bücher niedergelegt und ihr seine gesamte Aufmerksamkeit geschenkt. Doch wenn sie manchmal nach der Schule einfach zu ihm hereingeplatzt war, dann hatte sie ihn ganz in der Vergangenheit verloren wiedergefunden, und er hatte sie dann mit einem solch verwunderten Gesichtsausdruck angestarrt, daß sie hätte schwören können, er habe ihre Existenz für eine Weile vollkommen vergessen.

Der Professor vergaß jedoch nie, sich um den schulischen Werdegang seiner Tochter zu kümmern. Er wollte ihr eine ebensogute Ausbildung wie den Jungen angedeihen lassen und sandte sie, als einziges Mädchen, in eine namhafte Oberschule nach Oxford. Sie wurde dort nicht nur akzeptiert, weil sie die Tochter eines bekannten Wissenschaftlers war, sondern auch weil sie sich, an männliche Gesellschaft gewöhnt, problemlos in die neue Umgebung einfügte. Ja, man konnte tatsächlich meinen, sie sei ein Junge. Als sie freilich eines Tages verkündete, sie wolle nun Rugby spielen, sah selbst der Professor ein, daß es an der Zeit war, sie in eine Schule für junge Damen zu schicken. Dennoch bedauerte er nicht, sie in eine Jungenschule geschickt zu haben, da sie dort einen Kampfgeist erworben hatte, der sie dem Leben furchtlos entgegentreten ließ.

Seufzend öffnete Missie die Augen und blickte sich verwirrt in dem winzigen, abgeschotteten Zimmer um, in dem eine Russin stand und Brot buk. Plötzlich schienen ihre Kindheit und Oxford wieder Lichtjahre entfernt.

Der Professor hatte ihre Sommerreise in die Türkei sorgfältig geplant; nördlich von Ephesus fanden wichtige Ausgrabungen statt, mit neuen, erregenden Funden, die bis ins 5. Jahrhundert zurückdatierten. Trotz Missies Protesten, daß es im Sommer viel zu heiß sei, die Mücken in Schwärmen über sie herfallen, das Wasser knapp und ihre Nahrungsmittelrationen, so weit ab von den Städten, sehr kärglich sein würden, reagierte ihr Vater wie ein Kind, dem ein neues Spielzeug in Aussicht gestellt worden war — er mußte es jetzt, auf der Stelle haben.

Zu guter Letzt ließ er sich dann doch zu einem Kompromiß bewegen: Sie würden lediglich den Mai und Juni in der Türkei verbringen und erst im Herbst, wenn die schlimmste Hitze vorbei war, wieder zurückkommen. In der Zwischenzeit wollten sie der seit langem ausstehenden Einladung von Fürst Mischa Ivanoff nach St.Pertsburg folgen. Denn als Fürst Mischa in Oxford Vorlesungen über alte Geschichte besucht hatte, war der Professor nicht nur sein Lehrer gewesen, sondern auch sein Freund geworden, und seit der Zeit standen beide in enger Korrespondenz miteinander.

In der Türkei angekommen, blieb der Professor nächtelang wach und kritzelte im flackernden Schein der Öllampe seine Aufzeichnungen in sein Notizbuch, ohne auch nur einen Gedanken an die blutrünstigen Moskitoschwärme zu verschwenden. Nach drei Wochen lag er bereits mit schweren Malariaanfällen darnieder. Die Ausgrabungsstätte befand sich in einem abgelegenen Gebiet, hundert Meilen vom nächsten Dorf entfernt, und es gab keinen Arzt. Das Chinin und die Hausmittelchen, die Missie mitgenommen hatte, halfen nur wenig, und er hatte durch das anhaltende Fieber bald einen gefährlichen Flüssigkeitsverlust. Nach einer Woche fürsorglicher Pflege schien er sich wieder zu erholen. Er bestand darauf, zu seiner Arbeit zurückzukehren, aber seine Augen wirkten müde, und seine Hände zitterten. Plötzlich sah er wie ein alter Mann aus.

Hinterher hatte sie sich oft Vorwürfe gemacht, daß sie nicht energischer auf die Heimreise nach England gedrängt, sondern sich erneut auf einen Kompromiß eingelassen hatte: Sie würden nach Rußland reisen, und ihr Vater würde sich in der Villa der Ivanoffs auf der Krim erholen.

Die Villa glich eher einem Palast, weiträumig, mit kühlen Marmorböden und jedwedem Luxus, einschließlich Dutzenden von Bediensteten, die ihnen jeden Handgriff abnahmen. Aber Missie nahm die Umgebung kaum wahr, denn kurz nach ihrer Ankunft erlitt ihr Vater einen Rückfall. Trotz bester medizinischer Betreuung starb Marcus Octavius Byron zwei Tage später. Seine letzten Worte waren: »Paß auf dich auf, Missie. Vor dir liegen nun große Veränderungen.« Er drückte leicht ihre Hand und verschied. Missie besaß keine anderen Verwandten. Ohne ihren Vater war sie ganz allein auf der Welt.

Einen Tag später wurde er auf dem Friedhof der kleinen, orthodoxen Kirche bestattet, hoch auf einem Hügel mit Blick auf das indigoblaue Meer. Fürst Mischa hatte nicht genügend Zeit gehabt, vom fernen St. Petersburg zur Bestattung seines Freundes zu kommen, doch als Missie dem Sarg ihres Vaters in die kühle, weiße Kirche folgte, fand sie diese voll von des Fürsten Freunden, die in ihren Ferienvillen auf der Krim gerade Urlaub machten.

Mischas Freunde begleiteten sie in die Ivanoff-Villa zurück und murmelten Worte des Trostes und der Ermutigung, während sie unzählige Tassen Tee tranken und sie aus bekümmerten Augen beobachteten. »Warum weint sie nicht?« flüsterten sie einander besorgt zu, da sie als Russen an heftige Gefühlsausbrüche gewöhnt waren. »Sie ist so jung . . . erst sechzehn . . . und ganz allein auf der Welt, wie Fürst Mischa sagt . . .«

Die Tränen kamen erst am nächsten Tag, als sie, der Einladung des Fürsten folgend, den Ivanoff-eigenen Zug nach St. Petersburg bestieg und allein im gepolsterten Luxusabteil saß. Und dann begegnete sie Fürst Mischa, und ihr Leben veränderte sich, genau wie ihr Vater es ihr auf seinem Sterbebett vorhergesagt hatte.

Im weiträumigen Anwesen der Ivanoffs hatte eine bunte Mischung aus altjüngferlichen Tanten und verwitweten Cousinen zweiten Grades einen Unterschlupf gefunden, die immer einen schwachen Geruch nach Kölnischwasser und Pfefferminze verbreiteten und sich die Zeit vergnügt mit emsigem Nähen und bissigem Geklatsche vertrieben. Jeder noch so entfernte Verwandte wurde fraglos in den Schoß der russischen Großfamilie, deren Gastfreundschaft sprichwörtlich war, aufgenommen. Aber Verity Byron war etwas Besonderes; die Herzen aller Ivanoffs flogen dem einsamen, traurigen Mädchen zu, das sie, da es keine eigene Familie mehr hatte, sogleich wie eine der ihren behandelten. Und sie selbst verliebte sich Hals über Kopf in Mischa.

Wenn sie so zurückblickte, schien es Missie, als sei diese Zeit viel zu schnell vergangen, und sie wünschte sehnlichst, sie könnte das Rad zurückdrehen. Wären sie doch bloß nicht in die Türkei gereist, dann wäre ihr Vater noch am Leben . . . hätte sie sich doch bloß nicht in Fürst Mischa verliebt, sondern wäre zurück nach Oxford gefahren . . . hätte es doch bloß keine Revolution gegeben, und alles wäre so geblieben, wie es war . . . dann brauchte sie jetzt nicht um ihr Leben zu rennen, obendrein auch noch mit der Verantwortung für eine alte Frau und ein kleines Kind belastet.

Es dauerte zwei Tage, ehe der Zug sich endlich durch die Schneeverwehungen nach Dvorsk durchgekämpft hatte, und in der ganzen Zeit hatte Alexei kein Wort gesprochen. Seine riesigen, verstörten Augen waren unentwegt auf Grigori gerichtet, der, die Unzuverlässigkeit des Zugverkehrs verfluchend, rastlos in dem kleinen Zimmer der Bäckerei auf- und abschritt. Nur in Grigoris Anwesenheit ließ sich Alexei dazu bewegen, die dünne Suppe und das ofenwarme, bittere, dunkle Roggenbrot aus der Bäckerei zu essen, und wann immer Grigori seinen Mantel überzog und vor die Tür schritt, fand er den ihn stumm anstarrenden Alexei an seiner Seite, ein verlorenes, einsames Wesen, das ihm wie ein treuer Hund auf Schritt und Tritt folgte.

Rauch und Funken spuckend, kündete die altertümliche,

mit einem kleinen Berg Brennholz beladene Dampflokomotive von ihrer Ankunft. Es war ein eisiger, nebelverhangener Morgen. Auf dem kleinen Bahnsteig wimmelte es mit einem Mal von zahllosen Menschen, die sich schreiend und schubsend ihren Weg in den bereits überfüllten Zug erkämpften. Der Personenwagen, einst das luxuriöse Privatabteil eines hohen Beamten der Eisenbahngesellschaft, war ausschließlich für Grigori und seine Männer reserviert. Zwar funktionierte inzwischen weder Heizung noch Licht, doch dafür waren die samtbezogenen Sitze weich gepolstert, und zwei junge Offiziere trugen eine Milchkanne mit heißer Suppe herein, ein paar Brotlaibe sowie Kerzen. Verglichen mit den anderen Passagieren, die zusammengepfercht auf den harten Holzbänken, auf dem Boden, in den Gängen, ja sogar in den hochgelegenen Gepäcknetzen saßen, reiste Grigori mit seiner Mannschaft geradezu komfortabel.

Wann immer der Zug anhielt, sprang Grigori heraus, stapfte die Gleise entlang und debattierte wütend mit dem Zugführer. Aber die Lokomotive war alt, es mangelte an Brennstoff, und obgleich der Zug immer wieder in Gang kam, kroch er doch mehr, als daß er fuhr.

Soldaten in ramponierten, provisorischen Uniformen patrouillierten durch den Zug und ließen sich Ausweispapiere und Reisegenehmigungen zeigen. Waren die Dokumente nicht einwandfrei, wurde mitunter Grigori, als dienstältester mitreisender Offizier, zur Entscheidung herangezogen. Obwohl er ein harter Mann war, fühlte er sich diesen Menschen bäuerlicher Herkunft nach wie vor verbunden. Er wußte, daß die meisten nur vorhatten, ihre verstreuten Familien wieder zu treffen, und so verfuhr er mit ihnen recht tolerant. Aber die Sache mit dem englischen Mädchen war etwas anderes.

Flankiert von zwei schmutzigen, ungepflegten Soldaten, die sie mit eisernem Griff festhielten, stand sie im Gang, und Grigori stachen sogleich zwei Dinge an ihr ins Auge: Sie war auf eine kühle, europäische Art sehr schön, und sie war sehr wütend. Ihre violetten Augen funkelten vor Entrüstung.

»Befehlen Sie Ihren Männern, mich loszulassen, und zwar *sofort!*« herrschte sie ihn in exzellentem Russisch an. »Sie haben kein Recht, eine Engländerin auf diese Weise zu behandeln!«

Als Missies Blick auf Grigori fiel, den sie auf der Stelle wiedererkannte, stockte ihr der Atem, und sie wäre beinahe mit der Frage: »Wo ist Alexei?« — eine Frage, über die sie sich Tag und Nacht den Kopf zermarterte — herausgeplatzt. Statt dessen biß sie sich auf die Lippen und starrte auf Solovskis Stiefel hinab. Während ihrer langen Wartezeit in der Hütte der Yeventlovs hatten sie und Sofia beschlossen, alles, was die Vergangenheit betraf, aus ihren Gedanken zu verdrängen und mit ins Grab zu nehmen. Nur wenn sie vorwärts blickten, konnten sie überleben. Und Missie wollte leben.

Auf ein Wort von Grigori hin ließen die Soldaten sie los. Seinen Augen ausweichend, rieb sie sich ihre schmerzenden Arme und fragte sich bang, ob er sie womöglich ebenfalls wiederkannte. Ihr Mund wurde trocken vor Angst, und sie verschränkte die Hände hinter dem Rücken, damit er ihr Zittern nicht bemerkte. Solovsky betrachtete sie schweigend. Ihr Kopf dröhnte vor Anspannung und Erschöpfung. Seit über zwölf Stunden befanden sie sich nun schon in diesem Zug; trotz ihrer warmen Steppmäntel und den traditionellen Kopftüchern, die sie zur Tarnung umgebunden hatten, war die Kälte mörderisch, und nur die animalische Ausdünstung der zahllosen Menschen um sie herum hatte sie vor dem Erfrieren bewahrt. Madame Yeventlov hatte ihnen ein kleines Päckchen mit Proviant mitgegeben, doch aus Angst, es würde ihnen von den hungrigen, teils auch von den vom selbstgebrannten Schnaps betrunkenen Bauern aus der Hand gerissen werden, wagten sie nicht, es untertags aufzumachen, und sie aßen nur im Schutz der Dunkelheit. Da sie nicht wußten, wie lange ihre Reise dauern würde, mußten sie das Brot und die *Piroschkis* — kleine, mit Kartoffeln und Gemüse gefüllte Pasteten — streng rationieren. Es gab kein Licht, und in den pechschwarzen Nächten machten sie aus Angst um ihr Leben kein Auge zu.

Immer wieder ermutigten sie sich gegenseitig, daß der

Zug irgendwann in St. Petersburg ankommen mußte. Dann würden sie einen Zug nach Yalta, an die Krimküste, nehmen, wo die Menschen den »Weißen« Russen nach wie vor loyal gegenüber standen und sie in Sicherheit wären. Sie besaßen weder Ausweisdokumente noch Gepäck und nur sehr wenig Geld, aber irgendwie würden sie es schon schaffen — vorausgesetzt, sie würde jetzt Solovskys drohendes Verhör bestehen, denn von ihren Antworten hing ihrer aller Leben ab. Und als sie schließlich zu Solovsky aufblickte, wünschte sie, eine bessere Geschichte parat zu haben, denn die Augen dieses Mannes verrieten ihr, daß er all diese kleinen, dummen Lügenmärchen schon zu oft gehört hatte.

Solovsky ließ sich mit seiner Betrachtung Zeit. War da nicht ein Aufflackern von Angst in ihren Augen? Eigentlich verständlich, überlegte er weiter. Immerhin war sie von diesen beiden Lumpen bedroht worden. Aber dennoch: Was machte eine junge Ausländerin in solch gefährlichen Zeiten in so einem Zug? »Wer sind Sie?« fragte er schließlich. »Und wo sind Ihre Papiere?«

Ihren ganzen Mut zusammennehmend, sagte Missie: »Ich bin die Witwe von Morris O'Bryan, einem Ingenieur der American Westinghouse Company in St. Petersburg. Mein Mann wurde bei einem Bombenattentat auf das Werk vor drei Wochen getötet. Ich reise in Begleitung meiner Schwiegermutter und meiner kleinen Tochter. Wir haben versucht, über Finnland nach Hause zu fahren, aber es gab keine Züge mehr. Wir haben über eine Woche gewartet. Da habe ich gedacht, daß es wohl am besten sei, nach St. Petersburg zurückzukehren und dann weiterzusehen . . .«

Schweigend ließ Solovsky sie ihre Geschichte herunterstottern. Er hatte schon vor langem einen ungerührten Blick perfektioniert, der das Netz aus Lügen und Halbwahrheiten, das die Menschen um sich webten, zu zerstören vermochte. Aber dieses Mädchen reckte ihr Kinn in die Höhe und befahl: »Würden Sie jetzt bitte Ihre Männer dazu anhalten, uns ungestört weiterreisen zu lassen!«

Solovsky bellte ein kurzes Kommando, worauf die Soldaten verschwanden, um Sekunden später mit Sofia und Xenia zurückzukehren. Viktor trottete hinterdrein und fletschte die Zähne, und sie wartete nervös, was weiterhin passieren würde.

Grigori sah sich die Neuankömmlinge eingehend an. Die ärmliche Kleidung der alten Frau täuschte nicht über ihre vornehme Haltung hinweg. Unwillkürlich stieg in Grigori der alte, tief verwurzelte bäuerliche Instinkt auf, die Kappe abzunehmen. Ergrimmt vergrub er seine Hände in den Hosentaschen und wandte sich dem Kind zu. Er wußte, daß Kinder immer die Wahrheit sagten.

»Wie heißt du, kleines Mädchen?« fragte er auf Englisch.

»Ihr Name ist Alice Lee O'Bryan«, mischte sich Missie rasch ein; Alice Lee war der Name von Missies verstorbener Mutter. Mit angehaltenem Atem schaute sie Xenia an; ihrer aller Leben hing von den nächsten Worten dieses noch nicht einmal drei Jahre alten Kindes ab.

Ihre Handflächen waren schweißnaß, und sie wagte es nicht, zu Sofia hinzublicken, als Solovsky erneut fragte: »Wie heißt du, kleines Mädchen?«

Xenia starrte ihn mit jenem abwesenden, verträumten Blick an, den Missie so gut kannte.

Plötzlich erhellte sich ihr Gesicht, und ihre goldbraunen Augen funkelten vor Vergnügen. Eine weizenblonde Locke um ihren plumpen Babyfinger wickelnd, lächelte sie Solovsky zutraulich an. »Azaylee«, sagte sie. »Ich heiße Azaylee O'Bryan!«

Sein Instinkt verriet Grigori, daß irgend etwas faul war, und er starrte das Mädchen durchdringend an, aber sie lächelte weiterhin verträumt und zwirbelte ihre Locke um den Finger. Er wußte, er sollte sie noch einmal fragen, aber dann würde er vor diesen Ausländern womöglich wie ein einfältiger Bauerntölpel dastehen. »Habt ihr das Gepäck inspiziert?« wandte er sich statt dessen an seine Soldaten.

»Unser Gepäck wurde gestohlen«, warf Missie hastig ein. »Und auch all unsere Papiere. Wir haben nur noch das, was wir am Leibe tragen.«

»Ich möchte mich für das Benehmen meiner Landsleute entschuldigen«, sagte Solovsky steif. »Ich werde Ihnen ein

Dokument ausstellen, damit Sie Ihre Reise unbelästigt fortsetzen können.«

Nachdem er einen Soldaten losgeschickt hatte, um die Formulare aus seinem Abteil zu holen, fügte er hinzu: »Noch ein guter Rat: Die Krim ist inzwischen das einzige Tor, durch das man Rußland noch verlassen kann. Halten Sie sich nicht allzu lange in St. Petersburg auf. Begeben Sie sich direkt zum Bahnhof nach Kursk und nehmen Sie den erstbesten Zug in den Süden, sonst wird es zu spät sein.«

Missie wagte kaum, ihren Augen zu trauen, als er tatsächlich ein Formular ausfüllte und mit dem offiziellen Amtsstempel versah. »Ich wünsche Ihnen eine sichere Weiterreise, Madame«, sagte er, das Dokument mit einem schwungvollen Schnörkel unterzeichnend.

Als sie es entgegennahm, begegneten sich ihre Augen. »Vielen Dank!« flüsterte sie. Dann eilte sie den Gang entlang zurück und drängte sich ungestüm durch die Menge, wohl wissend, daß Solovskys mißtrauischer Blick ihr folgte.

8

Paris
Leyla Kazahn genoß den seltenen Luxus, einen Tag allein in ihrer Pariser Wohnung auf der Ile St.-Louis zu verbringen. Es war ein kalter, grauer Tag, wahrscheinlich würde es sogar schneien, doch nach den stickigen, überfüllten Salons und den heißen, verrauchten Fotostudios, in denen sie sich die meiste Zeit aufhielt, bedeutete es für sie eine wahre Wohltat, endlich wieder frische, klare Luft zu atmen. Ungeschminkt, die langen schwarzen Haare zurückgebunden und in eine violette Wolljacke, Jeans und Stiefel gekleidet, glich sie einem ganz normalen Mädchen, das mit dem schillernden Model der Pariser Laufstege und Modezeitschriften nichts mehr gemein hatte. Nur ihre ungewöhnlichen Augen — mandelförmig und von strahlendem Blau — verrieten ihre Identität.

Mit siebzehn war sie bei Barney's von einem Agenten entdeckt worden. Er hatte sie zum besten Fotografen der Stadt geschleppt, der darauf bestanden hatte, sie in schlichter Aufmachung, als einfaches, ungeschminktes Schulmädchen in Jeans und T-Shirt, zu fotografieren, um ihre pikante Mischung aus Ost und West besser hervorzuheben. Und ehe sie sich's versah, hatte auch schon die *Vogue* Interesse an ihren Fotos angemeldet.

Anstatt an der Sorbonne zu studieren, war Leyla nun das ganze Jahr über mit Foto- und Modeschauterminen ausgebucht. Dafür hatte sie natürlich ihren Wohnsitz nach Europa verlegen müssen, doch von Anfang an hatte sie zwei Monate Ferien im Jahr als Vertragsbedingung gefordert, denn so wohl sie sich in ihrem großzügigen Pariser Appartement auch fühlte, hing ihr Herz doch an ihrer Familie und ihrer Heimat in Istanbul.

Die Ile St.-Louis hatte sie als Wohnort ausgewählt, weil sie wie ein kleines, abgeschlossenes Dorf im Herzen von Paris ruhte; sie war ziemlich genau achthundert Meter lang, hatte nur acht Straßen, und jeder kannte jeden. Obgleich ihr Gesicht weltbekannt war, wurde sie dort von niemandem belästigt. Für ihre Nachbarn und die anderen *insulaires,* oder Insulaner, war sie einfach nur »Leyla«.

Nachdenklich spazierte sie am Quai de Béthune entlang. Der wässrige Widerschein der Seine dämpfte den Farbton der aus dem 17. Jahrhundert stammenden Häuserfassaden zu einem weichen, fahlen Blaugrau, am Himmel kreisten Möwen, und eine Barke glitt lautlos durch die anmutig geschwungene Pont-Marie. Aber Leyla nahm die zauberhafte Atmosphäre nicht wahr. Obwohl sie normalerweise Bertillons Walderdbeereis nie widerstehen konnte, schritt sie heute ohne aufzublicken daran vorbei. Sie nahm in Lecomtes *crèmerie* ein paar Becher Yoghurt mit und gab mit einem flüchtig gemurmelten »*Bonjour!*« ihre feinen Leinenbettücher in der Handwäscherei von Madame Parraud, in der Rue la Regrettier ab. Der Verkäufer in Monsieur Turpins Früchteladen wiegte angesichts ihrer sorgenvollen, ernsten Miene mitfühlend den Kopf; Mademoiselle Leylas Gedanken waren heute ganz offensichtlich mit wichtigeren Dingen als einem kleinen Schwätzchen beschäftigt.

Ohne sich noch weiter aufzuhalten, machte sie sich auf den Rückweg. Die Fernsehnachrichten des letzten Abends wollten ihr nicht aus dem Sinn. Dem Bericht zufolge war es im Hotel Richmond wie bei einem internationalen Kongreß zugegangen, und es hatte von internationalen Reportern nur so gewimmelt. Reglos vor Schreck hatte sie der Geschichte über die Herkunft der Juwelen gelauscht, den Gerüchten über die geheimnisvolle »Dame« und den Spekulationen um die Identität des unbekannten Käufers. Die Kamera hatte einen attraktiven, russischen Diplomaten hervorgehoben und einen finster dreinblickenden Amerikaner aus dem Washington State Department, der mit undurchdringlicher Miene aus dem Auktionssaal geeilt war. »Kein Juwel in der Geschichte hat je solch einen Aufruhr verursacht«, hatte man verkündet, und Leyla war vor Angst ganz übel geworden.

»Wer hätte das gedacht?« hatte sie geflüstert. »Wer hätte mit so etwas rechnen können?«

Anna und sie kannten natürlich den wahren Grund dieser Geheimniskrämerei, aber sie hatten sich weiter keine Gedanken darüber gemacht. Es war nur eine alte Geschichte, viel Zeit war vergangen, viel Wasser die Seine hinuntergeflossen, die Welt hatte sich verändert . . . Wie sollte es da noch eine wirkliche Gefahr geben? Als sie damals den Diamanten ohne weiteres Aufsehen auf der Auktion verkauft hatten, waren sie stolz auf ihr schlaues Vorgehen gewesen. Jetzt allerdings schien es, als seien sie zu schlau, zu vertrauensselig gewesen. Ihr erster Erfolg hatte sie leichtsinnig werden lassen. Sie hätten wissen müssen, daß der Ivanoff-Smaragd auch zerteilt unverkennbar war.

Sie rannte die Eingangsstufen zu ihrem Appartementhaus empor, blickte sich, ehe sie in den Lift stieg, nervös um und drückte dann den Knopf ins oberste Stockwerk. Schon vor der Tür hörte sie das Läuten ihres Telefons, aber noch während sie darauf losstürzte, hatte es aufgehört, und sie stieß einen leisen Fluch aus. Auf ihrem Anrufbeantworter blinkte das rote Lämpchen. Als sie den Knopf drückte, ertönte eine vertraute Stimme: »Leyla, hier ist Anna. Wir sind in großen Schwierigkeiten. Ich weiß nicht genau, was passiert ist, aber plötzlich scheint alle Welt hinter dem Smaragd her zu sein. Ich muß dich unbedingt sprechen! Ich erwarte dich morgen um zehn Uhr dreißig am Pyramideneingang des Louvre. Oh, Leyla, was haben wir nur getan! Ich weiß, du bist wahrscheinlich sehr beschäftigt und mußt nach Mailand oder sonstwohin fliegen, aber ich *muß* einfach mit dir reden! Bitte, bitte, laß mich nicht im Stich . . .«

Mit einem Klicken schaltete sich der Anrufbeantworter aus. Verzweifelt ließ sich Leyla in den Sessel sinken. Annas Stimme vibrierte noch immer im Raum.

»Ach, Urgroßvater Tariq Pascha«, flüsterte sie tränenerstickt, »es ist alles nur deine Schuld! Ständig hast du von dem alten Treuegelübde erzählt, das die Kazahns an die Ivanoffs bindet, hast all deine Kinder und Enkel schwören lassen, dein Gelübde einzuhalten. Und jetzt sieh, wohin du mich gebracht hast!« Plötzlich hatte sie das seltsame Gefühl, daß Tariq anwesend war und sie ermahnte, sich zu erinnern, *weshalb* ihre Familie den Ivanoffs, abgesehen von der Liebe, die sie für sie hegten, unbedingte Loyalität schuldete . . . selbst nach all den Jahren.

Rußland, 1917
Sofia schritt ruhelos durch das kleine Zimmer, in dem sie sich seit mehr als einem Monat versteckt hielten, und überlegte, was sie tun und wohin sie gehen könnten.

Die lange Zugfahrt in den Süden war ein weiterer Alptraum gewesen, den sie am besten so schnell wie möglich vergessen sollten. Sie hatte geglaubt, wenn sie einmal in Yalta seien, würde sich alles zum Guten wenden; sie würden in die Ivanoff-Villa gehen, Freunde würden ihnen eine Schiffspassage nach Konstantinopel organisieren, und von dort könnten sie dann nach Europa übersetzen. Ihr war natürlich klar, daß sich die Ivanoffs nicht so ohne weiteres in ihr Pariser Appartement oder ihre Villa in Deauville absetzen und alte Freunde um Hilfe bitten konnten. Sie hatte Mischas Warnung, die Tscheka würde sie wie wilde Tiere jagen und sie, sollte sie ihrer habhaft werden, so lange foltern, bis sie den Bolschewiken das Ivanoff-Vermögen aushändigten, nicht vergessen. Und sie wußte auch, daß die Bolschewiken sie anschließend alle umbringen würden.

Sie waren mitten in der Nacht in Yalta angekommen und hatten zunächst einmal dankbar die würzige Meeresbrise in sich eingesogen. Anders als im arktischen Norden, lag in der südlichen Luft noch ein Hauch von Sommer, und sie roch frisch und sauber, wie die Luft in einem freien Land. Einander erleichtert zulächelnd, ließen sie sich von der Menge aus dem Bahnhof treiben, und Azaylee hüpfte wie ein ausgelassenes Fohlen an Sofias Hand.

»Madame, Madame!« Die vertraute Stimme ließ Sofia herumwirbeln. Vor ihr stand der Bahnhofsvorsteher, der fast so alt wie sie selbst war und sie seit ihrer Heirat kannte. Aber bis jetzt hatte er sie nie anders als mit »Euer Hoheit« angesprochen.

»Ma'am!« flüsterte er dringlich, wobei sein grauer Bart erregt zitterte. »Verzeihen Sie, daß ich Sie so respektlos begrüße, doch inzwischen haben auch die Wände Ohren. Alles hat sich verändert, Ma'am, es wimmelt von Spionen, und überall lauert Gefahr. Ihre Villa . . .« Er hielt inne und schüttelte betrübt den Kopf. »Sie wurde bereits beschlagnahmt und ist nun voll von Tscheka-Leuten, obwohl sie vorgeben, jemand anderer zu sein. Sobald Sie das Haus betreten, wird die Tscheka Sie festnehmen. Ach, Ma'am!« Bekümmert sah er sie an. »Wohin werden Sie jetzt gehen?«

Für Sofia kam nur ein Ort in Frage. Da es zu gefährlich war, ein Taxi zu nehmen, mußten sie wohl oder übel den zweistündigen Fußmarsch über die schmalen Serpentinenwege auf sich nehmen; hoch in den Bergen lag das Landhaus, das Sofia vor fünfzehn Jahren ihrem alten Kutscher und dessen Frau als Ruhesitz geschenkt hatte.

Sie klopfte an die Tür und wartete nervös auf eine Antwort. Da ihr Kutscher fünfzig Jahre im Ivanoff-Haushalt gedient hatte, zweifelte sie nicht an seiner Loyalität, doch sie wußte auch, daß Angst ein machtvollerer Lehrmeister sein konnte als Treue. Ihre Zweifel wichen einer tiefen Erleichterung, als schließlich die Tür aufging und man sie sogleich willkommen hieß.

Dennoch war sich Sofia bewußt, daß ihre Tage im Landhaus gezählt waren, denn der alte Kutscher hatte Angst. Sie flackerte in seinen Augen, wann immer er ihnen Essen brachte und die neuesten Nachrichten über die Kämpfe erzählte, die mittlerweile auch auf der Krim wüteten. Erst heute morgen hatte er ihr aufgeregt berichtet, daß die Marine gemeutert habe und zu den Bolschewiken übergelaufen sei. Die Zeit wurde knapp, und damit auch ihre Möglichkeiten.

Sofia unterbrach ihr rastloses Herumschreiten und schaute aus dem Fenster über die weitgeschwungene, blaue Bucht zu den dahinterliegenden, grünen Hügeln. Die Ivanoff-Villa war von Bäumen verdeckt, aber Sofia konnte sie sich so deutlich vergegenwärtigen, als befinde sie sich dort: die weißen Säulenportikos, die grün gekachelten Kuppeln, der gepflegte Park, die Marmorterrassen mit den prachtvollen Blumen in irdenen Töpfen, die Springbrunnen und Teiche und der riesige Grund, voll von blühenden Bäumen und Büschen, in denen es von wunderschönen, seltenen Vögeln und Tieren nur so wimmelte. Die Villa war so nahe, gleich dort drüben hinter den Hügeln, und dennoch könnte sie genausogut Lichtjahre entfernt sein. Die Augen geschlossen, drehte Sofia das Rad der Zeit zurück, weilte wieder im Kreis ihrer Familie in der geliebten Villa. Sie hörte das sorglose Lachen, das sich mit dem hellen Gezwitscher der Vögel vermengte, und sie vernahm das sanfte Wispern des Meeres; sie roch den Frühlingsduft der Orangenblüten, den Sommerduft der Rosen und des Oleanders, den Herbstgeruch nach Minze und wildem Thymian . . . Seufzend öffnete sie die Augen und kehrte in die Wirklichkeit zurück. Wozu sich etwas vormachen? Sie würde die Villa nie wiedersehen.

Plötzlich wurde die Stille der Bucht durch die Detonatiaon eines Gewehrfeuers erschüttert, und Sofia wich erschrocken vom Fenster zurück. Sie selbst verließ das Landhaus nie, aber Missie und Azaylee schlüpften dann und wann in ihren neuen Rollen als verwitwete Mrs. O'Bryan und Tochter hinaus. Ihr Herzschlag geriet ins Stolpern, als eine erneute Salve ertönte. Sie kam von den Hügeln bei der alten Kapelle, wohin Missie mit dem Kind zu einem Spaziergang aufgebrochen war. Panisch schlug Sofia die Hand vor den Mund. »Oh nein!« betete sie. »Nicht meine kleine Enkelin, nicht Missie! Lieber Gott, bitte, laß sie leben! Sie sind doch noch so jung! Nimm mich dafür!« Und auf die Knie sinkend, begann sie zum erstenmal seit den schrecklichen Ereignissen zu weinen.

Die sanfte Fülle des langen Herbstes auf der Krim war geschwunden, aber die frühen Dezembertage waren noch immer mild. Missie saß auf einem alten Marmorgrabstein, kaute an einem Grashalm und schaute Azaylee zu, wie sie durch den hübschen, kleinen Kirchgarten strolchte und dann wieder ausgelassen wie ein Lämmchen im Frühling hüpfte, während Viktor neben ihr sprang und voll Freude über seine Freiheit laut bellte.

Sollten an diesem Ort noch irgendwelche Geister umherirren, überlegte Missie, so würden sie durch den Anblick des Mädchens und des Hundes ihren wohlverdienten Frieden erlangen. Obwohl ihr Vater auf diesem Friedhof begraben war, spürte sie doch in ihrem tiefsten Inneren, daß seine Seele nicht mehr hier weilte. Sie konnte ihn sich nicht anders als zu Hause, in England, vorstellen, über seinen Schreibtisch gebeugt und auf sie wartend . . .

Tief unter ihr lag Yalta, ein Halbmond aus weißen Häusern am palmengesäumten, tintenblauen Meer. Steile, sandige Wege führten in die grünen Hügel zu den prächtigen Ferienvillen der Aristokraten, und zwischen den Pinien und Akazien ragten da und dort gleich dunklen Ausrufezeichen hohe Zypressen in den blaßblauen Himmel.

Plötzlich zerrissen Gewehrschüsse die friedvolle Stille. Viktor erstarrte, und als die zweite Salve erklang, durchlief ein Zittern seinen Körper.

Missie packte Azaylee und duckte sich mit ihr hinter einen rosafarbenen Marmorgrabstein. Die Schüsse kamen näher, und eine Stimme brüllte Befehle; sie kam aus den Bäumen am Gipfel des Hügels, nur ein paar hundert Meter von ihrem Versteck entfernt.

Die Schüsse wurden mit einer Gewehrsalve beantwortet, und dann sah Missie die Männer. Es waren drei an der Zahl. Tataren, wie sie an den traditionellen Turbanen, den weitärmeligen Blusen und den Schaffellwesten erkannte; einer hielt eine Maschinenpistole in der Hand. Von den Bolschewiken war nichts zu sehen, aber sie verbargen sich vermutlich hinter den Bäumen.

Missie erkannte, daß sie, wenn sie zu lange warteten, ins Kreuzfeuer des Kampfes gerieten. Sie mußten weglaufen, und zwar sofort. »Azaylee«, flüsterte sie, »wir machen jetzt ein Spiel.«

Azaylee blickte sie vertrauensvoll an, und Missies Mut sank. Die Soldaten würden auf alles schließen, was sich bewegte. Was, wenn sie Azaylee träfen?

Sie spähte zum Hügel zurück. Der Tatar mit der Maschinenpistole hatte sie entdeckt und bedeutete ihr wütend, zu bleiben, wo sie war. Azaylee zwischen sich und den kühlen Marmor gepreßt, duckte sie sich erneut und zischte Viktor zu, still zu sein.

»Ist dies das neue Spiel, Missie?« fragte Azaylee, als aus den Bäumen abermals Schüsse ertönten, ihr Echo in den Hügeln widerhallte und über der seidenglänzenden Bucht still erzitterte. Vorsichtig hielt Missie nach dem Tataren Ausschau. Er hatte jetzt genau lokalisiert, woher die Schüsse der Bolschewiken kamen. Ohne Hast zielte er mit der Maschinenpistole in diese Richtung und feuerte, während er den Patronengurt gleichmäßig weiterschob.

Missie drückte Azaylees Gesicht an ihre Brust, selbst konnte sie den Blick jedoch nicht abwenden. Sie sah die Bolschewiken aus den Bäumen auftauchen, die Hände als Zeichen der Niederlage erhoben. Doch die Tataren zeigten keine Gnade. Ihre Kugeln durchsiebten die sich krümmenden und zuckenden Männer und ließen sie blutig zerfetzt zu Boden sinken.

Nachdem der Tataren-Offizier einen seiner Männer losgeschickt hatte, um sicherzustellen, daß alle Feinde aufgespürt waren, ging er auf Missie zu. Er war groß und arrogant aussehend und neben seiner Maschinenpistole auch noch mit einem riesigen alten Schwert, das in einer kunstvoll gearbeiteten Lederscheide steckte, bewaffnet.

Missie zuckte vor seinen wütend funkelnden, blauen Augen zurück, die von ihr zu dem kleinen Mädchen glitten, und fragte sich bang, ob dies nun das Ende war. Zu ihrer Überraschung hörte Viktor plötzlich auf zu knurren, ließ sich sogar schwanzwedelnd zu ihren Füßen nieder, die Schnauze friedlich auf die ausgestreckten Pfoten gelegt.

»Wissen Sie nicht, wie gefährlich es heutzutage ist, in den Hügeln herumzuspazieren?« schnauzte er sie in hartem Russisch an. »Sie hätten getötet werden können!«

»Sie auch!« entgegnete sie bitter.

Ein blitzend weißes Grinsen erschien auf seinem Gesicht. »Das ist mein Job. Aber ich brauche keine Ausländer, die mir dabei im Weg stehen!« Plötzlich fiel sein Blick auf das kleine Mädchen. »Xenia?« rief er verblüfft.

Das Mädchen schaute ihn unschlüssig an. »Erkennst du mich nicht?« fragte er. »Du und dein Bruder habt immer gelacht, wenn ich so machte.« Er kauerte sich neben sie, wackelte mit seinem Schnurrbart und zog eine komische Grimasse.

»Tariq!« Hell auflachend schlang sie die Arme um seinen Hals. »Es ist Tariq!«

Er blickte zu Missie und erklärte schmunzelnd: »Mein Name ist Tariq Kazahn. Mein Vater war Obergärtner in der Ivanoff-Villa, und ich habe in den Ferien immer mit Mischa gespielt. Ich habe ihn schon lange nicht mehr gesehen. Die Armee hat mich ins Baltikum abkommandiert und dann, als der ganze Ärger losging, hierher, nach Sevastopol. Inzwischen ist unsere Aufgabe auf kleine Gefechte in den Hügeln reduziert.« Sein blitzendes Grinsen vermochte nicht über den ernsten Ausdruck seiner blauen Augen hinwegzutäuschen. »Aber noch sind wir nicht geschlagen«, fügte er zuversichtlich hinzu. »Dieses Schwert befindet sich seit den Zeiten von Dschinghis Khan im Besitz meiner Familie. Es hat schon viele Menschen im Namen der Freiheit getötet. Wir

Tataren werden bis zum Ende kämpfen — und wir werden siegen!«

Missie stieß einen erleichterten Seufzer aus. Er war also ein Freund; vielleicht könnte er ihnen weiterhelfen. Rasch berichtete sie ihm, was geschehen war.

Über die Wangen des Tataren rollten stille Tränen, doch er wischte sie nicht weg. »Der Fürst war mein Freund«, sagte er leise. »Wie gerne wäre ich an seiner Statt gestorben!«

»Bitte, helfen Sie uns!« bat sie. »Wir müssen nach Konstantinopel, aber das ist gefährlich. Wir haben keine Papiere, und Fürstin Sofia wird möglicherweise erkannt. Noch ehe wir Geld abheben konnten, waren die Banken von den Revolutionären beschlagnahmt worden, und jetzt haben wir nichts! Wir leben auf Kosten zweier alter, treuer Dienstboten.« Sie verstummte, wartete ängstlich auf seine Antwort.

Seine blauen Augen blickten sie ruhig an. »Vertrauen Sie mir«, sagte er sanft. »Ich werde Ihnen helfen.«

Tariq Kazahn war ein echter Tatar. Sein Stammbaum reichte bis ins 16. Jahrhundert, noch vor die Zeit, als Iwan der Schreckliche das Volk zu heimatlosen Nomaden gemacht hatte, zu ewigen Wanderern durch die weiten, russischen Steppen. Einige seiner Vorfahren waren in die Türkei zurückgekehrt, andere aber hatten sich am Schwarzen Meer niedergelassen, wovon die islamischen Minarette und Kuppeln kündeten, die entlang der südlichen Hügel zwischen den russisch-orthodoxen Kirchen aufragten.

Der weit verzweigte Clan der Kazahns hatte sich mehr und mehr in der Gegend ausgebreitet; die meisten arbeiteten als Erntearbeiter, Viehhüter oder als Hilfskräfte auf den terrassenförmig angelegten Weinbergen Georgiens, und obgleich sie zu untergeordneten Arbeiten gezwungen waren, vergaßen sie nie, daß sie einst ein stolzes, herrschendes, für seine Reitkünste und seinen Kampfesmut berühmtes Volk gewesen waren. Als 1917 die russische Revolution begann, war ihnen von Anfang an klar, daß sie sich niemals von irgendwelchen karrieresüchtigen, tumben Bauernsoldaten befehligen lassen würden. Sie waren entschlossen, ihre

Grundsätze zu verteidigen, und bereiteten der Revolutionären Volksarmee eine Menge Schwierigkeiten.

Tariq war dreißig Jahre alt, ein starker, hochgewachsener Mann mit breiten Schultern und kräftigen Händen. Er hatte dichtes, lockiges, schwarzes Haar, einen buschigen, schwarzen Schnauzbart, die für Tataren typischen hohen Wangenknochen und blitzblaue Augen. Wenn er lachte, zeigte er eine Reihe Zähne, so groß und weiß wie die des feurigen, jungen Zuchthengstes, den er mit Leichtigkeit und Eleganz zu reiten verstand. Er war hitzig und ungestüm, gleichzeitig aber auch überaus intelligent.

Tariq diente bereits in der zaristischen Armee, als er eine Chinesin des Manchu-Geschlechts kennenlernte und heiratete. Sie hatten drei Kinder: einen Sohn namens Michael, benannt nach Fürst Michael Ivanoff, dem Freund seiner Kindheit, sowie zwei Mädchen.

Tariq kannte die Gerüchte, denen zufolge die Ivanoffs gleich hinter der Zarenfamilie auf der Todesliste der Tscheka standen, und er wußte, daß sie, wenn er nicht rasch genug handelte, sicher getötet würden.

Er hatte Missie seine Hilfe zugesagt; jetzt mußte er sich einen Plan überlegen. Wie jedesmal, wenn er Probleme hatte, wandte er sich auch diesmal ratsuchend an seine Frau Han-Su. Sie wohnte in einer alten Fischerhütte an Yaltas Seehafen, und irgendwie gelang es ihr, ihre Familie mit den geringen Geldbeträgen, die er ihr von Zeit zu Zeit zusandte, sowie mit dem Gemüse, das sie in dem winzigen Landstreifen hinter dem Haus anbaute, über Wasser zu halten. Han-Su war eine zierliche, blumenhafte, anmutige Frau mit schimmernd schwarzem Haar, das sie im Nacken zu einem schweren Knoten geschlungen trug; in ihren schrägen, dunklen Augen lag jahrhundertealte Weisheit, und Tariq hatte erfahren, daß er ihrem Rat immer trauen konnte.

»Was soll ich tun, Han-Su?« fragte er. »Ich habe dem Mädchen versprochen, die Ivanoffs in Sicherheit zu bringen. Ich will ihnen helfen . . . ich muß!«

»Zunächst einmal mußt du sie unverzüglich hierherschicken«, antwortete sie. »Nicht im Schutz der Nacht, denn genau das ist es, was die Tscheka von Flüchtlingen erwartet. Das kleine Mädchen soll als erste kommen. Sie wird ein Blumensträußchen tragen, als wolle sie eine Freundin besuchen. Niemand rechnet damit, das Ivanoff-Mädchen allein anzutreffen. Später wird die junge Frau den Hund ausführen. Sie wird an der Promenade entlangspazieren, da und dort stehenbleiben und vielleicht sogar einen Kaffee trinken. Wie zufällig wird sie am Ufer weiterwandern, bis sie schließlich hier ankommt. Die alte Dame muß sich als Bäuerin verkleiden, als *Babuschka* in schwarzem Kleid und Schultertuch. Sie wird einen Korb mit Gemüse, den ich dir mitgeben werde, tragen, so tun, als klopfe sie an verschiedene Häuser, um ihr Gemüse zu verkaufen, und sich dabei unmerklich bis zu uns vortasten.«

»Und dann?« fragte er begeistert.

»Du mußt den Dieb besuchen, Vassily Murgenyev. Er verdient ein Vermögen mit gefälschten Papieren, die vollkommen echt aussehen, da er sie mit den offiziellen Stempeln, die er aus den Verwaltungsbüros und den ausländischen Botschaften gestohlen hat, versieht. Sag ihm, daß du Papiere brauchst, mit denen drei Menschen über Konstantinopel nach Europa ausreisen können. Er wird natürlich viel zuviel Geld verlangen, aber du kannst ihn herunterhandeln. Bis dahin werden die drei Leute bei mir bleiben. Ich werde mit dem Hafenmeister von Alupka — du weißt schon, weiter unten an der Küste — sprechen; er ist Halbchinese und stammt aus meiner Provinz. Er wird ihnen helfen, ein Schiff nach Konstantinopel zu bekommen.«

»Han-Su, du bist wunderbar!« rief Tariq, während er sie leidenschaftlich an sich drückte, aber sie lächelte nur sanft.

»Mischa Ivanoff war dein Freund«, sagte sie ruhig. »Es ist deine Pflicht, seiner Familie zu helfen. Die Sache hat nur einen Haken, Tariq: Sie wird sehr kostspielig werden.«

Entmutigt erinnerte sich Tariq an Missies Worte, sie habe kein Geld, aber gleich darauf straffte er stolz die Schultern. »Überlaß das mir, Han-Su«, sagte er. »Ich werde das Geld auftreiben.«

Am folgenden Tag ging er zu dem Friedhof, an dem er sich

mit Missie verabredet hatte, und erzählte ihr, was sie zu tun hätten. Alles lief wie am Schnürchen, und schon am darauffolgenden Nachmittag befanden sie sich alle, nebst Hund, in der kleinen Fischerhütte am Meer. Eine Woche lang streifte Tariq durch Yaltas Berge, sammelte von den armen, aber loyalen Soldaten und Offizieren der Weißen Armee Geldspenden, klopfte an die Türen von Menschen, denen er vertraute, und erklärte ihnen, er wolle Verfolgten bei der Flucht helfen. Es war ein Risiko. aber eines, das er gerne auf sich nahm; er hatte die Verantwortung seines toten Freundes Mischa übernommen, und auch wenn es ihn sein Leben kosten sollte, würde er sich nicht davor drücken.

In der Nacht, als sie nach Alupka aufbrechen sollten, wo das kleine Fischerboot mit Kurs auf Konstantinopel auf sie wartete, tauchte Tariq mit einer Flasche Wodka unter dem Arm in der Fischerhütte auf. »Nicht das selbstgebrannte Gesöff«, sagte er lachend, während er die Gläser füllte, »denn heute abend trinken wir auf die Ivanoffs! Lang mögen sie leben!«

Als sie angestoßen hatten, überreichte ihm Fürstin Sofia eine schmale, wildlederne Schatulle. «Niemand kann vorhersehen, was geschehen wird«, sagte sie. »Sie, Tariq, haben Ihr Bestes getan, der Rest liegt in Gottes Hand. Mit tiefer Dankbarkeit und ganz gewiß auch im Sinne meines Sohnes überreiche ich Ihnen und Ihrer Gattin diese Schatulle. Sie sind ein mutiger und loyaler Mann, Tariq, und mein Sohn hat Sie als einen wahren Freund geliebt.«

Sprachlos betrachtete Tariq die glitzernde Diamantkette auf dem schwarzen Samt.

»Euer Hoheit ist meinem Gatten gegenüber sehr großzügig«, sagte Han-Su rasch. »Doch wir können solch eine Bezahlung unmöglich annehmen. Wir sind glücklich, daß wir helfen konnten. Ihr schuldet uns nichts!«

Die zierliche Chinesin und die hochgewachsene russische Aristokratin maßen sich mit respektvollem Blick, während Tariq die Schatulle zuschnappen ließ und sie Sofia entgegenhielt.

»Dies ist keine Bezahlung, Han-Su, und Sie würden eine

alte Frau sehr glücklich machen, wenn Sie ihr Geschenk an-nähmen«, sagte Sofia bestimmt.

Sich leicht verneigend, erwiderte Han-Su: »Ich fühle mich sehr geehrt, Euer Hoheit!«

Sofia und Missie ritten die zwanzig Kilometer nach Alup-ka auf kleinen, trittsicheren Eseln, während Tariq, mit sei-nem Tataren-Schwert und der Maschinenpistole bewaffnet, das Mädchen auf seinen Schultern trug. Es war eine finste-re, mondlose Nacht, aber Tariqs Augen waren an die Dun-kelheit gewöhnt und erspähten sogleich das wartende Fi-scherboot, das schwarz wie die Nacht und ohne jegliche Be-leuchtung in der windstillen See schaukelte. Während es lautlos über das glatte, dunkle Wasser in Richtung Türkei glitt, beteten Tariq und seine Familie für Sofia und ihre En-kelin, die sie, wie sie wußten, nie wiedersehen würden.

9

Istanbul
Ein Jahr, nachdem Tariq und Han-Su den Ivanoffs zur Flucht verholfen hatten, wurde die Weiße Armee im Süden schließlich besiegt, und Tariq mußte mit seiner Familie in ei-nem kleinen, lecken Kahn ebenfalls über das Schwarze Meer fliehen. In Konstantinopel angelangt, mahnte San-Hu ihren hitzköpfigen Mann zunächst einmal zur Geduld, denn er hätte die Diamantkette am liebsten sofort in der nächsten finsteren Seitengasse verkauft und dabei nicht nur einen lächerlichen Bruchteil ihres Wertes erhalten, sondern auch riskiert, daß sie identifiziert und bis zu ihnen zurück-verfolgt worden wäre. Also schickte Han-Su das Schmuck-stück auf verschwiegenen Wegen zu ihren Verwandten nach Hongkong, wo es, als einzelne Steine verkauft, genügend Geld einbrachte, um Tariq und seiner Familie den Start in ein neues Leben zu ermöglichen.

Und es war wiederum Han-Su, die entschied, das Geld in einen kleinen Frachter zu investieren, der, mit Gewürzen,

Seidenteppichen, Kupfer und Silber beladen, alle größeren Mittelmeerhäfen ansteuerte und mit lebenswichtigen Maschinen, mitunter auch Waffen wieder zurückkehrte. Während dieser Zeit lebte die Familie bescheiden in einem kleinen, baufälligen Holzhaus auf einem der sieben Hügel der Altstadt, ganz in der Nähe der sich über den Bosporus spannenden Galata-Brücke.

Dank Han-Sus Geschäftstüchtigkeit und Tariqs kraftvollem Einsatz begann die Kazahn-Frachterlinie sehr bald zu florieren. Ein weiteres Schiff wurde gekauft, größer und neuer als das erste und für längere Strecken geeignet. Die türkischen Handelsgesellschaften und die ausländischen Importfirmen bemerkten, daß sie sich auf die Kazahn-Frachter verlassen konnten, und vergaben mehr und mehr Aufträge. Tariq kaufte noch mehr Schiffe und schloß ständig neue Geschäftsverbindungen, während Han-Su das Geld verwaltete. Bereits nach fünf Jahren besaßen sie eine kleine Handelsflotte und ein blühendes Unternehmen. Der Grundstein für das Tariq Kazahn Reederei-Imperium war gelegt.

Nach zehn Jahren konnten sie eine der weltgrößten Schifffahrts-Unternehmen ihr eigen nennen und waren eine der reichsten Familien der Türkei. Sie waren inzwischen in einen prachtvollen *yali* umgezogen, einen alten Sommerpalast in Yenikoy am europäischen Bosporus-Ufer. Im parkähnlichen Garten blühten duftende Jasminsträucher und Zitronenbäume, aus den Springbrunnen sprudelte klares, frisches Wasser, und die Luft hallte wider von fröhlichem Vogelgesang. Wann immer eines von Tariqs Schiffen auf dem Weg von Europa nach Asien den Bosporus entlangfuhr, hißte es in Höhe des Kazahn-*yali* sämtliche Flaggen und ließ die Schiffssirene ertönen. In seiner blendend weißen Marineuniform und der goldbetreßten Offizierskappe stand Tariq dann auf dem Balkon und salutierte, eine Hand stolz auf seinem geliebten Tatarenschwert, das er nach wie vor an der Hüfte trug, seiner vorbeigleitenden Mannschaft.

Doch Tariq Kazahn ließ seine Familie nie vergessen, daß sie alles, was sie besaßen, einzig den Ivanoffs zu verdanken hatten.

»Ohne sie wären wir Kazahns wahrscheinlich noch arme Tagelöhner«, mahnte er seine Kinder und später seine Enkel. »Ihre Diamantkette gründete unseren Reichtum. Die Ivanoffs sind verschwunden, die meisten tot, einige vielleicht irgendwo in der Welt verstreut. Aber vergeßt nie, daß unsere größte Schuld, unsere Loyalität und unsere *heilige Verpflichtung* den Ivanoffs gilt! Wenn ich sterbe, werde ich diese Verpflichtung an euch, meine Kinder, weitergeben und ihr dann an eure Kinder. Dies ist mein Vermächtnis an euch. Ein Kazahn darf diesem Treuegelübde niemals abschwören!«

Tariqs einziger und größter Kummer war, daß sein Sohn Michael im Alter von elf an Kinderlähmung erkrankte und als Folge davon sein rechtes Bein verkümmert und gelähmt blieb. Tariq ermunterte ihn unentwegt zu Körperübungen und engagierte die bekanntesten Krankengymnasten für ihn. Wie zum Ausgleich für seine frühere Schwächlichkeit und seinen nachziehenden Gang verfügte Michael dann als junger Mann über den Oberkörper eines Bullen. Auf dem speziell für ihn angefertigten Sattel ritt er waghalsig und sicher wie ein alter Tatar. Er wurde ein hervorragender Schütze, ein guter Jäger und war bei den Familientreffen immer lebhafter Mittelpunkt; seine beiden Schwestern waren zwischenzeitlich verheiratet und hatten selbst Kinder.

Die Jahre vergingen wie im Flug, und nie vergaß Tariq seine Kinder an ihre Verpflichtungen den Ivanoffs gegenüber zu erinnern.

Michael war nun einundzwanzig Jahre und besaß die dunklen, kraftvollen Züge seines Vaters wie auch dessen hitziges Temperament. Han-Su entschied, es sei an der Zeit, ihn zu verheiraten, damit er etwas ruhiger würde. Sie hatte auch schon ein ganz bestimmtes Mädchen im Auge.

Die achtzehnjährige Refika war die Tochter eines wohlhabenden türkischen Bankiers und einer französischen Mutter. Mit ihren dunkelbraunen Augen und den blonden Haaren war sie nicht nur auffallend hübsch, sondern sie verfügte darüber hinaus auch über eine gute Ausbildung und eigene, sehr klare Ansichten. Für Han-Su, die wußte, daß die

Kazahns starke Frauen brauchten, war sie genau die Richtige.

Geschickt inszenierte sie das erste Zusammentreffen der beiden: Sie wählte eine Sommernacht, so weich und schwül, daß selbst die kleine Brise, die vom Bosporus herüberwehte, kaum Erfrischung brachte. Refika, die ein blaßgrünes Chiffonkleid und um die schmale Taille einen juwelenverzierten Gürtel trug, saß mit züchtig gekreuzten Fußknöcheln zwischen ihren Eltern. Tariq musterte sie mit seinen durchdringenden blauen Augen. Sie war sich seiner argwöhnischen Blicke wohl bewußt, die jede ihrer Bewegungen genau registrierten. Da Michael auf sich warten ließ, flatterten seine Schwestern nervös herum und boten den Gästen Süßigkeiten an, während ihre Ehemänner mit Refikas Vater Konversation trieben.

Lächelnd entschuldigte Han-Su die Verspätung ihres Sohnes, doch innerlich kochte sie. Michael verübelte ihr die Heiratsvermittlung: Sie wußte, daß er noch mit der Frau zusammen war, die er in seiner Wohnung in der Altstadt aushielt, und sie wußte auch, daß er absichtlich zu spät kam, damit Refika gleich bei seinem Eintreten sein verkrüppeltes Bein sehen konnte.

Refikas Augen fingen Tariqs Blick auf, und sie lächelte ihn entwaffnend an. Leichtfüßig schritt sie auf ihn zu und nahm auf einer niederen, mit einem feinen Seidenteppich bedeckten Ottomane zu seinen Füßen Platz.

»Kazahn Pascha«, begann sie in ihrer weichen, melodiösen Stimme, »ich habe gehört, welch herausragender Mann Sie sind, und daß die Menschen, die für Sie arbeiten, Ihren Mut ebenso wie Ihre Geschäftstüchtigkeit bewundern. Ich habe gehört, daß Sie von allen, die Sie kennen, verehrt werden, und daß man Sie sogar »Sultan Kazahn« nennt. Jetzt sehe ich selbst, welch eindrucksvoller Mann Sie sind, attraktiver als alle jungen Männer, die ich kenne, aber wenn Sie mich betrachten, sind Ihre Augen böse. Das betrübt mich, Kazahn Pascha, denn Sie kennen mich ja gar nicht.«

Tariq blieb vor Verblüffung der Mund offen. »Böse?« wiederholte er verlegen. »Nein, nein … Nur gegenüber meinen

Feinden und denjenigen, die mich betrügen wollen, bin ich böse.«

»Dann bin ich also Ihr Feind?« beharrte sie sanft.

»Nein . . . natürlich nicht!« Ihre unverblümte Redeweise verwirrte ihn.

»Nun, dann denken Sie womöglich, ich wolle Sie betrügen? Oder Ihren Sohn?«

»Betrügen . . . nein, nein, das denke ich keineswegs!«

Die weichfallenden Chiffonröcke um ihre schlanken Beine glättend, sagte sie: »Gut, Kazahn Pascha. Dann gibt es also zwischen uns keine Probleme, keine unausgesprochenen Geheimnisse. Ich hoffe, das wird immer so bleiben!« Stolz erhobenen Hauptes sah sie Michael entgegen, der nun quer durch den Raum auf sie zuhumpelte, in den Augen denselben finsteren Blick wie zuvor Tariq. »Wie der Vater, so der Sohn«, bemerkte sie boshaft, und Tariq wurde klar, daß Han-Su die richtige Wahl getroffen hatte. Refika würde für seinen Sohn die perfekte Ehefrau sein.

Michaels verkümmertes Bein interessierte Refika nicht im geringsten. Sie sah nur einen großen, bärenstarken, gutaussehenden Mann, der sie mißtrauisch musterte. Aber sein ablehnendes Verhalten bereitete Refika keine Angst. Sie wußte, was sie wollte, und von ihrer französischen Mutter hatte sie gelernt, einen Mann zu verzaubern. Am Ende des Abends war Michael bereits in ihrem Bann. Bisher hatte er nur zwei Arten von Frauen kennengelernt: freimütige, leichtlebige Frauen, die im Lauf der Jahre reihenweise sein Appartement in der Altstadt bewohnt hatten, oder zurückhaltende Mädchen aus gutem Hause, die zu schüchtern waren, um mehr als zwei Sätze mit ihm zu sprechen. Doch Refika war eine Mischung aus beiden. Sie war zurückhaltend, aber nicht schüchtern, freimütig, aber nicht dreist, kokett, aber nicht »erfahren«. Unversehens war er bis über beide Ohren verliebt, und nach einer kurzen, stürmischen Werbung heirateten sie im September, an einem der seltenen regnerischen Tage.

Ihr Sohn Ahmet wurde »auf den Tag genau neun Monate später geboren«, wie Tariq oft mit dröhnendem Lachen zu sagen pflegte, um von vornherein jegliche Zweifel an der Männlichkeit der tatarischen Kazahns auszuschalten. Bald darauf folgten in kurzen Abständen drei Töchter.

Ahmet war ein zurückhaltender, ruhiger Junge, das genaue Gegenteil seines hitzköpfigen, temperamentvollen Vaters und Großvaters. Von seiner Großmutter Han-Su hatte er das glatte, schwarze Haar und die dunklen, mandelförmigen Augen und von seiner Mutter die helle Haut. Refika und Han-Su erkannten schon frühzeitig die Intelligenz des Jungen und bestanden darauf, ihm die bestmögliche Ausbildung angedeihen zu lassen — trotz Tariqs Einwänden, der seinen klugen, stillen Enkel lieber mit männlichen Dingen wie Reiten, Schießen, Trinken und Frauen beschäftigt gesehen hätte. Tariq fragte sich oft, wie zwei so starke, leidenschaftliche Menschen zu so einem Kind gekommen waren. Dennoch war er der stolzeste Großvater der Welt, als Ahmet 1954 die Harvard-Universität mit Auszeichnung abschloß.

Nach weiteren zwei Jahren an einer Betriebswirtschaftsschule kehrte Ahmet nach Istanbul und in das elterliche Geschäft zurück. Tariq beobachtete ihn mit Adleraugen, bombardierte ihn mit Fragen, wenn er Veränderungen oder gar »Verbesserungen« vorschlug, aber dennoch beeindruckte ihn die sanfte Hartnäckigkeit, mit der Ahmet gelassen und bestimmt seine Ziele durchsetzte. »Der Junge hat seine Eier im Hirn«, sagte er einmal halb spöttisch, halb stolz zu Han-Su, nachdem er Ahmet die Erlaubnis erteilt hatte, seinen ersten großen Öltanker bauen zu lassen.

1960, als Tariq dreiundsiebzig Jahre alt war, starb Han-Su. Sie verschied so friedlich im Schlaf, daß er von ihrem Ableben kaum etwas bemerkte. »Sie war doch nicht krank, ihr fehlte nichts!« schluchzte er verzweifelt, ohne sich vor seinen Kindern und Enkeln seiner Tränen zu schämen.

Nun wurden Michael und Refika die offiziellen Geschäftsführer des Familienunternehmens. Dank Michaels Sturheit und Refikas gesundem Menschenverstand gedieh die Frachtlinie weiterhin wie vorher unter der Leitung Tariqs. Tariq zog sich tagsüber in sein Büro zurück, lediglich in Gesellschaft von Ahmet, der sich mit Leib und Seele seiner Arbeit verschrieben hatte. Der alte und der junge Mann heckten zusammen die Entwicklung der Frachtergesellschaft zu einem neuen Imperium aus, einem Imperium von Supertankern, das darauf angelegt war, die Griechen im lukrativen Ölgeschäft zu übertrumpfen. Tariq freute sich jedesmal diebisch, wenn es seinem Enkel gelungen war, den einen oder anderen Rivalen auszutricksen; Ahmet legte dabei eine solche Raffinesse und derart starke Nerven an den Tag, wie das, Tariqs Meinung nach, nur ein echter tatarischer Kazahn konnte.

Im Alter von zweiunddreißig heiratete Ahmet eine hübsche blonde Schwedin, die von da an mit ihm und seinem Großvater in dem prächtigen *yali* am Bosporus wohnte. 1966 wurde ihre Tochter Leyla geboren. Mit ihren mandelförmigen Augen in dem blitzenden Kazahn-Blau und den vollen, seidigen, dunklen Haaren war sie eine echte Schönheit, und von all seinen Enkeln und Urenkeln liebte Tariq sie am meisten.

Trotz seines hohen Alters hatte Tariq nichts von seiner Vitalität und Kraft eingebüßt; nachdem er sich sein Leben lang nur den Söhnen gewidmet hatte, genoß er nun den Umgang mit seiner liebreizenden Urenkelin als eine völlig neue Erfahrung. Sobald Leyla alt genug war, nahm er sie überall mit hin: in sein riesiges Büro mit Blick aufs Marmara-Meer, wo sie an seinem Schreibtisch kritzeln oder mit Modellbauten seiner Schiffe spielen konnte, in die Ställe zu seinen Rennpferden und auf kurze Yachtreisen in sonnige Mittelmeerhäfen. An ihrem zweiten Geburtstag fragte er sie, wie sie ihn gerne feiern würde.

»Mit dir, Großvater Pascha«, antwortete sie und fixierte ihn dabei mit einem Blick, in dem er sich selber wiedererkannte. »Und ich will dorthin gehen, wohin du gehst, wenn ich nicht dabei bin.« Also führte er sie zum Mittagessen in den Yacht-Club, wo sie ihr geliebtes Lamm-*kebab* und Eiscreme bestellte und mit dem einer Dame gebührenden Respekt behandelt wurde. Tariq war auf seine Urenkelin stolzer als auf alle geschäftlichen Erfolge und auf alle Reichtümer.

Als Leyla vier Jahre alt war, beschlossen Ahmet und seine

Frau, sie auf eine Reise nach Paris mitzunehmen. Als Tariq davon erfuhr, schimpfte er lauthals los: »Ihr könnt mir das Mädchen nicht fortnehmen! Wenn sie fährt, fahre ich auch!«

Achselzuckend blickte Ahmet seine Frau an, die ergeben seufzte. Sie wußte, daß niemand es je gewagt hatte, Tariq ein »Nein« zu erteilen.

Tariq saß auf einer Bank im Jardin du Luxembourg und beobachtete die kleine Leyla beim Ballspielen, als ihn plötzlich eine Frau ansprach.

»Tariq Kazahn?« fragte sie ungläubig. »Ist das die Möglichkeit?«

Stirnrunzelnd blickte er auf. Vor sich sah er ein Gesicht, das er aus der Vergangenheit kannte ... aber damals war es jung gewesen, die violetten Augen hatten ihm schreckgeweitet entgegengestarrt ... sie hatte ein kleines Mädchen an sich gepreßt ... und neben ihnen war ein bernsteinfarbener Hund gelegen ...

»Missie?« fragte er mit bebender Stimme, während er sich erhob. »Missie? Sind Sie es wirklich?« Gleichzeitig lachend und weinend fielen sie sich in die Arme.

»Ich habe Sie nie vergessen, nie!« rief sie gerührt. »Wie könnte ich auch, wo Sie doch unter Einsatz Ihres Lebens unser aller Leben gerettet haben!«

»Was ist mit Fürstin Sofia?« erkundigte er sich erwartungsvoll. »Und mit Xenia?«

Traurig schüttelte Missie den Kopf. »Die Fürstin hat bis zu ihrem Tod oft von Ihnen gesprochen«, erzählte sie. »Sie sagte, Sie seien einer der mutigsten und aufrechtesten Männer, die sie je gekannt hat, und ein wahrer Freund ihres Sohnes!« Sie zögerte. »Wie wir alle hat auch Xenia eine neue Identität bekommen. Ich bezweifle, daß sie noch an die Ivanoffs denkt.« Sie winkte ein kleines Mädchen herbei, das Tariq bislang nicht bemerkt hatte, und sagte: »Das ist Anna, ihre Tochter. Sie ist zehn Jahre alt.«

Mit Tränen in den Augen betrachtete Tariq das hellhaarige, schlanke Mädchen, den letzten Sproß der Ivanoff-Dynastie. Darauf ergriff er ihre Hand und küßte sie zart. »Ihr ergebner

Diener, Fürstin!« sagte er, sich galant vor dem ihn befremdet anblickenden Mädchen verneigend.

Er rief Leyla herbei und stellte sie stolz vor. »Und jetzt geht zusammen spielen«, forderte er die beiden Mädchen auf. »Wir Erwachsenen wollen uns unterhalten.«

Sie sahen den Kindern nach, die ausgelassen über die Wiese sprangen. Verstohlen ließ Tariq seinen Blick über Missie gleiten. Ihr weiches, goldbraunes Haar, modisch kurz und im Nacken leicht gekringelt, wies keine Spur von Grau auf, und abgesehen von ein paar Lachfältchen um die Augen — oder waren es Fältchen der Anspannung? —, war ihre Haut noch immer glatt. Sie war fast so groß wie er und in ihrem schicken, cremefarbenen Kostüm schlank wie eine Tanne. Bewundernd stellte er fest, daß ihre langen, wohlgeformten Beine es gut und gerne mit denen einer dreißig Jahre jüngeren Frau aufnehmen konnten.

»Erzählen Sie«, bat er. »Was ist geschehen?«

Schweigend lauschte er dann der Geschichte eines Lebens, das ein unentwegter Kampf zwischen Armut und Erfolg gewesen war, immer von einer allgegenwärtigen Angst überschattet.

»Brauchen Sie Geld?« erkundigte er sich.

Missie schüttelte den Kopf. »Nein, mir geht es gut. Nur um Anna mache ich mir Sorgen. Ihre Mutter . . .« Verlegen hielt sie inne. »Nun, sie ist wie Anouschka.«

Tariq nickte. Er verstand, was sie meinte.

»Anna braucht eine Familie«, fuhr Missie fort, »und genau das kann ich ihr nicht geben. Und ich kann einem Kind keinen Spielkameraden ersetzen. Um ihr ein wenig Abwechslung zu bieten, bin ich mit ihr nach Paris gefahren. Aber ich weiß, sie ist einsam. Sehen Sie nur, wie glücklich sie mit Leyla spielt. Aber Sie, Tariq«, lächelte sie ihn an, »Sie haben sich überhaupt nicht verändert.«

»Ich bin inzwischen ein erfolgreicher Mann«, berichtete er stolz. »Die Diamantkette von Fürstin Sofia war der Grundstein zu meinem Vermögen. Ohne dieses großherzige Geschenk hätte ich es nie so weit gebracht. Ich habe meine Familie immer gemahnt, das nie zu vergessen. Aber jetzt sind

118

wir wenigstens in der Lage, einen Teil unserer Schuld zurückzuzahlen: Anna Ivanoff hat eine Familie! Die Kazahns werden sie wie eine eigene Tochter behandeln! Schicken Sie Anna zu uns, Missie, und sie wird wie eine kleine Fürstentochter aufwachsen!«

Missie lachte. »Tariq, ihr Name ist nicht Ivanoff, und sie würde es auch nicht verstehen, wenn Sie sie mit diesem Namen anredeten. Sie ist keine russische Fürstin, sondern ein ganz normales amerikanisches Mädchen. Trotzdem danke für Ihre Güte!«

»Meine Yacht liegt in Monte Carlo. Bitte, besuchen Sie uns wenigstens dort für eine Weile!« sagte er impulsiv. »Was glauben Sie, wie unsere Kinder sich freuen würden!« Erwartungsvoll blickte er Missie an; er konnte sie nicht einfach wieder aus seinem Leben verschwinden lassen. Sie war nach all den Jahren sein erster und einziger Kontakt zu der von ihm verehrten und geliebten Familie. Als er ihre unschlüssige Miene bemerkte, bellte er unversehens los: »Niemand wagt es, Tariq Kazahn mit einem »Nein« zu antworten!«

Amüsiert bemerkte Missie, wie sich die anderen Spaziergänger neugierig nach ihnen umwandten. »Na schön!« stimmte sie zu. »Anna wird es guttun.«

Für Tariq zählten die beiden Wochen mit Fürst Mischas Enkeltochter zu den Höhepunkten seines Lebens. Was für ein Geschenk! dachte er eins ums andere Mal, wenn er zusah, wie seine Leyla mit der kleinen Anna spielte so wie er einst als Kind mit Mischa. Der einzige Wermutstropfen war, daß er Anna nicht ganz bei sich behalten konnte.

»Sie sagten doch, Annas Mutter habe keine Zeit für sie. Warum soll sie dann nicht bei *mir* leben?« bestürmte er Missie allabendlich, wenn die Kinder im Bett lagen und sie beide noch zusammen an Deck unter dem weichen, mediterranen Sternenhimmel saßen. »Sie würde wie meine eigene Enkelin, mein eigen Fleisch und Blut aufwachsen. Sie merken doch selbst, wie sie aufgeblüht ist, wie sie strahlt und lacht! Schwestern könnten sich nicht besser verstehen als Leyla und Anna. Was haben Sie zu verlieren, Missie? Selbstverständlich sind auch Sie willkommen! Mein Haus ist groß genug. Ich bin ein reicher Mann. Anna wird es an nichts fehlen. Wenn ich sterbe, wird sie einen Teil meines Vermögens erben. Bitte, lassen Sie sie bei uns leben, wo sie glücklich sein wird!« Listig fügte er hinzu: »Überlegen Sie, welche Entscheidung Mischa gutgeheißen hätte!«

Sein markantes Profil hob sich messerscharf gegen den mitternachtsblauen Himmel ab, und Missie dachte, daß er beinahe wie ein junger Mann aussah. Aber Tariq war alt. Wer wußte, wie lange er noch leben mochte. Und wenn er nicht mehr am Leben war, würden dann sein Sohn und sein Enkel Anna genauso gern bei sich aufnehmen? Sie stellte sich den empörten Aufschrei der Familie vor, wenn bekannt würde, daß Tariq einen Teil seines Vermögens an Anna vererbt hatte. Nein, es war nicht fair, der Familie solch eine Belastung aufzubürden. Anna war ihre Verantwortung, ihre allein. Sie mußte für sie sorgen und auf ihre Sicherheit achten, wie sie es immer getan hatte. Und wenn aber sie, Missie, sterben würde? Unwillkürlich seufzte sie auf. Sie hoffte nur, daß Gott sich gnädig erweisen würde und sie am Leben ließ, bis Anna alt genug war, um für sich selbst zu sorgen.

Nacht für Nacht redete Tariq auf Missie ein, zog alle Register, um sie doch noch zu überreden, und Missie lauschte stumm seinen Ausführungen. Sicher, sein Angebot war verlockend, und abgesehen davon war es Annas Mutter mehr oder weniger egal, wo ihre Tochter lebte. Doch die Dinge waren weit komplizierter: Anna hatte über ihre Herkunft nicht die geringste Ahnung. Würde ihre Identität je entdeckt werden, dann wäre ihr Leben in großer Gefahr . . . Allerdings wußte Missie auch, daß dies so gut wie ausgeschlossen war, und eingelullt von Tariqs mitreißenden Worten spürte sie ihren Widerstand langsam schmelzen.

»Sie wird eine richtige Familie haben, ein richtiges Zuhause«, schwärmte Tariq. »Als eine Kazahn wird man sie mit allem Respekt behandeln.«

Dennoch geriet Missies Meinung weniger durch Tariqs süße Worte als durch die Feststellung, daß Anna tatsächlich merklich aufblühte, ins Wanken. Obgleich Anna sechs Jahre älter war, hatte es zwischen den Mädchen von Anfang an eine spontane Sympathie und Anziehung gegeben. Nach zwei Wochen waren sie bereits unzertrennlich.

»Ich schlage Ihnen einen Kompromiß vor«, eröffnete sie Tariq am Vorabend ihrer Heimreise. »Anna kann die Sommerferien bei Ihnen verbringen, das sind drei Monate im Jahr.«

»Gott segne Sie!« rief er aus, und seine adlergleichen Züge wurden von einem so breiten Grinsen durchschnitten, daß seine großen, weißen Zähne — die ihre Makellosigkeit inzwischen allerdings mehr dem Porzellan als der Natur verdankten — im Mondlicht aufblitzten.

Tränenüberströmt nahmen am folgenden Morgen die beiden Mädchen voneinander Abschied.

»Ich besuche dich in ein paar Monaten!« versprach Anna, während sie Leyla aus Tariqs großem Lagonda, der sie zum Bahnhof bringen sollte, zuwinkte. »Vergiß mich nicht, Leyla!«

Von nun an wurden Missie jedes Jahr zwei Erster-Klasse-Tickets von Amerika nach Monte Carlo zugeschickt, wo Tariq sie auf der Yacht erwartete und mit ihnen zusammen nach Istanbul weiterreiste.

Tariq hatte recht: Die Mädchen verstanden sich wie Schwestern, und Tariq liebte Anna genauso innig wie Leyla. Der gesamte Kazahn-Clan wurde für Anna zu Onkeln, Tanten, Cousins und Cousinen, und Missie wußte, daß Anna so glücklich war wie nie zuvor. Endlich hatte sie die lang entbehrte Stabilität und Kontinuität einer Familie.

Hatte Tariq einst seine Enkelin vergöttert, so vergötterte er nun zwei, und genauso wie er früher Leyla überall mit hingeschleppt hatte, nahm er nun auch Anna mit. Wenn er seine morgendlichen Gebete verrichtete, dankte er Gott, daß ihm die Chance gewährt worden war, den Ivanoffs einen Teil seiner Schuld zurückerstatten zu können.

An Tariqs neunzigstem Geburtstag fand eine prunkvolle Feier statt. Der herrliche *yali* mit Blick über den Bosporus wurde mit unzähligen Blumen geschmückt, und die langen

Tafeln bogen sich unter der Last erlesenster Speisen. Auf den mit duftenden Rosenblüten bestreuten Terrassen spielten Musikanten, und zwischen den Bäumen funkelten bunte Lichterketten. Die fünfhundert geladenen Gäste erschienen, wie aufgefordert, in traditioneller türkischer Tracht, daß man meinen konnte, in die Zeit des Ottomanischen Reiches zurückversetzt zu sein.

Tariq genoß die Feier mit seiner Familie und seinen Freunden aus vollem Herzen. Erst als der letzte Gast um vier Uhr morgens das Fest verlassen hatte, legte auch er sich schlafen, um dann allerdings, wie gewohnt, um sechs Uhr wieder aufzustehen, seine Gebete zu verrichten und die erste Tasse süßen, heißen Kaffees, ohne die er den Tag nie beginnen ließ, zu trinken. Um halb sieben zog er seine weiße Marineuniform an, setzte die goldbetreßte Kappe auf, schnallte sein Schwert um und begab sich auf die Terrasse hinaus. Zu seiner Überraschung fand er dort die siebzehnjährige Anna vor; sie lehnte an der Marmorbrüstung und schaute verträumt über den im Morgenlicht golden schimmernden Bosporus.

Als sie ihn bemerkte, wandte sie sich lächelnd um. »Kazahn Pascha« — so nannte sie ihn immer —, »warum sind Sie so früh schon auf? Sie sollten noch schlafen!«

Zärtlich zauste Tariq ihr durch das blonde Haar. Anna war ein bezauberndes Mädchen, keine echte Schönheit wie Leyla, aber groß und schlank, mit dem kräftigen Knochenbau der Ivanoffs und wunderschönen, ausdrucksvollen, blauen Augen. Jetzt strahlten sie aus Liebe zu ihm förmlich auf, und ihm schoß durch den Kopf, daß Fürst Mischa über die Art, wie er, Tariq, sich revanchiert hatte, sicher beglückt gewesen wäre.

»Dasselbe könnte ich dir sagen«, erwiderte er, während er sich neben sie an das Geländer lehnte. »Immerhin bin ich der Großvater und du das Küken.«

Zart legte sie ihre Hand auf die seine. »Ich konnte nicht schlafen. So ein wunderbares Fest habe ich noch nie erlebt, Kazahn Pascha. Es war wie in einem Märchen. Ich werde es nie vergessen.«

»Ich auch nicht, Töchterchen«, sagte er ruhig. »Schau, da kommt mein Schiff, die *Han-Su*. Weißt du, Anna, wenn meine Männer den Bosporus entlangfahren, erwarten sie, ihren Kapitän zu sehen, auch wenn dieser seinen neunzigsten Geburtstag bis in die frühen Morgenstunden hinein gefeiert hat.«

Sein tiefes Lachen dröhnte über das Gewässer, während er dem langen, grauen Schiff, das majestätisch vorüberglitt, salutierte. Die Schiffssirenen grüßten mit lautem Tuten, und die Flagge der mächtigen Kazahn-Reederei flatterte stolz im Wind. Und dann sank Tariq plötzlich stumm zu Annas Füßen nieder.

»Kazahn Pascha!« schrie sie auf, sein geliebtes Haupt in ihre Arme bettend. Aber das Blitzen in Tariqs blauen Augen war erloschen, und sie wußte, daß er tot war.

Das Begräbnis, so kurz nach der fröhlichen Geburtstagsfeier, war zwar für alle Beteiligten sehr traurig, wurde aber, wie Tariq es sich immer gewünscht hatte, mit allem Pomp abgehalten. Sein schwerer, mit russischen und türkischen Emblemen verzierter Bronzesarg wurde von acht pechschwarzen, mit weißen Federbüschen geschmückten Pferden durch die engen Gassen Istanbuls gezogen: der Verkehr in der Altstadt kam zum Erliegen, als sich der lange Trauerzug, von lautem Wehklagen um den allseits beliebten Mann begleitet, langsam durch die Straße bewegte und an jeder Ecke ins Stocken geriet.

Dann schlängelte sich die Prozession zum asiatischen Friedhof hinauf, der hoch über dem Bosporus auf dem Gipfel eines Hügels lag. Schon vor vielen Jahren hatte Tariq dort eine prächtige Marmorgrabstätte für sich und Han-Su errichten lassen, und nach dem Tod seiner Frau war er oft hierhergekommen, hatte sich auf den kühlen Stein gesetzt und seine tief unten dahinziehenden Schiffe beobachtet.

Seinem Versprechen folgend, hatte er Anna in seinem Testament bedacht, und zu Missies Erstaunen legte die Familie keinen Widerspruch ein. »Unser Vater hat uns gesagt, er zahle eine große Schuld zurück«, erklärte ihr Michael, der nun zum Oberhaupt der Familie und zum Erben sowohl des Unternehmens als auch des berühmten Schwertes geworden war, »und selbstverständlich werden wir diese Verpflichtung respektieren. Abgesehen davon lieben wir Anna. Sie gehört zur Familie.«

So hatte Tariq also nach sechzig Jahren seine Schuld an die Ivaniffs beglichen, und die siebzehnjährige Anna war um eine Million Dollar reicher geworden, wenngleich ein Großteil des Vermögens in Aktien der Kazahn-Reederei festgelegt war.

Aber dies alles lag schon lange Zeit zurück, und als Leyla Kazahn nun allein in ihrem Pariser Appartement saß, wünschte sie, so sehr sie ihre »Schwester« auch liebte, sie hätte sich nie dazu überreden lassen, ihr zu helfen.

10

Düsseldorf
Die Maschine nach Düsseldorf war nur halb besetzt, und erleichtert ließ sich Genie in ihren Platz in der Ersten Klasse sinken. Sie hatte die ganze Nacht nicht geschlafen, und am Flughafen hatte ein fürchterliches Gedränge geherrscht. Jetzt war sie endlich allein mit ihren Gedanken, und sie dachte über Valentin Solovsky nach — nicht über den russischen Diplomaten, sondern über Valentin, *den Mann*.

Während draußen der Schneesturm heulte und tobte, hatten sie sich vor dem flackernden Kaminfeuer bis um fünf Uhr morgens unterhalten — ohne daß er freilich, wie sie hinterher verblüfft feststellte, auch nur ein einziges persönliches Detail von sich preisgegeben hätte. Dennoch hatte zwischen ihnen eine prickelnde Anziehung geherrscht. Und das lag nicht nur an seinem guten Aussehen. Im Lauf der Jahre hatte sie etliche, wirklich gutaussehende Männer kennengelernt, größtenteils jedoch waren sie jene selbstgefälligen Egoisten, die in einer Frau nichts weiter als ein dekoratives Anhängsel sahen. Nein, Valentin war . . . er war anders.

Und wenn sie ehrlich war, dann trug das Moment der Gefahr, das Spiel mit dem Feuer, nicht unwesentlich zu seiner Faszination bei. In seinen Augen war Bewunderung gelegen, er hatte ihr versteckte Komplimente gemacht, aber er war keinen einzigen Schritt auf sie zugegangen. Sie hatte das Gefühl gehabt, er wisse, was sie dachte, noch ehe sie es ausgesprochen hatte.

Vielleicht hatte er sich nur irgendeiner neuen russischen Methode bedient, überlegte sie, während sie, als das Flugzeug startete, ihre Sonnenbrille aufsetzte. Eine raffinierte Methode, die den Feind entspannen soll. Sollte dem so sein, so hatte die Technik bei ihr jedenfalls funktioniert. Eingedenk Cals Plan, hatte sie ihm von ihrer Arbeit als Reporterin erzählt und ihn gefragt, ob er sich, im Rahmen eines von ihr konzipierten Fernsehprojekts, für ein »Porträt« zur Verfügung stellen würde.

»Mal sehen«, hatte er lachend erwidert, »obwohl ich als Kandidat sicher nicht sonderlich interessant bin.«

»Haben Sie eine Ahnung!« hatte sie entgegnet. »Die amerikanischen Frauen würden Sie mit Haut und Haaren verschlingen.«

»Ach ja?« fragte er mit trägem Lächeln. Seine tiefe Stimme verursachte ihr ein erregendes Kribbeln im Bauch. Doch gleich darauf erinnerte sie sich wieder an ihre Aufgabe und erzählte ihm, wie sie an den verhaßten Auftrag in Genf geraten war. »Ich dachte, die Auktion sei nur irgendein triviales Ereignis, unwürdig meiner Fähigkeiten als Reporterin, aber jetzt weiß ich, daß ich unrecht hatte. Früher oder später wird die Wahrheit ans Licht kommen, und dann will ich diejenige sein, die sie der Welt verkündet. Ich bin eine ehrgeizige Frau, und mit diesem Coup wäre meine Karriere besiegelt. Und außerdem«, fügte sie hinzu, ihn verstohlen aus den Augenwinkeln betrachtend, »außerdem kenne ich bereits einen Teil der Wahrheit — etwas, das bislang noch niemand weiß.«

Gespannt, ob er nach dem Köder schnappen würde, nippte sie an ihrem Brandy.

Solovsky fixierte sie aus seinen dunklen, grauen Augen,

in denen das Wissen um viel zu viele gefährliche Geheimnisse verborgen schien. »Es ist eine bekannte Tatsache, daß sowohl Rußland als auch Amerika den Smaragd haben will«, sagte er schließlich. »Aber ich gebe zu, daß ich bei diesem Fall auf ein wenig Hilfe angewiesen bin.«

»Und was ist mit dem KGB?« fragte sie unschuldig.

Er lächelte. »Mitunter ist auch der KGB nutzlos, besonders dann, wenn wir eine subtilere Vorgehensweise anwenden müssen. Wenn der KGB involviert wäre«, fuhr er fort, indem er die Hände zusammenfaltete und nachdenklich die Stirn runzelte, »dann müßten selbstverständlich gewisse Regeln eingehalten werden. Aber in diesem Fall . . .« Er beugte sich vor und schaute ihr tief in die Augen, ». . . nun, wenn ich jemanden um Mithilfe bitten würde, dann unterläge diese Person allein meiner Verantwortung. Außer mir würde kein anderer Mensch etwas über ihre Existenz als . . . als Helfer erfahren.«

»Sie meinen, als *Spion*?« wisperte sie mit vor Furcht bebender Stimme. Als sie Cal gegenüber dasselbe Wort erwähnt hatte, war es ihr bei weitem nicht so angsteinflößend vorgekommen. Cal war ein Freund — doch nun verhandelte sie mit dem Feind!

Achselzuckend lehnte sich Valentin zurück. Erst nachdem er den Ober herbeigewinkt und eine neue Runde Kaffee und Brandy bestellt hatte, erwiderte er in sachlichem Ton: »Ich glaube, das wäre eine etwas melodramatische Bezeichnung.«

Genie befeuchtete mit der Zunge ihre trockenen Lippen. Sie ließ sich da gerade auf ein Spiel mit einem Stellvertreter der machtvollen Sowjetunion ein, und sie hatte genügend Geschichten über Menschen, die plötzlich »verschwunden« waren, gehört, um sich ihren nächsten Schritt genau zu überlegen. Aber sie mußte alles über diesen Fall herausfinden. *Es war eminent wichtig, und zwar nicht nur für Cal und ihr Land, sondern vor allem für sie selbst!*

»Tja, wenn Sie wirklich jemanden brauchen«, begann sie, während sie durch ihr blondes Haar strich, »vielleicht könnte ja *ich* Ihnen die gewünschten Informationen besorgen!«

»Aha! Und welche Informationen will ich Ihrer Meinung nach?« fragte er, sich lächelnd in dem pinkgestreiften Sofa zurücklehnend. »Können Sie etwa meine Gedanken lesen, Miss Reese?«

»Sie wollen wissen, wer den Smaragd gekauft hat.«

Er wartete, bis der Ober ihren Kaffee serviert hatte, und sagte dann: »Interessiert Sie denn nicht, *weshalb* wir das herausfinden wollen?«

»Das weiß ich bereits: Sie wollen die »Dame« ausfindig machen, damit Rußland an das Geld kommt.«

Seine grauen Augen verhärteten sich unversehens. »Gesetzt den Fall, das wäre wahr — machen Sie sich keine Sorgen darüber, was mit der »Dame«, sollten wir sie tatsächlich finden, geschehen könnte?«

Genie wußte, daß genau dies die Eine-Million-Dollar-Frage war, aber als sie so allein mit Valentin Solovsky am Kaminfeuer saß, schien ihr Rußland so weit entfernt wie ein anderer Planet. In diesem Augenblick war alles auf die elementarste Grundlage reduziert — ein Mann und eine Frau, und ihre Intuition sagte ihr, daß sie ihm trauen konnte. »Ich bin überzeugt, daß *Sie* ihr nichts Böses zufügen würden«, antwortete sie weich.

Valentin lächelte. »Sie sind eine gute Menschenkennerin, Miss Reese«, sagte er und ergriff ihre Hand. »Wollen wir also auf unser Geschäft einschlagen?« Auf ihr Nicken hin fuhr er fort: »Dann lautet meine erste Frage an Sie: Arbeiten Sie mit Cal Warrender zusammen?«

Sie fühlte, wie ihr die Verräterröte in die Wangen schoß, als sie viel zu hastig erwiderte: »Cal? Nein, wo denken Sie hin! Wir sind lediglich alte Bekannte . . . derselbe soziale Kreis in Washington, wissen Sie.«

Er nickte bedächtig. »Gut. Dann erzählen Sie mir jetzt, wer den Smaragd gekauft hat.«

Ihren argwöhnischen Blick registrierend, fügte er hinzu: »Sind wir nicht übereingekommen, einander zu vertrauen? Ich bin ein Mann von Wort, Genie! Sie werden Ihre Exklusivstory bekommen!«

Erneut nahm er ihre Hand und drückte sie fest. Seine

Hände waren nicht die glatten, etwas verweichlichten Hände eines Schreibtisch-Bürokraten, sondern fühlten sich hart und etwas rauh an. Nachdem sie einmal tief durchgeatmet hatte, sagte Genie entschlossen: »Das ist wahrscheinlich nicht ganz die Antwort, die Sie erwarten: Der Smaragd wurde von einem Händler aus Düsseldorf gekauft. Sein Name ist Markheim.«

»Markheim?« wiederholte Solovsky stirnrunzelnd, doch gleich darauf glätteten sich seine Züge wieder. »Natürlich, *jetzt* verstehe ich!« rief er aus. Sein Lächeln war so ansteckend, daß sie unwillkürlich zurücklächelte. »Das war eine sehr wertvolle Information, Genie. Und nun werde ich Ihnen mitteilen, wie Sie mir helfen können.«

Während das Flugzeug über Düsseldorf kreiste, überlegte Genie, was sie tun sollte. Alles schien so einfach. Valentin hatte natürlich nicht das andere »Geheimnis«, hinter dem alle herjagten, erwähnt, jene Sache, die Rußland wirklich haben wollte, und über das Geld hatte sie ohnehin schon Bescheid gewußt. Als Valentin ihr gesagt hatte, mit wem sie Kontakt aufnehmen solle, hatte für sie plötzlich alles einen Sinn ergeben. Grinsend stellte sie sich Cals Reaktion auf ihre Pläne vor.

Um der für neun Uhr morgens angesetzten Verabredung mit ihm zu entgehen, war sie schon bei Anbruch der Dämmerung heimlich aus dem Hotel abgereist. Die Romantik der sturmumtosten Nacht war mit dem neuen Tag verschwunden, und im kalten Licht des Morgens war ihr erstmal bewußt geworden, daß die Geschichte größere Ausmaße annahm, als sie geglaubt hatte. Sie würde dieses Spiel auf ihre Art spielen, und wenn sie es geschickt genug anstellte, würde sie die Wahrheit herausfinden. Und dann wäre ihre Exklusivstory endgültig gesichert.

Am Empfangsschalter des Hotels drängten sich Platinkarten schwenkende Geschäftsmänner in Nadelstreifenanzügen. Anscheinend fand gerade eine Messe statt, überlegte Genie mißmutig. Aber schließlich hatte sie das Hotel ja gerade wegen seiner Größe und der damit verbundenen Anonymität ausgewählt. Ergeben fügte sie sich also in die Reihe der Wartenden ein.

»Oh, Miss Reese«, rief der Empfangschef, als sie ihren Namen nannte, »hier ist eine Nachricht für Sie!«

»Aber kein Mensch wußte . . .«, stammelte sie, während sie den Brief hastig aufriß. »Hallo, Genie«, las sie. »Leider habe ich Sie heute morgen verfehlt. Ich bin in Zimmer 516, gleich unten in der Halle. Kommen Sie doch auf einen Tee vorbei! Gruß Cal.«

»Verflucht!« zischte sie. War er ein Hellseher oder was? Wie, zur Hölle, hatte er wissen können, daß sie in diesem Hotel absteigen würde? Er war also doch nicht so leicht abzuschütteln, wie sie gedacht hatte. In ihrem Zimmer angelangt, schleuderte sie den Brief auf den Tisch, ließ sich über den Telefondienst mit ihrem Washingtoner Büro verbinden und bat ihre Mitarbeiter, eine private Nummer für sie herauszusuchen. Nachdem sie ihre Kleider in den Schrank gehängt und eine Dusche genommen hatte, fühlte sie sich gleich viel besser. Noch während sie ihr Haar fönte, kam der Rückruf aus Washington; sie schrieb die Telefonnummer auf einen Zettel und wählte sie sogleich an.

Nach dem Gespräch schminkte sie sich ein wenig und begab sich dann nach unten in die Halle zu Zimmer 516. Als sie an der Tür klopfte, stieg gleichzeitig ein Ober aus dem Lift, der einen Servierwagen mit silberner Teekanne, zwei Tassen, Tellern, einer Platte köstlich belegter Brötchen und einer weiteren mit einer Auswahl deutscher Sahnetorten vor sich herschob, und zu ihrem Erstaunen genau vor Cals Tür stehenblieb, die just in diesem Moment aufgerissen wurde.

»Tolles Timing, Genie!« strahlte Cal sie an. »Das müssen Sie beim Fernsehen gelernt haben!«

»Sie erzählen mir jetzt auf der Stelle, wo Sie Ihre Kristallkugel versteckt haben!« erwiderte sie, während sie an ihm vorbei ins Zimmer rauschte. »Woher, zum Teufel, wußten Sie, daß ich hier sein würde? Und wieso sind Sie vor mir angekommen? Und wie, in drei Teufels Namen, wußten sie auf die Sekunde genau, wann Sie den Tee bestellen mußten?«

»Ich bin der siebte Sohn eines siebten Sohnes«, deklamierte er mit tiefer Stimme, »und deshalb mit geheimen Kräften gesegnet.« Lachend begegnete er ihrem wütenden Blick. »Na schön, ich werde Ihnen alles erklären — wenn Sie den Tee einschenken. Nach dem anstrengenden Tag wird er Ihnen guttun.«

»Und woher wissen Sie, wie anstrengend mein Tag war?« fragte sie errötend.

»Ich weiß zwar, *daß* er anstrengend war, aber nicht *warum*«, antwortete er, herzhaft in ein Lachsbrötchen beißend. »Nachdem Sie um neun nicht zu unserem Treffen erschienen waren, rief ich in Ihrem Zimmer an. Man teilte mir mit, daß sie bereits abgereist seien. Das entsprach nicht gerade unserer Abmachung vom Vorabend — erinnern Sie sich? Als ich mich in der Bar von Ihnen verabschiedet hatte, wollten Sie mit unserem Freund Solovsky noch ein paar Takte reden. Nun, ich machte mir Sorgen und betrachtete es als meine Pflicht, Nachforschungen über Ihren Verbleib anzustellen.« Er nahm sich ein weiteres Brötchen. »Es war nicht allzu schwer. Der Hoteldiener hatte den Flug und das Hotel für Sie gebucht. Wenn sie eine echte Spionin werden wollen, Genie, müssen Sie lernen, Ihre Spuren besser zu verwischen!«

»Oh, verflucht, verflucht!« stieß sie hervor und knallte wütend ihre Tasse auf den Tisch.

»Ts, ts . . ., was für eine unfeine Ausdrucksweise!«

»Das erklärt aber immer noch nicht, weshalb Sie vor mir hier ankommen und auf die Sekunde genau den Tee bestellen konnten!« wandte sie mit mühsam beherrschter Fassung ein.

Er grinste über das ganze Gesicht. »Hat Ihnen schon einmal jemand gesagt, wie schön Sie sind, wenn Sie in Wut geraten? Blitzende blaue Augen, rosige Wangen . . . okay, okay«, lenkte er hastig ein. »Also: Ich bin mit einem Flugzeug der Air Force hergeflogen. Ich habe den Hausdiener gebeten, mir Ihre Ankunft unverzüglich mitzuteilen, habe dann mit einer Stunde für Duschen und Frischmachen gerechnet — *et voilà!*«

»Sie haben den falschen Beruf gewählt«, erwiderte sie frostig. »Ihr Talent als Privatdetektiv ist wirklich umwerfend!«

»Ach, das war nichts Besonderes!« feixte er. »Aber jetzt lassen Sie uns zum geschäftlichen Teil kommen!«

Über den Rand ihrer Teetasse hinweg, musterte sie ihn verstohlen. Aus seinen Augen war urplötzlich jegliches Lächeln geschwunden: sie erinnerten nicht mehr an die eines treuherzigen Irish Setter, sondern hatten einen harten, unversöhnlichen Glanz.

»Ich habe Ihnen nichts zu sagen«, wehrte sie ab.

»Oh doch! Und zwar alles, was mit letzter Nacht zu tun hat«, berichtigte er sie mit stählernem Unterton in der Stimme. »Wissen Sie noch? Wir haben einen Handel abgeschlossen! Ich will wissen, was mit Solovsky los war und weshalb Sie Hals über Kopf nach Deutschland abgereist sind, ohne mir eine Nachricht zu hinterlassen! Ihnen hätte sonstwas passieren können! Außerdem war ich der Meinung, wir arbeiten in dieser Angelegenheit zusammen!«

»Das tun wir ja auch.« Um seinem Blick zu entkommen, belud sie ihren Teller mit einem riesigen Stück Sahnetorte.

»Das sollten Sie besser lassen!« tadelte er sie. »Denken Sie an das Cholesterin — und die Kalorien!«

»Schon gut!« Sie klatschte die Torte auf die Platte zurück. »Solovsky bat mich, ihm zu helfen.«

»Und?«

»Ich habe zugestimmt, allerdings unter der Voraussetzung, daß er mir ebenfalls hilft.«

Entgeistert starrte Cal sie an, doch sie wich seinem Blick aus.

»Das ist eine ernste Sache, Genie«, sagte er leise. »Ich bin Ihr Freund, bin auf Ihrer Seite, aber Sie können nicht durch die Welt spazieren und Männern wie Solovsky irgendwelche dubiosen Versprechen geben.«

»Was ist schon dabei?« erwiderte sie achselzuckend. »Er ist schließlich auch nur ein Mensch, genau wie Sie.«

»Nicht ganz. In erster Linie ist Solovsky Russe, und wie er als Mensch ist, steht zunächst nicht zur Debatte.«

Trotzig sah sie ihn an. »Ich tue lediglich das, worum *Sie* mich gebeten haben — für *unser* Vaterland, erinnern Sie sich? Außerdem will er von mir das gleiche wie Sie — nur hat er mir dafür weniger erzählt als Sie. Die Milliarden hat er allerdings erwähnt.«

»Tatsächlich?« fragte Cal nachdenklich. »Aber warum sind Sie denn so sang- und klanglos verschwunden?«

»Ich konnte es einfach nicht mehr erwarten, daß es endlich losgeht, das ist alles. Ich hatte ein paar persönliche Dinge abzuklären . . . mußte meinen Zeitplan umgestalten. Ich hatte vor, Sie gleich von Düsseldorf aus anzurufen.«

»Und? Wie sehen Ihre weiteren Schritte aus?«

»Ich . . . ich weiß es noch nicht so genau, werde Sie aber zur gegebenen Zeit darüber informieren.«

Er nickte und schaute auf seine Uhr. »Gut«, sagte er, »das sollten Sie auch unbedingt tun! Ich habe noch ein paar Dinge zu erledigen. Sie werden müde sein nach der langen Nacht! Rufen Sie mich doch morgen früh an, damit wir Ihr weiteres Vorgehen besprechen können.«

Plötzlich war er ganz sachlich geworden, und ehe sie sichs versah, befand sie sich auch schon an der Tür. Die Audienz war beendet! »Aber . . .« wollte sie protestieren.

»Was aber, Genie Reese?« In seinen rötlichbraunen Augen schimmerte wieder ein warmer Glanz, und Genie seufzte erleichtert auf. »Ich fürchtete schon, Sie seien mir ernsthaft böse! Ich tue ja mein Bestes, aber ich bin nun mal gewohnt, allein zu arbeiten, ohne ständig Rücksprache nehmen zu müssen.«

»Kein Problem«, sagte er knapp. »Versprechen Sie mir nur, nicht einfach wieder ohne eine Nachricht zu verschwinden. Ich habe mir nämlich wirklich Sorgen um Sie gemacht.«

Langsam ging sie zurück zu ihrem Zimmer. Ihr Rücken schmerzte vor Erschöpfung. Sie wünschte, sie hätte ihn gebeten, mit ihr zusammen zu abend zu essen, aber müde und kaputt wie sie war, hätte sie das wahrscheinlich sowieso nicht durchgestanden.

Zu vieles war in kurzer Zeit geschehen, ihr ganzes Leben hatte sich von einem auf den anderen Tag um hundertachtzig Grad verändert. Im Moment wollte sie nur schlafen — und morgen mußte sie es irgendwie bewerkstelligen, den Mann zu treffen, der den Smaragd gekauft hatte. Allerdings hatte sie nicht vor, Cal Warrender darüber in Kenntnis zu setzen.

Maryland

Missie steckte die Brosche mit den fünf Diamantfedern an den Kragen ihres blauen Kleides und betrachtete sich anschließend in ihrem Handspiegel. Zärtlich über den goldenen Wolfskopf streichend, dachte sie an den Tag, als Mischa ihr die Brosche geschenkt hatte, und an die schreckliche Zeit danach, als das Schmuckstück für immer verloren schien. Die Brosche und Mischas Foto waren, neben Azaylees Kinderfotos und denen ihrer geliebten Anna, ihre kostbarsten Besitztümer.

Natürlich hatte sie auch anderen Schmuck besessen, doch dieses eine Stück war für sie nicht nur ein Symbol für ihre Liebe zu Mischa gewesen, sondern auch für den Ausklang einer ganz bestimmten Zeit, denn nach ihrer Flucht aus Rußland war sie in eine Welt geworfen worden, deren Existenz ihr bis dahin unbekannt gewesen war.

Sie blickte sich in ihrem ruhigen, luxuriösen Raum um, betrachtete die vertrauten Gemälde an den apricotfarbenen Wänden, die flauschigen, cremefarbenen Teppiche, die wunderschönen, antiken, türkischen Läufer und den Marmorkamin, in dem ein behagliches Feuer flackerte. Hinter den gerüschten, apricotfarbenen Taftvorhängen, zum Schutz vor der kalten Nacht zugezogen, wußte sie die saftigen Wiesen und schattigen Bäume und den Teich mit den Schwänen und Wildenten. Zwischen Fairlawns und dem Konstantinopel im ausklingenden Jahr 1917 lagen Lichtjahre.

Konstantinopel

Bei ihrer Ankunft hatten sie nur die paar Rubel besessen, die Tariq ihnen mitgegeben hatte, und auch diese waren sehr bald für ihre Verpflegung und die Miete des kleinen Holzhauses ausgegeben, das hoch auf dem Hügel mit Blick über das Goldene Horn lag.

Sofia hatte die Juwelen aus Missies Rock und Azaylees Trägerkleid herausgetrennt und sie zu einem chinesischen

Händler gebracht, der ihnen nach langer, eingehender Prüfung eröffnet hatte, daß die wunderbaren Fassungen für ihn wertlos seien und er lediglich die Edelsteine bezahlen würde. Für ein Säckchen voll Juwelen, die ein Vermögen wert waren, bot er ihnen umgerechnet zweihundert amerikanische Dollar an. Dennoch blieb ihnen keine andere Wahl, als seinen Preis zu akzeptieren.

Sofia fand es zu gefährlich, noch länger in Konstantinopel zu bleiben, da die Stadt voll von russischen Agenten war. Sie schickte Missie los, damit sie für sie alle schlichte, unauffällige Kleidung kaufte, und bereits nach wenigen Tagen fanden sie sich am Sirkeci Bahnhof ein, um in den Orientexpreß Richtung Wien zu steigen.

Atemlos vor Angst sahen sie dann zu, wie der Bahnbeamte ihre Fahrkarten und Reisedokumente prüfte. Nach einer schier endlosen Zeit händigte er ihnen die Papiere mit einem freundlichen Lächeln wieder aus und knipste ihre Fahrkarten. *»Bon voyage!«* wünschte er ihnen sogar und tätschelte liebevoll Azaylees Kopf, als sie an ihm vorbei auf den Bahnsteig eilten.

Sofia führte Azaylee an der Hand, und Missie trug den kleinen Pappkoffer, in dem sich zwischen ihren neuen Kleidungsstücken verborgen auch das Ivanoff-Diadem befand. »Wenn alles verloren ist«, hatte Sofia gesagt, »bleibt uns immer noch das Diadem. Es ist unser Pfand für ein neues Leben.«

Als der Zug endlich abfuhr, richteten sie es sich, so gut es ging, in ihrem ungemütlichen Zweite-Klasse-Abteil ein und freuten sich über ihre neu gewonnene Freiheit. Doch ihre Probleme waren noch nicht vorüber. Die russische Geheimpolizei patrouillierte durch den Zug, und ihre Papiere wurden eingehend in Kapikule und darauf in Belgrad überprüft, wo sie ihnen von steinern aussehenden Wachen merklich zögernd wieder ausgehändigt wurden, als seien sie enttäuscht, nichts Auffälliges daran festgestellt zu haben.

»Das gefällt mir nicht«, sagte Sofia. »Wenn sie uns erkennen, werden sie uns töten. Sogar dich, Missie, obwohl du im Grunde mit dem russischen Drama nichts zu tun hast.« Sie zog ein Bündel Geldscheine hervor. »Nimm das«, flüsterte sie. »Kehr heim nach England, *Milotschka*, so lange es noch möglich ist. Du bist ein junges Mädchen, hast noch dein ganzes Leben vor dir. Vergiß, was geschehen ist, vergiß die Ivanoffs. Bitte, ich flehe dich an, kehr nach Hause zurück!«

Missies Blick schweifte von dem Notenbündel auf die draußen vorbeiziehende serbische Landschaft. Sehnsüchtig dachte sie an Oxfords schöne Universitätsgebäude, die hübschen, kopfsteingepflasterten Straßen, an die vertrauten Buchläden, die Teestuben und an die grüne Weite der Cotswold Hills. Doch gleich darauf fiel ihr Blick auf Azaylee, die glücklich mit ihrer neuen türkischen Puppe spielte, und ihr wurde klar, daß sie die alte Dame und das Kind unmöglich sich selbst überlassen konnte.

Sofia schüttelte angesichts Missies Weigerung betrübt den Kopf. »Gott weiß, was aus uns werden wird«, murmelte sie verzweifelt.

Ihre gefährliche Reise führte weiter über Ungarn nach Budapest und endete schließlich in Wien. Dort bezogen sie ein billiges Quartier hinter der Oper und entdeckten schon bald, daß es in Wien eine große, ständig anwachsende Gemeinde russischer Emigranten gab. Trotz Sofias Befürchtungen unterhielt sich Missie mit ihnen in den Kaffeehäusern und erfuhr so, wo man am besten Wertgegenstände wie Ikonen und Schmuck kaufen konnte — wenngleich die Preise alles andere als fair waren, da die Händler die finanzielle Not der zahllosen Emigranten ebenso ausnutzten wie zuvor der Chinese in Konstantinopel. Sie berichteten Missie, es gebe keine Arbeitsmöglichkeiten, und viele Aristokraten lebten inzwischen in tiefer Armut; die etwas Glücklicheren hätten Jobs als Türsteher in Nachtclubs oder als Kellner gefunden. Die Situation sei in Wien noch schlimmer als in Paris, und die Tscheka suche auch hier nach Adligen, denen die Flucht gelungen war. Tagtäglich höre man von Menschen, die einfach »verschwinden« würden. Wie Paris sei auch Wien nicht länger eine sichere Zuflucht für jene, die etwas zu verbergen hätten.

Aufgeschreckt durch Missies Erzählungen brach Sofia kurzerhand alle kleineren Diamanten aus den Brilliantrosetten des Diadems und verkaufte sie weit unter Wert. Mit dem Geld finanzierten sie ihre lange, anstrengende Reise durch Österreich und weiter zur italienischen Küste, wo sie die billigste Überfahrt nach New York buchten.

Die *Leonardo* befand sich auf ihrem letzten Einsatz von Genua nach Amerika. Das Schiff war alt, die Motoren überholt, die Installationen baufällig und die Innenausstattung schäbig, aber für zwei kurze Wochen bot es ihnen die ersehnte Zuflucht. Ihre Flucht aus Varischnya lag fünf Monate zurück. Damals, im eisigen Wald, hatte Missie geglaubt, sie müsse sterben.

»Ich bin doch erst achtzehn«, hatte sie sich dann selbst Mut zugesprochen. »Viel zu jung, um jetzt schon zu sterben!« Und nun auf dem Schiff spürte sie ihren Lebenswillen erneut aufflackern und sah voll Zuversicht ihrem neuen Anfang in New York entgegen.

Während die *Leonardo* den Hudson emporwalzte, lehnte Missie an der Reling des Unterdecks, ließ ihr langes, braunes Haar im Wind flattern und beobachtete, erwartungsvoll und bang zugleich, wie die Skyline von Manhattan näherund näherrückte.

Sorgfältig prüfte man bei der Einwanderungsbehörde ihre Dokumente, aber die dramatischen Ereignisse Rußlands hatten auch viele dort lebende Amerikaner zur Heimkehr gezwungen, und so verfuhr man auch mit den russischen Flüchtlingen gnädig. Der Beamte lächelte Azaylee zu, tätschelte den Hund, und ehe Missie und Sofia recht wußten, wie ihnen geschah, erhielten sie auch schon ihre mit Stempeln versehenen Ausweise zurück. Jetzt waren sie echte Amerikaner mit amtlich bestätigter, neuer Identität.

New York war monströs, laut, schmutzig, feindlich und bitterkalt. Sie fanden eine kleine Pension, die etwas sauberer wirkte als die anderen, und machten sich dann auf die Suche nach einem billigen Appartement. Doch bald schon erkannten sie, daß die Miete für ein Appartement ihre finanziellen Mittel weit überstieg. In Frage kamen lediglich eine Reihe Zimmer in der billigsten Gegend, der Lower East Side, wo sie als Emigranten unter abertausend anderen Zuwanderern unauffällig und umbemerkt leben könnten.

Zu guter Letzt hatten sie die Wahl zwischen zwei Zimmern: einem finsteren Raum, dessen einziges Fenster in den Lichtschacht führte, und einem helleren, etwas kostspieligeren, mit einem Fenster zur Straße hin. Trotz ihrer bescheidenen Mittel bestand Sofia auf dem Zimmer mit Blick auf die Rivington Street. In einer Ecke befand sich ein Waschbecken mit kaltem Wasser, die Möblierung bestand aus einem altertümlichen Messingdoppelbett, einem kleinen, zusammenklappbaren Feldbett, einem von Kerben zerklüfteten, rohen Holztisch, vier wackligen Holzstühlen, und im Flur gab es eine Gemeinschaftstoilette.

Sofias Miene ließ keinen Zweifel darüber, daß sie sich nun an der Endstation ihres Lebens wähnte; tiefer konnte sie nicht mehr sinken. Dennoch gab sie sich betont fröhlich, als sie mit Missie und Azaylee zum Einkaufen in die Rivington Street ging und in den Handkarren nach den billigsten Baumwollbettüchern und Decken und den dünnsten Handtüchern suchte. Für das Abendessen kauften sie Eier, Butter, Brot sowie ein paar Fleischbrocken und vergaßen auch nicht den Knochen für den Hund. Sofia erstand zusätzlich eine blumenbemalte Wachsdecke für ihren schäbigen Holztisch und als Ersatz für frische Blumen, die es um diese Jahreszeit, im März, noch nicht gab, ein Bündel glänzenden Tannenreisigs. Als sie dann abends über ihrem bescheidenen Mahl aus gekochten Eiern und knusprig frischem Brot saßen, während neben ihnen der Hund zufrieden an seinem Knochen nagte, lächelten sie einander zu und dachten bei sich, daß das kleine Zimmer doch nicht so schlimm war. Nach der ganzen Irrfahrt, dem Versteckspiel und der Angst erschien es ihnen als ein Hafen des Friedens und der Sicherheit.

Später am Abend — Azaylee schlief bereits in dem durchhängenden Messingbett — saßen Missie und Sofia noch eine Weile zusammen. »Mach dir keine Sorgen, Sofia«, sagte Missie, der die alte Dame schon vor langem das familiäre »Du« angeboten hatte. »Morgen suche ich mir eine Arbeit, und dann werden wir uns bald eine schöne, eigene Wohnung leisten können.«

Maryland
Jetzt, nach all den Jahren, lächelte Missie über ihren jugendlichen Optimismus, der sie dazu hingerissen hatte, in einem hartgekochten Ei und einer Scheibe Brot, in einem wie auch immer gearteten Dach über dem Kopf und einem Bündel grüner Zweige als Tischdekoration einen hoffnungsvollen Neuanfang zu sehen und voller Zuversicht auf das Morgen zu vertrauen.

Sie nahm die Brosche ab, legte sie in das kleine Cartier-Etui zurück und zog das Fotoalbum hervor. Während sie es durchblätterte, wurde ihr wieder bewußt, welch schönes Kind Azaylee gewesen war; so süß, so ruhig, so freundlich. Ein Traum von einem Kind, wie es sich jede Mutter wünschen würde. Arme Azaylee, armes kleines Mädchen, so früh schon auf tragische Weise der Eltern beraubt. Wie könnte man sie da für das, was später geschah, verantwortlich machen? Nein, ihre Schuld war es gewiß nicht.

Als Schwester Milgrim mit dem abendlichen Tee und den Schlaftabletten eintrat, klappte Missie seufzend das Album zu.

Vielleicht würde sie heute nacht zum erstenmal diesen Traum nicht gehabt haben, überlegte sie, obgleich sie bereits wußte, daß sie auch diesmal nicht verschont bliebe.

11

New York
Seit Monaten erstickte New York unter einer bleiernen Hitze. Auch heute glühte die Sonne vom messinggelben Himmel herab, und aus den Handkarren in der Rivington Street stieg der Gestank von Fisch und fauligem Kohl in das dumpfige, kleine Zimmer. Der ununterbrochene Lärm der eisenbeschlagenen Karren auf dem holprigen Kopfsteinpflaster,

das schrille Kreischen der russischen, jiddischen und polnischen Stimmen, das Kindergeplärre und das Fluchen der Betrunkenen, die vom Saloon nach Hause torkelten, erfüllten Missie — neben dem Schmutz und dem grauen Gespenst der Armut — mit tiefer Verzweiflung.

Sie wünschte, sie könnte das Fenster schließen, um diese bedrückende Realität auszusperren; aber dann würden sie in der mörderischen Hitze wohl umkommen. Das enge Zimmer war von einer friedlichen Zuflucht zu einer ausweglosen Falle geworden, deren Wände sich immer dichter um sie zu schließen schienen. Sofia lag auf dem durchhängenden Messingbett; sie sah bleich und krank aus, obwohl sie vorgab, sich nur ausruhen zu wollen. Azaylee saß, die dünnen Arme um ihre Knie geschlungen, auf der wackligen, eisernen Feuerleiter und beobachtete stumm das unentwegte Treiben auf der vier Stockwerke unter ihnen liegenden Straße. Viktor hechelte, und unter seinem Fell stachen deutlich die Rippen hervor. Missie brauchte keinen Spiegel, um zu wissen, daß ihre Rippen sich ebenso durch die dünne Haut abzeichneten, aber das war ihr gleichgültig. Alles beherrschend war nur der nagende Hunger geworden, denn ihr jugendlicher Appetit verlangte nach mehr als den kargen Speisen, die sie sich leisten konnten. Wenn sie nachts im Bett lag, mit nichts als einer wässrigen Suppe und einer Scheibe trockenen schwarzen Brotes im Magen, tauchten Bilder von Eiern, gebratenen Hähnchen, gutem Brot und köstlich frischer Butter vor ihren Augen auf, so intensiv, daß sie meinte, vor Gier den Verstand zu verlieren. Freilich war ihr bewußt, daß sie es allein Sofias sparsamer Haushaltsführung zu verdanken hatten, überhaupt noch essen zu können.

Immer wieder fragte sie sich, wie solch eine Frau, deren einzige Beschäftigung mit dem Haushalt in Anweisungen an den Küchenchef bestanden hatte, in der Lage war, überlegt einzukaufen und darüber hinaus auch noch mit den Straßenhändlern zu feilschen. Tagtäglich kehrte Sofia am späten Nachmittag mit einem Beutel voll Gemüse heim, das sie, da es bereits welk und unansehnlich geworden war, für ein paar Cents erstanden hatte. Auch der in Zeitungspapier gewickelte Knochen »für den Hund« fehlte nie, an dem der mitleidige Metzger oft noch etwas Fleisch zur Stärkung ihrer dünnen Suppe hinterließ, und gelegentlich frischte sie ihren Speiseplan mit billig erworbenen Innereien wie Leber, Nieren, ja sogar Hirn auf. Sie erzählte Missie, daß sie ihre »Kochkünste« den Bauern von Varischnya zu verdanken habe, da sie diese oft beim Kochen mit derlei primitiven Zutaten beobachtet habe. Während sich also Sofia mit erfindungsreicher Hingabe ihrer Ernährung widmete, sah sich Missie nach einer Stelle um.

Sie hatte ihre Ansprüche hoch geschraubt, in der festen Überzeugung, an einer der Hochschulen eine Assistentenstelle bei einem Archäologie-Professor zu erhalten: immerhin hatte sie aus erster Hand und vor Ort alles über Altertümer und Ausgrabungen gelernt. Doch das Problem war, daß sie außer dem blauen Rock und ein paar einfachen Baumwollblusen keine ordentliche Kleidung besaß und nicht einmal genügend Geld für ein Paar gute Schuhe hatte. Die Löhne waren niedrig, und wenn sie das Fahrgeld in die Second Avenue und ihre Miete berechnete, so würde nicht genügend für Lebensmittel, geschweige denn für neue Kleidung übrigbleiben. Also wollte sie sich als Zimmermädchen bewerben, da hierfür zumindest Uniformen gestellt wurden. Doch all die großen Häuser in der Fifth Avenue erwarteten von ihren Zimmermädchen, daß sie im Hause wohnten, und abgesehen davon hätte die Bezahlung nicht einmal für ihrer aller Überleben gereicht. Darauf versuchte sie, in dem neuen Kaufhaus, Macy's, eine Stelle als Verkäuferin zu bekommen; die Art freilich, wie der Personalleiter sie musterte, verriet ihr augenblicklich, daß sie für die Stelle nicht schick genug war. Und es lag nicht nur an ihrer Kleidung, überlegte sie verzweifelt, als sie beim Hinausgehen einen Blick auf ihr Spiegelbild erhaschte. *Sie sah arm aus.* Und genau das war der Haken: *Sie war zu arm, um eine Arbeit zu bekommen.*

Am folgenden Tag spazierte sie, ungeachtet der brütenden, hochsommerlichen Hitze, die Delancey Street entlang, absichtlich ihren Heimweg hinauszögernd, da sie doch nur wieder dieselben entmutigenden Nachrichten hatte. Vor O'Haras Irish Alehouse, einem irischen Pub, stockte sie plötzlich. Die mit Kreide auf eine Tafel geschriebenen Worte blendeten sie, als seien sie aus purem Gold: »Aushilfe gesucht — nähere Informationen im Pub.« Obwohl sie ihr Lebtag noch nie in einem Saloon gewesen war, schwang sie ohne zu zögern die Türflügel auf. Die Schwaden von Whisky, Bier und abgestandenem Zigarettenrauch zusammen mit dem Gestank von Kohl, der irgendwo im Hinterzimmer kochte, verursachten ihr einen Brechreiz; dennoch reckte sie entschlossen das Kinn und marschierte geradewegs auf den stämmigen Mann hinter der Theke zu.

Shamus O'Hara war ein großer, gutaussehender, vierzigjähriger Ire, der den Anschein erweckte, als entstamme er einem Geschlecht von Riesen. Alles an ihm war überdimensional, vom Kopf mit dem rot gelockten Haarschopf bis hin zu den schaufelgroßen Händen. Er trug ein blaues, kragenloses Hemd, dessen Knöpfe über der gewaltigen Brust spannten, und die hochgerollten Ärmel zeigten muskelbepackte Unterarme. Um seinen Hosenbund hatte er eine alte, gestreifte Krawatte geschlungen, und zwischen seinen Zähnen steckte ein Zigarrenstumpen, den er nur beiseite legte, wenn er Bier zapfte oder in angenehmen, wenn auch mit dickem irischen Akzent versetzten Bariton »I'll take you home, Kathleen« sang.

Überrascht musterte er nun das Mädchen, das ihn nach Arbeit fragte. Um sie als verhungerte Waise zu bezeichnen, war sie zu groß, denn Waisen sind nun mal kleine Kinder; dennoch hatte sie den verlorenen Blick einer Hungerleidenden mit dem dafür typischen, gelbstichigen Teint und den dunklen Schatten unter den Augen. Aber — Donnerwetter nochmal! — es waren wunderschöne violette Augen, und auch ihr braunes Haar schimmerte liebreizend in dem durch die offenen Türen einfallenden Sonnenlicht. Ihre weiße Bluse und der blaue Rock waren ordentlich und sauber, und ihre Fußknöchel waren hübsch genug, um zweimal hinzuschauen. Sie bildete das krasse Gegenstück zu den irischen

Frauen, denen O'Hara im Saloon oder sonntags in der St. Saviors Kirche begegnete. Jene Frauen waren für gewöhnlich grobknochig, schwarzhaarig und abgearbeitet, unter dunklen Schals verborgen und am Rockzipfel eine Brut von mindestens zehn Kindern hinter sich herschleifend. Doch würde man dieses Mädchen ein bißchen aufpäppeln, könnte sie eine echte Schönheit werden. Für den Job schien sie ihm allerdings nicht geeignet, denn das war harte Arbeit, die irgendwie nicht zu ihr paßte. Sie war einfach zu vornehm für seine rauhen, ungehobelten Gäste.

»Tja . . . ich bin mir nicht sicher, ob wir jemand brauchen«, begann er zögernd. Angesichts ihrer verzweifelten Miene seufzte er auf und fuhr fort: »Ehrlich gesagt, wirken Sie nicht einmal stark genug, um einen Humpen Ale zu stemmen!«

»Doch, ich bin sehr kräftig!« rief sie inbrünstig. »Ich bin ordentlich, ich werde Geschirr waschen, bedienen . . . alles! Geben Sie mir eine Chance . . . bitte!«

Sich zu ihrer vollen Größe aufrichtend, bemühte sich Missie, so »stark« wie nur möglich auszusehen, während O'Hara sie mißtrauisch von Kopf bis Fuß beäugte und schließlich ergeben brummte: »Na schön, man ist ja kein Unmensch! Aber nur probeweise, verstanden? Die Bezahlung ist ein Dollar pro Abend. Sie fangen um sechs an und hören auf, wenn ich es sage — keine Sekunde eher! Kapiert?«

Missie war zu aufgewühlt, um zu antworten; also nickte sie nur und eilte dann aus dem Saloon geradewegs in die Rivington Street, um Sofia die gute Nachricht zu überbringen. O'Hara sah ihr von der Tür aus nach, bis sie um die Ecke verschwunden war. Er überlegte, was wohl ihre Geschichte sein mochte, denn in diesem Teil der Welt besaß jeder eine Geschichte.

Einen Monat hielt O'Hara sie auf Trab. Sie wischte das verschmutzte Sägemehl der vergangenen Nacht vom Boden und streute frisches aus; sie spülte unzählige Gläser, bis ihre Hände rot und rissig waren; sie polierte den Tresen und schrubbte emsig, wenngleich vergebens, die Abdrücke der Biergläser auf den Tischen. Den übelkeitserregenden Alkoholdunst ignorierend, schleppte sie mit einem Dutzend Bierhumpen beladene Tabletts, ohne einen einzigen Tropfen zu verschütten, und servierte sie ängstlich und verlegen den Hafenarbeitern, Maurern, Fabrikarbeitern und Huren, jener rauhen Truppe, die O'Haras Kundschaft ausmachte. Am Ende jedes Abends steckte sie dann triumphierend ihren Dollar ein, wich den Betrunkenen, die nach ihr grabschen wollten, aus und hastete durch die dunklen, unratübersäten Straßen in das Zimmer zurück, das sie nun ihr »Zuhause« nannte.

Sofia erwartete sie allabendlich mit einer Tasse heißer, nach Zimt duftender Milch, und allabendlich gab Missie vor, zu müde zu sein, um das Essen, das sie aus dem Saloon mitgebracht hatte, noch verzehren zu können. »Azaylee kann es zum Frühstück essen«, sagte sie dann, während sie Viktor einen Fleischbrocken zuwarf, den er mit einem Bissen, als handele es sich um eine Fliege, hinunterschlang. Dankbar trank sie die köstliche Milch, ehe sie sich anschließend erschöpft auf das schmale Feldbett sinken ließ. Sofia legte sich erst dann neben Azaylee in das durchhängende Messingbett, wenn sie Missie schlafend wähnte. Aber Missie hatte Sofia nicht erzählt, daß sie jede Nacht Angst vor dem Einschlafen hatte, Angst vor dem immer wiederkehrenden Traum, in dem sie Alexeis schreckverzerrtes Gesicht sehen und seine Stimme hören würde, die sie um Hilfe anflehte.

Azaylee schien sich als einzige mühelos an die neuen Verhältnisse anzupassen; sie spielte glücklich auf den schmutzigen Straßen mit den zahlreichen Nachbarskindern. Missie und Sofia beobachteten sie oft vom Fenster aus, wenn sie im Gefolge von Viktor zwischen den Handkarren umhersauste, mit wehenden blonden Zöpfen nach einem Ball haschte, Seil sprang oder mit Kreide Hüpffelder auf das Pflaster malte.

»Sieh dir nur diese Kinder an!« sagte Sofia dann so manches Mal. »Eine Meute wilder Gassenkinder, und meine Enkelin ist eines der schlimmsten.« Obwohl sie bei diesen Worten lachte, war unverkennbar, daß sie darunter litt.

Über gewisse Vorkommnisse im Salon behielt Missie Sofia gegenüber Stillschweigen. Die Gäste waren ein rohes und abgebrühtes Völkchen, große, stämmige Iren, wie O'Hara einer war, wenn sich auch gelegentlich ein »ausländisch sprechender« Emigrant in den Saloon verirrte. O'Hara hielt seine Gäste sowohl mit irischem Schmus als auch mit seinen gewaltigen Fäusten im Zaum. Im nüchternen Zustand waren sie friedfertig, doch nach ein paar Whiskys verwandelten sie sich in völlig andere Männer: Männer, die nur noch eines im Sinn hatten.

Im Saloon verkehrten auch weibliche Gäste, eine Handvoll armer Frauen, die unter der Bürde ihrer zahlreichen Kinder und eines prügelnden Ehemanns dem Trunk verfallen waren. Und dann gab es noch die Huren. Missie versuchte, die Geschäfte, die an den schmuddeligen Tischen abgeschlossen wurden, wie auch das Gefeilsche der Männer, als handle es sich bei den Frauen um ein Stück Fleisch, zu ignorieren; sie bemühte sich, nicht die kurzen Minuten zu zählen, bis der Kunde, oftmals noch an den Hosenknöpfen nestelnd, aus einer dunklen Seitengasse zurückwankte. Doch den betrunkenen Blicken, die sich am Ende jedes Abends an ihr festsaugten, vermochte sie nicht zu entfliehen.

Als es das erste Mal passierte, wurde sie starr vor Schreck. Fassungslos betrachtete sie die riesige Hand, die ihre kleine Brust wie ein Schraubstock umspannte. Die schwarz geränderten Nägel bohrten sich in ihr Fleisch, aber vor lauter Schock empfand sie nicht einmal Schmerz. Und dann schrie sie. Knüppelschwingend und fluchend kam O'Hara herbeigeeilt.

»Du verdammter Hurensohn!« brüllte er, während er dem Mann einen Schlag auf den Kopf versetzte. »Nimm deine dreckigen Pfoten sofort von ihr weg . . . sie ist ein anständiges Mädchen — und jung genug, um deine Tochter zu sein! Such dir dein Vergnügen woanders!« Dunkelrot vor Wut, zerrte er den überraschten Mann, aus dessen Kopfwunde das Blut strömte, zum Ausgang hin. »Verpiß dich!« bellte er, indem er den Mann mit einem festen Tritt durch die Schwingtür auf die Straße hinausbeförderte. »Mehr als einen Arschtritt bist du sowieso nicht wert! Und was Sie betrifft, mein Fräulein«, wandte er sich unvermittelt Missie zu, »so sollten Sie endlich einsehen, daß dieser Ort keine Kirche ist! Geschäft ist Geschäft! Und wenn Sie nicht selbst mit den Kerlen fertig werden können, fliegen Sie raus!«

Missie erzählte Sofia nicht, was geschehen war, doch die alte Frau spürte sofort, daß irgend etwas nicht stimmte. Liebevoll massierte sie Missies geschwollene Fußknöchel und strich Glyzerincreme auf ihre roten, abgearbeiteten Hände. »Ich kann das nicht mehr mitansehen«, sagte sie. »Du mußt diese Arbeit im Saloon kündigen!«

Verzweifelt schlang Missie die Arme um sie. »Bitte, laß uns die Juwelen verkaufen«, schluchzte sie, »so, wie wir es in Konstantinopel getan haben. Jetzt sind wir doch in Sicherheit!«

Sofia zuckte hilflos mit den Achseln. »Das sind keine gewöhnlichen Juwelen, sondern berühmte Erbstücke. Sie sind identifizierbar und damit so gut wie wertlos.«

»Und was ist mit dem Geld in der Schweiz? Wir könnten zu einem Anwalt gehen und ihn bitten, einen Brief mit beglaubigtem Nachweis auf deine Identität zu schicken. Diese Situation ist unerträglich, Sofia! Anstatt wie eine Fürstin zu leben, fristest du ein elenderes Dasein als die ärmste russische Bäuerin!«

Sofia ging zur Kommode und holte aus einer Schublade eine zwei Wochen alte Zeitung hervor. »Ich habe sie dir nicht gezeigt, um dich nicht zu beunruhigen!« erklärte sie.

Missie las den kurzen Bericht. Er handelte von den in Rußland stattfindenden Greueltaten, von der Ermordung der Zarenfamilie, der Verhaftung Unschuldiger und deren Verwahrung in *gulags*. Weiterhin wurde erwähnt, daß die Geheimpolizei nach wie vor auf der Suche nach den Ivanoffs sei, jener Adelsfamilie, die für das neue revolutionäre Regime alles verkörperte, was am »alten Rußland« schlecht und dekadent gewesen war, und daß die Tscheka der Meinung sei, die Fürstinwitwe Sofia sei mit den beiden Enkelkindern entkommen. Zuverlässigen Quellen aus Rußland zufolge, habe die Geheimpolizei bereits Europa nach ihnen durchforstet und die Suche mittlerweile auch nach Amerika ausgedehnt. Es sei ein offenes Geheimnis, daß die Fürstinwitwe wie auch die beiden kleinen Kinder, sollten sie aufgespürt werden, dasselbe Schicksal wie die Zarenfamilie erleiden würden: gnadenlose, brutale Ermordung.

Stumm leerte Missie ihre Tasse Milch. Sofia hatte recht gehabt, es gab keinen Ausweg. Verzagt malte sie sich ihre weitere Zukunft aus, den täglichen Kampf um den einen, hart verdienten und verzweifelt benötigten Dollar. Denn sie konnte es drehen und wenden, wie sie wollte: Für ihr Überleben würde allein sie sorgen müssen.

O'Hara kam nicht umhin, sie zu bewundern. Sie besaß Charakter, und sie hatte Mut, und genau das mochte er. Grinsend steckte er sich seine erste Zigarre an und schaute ihr beim Schrubben des Bodens zu. »Mädchen wie Sie gehören eigentlich auf den Planwagen«, rief er, als sie schwungvoll frisches Sägemehl über dem blitzblanken Boden ausstreute. »Sie sind die geborene Pionierin!«

An ihren Schrubber gelehnt, beobachtete ihn Missie, wie er genüßlich den Rauch einsog. »Diese Zigarre kostet ein Viertel meines abendlichen Verdienstes. Finden Sie nicht, daß es langsam Zeit für eine Gehaltsaufbesserung wäre?«

Sie lachte hell auf, als er vor Schreck den Rauch verschluckte und sich mit seiner fußballgroßen Faust auf die Brust klopfte, wobei sein starkknochiges, irisches Gesicht knallrot anlief. »Heiliger Strohsack, Mädel!« japste er. »In Ihren Worten steckt mehr Saft als in mancher Faust. Beinahe hätten Sie mich damit k.o. geschlagen!«

»Zwei Dollar«, sage sie, die Arme kriegerisch verschränkend. »Sie wissen, daß ich es wert bin!«

Über den Tresen aus Mahagoniholz hinweg funkelten sie einander an wie Boxer im Ring. Plötzlich trat in seine grünen Augen ein verschmitztes Zwinkern. Sich durch seinen roten Haarschopf streichend, sagte er: »Ich gebe mich geschlagen, mein Mädel. Zwei Dollar die Nacht — aber nur, weil Sie es wert sind!«

Ärgerlich stampfte Missie mit dem Fuß auf. »Und warum haben Sie dann, verflucht nochmal, gewartet, bis ich Sie darum bitte, anstatt es mir von selbst anzubieten?«

Grinsend stützte er sich auf den Tresen. »Vielleicht weil ich es gerne sehe, wenn Sie wütend sind. Vielleicht, weil ich die *wahre* Missie O'Brian sehen wollte, statt des müden Mädchens, das seine Arbeit tut, wenig spricht und nie lächelt. Wissen Sie eigentlich, daß ich Sie heute zum erstenmal lachen gehört habe?«

»Ich habe auch nicht allzu viel zu lachen«, erwiderte Missie schroff.

Nachdenklich paffte O'Hara an seiner Zigarre, während Missie damit fortfuhr, das Sägemehl auszustreuen. »Ich habe Sie auf der Straße mit dem kleinen Mädchen gesehen«, sagte er, verstohlen auf ihre ringlose Hand blickend. »Gibt es keinen Mann dazu?«

»Ihr Vater ist tot«, sagte sie, ohne aufzuschauen.

Er nickte. »Ist 'ne schlimme Sache für ein Kind, ohne Vater aufzuwachsen, aber für die Mutter ist es noch schwerer.«

Missies Kopf schoß in die Höhe; verdutzt schaute sie ihn an. »Oh, aber . . . aber . . .«, stammelte sie, brach aber sogleich wieder ab. Natürlich hielt sie jeder in der Rivington Street für Azaylees Mutter.

In jener Nacht konnte sie zwei Dollar in ihre Tasche stecken, und O'Hara füllte eigenhändig einen Teller mit gekochtem Rindfleisch, Kohl und Kartoffeln für sie. Barsch wies er sie an, sich hinzusetzen und aufzuessen, doch angesichts des voll beladenen Tellers verging Missie plötzlich jeglicher Hunger. Während sie das Essen in eine Schale füllte, um es Azaylee und Sofia mitzubringen, spürte sie O'Haras scharfe, grüne Augen auf sich ruhen.

Nach dieser Nacht schien die Arbeit im Saloon etwas leichter zu werden; manchmal bat O'Hara sie sogar, ihm in den Mittagsstunden auszuhelfen. Er kümmerte sich um sie, sorgte dafür, daß sie nicht belästigt wurde, und wachte mit Argusaugen darüber, daß sie richtig aß. Wann immer er sie sah, zog ein Lächeln über sein breites, angenehmes Gesicht, und er bezahlte sie pünktlich und korrekt. Inzwischen hatte Missie sogar schon einige wenige kostbare Dollar gespart, die sie zusammen mit den nutzlosen Juwelen in dem Pappkoffer unter dem Messingbett aufbewahrte.

Einige Wochen waren vergangen. Missie schleppte gerade ein schweres Tablett voll Irischem Whisky zum Tisch eines muskulösen, hemdsärmeligen Mannes, als plötzlich Azaylee im Gefolge von Viktor durch die Schwingtüren stürmte. »Missie, oh, Missie«, kreischte sie, worauf sich alle Köpfe nach ihr umwandten. »Komm schnell! Großmutter . . .«

Nachdem sie das Tablett dem ihr am nächsten stehenden Mann in die Hände gedrückt hatte, packte Missie das Kind beschwörend an den Schultern. »Was ist los? Was ist mit Sofia?«

In den blauen Kinderaugen schwammen Tränen. »Sie hat gekocht, und plötzlich hat sie geschrien. Sie ist hingefallen, Missie, ich kann sie nicht aufwecken!«

In den Straßen wimmelte es von Menschen, die aus ihren Behausungen strömten, um die kühlere Abendluft zu genießen, doch Missie, das verstörte Kind hinter sich herziehend, schob sich rücksichtslos durch die Menge.

Keuchend raste sie die Holztreppen hinauf und stürzte in das offene Zimmer. Sofia lag neben dem Ofen; ihre Augen waren geschlossen, doch an ihrem Hals konnte Missie das langsame Schlagen ihres Pulses erkennen, und sie dankte Gott, daß die alte Frau zumindest noch lebte.

Nachdem sie vorsichtig ein Kissen unter Sofias Kopf gebettet hatte, fächerte sie ihr verzweifelt Luft zu. »Sofia, Sofia«, rief sie, »du bist in Ordnung, alles ist in Ordnung!« Doch das war eine Lüge, denn Sofia sah sehr krank aus.

»Es war nur die Hitze, nichts weiter«, murmelte Sofia, als sie Minuten später wieder das Bewußtsein erlangte.

Aber zwei Wochen darauf geschah es abermals, und diesmal klagte sie anschließend über Kopfschmerzen. Es war ein Schmerz, der nicht weichen wollte, egal, wieviel ihr Missie von der rezeptfreien, in eine tiefblaue Flasche abgefüllten Medizin, die sie in der Apotheke erstanden hatte, auch einflößte. Sofia lehnte es ab, einen Arzt zu sehen, aber Missie wußte, daß es nur deswegen war, weil sie es sich nicht leisten konnten. Eines Morgens dann konnte Sofia nicht mehr aufstehen. Ihre linke Seite war gelähmt.

Missie rannte zu einem Arzt in der Orchard Street und versprach ihm hoch und heilig, das für die Behandlung notwendige Geld bald zu zahlen.

Der Arzt war ein alter, graubärtiger, gütiger Jude. »Leider muß ich Ihnen mitteilen, daß die alte Dame eine Reihe kleinerer Schlaganfälle erlitten hat«, erklärte er Missie ernst, »was eine Blutung in der Schädelhöhle zur Folge hatte. Dieser Druck verursacht nun die Schmerzen, die nur durch eine Operation beseitigt werden können.« Zögernd betrachtete er das junge Mädchen und das kleine Kind an ihrer Seite, die ihn beide mit angstvollen Augen anstarrten, als sei er ihr Lebensretter, ihre einzige Hoffnung. Wie immer in solchen Situationen wünschte er auch jetzt, er hätte einen anderen Beruf gewählt. »Ich will offen mit Ihnen sein«, fuhr er fort. »Sie ist eine alte Frau. Die Operation wird sie genauso sicher umbringen wie ein weiterer schwerer Schlaganfall. Ich kann Ihr nur etwas zur Schmerzlinderung geben.«

Missies Mund füllte sich mit dem metallenen Geschmack der Angst. »Sie meinen doch nicht . . . daß sie . . .«

»Wir alle müssen irgendwann einmal sterben, meine Liebe«, sagte er sanft. »Glauben Sie mir, es ist weit schlimmer, wenn meine Patienten noch jung sind.« Er öffnete sein abgenutztes, schwarzes Arztköfferchen. »Ich werde ihr jetzt gegen die Schmerzen eine Morphiumspritze geben. Morgen früh schaue ich noch einmal vorbei. Vergessen Sie aber nicht, sich auch um sich selbst und Ihr Kind zu kümmern!«

Missie blickte auf Azaylee herab, so blond, so hübsch und so hilflos. *Ihr Kind*, hatte der Arzt gesagt. Wenn Sofia stürbe, würde das wahr werden, woran schon jetzt jeder glaubte. *Azaylee würde ihre Tochter werden.*

Jeden Morgen wartete sie nun ängstlich auf das Erscheinen des Arztes, hielt aus dem Fenster zwischen den Verkaufskarren und dem Menschengewühl nach ihm Ausschau.

»Es wird schlechter«, eröffnete sie ihm einige Tage später besorgt. »Die Schmerzen sind wieder zurück. Sie versucht sie vor mir zu verbergen, aber ich erkenne es in ihren Augen.«

»Ich werde ihr eine stärkere Dosis geben«, sagte er geduldig. »Dann kann sie sich in Frieden ausruhen.« Sein Blick fiel auf Missie; ihr bleiches, erschöpftes Gesicht kündete von Schlafmangel und Sorgen. »Sie sollten sich auch etwas Ruhe gönnen, junge Dame! Und achten Sie auf eine ausreichende Ernährung!«

Missie vermochte nicht einmal, seine Freundlichkeit mit einem Lächeln zu erwidern. Seit einer Woche war sie nicht mehr im Saloon gewesen, und ihre Ersparnisse waren inzwischen auf ein paar Cent geschmolzen. O'Hara hatte sich ihr gegenüber großherzig gezeigt: jeden Mittag hatte er eine Frau mit Essen vorbeigeschickt, doch sie konnte seine Hilfe nicht länger in Anspruch nehmen. Sie wußte, wenn sie heute abend nicht in den Saloon ginge, würde er jemand anderen als Aushilfe suchen müssen.

Um fünf Uhr gab sie Azaylee einen Teller des wie immer spärlichen Eintopfs und eine Scheibe des einen Tag alten russischen Brotes, das sie in Gretel's Bäckerladen in der Hester Street kaufte, dessen würziger Backofenduft sie jedesmal vor Verlangen schier wahnsinnig machte. Ein ganzes, frisches Sesambrot, dick mit süßer französischer Butter bestrichen, hätte den Gipfel des Genusses für sie bedeutet, aber sie mußte sich notgedrungen mit dem alten, sauren Roggenbrot zufriedengeben.

Sie wusch Sofia, tupfte ihr feinknochiges Gesicht mit einem frischen Leinenhandtuch ab, das sie eigenhändig gewaschen und, wie alle anderen Mieter, an der Feuerleiter zum Trocknen aufgehängt hatte. Es gab Tage, in denen man vor lauter Wäsche die Häuser nicht mehr erkennen konnte, und niemand schämte sich dafür, die zerschlissene Unterwäsche dem Blick des Nachbarn auszusetzen. Sie hob Sofias Kopf und versuchte, ihr die warme Fleischbrühe einzuflößen, aber die Fürstin bewerkstelligte nur ein kleines Lächeln und ein paar geflüsterte Worte, ehe sie wieder in die Bewußtlosigkeit zurücksank.

Ihre Hand umklammerte Missie's mit stählernem Griff. Als hielte sie sich am Leben fest, dachte Missie schaudernd. Als fürchte sie, ließe sie ihre Hand los, in eine Dunkelheit zu sinken, aus der es kein Zurück mehr gab.

Nachdem Missie ihr erhitztes Gesicht mit kaltem Wasser benetzt hatte, kämmte sie ihr Haar und zog eine saubere Baumwollbluse über. Sie war so dünn, daß ihr der Rock von den Hüften zu rutschen drohte. Kurz entschlossen zog sie ihn zusammen und befestigte ihn mit einem breiten Ledergürtel.

Dann gab sie Azaylee eine kleine Tafel und ein paar bunte Kreiden, die sie für ein paar Cents unten auf der Straße gekauft hatte. »Da hast du etwas zum Spielen, meine Kleine. Paß auf deine Großmutter auf! Wenn etwas ist, weißt du ja, wo du mich findest.« Sie drückte das Mädchen an sich. Die Vorstellung, sie allein zu lassen, war unerträglich. »Ich versuche, nicht so spät zurück zu sein«, versprach sie.

Die Hand schon am Türknauf, zögerte Missie immer noch. Azaylee saß auf einem Stuhl am Bett, die Tafel an sich gepreßt, und starrte sie mit weiten, angstvollen braunen Augen an. Aber Missie wußte, sie hatte keine Wahl. Wenn sie nicht arbeiten ging, hatten sie nichts zu essen.

Sie pfiff Viktor herbei. »Sitz!« befahl sie, zur Tür deutend. »Platz!«

Gehorsam setzte er sich hin. Sie dankte Gott im Stillen für den Hund, denn ohne ihn hätte sie das Kind mit der todkranken Frau nicht allein lassen können.

»Ich hab' dich lieb, *Matiuschka*, Mütterchen«, hörte sie Azaylee rufen, als sie, immer noch zwischen Pflicht und Liebe hin- und hergerissen, aus der Tür ging.

»Ich hab' dich auch lieb, *Duschka*, Töchterchen!« rief sie zurück, ehe sie rasch die Treppe hinuntereilte, damit sie nicht in Versuchung käme, es sich doch noch anders zu überlegen.

Der Saloon kam ihr voller als sonst vor. Sie rannte herum, füllte Gläser und sammelte die leeren ein. Aber selbst die rauhesten Gesellen, die sie früher belästigt hatten, fragten nach ihrer Großmutter, und sie dachte bei sich, daß diese

Männer, solange sie nicht dem Alkoholrausch erliegen, vielleicht doch nicht so schlecht sind. O'Hara bereitete ihr eigenhändig ein Sandwich mit dem raren Roastbeef und achtete darauf, daß sie es ganz aufaß, und am Ende des Abends steckte er ihr sogar eine zusätzliche Fünfdollar-Note zu.

»Sie sind ein gutes Mädchen, Missie O'Bryan«, sagte er. »Selbst mit einem Namen, der so irisch ist wie der Blarney Stone, sind Sie so wenig irisch wie Zev Abramski.«

»Wer ist Zev Abramski?« fragte sie, während sie dankbar das Geld einsteckte.

»Wollen Sie mir weismachen, daß Sie noch nie bei Zev Abramski waren?« rief O'Hara mit seinem dröhnenden, herzhaften Lachen. »Dann sind Sie wahrscheinlich die einzige Frau in der Lower East Side, die noch nicht bei ihm war. Zev ist der jüdische Pfandleiher an der Ecke Orchard und Rivington. Er verleiht ihnen zwanzig Cent auf das Sonntagshemd Ihres Ehemanns, damit Sie bis zum Freitag durchkommen. Ihm verdanken fast alle in dieser Gegend ihr Überleben — bis freitagnachmittags. Dann ist Bezahlung angesagt — oder der Alte hat kein Hemd für die Kirche. Aber jetzt los mit Ihnen, und viel Glück, Missie!«

Das würde sie brauchen, dachte sie, während sie durch die schwach erleuchteten Straßen zurückeilte. Viktor erkannte ihren Schritt schon an der Treppe und begrüßte sie schwanzwedelnd. Azaylee lag eingerollt neben ihrer Großmutter im Bett. Erleichtert aufseufzend goß Missie Milch in den Topf, warf ein Stück Zimt hinein und stellte ihn auf den kleinen Kocher. Wehmütig dachte sie an die Zeiten zurück, als Sofia sie mit diesem Schlaftrunk empfangen hatte.

Auf Zehenspitzen schlich sie zum Bett und betrachtete lächelnd die eng an Sofia geschmiegte Azaylee. Aber nach einem Blick auf Sofias Gesicht gefror ihr Lächeln. Die Augen der alten Dame waren geschlossen und ihr Gesicht friedlich, doch ihre Lippen waren blau und ihre Haut kalt unter Missies zögernden Fingern.

»Nein!« wisperte sie entsetzt. »Nein, das darf nicht sein!« Aber es war die Wahrheit. Fürstin Sofia Ivanoff war tot.

12

Rosa Perelman vom unteren Stockwerk schickte ihre älteste Tochter, die neunjährige Sonia, in die Hester Street, um den Arzt zu holen. Ihre beiden anderen Töchter wies sie an, sich um Azaylee zu kümmern, während sie selbst bis zum Eintreffen des Arztes bei Missie blieb. Die Neuigkeit machte in Windeseile die Runde, und schon nach kurzer Zeit war der Raum voll von Frauen aus der Nachbarschaft, die Essensgaben und Getränke mitbrachten und Missie ihre Hilfe anboten. Sie bahrten Sofia auf und zogen ihr ein frisches weißes Leinengewand über. Dankbar nahm Missie die Hilfe entgegen. Sie legte Sofias geschnitztes Ebenholzkreuz in ihre kalten Hände und merkte plötzlich, wie zart und zerbrechlich die alte Frau aussah. Lebendig hatte Sofia immer so stark, so *unbezwingbar* gewirkt.

Das erste Mal, als sie Sofia gesehen hatte, war sie auf dem Weg zu einem offiziellen Empfang gewesen; sie hatte eine golddurchwirkte Spitzenrobe getragen mit langer, königsblauer, hermelinbesetzter Schleppe. An Hals und Ohren hatten Diamanten gefunkelt, ihr schwarzes Haar hatte ein mit Diamanten und Rubinen besetztes Diadem geziert, und in der Hand hatte sie einen herrlichen Fächer aus Straußenfedern gehalten. Und nun legte diese einst so berühmte Fürstin ihre letzte Reise in einem schlichten weißen Leinengewand zurück, dem Gewand des Todes, der nicht nach Ansehen und Stellung fragt.

»Wir haben alles getan, was wir können, Missie«, sagte Rosa Perelman. »Jetzt müssen wir nach einem Leichenbestatter schicken.«

Verständnislos schaute Missie sie an. »Leichenbestatter?«

»Ja. Irgendein Bestattungsunternehmen, das sich um den Sarg und die Beisetzung kümmert«, erklärte Rosa geduldig.

Daran hatte Missie noch gar nicht gedacht. Sie hatte keine Vorstellung, wieviel so etwas kosten würde — und abgesehen davon hatte sie das Geld sowieso nicht.

»Wenn Sie kein Geld haben«, sagte Rosa, die ihre Gedanken ahnte, »dann brauchen Sie sich nur mit der städtischen

Wohlfahrtsbehörde in Verbindung zu setzen. Die alte Dame wäre nicht die erste in dieser Gegend, die in einem kostenlosen Pinienholzsarg bestattet wird. Daran ist nichts, dessen man sich schämen müßte.«

Missie warf einen verzweifelten Blick zu Pater Feeny, der die alte Dame gut gekannt und gern gemocht hatte. Aus Angst vor einer Entdeckung hatte Sofia nicht die russisch-orthodoxe St. Georges Kirche in der East Seventh Street, sondern Pater Feenys Messen in der St. Saviors besucht.

»Sie hat recht, meine Liebe«, sagte der Pater nun und legte ihr mitfühlend die Hand auf die Schulter. »Ich gebe Ihnen mein Wort, daß die alte Dame ein würdevolles Begräbnis bekommen wird. Ehe man sie nach Potter's Fields bringt, wird sie ganz sicher ihre Messe erhalten.«

»Potter's Field?« fragte Missie befremdet.

Die Frauen, die um das Bett standen, sahen sich besorgt an; offenbar wußte das Mädchen nichts über das Leben — und den Tod.

»Der Gemeinschaftsfriedhof, meine Liebe«, erklärte Pater Feeny. »Aber Sie wissen ja, daß vor Gott alle Menschen gleich sind. Sofia ist im Himmel, nur ihre sterblichen Überreste werden in ein Armengrab gelegt.«

Missie warf sich vor dem Bett auf die Knie. *Sie hatten vor, die Fürstinwitwe Sofia Ivanoff in einem Armengrab zu bestatten!* »Nein!« schrie sie. »Nein, nein! Das ist unmöglich! Sie muß eine ordentliche Beisetzung erhalten *und* eine Messe! *Ich werde das Geld dafür auftreiben!*«

Kopfschüttelnd und einander zuflüsternd schoben sich die Frauen der Reihe nach aus dem Zimmer und ließen Missie mit dem Priester zurück.

»Sie sollten sich über diese Dinge nicht grämen, mein Kind«, sagte Pater Feeny. »Sie sind noch so jung und haben eine Tochter, die Ihrer ganzen Fürsorge bedarf. Lassen Sie die alte Dame ihre verdiente letzte Ruhe finden. Ich werde für Sie die Wohlfahrt anrufen, und dann wird alles bald vorüber sein.«

»Nein!« schluchzte Missie. »Niemals, *niemals*!«

Seufzend kniete Pater Feeny zu einem Gebet neben ihr

nieder. Als er fertig war, erhob er sich und sagte: »Ich komme morgen früh und kümmere mich um alles. Und denken
Sie daran, meine Tochter: Die Kirche ist immer da, um Ihnen Trost zu spenden. Und unser tiefster Trost ist unser
Glaube an das Ewige Leben. Heute abend werde ich für Sofias unsterbliche Seele beten.«

Lange Zeit kniete Missie neben dem Bett. Sie war allein
mit Sofia, da Rosa Perelman ihr angeboten hatte, sich um
Azaylee zu kümmern. Allmählich verebbten ihre bitteren
Tränen, und die Sorge um das für die Bestattung notwendige Geld gewann Oberhand. Sie wußte, es gab nur eine Lösung.

Der Saloon war hell erleuchtet, und es herrschte das übliche Gedränge. An der langen Bar lehnte eine Reihe Männer,
an den Tischen saßen aufgedonnerte Huren, die zahllose
Whiskys in sich hineinkippten und unter grellem Lachen
ihre Geschäfte besiegelten. Eine Handvoll armer Frauen, die
Schürzen unter den breiten Schals nur notdürftig verdeckt,
betranken sich stumm mit Portwein, um ihrem ausweglosen
Dasein zumindest für eine Weile zu entfliehen. Irgend jemand klimperte auf dem Klavier bekannte Weisen, und
durch die Luft wirbelte ein Schwall blauen Zigaretten-
rauchs, der unter den kugelförmigen Schirmen der flackernden Gaslampen entlangwaberte wie Nebelschwaden an Ir-
lands Küste.

O'Hara stand hinter der Bar, schenkte Whisky ein und
füllte Biergläser nach, während eine verlebt aussehende junge Frau die leeren Gläser einsammelte und die neuen Runden servierte. Missie schossen Tränen der Enttäuschung in
die Augen. O'Hara hatte nicht gewartet, sondern ihren Job
bereits vergeben.

Sie schlang ihr Tuch noch enger um sich und drängte sich
durch die Menge zur Bar. »O'Hara«, flüsterte sie, seinen
Blick suchend, »ich muß mit Ihnen reden.«

Er nickte, und nachdem er dem Mädchen zugerufen hatte,
die Bar zu übernehmen, bedeutete er Missie, ihm ins Hinterzimmer zu folgen.

Nervös schritt sie in das winzige Zimmer, das mit einem

türkischen Teppich ausgelegt war. Sie war noch nie zuvor in seinen Privaträumen gewesen und sah sich nun plötzlich mit der Welt eines Menschen konfrontiert, die sie bisher nicht gekannt hatte. Die Möbel waren schwer und dunkel und stammten offensichtlich aus der alten Welt. An den Wänden hingen verblichene Sepiafotografien in vergoldeten Rahmen, und zu beiden Seiten des schmiedeeisernen Kamins stand je ein wuchtiger, hart gepolsterter, mit einem gehäkelten Spitzenschoner dekorierter Sessel. Auf dem Kaminsims lag eine rote, mit Troddeln besetzte Samtdecke, und auf der Feuerstelle stand ein feuerverzinkter Blecheimer mit Kohlen, daneben eine hohe Vase, die bis oben mit Holzsplittern, an denen O'Hara seine Zigarren zu entzünden pflegte, gefüllt war. Missie hatte den Verdacht, daß es hier genauso aussah, wie es im Haus von O'Haras verstorbener Mutter ausgesehen haben mußte.

O'Hara zog den schweren roten Samtvorhang zu, der das Zimmer von der Bar trennte. Dann ging er geradewegs zu Missie und nahm ihre Hände in seine gewaltigen Pranken. »Missie, es tut mir wirklich leid. Was kann ich nur sagen, um Sie zu trösten, mein Mädel? Nun, sie war eine alte Dame, die sicher einmal bessere Zeiten gesehen hatte, aber weit mehr liegen Sie mir jetzt am Herzen — Sie und ihr kleines Töchterchen, so ganz allein auf der Welt.« Verlegen hielt er inne, holte tief Luft und fuhr dann fort: »Ich habe nachgedacht, Missie. Warum sollte ich mich nicht um Sie und Azaylee kümmern? Ich verdiene genug, um Ihnen beiden ein angenehmes Leben und ein ordentliches Zuhause zu bieten. Außerdem habe ich bezüglich der drohenden Prohobition schon ein paar andere Eisen im Feuer. Da ist ein Vermögen zu verdienen, Missie, und ich habe fest vor, mir meinen Teil der Torte zu schnappen. Na, was halten Sie davon?«

Missie blieb vor Schreck die Sprache weg, aber er grinste sie an, als sei sein Vorschlag das Normalste der Welt.

»Aber das geht doch nicht!« stieß sie schließlich hervor. »Ich kann nicht einfach hier mit Ihnen leben! Was würden da die Leute denken?«

»Denken?« wiederholte er verdattert. »Wieso? Sie werden

eben denken, daß Sie meine Frau sind. Ich bitte Sie, mich zu heiraten, Missie!«

»Heiraten?« rief sie ungläubig.

O'Hara trat unbehaglich von einem Fuß auf den anderen. Plötzlich klappte er seinen riesenhaften Körper zusammen und sank vor ihr auf ein Knie. Sein breites, argloses Gesicht wurde genauso rot wie sein ungebändigter Haarschopf, als er sagte: »Missie, ich schwöre, daß ich diese Worte bisher keiner anderen Frau, außer meiner Mutter, gesagt habe: Ich liebe Sie. Sie sind das süßeste Mädel, das ich je gesehen habe, und Sie haben die Art von Charakter, die mir gefällt. Ich bitte Sie hiermit aufrichtig — werden Sie meine Frau!«

Missie schwirrte der Kopf. Das war alles so absurd, konnte nur ein Alptraum sein: Sie kannte O'Hara kaum und er sie noch weniger. Was wußte er schon von dem gebildeten jungen Mädchen aus gutem Hause, der Tochter von Professor Marcus Aurelius Byron! Jenem Mädchen, das Mischa Ivanoff so leidenschaftlich geliebt hatte, daß es ihn niemals vergessen würde! *O'Hara kannte Verity Byron nicht!* Für ihn existierte nur die arme Dienstmagd, die hinter der Theke Gläser spülte und dankbar seine Almosen entgegennahm, die »verwitwete Mutter« eines vierjährigen Mädchens — wenngleich sie bezweifelte, daß er sie tatsächlich für eine Witwe hielt. Und *sie* wiederum kannte nur den freundlichen, kraftvollen Iren, der seine Kneipe mit eiserner Hand leitete. Andererseits war Shamus O'Hara ein anständiger Mann, und er hatte soeben durchaus ehrenhaft um ihre Hand angehalten. Wenn sie einwilligte, wären ihre finanziellen Probleme mit einem Schlag gelöst: Azaylee hätte dann einen Vater und sie einen Mann, an den sie sich anlehnen könnte und der sich um sie kümmern würde. Diese Vorstellung war nicht ohne Reiz. Doch vor ihrem inneren Auge tauchte plötzlich Mischa auf, seine stolzen, kraftvollen Züge, seine intelligenten, grauen Augen, die ihr direkt ins Herz zu schauen schienen, und da wußte sie, daß eine Heirat völlig ausgeschlossen war. Sie konnte sich einfach keinen anderen Mann als »Vater« für Azaylee vorstellen, und auch sie selbst könnte niemals mehr einen anderen Mann lieben.

O'Hara erhob sich wieder. »Verzeihen Sie, ich habe Sie überrumpelt«, sagte er. »Noch dazu in Ihrer jetzigen Lage. Ich lasse Ihnen Zeit, darüber nachzudenken, Missie. Vielleicht fällt es Ihnen später leichter, zu einer Entscheidung zu kommen. Bis dahin«, fügte er schroff hinzu, »wie sieht es aus? Brauchen Sie Geld?«

Verlegen sah sie ihn an. Sie konnte ihn jetzt unmöglich bitten, ihr Geld zu leihen, denn dann würde sie sich ihm gegenüber verpflichtet fühlen. Rasch sagte sie: »Ich wollte Sie nur bitten, mir die Stelle freizuhalten.«

»Keine Frage, Missie. Sie können zurückkommen, wann immer Sie wollen«, erwiderte er, ihre Hände in die seinen nehmend. Er hielt ihr den Samtvorhang auf, und sie huschte durch den Saloon ins Freie. Hastig schritt sie die Delancey Street entlang, den Blick auf den schmutzigen Gehsteig gesenkt und in Gedanken mit ihren Problemen beschäftigt.

In einem Laden an der Ecke Orchard und Rivington Street brannte noch Licht. Sie warf einen flüchtigen Blick durch das Schaufenster: An den Wänden standen hohe Regale, vollgestopft mit einem Sammelsurium von Gegenständen, an denen kleine rosafarbene Schilder steckten, und in einer Ecke war die schattenhafte Gestalt eines Mannes erkennbar. »Zev Abramski, der Pfandleiher«, entsann sie sich plötzlich O'Haras Worte. »Ihm verdankt fast die ganze Gegend ihr Überleben . . . er verleiht Ihnen sogar auf das Sonntagshemd Ihres Gatten zwanzig Cent . . . bis zum Freitag . . .«

Nachdenklich blieb Missie eine Weile vor dem Laden stehen, dann wandte sie sich ab und rannte um die Ecke, zurück in das Zimmer, in dem die tote Sofia lag, einen Pappkoffer voll von Juwelen unter ihrem Bett.

Zev Abramski war ein Einzelgänger, nicht aus freier Entscheidung, sondern aus verschiedenen Gründen. Er war fünfundzwanzig Jahre alt, klein, von schlankem Körperbau und bleicher Gesichtsfarbe. Sein dichtes, schwarzes Haar trug er streng zurückgekämmt, er hatte sensible, braune Augen, einen festen Mund und die langen, wohlgeformten Hände eines Musikers. Was sein Äußeres anbelangte, war er extrem penibel: Zweimal die Woche ging er in ein öffentliches Bad, und er wechselte täglich seine weißen Hemden, die ihm eine Chinesin aus der Mott Street unentgeltlich wusch, da er ihr mit seinem Pfandhaus ermöglichte, ihrer Mah-Jongg-Leidenschaft nachzugehen. Selbst an den heißesten Tagen trug Zev eine blaue Krawatte; sie symbolisierte für ihn eine psychologische Barriere zwischen ihm und seiner zerlumpten, hemdsärmeligen Kundschaft, die tagtäglich ihre jämmerlichen Besitztümer bei ihm verpfändete.

Er wohnte allein in den zwei staubigen Räumen hinter seinem Laden, zwischen bunt zusammengewürfelten Möbeln, die von ihren ehemaligen Besitzern nicht mehr ausgelöst worden waren. Das einzige, was er sich je gekauft hatte, wenngleich gebraucht, war ein wunderschönes altes Klavier, das eines der beiden Zimmer völlig ausfüllte. Es stammte aus einem Second-Hand-Laden in der Grand Avenue, und er hatte vier Jahre gebraucht, um es in wöchentlichen Raten abzubezahlen. Das Spielen hatte er sich selbst beigebracht, und obwohl er es zu keiner Meisterschaft gebracht hatte, bereitete es ihm doch große Freude. Neben der Musik füllten auch die Bücher, die sich in jeder Ecke, auf jedem Stuhl und auf dem Tisch stapelten, die Leere seines einsamen Lebens, die besonders abends übermächtig zu werden drohte, wenn er — außer am Sabbat — das Ladenschild um halb zehn von »Geöffnet« zu »Geschlossen« umdrehte und seinen Laden abschloß.

Zev lebte schon dreizehn seiner fünfundzwanzig Jahre an der Ecke Orchard-Rivington, und obgleich er in der Nachbarschaft, die ja zu seinem Kundenstamm zählte, gut bekannt war, befand sich darunter kein einziger Mensch, den er als Freund hätte bezeichnen können. Er redete sich zwar ein, das habe mit der Natur seines Geschäftes zu tun, wußte jedoch im Grunde ganz genau, daß dies nicht stimmte. Er hatte Angst vor Freundschaften.

Jeden Abend — außer freitags, wenn er in die Synagoge ging — spazierte er über die Delancey Street zu Ratner's Restaurant, bestellte dort eine Pilz-Gersten-Suppe und *Kascha varnischkes*, sein Lieblingsgericht aus Getreide und Nudeln.

Anschließend wanderte er wieder zurück, schloß die Tür auf, die zu seinem Laden und der Wirklichkeit führte, ließ die Finger über die Elfenbeintasten gleiten und begann zu träumen. Die Träume begannen immer mit seiner Familie. An guten Abenden glitten sie in Fantasien, wie sein Leben aussehen könnte, über, doch meistens rekonstruierten sie unbarmherzig die Geschichte seines Lebens.

Weich erblühte die Musik unter seinen Fingern, während er die verschwommenen Erinnerungen an seine frühe Kindheit im winzigen *Schtetl* an Rußlands Nordküste aufleben ließ. Die Sommer seiner Kindheit waren grün und sonnig, rochen nach Freiheit und würzigem Gras; die Winter waren wild, voll von Schnee, und seine Füße waren unter ihm weggerutscht, wenn er an der Hand seines Vaters über den gefrorenen Fluß gelaufen war. Aber wie kalt es auch war, in seinem gesteppten Mantel und der kleinen Fell-*Tschapka* über den Ohren, die das Geräusch des Pferdeschlittens dämpfte, war es ihm immer warm gewesen. Er erinnerte sich, wie er sich an die Hand seiner Mutter geklammert hatte, gerannt war, um mit ihren langen Beinen Schritt zu halten, wenn sie ihn zum Einkaufen in die kleine Stadt mitgenommen und hastig ihre Besorgungen erledigt hatte, um möglichst schnell aus dem arktischen Wind wieder nach Hause zu kommen.

Er erinnerte sich, wie er in einer Holztruhe neben dem Ofen zu Bett gebracht wurde, und an das Seufzen seines Vaters und das Surren seiner Nähmaschine, die ganze Nacht hindurch, bis dann am nächsten Morgen die fertigen Kleidungsstücke über der Stuhllehne hingen. Er erinnerte sich an den atemberaubenden, scharfen Gestank der Gemeinschaftstoilette im Hof und an den stumpfen Geruch der Kreide an seinem ersten Schultag; er erinnerte sich an die säuerliche Ausdünstung der im Klassenzimmer eingepferchten jungen Leiber und an den süßen Duft des braunzopfigen Mädchens, das eine Reihe vor ihm saß. Er erinnerte sich, wie er aus dem schmuddeligen *Schtetl* in die kleine Stadt gekommen war, und an das quietschende Geräusch seiner Stiefel auf dem Holztrottoir und an seine Angst, als er die hämischen Gesichter der Jungen gesehen hatte, die er instinktiv als seine Feinde erkannte; und an ihr Gelächter, als sie sein *Yarmulke* schnappten, es sich gegenseitig wie einen Ball zuwarfen, während er mit steinerner Miene dabeistand, nicht wußte, was los war, aber dennoch eines spürte: daß er anders war. Er roch wieder den vertrauten Duft seiner Mutter, wenn sie sich über ihn beugte und küßte, und das betäubende Aroma der Bienenwachskerzen, die hell in dem silbernen Kerzenleuchter, der noch von der Mutter seiner Mutter stammte, brannten, und den Wohlgeruch des freitäglichen Abendessens nach Hühnersuppe und *gefillte Fisch*.

Laut und leidenschaftlich schwoll die Musik in Zevs winzigem Zimmer an, wenn er sich der Geräusche entsann, die den Schrecken in sein Herz gepflanzt hatten, wenngleich er niemals verstanden hatte, weshalb . . . das mitternächtliche Klopfen an der Tür, die flüsternde Unterhaltung zwischen seinem Vater und seinen Onkeln, die Worte, die er nicht verstand, die ihn aber dennoch ängstigten: »die Synagoge niedergebrannt, Verfolgung, Polizei, Progrome . . . Ungerechtigkeit, Mörder. Jude!«

Er war sieben Jahre alt. Die Reise durch die Nacht, Archangelsks finstere Straßen, seine Mutter, die den wertvollen silbernen Kerzenleuchter in blaues Tuch gewickelt unter dem Arm trug, das dunkle Schiff, beladen mit frisch geschnittenen, harzig riechenden Holzplanken, das furchterregende Geräusch, als die schäumenden Wogen der aufgewühlten Barentssee gegen das winzige Boot peitschten und es wie ein Streichholz hin- und herstießen. Er sah das angstverzerrte Gesicht seiner Mutter und hörte das monotone Beten seines Vaters . . .

Und dann die große Stadt, ein bärtiger Onkel und ein Haus in einer kopfsteingepflasterten Straße; er sollte nicht hinausgehen, falls . . . »Falls was?« hatte er mit angstvollem Schaudern überlegt, während sie ihm die langen Schläfenlocken »aus Gründen der Sicherheit« abschnitten. Da waren Männer in dunklen Anzügen, die sich zu den Sabbatgebeten versammelten und jeden Freitag dieselben Gerüche wie zu Hause, dasselbe Essen, dieselben furchterfüllten, dunklen Augen und dasselbe leise Geflüster . . .

Das dreistöckige Schiff war ihm wie ein riesenhafter Wal erschienen, der sie, zusammen mit zahllosen anderen Emigranten, verschluckte. Er wußte nicht, was »Emigrant« bedeutet. Sie durften nicht an Deck, und während der gesamten Reise sah er kein einziges Mal das Meer. Es war heiß, stickig; das ununterbrochene Babygeschrei, das lautstarke Gezänke der Kinder, die Klagen, der Hunger, der Durst, Krankheiten . . . der Gestank, die bittere Erfahrung der Erniedrigung. Und die ganze Zeit über umtosten Stürme das Schiff, schleuderten es empor und schüttelten es wie ein wahnsinniger Hund einen Hasen. Der naßkalte, modrige Laderaum mit seiner menschlichen Fracht blähte sich unter der Geräuschkulisse der gemurmelten Gebete, der wilden Flüche, der Angstschreie und dem Stöhnen der Erbrechenden zu einer grotesken Eiterbeule auf. Diese Laute und Gerüche hatten sich unauslöschlich in seine Seele gegraben und konnten jederzeit wieder abgerufen werden, immer von denselben Paniksymptomen, dem Schwitzen, dem Zittern, dem aufschreienden Herzschlag, begleitet . . .

Sein Vater wurde krank. Er lag auf dem verblichenen, blauen Tuch, in das der Kerzenleuchter eingewickelt gewesen war, sein Gesicht von Schmerz verzerrt, während sein Körper sich unter dem schrecklichen Fieber aufbäumte. »Ruhr« — dieses Wort züngelte wie eine Flamme durch den dunklen Frachtraum, und kurz darauf sah man weitere bleiche, gequälte Gesichter, immer mehr Kranke. Bald machte sich kein Mensch mehr um den Gestank oder die Entwürdigung Gedanken. Alle wollten nur noch sterben.

Seine Mutter ging als erste. Sie lag ruhig neben seinem Vater, und ganz allmählich verloren ihre Züge das qualvolle Verkrampfen, glätteten sich und schienen friedlich. Zev hielt ihre Hand, freute sich über ihre vermeintliche Besserung, doch ihre Hand wurde kälter und kälter, und dann wurde sie steif, und er schrie: »*Meine Mutter ist tot!*« Aber niemand schenkte ihm Beachtung. Es gab zu viele Tote. Mütter, Väter, Kinder, Babys . . . sie waren zu krank, um trauern zu können. Wenige Stunden später starb sein Vater. Zev bedeckte seine Eltern mit dem blauen Tuch, redete währenddessen unentwegt mit ihnen, als könnten sie ihn noch hören. Dann brach er zusammen, weinte und schluchzte, bis er nicht mehr konnte und seine Augen rot und geschwollen waren. Am darauffolgenden Tag wurden die Falltüren über dem Frachtraum aufgerissen, und der Kapitän befahl die Leute an Deck. Zev hatte große Angst. Er war allein und wußte nicht, was zu tun war, aber er mußte dem Befehl des Kapitäns Folge leisten. Also küßte er seine Eltern ein letztes Mal, steckte den silbernen Kerzenleuchter in seine Tasche und kletterte dann den anderen auf der Leiter hinterher.

Salzige Meeresluft und ein frischer Ostwind empfingen ihn; sie fuhren einen breiten Fluß entlang, dessen Ufer mit hohen, dunklen Gebäuden gesäumt waren. Er hielt sich im Hintergrund, da er beobachten wollte, wie sich die anderen Leute verhielten. Plötzlich drängten Matrosen sie zur Landungsbrücke, ihre Hände waren grob, ihre Stimmen voller Abscheu. Er sah grimmige, amtlich aussehende Männer mit spitzen Kappen, die auf sie warteten, genauso wie die Polizei in Rußland, und sein Herz krampfte sich zusammen, und seine Knie wurden weich, während er stumm darauf wartete, daß sie ihn mitnehmen würden. Er lauschte den Fragen, die sie den anderen Leuten stellten, und wußte, daß er keine Antworten hatte. Er hatte keine Eltern, niemand, der ihn kannte, kein Geld . . . nichts. Sie würden ihn auf das Schiff zurückschicken, in den sicheren Tod.

Vor ihm befand sich eine große Familie mit fünf, sechs, sieben, vielleicht sogar mehr Kindern; da sie ständig herumrannten, ließ sich ihre Zahl nicht genau bestimmen; das Baby weinte, die kleineren Kinder hingen an den Rockschößen der erschöpften Mutter. »Wenn Sie hier keine Verwandten haben, die Sie aufnehmen, dann müssen Sie bis zu Ihrer Deportation auf Ellis Island bleiben«, hörte Zev den Beamten sagen. Atemlos wartete er auf die Antwort. Es gebe Verwandte, sagte der Mann, während er irgendwelche Papiere vorzeigte. Der Beamte war ungeduldig, wollte die Familie und ihren Gestank so schnell wie möglich wieder loswerden; er schaute kaum auf. Es war ein Leichtes für Zev, sich unter sie zu schummeln, ein Kind unter vielen . . .

In der großen Halle drängten sich Hunderte von Menschen, alle winkend und lachend und weinend, doch niemand war da, der ihn begrüßte, niemand, der ihn kannte. Kein Mensch bemerkte den kleinen siebenjährigen Jungen, der aus Angst, man könne ihn doch noch einfangen und zurückschicken, panisch aus der Halle flüchtete. Irgendwann blieb er stehen, starr wie ein aufgescheuchtes Reh, schaute an den hohen, schmutzigen Ziegelgebäuden hoch, lauschte den fremden Geräuschen, roch die unbekannten Gerüche. Dann blickte er auf seine Füße in den neuen Lederschuhen, die ihm sein Onkel geschenkt hatte. *Er stand auf amerikanischer Erde.*

An dieser Stelle ließ Zev immer den Klavierdeckel zufallen und begann durch seinen winzigen Raum zu tigern, um die Erinnerung an den kleinen Jungen, allein in einem fremden Land, dessen Sprache er nicht verstand, abzuschütteln. Und die Erinnerung an das, was anschließend geschah. Statt dessen schnappte er sich wahllos ein Buch aus einem der vielen Stapel, kuschelte sich in den durchhängenden Armsessel, aus dessen fadenscheinigem Bezug die Füllung quoll, und tauchte in die Lebensgeschichte irgendeines Romanhelden ein, um nicht mehr an seine eigene denken zu müssen.

Seine Kunden sahen in Zev nur einen sanften, zurückhaltenden Juden mit mitteleuropäischem Akzent und fairem Geschäftsgebaren. Sicher bot er wie alle anderen Pfandleiher der Welt nur ein Minimum des eigentlichen Wertes, aber dafür berechnete er, im Gegensatz zu den anderen, annehmbare Zinsen — und vor allem verscherbelte er die Besitztümer nicht sofort weiter, wenn man ihn um ein paar Tage Aufschub bat, die sich meist zu Wochen ausdehnten, bis man das Geld aufgetrieben hatte, um ihn zu bezahlen. Zev Abramski lächelte kaum, aber er war freundlich, und niemand mißgönnte ihm sein Geschäft.

Durch das Messinggitter der Ladentheke hindurch beobachtete Zev die Welt, die draußen vorbeiglitt. Er kannte jeden, von den Handkarren-Verkäufern bis zu den Mieteintreibern, von den Hausfrauen bis zu den Huren, von Pater Feeny bis Rabbi Feinstein. Er wußte, welcher ballspielende Junge zu welcher Familie gehörte, welcher Mann Arbeit hatte und welcher nicht und wo es gerade Ehekrach gab. Auch das hübsche, braunhaarige junge Mädchen, das oft die Straße entlangeilte, war ihm nicht entgangen. Manchmal hielt sie ein kleines Mädchen an der Hand, und ein großer Hund rannte vor ihnen her, als wolle er ihnen den Weg freimachen. Sie besaß eine ganz eigene Ausstrahlung, die seine Aufmerksamkeit fesselte, eine Art vornehmer Unschuld, und meist schaute er ihr nach, bis sie seinem Blickfeld entschwunden war. An diesem Abend war sie erstmals vor seinem Laden stehengeblieben, hatte lange Zeit durch das Schaufenster gespäht, und als dann etwa eine Stunde später die Ladenklingel ertönte und Zev den Blick dem eingetretenen Kunden zuwandte, war er nicht allzu überrascht, genau dieses Mädchen an der anderen Seite des Messinggitters zu sehen.

Er wußte sofort, daß etwas Schreckliches passiert sein mußte. Ihre Augen waren leblose, graue Teiche in dem bleichen Gesicht, und sie stand da, als wisse sie nicht mehr, wie sie überhaupt hierhergekommen war.

»Guten Abend«, sagte er höflich. »Wie kann ich helfen?«

Ihre Wangen färbten sich rot. »Ich brauche Geld«, stieß sie hervor, während sie ihm auf der flachen Hand einen Diamant entgegenhielt.

Zev sog hörbar den Atem ein. Selbst ohne seine Lupe erkannte er, daß es sich um einen mindestens vierkarätigen Stein bester Qualität handelte. Er warf ihr einen raschen Blick zu, doch sie hatte ihren Schal so tief um ihr Haar gewickelt, daß ihr Gesicht fast verborgen war.

»Wie kommen Sie zu so einem Stein?« fragte er mißtrauisch.

»Ich . . . er gehörte meiner Großmutter«, stammelte Missie. Am liebsten wäre sie auf der Stelle umgekehrt, aber sie brauchte das Geld so dringend.

»Das ist ein sehr wertvoller Stein. Warum bringen Sie ihn nicht zu einem der teuren Juweliergeschäfte in der Stadt? Dort zahlt man Ihnen sicher einen guten Preis.«

»Ich . . . weil . . . das geht nicht«, murmelte sie, sich schutzsuchend an der Theke festklammernd. »Fragen Sie mich bitte nicht nach dem Grund.«

»Weil Sie den Stein gestohlen haben!« brüllte Zev; vor Wut trat sein Akzent stärker hervor. »Sie wollen Ihre Beute in meinem Laden loswerden, und ich soll dafür ins Gefängnis . . . genauso ist es, nicht wahr?«

Aus Missies bleichem Gesicht wich auch noch die letzte Farbe, und ihre violetten Augen wurden dunkel vor Angst. »Gestohlen?« keuchte sie. »Oh, nein, nein! Ich schwöre Ihnen, er ist nicht gestohlen!«

»Wie sollten Sie sonst an so einen Stein gekommen sein?«

»Ich habe Ihnen die Wahrheit gesagt«, erwiderte sie mit bebender Stimme und barg dann weinend ihr Gesicht in beiden Händen. »Meine Großmutter ist gestorben«, erklärte sie tränenerstickt. »Ich brauche Geld für Ihre Beisetzung, damit sie nicht in ein Armengrab kommt. Doch selbst dafür würde ich niemals stehlen!«

Zev betrachtete sie unschlüssig. Vielleicht sagte sie tatsächlich die Wahrheit, doch er konnte einfach nicht das Risiko auf sich nehmen, gestohlene Ware anzunehmen; er hatte selbst Grund genug, einen weiten Bogen um die Polizei zu schlagen. Andrerseits waren ihre Beweggründe sehr edel, und sie wirkte so traurig, so jung und verletzbar, daß er ihr helfen wollte.

»Wenn ich Ihnen Geld geben soll«, sagte er, nun etwas sanfter, »dann müssen Sie mir offen und ehrlich sagen, wie der Stein in den Besitz Ihrer Großmutter gelangt ist.« Als sie daraufhin erneut in heftiges Schluchzen ausbrach, fügte er beschwichtigend hinzu: »Vertrauen Sie mir doch! Bei mir ist Ihr Geheimnis sicher aufbewahrt! Ich weiß über die Lage beinahe jedes einzelnen Menschen aus der Nachbarschaft Bescheid, und noch nie habe ich darüber etwas ausgeplaudert!«

Missie hob ihr tränenüberströmtes Gesicht zu ihm auf und

überlegte, ob sie ihm vertrauen könne. »Sie hat ihn aus Rußland mitgebracht«, sagte sie schließlich.

»Rußland!« Jetzt ging ihm ein Licht auf. Viele Menschen hatten vor der Flucht ihre Ersparnisse in Diamanten investiert, weil man sie gut verstecken und hinterher leicht wieder verkaufen konnte. Aber das hieß, daß sie ebenfalls Russin war!

»Wie heißen Sie?« fragte er aufgeregt in Jiddisch, doch sie schüttelte nur verständnislos den Kopf.

»Ihr Name«, versuchte er es in seinem fast vergessenen Russisch, »und woher kommen Sie?«

»Wir kommen aus St. Petersburg«, antwortete sie müde. »Mein Name ist Missie O'Bryan.«

»O'Bryan? Dann ist Ihr Mann also kein Russe?«

»Der Name meines Vaters war O'Bryan. Ich habe keinen Mann.« Erschrocken schlug sie die Hand vor den Mund. Sie hatte ihre selbst gebastelte Geschichte ganz vergessen, und jetzt glaubte er sicher, sie bei einer Lüge ertappt zu haben.

Verlegen wandte sich Zev ab. »Verzeihen Sie«, murmelte er. »So eine persönliche Frage hätte ich nicht stellen dürfen.«

Er nahm den Diamanten und besah ihn sich erneut. Er spürte den flehenden Blick ihrer violetten Augen, doch er sagte nichts.

Missie wußte, daß er auf weitere Erklärungen wartete, und wie könnte sie ihm das auch verdenken? Woher, außer durch Diebstahl, sollte ein armes Mädchen wie sie in den Besitz eines wertvollen Diamanten gelangt sein? »Der Name meiner Großmutter war Sofia Danilova«, sagte sie hastig. »Wir sind, wie so viele mit uns, vor der Revolution geflüchtet.«

Stumm reichte er ihr den Diamanten durch die Stäbe des Messinggitters zurück, und sie wußte, die Sache war verloren; er würde ihr das Geld nicht leihen. Sofia hatte recht behalten. Die Juwelen waren wertlos.

»Danke, Mr. Abramski«, sagte sie traurig, als sie den Diamanten wieder einsteckte. »Ich verstehe.«

Zevs Blicke folgten ihr zur Tür; ihre schmalen Schultern hingen herab, als trüge sie darauf alle Last der Welt. Sie wirkte so herzzerreißend jung und einsam: Sie erinnerte ihn an den kleinen Jungen, der sich mutterseelenallein auf den Straßen von New York wiedergefunden hatte, ohne Ziel, ohne Richtung . . .

»Warten Sie!« rief er, seine zur Faust verkrampfte Hand auf die Theke schlagend.

Sie wirbelte herum; in ihren Augen stand Angst.

»Ich werde Ihnen fünfzig Dollar borgen«, sagte er. »Der Diamant ist natürlich sehr viel mehr wert, und ich will Sie keinesfalls betrügen. Ich werde ihn so lange bei mir aufbewahren, bis Sie mir das Geld zurückzahlen können. Auch wenn das lange dauern sollte.«

Missie spürte, wie sie sich vor Erleichterung entkrampfte. Sie durfte ihm jedoch keinesfalls ihre finanzielle Lage verschweigen. »Ich verdiene in O'Haras Saloon zwölf Dollar die Woche. Davon muß ich die Miete und den Lebensunterhalt für mich und meine Tochter bezahlen. Wegen der bevorstehenden Prohibition ist es ungewiß, wie lange ich dort noch arbeiten kann. Ich muß Ihnen ganz aufrichtig sagen, Mr. Abramski, daß ich die fünfzig Dollar vielleicht nie zurückzahlen kann.«

»Eines Tages wird sich Ihr Schicksal sicher wenden«, sagte er, während er die alte Holzkasse öffnete und fünfzig Dollar abzählte. Er schob die zerknitterten Scheine in den Hohlraum unter dem Gitter. »Hier, fünfzig Dollar. Lassen Sie uns dies ein Geschäft des Vertrauens nennen.«

Missie starrte auf das Bündel Geldscheine, das für sie so viel bedeutete.

»Gehen Sie und geben Sie Ihrer Großmutter ein ordentliches Begräbnis«, sagte Zev sanft. »Und *Schalom aleichem.*«

»*Schalom?*« wiederholte sie verwundert.

»Das bedeutet: Friede sei mit dir.«

Ihre von Tränen geschwollenen, violetten Augen sahen ihn an, und Zev spürte, daß dies Augen waren, in denen ein Mann, ein verliebter Mann, ertrinken konnte. »*Schalom aleichem*«, verabschiedete sie sich weich. Darauf verbarg sie das Geld unter ihrem Schal und wandte sich ab.

Die Glocke bimmelte, als sie die Tür hinter sich schloß,

und Zev stand da und betrachtete den glitzernden Diamanten, der wie ein vom Himmel gefallener Stern auf der abgenutzten Holztheke lag. In all den Jahren, seit er seine Mutter und seinen Vater hatte sterben sehen, hatte er sich nie irgendwelche Gefühle erlaubt — gleichgültig, was er durchmachen, welch schreckliche Dinge er mitansehen und welch schlimmen Lebensgeschichten er lauschen mußte —, aber jetzt brannten Tränen in seinen Augen. Ein fremdes Mädchen hatte es schließlich geschafft, sein Herz anzurühren.

Missie wagte sich gar nicht vorzustellen, welch prächtiges Begräbnis Sofia von Standes wegen bekommen haben müßte: ihr Bronzesarg wäre von fürstlichen Verwandten zu der berühmten Peter- und Pauls-Kathedrale getragen worden, wo sie neben ihrem Gatten und den Zarenfamilien beigesetzt worden wäre. Die Luft wäre von Weihrauch, Blütenduft und den tiefen, sonoren Gesängen eines Männerchors geschwängert, und der Metropolit der Orthodoxen Kirche hielte persönlich die Messe für sie ab. Ihre Familie und die vielen Freunde wären anwesend, um ihr die letzte Ehre zu erweisen, und hinterher gäbe es einen üppigen, wenn auch dem Anlaß geziemenden Empfang in dem schönen Palast am Moika-Kanal. Statt dessen trugen nun zwei fremde Männer aus dem Bestattungsinstitut Sofias billigen Pinienholzsarg über die ausgetretenen Stiegen die vier engen Stockwerke nach unten, lauthals fluchend, wenn der Sarg an jeder Krümmung steckenblieb, und nur sie und Azaylee gaben der adeligen Dame das letzte Geleit.

Azaylee klammerte sich fest an ihre Hand. Sie trug ein rosa Baumwollkleid, und ihre blonden Locken waren ordentlich mit einem schwarzen Gummiband zurückgebunden. Sie war blaß, doch ihre Augen waren trocken. Vielleicht war es ganz gut, daß sie kein Geld für eine angemessene Bestattung hatte, dachte Missie im Stillen, denn Sofia hätte es bestimmt nicht gefallen, ihre kleine Enkelin in Schwarz zu sehen. In der Hand trug Azaylee einen Strauß frischer Blumen, die sie am Morgen an einem Handkarren gekauft hatte. Ernst verneigte sie sich vor den draußen stehenden Frauen, die zum Zeichen der Trauer ihre Schals über die Köpfe zogen, während man Sofias Sarg auf den klapprigen Leichenwagen hob.

Plötzlich senkte sich eine tiefe Stille über die Rivington Street; die fahrenden Händler verstummten, die Frauen hörten auf zu feilschen, und sogar die Kinder unterbrachen ihr lärmendes Spiel, als sich der Leichenwagen in Bewegung setzte und Missie und Azaylee langsam hinterherschritten. Aufheulend riß sich Viktor von seiner Leine und kletterte über die Feuerleiter zu ihnen hinunter. Seinen buschigen Schwanz wie einen Bogen durch die Luft schwingend, führte er den Leichenzug an — genauso, wie er einst in jener kalten, schrecklichen Nacht in Rußland den Schlitten durch den dunklen Wald geleitet hatte.

Missie umklammerte Azaylees Hand wie einen Rettungsanker. Erhobenen Hauptes, den Blick starr geradeaus gerichtet, schritt sie voran, ängstlich darauf bedacht, niemandem in die Augen zu sehen, denn dann wäre sie weinend zusammengebrochen. Ohne Sofia fühlte sie sich einsam und hilflos.

Hinter sich vernahm sie Schritte; sie drehte sich kurz um und entdeckte zu ihrer Überraschung O'Hara, der sich in seinem steifen, hohen Hemdkragen und der blaugestreiften Krawatte, die er diesmal nicht um seine Hose, sondern um den Hals gebunden hatte, sichtlich unwohl fühlte. Er trug seine irischen, kleeblattgrünen Hosenträger, die er nur am St. Patrick's Tag anlegte, und ein schwarzes Wolljackett mit ausgefransten Nähten. »Ich dachte mir, Sie könnten ein wenig Unterstützung brauchen«, flüsterte er, seine schwarze Melone pietätvoll gegen seine Brust pressend.

Entlang der Straße erhob sich leises Gemurmel, als sich ihnen ein weiterer Mann zugesellte: Zev Abramski hatte seinen Sabbat unterbrochen, um Sofia Danilovas Begräbnis beizuwohnen! Missie schwankte zwischen hysterischem Lachen und bitteren Tränen: ein irischer Saloonbesitzer, ein jüdischer Pfandleiher, ein englisches Mädchen, ein kleines Kind und ein russischer Windhund bildeten den Trauerzug für eine der größten Fürstinnen Rußlands!

In der St. Saviors Kirche hielt Pater Feeny im flackernden Schein zahlloser Kerzen die katholische Messe ab. Als Sofias Sarg anschließend in die Erde gesenkt wurde, überlegte Missie wehmütig, daß sie vor Sofias Tod immer noch Hoffnung gehabt und sich der tröstenden Vorstellung hingegeben hatte, daß alles nur eine Komödie sei, die sie eine Weile zu spielen hatten, bis sich irgendwann, in naher Zukunft, alles wieder einrenken würde. Doch während sie nun auf Sofias Sarg eine Schaufel Erde schüttete, sah sie sich jählings mit der Wirklichkeit konfrontiert, der unabänderlichen Realität. Vorher war sie ein Kind gewesen. Jetzt mußte sie eine erwachsene Frau werden.

Azaylee zerrte sie an der Hand. »Ich will heim«, jammerte sie auf russisch, »in mein wirkliches Zuhause. Ich will Papa und Fürstin Maman! Ich will Alexei!« Missie drückte sie an sich, ihrer beider Tränen flossen ineinander. »Ich hab' keine Lust mehr zu diesem Spiel!« kreischte Azaylee hysterisch. »Ich will nach Hause! Ich will, daß alles wieder so ist, wie es war! Ich will nach Varischnya! *Ich will meine Großmutter Sofia Ivanoff wiederhaben!*«

Missie begegnete Zev Abramskis Blick und erkannte, daß er alles verstanden hatte. Jetzt wußte er, daß sie ihn angelogen hatte und nicht Sofia Danilova, sondern Sofia Ivanoff bestattet worden war.

Mit ausdruckloser Miene verbeugte er sich vor ihr und sagte: »Mein Beileid! Möge Ihre Großmutter Ihnen im Himmel ein Fürsprecher sein.« Darauf wandte er sich um und eilte davon.

O'Hara starrte ihm verwundert hinterher. Nach einem Blick auf seine Taschenuhr brummte er: »Ich geh' jetzt besser in den Saloon zurück.« Er nestelte ein paar Scheine hervor und drückte sie Missie in die Hand. »Eine Beerdigung macht hungrig. Da der Leichenschmaus ausfällt, kaufen Sie jetzt wenigstens für sich und Ihr Kind etwas Ordentliches zu essen. Dann werden Sie sich bestimmt besserfühlen.« Seine roten Locken standen wild nach allen Seiten ab; er zerrte unbehaglich an seinem engen Kragen und wischte sich mit einem großen, rotgetupften Taschentuch den Schweiß von der Stirn. »Denken Sie an das, was ich Ihnen gesagt habe, Missie. Ich will Sie jetzt nicht drängen, ich bin ein geduldiger Mann. Sie sollen nur wissen, daß ich für Sie da bin, wann immer Sie sich entschieden haben.« Er setzte die schwarze Melone auf seine ungebärdigen, roten Locken und marschierte die Straße hinunter.

Als die Totengräber sich an die Arbeit machten, verließ auch Missie langsam den Friedhof. Sie dachte weder an O'Hara und seinen Heiratsantrag noch an Zev Abramsky. Gleich Azaylee sehnte sie das Unmögliche herbei. Sie wollte nicht an den einsamen Abend denken, die schrecklichen Alpträume und an den nächsten, trostlosen Tag. Sie wollte nur nach Hause, zu ihrem Vater.

13

Istanbul
Niemand käme auf die Idee, Michael Kazahn als alten Mann zu bezeichnen: Seine achtzig Jahre trug er leichtschultrig wie sein Vater, und wenn sein Haar mittlerweile auch weiß war, so war es doch noch immer dicht und voll wie in seiner Jugend. Seine olivefarbene Haut war glatt, seine buschigen Augenbrauen und sein Schnauzbart schwarz, und er vibrierte förmlich vor Energie. Natürlich benutzte er nach wie vor seinen Ebenholz-Spazierstock, doch meist fuchtelte er damit nur herum, um seinen Standpunkt zu verdeutlichen. Denn das von seinem Vater ererbte hitzige Temperament war nicht im mindesten abgekühlt.

Gelassen beobachtete Ahmet Kazahn seinen Vater, der erregt durch sein riesiges Büro mit Blick auf das Marmara-Meer humpelte, aufgebracht seinen Spazierstock schwenkte und über die Dummheit der Frauen, insbesondere die der Enkeltöchter, schimpfte, da diese dem Hause Kazahn nichts als Probleme bereiteten.

»Warum?« brüllte er, die dicken, schwarzen Brauen wütend gefurcht. »Ich frage dich, *warum*?« Er schlug mit seinem

Spazierstock so heftig auf den schönen Parkettboden, daß er zerbrach. »Bah!« Angewidert schleuderte er den abgebrochenen Stumpf quer durch den Raum und humpelte dann, sein gelähmtes rechtes Bein in weitem Bogen mit sich schleifend, zu seinem Schreibtisch. »Asil!« schmetterte er seinem Sekretär durch die Haussprechanlage zu. »Bringen Sie mir einen anderen Spazierstock!«

»Warum haben sie das getan?« wandte er sich wieder an Ahmet. »Warum ist Anna nicht zu uns gekommen — zu ihrer Familie —, wenn sie Geld braucht? Und warum, zum Teufel, braucht sie überhaupt Geld? Hat Tariq Pascha ihr nicht genügend hinterlassen? Reicht eine Million Dollar nicht aus, um einer Ivanoff den ihr gebührenden Lebensstandard zu ermöglichen? Und warum hat Leyla, *deine Tochter*, ihr geholfen?«

Ahmet seufzte. Er war an die Ausbrüche seines Vaters gewöhnt, aber dieser war besonders heftig. »Ich schlage vor, Vater, daß du die Mädchen persönlich befragst, statt deinen Blutdruck mit rhetorischen Fragen zu neuen Rekorden anzutreiben!« Er zuckte mit den Achseln. »Eine einfache Frage, eine einfache Antwort. Dann werden wir wissen, wie wir weiter vorgehen.«

»*Vorgehen*? Dann wirf mal einen Blick hier hinein!« Er knallte Ahmet eine türkische Zeitung vor die Füße. »Und hier, und hier . . . *The Times, International Herald Tribune, Wall Street Journal, Le Monde, Figaro* . . . von Japan bis Deutschland spricht man nur über den Verkauf des Smaragden!« Er schnaubte. »*Vor allem in Rußland und in Amerika!* Wie lange, glaubst du, wird der CIA oder der KGB brauchen, bis der eine oder der andere herausgefunden hat, daß Anna diejenige ist, die den Stein verkauft hat?«

»Das wird sicher nicht geschehen. Das Schweizer Bankgeheimnis ist unantastbar.«

»Oh, ja!« brüllte Michael, mit seinem neuen Spazierstock wedelnd. »Aber auch in den Schweizer Banken sitzen nur Menschen — und einer unter ihnen ist immer käuflich! Nein, Ahmet, glaub mir, wir stecken bis zum Hals in Schwierigkeiten! Und ich will wenigstens wissen, *warum*!«

Er humpelte mit Riesenschritten zu seinem Schreibtisch zurück, drückte abermals auf die Sprechanlage und wies Alis an, ihn mit einer Nummer in Paris zu verbinden. Wütend hieb er auf die Seitenfläche seines Schreibtischs ein, als sich am anderen Ende der Leitung der Anrufbeantworter meldete, auf dem Leyla den Anrufer mit ihrer sanften Stimme um eine Nachricht bat.

»Leyla!« bellte er. »Hier ist Kazahn Pascha! Warum bist du nicht zu Hause, wenn ich anrufe? Gehst du deiner Familie etwa aus dem Weg? Weil du uns diese Scherereien bereitet hast? Du — und deine Schwester Anna! Wo bist du? Und wo ist Anna? Ich befehle euch beiden, euch unverzüglich in ein Flugzeug zu setzen und nach Istanbul zu kommen! . . . *Euch beiden*, hast du verstanden? Und erzähl Anna, daß Kazahn Pascha ein ernstes Wort mit ihr sprechen wird!«

Triumphierend knallte er den Hörer auf und strahlte Ahmet quer durch den Raum hinweg an. »So!« rief er, von seiner Vorstellung befriedigt. »Das sollte genügen, um ihnen einen gehörigen Schrecken einzujagen. Und das ist auch gut so, mein lieber Sohn, denn ich habe das Gefühl, daß sie beide in schrecklicher Gefahr schweben.«

Ahmet wußte, daß sein Vater recht hatte. Die Sache hatte globale Ausmaße angenommen. Wer wußte, was tatsächlich hinter dem Verlangen der Großmächte nach dem Smaragd steckte? Aus irgendeinem Grund waren sie immer noch hinter den Ivanoffs her, und er wurde das Gefühl nicht los, daß es um mehr als nur den Anspruch auf die Milliarden ging. Eines wußte er sicher: Er mußte den Grund herausfinden, und zwar schnell.

Zurück in seinem eigenen Büro, wählte Ahmet Leylas Nummer, wartete geduldig, bis der Anrufbeantworter sein Sprüchlein beendet hatte, und mahnte Leyla dann auf Band, daß sie Kazahn Paschas Befehl unbedingt gehorchen und auf der Stelle mit Anna herkommen solle. »Ihr seid beide in ernster Gefahr«, fügte er hinzu. »Kommt nach Hause, damit wir euch helfen können.«

Sein nächster Anruf galt einem bestimmten Mann in einem winzigen Büro im Hafenviertel von Piräus. Dieser

Mann war Mitglied einer sehr bekannten, aber verarmten griechischen Reederfamilie und hatte Zugang zu allen Gesellschaftsschichten, sei es beruflich oder sozial. Schon seit über dreißig Jahren, seit den Anfängen der Kazahn Frachterlinie, war er Ahmets geheimer Mitarbeiter, spionierte die griechische Konkurrenz für ihn aus, damit Ahmet als erster an die Aufträge kam. All die Jahre über hatte Ahmet ihn gut bezahlt, freilich immer gerade soviel, daß sein Verlangen nach mehr wach blieb. Der Grieche war der geborene Spion, clever, wachsam und ohne jede Skrupel. Er besaß die Art von Charakter, die auf der ganzen Welt seinesgleichen sofort herausfand: In jedem Land, zu jeder Zeit konnte dieser Mann einen »Maulwurf«, einen verdeckten Agenten, aufspüren. Und jetzt würde er den größten Job seines Lebens erhalten.

Leyla atmete erleichtert auf, als die Air France 727 das Rollfeld entlangdonnerte und in die Luft abhob. Ein paar Sekunden konnte sie unter sich das Häusermeer von Paris erkennen, dann umhüllten Wolken das Flugzeug, das Zeichen zum Anschnallen erlosch, und eine anonyme weibliche Stimme verkündete, daß man nun rauchen dürfe. Über der Wolkenschicht war der Himmel strahlend blau — wie in Istanbul, das nur wenige Stunden entfernt war.

Sie warf einen Blick auf den leeren Platz neben sich. Annas Platz. Die Tickets bereits in der Handtasche, hatte sie zur verabredeten Zeit am Louvre-Eingang gewartet, aber Anna war nicht erschienen. Nach zwei Stunden war sie in ihr Appartement zurückgeeilt, in der Hoffnung, dort eine Nachricht von ihr vorzufinden, doch diesmal hatte auf ihrem Anrufbeantworter kein rotes Lämpchen aufgeleuchtet. Erst in letzter Minute war sie mit dem Taxi zum Flughafen gefahren, hatte von dort aus noch einmal über Fernabfrage ihren Anrufbeantworter abgehört und dann resigniert den Hörer aufgelegt. Anna hatte sich nicht gemeldet.

Warum hatte sie das nur getan? fragte sie sich wütend. *Warum* war Anna nicht einfach zu Kazahn Pascha gegangen und hatte ihn um das Geld gebeten? Doch sie kannte den Grund.

Michael hätte wissen wollen, was sie mit ihrem Erbe gemacht hat, und genau das wollte Anna ihm nicht sagen. Es war wohl Annas verfluchter russischer Stolz, der ihnen all die Schwierigkeiten eingebrockt hatte. Nicht daß sie viel über ihre Vorfahren redete, aber abgesehen von Missie und den Kazahns war die Vergangenheit alles, was sie je wirklich ihr eigen hatte nennen können.

Leyla erinnerte sich an jenen Sommertag in Istanbul, als sie acht war und Anna vierzehn. Sie waren auf der Terrasse gesessen und hatten zugesehen, wie die Sonne gleich einer riesigen, blutroten Frucht über dem Bosporus versank. Hinter den dämmrigen Hügeln stieg der Vollmond auf, und die leise Brise trug den Duft nachtblühender Blumen herbei. Sie waren zu viert, Tariq und Missie, Anna und Leyla, und alle vier beobachteten sie stumm, jeder seinen eigenen Gedanken nachhängend, das Verglühen der Sonne, schneller und schneller, bis sie völlig verschwunden war und sich die warme, blauschwarze Dämmerung weich wie Samt auf sie senkte.

Leyla saß auf einer seidenbespannten Ottomane zu Tariqs Füßen, Anna lehnte über der Brüstung und schaute über das dunkle Wasser. »Missie«, sagte sie plötzlich leise, »erzähl mir über Varischnya und meinen Großvater.«

Leyla blickte zu Missie auf, die neben Tariq saß, und bemerkte, wie er tröstend ihre Hand streichelte. »Manche Dinge sind zu schmerzhaft, um sich ihrer zu erinnern«, sagte er zu Anna. »Die Vergangenheit liegt weit zurück und sollte besser vergessen werden.«

»Nein, Tariq, sie hat recht«, wandte Missie ruhig ein. »Sie sollte etwas über ihre Familie erfahren. Sie sollte die Wahrheit kennen, die ungeschminkte Wahrheit.«

Das Schweigen schien endlos zu sein, während sie darauf warteten, bis Missie sich gesammelt hatte. Und dann erzählte sie.

»Ich war sechzehn, als ich Mischa Ivanoff das erste Mal begegnete, und wurde von allen noch als ein Kind angesehen; meine langen Haare waren zu einem weichen Knoten zurückgesteckt, ich trug ein schlichtes, weißes Kleid mit einer flachen, breiten Schärpe, weiße Strümpfe und braune Schnürstiefel. Ich war ganz allein in Rußland, vielmehr ganz allein auf der Welt, denn mein Vater war gerade gestorben, und ich hatte keine anderen lebenden Verwandten mehr. Ich war von der Krim nach St. Petersburg gereist, und zwar im Privatzug der Ivanoffs, der mir wie ein Palast auf Rädern erschienen war. Ja, er fuhr so geräuschlos und weich, als seien sogar die Räder gepolstert. Doch der luxuriöse Zug war armselig verglichen mit der Pracht, die ich in dem Palast am Ufer des Moika-Kanals antraf.

Am Bahnhof erwartete mich ein Chauffeur in der tiefblauen Ivanoff-Livree und fuhr mich in einem wundervollen de Courmont zum Palast, und als er vor der marmornen Freitreppe anhielt, sprang ein riesiger Portier in blauem Rock und medaillenverziertem, blauem Bandoulière herbei und öffnete mir die Tür. Die Pracht im Inneren des Palastes verschlug mir den Atem. Die Halle ragte drei Stockwerke empor, die geschmeidigen Marmorsäulen waren ein Wunderwerk an Bildhauerkunst, und um die hohen Fenster waren goldene Seidenvorhänge drapiert. Der Boden war ein gewaltiges Schachbrett aus weißem und schwarzem Marmor, über das ein immens langer, blutroter Läufer gebreitet war, der von den geschnitzten Doppeltüren bis zum obersten Ende der Marmorstufen verlief. Und genau dort oben stand ein hochgewachsener, blonder Mann, dessen eine Hand auf dem Halsband eines riesigen, bernsteinfarbenen Hundes ruhte.

»Viktor!« rief Anna auf, die inzwischen zu Missies Füßen Platz genommen hatte. »Der Hund, über den meine Mutter immer geredet hat.«

Missie nickte. »Als deine Mutter ein Kind war, war Viktor ihr bester Freund. Ihr einziger Freund«, fügte sie traurig hinzu.

»Und wie ging es weiter?« drängte Anna.

»Obwohl er ein altes Tweedjackett anhatte, fand ich ihn sehr beeindruckend und sehr russisch«, fuhr Missie fort. »Er war ungewöhnlich groß und breitschultrig und bewegte sich wie ein Athlet. Sein blondes Haar war fest und sehr gerade;

er hatte es aus der Stirn zurückgekämmt und trug es länger, als es damals üblich war. Seine Augen waren schiefergrau und lagen in tiefen Höhlen, und er hatte hohe Backenknochen, die seinem Gesicht markante Ecken und Kanten verliehen. Er war der schönste Mann, den ich je gesehen hatte.« Sie hielt eine Weile inne und flüsterte dann: »Und seitdem frage ich mich, ob die Zeit nicht tatsächlich stillgestanden ist, als unsere Augen sich trafen.«

Anna sog mit einem leisen Keuchen die Luft ein, und Leyla warf ihr einen ängstlichen Blick zu. Sie alle wußten, daß Missie einst in Mischa verliebt gewesen war, doch zum erstenmal hatte sie dies nun in Worte gefaßt. Es war dunkel geworden; der volle Mond stand hoch am Himmel und spielte in Annas hellem Haar, die gegen Missies Knie lehnte.

»Dein Großvater war einer der reichsten Männer Rußlands«, erzählte sie weiter. »Neben der Villa in Yalta und der Stadtresidenz in St. Petersburg besaß er auch ein Sommerhaus in Tsarskoe Selo in direkter Nachbarschaft des Zaren und das Landgut in Varischnya, seinem Lieblingsort. Es war kein bißchen pompös und das seltsamste Haus, das ich je gesehen habe. Alles war kreuz und quer durcheinander gebaut, als habe man mit einem ziemlich kleinen Haus begonnen und dann im Lauf der Jahre, als die Familie größer wurde, nach und nach einzelne Anbauten hinzugefügt. Es war L-förmig mit einzelnen, herausragenden Flügeln und an manchen Stellen zusätzlich aufgestockt; der Stil war vermutlich das, was man als russischen Rokoko bezeichnet, mit einer zerquetscht aussehenden, grüngoldenen Kuppel über der großen Halle. Die Außenfassade jedes einzelnen Bauelements war in einer anderen Farbe gestrichen, wie ein bunter Flickenteppich. Innen gab es keine Korridore, sondern nur eine Reihe langer, schmaler Räume, die ineinander übergingen, und die Böden waren aus breiten Holzplanken gefertigt, die von den Ulmen des Grundbesitzes stammten; man hatte sie so lange poliert, bis sie in einem weichen Goldton schimmerten und spiegelglatt waren — für die kleinen Füße deiner Mutter und ihres Bruders Alexei das ideale Schlitterparkett. Im Sommer standen die hohen französischen Fenster weit offen, um die sanfte Brise hereinzuholen, und selbst an den heißesten Tagen war es drinnen angenehm kühl. Und wenn im Winter die arktischen Stürme um das Haus heulten, bullerten in jeder Ecke des Hauses die riesigen Kachelöfen, und Varischnya wurde zum gemütlichsten Ort der ganzen Welt.

Und immer waren eine Menge Leute da. Alle alten Verwandten der Ivanoffs lebten dort und auch deren Freunde, die irgendwann zu Besuch gekommen, aber nie wieder abgereist waren: alte Jungfern, Witwen, Cousinen. Um sie zu finden, mußte man nur dem Geruch von Mottenkugeln und Pfefferminze und dem Geräusch von klappernden Nadeln und leisem Getuschel folgen. Seltsamerweise wußten sie immer die neuesten Skandale, obwohl sie seit Jahren nicht mehr in der Stadt gewesen waren.

Dann gab es natürlich die Dienstboten. Es müssen Dutzende gewesen sein, was angesichts des riesigen Hauses, das sicher an die hundert Zimmer hatte — niemand hatte sie je gezählt — nicht verwunderlich war. Zwischen den Dienstboten herrschte eine strenge Hierarchie. An oberster Stelle stand Vassily, der Butler und Majordomus, der schon zu Zeiten von Mischas Großvater gedient hatte. Er war alt und ziemlich tattrig, aber Mischa weigerte sich, ihn in den Ruhestand zu schicken. Er sagte, Varischnya und die Familie bedeuteten für den alten Mann alles, und nähme man ihm dies weg, würde er sicher bald sterben.« Missie seufzte und dachte eine Weile nach, ehe sie den Faden der Geschichte wieder aufnahm. »Nyanya war die nächste in der Hierarchie. Auch sie war alt, wenngleich nicht von so biblischem Alter wie Vassily. Sie sah die Kinderbetreuung als ihre ureigenste Domäne an, in die sie sich nicht einmal von Fürstin Anouschka hineinreden ließ. Was Kinder anbelangte, wußte Nyanya am besten Bescheid. Sie hatte eisgraues Haar, das sie mit einem weißen Kopftuch bedeckte. Die gewöhnlichen Dienstboten trugen blaue Schürzen, Nyanya hingegen eine weiße. Diese weiße Schürze war ihr Rangabzeichen, damit selbst Besucher erkennen konnten, daß sie etwas Besonderes war. An manchen Tagen waren ihre Hände so von der

Arthritis angeschwollen, daß sie die Kinder nicht mehr baden konnte und gezwungen war, tatenlos und brummelnd daneben zu stehen, während eines der zahlreichen anderen Kindermädchen den Job verrichtete. Aber immer war es Nyanyas Schoß, auf den die kleine Xenia und der kleine Alexei abends kletterten, Nyanya war es, die ihnen Gute-Nacht-Geschichten erzählte. Und es war Nyanya, die sie, nach ihrem Vater, am meisten liebten.«

Leyla runzelte die Stirn, da sie sich fragte, warum Missie nicht »nach ihrem Vater *und ihrer Mutter*« gesagt hatte. Auch Anna redete nie von *ihrer* Mutter; es war fast, als existiere sie nicht, obgleich Leyla wußte, daß es sie gab.

»Dann kam der deutsche Hauslehrer und Anouschkas Zofe und Mischas Kammerdiener. Die beiden letzteren waren Franzosen und hielten sich für etwas Besseres als die russischen Dienstboten. Ständig tuschelten sie hinter vorgehaltener Hand und stolzierten in hochmütigem Schweigen durch das Haus.« Missie lachte. »Die alten Tanten sagten immer, sie benähmen sich, als seien sie die Grundbesitzer, und tatsächlich waren es am Ende auch diese beiden, die Varischnya als Letzte verließen. Die anderen hatten schon Tage vorher klammheimlich das Haus verlassen — wie Ratten das sinkende Schiff.

Wie dem auch sei«, lenkte sie rasch wieder ein, »ferner gab es noch ein halbes Dutzend Küchenchefs, jede Menge Küchenpersonal und zahlreiche Hausangestellte. Beispielsweise ein junges Mädchen, das nichts anderes zu tun hatte, als abends sämtliche Lampen anzuzünden und morgens die Dochte zu reinigen. Ein anderes Mädchen hatte lediglich die Aufgabe, die Öfen zu heizen. Und dann waren da natürlich Dutzende von Gärtnern, darunter ein spezieller für den Rasen des Tennisplatzes, der als der gepflegteste in ganz Rußland galt. Und in den Stallungen waren sicher zwanzig, dreißig Stallburschen mit der Pflege von Mischas geliebten Pferden beschäftigt. Wieder andere kümmerten sich um die Hundezwinger, in denen die Schlittenhunde und Windhunde untergebracht waren.

Deine Großmutter, Fürstin Anouschka, haßte es, allein zu

sein, und so war das Haus meist gerammelt voll, und ständig feierte man irgendwelche Partys. Manchmal mußten wir maskiert oder in alten russischen Trachten erscheinen, aber gleichgültig, unter welchem Motto, Fürstin Anouschka war immer die schönste. Sie war tatsächlich die schönste Frau, die ich je gesehen habe; mit ihrem korngoldenen Haar und den goldbraunen Augen sah sie aus wie eine schimmernde Bronzestatue. Sogar ihre Haut hatte einen leichten Goldton. Sie war jung, fünfundzwanzig oder sechsundzwanzig, sehr fröhlich, und wenn sie lachte, mußte man einfach mitlachen. Manchmal freilich schlich sich ein schriller, gekünstelter Unterton in ihr Lachen, als spiele sie die glückliche, unbeschwerte junge Frau, obgleich sie eigentlich tieftraurig war. Bei Anouschka wußte man nie, woran man war: In der einen Minute war sie noch schillernder Mittelpunkt einer Party, in der nächsten war sie plötzlich verschwunden. Sie schloß sich manchmal tagelang in ihrem Zimmer ein und ließ nicht einmal Mischa zu sich herein. Nur ihre Zofe durfte zu ihr; die Essentabletts ließ sie freilich immer unberührt wieder zurückgehen. Anfangs fand ich ihr Verhalten sehr befremdend, doch jeder schien es als gegeben hinzunehmen, Fürstin Anouschka war eben so.

Mischa war ein guter Mensch«, fuhr Missie, über Annas Haar streichend fort. »Er fühlte sich für seine Dienstboten und für die Landarbeiter und deren Familien verantwortlich. Er sorgte für sie mit der Güte und Strenge eines Vaters, und sie nannten ihn *Batiuschka*, Väterchen. Jeden Monat hielt er für sie in der Halle eine Versammlung ab; sie wurden mit Bier und Speisen versorgt, und jeder Mann durfte offen seine Beschwerden kundtun, über die dann gemeinsam gesprochen wurde. Anouschka beklagte sich immer über den Geruch ihrer Schaffelljacken, der nach diesen Treffen noch tagelang im ganzen Haus hing. Jede Familie besaß ein eigenes, kleines Haus, und jeder Mann hatte Arbeit. Lange vor den offiziellen Reformen hatten die Ivanoffs bereits jeder Familie ein privates *Usabda* überlassen, ein Stück Land, auf dem sie ihr eigenes Gemüse anbauen konnten. Die Menschen in Varishnya kannten keinen Hunger.

Mischa hatte eine Schule erbauen lassen, eine *Klassnaya dama* eingestellt und bezahlte den begabtesten Schülern Stipendien für eine Schule in Moskau; er baute seinen Leuten eine Klinik, bezahlte den Arzt und setzte sich bei der *Duma*, dem Parlament, für die Rechte der Bauern ein. Er gab sich alle Mühe, Zar Nicholas zu weiteren Reformen zu bewegen; er sagte, ebenso wie er für die eigenen Arbeiter sorge, so müsse der Zar für alle Russen sorgen.«

Missie hob die Schultern und fuhr mit einem Seufzer fort: »Aber der Zar war leider mit anderen Problemen beschäftigt. Sein Sohn war schwer krank, und die Zarewna hatte sich darauf versteift, daß nur Rasputin, der wahnsinnige Mönch, ihn heilen könne. Tja, wäre er geheilt worden, hätte der Zar Zeit gehabt, sich um sein Land und seine Leute zu kümmern, und die Entwicklung Rußlands hätte vermutlich einen anderen Verlauf genommen.«

Sie schwieg eine Weile, um sich wieder auf ihr eigentliches Thema zu besinnen, und fuhr dann fort: »Anouschka und Mischa vergötterten ihre beiden Kinder. Als Alexei sechs Jahre alt war, hatte ihm Mischa bereits Reiten, Schwimmen, ja, sogar Schießen beigebracht, und Alexei betete seinen Vater dafür an. Die Kinder durften jederzeit in sein Büro kommen, gleichgültig, ob jemand zu Besuch war oder eine Sitzung stattfand. War Mischa wirklich einmal zu beschäftigt, dann küßte er seine Kinder und gab ihnen eine Praline aus der antiken Fabergé-Silberschale mit dem trickreich konstruierten Deckel: Er war wie ein kleiner Hügel geformt, auf der Spitze befand sich eine Palme, und im Gras verbarg sich ein Äffchen; drückte man nun einen bestimmten Knopf, rannte der Affe die Palme hoch, und wenn er den Wipfel erreicht hatte, sprang der Deckel auf. Die Kinder waren von diesem Wunderwerk natürlich fasziniert und freuten sich jedes Mal aufs Neue darüber.

Alexei glich seinem Vater ungemein: dieselben Augen, dasselbe dunkelblonde Haar, derselbe kräftige Körperbau. Und Xenia war eine Schönheit wie ihre Mutter. Ihr Haar war etwas heller, eher flachsfarben als golden, und ihre Augen hatten die Farbe von polierter Bronze. Sie erinnerten mich immer an die Flügel eines exotischen Schmetterlings. Sie besaß Anouschkas zarte, goldene Haut, die von innen her zu leuchten schien. Und sie besaß dasselbe Temperament.

Anouschka Ivanoff war ständig in Bewegung. Sie flatterte zwischen Paris und St. Petersburg hin und her, zwischen Varischnya und Deauville, Monte Carlo, London und Yalta — geradeso, als habe sie Angst, sich auszuruhen. Wo sie sich auch aufhielt, nach wenigen Wochen, manchmal auch bereits nach Tagen, begann sie sich schon wieder zu langweilen, und husch — weg war sie! Die Kinder waren an ihre Reisen gewöhnt, freuten sich aber immer, wenn sie zurückkehrte, denn da gab es jede Menge Geschenke, Partys wurden gefeiert, und das Haus war wieder voller Leute.

Anouschka ließ ihre gesamte Garderobe in Paris anfertigen und ihre Schuhe in London und Rom. Im Winter trug sie prachtvolle Pelze, vor allem Zobel und Silberfuchs. In jedem ihrer Häuser stand ein riesiger Safe, innen mit weichem, grauem Wildleder ausgelegt, in dem sie ihre sagenumwobenen Juwelen aufbewahrte: ganze Kisten voll mit Rubinen, Smaragden, Diamanten, wie in Aladins Höhle. Sie liebte Veilchen, und die *parfumiérs* in Grasse, in Südfrankreich, kreierten sogar eigens für sie einen Duft. Natürlich hieß das Parfum »Anouschka« und wurde von keinem anderen Menschen der Welt, außer ihr, benutzt. Täglich heftete sie ein Sträußchen Veilchen an ihr Kleid oder ihren Pelz und schien dadurch immer nach Frühling zu duften.«

Ganz in die Erinnerung verloren, verstummte Missie. »Erzähl weiter!« drängte Anna.

Missie lächelte sie liebevoll an und erzählte weiter: »Wenn es schneite, war Varischnya besonders schön. Die Gäste kamen mit dem Privatzug der Ivanoffs zu der kleinen Bahnstation bei Ivanovsk angereist, wo sie von livrierten Kutschern abgeholt und im Hundeschlitten zum Haus gebracht wurden. Sobald wir dann das Bimmeln der Schlittenglöckchen vernahmen, stürmten wir hinaus, um die Gäste zu begrüßen. Am meisten freuten sich die Kinder wie auch wir Erwachsenen, wenn die Fürstinwitwe Sofia Ivanoff, deine Urgroßmutter, kam.

Fürstin Sofia war es auch, die mir über die Hochzeit deines Großvaters und deiner Großmutter erzählt hat. Als Mischa im Jahre 1908 Anouschka traf, galt er als »die Partie« schlechthin. Er war vierundzwanzig Jahre alt, hatte in Oxford ein Archäologiestudium mit Auszeichnung absolviert und eine zweijährige, abenteuerliche Reise hinter sich. Er war groß und attraktiv und war aus irgendeinem Grund, den er selbst nicht ganz verstand, von der englischen und amerikanischen Damenwelt zum Herzensbrecher gekürt worden. Er liebte alle Sportarten und hielt seinen einsfünfundachtzig großen Körper in erstklassiger Kondition. Sein Liebsslingssport war jedoch Reiten; er nahm sogar an den Poloturnieren in Deauville teil. Anouschka Nicholaevna Orloff war gerade achtzehn Jahre alt und eine Nichte des Zaren. Ihre Familie war adelig, aber arm, und die junge Anouschka war dafür bekannt, daß sie nicht nur schön war, sondern auch gern flirtete. Jeder in Frage kommende junge Mann in St. Petersburg war unsterblich in sie verliebt, und dein Großvater machte da keine Ausnahme. Als er sie das erste Mal sah, verfiel er auch schon dem Zauber ihrer Schönheit.«

Missie überlegte einen Moment, ehe sie weitersprach: »Weißt du, solch eine makellose Schönheit, wie sie Anouschka besaß, ist einfach unwiderstehlich: Man konnte die Augen nicht von ihr abwenden; sie war wie ein lebendiges Kunstwerk. Sofia zufolge spielte es keine Rolle, daß Anouschka nicht sonderlich gebildet war; sie verfügte über einen wachen Verstand und eine rasche Auffassungsgabe und konnte über das Theater und die neuesten Aufführungen oder Romane ebenso gewandt reden wie über die neuesten Schneider oder Juweliere. Sie war eine wunderbare Tänzerin und der Star jeder Party. Niemand nahm es ihr übel, daß sie selbstsüchtig und launisch war und sich manchmal merkwürdig benahm; so konnte es geschehen, daß sie zu einer eigens für sie arrangierten Dinnerparty einfach nicht erschien oder tagelang verschwunden war. Die jungen Männer überschütteten sie dennoch mit Blumenbouquets, Liebesgedichten und mitunter auch mit Schmuck, den ihre Mutter allerdings jedesmal gewissenhaft wieder zurückgab. Sie mußte an den Ruf ihrer Tochter denk..., und die Einsätze waren höher als nur eine Diamantkette

Mischa konnte nur noch an sie denken, und über W..., hen ließ sie ihn wie einen Fisch an der Angel zappeln. M..., ch-mal ließ sie sich dazu herab, ihn zu sehen, manchmal i...t. Die Vorstellung, ein Rivale könne sie ihm wegschnap... machte ihn ganz krank. Also machte er ihr einen Heirat... trag, und nach einer einwöchigen Bedenkzeit, die sie zu... nem Landausflug mit Freunden nutzte, während er in Petersburg schlaflose Nächte verbrachte, willigte sie schlie... lich ein, seine Frau zu werden.

Sofia erzählte, ihre Hochzeit sei die prachtvollste gewese... die Rußland seit Jahren erlebt hatte. Anouschka trug übe... der cremefarbenen Satinrobe eine golddurchwirkte Schlep... pe und auf dem Haupt das große Ivanoff-Diadem mit dem gigantischen, neunzigkarätigen Smaragd des Maharadja... der eigens für sie von Cartier in Paris neu gefaßt worden war. Der Zar kam mit seiner ganzen Familie zur Trauungsze-remonie, die in der Isaaks-Kathedrale mit den goldenen Kuppeln und den Säulen aus Malachit und Lasurit abgehal-ten wurde, einer ungemein großen Kirche, die dennoch für die zahlreichen Gäste nicht ausreichte. Anschließend fand im Stadtpalast ein großer Empfang statt.

Mischa entführte seine junge Frau zu einer dreimonatigen Hochzeitsreise nach Amerika. Auf dem Rückweg bestand Anouschka darauf, in Europa Station zu machen, da sie neue Kleider, neue Juwelen brauchte. Mischa war jung und verliebt; er gab ihr nach. Anouschka durfte kaufen, was ihr Herz begehrte. Und als sie das Einkaufen dann zu langwei-len begann, lud sie ihre Freunde auf die Ivanoff-Yacht ein. Alle zusammen kreuzten sie dann durch das Mittelmeer, fuhren durch den Bosporus zum Schwarzen Meer und kehr-ten schließlich heim nach Rußland.

Sofia erzählte, daß Mischa schon damals erkannte, daß die Beziehung problematisch werden würde. Es gab Tage, an denen sich Anouschka weigerte, aufzustehen; ihr Ge-sicht hatte dann jegliche Farbe verloren, und ihre Augen blickten starr ins Leere. Manchmal weinte sie nur, nicht hy-

sterisch aber ununterbrochen. Die Tränen rannen ohne Un-
terlaß ber ihr bleiches, gequältes Gesicht, und Mischa ver-
moch nichts dagegen zu tun, egal, wie sehr er sie tröstete,
ihr edete oder sie mit der Aussicht auf ein Geschenk zu
bes nen versuchte. Sie konnte einfach nicht aufhören zu
we n. Zurück in St. Petersburg wurde alles noch schlim-
n Anouschka schloß sich in ihrem Schlafzimmer ein und
iemanden zu sich. Hilfesuchend rief Mischa Sofia her-
die sich wiederum an Anouschkas Mutter wandte.
na Orloff teilte ihnen mit, daß Anouschka von hochgra-
nervösem Naturell sei; ständig treibe sie sich selbst mit
losen Partys und jedweder Zerstreuung an die Grenzen
r Kraft, bis sie irgendwann zusammenbrach und eine
ile in tiefe Depression versank. Das beste sei es, sie ein-
h allein zu lassen und zu warten, bis sie wieder aus dem
mmer käme. Aber Sofia war beunruhigt und ließ einen be-
ühmten Schweizer Psychiater kommen. Er erklärte ihnen,
daß Anouschka manisch-depressiv sei, aufgrund ihrer Jugend aber noch behandelt werden könne. Also verbrachte
das junge Paar drei Monate in einem Sanatorium in den
Schweizer Bergen, wo sich Anouschka einer Therapie unterzog. Nach ihrer Heimkehr schien es anfangs, als sei eine
Besserung eingetreten, doch schon nach kurzer Zeit nahm
sie ihren hektischen Lebensrhythmus wieder auf.

Nun, Mischa war ein stiller Mensch, der das Landleben
genoß. Im Winter gab es für ihn in Varischnya nichts Schöne-
res, als mit einem Geschichtsbuch vor dem Kaminfeuer zu
sitzen oder mit seinen Barsois auf Wolfsjagd zu gehen.

Anouschka hielt es hingegen in Varischnya nur aus, wenn
sie rauschende Partys feiern konnte, zu denen sie vor allem
Freunde aus der Theaterwelt sowie eine internationale Gilde
von Schnorrern und Halbweltgesindel einlud, die sie auf ihren Reisen einzusammeln schien. Sie war eine weltbekannte
Gastgeberin und nach wie vor die schönste Frau in St. Petersburg. Ganz allmählich begann ihrer beider Leben verschiedene Richtungen einzuschlagen, und mit der Zeit wurde Anouschka immer unberechenbarer in ihrer Handlungs-
weise.

Als drei Jahre nach der Hochzeit Alexei geboren wurde, schien sie für eine Weile gewandelt: Sie war vernarrt in ihren kleinen Sohn, schleppte ihn überall mit sich herum, führte ihn bei jeder Gelegenheit stolz vor. Doch nach ein paar Monaten war sie schon wieder zu ihrem alten Lebensstil zurückgekehrt.

Drei Jahre später kam Xenia zur Welt. Mischa hofftte zweifelt, sie möge nun endlich zur Ruhe kommen, aber wurde nur noch exzentrischer, und inzwischen begann sogar über ihr Verhalten zu klatschen. Man munkelte, Anouschka sich immer schamloser gebärde und ihre Fl zu Affairen ausdehnte. Namen wurden genannt, und Gerüchteküche brodelte über. Dennoch sah man Anousch ihr hemmungsloses Verhalten nach. Sie war einfach z schön. Es hieß, daß jeder Mann in St. Petersburg in sie ver liebt sei. Außer ihrem Ehemann.

Aber Mischa kümmerte sich weiterhin um sie; er umhegte und umsorgte sie, als sei sie ein Porzellanpüppchen, das jederzeit zerbrechen könnte, da er wußte, daß sie ihren Launen hilflos ausgeliefert war. Arme Anouschka. Sie hatte keine Kontrolle über ihre Gefühle und Handlungen, ließ sich von ihnen treiben wie ein Blatt im Wind. Wenn sie freilich die große Depression überkam, dann kehrte sie immer heim, zu Mischa.«

»Oh, Missie«, flüsterte Anna tränenerstickt. »Oh, Missie. *Jetzt verstehe ich!*«

Missie streckte die Hand aus und streichelte zärtlich Annas weiches, helles Haar. »Da ist noch etwas, das ich dir sagen sollte. Jetzt, da du alt genug dafür bist.« Sie zögerte einen Moment, als müsse sie nach den richtigen Worten suchen. Unvermittelt stieß sie dann hervor: »Dein Großvater und ich waren ineinander verliebt.«

Annas blaue Augen weiteten sich, und Leyla setzte sich voll Spannung kerzengerade auf: Das alles klang wie ein Märchen aus tausendundeiner Nacht, Juwelen, Fürsten, Intrigen . . . Würde Mischa sein irregeleitetes Weib mit einer seidenen Kordel erwürgen, wie es einst bei den Haremsdamen im Topkapi Palast der Brauch war?

»Mis...« mahnte Tariq leise, aber sie schüttelte nur lächeln...n Kopf.

»A... soll alles erfahren«, sagte sie. »Das ist ihr Recht.«

Und ...as ausgestreckte Hand ergreifend, fuhr sie fort:
»...hl ich erst sechzehn war, als ich Mischa das erste
M... war es Liebe auf den ersten Blick. Sicher, er war ein
s...d Mann, obendrein auch noch ein Fürst, und ich war
... leicht beeindruckbar — trotzdem war es nicht ein-
... jungmädchenhafte Schwärmerei. Es war, als . . . als
...nach Hause gekommen, als hätte ich den Menschen
...en, den das Schicksal für mich bestimmt hatte. Na-
...sagte er nichts, das wäre auch nicht richtig gewesen.
...h wußte, daß er ebenso fühlte. Mein Vater war gerade
...ben, und Mischa gab sich alle Mühe, mir zu helfen,
...von meinem Kummer abzulenken. Anouschka war die
...e Zeit unterwegs, und so führte er mich, selbstver-
...dlich immer im Kreise anderer Freunde, in die Oper, ins
...llett oder nahm mich mit zu Dinnerpartys. Und natürlich
...eigte er mir sein geliebtes Varischnya. Wir ritten zusammen
über seinen Grund, besuchten die Schule und das Krankenhaus, waren zu Gast bei seinen Arbeitern und deren Familien, um eine Tasse Tee zu trinken, ein neugeborenes Baby
oder auch ein neugeborenes Kälbchen anzuschauen. Seine
Leute begegneten ihm voller Respekt und Liebe. Ihr Verhalten ihm gegenüber hatte nichts Unterwürfiges an sich. Er redete mit ihnen wie mit gleichwertigen, gleichberechtigten
menschlichen Wesen, und sie überließen sich gerne seiner
väterlichen Führung. Wenn er auftauchte, scharten sich die
Dorfkinder um ihn: Die Jungen wetteiferten darum, wer
sein Pferd führen durfte, und die Mädchen umtanzten ihn
in ihren schwingenden, bestickten Röcken und den kleinen
purpurroten Fellstiefelchen. Sie waren so entzückend, so
liebreizend . . .«

Als Missie tief aufseufzte, drückte Anna tröstend ihre
Hand. »Mischa und ich, wir kamen uns immer näher«, fuhr
sie fort, »aber es war eine rein seelische Beziehung, versteht
ihr? Wir redeten nie über »Liebe«. Bis zu meinem siebzehn-
ten Geburtstag: Er schenkte mir eine juwelenverzierte Bro-

sche in Form des Ivanoff-Wappens, küßte mich und sagte mir dann, daß er mich liebe. Wie könnte ich erzählen, was ich empfand, als ich in seinen Armen lag? Nur soviel: Dies war der Platz, an den ich gehörte. Er sagte noch, er habe mir seine Gefühle eigentlich verschweigen wollen, da er verheiratet sei und ich noch viel zu jung, doch ich solle wissen, daß sein Leben ohne mich leer wäre.

Der Krieg mit Deutschland weitete sich immer mehr aus. Mischa war Offizier der Chevalier Garde und oft an der Front. Anouschka wohnte bei Freunden; sie verbrachte mehr Zeit in den Häusern anderer Leute als in ihren eigenen. Täglich schrieb ich an Mischa einen Brief, und manchmal erhielt ich auch eine Antwort, rasch dahingeworfene Zeilen, in denen er mir mitteilte, daß es ihm gut gehe und er seine Kinder, Varischnya und mich sehr vermisse. Immer unterschrieb er lediglich mit »in Liebe, Mischa«.

Ich war allein in St. Petersburg, nur mit den Kindern und den Dienstboten als Gesellschaft. Natürlich kannte ich auch viele junge Leute, aber ohne Mischa an meiner Seite fühlte ich mich ihnen nicht so recht zugehörig; abgesehen davon war ich sowieso nicht in der Stimmung für Partys, da tagtäglich junge Männer an der Front starben. Eines Tages nahm ich Alexei auf einen Spaziergang mit. St. Petersburg wurde das Venedig des Nordens genannt, denn es war an einer Meeresbucht erbaut und bestand aus zahlreichen kleinen Inseln, die alle durch Brücken miteinander verbunden waren. An jenem Tag gingen wir zur *Novoya Derenya*, der Insel der Zigeuner: Sie war Alexeis Lieblingsinsel und meine ebenfalls. Dort lebten die berühmten Zigeunerfamilien, und vor vielen, vielen Jahren hatte ein Vorfahre von Fürstin Sofia eine Zigeunerin des Shishken Tabor Klans geheiratet. Es waren große, gutaussehende Menschen mit blitzenden, schwarzen Augen. Die Männer trugen buschige Schnurrbärte, und die Mädchen hatten lange, dunkle Locken, die sie mit bunten Tüchern bedeckten, und an ihren Ohren funkelten riesige Goldringe. Wenn die Männer auf ihren Balalaikas und Gitarren spielten und sangen, wirbelten die Mädchen mit wilden, stampfenden Tanzschritten dazu im Takt; mit ihren weitschwingenden Röcken und den purpurnen Schärpen um die schmalen Taillen sahen sie wunderschön aus, und wenn dann ein dunkelhäutiger, glutäugiger junger Zigeuner das Tamborin kreisen ließ, warfen wir jedesmal eine Münze hinein.

Alexei war ein ausgesprochen hübsches Kind; so blond und hell, wie er war, bildete er einen reizvollen Kontrast zu ihren dunklen Zügen; natürlich wußten sie, wer er war, und machten jedesmal viel Aufhebens um ihn, luden ihn in ihre Häuser ein, boten ihm Saft, kleine süße Kuchen, frisches Brot und ihre köstliche Marmelade an. Doch an jenem Tag forderte mich eine ältere Frau der Massalsky Tabor auf, allein in ihr Haus zu kommen und Alexei der Obhut ihrer Tochter zu überlassen. Neugierig ließ ich mich von ihr in ein Hinterzimmer führen.

Der düstere Raum wurde nur durch den schwachen Schein einer rotleuchtenden Lampe erhellt; um einen runden Tisch mit roter Decke standen zwei Stühle, und sie bedeutete mir, dort Platz zu nehmen. Darauf holte sie aus einem Regal eine Kristallkugel. Ich weiß noch, wie ich mir amüsiert dachte, daß sie sich wohl als Hellseherin ausgeben wolle, um ein, zwei zusätzliche Rubel an mir zu verdienen.

Das Licht der Lampe flackerte auf ihrem Gesicht, als sie die Kugel mit beiden Händen umfaßte und in ihre Tiefe starrte. Schweigend beobachtete ich sie. Ihr Gesicht war von Falten durchzogen, sie mußte weit über siebzig gewesen sein, doch ihr schwarzes Haar war ohne eine Spur von Grau, und sie hatte sehr schöne Hände mit langen, schlanken Fingern und schimmernden, ovalen Nägeln. Als sie endlich wieder aufblickte, waren ihre Augen von einem magnetisierenden Glühen erfüllt und sogen mich, gleich tiefen, schwarzen Teichen, in sich ein. Außerstande, meinen Blick von ihr abzuwenden, beugte ich mich vor und lauschte ihren Worten.

»In Ihrem Leben hat es Kummer gegeben«, erzählte sie mir, »und Sie sind ganz allein auf der Welt. Dennoch sind Sie von Liebe umgeben.« Ich fiel aus allen Wolken. Zwar wußte ich, daß die Russinnen, die von Mystizismus schier besessen waren, an die Vorhersagen der Zigeuner glaubten, war aber selbst immer skeptisch gewesen. Für mich waren derlei Dinge lediglich amüsante Spielereien gewesen, mit denen sich Geld verdienen ließ.

»Es ist aber keine Liebe, die Ihnen Glück bringen wird«, fuhr sie fort. Plötzlich zuckte sie zusammen, zögerte einen Moment, ehe sie schließlich hervorstieß: »Sie sind zu jung, Sie sollten in Ihre Heimat zurückkehren, *Sie müssen nicht hierbleiben*!« Sie wandte den Blick von mir ab und starrte abermals in den Kristall. Verwundert fragte ich mich, was sie wohl darin sah. »In Ihrem Leben ist Liebe und Verzweiflung, und das Glück wird nicht dort liegen, wo Sie es zu finden glauben. Die Liebe wird Ihr Leben immer regieren, und ihretwegen werden Sie eine große Verantwortung auf sich nehmen.« Sie schaute mich seltsam an und fügte dann hinzu: »*Eine Verantwortung, die die Welt verändern könnte.*«

Natürlich war ich fasziniert, wollte mehr von ihr erfahren, doch sie schob unversehens die Kristallkugel beiseite, ging zur Tür und hielt den Vorhang für mich hoch. Als ich ihr ein paar Münzen reichte, verschränkte sie die Hände hinter ihrem Rücken und schüttelte den Kopf.

»Gott behüte Sie, *Malenkaya*, Kleines«, war alles, was sie sagte.

Nicht lange darauf trat ihre Prophezeihung ein. Die Lage in Rußland verschlechterte sich zunehmend. Der Krieg geriet zu einer grausamen Metzelei, zum Teil auch deswegen, weil der Zar auf die Fortführung bestand, und in den Städten kam es zu Streiks und Tumulten. Die Ereignisse überschlugen sich, und allmählich begannen die Bolschewiken die Oberhand zu gewinnen. Viele Menschen verließen Rußland, so lange es noch möglich war, während andere, wie Mischa, dablieben, um ihre Rechte zu verteidigen.

Er vertraute seinen Leuten, und warum auch nicht? Hatte er doch besser als ihre eigenen Väter für sie gesorgt. Sein Vertrauen war leider unberechtigt; sie hatten sich von den Versprechen der Bolschewiken auf Reichtümer und Landbesitz verführen lassen, und wenn wir nun durch das Dorf ritten, wurden die Kinder von ihren verdrossen aussehenden

Müttern eilig ins Haus gezogen, und die Männer vermieden unseren Blick.

Nach und nach verschwanden die Dienstboten. Eine Atmosphäre von Angst und Gefahr breitete sich aus. Mischa versuchte mich zur Heimkehr zu bewegen, aber ich konnte nicht. Es war mein achtzehnter Geburtstag; Anouschka lag mit Depressionen im Bett. Ich speiste abends mit Mischa, Sofia sowie den alten Tanten und Cousinen. Sie hatten gerade die Champagnergläser zu einem Toast auf mich erhoben, als es plötzlich laut gegen die Tür hämmerte.

Es war ein befreundeter Arzt aus der dreißig Kilometer entfernten Nachbarstadt. Er war gekommen, um Mischa zu warnen; er sagte, der Mob beginne sich zusammenzurotten und wir sollten fliehen, so lange es noch möglich sei. Panisch bereiteten wir unsere Flucht vor. Die alten Leute weigerten sich, zu gehen, und Mischa ebenfalls. Er versprach, uns in wenigen Tagen auf der Krim zu treffen. Als wir gingen, sagte er: »Bitte, paß auf meine Kinder auf, Missie.« Ich schaute ihm in die Augen und las die Wahrheit, die darin stand. Dann sagte er: »Ich liebe dich«, und küßte mich zum Abschied.«

Ein langes Schweigen trat ein; atemlos wartete Leyla auf Missies nächste Worte.

»Ich sah ihn nie wieder.« Missies Stimme bebte, als sie hinzufügte: »Den Rest kennt ihr. Anouschka wurde auf der Flucht durch den Wald getötet und Alexei ebenfalls. Mit Tariqs Hilfe flohen Sofia, Xenia und ich dann nach Amerika.«

Der Mond stand nun hoch am Himmel, übergoß die Terrasse mit einem unwirklichen, weißen Licht. Leyla starrte zu Missie und Anna hinüber. Anna hielt Missies Hand gegen ihre Wange gepreßt, und Leyla erkannte, daß sie weinte.

»Mischa und ich waren nie Liebhaber«, sagte Missie leise. »Ich war jung und unschuldig, und Mischa war ein Gentleman.«

»Oh, Missie!« wisperte Anna. »Es tut mir so leid! Ich hätte dich nicht fragen sollen! Aber ich bin froh, daß ich Bescheid weiß. Jetzt verstehe ich alles viel besser.«

»Ich bin froh, *Duschka*«, sagte Missie. »Es liegt alles so weit zurück; deine Urgroßmutter und ich beschlossen damals, die Vergangenheit hinter uns zu lassen und nur noch in die Zukunft zu schauen. Und das mußt auch du jetzt tun.«

»Ich verspreche es«, sagte Anna. Doch schon damals hatte sich Leyla gefragt, wie Anna solch ein Versprechen wohl halten könne.

Dennoch schien es Anna gelungen zu sein. Jahrelang hatte sie kaum ein Wort darüber verloren, und dann war sie plötzlich aus heiterem Himmel zu Leyla gekommen und hatte ihr gesagt, daß sie Geld brauche. Dringend.

»Frag Großvater!« hatte Leyla erwidert. »Wenn es so wichtig ist, wird er dir sicher geben, was du willst.«

Aber Anna hatte sich geweigert. Sie hatte gesagt, daß Tariq Pascha bereits das Treuegelübde der Kazahns abgegolten habe und dies nun ihre eigene Verantwortung sei. Und dann hatte sie Leyla von den Juwelen erzählt.

Annas Plan hatte so kinderleicht geklungen, und als sie den Diamanten problemlos verkauft hatten, waren sie leichtsinnig geworden.

Leyla hatte es insgeheim sogar genossen, mit dunklen Brillengläsern durch Bangkok zu streifen und mit dem zwielichtigen Mr. Abyss Geschäfte zu machen. Jetzt wußte sie freilich, daß dies der einfachere Teil gewesen war. Den weit schlimmeren Teil hatte sie noch vor sich: Sie mußte sich vor dem rasenden Kazahn Pascha rechtfertigen. Und zwar allein.

14

Düsseldorf

Das Arnhaldt-Herrenhaus thronte auf seinem Hügel inmitten der von Wäldern durchzogenen Landschaft gleich einem gigantischen, grauen Mausoleum. Es war von Ferdies Ururgroßvater erbaut worden als ein Denkmal seiner selbst wie auch seines beruflichen Erfolges, der ihn 1826 aus dem kleinstädtischen, mütterlichen Textilunternehmen hin zu den triumphalen Höhen als einer der führenden neuen Stahlbarone Deutschlands geführt hatte.

Am Gipfel seiner Macht angekommen, war Ferdie Arnhaldt nicht mehr bereit gewesen, sein Geld für billige, vergängliche Spielereien auszugeben. Sein Haus sollte die Zeiten überdauern. Es war aus solidem, grauem Stein errichtet, mit Geschütztürmen und Zinnen, geschwungenen gotischen Fenstern und säulenbewehrten Portikos, und es war umgeben von einer im französischen Stil — wenngleich ohne dessen Charme — angelegten Gartenanlage sowie von Hunderten von Hektar Park und Wäldern. Innen waren die Wände mit wertvollen Hölzern getäfelt; es gab Marmorböden und Kamine aus Onyx, eine geschwungene, jakobinische Eichentreppe aus einem alten, englischen Landgut und hohe Buntglasscheiben, die nur wenig Licht hereinließen und eine düstere, kirchenähnliche Atmosphäre schufen.

Ferdie Arnhaldt saß in dem eichengetäfelten Büro, in dem schon sein Ururgroßvater, sein Großvater und Vater gesessen hatten, in genau demselben wuchtigen, burgunderfarbenen Lederdrehstuhl, an demselben breiten Schreibtisch. Auf einem schwarzen Samtpolster vor ihm lag der Smaragd. Für ihn bestand kein Zweifel, daß es sich hierbei um den Ivanoff-Smaragd handelte; sicher, es war nur die eine Hälfte, und er hatte eine Menge Geld dafür bezahlen müssen, aber das bekümmerte ihn nicht weiter. Vielmehr empfand er tiefen Triumph, weil es ihm gelungen war, das Juwel den anderen vor der Nase wegzuschnappen. Und der Wettbewerb war hart gewesen. Ihn ärgerte nur, daß er über neun Millionen Dollar ärmer geworden war und die Identität der »Dame« dennoch im dunkeln lag. Die Auktionäre hatten angegeben, sie nicht zu kennen, und die Schweizer Bank verweigerte ihm die Auskunft.

Die metallenen Laufrollen seines Stuhles quietschten, als er ihn zurückschob, und er machte sich im Geiste eine Notiz, den Hausmeister über diesen Mißstand zu informieren. Der Arnhaldt-Haushalt hatte immer reibungslos wie ein Uhrwerk funktioniert, und er war nicht gewillt, die Maßstäbe herunterzuschrauben. Seine Urgroßmutter hatte einmal einen Butler gefeuert, weil er ihr nicht rasch genug die Tür aufgemacht hatte, als sie mit ihrem Automobil vorgefahren war. Auch die Tatsache, daß dieser Mann schon seit zwanzig Jahren im Dienst der Familie gestanden hatte und an Arthritis litt, hatte sie von ihrem Entschluß nicht abgebracht. »Ich dulde nur das Beste«, hatte sie auf die Proteste ihres Mannes, der den Butler mochte und an ihn gewöhnt war, erwidert. »Und wenn er nicht länger der Beste ist, dann muß er gehen.« Und das tat er, nur um von einer ständig wechselnden Reihe neuer Butler ersetzt zu werden, die weder den tyrannischen Ansprüchen seiner Urgroßmutter gerecht werden noch die Qualitäten des alten Butlers erreichen konnte.

So hatte Ferdie schon in jungen Jahren seine Lektion gelernt, und auch wenn heutzutage gutes Personal schwerer als früher zu finden war, ließ er nicht die geringsten Nachlässigkeiten durchgehen, sei es nun ein falsch gedeckter Tisch, eine verräterische Lage Staub auf den Bilderrahmen oder quietschende Laufrollen. Er wußte, daß er weder bei seinem Hauspersonal beliebt war noch bei den Arbeitern der fünf großen Arnhaldt-Maschinenbaufabriken, der Eisenwerke, der Verhüttungswerke, der Gießereien und der Büros. Er wußte, was sie über ihn tuschelten: »Das stählerne Abbild seines Vaters«, sagten sie, »und die eiserne Faust seiner Urgroßmutter«. Es stimmte, er sah aus wie sein Vater: dieselben hellblauen Augen, das streng aus der breiten Stirn zurückgekämmte, blonde Haar, die markante Nase, das ausgeprägte Kinn und derselbe hochgewachsene, eisern durchtrainierte Körper.

Ferdies Ehefrau hatte ihn als unmenschlich bezeichnet. Arlette war Französin, und er hatte sie vor vielen Jahren als frivoles, auf eine puppenhafte Art hübsches Mädchen kennengelernt. Sie hatte schwarze Knopfaugen, volle Brüste und eine sehr schmale Taille. Natürlich hatte ein reicher junger Mann wie Ferdie nie Mangel an willfährigen Mädchen und für jede Gelegenheit eine schillernde Begleitung zur Hand gehabt, aber die listige Arlette hatte es verstanden, ihn unter Aufwendung all ihres sinnlichen Pariser Charmes einzuwickeln, und ehe er sichs recht versehen hatte, war er auch schon verheiratet gewesen. Zu spät erst entdeckte er, daß sie ihn allein wegen seines Geldes geheiratet hatte, aber da war sie auch schon schwanger, und er hätte sich nie von der Mutter seines Kindes scheiden lassen. Die Tatsache, daß es ein Mädchen war, hatte ihn anfangs sehr enttäuscht, doch bald schon war er völlig vernarrt in seine kleine Tochter. Von der Mutter hatte sie das hübsche Äußere geerbt, den starken Willen hingegen von den Arnhaldts. Ihr Foto stand noch immer auf seinem Schreibtisch, obgleich sie bereits seit zehn Jahren tot war: Sie war mit vierzehn bei einem Reitunfall tödlich verunglückt. Die Zeit hatte die Wunden geheilt, aber nicht die Bitterkeit über ihren Verlust.

Hinterher hatte er entschieden, sich nicht von Arlette scheiden zu lassen, da sie ihm als Vorwand diente, andere sinnliche Frauen von seinem Vermögen fernzuhalten. Sollte ihn freilich irgendwann doch das Bedürfnis oder Verlangen nach einer neuen Verbindung überkommen, würde er sich auf der Stelle von ihr scheiden lassen. In der Zwischenzeit hielt er sie großzügig in einem riesigen Appartement in Monaco aus.

Ferdie spazierte zu dem Gemälde hinüber, das neben dem Kamin an der Wand hing. Gemessen an dem verschwenderisch ausgestatteten, prächtigen Haus voll von wertvollen Gegenständen, war dieses Gemälde geradezu ein Unding: eine mittelmäßige Waldlandschaft, von einem unbekannten Künstler signiert. Sein Urgroßvater hatte es vor einem Jahrhundert an diese Stelle gehängt, um den dahinterliegenden Wandsafe zu verbergen. Er war der Meinung, daß ein wertvolles Bild gestohlen werden könnte und dann der Safe für den Dieb sichtbar würde.

Ferdie drückte auf den verborgenen Knopf, wartete, bis das Bild langsam zur Seite glitt, wählte darauf die Kombination und öffnete den Safe. Ein gewöhnlicher Dieb hätte nichts von Wert darin gefunden, wohl aber seine Feinde. Der Safe war randvoll mit Papieren und Dokumenten. Er zog einen braunen Umschlag aus Manilapapier hervor und trug ihn zum Schreibtisch. Lange Zeit saß er da und betrachtete die darin enthaltenen Fotos.

Das erste Foto zeigte seinen Großvater bei seiner zweiten Hochzeit. Er war damals zweiundfünfzig Jahre alt gewesen und mit seinem kantigen Gesicht und dem entschlossenen Blick ein typischer Arnhaldt; hochaufgerichtet stand er in seinem grauen Anzug da, den seidenen Zylinder steif an seine Brust gepreßt. Seine Braut war jung und sehr schön, mit vor Liebe weichem Gesicht und in verschwenderische Mengen bräutlichen Satins und Spitze gehüllt. Auf dem zweiten Bild war dieselbe Frau noch einmal abgebildet. Sie saß auf einem Stuhl und schlang den Arm um ein lächelndes, kleines, blondes Mädchen, das an ihrer Schulter lehnte. Das dritte Foto war verblichen und abgegriffen. Es war das Bild von Fürstin Anouschka Ivanoff, die das berühmte Diadem mit dem Smaragd auf dem Haupt trug.

Zum ungezählten Male verglich Ferdie Anouschkas Gesicht mit dem des kleinen Mädchens, prüfte sorgfältig Zug um Zug. Die Ähnlichkeit war unverkennbar.

Er schob die Fotos beiseite und zog einen Stoß Dokumente aus dem Umschlag. Es waren eine Reihe ausgelaufener Verträge mit der Russischen Sowjetrepublik aus dem Jahr 1920, in denen dem Arnhaldt-Konzern die Schürfungsrechte bestimmter Ländereien Rajasthans, die ehemals zum Besitz der Ivanoffs gehörten, überschrieben waren. Diese Minen enthielten das kostbare Wolfram, das unerläßlich zur Härtung von Stahl war und ohne das selbst die Arnhaldt-Fabriken wertlos wären. Seit nunmehr über siebzig Jahren zahlten die Arnhaldts den Sowjets ein Vermögen, da diese genau wußten, daß ihr Anspruch darauf keine Rechtsgültigkeit mehr besaß. Inzwischen waren die Minen noch wertvoller geworden, da sich das Waffengeschäft auf eine neue Art der Kriegführung konzentrierte, und die Erpressungstaktik würde nicht mehr lange funktionieren. Ferdie war fest entschlossen, alles zu tun, um die Minen in seinen rechtmäßigen Besitz überzuführen. Genauso wie es sein Großvater all die Jahre über versucht hatte. Und diesmal würde ihn nichts, *absolut nichts* aufhalten können.

Ungeduldig blickte er auf seine Uhr. Es war eine Minute vor drei. Wenn der Mann, dessen Anruf er erwartete, in einer Minute nicht anrief, würde er sich verspäten. Er stand auf und schritt durch den düsteren Raum, in Gedanken die Sekunden, dann die Minuten zählend. Um fünf nach drei läutete das Telefon.

»Sie sind zu spät«, knurrte er in den Hörer, verstummte sodann und sagte schließlich: »Ich bitte um Verzeihung, ich hatte jemand anderen erwartet.« Während er zuhörte, ergriff er einen Kugelschreiber und kritzelte gedankenverloren das auf dem Foto abgebildete Diadem und den Smaragd auf seinen Schreibtischblock.

»Amerikanisches Fernsehen? Warum sollte das Amerikanische Fernsehen ein Interview von mir haben wollen? Allgemeines Interesse, sagen Sie? Mm . . . eine Serie mit den Porträts berühmter Männer der Industrie? Und mit wem habe ich die Ehre?« Als er den Namen erfuhr, ließ er den Kugelschreiber sinken, und in seine Stimme schlich sich ein wachsamer Ton. »Tja, Miss Reese, ich bin mir nicht sicher, ob ich etwas Zeit erübrigen kann . . . Ah ja, verstehe! Rufen Sie mich doch morgen noch einmal an. Ja, in meinem Büro.«

Nachdenklich legte er den Hörer auf. Genie Reese war die junge Amerikanerin, die für das Amerikanische Fernsehen über die Genfer Auktion berichtet hatte. Konnte es wirklich nur ein Zufall sein, daß sie jetzt ausgerechnet *ihn* anrief? Hatte sie etwa herausgefunden, daß er der Käufer war? Und wenn es so wäre — wie sollte sie es erfahren haben? Von Markheim sicher nicht. Noch während er weiter über Genie nachsann, schrillte das Telefon erneut.

Es war der Anrufer, den er erwartet hatte, sein verdeckter Agent bei der Schweizer Bank. »Ja?« sagte er frostig. Er lauschte eine Weile und sagte dann sehr ruhig: »Ich verstehe. Sie haben sich verspätet«, fügte er schneidend hinzu. »Sorgen Sie dafür, daß das nicht wieder vorkommt!«

Als er den Hörer aufgelegt hatte, lehnte er sich grübelnd in seinem breiten Lederstuhl zurück. Er hatte die Antwort auf die Frage, über die sich die ganze Welt den Kopf zerbrach. Aber es war nicht die Antwort, mit der er gerechnet hatte. Sein Kontaktmann hatte ihm lediglich mitgeteilt, daß der Verkäufer des Smaragdes die in Istanbul registrierte Kazahn-Frachtlinie sei.

Genie saß im Taxi und fragte sich den ganzen Weg über, warum sie das machte. War es, um ihrem Land zu helfen — oder folgte sie nur ihrem persönlichen Ehrgeiz? War es vielleicht um Valentin Solovskys schöner grauer Augen willen? Was auch immer die Ursache war: Ferdie Arnhaldt erwartete sie. Über den Baumwipfeln erkannte sie bereits die zinnenbewehrten, grauen Dächer von Haus Arnhaldt.

Am Ende einer langen, geraden Schotterstraße kam das Haus plötzlich in Sicht, ragte düster hinter den kastenförmig gestutzten Hecken empor, die eine steife, geometrische Gartenanlage beherbergten. Das einzig lebendig Wirkende an der Anlage war ein verzierter Marmorspringbrunnen, der genau in der Mitte der kreisförmigen Zufahrt stand. Wasserfontänen sprudelten aus den Mäulern von einem Dutzend Delphinen, und auf dem größten von ihnen ritt Neptun, den Dreizack wie zum Speerfischen erhoben. Ein kalter Ostwind wehte, besprühte sie, als ihr der Taxifahrer die Tür öffnete, mit einem vom Springbrunnen herübergewirbelten Gischthauch. Sie bat den Fahrer zu warten und machte sich dann, zufrieden über den bewundernden Blick in seinen Augen, auf den Weg. Ihr Aussehen war anscheinend in Ordnung. Denn für dieses Treffen benötigte sie all ihr Selbstvertrauen.

Ehe sie noch Zeit hatte, an der Tür zu läuten, wurde diese auch schon von einem Butler in Nadelstreifenhosen und weißem Jackett aufgerissen. Er geleitete sie in ein offizielles Vorzimmer und bat sie, dort zu warten. Der quadratische Raum war fast so hoch wie breit; an den Wänden hingen Zeichnungen und Fotografien, auf denen die Geschichte des Arnhaldt-Konzern von seinen Anfängen als winzige Gießerei in der Nähe Essens bis hin zu den imposanten Maschinenbaufabriken der Neuzeit dokumentiert war. Der dicke Teppich war dunkelviolett, und an den gotischen Fenstern hingen Gardinen derselben Farbe. Genie setzte sich auf einen der schweren, verschnörkelten Eichenstühle, die entlang der Wände aufgestellt waren. Sie fühlte sich in das Wartezimmer eines Park Avenue-Zahnarztes versetzt, nur daß dort wenigstens ein Spiegel hing, damit die Besucher, ehe sie hereingerufen wurden, ihr Aussehen noch einmal überprüfen konnten. Sie war heilfroh, daß sie das konservative, beigefarbene Armani-Kostüm gewählt hatte. Mit ihrem streng zurückgesteckten, blonden Haar sah sie jetzt sicher professionell genug aus, um über das Big Business diskutieren zu können — und zugleich schick genug, um ihre weiblichen Reize hervorzuheben. Hatte Cal nicht gesagt, sie solle für ihre Karriere alles einsetzen, was sie hatte? Dennoch zitterte sie innerlich ein wenig, als der Butler endlich erschien und ihr mitteilte, daß der Baron nun bereit sei.

Vorbei an riesigen Gemälden der Arnhaldt'schen Ahnengalerie, folgte sie ihm über eine breite Treppenflucht antiker Eichenstufen und weiter durch einen dunklen Korridor. Baron Ferndinand Arnhaldts Büro war genauso düster wie das restliche Haus. Er saß geschäftig schreibend hinter einem wuchtigen, mit Leder bespannten Schreibtisch. Bei ihrem Eintreten blickte er kurz auf, bedeutete ihr, sich zu setzen, und fuhr mit seinen Aufzeichnungen fort.

Innerlich seufzend nahm Genie auf dem ihr zugewiesenen Stuhl Platz. Nicht gerade ein vielversprechender Anfang, dachte sie.

Ferdie Arnhaldt schrieb noch einige Minuten weiter. Er hatte gelernt, Menschen rasch einzuordnen, und ein kurzer Blick hatte ihm genügt, sich ein Bild von der Frau zu verschaffen: Sie war jung, außergewöhnlich attraktiv und nervös. Gleichzeitig war sie aber auch entschlossen, sonst wäre sie gar nicht erst gekommen.

»So, Miss Reese«, sagte er schließlich und ging um den Schreibtisch, um ihr die Hand zu geben. »Es freut mich, Sie kennenzulernen, wenn mir auch die Gründe für unser Treffen nicht ganz klar sind.«

Genie kramte in ihrer Handtasche und reichte ihm dann ein paar Dokumente. »Meine Referenzen«, erklärte sie lächelnd, »damit Sie wissen, daß ich die bin, für die ich mich ausgebe. Und dies ist ein Fax von meinem Sender, in dem man mir grünes Licht für das Interview erteilt. Jetzt brauche ich nur noch Ihre Einwilligung, Baron Arnhaldt.«

Am Rande seines Schreibtisches sitzend, betrachtete er sie schweigend aus blaßblauen Augen. Genie bemühte sich um ein noch einnehmenderes Lächeln. »Natürlich ist dieses Projekt nicht nur für Amerika gedacht«, improvisierte sie rasch. »Für ein interessantes Porträt wie dieses gibt es auch in Europa ein breites Publikum. Schließlich zählen Sie, Baron, zu den reichsten Männern der Welt *und* zu einem der interessantesten. Ich dachte, wir beginnen am besten damit, daß Sie mir kurz die Familienchronik erzählen, vielleicht sogar mit einem Rundgang durch das Haus verbunden. Und anschließend eventuell ein kurzer Blick in Ihre Stahlfabriken und Büros. Ich sollte noch erwähnen, daß die Liste unserer möglichen Inverviewpartner so prominente Namen wie Agnelli, Getty und den Duke of Westminster beinhaltet: alles Männer, deren Familien Dynastien gegründet haben und die das Familienunternehmen zu noch größerer Macht und noch mehr Reichtum geführt haben.«

Ihn aufmerksam unter den Wimpern hervor musternd, überreichte sie ihm die Namensliste. Würde er anspringen oder nicht?

Plötzlich lächelte Arnhaldt. Er faltete die Arme über der Brust und sagte: »Ich muß zugeben, ich fühle mich geschmeichelt, diesem illustren Kreise zugerechnet zu werden und zu erfahren, daß das Fernsehpublikum an einem so prosaischen Menschen wie mir interessiert sein könnte.«

Erleichtert lächelte Genie zurück. »Diese Aussage kann ich nicht akzeptieren, Sir. Ich habe bereits ein wenig über Ihre Familie wie auch über Ihr Unternehmen gelesen, und ich muß sagen, ich finde beide Bereiche außerordentlich faszinierend, und mein Publikum sicherlich ebenfalls. Ihr Ururgroßvater beispielsweise, der Begründer des Unternehmens, muß ein sehr dynamischer Charakter gewesen sein.«

»Der erste Ferdinand Arnhaldt. Ich bin nach ihm benannt worden«, sagte der Baron versonnen. »Ja, ich denke, jeder einzelne Arnhaldt hat seine ganz eigenen Spuren hinterlassen. Aber im Zeitalter der Liberalisierung dürfen wir natürlich keinesfalls die weiblichen Arnhaldts vergessen. Wie beispielsweise die alte Dame mit dem Textilgeschäft, deren einziger Sohn das Unternehmen begründet hat. Sie war ungebildet, arm und verwitwet, und dennoch war es allein ihre Stärke und Weisheit, die ihren Sohn letztlich zum Erfolg geführt haben. Sie übertrug alles Wissen und alles Handlungsgeschick, das sie sich in ihrem kleinen Laden erworben hatte, einfach auf breiter angelegte Projekte, die Ferdinand Arnhaldt dann ausführte. Sie bestand sogar darauf, direkt neben der Gießerei zu wohnen. Sie sagte, wenn sie sehe, wie aus den Schmelzhütten die Funken sprühten, dann wisse sie, daß mit dem Arnhaldt-Unternehmen alles in Ordnung sei. Erst im hohen Alter, nachdem ihr Sohn dieses Haus erbaut hatte, willigte sie ein, hierher zu ziehen. Die nachfolgenden Arnhaldt-Männer schienen daraus eine Lehre gezogen zu haben: Sie heirateten immer starke Frauen. Besonders meine Urgroßmutter wäre für Ihre Zuschauer von Interesse. Meine Mutter starb, als ich noch ein Kind war, und so wurde ich von ihr aufgezogen.«

Er deutete auf ein Gemälde hinter seinem Schreibtisch. Es war von Sargent und zeigte eine hochgewachsene Frau in blaßschimmernder Satinrobe mit rosa Rosen im schwarzen Haar. Ihre Gesichtszüge waren ebenmäßig und ihre Aufmachung romantisch, doch ihre hellen Augen blickten hochmütig von der Leinwand herab, als sei ihr das Modellstehen überaus lästig, da es sie von weit wichtigeren Aufgaben abhielt. »Gebieterisch« war das Wort, das Genie spontan mit ihr assoziierte.

»Sie war vermutlich die stärkste der Arnhaldt Frauen«, erzählte Ferdie weiter. »Sie kommandierte alle herum: die Dienstboten, die Arbeiter, die Fabrikmanager, die Direktoren. Sogar meinen Vater. Erst als er starb, zog sie sich aus dem Geschäft zurück und widmete ihr ganzes Leben mir.«

Verblüfft schaute Genie ihn an. Solche intime Einblicke hatte sie nicht erwartet, vor allem nicht in diesem frühen Stadium.

»Alles, was ich weiß, habe ich von ihr gelernt«, sagte Arnhaldt leise. »Sie war mir Mutter und Vater, sie war mein geschäftlicher Berater und mein Richter.«

»Richter?«

Er zuckte ausweichend mit den Achseln und wechselte das Thema. »Sind Sie eigens wegen mir nach Europa gekommen, Miss Reese? Oder haben Sie noch andere geschäftliche Dinge zu erledigen?«

Genie errötete. Er hatte sie überrumpelt. »Ich . . . äh, ja, das stimmt. Ursprünglich bin ich wegen einer Reportage über die Edelstein-Auktion in Europa. Diese Auktion in Genf, die von allerlei dummen Gerüchten über eine russische Familie, die Ivanoffs, begleitet war.«

Seine Mundwinkel verzogen sich zu einem herablassenden Grinsen. »An dieses Ammenmärchen glaubt doch sicher kein Mensch!«

»Da irren Sie, man glaubt sehr wohl daran. Man munkelt sogar, daß Sie, Baron, der Käufer dieses Smaragdes sind.«

Mit klopfendem Herzen beobachtete sie, wie Arnhaldt aufstand und hinter seinen Schreibtisch zurückging. Er setzte sich in den abgenutzten Lederstuhl und legte die Hände vor sich auf die Schreibtischplatte. Als er sie schließlich anblickte, hatten seine blaßblauen Augen einen eisigen, harten Glanz. »Ist das der eigentliche Grund Ihres Kommens? Mir lächerliche Fragen zu stellen über Themen, die mich nicht im geringsten interessieren?«

Genie schüttelte den Kopf. »Gerade das ist ja das Verwirrende. Ich meine, *weshalb* sollten Sie den Smaragd gekauft haben? Das ergibt überhaupt keinen Sinn. Oder sind Sie etwa ein Sammler seltener Edelsteine?«

»Ich habe kein Interesse an Smaragden, Miss Reese«, sagte er kalt. »Und auch nicht an Diamanten oder Rubinen. Mein Geschäft ist Stahl!«

Über die Haussprechanlage summte er den Butler herbei, stolzierte dann zur Tür und hielt sie auf.

Wütend biß Genie sich auf die Lippen. Das Interview war vorbei; sie hatte es vermasselt. Dennoch war seine offenkundige Wut seltsam. *Es sei denn, er hat tatsächlich den Smaragd gekauft und war nun wütend, daß man das herausgefunden hatte.*

Im Aufstehen warf sie einen neugierigen Blick auf seinen Schreibtisch. Baron Arnhaldt war ein Kritzler, und sein Notizblock war mit allen möglichen Zeichnungen vollbeschmiert. Genie traute ihren Augen nicht, als sie auf dem Block eine Skizze des Ivanoff-Diadems und des Smaragdes entdeckte. Sie ließ ihre Handtasche zu Boden fallen und beugte sich neben dem Schreibtisch hinunter, um sie aufzuheben. Jetzt sah sie es ganz deutlich: Es war das Diadem! Fieberhaft überlegte sie, wie sie in Besitz dieses Blockes kommen könnte. Aus den Augenwinkeln bemerkte sie Arnhaldts ungeduldigen Blick und wußte, daß es keine Möglichkeit gab. Als sie ihre Handtasche aufgehoben hatte, ging sie mit gespielt zerknirschter Miene zur Tür. »Entschuldigen Sie, wenn ich Sie verärgert haben sollte, Baron«, sagte sie leise. »Das war nur ein dummes Gerücht. Diese Sache hat absolut nichts mit meinem Projekt zu tun. Sie haben mich gefragt, weshalb ich in Europa bin, und da sind wir dann auf dieses leidige Thema gekommen.«

Er nickte schroff und streckte ihr die Hand entgegen. Sie war kalt wie seine Augen. »Auf Wiedersehen, Miss Reese.«

Auf der Hälfte des Korridors angelangt, hörte sie ihn plötzlich ihren Namen rufen. Überrascht wandte sie sich um. »Miß Reese«, sagte er, »ich werde Ihnen wegen des Interviews noch Bescheid geben. Vielleicht wäre es gar nicht so uninteressant.«

Auf der dreißig Kilometer langen Rückfahrt nach Düsseldorf überlegte sie angespannt, was er wohl mit seinen Worten gemeint haben könnte. Wollte er tatsächlich das Interview machen? Und bedeutete die Zeichnung, daß er wirklich der Käufer des Smaragdes war. Arnhaldt war ein Buch mit sieben Siegeln, er würde seine Geheimnisse nie preisgeben. Seine Verärgerung über ihre Frage war zwar offenkundig gewesen, doch sie wußte, daß Ärger für Valentin Solovsky noch lange kein Beweis war. Sie würde in Phase zwei ihres Planes gehen müssen.

Im Geiste wiederholte sie seine Anweisungen. Später, nach Arbeitsschluß, würde sie Markheim in seinem Büro in der Friedrichstraße aufsuchen. Markheims Kundenstamm war international, und da er für seine Telefonate die Zeitunterschiede zu beachten hatte, blieb er immer länger im Büro. Sie würde ihm mitteilen, daß sie über seine Rolle als Zwischenhändler erfahren hatte und ihm in ihrer Funktion als Reporterin des amerikanischen Fernsehens einen bestimmten Geldbetrag anbiete, damit er ihr erzähle, für wen er den Kauf getätigt hatte. Selbstverständlich würde sie ihm absolute Diskretion zusichern.

Der Gedanke an die mit Valentin abgesprochene Bestechungssumme verursachte ihr ein flaues Gefühl im Magen. *Eine Million Dollar!* Was soll's? sagte sie sich dann philosophisch. Fernsehreporter gelten sowieso als verhinderte Schauspieler. Jetzt mußte sie eben die Mata Hari-Rolle übernehmen. Dennoch würde sie sich erheblich wohler fühlen, wenn Cal mit in dem Spiel wäre. Im Hotel angelangt, rief sie in seinem Zimmer an, erfuhr jedoch, daß er bereits abgereist sei. Er hatte ihr eine Nachricht hinterlassen, in der er sie bat, ihn in Washington anzurufen. Bekümmert seufzte sie auf. Washington war zu weit, als daß Cal ihr helfen könnte — sie war allein auf sich gestellt. Sie wartete bis sechs Uhr dreißig und nahm dann ein Taxi in die Friedrichstraße.

Markhofs Büro befand sich im zehnten Stock eines modernen Hochhauses, dessen Eingänge von zwei verschiedenen Straßen aus in eine weiträumige Marmor-Empfangshalle mit Geschäftsarkaden und vier Aufzügen führten. Trotz Ladenschluß herrschte noch ein geschäftiges Kommen und Gehen. Genie drückte auf den Aufzugknopf. Der Lift fuhr nach unten, und zwei Geschäftsmänner stiegen aus. Nervös ließ sich Genie in den zehnten Stock fahren, zupfte immer wieder an ihrer Kostümjacke und strich mit der Hand durch das Haar.

Der zehnte Stock war ein leerer, langer Gang mit Büros an beiden Seiten. Markheims Büro lag am hintersten Ende. Sie drückte auf die Klingel und spähte durch den Spion in der massiven Mahagonitür. Halb erwartete sie, Markheims Auge auf der anderen Seite der Tür zu sehen, doch niemand kam. Auch als sie abermals klingelte, wurde ihr nicht geöffnet.

»Verdammt!« fluchte sie leise, sich enttäuscht abwendend. »Genau an *dem* Abend, an dem ich komme, ist er nicht da!« Das bedeutete, daß sie, statt sich um neun in das Flugzeug nach Paris zu setzen, wo sie mit Valentin verabredet war, eine weitere Nacht in Düsseldorf verbringen mußte. Plötzlich fiel ihr ein, daß Markheim womöglich gerade telefonierte und deshalb nicht an die Tür kommen konnte.

Also ging sie wieder zurück, läutete abermals und drückte dann, da wieder keine Antwort kam, probeweise auf die Türklinke. Zu ihrer Überraschung war die Tür nicht abgesperrt. Rasch trat sie in das Zimmer und machte die Tür hinter sich zu.

»Mr. Markheim?« rief sie, sich neugierig umblickend. Das kleine Vorzimmer war geschmackvoll mit antiken Möbeln und erlesenen Gemälden ausgestattet. Kein Wunder; immerhin war dies Markheims Geschäft. Die Lampen brannten, und auf einem kleinen Tisch vor einem brokatüberzogenen Sofa standen zwei volle Tassen Kaffee. Genie untersuchte sie genauer: Der Kaffee war noch warm, also konnte Markheim nicht weit sein. Vielleicht war er nur kurz in die Halle hinuntergefahren.

Die Tür zum Büro stand einen winzigen Spalt auf, und als Genie erneut seinen Namen gerufen hatte, stieß sie sie auf. Sämtliche Lichter brannten, und Markheim saß, halb von ihr abgewandt, hinter seinem Schreibtisch. Verlegen biß sie sich auf die Lippen; sie kam sich vor wie ein auf frischer Tat ertappter Einbrecher.

»Verzeihen Sie vielmals«, stieß sie errötend hervor, »mir war nicht klar . . .« Verblüfft brach sie ab, da Markheim völlig reglos blieb. »Mr. Markheim?« rief sie mit bebender Stimme, während sie um den Schreibtisch ging und ihm ins Gesicht schaute. Aus glasigen Augen starrte er sie an — aber er konnte sie nicht sehen, weil er mitten auf der Stirn ein kleines, rundes Loch hatte. Er war tot!

Panik überflutete sie. Sie glaubte, schreien zu müssen, in Ohnmacht zu fallen, zu erbrechen! Sie befand sich mit einem Toten im Raum. *Einem Ermordeten!*

Mit einem erstickten Aufschrei wirbelte sie herum, fürchtete, gleich Aug' in Aug' dem Mörder gegenüberzustehen, aber das Zimmer war leer. Sie blickte sich wieder nach Markheim um. An seinem Mundwinkel klebte eine geronnene Blutspur, sonst wirkten er und das Zimmer erschreckend normal. Eine neuerliche Panikwelle überkam sie, und sie floh durch das Vorzimmer zur Tür hinaus. Schwer atmend spähte sie den stillen, leeren Gang entlang. Er hatte seine frühere Unschuld verloren, wirkte plötzlich gefährlich wie ein Minenfeld. Was, wenn der Mörder sie das Büro hatte betreten sehen? Und jetzt hinter einer dieser stummen Türen auf sie lauerte? Um sie zu packen, sie zu ermorden, *wie er Markheim ermordet hatte!* Fieberhaft versuchte sich Genie zu entsinnen, was sie in ihrem Selbstverteidigungskurs gelernt hatte, ehe sie dann, als seien sämtliche Teufel hinter ihr her, durch den Gang zum Lift raste. Sie schlug mit der Faust auf den Knopf und hüpfte ungeduldig auf und ab, bis er endlich ankam.

Die beiden Frauen im Lift maßen sie mit neugierigen Blicken, als sie hereinstürzte und den Finger so lange auf den untersten Knopf preßte, bis die Türen sich schlossen und der Aufzug sich in Bewegung setzte. Sobald die Türen aufglitten, sprang sie hinaus, jagte durch die marmorne Empfangshalle auf die belebte Straße hinaus, sog keuchend die kalte Nachtluft ein und wartete, bis ihre Knie zu zittern aufhörten. Um ihre Fassung wieder zu gewinnen, wanderte sie ein Stück die Straße entlang, ehe sie schließlich ein vorbeifahrendes Taxi anhielt.

Zurück im Hotel, warf sie ihre Kleidung in den Koffer, rief nach einem Träger, ging zur Rezeption hinunter und bezahlte die Rechnung. Eine halbe Stunde später war sie bereits am Flughafen, wo sie schnurstracks zur Bar ging, sich einen doppelten Brandy bestellte und ungeduldig die Minuten zählte, bis sie an Bord gehen konnte. Doch erst als das Flugzeug abhob, fühlte sie sich wieder sicher. Sie war auf dem Weg nach Paris. Zu Valentin.

15

Paris

Der Genfer Flughafen war wie üblich von Gruppen junger Skifahrer und gehetzten Geschäftsleuten überfüllt. Valentin war spät dran. Er buchte am Erster-Klasse-Schalter der British Airways einen Flug nach London. Nichts als seinen Aktenkoffer in der Hand, schritt er rasch zum Flugsteig. Aus den Augenwinkeln beobachtete er die beiden Männer, die ihm in etwa vierzig Metern Abstand folgten. In ihren schwarzen Mänteln und mit den Aktenkoffern in der Hand wirkten sie völlig unauffällig, aber für Valentin sahen sie aus, als hätten sie die roten KGB-Abzeichen an ihren Fellmützen.

Er nahm auf dem für ihn reservierten Sitz Platz. Die Stewardeß wollte ihm seinen Mantel abnehmen, doch Valentin wehrte ab. Er ließ sich eine Ausgabe des *International Herald Tribune* geben und warf einen Blick über die Schulter, als der Vorhang, der die erste von der zweiten Klasse trennte, zurückgezogen wurde und einer der KGB-Agenten eintrat und aufmerksam die Sitzreihen der Ersten Klasse betrachtete. Mit ausdrucksloser Miene begegnete er Valentins Blick und kehrte dann, auf das bedauernde Kopfschütteln der Stewardeß hin, gehorsam in die zweite Klasse zurück.

Valentin wartete, bis der letzte Passagier zugestiegen war. Als der Captain über die Sprechanlage seine Mannschaft zum Schließen der Türen aufforderte — »Doors to manual, please, cabin crew« —, stand Valentin auf, schnappte sein Aktenköfferchen und ging zur vordersten Tür des Flugzeugs. »Entschuldigen Sie«, wandte er sich höflich an die Stewardeß, »aber ich habe entschieden, diesen Flug doch nicht zu nehmen. Dringende Geschäfte . . .«

Als er durch den Tunnelgang des British Airway-Fluges zurückgeeilt war, begab er sich zum Schalter der Air France. Der Flug nach Paris wurde gerade aufgerufen. Er blickte zurück; die Menschenmenge war verschwunden, und von den beiden KGB-Männern war keine Spur zu sehen. Grinsend malte sich Valentin ihre verdutzten Gesichter aus, wenn sie in Heathrow auf ihn warteten.

Das kleine Hotel im Viertel St. Germain strahlte eine Art morbiden Charme aus. Die *toile de jouy*-Tapete war im Lauf der Zeit in ein einheitliches, verschwommenes Rosa verblichen, und das altmodische französische Doppelbett war zu kurz. Doch die Bettbezüge waren makellos weiß, auf der Kommode stand ein Strauß frischer Blumen, und durch das Fenster konnte man auf einen bezaubernden Innenhof hinausblicken.

Die Haare mit dem Handtuch trockenrubbelnd, kam Valentin aus dem Bad. Er legte seine Armbanduhr wieder um und schaute dabei nach der Zeit. Acht Uhr. Da Genie ihm keine Nachricht hinterlegt hatte, müßte sie mit dem Neun-Uhr-Flug kommen. Es sei denn, sie hätte sich anders entschieden. Doch das bezweifelte er. Genie Reese wußte genau, was sie wollte, und sie war entschlossen, es auch zu bekommen, selbst wenn es einige außerplanmäßige Aktivitäten erforderte. Abgesehen davon hatte er das Gefühl, daß sie ihn genauso gerne wiedersehen wollte wie er sie. Er wußte, es war falsch, verrückt, aber so war es nun mal — er konnte es kaum erwarten, sie zu sehen.

Er zog eine Jeans und einen beigen Kaschmirpullover mit rundem Ausschnitt über und legte sich dann mit hinter dem Kopf verschränkten Händen auf das Bett. Vor seiner Abreise aus Moskau hatte er, die Hintergründe der Ivanoff-Geschichte und der Minen betreffend, sorgfältige Nachforschungen angestellt. Als Genie ihm über Markheim und die Düsseldorfer Verbindung erzählt hatte, mußte er nur zwei und zwei zusammenzählen: Die Arnhaldts hatten diese Minen jahrelang in Rußland geleast. Deshalb wußte er, daß noch ein dritter Mann im Spiel war. Ferdie Arnhaldt.

Genie war ihm sehr gelegen gekommen, ein williges Opfer für seinen Plan. Sie wollte die Story, er wollte die Informationen. Es war ein fairer Handel. Natürlich hatte sie gefragt, weshalb die Russen die »Dame« finden wollten, und da hat er ihr von dem Geld erzählt.

»Sie müssen wissen«, hatte er gesagt, »daß die Russen nach der Revolution alle Gelder und Besitztümer konfisziert haben. Es gab keine privaten Güter mehr, alles gehörte dem

Volk. Wir sind der Ansicht, daß dieses Geld in den Schweizer Banken *russisches* Geld ist, nicht Ivanoff-Geld. Leider weigern sich die Banken, unseren Anspruch anzuerkennen. Sie werden das Geld nur mit einer vom Notar beglaubigten Unterschrift eines Ivanoff-Erben freigeben — falls er überhaupt existiert. Da ist es doch nur verständlich, daß wir die »Dame« finden wollen. Wir hoffen, sie davon überzeugen zu können, daß es ihre Pflicht als Russin ist, ihrem Volk zu helfen, indem sie das Geld der Sowjetunion übergibt.« Achselzuckend hatte er hinzugefügt: »Auf seine Art hat das schließlich auch ihr Vorfahre, der Fürst, getan.«

»Und wenn sie sich weigert?« hatte Genie gefragt.

»Dann werden wir den Fall vor den internationalen Gerichtshof bringen.«

»Sie werden aber nicht . . . ich meine, die »Dame« kommt doch nicht in Gefahr?«

Er lachte. »Die Revolution liegt schon lange zurück. Wir sind keine Wilden, sondern zivilisierte Menschen wie Sie. Wir verlangen nicht einmal das Geld von dem Verkauf der Juwelen. Wir verlangen nur, daß sie Rußland das zurückgibt, was unserem Land rechtmäßig zusteht.«

Genie stieß einen erleichterten Seufzer aus, und dann erzählte er ihr, was sie tun sollte. Als er geendet hatte, lehnte sie sich eine Weile schweigend in dem gestreiften Sofa des Hotel Beau Rivage zurück und dachte nach.

Valentin betrachtete sie stumm, ihr sanftes, schmales Gesicht, die geschwungenen Brauen, die besorgten, blauen Augen und den weichen Mund, dessen Süße ihre professionelle Härte, die sie wie einen Mantel um sich legte, um ihre Verletzbarkeit zu verdecken, Lügen strafte. Sie trug ein schlichtes schwarzes Kleid, ihr blondes Haar schimmerte unter dem weichen Licht der Lampe, und Valentin dachte, daß sie die hübscheste Frau ist, die er je gesehen hat.

Sie las die Boschaft in seinen Augen und verstand, was sie bedeutete. »Okay«, sagte sie sanft. »Ich werde es tun, Valentin.« Und dann waren sie wieder zum geschäftlichen Teil ihres Gespräches übergegangen und hatten ausgemacht, sich heute abend in Paris zu treffen.

Er zog den Vorhang zurück und spähte in den Innenhof, instinktiv die gegenüberliegenden Fenster prüfend. Alle Jalousien waren geschlossen, und auf den kleinen, kahlen Bäumen lag eine dünne Schicht Schnee. Er war sich ziemlich sicher, die KGB-Männer abgeschüttelt zu haben, doch sie waren schlau und nicht zu unterschätzen. Sein Vater in Moskau kam ihm in den Sinn. Ein sorgengeplagter Mann.

Unzählige Male hatte er sich die Geschichte seines Vaters durch den Kopf gehen lassen, und er zweifelte nicht an deren Wahrheit. Dennoch konnte er sich beim besten Willen nicht vorstellen, Fürst Mischa Ivanoffs Enkel zu sein. Sein Großvater war der Bauer Grigori Solovsky, ein Mann, der ihn geliebt, ebenso innig geliebt hatte wie er ihn, und zwar auf eine Art, wie es nur unter Blutsverwandten möglich ist. Es schien ihm ungerecht, daß sein Vater der Leidtragende seiner Vergangenheit sein sollte. Schließlich war er damals nur ein kleiner, hilfloser Junge gewesen. Sein einziges Verbrechen bestand darin, der Sohn eines reichen Adligen zu sein.

»Ich darf nicht zulassen, daß mein Vater dafür leidet«, sagte sich Valentin erneut. »Seine wahre Identität darf nicht bekannt werden. Nicht wegen mir, sondern auch um Grigori Solovskys willen. Unsere ganze Familie würde in Mißkredit geraten. Warum will Boris das nicht einsehen?« Das Problem war, daß er Boris' Spiel nicht durchschaute. Wollte Boris sein Vorhaben verwirklichen, um seinem Vater zu schaden, oder wollte er sich durch die Rückführung des Ivanoff-Schatzes an Rußland lediglich mit Ruhm schmücken, auf daß ihm ein Denkmal am Roten Platz sicher war? Boris war nicht nur ein unberechenbarer, sondern auch ein grausamer Mann, und sein Vater hatte gesagt, er gehe auch, wenn es sein müsse, über Leichen.

»Und notfalls werde ich das auch tun!« schwor sich Valentin grimmig.

Um elf Uhr klingelte endlich das Telefon. Genies Stimme klang zittrig. Sie rief von der Rezeption aus an, und Valentin bat sie, sofort zu ihm heraufzukommen.

Er erkannte sogleich, daß irgend etwas nicht stimmte. Ihr

Gesicht war weiß wie die Wand und ihre Pupillen so erweitert, daß ihre Augen schwarz wirkten. Beschützend legte er die Arme um sie.

»Was ist passiert, *Malenkaya*?« fragte er.

Vor lauter Zittern brachte sie anfangs keinen Ton heraus. Dann brachen plötzlich all die angestauten Gefühle, die sie während der Reise hatte unterdrücken müssen, aus ihr hervor, und sie begann zu weinen.

Valentin nahm ihr den Mantel ab und setzte sie auf das Bett. Er zog ihr die verwegenen, braunen Cowboystiefel aus und massierte ihre eisigen Füße. Darauf ging er zur Minibar, goß ihr ein Glas Brandy ein und blieb, während sie trank, neben ihr stehen.

Mit tränenverhangenen Augen schaute sie zu ihm auf. »Es ist wegen Markheim«, flüsterte sie, »er . . . er ist tot . . . erschossen . . . ermordet . . .«

Er setzte sich neben sie aufs Bett. »Wo? Wo haben Sie ihn gefunden, Genie?«

»In seinem Büro. Ich bin hingegangen . . ., nachdem ich bei Arnhaldt war . . . Ich wollte ihm das Bestechungsgeld anbieten, wie Sie es gesagt hatten. Aber . . . aber . . . oh, Valentin . . .«, aufschluchzend sank sie ihm in die Arme, ». . . kurz bevor ich kam, hat ihn jemand umgebracht. Es muß nur Minuten vorher passiert sein! Der Kaffee war noch warm . . .«

»Hat Sie jemand in das Büro gehen sehen?« fragte er eindringlich. »Oder hinausgehen?«

»Zwei Frauen sind mit mir im Lift nach unten gefahren. Ich glaube nicht, daß sie irgend etwas bemerkt haben. Nur, daß ich es sehr eilig hatte.«

Leise vor sich hinweinend, vergrub sie ihr Gesicht an seiner Brust, und Valentin legte seufzend die Arme um sie. Er überlegte, wer Markheim getötet haben könnte. Und weshalb? Entweder hatte Markheim sich bestechen lassen und den Namen des Käufers verraten und war dann eliminiert worden, damit niemand sonst davon erfahren konnte, oder aber der Käufer hatte Markheim als ein schwaches Glied in der Kette erkannt und getötet.

»Genie«, sagte er ruhig, »was ist mit Ferdie Arnhaldt? Hat er den Smaragd gekauft?«

Ihre Tränen mit einem Taschentuch trocknend, setzte sie sich auf. »Ich bin mir nicht sicher. Irgend etwas muß er darüber aber wissen, weil er so heftig reagiert hat, als ich ihn darauf ansprach. Er hat mich mehr oder weniger vor die Tür gesetzt. Er sagte, er interessiere sich nicht für Edelsteine.« Sie schaute Valentin an. Allein seine Anwesenheit war tröstlich, und sie spürte, wie sie langsam wieder ruhiger wurde. »Arnhaldt hatte auf seinem Notizblock herumgekritzelt. Der Block lag auf dem Schreibtisch, gleich neben dem Telefon. *Valentin, er hat den Smaragd und das Ivanoff-Diadem gezeichnet!*«

»Sie haben gute Arbeit geleistet«, sagte er. »Es tut mir nur leid wegen Markheim. Glauben Sie mir, Genie, ich hätte Sie nie dorthin geschickt, wenn ich gewußt hätte, wie gefährlich das sein würde.«

Sie nickte. Seine tiefen, dunkelgrauen Augen, die schon zu viele Geheimnisse zu kennen schienen, sogen sie in sich ein. Sie vermochte nicht wegzuschauen. Wie ein Magnet von seinem Blick angezogen, drehte sie sich ihm zu.

»Und glaubst du mir, Genie, wenn ich dir sage, daß ich dich sehr vermißt habe?« fragte er leise, während er ihre Hand ergriff.

Wieder nickte sie.

Er zog sie an sich, und ihre Lippen teilten sich unter den seinen, als er sie küßte; seine Hände waren in ihren Haaren, liebkosten ihren Nacken, strichen zärtlich über ihren angespannten Rücken. Und bald gab es für sie keinen Arnhaldt und keinen Markheim mehr, kein Rußland und kein Amerika.

Sehr viel später, er schlief bereits, lag sie zusammengerollt neben ihm, fühlte seinen Atem auf ihrer Wange, die Geborgenheit seiner um sie geschlungenen Arme und dachte darüber nach, was sie über Liebe auf den ersten Blick gehört hatte. Man hatte ihr immer erzählt, daß so etwas möglich sei, und nun war sie nahe daran, es zu glauben.

16

Istanbul

Am Atatürk-Airport wartete ein Wagen auf Leyla, »Willkommen daheim, Miss Leyla«, strahlte sie der Chauffeur an. »Kazahn Pascha erwartet Sie bereits. Ich werde Sie gleich in den *yali* fahren.«

Typisch Michael Kazahn, dachte Leyla schmunzelnd. Er ging einfach davon aus, daß sie seinem Befehl auf der Stelle Folge leisten und sich brav in das nächste Flugzeug nach Istanbul setzen würde. Und wie üblich hatte er recht behalten. Allerdings überraschte es sie, daß sie in den *yali* fuhren: Er diente der Familie inzwischen hauptsächlich als Sommerresidenz. Sowohl Michael als auch Ahmet hatten sich großzügige, moderne Häuser auf dem Gipfel eines steilen Hügels in Yenikoy gebaut, von denen aus man einen eindrucksvollen Ausblick auf den tief unten schimmernden Bosporus hatte. Das konnte nur heißen, daß die Besprechung sehr ernst werden würde, da Michael der Meinung war, die Wände aller Häuser, außer denen des *yali*, hätten Ohren.

Die Fahrt vom Flughafen schien endlos zu sein. Leylas Magen krampfte sich nervös zusammen, als sich der Chauffeur langsam durch das Verkehrschaos in Eminonu schlängelte und dann, nachdem er die Galatea-Brücke, die von der Altstadt in die Neustadt führte, überquert hatte, mit dem in der Türkei üblichen, halsbrecherischen Tempo am Ufer des Bosporus entlang Richtung Yenikoy brauste.

Es war ein klarer, kalter Tag, aber Leyla starrte blicklos aus dem Fenster, ohne die auf dem Wasser tanzenden Sonnenstrahlen wahrzunehmen. Sie passierten Bebek, wo sie zur Schule gegangen war, fuhren am alten Schloß von Rumeli Hissari vorbei und weiter durch Emirgan mit seinem herrlichen Park.

Die alten, häßlichen Docks bei Istinye waren beseitigt worden, und die sanft geschwungene Bucht wirkte, bis auf eine kleine Werft, auf der eine Handvoll auf Trockendock liegender Schiffe repariert wurden, wieder sauber und unberührt. In der Tiefwasser-Vertäuung ankerte ein gigantischer, russischer Tanker mit rotem Rumpf, an dessen Schornstein das Hammer-und-Sichel-Motiv prangte. Leyla beäugte ihn argwöhnisch im Vorbeifahren. Der enorme Oberbau in seinen Bugriemen drohte das Schiff nach hinten zu kippen; Leyla wußte, daß der Tanker ein Eigengewicht von mindestens einer halben Million Tonnen haben mußte, mehr als irgendeines von den Schiffen ihres Vaters, weil Ahmet immer auf Nummer Sicher ging, um Katastrophen mit ihren verheerenden ökologischen Folgen weitgehend auszuschließen.

Der Wagen glitt an dem stummen, düsteren Tanker vorbei, folgte der Kurve in Richtung Yenikoy, wo die Fährschiffe lärmend und tutend nach Tarabya übersetzten, und fuhr dann scharf nach rechts durch die riesigen Holztore, die zum Innenhof des Kazahn-*yali* führten.

Der *yali* sah noch genauso aus wie zu Zeiten von Tariq Pascha: die schlichte blaßgrüne Holzfassade mit den weißen, üppig geschnitzten Balkonen und dem kunstvoll ziselierten Gitterwerk, der kopfsteingepflasterte Innenhof mit den schattigen Bäumen, den Viktorianischen Laternen und den aus Ausgrabungen in Anatolien stammenden Fragmenten antiker Säulen und Statuen. Im Kontrast zu der unpretentiösen Fassade stand die prächtige Innenausstattung: antike türkische Teppiche und niedere, seidenbespannte Diwane, die weiträumige Halle mit dem Marmorboden und den herrlichen blauen Izmir-Kacheln, die lange, von Blumen überquellende Terrasse an den Gestaden des Bosporus, auf der sich früher, an lauen Sommerabenden, immer die ganze Familie versammelt hatte. Das ganze Haus war voller Kostbarkeiten: antike türkische Silber- und Messingobjekte, seltene Wandbehänge aus Bursa, jahrhundertealte Kalligraphien aus Persien. Es gab Säulen aus Porphyr, herrliche Einlegearbeiten an den Wänden und einen auf Leinwand gemalten Plafond, der an den berühmten Ottomanischen Brokat gemahnte. Leyla ging nie durch diese schweren Holztore, ohne dabei an ihren Urgroßvater zu denken, denn bei der Gestaltung des Familienhauses hatten sich Tariq und Han-Su gleichzeitig ein lebendiges Museum und ein Denkmal ihrer selbst geschaffen.

Man erwartete sie in Tariq Paschas ehemaligem Büro. Ihr Vater, Ahmet, stürzte ihr entgegen, um sie zu umarmen, und schaute sich dann verwundert nach Anna um.

»Wo ist sie?« donnerte Michael, während er, sein Bein schwingend und mit dem Spazierstock ungehalten auf den Boden hämmernd, auf sie zuhumpelte.

»Oh, Großvater, ich weiß es nicht!« rief sie und brach in Tränen aus.

Sie sank in den Sessel am großen Erkerfenster, das auf den Bosporus hinausblickte, und schluchzte bitterlich in ihre vor das Gesicht gehaltenen Hände. Ratlos blickte Michael sie an. »Wein doch nicht, Leyla!« sagte er schließlich rauh. »Dein alter Großvater hat nur wieder einen seiner Temperamentsausbrüche. Du weißt, daß das nichts zu sagen hat. Das ist eben meine Art.« Unbeholfen tätschelte er ihr das schwarze Haar.

»Ich weine ja nicht wegen dir, Großvater«, schluchzte sie. »Ich weine wegen Anna. Wir waren verabredet. Ich hatte ihr Ticket in der Tasche, aber sie ist einfach nicht gekommen. Sie hat keine Nachricht hinterlassen, nichts! Und nachdem, was du erzählt hast, habe ich jetzt entsetzliche Angst um sie!«

»Ich habe sie zu Hause und in ihrer Arbeitsstelle angerufen«, mischte sich Ahmet besorgt ein, »doch sie war nirgendwo zu erreichen. Kein Mensch scheint zu wissen, wo sie sich aufhält.«

»Wenn sie überhaupt einen Funken von Verstand hat, dann versteckt sie sich jetzt irgendwo«, schrie Michael mit seiner grollenden Stimme, »und wenn sie so viel Hirn hat, wie ich immer zu glauben geneigt war, dann wird sie auf dem schnellsten Weg hierherkommen!«

Leyla hob ihren Kopf und strich eine feuchte Haarsträhne aus ihrem tränennassen Gesicht. »Nein, das wird sie nicht«, sagte sie. »Sie hat Angst, nach Hause zu kommen.«

An seinen Vater gewandt, stieß Ahmet aufgebracht hervor: »Was habe ich dir gesagt! Ständig brüllst und wütest du, statt erst einmal nachzufragen . . .«

»Was hat das damit zu tun?« brüllte Michael nun wieder.

»Jetzt müssen wir erstmal der Sache auf den Grund gehen! Leyla, zunächst will ich wissen, *warum* Anna diesen Smaragd verkauft hat!«

»Sie brauchte Geld, um Missies Altersheim zu bezahlen. Die Kosten sind gigantisch. Ich hatte keine Ahnung, daß diese Stätten so teuer sind. Für ihre geliebte Missie war ihr natürlich nur das Beste gut genug.«

Michael nickte zustimmend. »Das ist auch richtig so. Aber warum hat sie Geld gebraucht? Was ist mit der Million von Tariq Pascha?«

»Ach, Großvater, Anna war doch erst siebzehn, als sie das Geld geerbt hat! Sie mußte eine Menge Schulden bezahlen und hat das Haus in Los Angeles gekauft«, erinnerte ihn Leyla. »Sie wurde schlecht beraten und hat ihr restliches Geld dann durch falsche Investitionen verloren. Es reichte für Missie gerade noch so lange, bis sie in das Pflegeheim kam. Verstehst du denn nicht, Großvater?« fuhr Leyla fort, die Hand ihres Großvaters beschwörend drückend. »Anna hat sich geschämt, dich um Geld zu bitten. Sie sagte, die Kazahns hätten ihre Ehrenschuld bereits abbezahlt und die Verantwortung liege nun allein bei ihr. Aber sie konnte unmöglich so viel Geld verdienen, um neben ihrem eigenen Lebensunterhalt auch noch die Kosten für Missie aufzubringen.

Da rief sie mich an und sagte, sie wisse eine Lösung. Sie erzählte mir, daß Missie seit Jahren einen alten Pappkoffer unter ihrem Bett stehen habe. Anna hatte immer geglaubt, er enthalte Missies persönliche Erinnerungsstücke wie alte Fotos, Tagebücher und dergleichen. Aber als Missie nach Fairlawns zog, zeigte sie Anna diese berühmten Juwelen, die vermutlich Millionen wert sind, und gab ihr den Koffer zum Aufbewahren. Natürlich hatte sie ihr die alte Geschichte erzählt und sie wiederholt auf die Gefahr einer Entdeckung hingewiesen, aber Anna glaubte das nicht. Sie sagte, die Revolution liege nun schon so viele Jahre zurück und Rußland habe sich inzwischen so verändert — ihr wißt ja, *Glasnost, Perestroika* —, daß diese Dinge keine Rolle mehr spielten. Na ja, irgendwie fand ich das auch einleuchtend.

Dennoch beschlossen wir, vorsichtig zu sein. Letztes Jahr gaben wir den Diamanten zur Auktion frei und verkauften ihn ohne irgendwelche Probleme. Der Smaragd war freilich so groß, daß wir ihn nur als Hälften verkaufen konnten. Anna fand den Namen eines dafür geeigneten Edelsteinschleifers heraus, und ich brachte den Stein dann nach Bangkok. Zu einem gewissen Mr. Gerome Abyss.«

»Ich kenne den Namen«, sagte Ahmet. »Er war früher in Paris sehr angesehen und hat, bis er dann in Verruf kam, viel für Cartier gearbeitet. Das war ein großes Risiko, Leyla. Er hätte den Stein zerstören können. Wieviel habt ihr ihm gezahlt?«

»Ich habe ihm zehn Prozent zugesagt. Wir rechneten damit, daß dér Stein etwa zwei Millionen einbringen würde, keinesfalls mehr. Anna hat Abyss fünfundzwanzigtausend Dollar Vorschuß übersandt. Der Rest sollte nach dem Verkauf ausbezahlt werden.« Sie lächelte unfroh. »Jetzt ist Mr. Abyss reicher geworden, als er dachte.«

»War euch beiden denn nicht klar«, unterbrach Ahmet sie ruhig, »daß ein lupenreiner Smaragd dieser Größe außerordentlich selten ist? Daß er die Aufmerksamkeit von Experten der ganzen Welt auf sich ziehen würde? Cartier hat von dem Stein und dem Diadem sicher noch die Originalskizzen und -Pläne. Jede einzelne Facette ist darin enthalten. Der Stein mußte zwangsläufig identifiziert werden.«

»Wir glaubten eben, daß sich kein Mensch mehr darum kümmert«, seufzte Leyla. »Das schien uns alles nicht mehr wichtig. Und überhaupt — *warum* sollte sich denn jemand über den Ivanoff-Smaragd Gedanken machen?«

Michael humpelte nervös durch den Raum. »Es geht nicht nur um den Smaragd«, sagte er, »sondern vor allem um die Milliarden Ivanoff-Dollar auf den Banken.«

»Milliarden?« Leyla sah ihn verblüfft an. »Du meinst, diese Geschichte ist wahr? Es gibt wirklich Milliarden? *Und die gehören Anna?*«

»Natürlich ist es wahr!« brüllte Michael. »Dein Urgroßvater wußte davon. Und Missie ebenfalls.« Er stöhnte. »Aus Sicherheitsgründen hat sie Azaylee und Anna nie davon erzählt. Der KGB hat ein Gedächtnis wie ein Elefant, Leyla, er vergißt nichts.«

»Das ist noch nicht alles«, wandte Ahmet in seinem ruhigen, präzisen Tonfall ein. »Mein Spion hat exzellente Kontakte. Er hat nicht nur den Käufer aufgespürt, sondern auch den Grund erfahren, weshalb dieser willens war, jede Summe für den Smaragd zu bezahlen. Und was er sowie Rußland und Amerika tatsächlich wollen.« Entgeistert starrten ihn Leyla und Michael an, als er ihnen die Geschichte mit den Minen erzählte.

Abschließend sagte er: »Rußland verfügt über eine Eigentumsurkunde, die bekanntermaßen gefälscht ist, doch Amerika kann nichts dagegen tun, *es sei denn*, sie finden einen Nachkommen der Ivanoffs. Mit anderen Worten, *Anna*. Wenn die Russen sie finden, werden sie sie auf der Stelle nach Rußland verschleppen. Sie werden sich nicht nur die Vollmacht für die Milliarden, sondern auch die Eigentumsurkunde für die Minen von einer echten Ivanoff unterschreiben lassen.« Grimmig runzelte er die Brauen. »Und dann wird man natürlich nie wieder von ihr hören.«

»Meine liebe Enkeltochter«, sagte Michael ernst, Leylas Hände ergreifend, »jetzt weißt du, weshalb Anna in solch großer Gefahr schwebt. Wir müssen versuchen, sie zu finden und nach Istanbul zu bringen. Hier bei uns wird sie sicher sein.«

»Du und Anna habt einen schlimmen Fehler begangen«, sagte Ahmet leise. »Ich nehme an, du hast das Geld auf dem Schweizer Konto der Kazahns deponiert, weil Anna anonym bleiben wollte?«

»Wir wollten euch hinterher alles erklären«, wandte Leyla hastig ein. »Anna fand es so am sichersten. Sie sagte, es sei ein Nummernkonto, dessen Spur niemand zurückverfolgen könne.«

»Anna dachte wohl an das Nummernkonto der Kazahns, auf dem damals ihr Erbe hinterlegt war. Aber das Nummernkonto wurde vor kurzem geändert, und so hat sie den Scheck im Namen der Kazahn-Reederei auf ein offenes Konto eingezahlt.« Ahmet zuckte mit den Achseln. »Für den

Käufer oder jeden anderen daran Interessierten ist es ein Leichtes, so einen Scheck zurückzuverfolgen — *wenn er das tatsächlich will.* Heutzutage benötigt man dazu nur einen gewieften Hacker . . . Und inzwischen weiß ich auch, daß zumindest eine Person, der *Käufer* nämlich, der Meinung ist, daß die Kazahns den Smaragd verkauft haben.« Er stieß einen Seufzer aus. »Im Moment können wir nur abwarten.«

»Leyla«, schaltete sich Michael ein, »hat Anna jemals den Namen Arnhaldt erwähnt?«

»Meinst du den deutschen Stahlbaron?« Sie dachte einen Augenblick nach. »Ja, einmal. Sie erzählte, daß sie beim Zusammenpacken von Missies Sachen auf ein Bild von Baron Arnhaldt gestoßen sei, das aus einer Zeitung gerissen war. Sie fand es zwar seltsam, wollte Missie jedoch nicht danach fragen. Sie sagte, wenn Missie ihn bisher nie erwähnt hat, dann war er entweder nicht wichtig oder sie wollte nicht über ihn sprechen.«

»Wir glauben«, sagte Ahmet ruhig, »daß Ferdie Arnhaldt den Smaragd gekauft hat. Arnhaldt ist ein Größenwahnsinniger, wie vor ihm schon sein Vater und Großvater es waren. Er ist der Waffenkönig, und er weiß, daß er mit Hilfe dieser Minen die alleinige Kontrolle sowohl über das Verteidigungssystem als auch über den Waffennachschub hätte. Dann könnte er die ganze Welt erpressen. Er hat den Smaragd in der Hoffnung gekauft, daß er ihn zu der »Dame« führen wird. Zu Anna.«

»Aber wir wußten doch nichts über die Milliarden und die Minen!« rief Leyla verzweifelt. »Wir konnten uns einfach nicht vorstellen, daß Missies alte Geschichten tatsächlich wahr sind. Wir glaubten, die Vergangenheit sei vorüber; aus und vorbei.«

»Und so wäre es vermutlich auch, gäbe es da nicht diese Minen«, sagte Michael schroff. »Noch etwas, Leyla: Weiß Anna, wo sich das Original der Eigentumsurkunde befindet? Denn das ist etwas, wonach alle Welt sucht.«

Leylas leuchtend blaue Augen weiteten sich vor Schreck. »Oh, Großvater Kazahn Pascha«, flüsterte sie, »jetzt fällt es mir wieder ein. Es ist im Koffer, bei den Juwelen. Es ist ein altes Dokument, verblichen und an den Ecken verschrumpelt. Wir hielten es für wertlos, und Anna hat es nur aufgehoben, weil es die Unterschrift des Fürsten und das Ivanoff-Siegel trug. Sie sagte, sie wolle es behalten, für den Fall, daß sie jemals bei der Bank ihre Identität beweisen müsse. Aber sie wußte nichts von den Minen und den Milliarden. Oh, Kazahn Pascha«, schluchzte sie nun, »*dieses Dokument befindet sich in Annas Handtasche!*«

17

Moskau
Major-General Boris Solovsky studierte die Kopie der dechiffrierten Nachricht auf seinem Schreibtisch. Sie stammte von Valentin und war an dessen Vater, Sergei, gerichtet. Der Inhalt war knapp: Er habe noch keinen eindeutigen Beweis, wer den Smaragd gekauft habe, wisse aber, daß die Amerikaner es keinesfalls gewesen seien. Er sei verschiedenen anderen Hinweisen auf der Spur, bitte allerdings darum, daß Boris seine Spitzel abkommandiere, da für ihn als verdienten Diplomaten derlei Belästigungen eine Zumutung darstellten. Zudem benähmen sie sich so tölpelhaft und auffällig, daß sie wie ein rotes Tuch wirkten. In ein paar Tagen wolle er sich wieder melden.

Wütend hämmerte Boris mit der Faust auf den Schreibtisch. Valentin war wie sein Vater: arrogant, klug und viel zu attraktiv.

Er lehnte sich in seinen Stuhl zurück; sein kahl rasierter Schädel schimmerte im Lampenlicht, und sein fleischiges, düsteres Gesicht war zu einer haßerfüllten Fratze verzerrt. Sein Kiefer war angespannt vor Wut, wodurch sich die Linien, die von Nase zu Mund führten, noch vertieften, und seine wulstige Stirn wölbte sich bedrohlich über seinen kleinen, bösen Augen.

Er hatte seinen Adoptivbruder immer gehaßt. Von Anfang an hatte er gespürt, daß Sergei anders war: Er sah anders aus, verhielt sich anders, redete anders — wenn er überhaupt redete. Dieser Kerl hatte sogar anders *gerochen!*

Als sein Vater damals den Jungen nach Hause gebracht hatte, hatte er ihn der Familie als einen Waisen der Revolution namens Sergei vorgestellt, der von nun an als Sohn bei ihnen leben würde. Boris würde nie vergessen, wie sich die hellblauen Augen seiner Mutter angesichts des schmutzigen, erschöpften kleinen Jungen vor Mitgefühl verdunkelt hatten. Ungestüm hatte sie ihn in ihre Arme genommen, ihn an ihren ausladenden Busen gedrückt und ihm Wort des Trostes zugemurmelt. An diesem Tag war in Boris' Herz der erste Funke bitterer Eifersucht aufgeflackert, der in den folgenden Jahren zu einem verzehrenden Feuer angewachsen war, geschürt von seines Vaters seltsamem Stolz auf jedweden Erfolg des Fremdlings.

Schon im Alter von sieben Jahren war ihm der vier Jahre jüngere Sergei in allen Dingen überlegen gewesen, eine Tatsache, die auch sein Vater bemerkt hatte. Grigori machte kein Hehl daraus, wie stolz er auf Sergeis schulische Leistungen war. Sergei hatte einige Grade übersprungen und war nur eine Klasse unter Boris. Es war nicht so, daß sein Vater ihn, Boris, ignoriert hätte. Er lobte seinen Arbeitswillen und seinen Eifer, doch Boris mußte dreimal soviel wie Sergei lernen, um gute Noten zu erzielen. Irgendwie schien Sergei alles, was er tat, sei es nun Reiten oder Lernen, viel leichterzufallen.

Dafür wußte er Dinge über seinen neuen Bruder, von denen sein Vater keine Ahnung hatte. Geheime Dinge, die nur Boris kannte, da er im selben Zimmer mit ihm schlief und ihn manchmal im Schlaf sprechen hörte. Das seltsamste war, daß Sergei dann in einer fremden Sprache redete. Boris wußte nicht, um welche Sprache es sich handelte, da er nie einen Menschen anders als im russischen Dialekt hatte sprechen hören. Allerdings war ihm bekannt, daß früher in den aristokratischen russischen Familien Englisch und Französisch gesprochen worden war, und daraus schloß er, daß Sergei nicht derjenige war, der er zu sein vorgab. Aber so angestrengt er auch Sergeis Träumen lauschte, vermochte er doch nur einige Namen herauszuhören: »Papa«, »Maman«, »Missie« . . .

Er zwang sich, nachts wachzubleiben, wartete angespannt, ob Sergei irgend etwas preisgeben würde, bis seine Mutter sich schließlich wegen seiner Augenschatten und seiner Blässe zu sorgen begann und ihn mit einer scheußlich schmeckenden Arznei quälte, die sie, dem Rezept ihrer Großmutter folgend, eigenhändig aus den bitteren Blättern von Pflanzen zusammenbraute.

Eines Tages ritten sie zusammen aus, sein Vater, Sergei und er. Es gab einen ganz bestimmten Holzzaun, über den er schon seit Wochen zu springen versucht hatte, doch jedesmal hatte er kurz vor der Hürde den Mut verloren und sein Pferd angehalten. Doch an diesem Tag wollte er es schaffen. Sich des Blicks seines hinter ihm reitenden Vaters bewußt, trieb er sein Pferd zum Galopp an und sprang über den Zaun — wenn auch ungeschickt und sich nur im Sattel haltend, indem er sich an der Mähne des Pferdes festkrallte. Hinter sich vernahm er das Donnern von Hufen und den bewundernden Ausruf seines Vaters, als Sergei sein Pferd mit der Leichtigkeit eines Adlers über denselben Zaun springen ließ.

Sein neuer Bruder betete seinen Vater förmlich an. Er folgte ihm auf Schritt und Tritt und lachte, wenn Grigori ihn dann irgendwann aufforderte, sich zu trollen. Doch wann immer sein Vater zugegen war, ruhten Sergeis große graue Augen wie die eines eifrigen kleinen Hündchens auf ihm.

Boris war wild entschlossen, Sergeis dunkler Geschichte auf die Spur zu kommen und ihn dann vor dem Vater als Lügner und Heuchler zu enttarnen. Er hatte sich geschworen, das Geheimnis zu enthüllen, selbst wenn es ihn sein Leben kosten sollte. *Oder Sergeis Leben.*

Seine Hände ballten sich zu Fäusten, als er sich an den Schwur erinnerte. Wenn er schlau gewesen wäre, hätte er Sergei schon vor Jahren umgebracht und inzwischen endlich seine Ruhe. Nun mußte er nicht nur mit ihm, sondern auch noch mit seinem Sohn fertigwerden. Er schnappte den Brief und stapfte über den roten Teppich zu der schweren

Doppeltür. Die beiden bewaffneten Soldaten vor der Tür salutierten stramm, als er hinaustrat, und mechanisch hob sich seine Hand zu einer Erwiderung an die Stirn, ehe er die Marmorstufen hinuntereilte und über den Innenhof zum Büro seines Bruders marschierte.

Sergei sah ihn vom Fenster aus kommen; er hatte mit ihm gerechnet. Boris trug seine nach eigenen Wünschen gefertigte Uniform, deren Gestaltung, wie die der ehemaligen deutschen SS-Uniformen, in erster Linie auf Einschüchterung abzielte — die Militärjacke mit golden glitzernden Epauletten und bunten Orden auf der Brust, eine Reithose, obgleich er nie auf einem Militärpferd gesessen war, und hohe, glänzende Stiefel mit höheren Absätzen, um seine mickrige Körpergröße zu vertuschen. Seine Kappe voll goldener Litzen und roter Insignien saß mitten auf seinem breiten, kahlen Schädel.

Sergei hatte sich immer gefragt, wie ein so feiner Mensch wie Grigori einen solchen Psychopathen zum Sohn haben konnte. Er konnte sich noch genau an den Tag erinnern, als er ihn in sein Heim gebracht und stolz als neuen Sohn vorgestellt hatte. Er war noch viel zu geschockt gewesen, um alles genau zu registrieren, doch seine neue Mutter hatte er von Anfang an gemocht: Sie war warm und geschäftig und sang fröhlich während der Hausarbeit. Aber leider glich sie nicht im geringsten seiner schönen, eleganten Fürstin Maman. Er hatte damals lange Zeit gehofft, daß sein Vater noch lebte und ihn irgendwann abholen würde. Vielleicht morgen, hatte er sich gesagt, oder nächste Woche, vielleicht nächsten Monat . . . aber je mehr Zeit verstrichen war, desto mehr war auch seine Hoffnung geschwunden.

Sein neuer Bruder, Boris, war kurz und stämmig, mit dem glatten, schwarzen Haar und den stechenden, dunklen Augen seiner bäuerlichen Vorfahren. Sergei erfuhr, daß die verstorbenen Söhne alle das blonde Haar ihrer Mutter gehabt hatten, und er überlegte, ob Grigori ihn womöglich gerettet hatte, weil er gleichfalls blond war. Von Anfang an war ihm klar, daß Boris ihn haßte. Wenn Sergei in dem einfachen Dreizimmer-Holzhaus, das ihm ärmlich und spartanisch erschien, für einheimische Verhältnisse jedoch als luxuriös galt, an dem verwitterten Holztisch saß, spürte er, wie sich Boris dunkle Augen in ihn bohrten. Selbst wenn er nachts im Bett lag, fühlte er durch die Dunkelheit sein feindseliges Starren. Manchmal glaubte er, dies nur zu träumen, doch wenn er dann einen Mondstrahl in Boris' weit geöffnete Augen aufglitzern sah, wußte er, daß es doch kein Traum gewesen war. Abgesehen davon war der einzige Traum, den er Nacht für Nacht durchlitt, der von seiner Mutter.

Es war immer das gleiche: Sie lag vor ihren Häschern im Schnee, das lange, bleiche Haar wie einen Mantel um sich gebreitet. Für die Dauer eines Blitzstrahls begegneten ihre flehenden, goldsamtenen Augen den seinen — und dann explodierte ihr Gesicht zu einem blutigen Rot, so gleißend, daß es ihn blendete. Schreiend sank er auf die Knie, bedeckte sie zärtlich mit ihrem schweren, warmen Zobel, legte sich neben sie und barg das Gesicht in dem weichen Tierfell, sog ihren Duft nach Veilchen so tief in sich ein, bis er meinte, darin zu ertrinken. Das war der Augenblick, wo er jählings wieder erwachte und nach Luft schnappte. Der vertraute Duft der Veilchen lag noch so intensiv in seinen Nüstern, daß er für einen Moment glaubte, er sei wieder zu Hause und sie sei bei ihm gewesen, um ihm einen Gute-Nacht-Kuß zu geben.

Er hatte sich antrainiert, nicht zu weinen, damit Boris nicht wach würde. Er blieb reglos liegen, schweißgebadet und mit wild klopfendem Herzen, bis das Zittern wieder abgeebbt war. Und dann ließ er die Hand vorsichtig in die Strohfüllung seines Nachtlagers gleiten. Seine Finger umschlossen den glatten Rubin, und er atmete erleichtert auf, daß er noch immer da war. Der Schnee war mit so vielen dunkelroten Blutspritzern gesprenkelt gewesen, daß keiner den Rubinring, der neben Fürstin Anouschka lag, bemerkt hatte. Nun war er die einzige Verbindung zu seiner Vergangenheit und würde auch, wie er tief im Innersten seines Herzens ahnte, die einzige bleiben.

Natalya und Grigori wußten weder von den Träumen noch von dem Ring. Zusammen mit seiner Erinnerung waren sie sein Geheimnis. In wachen Momenten gestattete er sich keinen Gedanken an die Vergangenheit. Obwohl er am Himmel den schwefliggelben Widerschein des brennenden Varischnya gesehen hatte, trug er in sich doch die Hoffnung, daß sein Vater überlebt hatte.

Grigori war sein Held. Er hatte ihn den Klauen des Todes entrissen und den Mord an seiner Mutter gerächt. Er schuldete ihm sein Leben und war entschlossen, alles zu tun, um seinen neuen Vater zufrieden zu stimmen. Er war nicht länger Alexei Ivanoff, der Fürst aller Russen, sondern er war Sergei Grigorewitsch Solovsky, und sein neuer Vater sollte stolz auf ihn sein, als sei er sein leiblicher Sohn. Mit all seinem Wesen strebte er danach, der Mensch zu werden, den Grigori aus ihm machen wollte. Doch so sehr er sich auch bemühte, es wollte ihm einfach nicht gelingen, sein wahres Selbst zu vergessen und ganz in der neuen Identität aufzugehen.

Einige Wochen nach dem Wettspringen am Zaun ritt er vom Haus seines Großvaters zurück, wohin man ihn als Helfer für die Kühe geschickt hatte. Der Weg führte am Fluß entlang über einen Pfad, den er immer gerne als Galoppstrecke benutzte. Da und dort standen die Bäume dichter zusammen, streckten ihre tiefhängenden Äste über dem Weg aus, und es war für ihn ein Spiel geworden, so schnell er konnte zu galoppieren und sich dann, wenn überhängende Äste im Weg standen, blitzschnell zu ducken. In freudiger Erwartung lenkte er das Pferd nun auf jenen Pfad, spornte es zu immer schnellerem Galopp an, und das Tier schnaubte vor Freude. Es genoß dieses Spiel genauso wie er selbst.

Im Nachhinein vermochte er nicht mehr zu sagen, ob er die dünne Schnur, die vor ihm zwischen den zwei Bäumen gespannt war, tatsächlich gesehen oder ob er nur instinktiv die lauernde Gefahr wahrgenommen hatte. Das Pferd wieherte erschrocken auf, als er den Zügel zur Seite riß, und sie dann beide zusammen über den felsigen Abhang in den tiefen Fluß stürzten. Das Pferd kämpfte wild gegen die Strömung an, wälzte sich durch die Wogen, bis es schließlich wieder auf dem Boden stand und sich abschüttelte. Sich mit einer Hand an einem glitschigen Flußstein festhaltend, schaffte es Sergei irgendwie, sich an die Zügel zu hängen. Das Wasser war reißend und eiskalt, und er hörte das donnernde Brüllen, mit dem es sich nur wenige Meter weiter flußabwärts in eine dreißig Meter tiefe Schlucht hinabstürzte.

Zitternd vor Angst und Kälte kletterte er auf sein Pferd und führte es über die moosbewachsenen Gesteinsbrocken an das sichere Ufer.

Eine Weile lag er reglos über dem Rücken des Pferdes und wartete, bis er wieder einigermaßen bei Kräften war. Dann wendete er und ritt zu der Stelle zurück, an der er die Schnur gesehen hatte. Sie war verschwunden. Er war vom Pferd gestiegen und inspizierte die Bäume, registrierte die abgebrochenen Zweige; sein Gefühl und das Prickeln in seinem Rücken verrieten ihm, daß er beobachtet wurde. Langsam drehte er sich um, doch es war nichts zu sehen, nichts zu hören, nur das dumpfe Donnern des Wasserfalls.

Nachdenklich schritt Sergei zu seinem Pferd zurück. Er war in Verischnya im Kreise der Bauern aufgewachsen; sein Vater hatte sie wie seine Familie behandelt und gut für sie gesorgt; dafür hatten sie sich des jungen Fürstensohnes angenommen, ihn mit auf die Jagd genommen und ihn in den Ställen herumstrolchen lassen, wo sie ihm ihre alten Bauerntricks beigebracht hatten — beispielsweise wie man einen schnellen Reiter, dem man übel wollte, erdrosselte: Man brauchte nur eine dünne, straff gespannte Schnur über seinem Weg zu befestigen, genau in Höhe des Halses. Das klappte immer, hatten sie gesagt und sich über seine verängstigte und gleichzeitig faszinierte Miene amüsiert.

Langsam ritt er zum Haus zurück. Er wußte, daß es nur eine Person gab, die ihn töten wollte.

Beim Abendessen wich Boris seinem Blick aus, aber Sergei sagte nichts. Von da an stand die Art ihrer Beziehung fest. Und in all den Jahren, von der Schule über die Universität bis hin zu ihren beruflichen Erfolgen — er in der Politik, Boris in der Armee — hatte sich die Rivalität zwischen ihnen nur noch weiter verschärft. Auch Grigori Solovsky hatte nichts dagegen tun können. Sergei wußte, daß Boris damals, vor vielen Jahren, versucht hatte, ihn zu töten, und er versuchte es nach wie vor. Und dazu war ihm jedes Mittel recht.

Es gab kein höfliches Klopfen an der Tür. Der Leiter des KGB marschierte einfach herein.

»Ach, Boris«, sagte Sergei gelassen, »unsere Mutter hat uns eigentlich bessere Manieren beigebracht. Ich hätte in einer Besprechung sein können.«

»Warst du aber nicht«, antwortete er, den Zettel mit der Nachricht auf Sergeis Schreibtisch knallend. »Ich bin gekommen, weil ich von dir gerne wissen möchte, was das bedeutet. Oder sind für dich Valentins Handlungsweisen genauso undurchsichtig wie für uns?«

»Undurchsichtig? Für dich?« Sergei lachte. »Welch peinliches Eingeständnis für den Leiter des KGB! Solltest du nicht alles wissen?«

Beide Hände flach auf den Schreibtisch gestützt, beugte sich Boris so weit zu Sergei hinüber, daß sich ihre Gesichter beinahe berührten. »Denk ja nicht, daß du mich verarschen kannst, Genosse!« zischte er. »Ich weiß alles über dich und deinen Sohn!«

Sergei musterte ihn kühl. »Vielleicht hast du vergessen, daß die Partei dazu da ist, Richter über die Bestrebungen des *Volkes* zu sein. Ist diese Sache im Interesse unseres Landes, Boris, oder dient sie dir nur als Vehikel für deinen *persönlichen* Rachefeldzug? Ich dachte, dein Job sei es, deine Männer zur Auffindung der »Dame« einzusetzen. Nun, und Valentin sollte seinen *Verstand* einsetzen.«

Boris packte den Zettel, knüllte ihn zusammen und schleuderte ihn in Richtung Papierkorb. Er fiel daneben, und Boris' Gesicht lief vor Wut purpurn an.

Sergei sagte sanft: »Im Ballspielen warst du noch nie sonderlich geschickt.«

»Warum hat dein Sohn den Smaragd nicht sichergestellt?« fragte Boris verkniffen. »Von wem, zum Teufel, hat er sich überbieten lassen? Und weshalb?«

Sergei zuckte mit den Achseln. »Du kennst das Spiel, und du kennst die Spieler. Diesmal ist eben ein Ratespiel daraus geworden.«

»Valentin war nicht geschickt worden, um herumzuraten. Er sollte den ihm anvertrauten Auftrag sorgfältig und gründlich ausführen. Und jetzt wissen wir nicht einmal, wo er sich aufhält.«

Sergei brach in Gelächter aus. »Sei froh, daß uns jetzt nicht der CIA hören kann, Boris«, sagte er. »Du hast doch sicher ein Dutzend deiner Leute nach Genf abkommandiert, und jetzt weiß keiner, wo sich Valentin befindet. Das ist einfach Blamabel!«

Ungehalten schlug Boris mit der Faust auf den Schreibtisch. »Wo, zum Teufel, steckt er? Er hat doch sicher Kontakt mit dir aufgenommen?«

Langsam schüttelte Sergei den Kopf. »Ich habe keine Ahnung, wo sich Valentin aufhält. Hätte er angerufen, so wärst du der erste, der davon wüßte.« Er sah Boris kalt an: Sie wußten beide, daß er Sergeis Telefongespräche abhörte. »Immerhin geht aus seiner Nachricht hervor, daß er die Sache nach wie vor verfolgt. Wir müssen ihm eben vertrauen, Bruder.«

Boris drehte sich auf dem Absatz um und stolzierte zur Tür. Sergei dachte, daß er in diesen hohen Lederstiefeln und der Militäruniform lächerlich aussah — wie eine vierschrötige Marionette, deren Fäden vom Teufel gezogen werden. Rußland wäre ohne Männer wie Boris Solovsky besser beraten, und wie Sergei wußte, war er mit dieser Meinung nicht allein. Die Gerüchte über Boris' Verhalten in seinem Privatleben zogen immer weitere Kreise und wurden hartnäckiger: Schlimmer als Beriashif, hieß es. Boris täte gut daran, sich jeden einzelnen seiner kleinen, brutalen Schritte genau zu überlegen.

Doch als die Tür zuknallte, fragte sich Sergei besorgt, wo Valentin war und was er wohl trieb. Und weshalb es ihm nicht gelungen war, den Smaragd zu sichern und damit auch die Identität der »Dame«. Denn die Botschaft hatte keine »besten Grüße« enthalten, der Code, den sie ausgemacht hatten, wenn Valentin sie gefunden hatte.

18

Paris

Genie schlief, wie sie als Kind geschlafen hatte, warm, traumlos und geborgen. Für ein paar wenige gnädige Stunden war Markheim aus ihrer Erinnerung gelöscht, und die schöne, feste Wärme von Valentins Körper neben ihr vermittelte ihr Trost und Sicherheit. Als sie erwachte, war der Raum noch dunkel, nur das Fenster war ein schwacher, grauer Schatten. Lächelnd rollte sie zur Seite, in der Erwartung, Valentins Kopf neben sich auf dem Kissen zu finden. Er war nicht da. Sie tastete über das Laken an seiner Seite. Es war bereits kalt. Hatte er sie verlassen, weil sie alles verpatzt hatte und Markheim umgebracht worden war? Fürchtete er, in den Mord mit hineingezogen zu werden? Oder war es für ihn nur eine kurze Bettgeschichte gewesen? Ein kleines Intermezzo zwischen der flotten amerikanischen Fernsehreporterin, die sich als Mata Hari aufspielte, und dem geheimnisvollen russischen Diplomaten, der sich aus Angst vor einem Skandal der Frau gleich wieder entledigte? Ein Klopfen an der Tür ließ ihr Herz hoffnungsvoll schneller schlagen.

»*Bonjour, mademoiselle, le petit déjeuner.*«

Enttäuscht zog sie sich unter die Decke zurück, als ein plumpes Zimmermädchen hereinmarschierte, das Licht anschaltete und ein Tablett mit Kaffee und Croissants auf den Tisch stellte. Es befand sich nur eine Tasse darauf.

»Monsieur hat gebeten, Sie um neun zu wecken«, erklärte die Frau, während sie die Vorhänge aufriß. Seufzend und mißbilligende Laute ausstoßend schaute sie aus dem Fenster. »Wieder ein grauer, kalter Tag!« Darauf wandte sie sich breit lächelnd Genie zu und zog einen Umschlag aus ihrer Schürzentasche. »Monsieur sagte, sie würden ein gutes Frühstück brauchen. Dies hier soll ich Ihnen geben.«

Sobald sich die Tür hinter dem Dienstmädchen geschlossen hatte, zog Genie den Brief aus dem Umschlag.

»Kleines«, las sie, »ich muß dich wegen einer dringenden Sache schon zeitig verlassen. Die letzte Nacht werde ich nie vergessen. Ich rufe dich in Washington an. Bitte, iß etwas zum Frühstück.«

Es stand keine Unterschrift darunter.

Seufzend sank Genie in ihre Kissen zurück. Es hätte schlimmer sein können. Zumindest war er nicht sang- und klanglos verschwunden. Aber sie hoffte, daß er sie in Washington *tatsächlich* anrufen würde. Sie starrte die Tasse Kaffee auf dem Tablett an und befand sich mit einem Mal wieder in Markheims elegantem Büro; kalte Schauer jagten ihr über den Rücken, irgend etwas stimmte nicht, und ja, da war sein Gesicht mit dem Loch zwischen den Augen, den leeren, toten Augen.

In panischer Eile zerrte sie die Decke zurück und stürzte ins Bad. Ihr war hundeelend zumute. Dann kroch sie ins Bett zurück, legte sich auf Valentins Seite, preßte sein Kissen an sich und weinte.

Als sie später unter der Dusche stand und den Nachgeschmack von Valentins Körper abwusch, beschloß sie, mit dem nächsten Flugzeug nach Washington zu fliegen. Sie hatte genug von diesem verrückten, amateurhaften Spionagespiel. Sie blätterte im Telefonbuch, wählte die Nummer der Air France und buchte einen Platz in der Concorde nach Washington. In wenigen Stunden würde sie zu Hause sein. Und auf Valentins Anruf warten.

Düsseldorf

Trotz des protzigen Wohlstands war Düsseldorf eine trostlose Stadt. Die Industrie hatte die Stadt zwar reich gemacht, ihr gleichzeitig aber die Seele geraubt, und in den Hotels weilten die Gäste nicht um des Vergnügens willen, sondern um knallharte Geschäfte abzuschließen. Die großen Hotels glichen sich in ihrer internationalen Anonymität wie ein Ei dem anderen, und Valentin entschloß sich, eine kleinere Unterkunft in der düsteren Altstadt zu nehmen, abseits der bunten Lichtreklamen und der Edelrestaurants.

Er wählte eine unscheinbare, heruntergekommene Pension. Über zwei breite Stufen aus imitiertem Marmor gelangte man durch eine Spiegelglastür in den winzigen Emp-

fangsraum, von dem ein kleiner, schäbiger, mit Graffitis voll-
gekritzelter Aufzug sowie ein enges Treppenhaus in die oberen Stockwerke führte.

Er trug Jeans, einen Anorak und eine Mütze; außer einer
kleinen, braunen Reisetasche hatte er kein Gepäck. Er zahlte
sein Zimmer im voraus, und der alte Mann hinter dem
Schalter händigte ihm, ohne aufzuschauen, den Schlüssel
aus.

In dem kleinen Zimmer war gerade genügend Platz für
das Einzelbett, den Tisch und die winzige Duschkabine. Valentin warf einen Blick auf seine Uhr. Es war Mittag. Er legte
seine Tasche auf den Tisch, zog die fadenscheinigen, geblümten Vorhänge zurück, streifte die Schuhe ab und legte
sich dann auf das schmale, durchhängende Bett. Er dachte
an das Bett, das er vor kurzem verlassen hatte, und an Genie, die friedlich wie ein Baby geschlafen hatte. Ihre blonden
Haare waren ihr über das Gesicht gefallen, und ihre Augenlider waren immer noch vom Weinen geschwollen. Sie war
in seiner Armbeuge gelegen und hatte eines ihrer langen,
schlanken Beine um ihn geschlungen. Sie war sehr schön,
hatte nach Rosen und Lilien geduftet, und er hätte sie gerne
noch einmal geliebt, doch dafür war keine Zeit.

Er war vorsichtig aufgestanden und hatte sich rasch angezogen. Dann hatte er leise seine Tasche gepackt und sich an
den Schreibtisch gesetzt. Eine Weile war er in Gedanken
versunken, ehe er schließlich die Nachricht an Genie geschrieben hatte. Dann hatte er seine Tasche genommen und
war zurück zum Bett gegangen. Er hatte sie lange angesehen. Die Versuchung war groß gewesen. Genie Reese zu
verlassen, war ihm schwerer gefallen als alles andere bisher.

Jetzt lag er auf dem Bett einer heruntergekommenen deutschen Pension, wartete auf die Dunkelheit und dachte an
Genie. Er hätte nicht mit ihr schlafen sollen. Aus diesen
Liebschaften entwickelten sich sehr oft handfeste diplomatische Skandale, und wenn Boris das jemals herausfinden
sollte, würde er es als Waffe gegen ihn verwenden und damit seiner Karriere schaden. Doch er glaubte nicht, daß es
soweit kommen würde. Der KGB hatte seine Spur verloren.

Im Augenblick war er völlig anonym — was für sein Vorhaben auch absolut notwendig war.

Die Stunden schlichen dahin, aber er verließ sein Zimmer nicht einmal, um etwas zu essen. Um zehn erhob er sich, zog sich aus, sprang unter die Dusche und zog dann rasch eine schwarze Hose, ein dünnes, schwarzes Polohemd, schwarze Schuhe mit Gummisohlen und den Anorak an, in dessen Innentasche er sein Werkzeug — Draht, eine dünne Schnur und einen winzigen Sprengsatz — verstaute. Zu guter Letzt setzte er seine Mütze auf, zog ein Paar schwarze Wollhandschuhe über und schob einen schwarzen Kopfschutz und eine kleine, lichtstarke Taschenlampe in seine Anoraktasche. Als er seine restlichen Dinge in der verschließbaren Reisetasche verstaut hatte, sperrte er die Tür sorgfältig hinter sich zu und eilte die Treppen zum Empfangsschalter hinunter. Der alte Mann sah nur kurz auf, ehe er sich wieder der Boxkampfübertragung im Fernsehen zuwandte.

Das Auto, das er am Flughafen gemietet hatte, stand zwei Blocks weiter. Ein kleiner, schwarzer Mercedes, schnell und zuverlässig. Da kaum Verkehr war, brauchte er nur fünfzehn Minuten für die dreißig Kilometer zum Hause Arnhaldt. Er parkte am Ende des breiten Feldwegs, der zum rückwärtigen Teil des Hauses führte, schaltete die Lichter ab und wartete.

Er hatte sorgfältige Recherchen angestellt. Haus Arnhaldt war wie eine Festung gebaut, aber draußen gab es weder Wachen noch Hunde. Nur eine elektronische Überwachungsanlage und ein veraltetes Alarmsystem. In all den 150 Jahren war noch nie in das Haus eingebrochen worden, und keiner erwartete, daß dies je geschehen würde. Dank seiner *Spetsnaz*-Ausbildung bedeutete so ein Unternehmen für Valentin überhaupt kein Problem.

Um Mitternacht zog er seinen Kopfschutz und die Handschuhe über und huschte lautlos den schmalen Reitweg entlang, der durch den Wald zu den Ställen an der Rückseite des Hauses führte. Er wußte, daß es in den Ställen keine Pferde und in den Hütten keine Stallburschen gab, da Ferdie nach dem tödlichen Reitunfall seiner Tochter vor zehn Jahren alle Pferde verkauft hatte. Valentin schlüpfte in einen der

Ställe, ließ seine Taschenlampe aufleuchten und studierte noch einmal den Grundriß des Hauses. Es war eine Fotokopie aus einem Buch der Leihbücherei und enthielt alle Informationen, die er brauchte.

Als der zweite Arnhaldt das Haus modernisiert hatte, ließ er einen Generator in das Gebäude neben den Ställen einbauen. Valentin blickte am Haus empor. In den Fenstern brannte kein Licht, nur die wichtigsten Eingangstüren waren von kleinen Lämpchen schwach erleuchtet.

Die Tür zu dem Gebäude, in dem sich der Generator befand, war unverschlossen. Valentin ging hinein, schnippte den Schalter aus, unterbrach das Stromnetz und tauchte den Ort in tiefe Dunkelheit.

Er hatte sich bereits ein Bild darüber gemacht, wo die Radar-Überwachungsanlage angebracht war. Diese Stellen meidend, schlich er sich zum hinteren Teil des Hauses. Der Grundriß war ihm so gegenwärtig, daß er trotz der Dunkelheit mühelos seinen Weg fand. Die Zinnen an den Türmchen machten das Verankern der Schnur zu einem Kinderspiel, und wie der Blitz kletterte er hinauf. Nach einem prüfenden Blick über die Dächer begab er sich zum Westflügel, sicherte seine Schnur an den Zinnen, legte sie abermals um seine Taille und ließ sich hinab, bis er auf einem Fensterbrett zum Stehen kam. Er nahm einen tiefen Atemzug. Jetzt kam der knifflige Teil. Wenn er sich geirrt hatte, würde es gleich einen Höllenspektakel geben.

Er arbeitete rasch und konzentriert, schnitt ein Stück Glas heraus, legte es beiseite und öffnete dann von innen den Fenstergriff. Lauschend hielt er inne, doch kein Laut war zu hören, und er wagte wieder zu atmen. Er hatte recht gehabt. Die Alarmanlage wurde vom Strom aus dem Generator gespeist, und es gab keine Ersatzbatterien. Die Arnhaldts waren notorische Geizhälse, und Ferdie hatte wohl andere Dinge im Kopf, als ein vierzig Jahre altes Überwachungssystem auf den neuesten Stand zu bringen.

Der Rest war für einen Mann seiner Ausbildung einfach. Der dünne Strahl seiner Taschenlampe wanderte über die holzgetäfelten Wände, die düsteren Gemälde und die wuchtigen Möbel. Auf dem Schreibtisch lag der Block mit der Skizze des Smaragds, genauso wie Genie gesagt hatte. Er richtete seine Taschenlampe wieder auf die Wände zurück und betrachtete nachdenklich die Gemälde. Er wußte, daß für den ersten Arnhaldt als echten Deutschen nur ein Platz für den Safe in Frage gekommen sein mußte, und zwar hinter einem dieser Gemälde. Aber weder hinter dem Sargent Porträt, noch hinter dem wollüstigen Hieronymus Bosch, noch hinter dem düsteren Rembrandt über dem Kamin. Er lächelte, als sein Blick auf das unscheinbare Landschaftsgemälde fiel.

Safeknacken ist eine schwierige Sache, aber nicht, wenn ein Safe so alt ist, daß man nicht einmal einen Sprengsatz dafür braucht. Valentin fummelte eine Weile daran herum und lauschte wie ein erfahrener Klavierstimmer auf das Knacken des Mechanismus. Grinsend öffnete er die Tür. Ferdie mußte sich verdammt sicher fühlen, wenn er sein Haus derart ungeschützt ließ. Im Safe lag nicht viel, nur ein paar Umschläge aus Manilapapier. *Und ein viereckiges, blaues Lederetui, wie geschaffen für den Ivanoff-Smaragden.*

Der Smaragd funkelte unter dem Strahl seiner Taschenlampe wie klares, eisiges Wasser. Zögernd berührte ihn Valentin. Er fühle sich so kalt an, wie er aussah, und Valentin erschauerte. Egal, was ihm sein Vater auch erzählt hatte, er konnte sich einfach nicht vorstellen, daß dieses gigantische Juwel seiner Großmutter gehört haben soll. Doch als er in den Bibliotheken die Fotografien der Ivanoff-Familie studiert hatte, war es ihm beim Anblick von Mischas Foto vorgekommen, als betrachte er sich selbst. Er glich Fürst Mischa Ivanoff wie ein Zwillingsbruder. Oder ein Enkel.

Er legte den Smaragd in den Safe zurück und ließ das Etui mit einem leisen Klicken zuschnappen. Darauf öffnete er die Umschläge und blätterte rasch ihren Inhalt durch: die Rechte auf die Minen in Rajasthan, im Jahre 1920 den Arnhaldts von Rußland übertragen; ein Foto der diademgeschmückten Fürstin Anouschka, ein Foto eines Hochzeitspaares und eines, auf dem die Braut mit einem kleinen Mädchen abgebildet war. Verblüfft ließ er den Lichtstrahl zwischen dem Gesicht Anouschkas und dem des kleinen Mädchens hin- und herwandern und betrachtete dann erneut das Hochzeitsfoto von Eddie Arnhaldt und seiner Braut.

Unwillkürlich stieß er einen leisen Pfiff aus: Er hatte mehr gefunden als erwartet. In dem Umschlag befand sich noch etwas, ein kleiner Zettel mit der Nummer eines Bankkontos und einem Namen. Die Kazahn-Reederei. Er prägte sich die Informationen genau ein, legte dann alle Unterlagen wieder in den Safe zurück und verschloß ihn.

Aufmerksam schaute er sich um. Abgesehen von dem fehlenden Stück Fensterglas war alles genauso wie vorher. Er kletterte auf das Fensterbrett, befestigte das Seil um seine Taille, schloß das Fenster und hangelte sich wieder auf das Dach hinauf. In geduckter Haltung huschte er zu seinem Ausgangspunkt und war binnen Sekunden auf dem Boden zurück. Er ging zum Generator, schaltete den Strom wieder ein und sah die Außenlichter aufleuchten.

Nach wenigen Minuten fuhr er in seinem Wagen schon wieder in Richtung Düsseldorf. Die gesamte Operation hatte ihn weniger als zwei Stunden gekostet.

Um sieben Uhr dreißig am nächsten Morgen verließ er, in Jeans, Anorak und Mütze gekleidet, das Hotel und kehrte in einem nahegelegenen, einfachen Café ein, wo er mit großem Appetit ein Frühstück aus Bratwürsten, Eiern, Mohnsemmeln und drei Tassen dampfendem Kaffee verspeiste. Er fuhr den Mercedes zur Leihwagengarage zurück und ging zum Flughafen hinüber. Dort ließ er sich im Friseurladen rasieren und wechselte anschließend in einem Nebenraum seine Kleidung. Wieder ganz in der Rolle des smarten, russischen Diplomaten in konservativem, englischem Maßanzug stieg er schließlich in die Maschine nach Washington ein.

19

New York, 1919

O'Hara riß die Flügeltüren seines Saloons auf und ließ die kalte Morgenluft in den von Rauch und Alkohol geschwängerten, dunstigen Raum. Die Hände hinter dem Rücken und die Morgenzigarre im rechten Mundwinkel, schaute er sich dann nachdenklich in seinem Reich um. Seit nunmehr zwanzig Jahren lebte er in der Delancey Street, und manchmal überkam ihn das Gefühl, als ob ihm das ganze Viertel gehöre. Er kannte alle und jeden; die Männer waren seine Gäste und kamen, auch wenn sie gerade arbeitslos waren, weil sie ihre Rechnungen bei ihm anschreiben lassen konnten, bis sie wieder Arbeit gefunden hatten. Er kannte ihre Frauen, wußte, wie sehr sich einige unter ihnen abrackerten, um ihren Männern zu helfen, während andere wiederum sich vom Leben betrogen fühlten und ihre Resignation im Alkohol ertränkten. Er kannte die Kinder, deren Großeltern, Tanten und Onkel, wußte um die verschiedenen Liebschaften, die Höhen und Tiefen im Leben der Einzelnen, denn an seiner Mahagonitheke wurden alle Probleme besprochen und mit ein paar Bieren erträglicher gemacht. Hin und wieder hatte er den Verzweifelten und Gestrauchelten auch stillschweigend ein paar Dollar in die Hand gedrückt, ohne dafür eine Gegenleistung, geschweige denn eine Rückzahlung zu erwarten. Er mochte die Delancey. Die Atmosphäre war gut, es gab keine Gewalttätigkeiten — abgesehen von gelegentlichen, lautstarken Ehestreitigkeiten. Es würde ihm schwerfallen, von hier fortzugehen.

Seufzend begab er sich hinter den Tresen und machte sich daran, die Pumpen zu reinigen und die Regale mit Whisky, Gin, Tabak, Zigarettenpapier und billigen Zigarren aufzustocken. In wenigen Wochen würde all dies der Prohibition zum Opfer gefallen sein. Er würde seinen Laden schließen müssen und aus der Delancey wegziehen. Doch er würde sich nicht unterkriegen lassen. Seine nächsten Projekte standen schon fest.

Er war als ein grüner Bengel von achtzehn Jahren nach

Amerika gekommen, groß, kräftig und offen für alles, was ihm das Leben anzubieten hatte. Die Schule hatte er bereits mit zehn Jahren verlassen, um auf dem Feld zu arbeiten, konnte aber dennoch lesen, schreiben und rechnen. Je älter er wurde, desto mehr war in ihm das Verlangen nach einem besseren Leben gewachsen, einem Leben, das er, wie er wußte, weder in seiner Heimat und noch weniger in der ärmlichen Schnapsbude finden würde, die sein kränklicher Vater auf dem öden, windzerfurchten Landstrich über dem Liscannor Bay betrieb. Sein Vater, Mick O'Hara, war ein flinker, kleiner Mann gewesen mit einem Husten, der ihn von den Spitzen seiner zu großen Stiefel bis hin zu seinen Haarwurzeln erschütterte. Selten sah man ihn ohne eine dünne, selbstgedrehte Zigarette zwischen den Lippen; sie klebte in seinem Mund, wenn er das Ale anzapfte, wenn er sich unterhielt, und sogar dann, wenn er hustete. Nur während des Essens fehlte sie, doch wenn er die Gabel aus der Hand gelegt hatte, war er auch schon wieder dabei, die nächste Kippe zu drehen. Und den nächsten Whisky »zur Vorbeugung von Erkältung« zu trinken.

Mary Kathleen O'Hara wußte, daß ihr Gatte sich langsam, aber sicher zu Tode qualmte, aber es gab nichts, was sie dagegen hätte tun können. Schon seit langem hatte sie sich mit der Tatsache abgefunden, eines Tages ohne ihn dazustehen, und sich dafür auch schon einen Plan zurechtgelegt. Aber die Zeit verstrich, und der zähe, alte Kerl hustete und keuchte sich weiterhin durchs Leben. Mary Kathleen war eine hochgewachsene, dralle Frau mit roten Haaren, frischen Wangen und blitzend grünen Augen. In ihrer Jugend hatte sie als Schönheit gegolten, und im Alter von vierzig war sie noch immer attraktiv, wenn ihr auch das Leben hart zugesetzt hatte. Die schwere Hungersnot von 1845 bis 1849 hatte sie als junges Mädchen miterlebt; Millionen Menschen waren damals gestorben, unter anderem auch ein Großteil ihrer Familie. Kurz darauf war sie dem zwanzig Jahre älteren Mick O'Hara begegnet, der sie bat, seine Frau zu werden; er hatte zwar nur eine heruntergekommene Schnapsbude vorzuweisen, doch sie sagte sich, daß es immer Männer geben würde, seien sie auch noch so arm, die ihre paar Münzen zusammenkratzten und zu seiner Schnapsbude bringen würden. Sicher, O'Hara war klein, reizbar und rechthaberisch, aber immerhin bot er ihr ein Dach über dem Kopf und Nahrung für den Bauch. Also willigte sie ein und versuchte, ihm eine gute Frau zu sein.

Shamus war ihr einziges Kind, und anfangs war sie auch froh darüber, denn mehr Kinder hätten mehr hungrige Mäuler bedeutet. Doch als ihr klar geworden war, daß sie in nicht allzu ferner Zeit eine junge Witwe sein würde, bedauerte sie, nicht mehr Söhne zu haben, die sich nach dem Tod ihres Mannes um sie hätten kümmern können.

Als Mick O'Hara dann schließlich doch seinen letzten Huster tat, war Shamus bereits siebzehn Jahre alt. Nach der Beerdigung wanderte Mary Kathleen mit ihrem Sohn auf den Gipfel der Liscannor Klippen, wo sie Arm in Arm standen und sich von den wilden Atlantikstürmen umbrausen ließen. Der Wind war ihr wie eine Reinigung erschienen, der die öden Jahre in den drei dunklen, schmuddligen Räumen hinter der Bar mit den unentwegten Hustengeräuschen und dem Gestank nach Ale und Tod einfach hinwegwehte.

»Mein Sohn«, sagte sie, fest seinen Arm drückend, »jenseits dieses Ozeans liegt eine neue Welt, ein Ort, an dem ein Mann ein Vermögen machen kann. Ich werde die Kneipe verkaufen und dir das Geld geben. Ich will, daß du nach Amerika gehst und ein neues Leben für uns beginnst. Und wenn du es geschafft hast, läßt du mich nachkommen.«

Shamus würde nie ihr Gesicht bei diesen Worten vergessen: so stolz und klar und sicher; sie vertraute ihm so sehr, daß sie ihm alles gab, was sie hatte, in der Überzeugung, er würde es vermehren, und in der Gewißheit, er würde sich um sie kümmern. In diesem Moment schwor er sich, sie niemals zu enttäuschen.

Als er in Amerika ankam, reiste er zunächst von Küste zu Küste; aufgrund seiner kräftigen Statur fiel es ihm leicht, Arbeit zu bekommen, sei es als Kohlenträger in Chikago, als Lastenschlepper in den Werften von San Francisco oder als

Kesselarbeiter in den Stahlfabriken von Pittsburgh. Aber er wußte natürlich, daß er durch diese Gelegenheitsjobs nicht reich werden konnte. Ein Jahr verstrich, und obgleich er das Geld seiner Mutter noch nicht angetastet hatte, war er doch dem Plan, sie nach Amerika zu holen und für sie zu sorgen, keinen Schritt nähergekommen. Die Vorstellung, wie sie klaglos und geduldig auf seine Einladung wartete, zerriß ihm schier das Herz. Er mußte sich unbedingt etwas einfallen lassen.

Er reiste nach New York zurück, wanderte ziellos durch die Straßen, betrachtete sehnsüchtig die prachtvollen Häuser am Gramercy Park, am Washington Square und in der Fifth Avenue und fragte sich verzagt, wie es möglich sein sollte, das Geld für den Bau solcher Häuser zu verdienen. Grimmig schwor er sich, eines Tages ebenfalls so ein Haus zu erwerben. Einstweilen mußte er sich freilich mit einem Zimmer über einem Saloon in der Delancey Straße begnügen und einem Job als Maurer bei einer Baufirma. Im Grunde gefiel ihm die Arbeit am Bau, und er hätte gerne mehr darüber gelernt, um eines Tages vielleicht als Vorarbeiter oder gar als Manager Karriere zu machen, doch dafür hatte er nicht genug Zeit; immer begleitete ihn die Angst, seine Mutter könne sterben, ehe er es geschafft hatte und sein Versprechen einlösen konnte.

Es gefiel ihm, über dem Saloon zu wohnen. Der Geruch nach Whisky und das allabendliche Gelärme waren ihm vertraut und erinnerten ihn an zu Hause. Er bot dem Besitzer an, ihm abends auszuhelfen, was dieser gerne annahm. Shamus war ein umgänglicher junger Mann, dem die Atmosphäre männlicher Kameradschaft im Saloon zusagte, und als ihm der Besitzer sechs Monate später anvertraute, er wolle den Laden verkaufen und zurück nach St. Paul, Minnesota, gehen, entschloß sich Shamus spontan zum Kauf. Innerhalb von zwei Wochen war die Übergabe perfekt; er schickte seiner Mutter eine Fahrkarte und bat sie, so schnell wie möglich zu kommen. Erst hinterher wurde er sich der Ironie der Tatsache bewußt, daß er sie in die schöne neue Welt einlud, damit sie abermals in drei Hinterzimmern einer Kneipe lebte.

Mary Kathleen sah es dennoch als einen großen Fortschritt an; sie reiste aus Liscannor mit all ihren Möbeln und Nippes an, und bald glich die Wohnung in der Delancey Street aufs Haar der in Irland. Mit großem Enthusiasmus nahm sich Mary Kathleen der Küche an, kochte gewaltige Mengen an Irish-Stew, Hackbraten, Suppenfleisch, Kohl und Kartoffeln und servierte sie in großzügigen Portionen zu billigen Preisen. Da nicht nur das Essen gut und billig, sondern auch das Ale in Ordnung war, dauerte es nicht lange, bis in der Nachbarschaft O'Haras Kneipe als Geheimtip gehandelt wurde. Sie waren auf dem richtigen Weg.

Mary Kathleen genoß ihre neue Rolle. Vorher war ihr Gatte der Boß gewesen, jetzt war sie selbst die Geschäftsführerin, schwatzte mit den Gästen und nahm huldvoll deren Komplimente über ihre Kochkünste entgegen. Schon nach einem Jahr konnten sie ein wenig Geld zurücklegen, und nach ein paar weiteren Jahren waren sie wohlhabend. Ständig redete sie auf Shamus ein, daß es für ihn an der Zeit sei, sich nach einem netten, irischen Mädchen umzusehen, damit sie ihren Lebensabend nicht ohne Enkel verbringen müsse. Denn immerhin, so sagte sie, könne er sich dies jetzt leisten.

Shamus wußte zwar, daß Geld nicht das Problem war, wohl aber die Zeit: eine Frau und Kinder beanspruchten die Zeit eines Mannes, und wie sollte er gleichzeitig den Laden führen und sich seiner Familie widmen? Nein, für eine Heirat war es noch zu früh. Nach fünf Jahren hatten sie nicht nur eine ansehnliche Summe auf der Bank liegen, sondern auch ein wenig Grundbesitz in den Hügeln von New Jersey erworben. Dann starb Mary Kathleen unerwartet an einem Herzinfarkt — ohne die ersehnten Enkel und ohne das erträumte Haus.

Bei ihrem Begräbnis weinte Shamus Tränen der Wut und der Scham, weil er es versäumt hatte, ihr ein kleines Haus zu kaufen, in dem sie ihre letzten Jahre friedlich hätte verbringen können. Er schwor sich, daß seine Frau, sollte er jemals heiraten, nie in den drei Zimmern hinter der Kneipe wohnen müsse.

An diesen Schwur erinnerte er sich nun, als Missie durch die Tür kam, ihm ein kurzes Lächeln zuwarf, ihren Mantel aufhängte und sich sogleich daran machte, das Sägemehl und den Unrat aufzufegen.

O'Hara beobachtete sie verlangend. Vor nunmehr drei Monaten hatte er um ihre Hand angehalten, und noch immer wartete er auf eine Antwort. Seit Sofias Bestattung hatte er sie nicht mehr darauf angesprochen, da er ihr Zeit geben wollte, sich von dem schwerzen Schlag zu erholen. Doch langsam wurde die Zeit knapp: Er hatte wichtige Dinge vor, und er wollte eine Antwort — jetzt.

Bei ihrem Anblick wurde ihm das Herz weich. Sie arbeitete so schnell, als wolle sie alles in der Hälfte der Zeit erledigen, um dann früher entfliehen zu können . . . aber das konnte sie nicht. Er bezahlte sie für den ganzen Tag, und sie mußte so lange bleiben, wie er sie brauchte. Durch diese Abmachung konnte er sie immer um sich haben. Doch er wollte sie nicht nur während der Arbeit sehen, sondern immer. Ein Leben lang.

Sie spürte seinen Blick und schaute auf. Er schenkte ihr sein betörendstes Lächeln und sagte: »Missie, mir fällt auf, daß wir beide, Sie und ich, noch nie allein waren. Sie wissen, daß ich ein beschäftigter Mann bin. Der Saloon ist täglich bis in die Nacht hinein geöffnet, und da bleibt einem keine Minute für sich, geschweige denn für das Zusammensein mit einer Frau. Aber morgen habe ich vor, einen Ruhetag einzulegen — unter einer Bedingung.«

Überrascht schaute sie ihn an. »Welche Bedingung?«

»Wenn Sie mir die Ehre erweisen, mit mir zu Mittag zu speisen.«

Erneut starrte sie ihn an, glaubte, nicht richtig gehört zu haben. Dann lachte sie. Er fühlte, wie ihm das Blut ins Gesicht schoß, als sie antwortete: »Sie wollen *mich* zum Mittagessen ausführen? Aber weshalb, O'Hara? Wir sehen einander jeden Tag, außer sonntags! Und wir essen jeden Tag hier zusammen zu Mittag! Warum also?«

Er holte aus einer Schachtel in dem spiegelverkleideten Regal eine Zigarre und zündete sie nervös an. »Ich wollte Sie überraschen«, sagte er betrübt. »Verdammt, Missie, ich dachte, ich mache Ihnen eine Freude!«

Er strich durch seinen wilden, roten Haarschopf und sah sie bittend an. Missie ging zu ihm an die Bar, stemmte ihre Ellbogen darauf und blickte ihn ernst an. »O'Hara, ich bin nicht das Mädchen, das Sie zu kennen glauben. Sie haben keine Ahnung von meinem wahren Ich.«

»Genau deshalb will ich ja auch mit Ihnen ausgehen! Damit wir uns besser kennenlernen!« erwiderte er, wieder sein übermütiges Grinsen im Gesicht. »In einer anderen Umgebung wird es uns leichterfallen, so zu sein, wie wir wirklich sind. Und außerdem«, fuhr er fort, seine riesige Hand über die ihre legend, »außerdem will ich Ihnen etwas zeigen. Etwas ganz Besonderes!« Er sah Neugierde in ihren Augen aufflackern und fügte rasch hinzu: »Und ich möchte Ihnen auch etwas Wichtiges mitteilen.«

Sie entzog ihm ihre Hand und begann die Theke zu wischen. »Tja, wenn das so ist, dann werde ich wohl besser zustimmen«, sagte sie ruhig. »Aber Sie wissen, daß ich Azaylee mitnehmen werde!«

»Natürlich«, strahlte er, »natürlich kommt Azaylee mit!« Wenn es nach ihm gehe, könne sie einen ganzen Kindergarten mitbringen! Hauptsache, sie hatte eingewilligt!

20

Ihren Morgenverdienst von einem Dollar in der Tasche, eilte Missie die Rivington Street zurück. An Zabars Handkarren blieb sie stehen und kaufte für fünfzehn Cents einen Bund Stoffrosen und ein Stück gelbes Band. Von leisen Schuldgefühlen über diese egoistische Verschwendung geplagt, rannte sie darauf die Stufen zu Rosa Perelmans Wohnung hinauf.

Rosas Heim verdiente tatsächlich die Bezeichnung Wohnung, da sie zwei Zimmer hatte, die sie freilich mit ihren drei Kindern auch benötigte. Ihr Mann, Meyer Perelman, war fünfundzwanzig Jahre älter als Rosa; er stammte aus Polen und sprach nur Polnisch und Jiddisch. Rosa selbst war erst fünfundzwanzig und als Kind estländischer Auswanderer hier, in der Lower Eastside, zur Welt gekommen. Neben Englisch und Jiddisch sprach sie ein paar Brocken Russisch, jedoch nur sehr wenig Polnisch, so daß die Unterhaltung zwischen den Eheleuten recht begrenzt blieb. Wenn Missie arbeitete, kümmerte sich Rosa für zwei Dollar die Woche um Azaylee, gab ihr zu essen und umsorgte sie, als sei sie ihr leibliches Kind. Seit dem Tode Sofias waren sie allmählich Freundinnen geworden. Als Missie nun an ihre Tür klopfte und eintrat, lächelte ihr Rosa freudig entgegen.

»*Nu Scheene*, da bist du ja!« rief sie. »Du kommst gerade richtig zum Tee. Außerdem hab' ich uns etwas zum Naschen besorgt.«

Sie reichte Missie eine Tasse dampfenden Tee und einen Teller mit ein wenig Gebäck. »Von Gretel's Backstube«, sagte sie stolz. »Schmeckt wie bei meiner Mutter!« Mit verzückter Miene biß sie in ein Stück Kuchen. »Mm, noch besser! Keine Bange«, sagte sie, als sie Missies rastlosen Blick bemerkte, »die Kinder spielen unten auf der Straße unter Aufsicht von Sonia, meiner Ältesten. Und Sonia kennt mich gut genug, als daß sie es wagen würde, die Kleinen auch nur einen Moment allein zu lassen!« Sie blinzelte Missie vergnügt zu. »Jetzt haben wir beide wenigstens ein bißchen Ruhe!«

Missie lachte. Sie mochte Rosa. Rosa war klein und rund mit wunderschönen, glänzenden, schwarzen Haaren, dunkelbraunen Augen, weichen Gesichtszügen und immer einem Lächeln und einem Witz auf den Lippen, selbst wenn ihre Ehe nur wenig Erfreuliches zu bieten hatte. Nichts konnte Rosa über längere Zeit verstimmen. Es lag einfach nicht in ihrer Natur, ständig mit ihrem Schicksal zu hadern; sie hatte sich sogar — für Missie unvorstellbar — damit abgefunden, von ihrem gewissenlosen Vater an den weit älteren Ehemann »verkauft« worden zu sein.

Rosa hatte ihr erzählt, daß ihre Ehe durch einen Heiratsvermittler zustande gekommen sei, der Meyer als *den* aufstrebenden Geschäftsmann Philadelphias angepriesen hatte. Als er sich das erste Mal bei ihnen zu Hause vorgestellt hatte, hätte Rosa beinahe der Schlag getroffen: Er war fast so alt wie ihr Vater. Sie selbst war erst siebzehn, ein halbes Kind noch.

Meyer war höflich, lächelte aber kein einziges Mal, und seine Hand, die er ihr zur Begrüßung reichte, war schwammig und feucht. Den ganzen Abend ignorierte er sie, saß nur da und prahlte vor ihren Eltern damit, welch wunderbarer Geschäftsmann er in Sachen Mänteln und Anzügen sei. Rosa beobachtete, wie ihr Vater versonnen seinen Bart zwirbelte und seine Augen einen gierigen Ausdruck annahmen, während ihre Mutter unentwegt lächelte und die besten Gläser und die Sabbat-Tischdecke hervorholte, als sei Meyer der Rabbi persönlich.

Als es ans Verabschieden ging, verbarg sie ihre Hände hinter dem Rücken und weigerte sich, ihm die Hand zu geben, woraufhin ihr Vater sie böse anfunkelte und sich wortreich für ihre schlechten Manieren entschuldigte. Und als sie dann anschließend ihre Eltern fragte, warum Meyer Perelman, wenn er doch ein so wichtiger Geschäftsmann in Sachen Mäntel und Anzügen sei, noch nicht einmal Englisch sprechen könne, gab es ein Riesenspektakel.

»Er kommt aus Polen!« wies sie ihre Mutter streng zurecht.

»Aha! Und warum geht er dann nicht auf die Abendschule und lernt wie jeder normale Mensch Englisch?«

Ihr Vater ohrfeigte sie und nannte sie ein undankbares Geschöpf. Da bezahle er mit seinem sauer verdienten Geld den Heiratsvermittler, brüllte er sie an, und als Dank dafür beschäme sie ihn in Gegenwart eines guten, aufrichtigen Mannes, eines Mannes, der sich für sie den Rücken krumm arbeiten würde, um ihr alles, was ihr Herz begehrte, zu kaufen, ein Haus, schöne Kleider, Juwelen . . .

»Da siehst du meine Juwelen, Missie!« hatte Rosa, sich in dem überfüllten Zimmer umblickend, gelacht. »Und meine Häuser und Mäntel und Anzüge! Der dicke Fisch hat sich als Maschinist einer winzigen Fabrik, die seinem Schwager gehörte, entpuppt. Er war der Ansicht gewesen, durch die Heirat mit mir zu Geld zu gelangen, da mich der Heiratsvermittler ihm gegenüber als Erbin eines reichen Onkels ausgegeben hatte, meines Onkels Samuel Glanz nämlich, der dieses Kaufhaus in der Grand Avenue besitzt.«

»Und wirst du erben?« hatte Missie hoffnungsvoll gefragt.

Rosa hatte nur mit den Achseln gezuckt. »Er hat zwar keine Kinder, aber wie ich ihn kenne, wird er alles der Synagoge in den Rachen schieben und die Erben um sein Testament streiten lassen. Aber Meyer lebt nach wie vor in dieser Hoffnung. Jeden Samstag, egal, ob es stürmt oder schneit, schleppt er unsere Kinder zu Onkel Samuel, damit dieser ja nicht vergißt, welch nette Nichten er hat.« Sie hatte herzhaft gelacht und dabei den Kopf so weit zurückgeworfen, daß Missie das Pochen ihrer Pulsader hatte sehen können. »Es war alles nur ein riesiges Mißverständnis«, hatte sie schließlich, ihre Lachtränen abwischend, gesagt, »und dieser Irrtum hat mir Meyers schwitzige Hände eingebrockt und meinen Kindern einen Vater, der nicht einmal englisch spricht. In seiner Arbeit ziehen ihn alle damit auf. Jeden Morgen sagen sie: »*Nu*, Meyer, wie steht's mit dem Englischen?« Es wirklich eine Schande, daß er es nach all den Jahren noch nicht beherrscht.«

»Aber wie kannst du das nur ertragen?« hatte Missie gefragt, der angesichts der Vorstellung, ein ganzes Leben an der Seite eines ungeliebten Mannes verbringen zu müssen, die Haare zu Berg gestanden waren.

»Ich hab' meine Kinder«, hatte Rosa erwidert, »und vermutlich werde ich ihn irgendwann, wenn sie älter sind, verlassen. Bis dahin werde ich es schon irgendwie aushalten.«

So schwer ihr Leben auch war, ein Meyer Perelman war ihr zumindest erspart geblieben, hatte Missie damals überlegt.

»Du bist aufgekratzt«, riß sie Rosa aus ihren Gedanken, »ich sehe es in deinen Augen. Irgend etwas ist passiert!«

Rasch erzählte Missie über O'Haras Einladung zum Mittagessen. »Schau!« zeigte sie stolz auf ihre Stoffrosen. »Die habe ich mir für meinen alten Filzhut gekauft, damit er etwas schicker wirkt. Und ein neues Band für Azaylees Haare.«

Als Rosa die Blumen ausgiebig bewundert hatte, sagte sie:

»Ach? Azaylee kommt mit? Dann ist das keine Liebesaffäre? Kein romantisches Rendezvous?«

»Natürlich nicht!« protestierte Missie errötend. »Ich meine, du weißt ja, daß mich O'Hara gebeten hat, ihn zu heiraten, aber das war nur aus Mitleid. Er ist ein sehr gütiger Mann.«

»Und du ein sehr schönes Mädchen«, erwiderte Rosa prompt. »Vergiß das nicht, Missie!«

Missie dachte an Rosas Worte, als sie am Sonntagmorgen vor dem winzigen Spiegel ihren alten Filzhut mit den an einer Seite festgesteckten Rosen aufprobierte, ihn immer wieder kritisch verrückte und sich wünschte, sie hätte etwas Schickeres zum Anziehen.

»Oh, Missie«, rief Azaylee atemlos, »du siehst wunderschön aus!«

Missie freute sich über das Kompliment, wenn ihr auch der Spiegel eine andere Wahrheit verkündete. Sie war zu blaß, ihre Wangen waren eingefallen, ihr Hals zu dünn. Ihre Jugend war verblüht, und sie dachte im Stillen, daß die Rosen an ihrem Hut das Schönste an ihr waren.

Um ihr blaues Kleid nicht zu verknittern, saß Azaylee am äußersten Rand des Stuhles, schwenkte ihre weißbestrumpften Beine und bewunderte ihre neuen Stiefelchen, die ihr Missie am Vortag an Zabars Handkarren gekauft hatte. Missie hatte ihr das Haar zu Zöpfen geflochten und das neue, gelbe Band als Schleifen darumgebunden, aber ein paar vorwitzige Locken hatten sich bereits gelöst und umrahmten ihr kleines, ovales Gesicht mit einem zartgoldenen Gespinst. Ihre Haut hatte denselben goldenen Schimmer wie Anouschkas und ihre samtbraunen Augen denselben abwesenden Blick. Sie war ein Engel, ein Traum von einem Kind, dachte Missie, als sie sich zu ihr hinabbeugte und sie fest an sich drückte. Sie liebte sie, als sei sie ihr eigenes Kind. Sie war erst vier Jahre alt und hatte sich noch nie über irgend etwas beschwert, akzeptierte klaglos dieses eine Zimmer als ihr Zuhause, Rosa als ihre Tante und die Straße als ihren Spielplatz. Es war nicht gerecht, schoß es Missie durch den Kopf, *es war einfach nicht gerecht.*

Unten auf der Straße ertönte eine laute Hupe. Azaylee

sprang auf und eilte zum Fenster. Wieder hupte es, und Azaylee rief aufgeregt: »*Matiuschka*, das ist O'Hara! Er sitzt in einem Automobil!«

Ungläubig beugte sich Missie aus dem Fenster. Tatsächlich! In einem feschen, neuen, braunen Anzug, einschließlich Kragen und Krawatte, saß O'Hara stolz hinter dem Lenkrad eines schnittigen, gelben Stutz! Abermals ließ er seine Hupe ertönen und winkte dabei den ehrfürchtigen Gesichtern zu, die hinter sämtlichen Fenstern der Straße aufgetaucht waren. Als er Missie am Fenster entdeckte, stieg er aus dem Wagen und verneigte sich galant, wobei er mit dem Hut einen schwungvollen Bogen vollführte.

»Oh, nein!« jammerte Missie und zog ihren Kopf hastig zurück. »Jetzt weiß jeder, daß ich mit O'Hara ausgehe!«

Nach einem letzten ängstlichen Blick in den Spiegel ergriff sie Azaylees Hand und eilte mit ihr nach unten.

»Ist das nicht ein herrlicher Tag, Missie?« rief O'Hara. »Genau richtig für eine kleine Ausfahrt!«

Sich der neugierigen Blicke hinter den Fensterscheiben bewußt, schritt Missie rasch auf den Wagen zu. O'Hara hob Azaylee auf den kleinen Notsitz im hinteren Wagenteil und hielt dann Missie höflich die Tür auf.

»Auf Wiedersehen, Rosa!« krähte Azaylee, während sie den Perelmans zuwinkte, die aus ihrem Fenster im zweiten Stock hinaushingen. Missie hingegen vermied es aufzuschauen. Sie wußte auch so, daß die ganze Rivington Street beobachtete, wie O'Hara den Wagen anließ und geräuschvoll die Straße entlangtuckerte.

»Ich hab' ihn gestern gekauft«, erklärte O'Hara stolz. »Sie sind die erste, die darin mitfährt. Nun? Wie gefällt er Ihnen?«

»Er ist wunderbar!« rief Azaylee, die aufgeregt auf ihrem Sitz herumrutschte und den Passanten zuwinkte.

»Ja, ein schöner Wagen«, stimmte Missie zu, ihren Hut festhaltend, »aber ein etwas unauffälligerer Aufbruch aus der Rivington wäre mir lieber gewesen.«

O'Hara brach in schallendes Gelächter aus. »Ich habe Ihnen einen besonderen Tag versprochen, oder?« grinste er sie von der Seite her an. »Und ich bin ein Mann von Wort, Missie O'Bryan.«

Schwungvoll bog er in die Orchard Street, und Missie lachte unwillkürlich auf; O'Haras kindliche Freude über seinen Wagen, den sonnigen Tag und die gelungene Überraschung hatte etwas sehr Einnehmendes an sich. Er war fest entschlossen, diesen Tag zu genießen. Also lehnte auch sie sich nun entspannt in ihrem Ledersitz zurück und erfreute sich an der Fahrt.

Eingesperrt in seinen Messingverschlag, beobachtete Zev, wie der lange, gelbe Wagen vorüberfuhr; O'Hara drückte die Hupe und schaute Missie an, als gehöre sie ihm, und Missie lachte, sah in ihrem violetten Hut mit den pinkfarbenen Rosen wie die Verkörperung des Frühlings aus. Eifersucht loderte wie eine Flamme in seinem Herzen auf. »*Ganzer Macher!*« zischte er ihnen verbittert hinterher. »Angeber!«

»Wohin fahren wir?« fragte Missie, als der Wagen die Brücke über den Hudson überquert hatte und weiter in Richtung der New Jersey Berge fuhr.

»Warten Sie's ab!« erwiderte er geheimnisvoll. Doch das Grinsen in seinem großen, netten Gesicht verriet ihr, daß er wußte, sie würde mit dem Ziel zufrieden sein.

Sie fuhren einige Meilen am Ufer des Hudson entlang und bewunderten die herrliche Aussicht, bis sie schließlich zu einem hohen Ziegelsteingebäude gelangten, das etwas abseits von der Straße hinter ein paar Bäumen stand. »Giorgio's — Italienisches Restaurant« las Missie auf dem Schild. Als sie eintraten, weiteten sich ihre Augen angesichts der weißen Damasttischdecken und Servietten, dem blitzenden Silber und Kristall und den Blumen auf den Tischen.

»Dafür bin ich nicht elegant genug«, flüsterte sie, sich ihres alten, grauen Mantels, ihrer einfachen Bluse und ihres schäbigen Rockes schmerzhaft bewußt.

»Sie sind für jeden Ort elegant genug«, erwiderte er laut, »und schöner als alle hier anwesenden Frauen.«

Der Oberkellner kam auf ihn zu, schüttelte ihm wie einem alten Freund die Hand und führte sie zu einem Tisch neben dem Fenster. »Guten Tag, Mr. O'Hara!« sagte er. »Wie geht es Ihnen heute, Sir?«

»Gut, gut«, rief O'Hara dröhnend. Ein zweiter Ober erschien, der einen Champagnerkübel brachte. O'Hara nickte zustimmend, als er ihm die Flasche zeigte. Missie kam aus dem Staunen nicht mehr heraus.

»Champagner?« fragte sie ungläubig.

»Was sonst?« strahlte er und ergriff ihre Hand. »An solch einem herrlichen Tag!«

Errötend beobachtete Missie, wie die Ober ein wissendes Lächeln austauschten. O'Hara vermittelte ihnen einen völlig falschen Eindruck. Sie glaubten vermutlich, sie seien Verliebte oder so etwas . . .

Versunken starrte sie auf ihr überschäumendes Glas und dachte an den Tag, als sie das letzte Mal Champagner getrunken hatte. Es war an ihrem achtzehnten Geburtstag gewesen, Mischa hatte es ihr eingeschenkt, und sie hatten einander tief in die Augen geschaut, gewußt, daß es vielleicht das letzte Mal ist . . .

»Woran denken Sie?« fragte O'Hara, aber statt einer Antwort schüttelte sie den Kopf, hob ihr Glas und prostete ihm zu.

»Auf Sie, Shamus O'Hara!« sagte sie, sich zu einem Lächeln zwingend. »Und Danke für den wunderschönen Tag!«

»Noch ist er nicht vorbei, noch lange nicht!« Bewundernd blickte er Missie an, die über der Speisekarte grübelte. »Mit dem Hut sehen Sie aus wie ein Gemälde, Missie«, sagte er ernst. »Sie sind das schönste Mädchen, das ich je gesehen habe.«

»Ja!« mischte sich Azaylee mit wichtiger Miene ein. »Das habe ich ihr auch gesagt.«

O'Hara grinste. »Und was dich betrifft, junge Dame«, sagte er, sie an ihren Zöpfen ziehend, »so solltest du dich in acht nehmen, denn wenn du so alt wie Missie bist, wirst du *die* Sensation sein!«

»Was ist eine Sensation?« fragte sie.

»Wart's ab!« erwiderte er. Er zog ein kleines Päckchen aus seiner Tasche. »Hier, das hätte ich beinahe vergessen.«

»Ein Geschenk?« erkundigte sie sich erwartungsvoll.

Er nickte. »Ein Geschenk ganz für dich allein, meine Schöne.«

Ehrfürchtig strich sie über das hübsche, rote Seidenpapier. »Es ist wunderschön!« Ihre kindliche, hohe Stimme bebte vor Erregung.

O'Hara tauschte einen Blick mit Missie. »Geschenke müssen ausgepackt werden, damit man sieht, was sich in der Verpackung verbirgt.«

Vorsichtig nahm sie das Papier ab und glättete liebevoll die Falten, ehe sie die Schachtel aufmachte. Starr vor Staunen betrachtete sie dann den Inhalt. »Oh, oh, schau nur, *Matiuschka!*« keuchte sie. »Schau nur!!«

Es war eine Puppe, klein und perfekt bis ins kleinste Detail, von ihrem Porzellankopf mit den weichen, blonden Haaren, dem kleinen, hübschen, spitzenverzierten Mantel und dem niedlichen Hut bis hin zu den winzigen Ziegenlederstiefelchen.

»Wie soll sie denn heißen?« fragte Missie lächelnd, während Azaylee zärtlich das Gesicht der Puppe streichelte.

»Ich nenne sie Anouschka«, flüsterte sie, die Puppe an ihre Brust schmiegend. »Anouschka.«

Missies Herz krampfte sich zusammen: In all der Zeit hatte Azaylee ihre Mutter kein einziges Mal erwähnt. Missie hatte gehofft, sie habe sie vergessen.

»Aber das ist eine amerikanische Puppe«, wandte sie hastig ein. »Willst du ihr nicht lieber einen amerikanischen Namen geben?«

In Azaylees Augen trat jener wohlvertraute, abwesende Ausdruck.

»Wie wäre es mit Kathleen?« schlug O'Hara vor. »Das ist ein guter, irischer Name: meine Mutter hieß so.«

»Ja, wir sollten O'Hara wählen lassen«, stimmte Missie hektisch zu. »Warum nicht Kathleen?«

Azaylee hob die Puppe an ihre Wange, schloß die Augen und lächelte. »Kathleen Anouschka«, sagte sie verträumt. »Kathleen Anouschka O'Hara.«

Schmunzelnd füllte O'Hara die Champagnergläser nach.

»Die Kleine hat sehr klug entschieden«, sagte er mit einem bedeutsamen Blick zu Missie hin.

Zu Missies Erleichterung erschien in diesem Moment der Ober mit der Suppe. »Riecht köstlich«, sagte sie ablenkend.

O'Hara lächelte stolz. »Ist sie auch«, versprach er. »Das Restaurant ist eines der besten in New Jersey. Ich komme schon seit Jahren hierher, seit ich geschäftlich in dieser Gegend zu tun habe.«

Mit einemmal stellte Missie fest, wie sehr sie diese Umgebung genoß. Nach ihren kärglichen Mahlzeiten war dieses gute italienische Essen eine wahre Gaumenfreude; auch der Champagner stieg ihr langsam zu Kopf, machte sie weich und gelöst. Zufrieden saß sie da und lauschte O'Haras Erzählungen über seine Jugend in Irland und seine Anfänge in Amerika.

»Und jetzt kommt abermals ein Neuanfang«, sagte er, während er sich eine noch dickere Zigarre als sonst anzündete und ihr zusah, wie sie ihren Kaffee trank.

Azaylee war von den freundlichen italienischen Obern mit Bonbons und kleinen, rosa und blauverpackten *amoretti* verwöhnt worden und kuschelte sich nun gähnend in ihren Stuhl, die neue Puppe fest an sich gedrückt.

O'Hara strich ihr zärtlich über das Haar und wandte sich dann wieder Missie zu. »Da ist eine Seite an mir, die Sie noch nicht kennengelernt haben, Missie. Ich bin nicht nur ein ernsthafter, sondern auch ein ehrgeiziger Mann. Über meine neuen Pläne will ich heute gerne mit Ihnen sprechen, doch vorher muß ich Ihnen noch etwas zeigen. Lassen Sie uns also aufbrechen.«

Er bezahlte die Rechnung und gab ein großzügiges Trinkgeld. Darauf nahm er das schlafende Kind, trug es in seinen starken Armen, genau wie sie ihre kleine Puppe trug, hinaus und legte sie behutsam in den Notsitz. Liebevoll deckte er sie mit einem Plaid zu, wobei er sehnsüchtig seufzte: »Es wäre wunderschön, so ein kleines Mädchen zu haben, einfach wunderschön.« Höflich half er darauf Missie in den Wagen, stieg selbst ein und fuhr in Richtung Berge.

»Wohin fahren wir?« fragte sie, verblüfft über die schlafwandlerische Sicherheit, mit der er den Wagen über die gewundenen Paßstraßen lenkte.

»Wir sind bald da«, antwortete er verschmitzt. »Haben Sie noch etwas Geduld!«

Nach weiteren zehn Minuten bergauf gelangten sie an einen Grenzzaun aus Zedernholz. Während O'Hara ausstieg, um das Tor zu öffnen, spähte Missie neugierig durch die hohen Ulmen und das herbstliche Blattwerk der Kastanienbäume.

»Fast da«, erklärte O'Hara. Nach ein paar hundert Metern über eine neu angelegte Schotterstraße hielt er vor einem viereckigen Haus mit rotem Dach und einer Holzveranda. »Es ist größer, als es aussieht«, erklärte er stolz. »Es hat drei Schlafzimmer und ist von dreizehntausend Quadratmetern Grund umgeben. Die Zahlen haben mir irgendwie gefallen, und so habe ich es gekauft. Außerdem habe ich auch noch das angrenzende Land erworben. Zweihunderttausend Quadratmeter von Smallwood, New Jersey, gehören nun mir.«

Mit vor Verlangen brennenden Augen wandte er sich Missie zu: »Und es gehört meiner Frau — wenn Sie doch nur Ja sagen würden, Missie! All dies will ich mit Ihnen teilen, das Haus, das Land . . . alles.«

Erschrocken starrte sie ihn an, und er hob beschwichtigend eine Hand. »Ehe Sie etwas antworten, will ich Sie erstmal herumführen.« Er stieg die Stufen zur Veranda hinauf und drehte sich dann um. »So weit Ihr Auge reicht, Missie«, rief er mit ausschweifender Handbewegung, »und sogar noch darüber hinaus, gehört alles mir. Mein Land.«

Sie blickte zu den sanft geschwungenen Wiesenhügeln mit den vereinzelten Baumgruppen und zu der grasenden, schwarz-weiß gesprenkelten Rinderherde, die aus der Entfernung wie Spielzeug wirkten. Sie schloß die Augen, sog tief die klare Landluft ein, lauschte dem Gezwitscher der Vögel und spürte die letzten, warmen Strahlen der Herbstsonne auf ihrem Gesicht. Ihr war, als sei sie zu Hause, in Oxford. »Es ist wunderschön, O'Hara«, flüsterte sie. »Einfach wunderschön.«

»Kommen Sie herein«, drängte er. »Lassen Sie das Kind schlafen. Ich führe Sie jetzt herum.«

In die Eingangstür war ein geschwungenes Fenster mit einer bunt bemalten Scheibe eingelassen, und durch die weiträumige Halle konnte man bis zur Hintertür sehen, an der ebenfalls ein Fenster, mit Blick in den Garten, angebracht war. Er führte Missie durch das Wohnzimmer mit dem großen Kamin, durch das Eßzimmer, wies sie auf die polierten Holzböden hin und die rautenförmigen Fensterscheiben, zeigte ihr die gepflegte Küche, die ein richtiges Waschbecken mit warmem und kaltem Wasser sowie einen ordentlichen Herd hatte, und erzählte ihr, daß es sogar elektrisches Licht gebe. Über breite Stufen gelangten sie in das Obergeschoß mit den drei Schlafzimmern und einem richtigen Badezimmer, das nicht nur mit einer gußeisernen, emaillierten Wanne — dem neuesten Schrei, wie O'Hara sagte —, sondern auch mit einer Toilette ausgestattet war.

»Ein wirklich perfektes Haus!« rief Missie, während sie neugierig von Zimmer zu Zimmer eilte. »Es ist bezaubernd, O'Haraa, nur . . .« Sie brach ab und schaute ihn bestützt an, ». . . wie können Sie den Saloon führen und gleichzeitig hier leben? Das ist viel zu weit!«

»Genau, jetzt kommen wir zum eigentlichen Thema!« Er nahm sie bei den Schultern und schaute sie ernst an. »Missie, ich werde den Saloon in ein paar Wochen schließen. Die Prohibition wird das Geschäft sehr bald kaputtmachen, und ich will noch aussteigen, ehe alle anderen das auch merken. Ich habe mir einen Plan gemacht, Missie, und dieses Haus ist ein Teil davon. Und Sie ebenfalls. Ich kann mein neues Geschäft von hier aus führen. Das Haus ist nahe genug an der Eisenbahn und dem Hafen von Newark.«

Missie überfiel tiefe Verzweiflung. Wenn O'Hara den Saloon dichtmachte, dann hatte sie keine Arbeit mehr. Von einem plötzlichen Schwindel ergriffen, lehnte sie sich gegen die Verandabrüstung und starrte mit blinden Augen auf die ländliche Idylle. »Was für ein neues Geschäft?« fragte sie dumpf.

O'Hara grinste verwegen. »Ach, Land, Immobilien, ein

wenig dies und das. Aber hier oben lebt man so abge-schirmt, da wird niemand etwas über meine Geschäfte er-fahren.« Stirnrunzelnd sah er sie an; aus ihrem Gesicht war alle Farbe gewichen, und sie wirkte, als würde sie jeden Moment ohnmächtig.

»Missie, ist irgendwas?« fragte er, sie besorgt an den Armen packend. »Was ist los, mein Mädelchen? Ich habe Sie wohl mit dem Gerede über mein neues Geschäft geschockt? Es wird nichts *wirklich* Illegales sein, Missie, nur ein kleiner Balanceakt am äußersten Rand des Gesetzes — Schwarzbrennerei eben, das machen wir in Irland schon seit Jahrhunderten. Ich verspreche Ihnen, es ist nichts Schlimmes. Ja, und von dem Geld will ich dann Häuser bauen. Es wird immer mehr junge Paare geben, die von der Stadt aufs Land ziehen wollen. Und von mir werden sie schöne und vor allem preiswerte Häuser bekommen. Sie werden sehen«, fügte er augenzwinkernd hinzu, »sobald ich in der Lage bin, die Häuser zu bauen, werden sie in Scharen herbeiströmen. Und wegen der anderen Geschichte brauchen sie sich keine Sorgen zu machen, Missie; darum kümmern sich meine Partner.«

»Ihre Partner?«

»Giorgio und Enrico Oriconne, die Jungs, denen das Restaurant gehört, in dem wir vorhin gegessen haben. Sie müssen die beiden kennenlernen, Missie, sie sind nette italienische Familienväter. Sie haben ja bemerkt, wie reizend sich auch die Ober um Azaylee gekümmert haben. Italiener lieben *bambini*. Aber die beiden sind natürlich sehr beschäftigt und brauchen jemanden wie mich, der als Strohmann für sie arbeitet. Selbstverständlich investiere ich auch selbst in das Geschäft, und ich sage Ihnen, Missie, ich habe fest vor, ein reicher Mann zu werden. Vorbei mit dem Ale-Zapfen! Von nun an bin ich Geschäftsmann!«

Er ergriff ihre Hand und schaute sie ernst an. »Ich habe mir geschworen, daß meine Frau niemals, so wie meine Mutter, hinter einer Kneipe wohnen muß. Und jetzt bin ich imstande, meiner Frau das zu bieten. Missie, ich habe dieses Haus für Sie gekauft und für Azaylee, für uns und unsere Kinder! Missie, bitte, werden Sie meine Frau!«

Verstört schüttelte sie den Kopf; er war so freundlich, so zart unter seiner rauhen Schale, und so naiv. Ihr Blick wanderte von O'Hara, der ängstlich auf ihre Antwort wartete, zu dem Haus, dem hübschen Haus mit den gemütlichen Zimmern und dem Garten und dem riesigen Grund. Oh ja, sie konnte sich vorstellen, hier zu wohnen, die Zimmer mit neuen Möbeln einzurichten, Bilder an die Wände zu hängen, selbstgepflückte Blumen in Kristallvasen zu drapieren und an lauen Sommerabenden draußen auf der Veranda zu sitzen, vielleicht sogar ein kleines Baby im Arm wiegend. Aber O'Hara wollte beim besten Willen nicht in dieses Bild hineinpassen. Sie dachte an Rosa, die für den Rest des Lebens an Meyer Perelman gefesselt war, und sie schüttelte abermals heftig den Kopf. Tränen rollten über ihre Wangen, und er wischte sie zart mit einem Finger weg.

»Sie lehnen also ab«, sagte er mit stiller Würde, »aber ich verspreche Ihnen eins, Missie O'Bryan: Ich werde dieses Haus nie mit einem anderen Mädchen teilen. Ich werde warten, bis Sie eines Tages ja sagen werden. Und wenn dieser Tag kommt, werde ich der glücklichste Mann von New Jersey sein!«

Die Heimfahrt verlief schweigend. O'Haras gute Laune war schlagartig verflogen, und Missie dachte betrübt, daß dies ihre Schuld war. Sie hatte ihn nicht verletzen wollen, ihn allerdings auch nie in dem Glauben ermutigt, ihn heiraten zu wollen. Sie war noch so jung, und das Leben hielt doch sicher noch mehr für sie bereit! Es mußte einfach noch etwas anderes geben! Doch als die Skyline von Manhattan vor ihnen aufflimmerte, wurde sie wieder schmerzhaft an die Realität erinnert: In ein paar Wochen würde der Saloon schließen, und dann war sie ohne Arbeit. Und ohne Geld.

21

Es war ein bitterkalter Freitag im Februar. Von seinem Ladenfenster aus beobachtete Zev, wie die Menschen, in dicke Schals gehüllt, die Hände in den Taschen vergraben und die Schultern gegen den eisigen Wind gestemmt, vorbeihasteten. Es war bereits kurz vor vier; seine Stammkunden waren schon da gewesen und hatten ihre Sonntagskluft bis zum Montag ausgelöst. Manchmal kam es Zev vor, als sei sein Laden nichts als ein riesiger Kleiderschrank für alle Einwohner der Lower East Side, da deren Kleidung weit mehr Zeit bei ihm herumhing als am Körper der jeweiligen Eigentümer.

Zum wiederholten Mal blickte er auf die Uhr: Missie war spät. Sie kam jede Woche, manchmal mit einem Dollar, manchmal mit zweien. Es widerstrebte ihm, ihr sauer verdientes und bitter benötigtes Geld anzunehmen, aber sie war entschlossen, ihre Schulden zu begleichen. Aber wenn er ehrlich war, mußte er sich eingestehen, daß er froh war, einen Grund zu haben, am Fenster zu sitzen und auf ihr Erscheinen zu warten. Nicht daß er mehr als »Guten Tag, Missie!« und »Wie geht es Ihnen heute?« gesagt hätte, aber wenigstens hatte er sie ein paar kurze Momente ganz für sich, Momente, die er später in seinem Zimmer noch einmal aufs Neue auskosten konnte. Er sah sie dann genau vor sich, ihr braunes Haar mit den goldenen Lichtern, die Biegung ihrer Wange, ihren weichen Mund und die tiefen, tiefen, violetten Augen, in denen ein Mann ertrinken konnte.

Seufzend prüfte er den Sitz seiner Krawatte. Er hatte sich bereits für den Sabbat herausgeputzt — im Grunde genommen freilich für sie.

Die Ladenglocke klingelte, und Mrs. Lipkin aus der Canal Street rauschte herein, um ihr Sabbat-Tischtuch abzuholen. »Sie sind heute spät dran, Mrs. Lipkin«, sagte er, während er ihr das Tuch reichte und rasch das Geld entgegennahm. Er hoffte, sie würde verschwunden sein, ehe Missie auftauchte.

»Sie auch, Mr. Abramski«, entgegnete sie träge. »Ich mußte noch warten, bis mein Sohn nach Hause kam und mir das Geld gab. Schließen Sie jetzt lieber, es ist schon fast Sabbat.«

»Ich weiß, ich weiß«, murmelte er gereizt, woraufhin sie sich an der Tür noch einmal erstaunt umdrehte. Abramski war gewöhnlich sehr höflich.

Die Messingzeiger an der großen, hölzernen Wanduhr zeigten eine Minute vor vier an, und er starrte nervös aus dem Fenster. Es war schon fast dunkel, und er mußte schließen . . . noch ein paar Minuten, nur für den Fall, daß sie sich verspätet hatte . . .

Um zehn nach vier sperrte er ab, drehte das Schild auf »Geschlossen« um und schritt traurig ins Hinterzimmer. Sie hatte sich noch nie verspätet, und jetzt würde sie sicher nicht mehr kommen. Obwohl sie es ihm gegenüber nicht erwähnt hatte, wußte er, daß O'Hara letzte Woche seinen Saloon dichtgemacht hatte. Vermutlich hatte sie nun keine Arbeit mehr und demzufolge auch kein Geld.

Er zog seinen schwarzen Mantel an, setzte den Hut auf und ging durch die eisigen Straßen zur *Schul;* hinterher blieb er nicht, wie sonst, mit den anderen Familien noch eine Weile vor der Synagoge stehen, sondern eilte sofort nach Hause.

In seinem Zimmer angekommen, entzündete er die Sabbat-Kerzen in dem wertvollen Leuchter seiner Mutter, setzte sich hin und dachte an Missie. Sie hatte ihm bereits achtzehn ihrer fünfzig Dollar zurückgezahlt, und wenn sie erst einmal ihre Gesamtschuld eingelöst hatte, würde er sie nie wieder sehen.

Einer spontanen Eingebung folgend, sprang er auf, zog wieder den Mantel an und setzte den Hut auf, sperrte hinter sich sorgfältig die Tür zu und schritt zielstrebig um die Ecke. Die Rivington Street war mit verfaulten Gemüseabfällen aus den Handkarren übersät, der eisige Wind wirbelte die Schnipsel einer Zeitung durch die Lüfte, und in den Ecken kämpften Hunde und Katzen verbissen um die Fischschwänze und Fleischabfälle. Angeekelt von dem Gestank, rümpfte Zev die Nase.

Er wußte, wo sie wohnte. Viele Male war er schon an ihrem Haus vorübergegangen und hatte, wie jetzt auch, zu ihrem Fenster hinaufgeblickt. Hinter dem dünnen Vorhang brannte eine Lampe.

Er zögerte, kaute nachdenklich an seinen Lippen. Schließlich gab er sich einen Ruck, überquerte entschlossen die Straße und betrat das Gebäude.

Im Hausflur hatte sich der unerwünschte Müll von einem Dutzend Familien angesammelt: ein zerbrochener Stuhl, zersplitterte Obststeigen, ein einzelnes Rad von einem Handkarren, zerknülltes Papier, Flaschen. In der Luft lag der in Mietshäusern allgegenwärtige Geruch nach Kohl und Urin. Durch die geschlossenen Wohnungstüren drangen die Geräusche schriller Streitgespräche. Eine Frau weinte, ein Baby schrie, jemand lachte laut auf, und irgendwo wurde plärrende Grammophonmusik aufgedreht.

Das schmutzige Geländer vermeidend, an dem der Dreck unzähliger schmieriger Hände klebte, eilte Zev die nur schwach beleuchteten Stiegen empor. »Wie hält sie das nur aus?« fragte er sich. »Solch eine *Baryschnya*, eine Dame!«

Er pochte an die Tür und hüstelte, während er wartete, nervös hinter die vorgehaltene Hand.

Viktor begann laut zu bellen, und Azaylee setzte sich gähnend und die Augen reibend in ihrem Bett auf. »*Matiuschka*«, rief sie, »da ist jemand an der Tür.«

Verwundert drehte sich Missie am Spülbecken um. »Wer kann das sein?«

Azaylee lachte. »Ich weiß nicht«, sagte sie.

Missie blieb einen Moment nachdenklich stehen. Wegen der Miete konnte es nicht sein, denn die hatte sie heute morgen bezahlt — wenngleich sie keine Ahnung hatte, woher sie die Miete für die nächste Woche nehmen sollte. Sie strich sich über das Haar und ging rasch zur Tür.

»Verzeihen Sie die Störung«, begrüßte sie Zev Abramski, seinen Hut höflich in der Hand, »aber Sie sind heute nicht gekommen.«

Schuldbewußt schlug Missie die Hand vor den Mund. »Oh, das tut mir leid, Mr. Abramski, aber ich konnte nicht. Ich habe das Geld nicht. Ich . . . ich habe leider keine Arbeit mehr, wissen Sie. Bitte, wird nächste Woche auch noch reichen? Bis dahin habe ich bestimmt etwas gefunden.«

Sie wirkte völlig verstört, und ihm wurde bewußt, daß sie glauben mußte, er sei gekommen, um sein Geld einzutreiben. »Nein, nein, das ist schon in Ordnung, kein Grund zur Sorge!« beruhigte er sie hastig. »Es war nur . . . ich . . . ich wollte Sie einfach sehen.«

Seine dunklen Augen sahen sie flehend an, und Missie trat beiseite, um ihn einzulassen. »Bitte, Mr. Abramski, treten Sie doch ein.«

Der Hund knurrte ihn an, und das kleine Mädchen rief: »Hallo, ich bin Azaylee. Und wer sind Sie?«

Wieder hüstelte er nervös. »Abramski. Zev Abramski aus der Orchard Street.«

Azaylee nickte. »Da wohnt auch meine Freundin Rachel Cohen.«

»Wollen Sie nicht Platz nehmen?« fragte Missie.

Kerzengerade saß er auf dem Holzstuhl und blickte sich verstohlen in dem Zimmer um. Ihrem Heim. Alles war makellos, eine saubere weiße Tischdecke, saubere weiße Baumwollgardinen, und an einem Nagel an der Wand hingen ihr Mantel und der Hut mit den Rosen. Das Bett war diskret hinter einem schräg stehenden Wandschirm verborgen, und die feuchten Wände waren, bis auf ein kleines Spiegelstück über dem Waschbecken, leer. Es war ein ärmlicher, karger Raum, doch auf dem Tisch stand ein Strauß Blumen, es roch nach frischer Seife, das Licht der Lampe war mit einem drapierten Stück rosafarbener Seide abgemildert, und irgendwie, er wußte nicht, warum, war es das heimeligste Zimmer, das er seit seiner Abreise aus Rußland gesehen hatte.

Missie setzte sich ihm gegenüber an den Tisch.

»Entschuldigen Sie die beengten Verhältnisse, Mr. Abramski«, sagte sie. »Darf ich Ihnen eine Tasse Tee anbieten?«

Er schüttelte den Kopf. »Dank, nein. Ich wollte Sie fragen . . . äh . . . Würden Sie mir die Ehre erweisen, Sie einmal zum Abendessen auszuführen?« Seine Hutkrempe war schon völlig zerknautscht, da er sich ständig daran festhielt. Sie starrte ihn aus weiten Augen an, als sehe sie ihn zum erstenmal, und er glättete nervös seine Krawatte. Plötzlich lächelte sie.

»Warum nicht, Mr. Abramski«, sagte sie leise, »es wird mir ein Vergnügen sein.«

Ein Leuchten stieg in seine Augen. »Wäre Ihnen Sonntag recht?« fragte er rasch, damit sie es sich nicht noch anders überlegte. »Ich hole Sie um sechs ab.«

»Gut, um sechs«, stimmte sie zu. »Ich freue mich.«

Nachdem Missie am Sonntag um halb sechs Azaylee zu Rosa hinuntergebracht hatte, bürstete sie ihr Haar und steckte es zu einem Knoten hoch. Sie rieb ihre Wangen, um ihnen ein wenig Farbe zu geben, setzte ihren Hut auf und fragte sich wohl schon zum zehntenmal, weshalb sie eingewilligt hatte, mit Zev Abramski zu Abend zu essen. Sie kannte ihn kaum und hatte darüber hinaus auch noch Schulden bei ihm offenstehen. Es war ihr völlig rätselhaft, wie er auf die Idee gekommen war, sie auszuführen.

Pünktlich um sechs klopfte es an die Tür. Sie warf ihren zerschlissenen, grauen Mantel über und eilte zur Tür. Aus Sorge, die Nachbarn könnten über sie reden, bat sie ihn gar nicht erst herein, sondern ging gleich mit ihm hinunter.

Während sie die dunklen Straßen entlangspazierten, musterte sie ihn neugierig von der Seite. In seinem schwarzen Mantel und dem Hut sah er sehr ordentlich und gleichzeitig sehr fremdartig aus. An einer Ecke blieb er stehen. »Ich kenne ein Lokal am East Broadway«, sagte er. »Leider habe ich kein Auto wie O'Hara. Macht es Ihnen etwas aus, zu Fuß zu gehen?«

»Natürlich nicht, Mr. Abramski!« Sie schlug den Mantelkragen hoch und schritt rasch neben ihm aus; er hielt sich am äußersten Rand des Gehsteigs, als befürchte er, sie zufällig zu berühren.

Das Schweigen zwischen ihnen verdichtete sich zunehmend. »Und wie geht es Ihnen, Mr. Abramski?« fragte Missie hilflos, nachdem sie einen Block hinter sich gebracht hatten.

»Gut, danke«, erwiderte er.

Erneut wurde es still, und er warf ihr einen nervösen Blick zu. Da war sein Traum endlich wahr geworden, Missie O'Bryan ging neben ihm, und ihm fiel absolut nichts ein, was er hätte sagen können!

Als sie in den East Broadway einbogen, atmete er erleichtert auf. »Es ist ein ukrainisches Lokal«, sagte er steif. »Ich dachte, das könnte Ihnen gefallen.«

In dem Restaurant herrschte lärmender Trubel; russische Stimmen mischten sich mit den Klängen der Balalaikas und Gitarren. Im Hinterzimmer sang jemand ein bekanntes Zigeunerlied; auf der Theke brummte ein Samowar, und es roch köstlich nach warmen Mohnbrötchen und *Piroschkis*, kleinen Küchlein und sauren Pickles.

Sie quetschten sich an einen winzigen Tisch am Fenster. »Es ist herrlich hier!« rief Missie begeistert. »Es erinnert mich an ein Zigeunercafé, das ich in St. Petersburg öfter besucht habe.« Lachend sang sie ein paar Zeilen des Zigeunerliedes mit, und der Besitzer, ein stämmiger Ukrainer, blieb an ihrem Tisch stehen und machte ihr auf russisch Komplimente zu ihrer Stimme.

Gebannt schaute Zev sie an. »Er hatte sie bisher nur als stille, abgearbeitete junge Frau kennengelernt, von Gram und Sorgen gebeugt; jetzt entdeckte er plötzlich das junge Mädchen, das sie wirklich war. Sie bestellte *Borschtsch*, schloß beim ersten Löffel verzückt die Augen und schwärmte von dem phantastischen Geschmack. Doch gleich darauf verdüsterte sich ihre Miene. »Ich sollte nicht mit Ihnen hier sein, Mr. Abramski«, sagte sie zerknirscht. »Ich schulde Ihnen noch so viel Geld, und es ist nicht richtig, daß Sie mich jetzt auch noch einladen.«

»Gefällt es Ihnen denn nicht?« erkundigte er sich besorgt.

»Oh, doch, und wie! Ich habe mich schon lange nicht mehr so wohlgefühlt, seit . . . seit, ich weiß auch nicht, wann«, schloß sie hastig.

Zev seufzte innerlich erleichtert auf. Er winkte dem Ober und bestellte eine Flasche Rotwein. Es machte ihn glücklich, einfach nur dazusitzen und sie anzuschauen. Sein Traum war Wirklichkeit geworden. Nachdenklich nippte sie am

Wein und lauschte der Musik. Abermals herrschte tiefes Schweigen zwischen ihnen.

Seinem Blick ausweichend, überlegte Missie fieberhaft, was sie sagen könnte. Sie konnten doch nicht einfach nur dasitzen und *nichts* sagen! Sie nahm noch einen Schluck Wein und stieß dann hervor: »Erzählen Sie mir über sich, Mr. Abramski.«

»Über mich?« wiederholte er verblüfft. »Da gibt es eigentlich nichts zu erzählen.«

»Oh doch, bestimmt!« entgegnete sie, vom Wein ermutigt. »Sind Sie, zum Beispiel, ein glücklicher Mensch?«

Erneut kehrte Schweigen ein; er starrte auf seine Suppe. »Ich bin glücklich, mit Ihnen hier zu sein«, sagte er schließlich.

»Danke«, erwiderte sie, »aber ich meinte eher, ob Sie mit Ihrem Leben glücklich sind. Wissen Sie, als Kind dachte ich immer, jeder Mensch sei glücklich, doch nun entdeckte ich nach und nach, daß es kaum *wirklich* glückliche Menschen auf der Welt gibt. Alle müssen sie gegen irgend etwas kämpfen: Armut, Krankheit, Unterdrückung, Verzweiflung. Wenn ich mir manchmal überlege, wie ärmlich Azaylees Kindheit im Gegensatz zu meiner ist, möchte ich am liebsten weinen. Und das tue ich auch manchmal — nachts, im Bett.«

Seine dunklen Augen waren voller Mitgefühl. Die russische Musik und das Stimmengewirr waren noch lauter geworden, ließen ihren kleinen Tisch wie eine abgeschiedene Insel erscheinen.

Aus irgendeinem Grund fühlte sie sich in seiner Gegenwart geborgen. Der Wein hatte ihre Zunge gelockert, und sie begann ihm von ihrer Kindheit in England zu erzählen und wie ihr Vater in Rußland gestorben war und sie allein zurückgelassen hatte. »So kam es, daß ich in St. Petersburg lebte«, brachte sie ihre Geschichte zu einem abrupten Ende.

Der Ober nahm die Suppenschüsseln mit und brachte einen Berg goldener, knuspriger Kartoffel-*Piroschkis*, eine Portion scharf gewürzter Würstchen und einen Teller *Kasch* mit heißer Pilzsoße. Zev füllte ihre Gläser nach und bat um mehr Brot.

Sie lehnte den Ellbogen auf den Tisch und sagte, das Kinn in die Hand gestützt: »Ich weiß, daß Sie gehört haben, was Azaylee über . . . über Sofia gesagt hat. Ich weiß nicht, weshalb, Zev Abramski, aber ich spüre, daß ich Ihnen vertrauen kann.« Das russische Ambiente des Lokals, die vertraute Sprache und die herzzerreißende Musik hatten sie zu sehr ergriffen, um ihre Einsamkeit noch länger ertragen zu können; sie hatte ihre Geschichte noch niemandem erzählt, nicht einmal Rosa, ihrer besten Freundin, aber nun brach plötzlich alles in hastigen, wilden Worten aus ihr heraus. Die Flucht durch den Wald mit den in die Kleidung eingenähten Juwelen, der grauenvolle Mord, ihre Flucht nach Konstantinopel, wo Sofia die Diamanten für einen lächerlichen Betrag verkauft hatte. Nur noch das Diadem sei übrig geblieben, erzählte sie ihm, doch außer den vier großen Diamanten — und dem riesigen, nutzlosen Smaragd — seien alle anderen Steine verkauft. Das Essen auf ihrem Tisch wurde langsam kalt, doch sie nahmen es gar nicht wahr. Missie berichtete von ihrer Angst vor der Tscheka, die sie ein Leben lang begleiten würde. Und daß sie jede Nacht von Alexei träumte. Sie erzählte ihm alles — nur nicht, daß sie in Mischa verliebt gewesen war. »So«, sagte sie schließlich und schaute ihn ernst an, »jetzt wissen Sie, wer ich bin, Zev Abramski, und weshalb ich mich in dieser Lage befinde. Und Sie sind der einzige Mensch auf der Welt, der meine Geschichte kennt.«

Gegen ihre Tränen ankämpfend, zog sie die Nase hoch, und Zev reichte ihr sein frisches, weißes Taschentuch. »Ich bin stolz, daß Sie mir Ihr Vertrauen geschenkt haben«, sagte er leise. »Ich werde niemals auch nur ein Wort von dem, was Sie gesagt haben, verraten. Niemand wird je etwas von mir hören, das schwöre ich bei meinem Leben!«

In seinen Augen lag ein weicher Schimmer. »Essen Sie jetzt«, sagte er barsch, »damit etwas Farbe in Ihre Wangen kommt!«

Nun hatte das Schweigen zwischen ihnen etwas kameradschaftliches; Zev schien es zu genügen, einfach in ihrer Gesellschaft zu sein, und obgleich er kein Mann von vielen Worten war, stellte auch sie verblüfft fest, daß sie seine Gegenwart genoß.

In bewährtem Schweigen und abermals am äußersten Bordsteinrand gehend, brachte er sie später nach Hause. Vor ihrer Haustür angelangt, fragte er sie, ob sie am nächsten Sonntag wieder mit ihm ausgehe.

Missie zögerte. Einerseits widerstrebte es ihr, sich von ihm einladen zu lassen, andrerseits war er sehr freundlich, und sie fühlte sich ihm, nun, da er alles über sie wußte, auf merkwürdige Art verbunden. »Gut, nächsten Sonntag, sechs Uhr«, willigte sie schließlich ein und eilte, nach einem kurzen »Gute Nacht, Mr. Abramski«, ins Haus. Als sie dann die Vorhänge zuzog, sah sie ihn noch immer unten stehen.

Am Montagmorgen erwachte Missie mit Kopfschmerzen und einem Gefühl tiefer Verzweiflung. Der Zauber des ukrainischen Cafés war verblichen, und die anfängliche Erleichterung, Zev Abramski in ihr Vertrauen gezogen zu haben, schlug in wilde Panik um. Schließlich kannte sie ihn ja kaum, und Sofia hatte ihr immer eingeschärft, niemals jemandem etwas zu erzählen!

Sie wartete, bis sie hörte, wie Meyer Perelman die Tür zuschlug, um zur Arbeit zu gehen, und rannte dann hinunter zu Rosa. Nicht nur Azaylee, sondern auch Viktor hatten die Nacht bei Rosa verbracht; Viktor hatte seine Liebe von Mischa auf dessen Tochter übertragen und weigerte sich, ihr von der Seite zu weichen. Wohin Azaylee auch ging, Viktor war immer dabei. Wenn sie zur Schule mußte, würde das ein Problem werden, überlegte Missie. Der Gedanke an die Schule bereitete ihr aber auch in anderer Hinsicht Kopfzerbrechen: Mischas Tochter konnte nicht einfach in die primitive Schule um die Ecke gehen. Sie wußte jetzt schon mehr, als sie dort jemals lernen konnte. Sie konnte bereits ein wenig lesen, kannte das Alphabet und sprach Französisch und Russisch genauso gut wie Englisch — wenn auch ihr Englisch, wie das der anderen Kinder der Rivington Street, einen leicht jiddischen Akzent hatte.

Angesichts ihrer kummervollen Miene grinste Rosa über das ganze Gesicht. »Wie schön! Du kommst, um mir meinen Montag zu versüßen! Gutgelaunte Menschen sind mir immer willkommen!« Lachend schenkte sie Missie eine Tasse Tee ein. »Und?« fragte sie, während sie sich hinsetzte und Missie erwartungsvoll ansah. »Erzählst du mir über ihn? Über den Pfandleiher? Ein Mann wie ein Uhrwerk! Man kann die Zeit und das Datum nach ihm stellen. Aber du bist die erste, die vielleicht herausgefunden hat, was ihn ticken läßt.«

»Ich habe nichts herausgefunden«, gestand Missie, »weil die ganze Zeit über nur ich geredet habe. Oh Rosa, ich habe ihm alles erzählt! Dinge, die ich nie verraten sollte.« Sie starrte Rosa aus angstvoll geweiteten Augen an. »Dinge, die nicht einmal du weißt!«

»Guten Freunden braucht man nichts zu erzählen«, sagte Rosa, während sie tröstend ihre Hand tätschelte. »Was immer du getan haben magst, für mich spielt das keine Rolle. Ich weiß, daß es nichts Schlechtes gewesen sein kann.«

»Was würde ich nur ohne dich anfangen, Rosa?« stieß Missie mutlos hervor. »Ich bin so dumm, ich weiß nichts! Nicht einmal, woher ich einen Job bekomme.«

Rosa glättete nachdenklich ihre geblümte Schürze. Sie kannte noch eine Möglichkeit, die sie Missie allerdings nur ungern weiterempfahl. »Da gibt es den *Chazir-Markt*, den Schweine-Markt in der Hester Street, wo sich die Leute, die Arbeit in einer Näherei suchen, jeden Morgen einfinden, um zu sehen, ob sie etwas abbekommen.« Sie zögerte. »Es ist eigentlich kein geeigneter Ort für ein so zart besaitetes Mädchen wie dich, aber für ein paar Wochen würde es vielleicht gehen. Zumindest hättest du wieder etwas Geld. Natürlich nur, wenn man dich auswählt«, fügte sie seufzend hinzu. »Es gibt immer mehr Arbeitsuchende als Jobs. Obendrein haben die Aufseher ihre Lieblinge, und zwar diejenigen, die für das wenigste Geld die meiste Arbeit leisten.«

»Aber ich hab' doch keine Ahnung, wie eine Nähmaschine funktioniert«, warf Missie zweifelnd ein. »Ich weiß nur unnütze Dinge, wie die Entzifferung der Inschriften auf ägyptischen Gräbern oder die Geschichte des alten Babylon — ich habe nie irgend etwas wirklich *Nützliches* gelernt!«

»Das weißt du alles?« fragte Rosa verblüfft. »Du solltest Professor werden, nicht Fabrikarbeiter. Aber die Not treibt uns bisweilen zu den seltsamsten Orten, und etwas anderes fällt mir jetzt, da O'Hara gegangen ist, einfach nicht ein.« Sie warf Missie einen scharfen Blick zu. »Hast du etwas von O'Hara gehört?«

Errötend schüttelte Missie den Kopf. »Nichts, seit er vor zwei Wochen nach New Jersey abgereist ist. Aber da ich ihm abgesagt habe, erwarte ich auch gar nicht, daß er sich wieder meldet.«

Rosa seufzte auf. »*Meschuganah*«, murmelte sie. »Ein guter, starker Mann, der dir ein Leben in Luxus ermöglicht hätte! Was will eine Frau mehr?«

»Liebe?« flüsterte Missie.

Über den Tisch hinweg sahen sie sich an, und Rosa beugte sich vor und ergriff Missies Hand. »Ach, Liebe!« sagte sie bitter. »Ich habe das dumpfe Gefühl, daß jede Liebe letztlich da endet, wo ich auch bin: ein Mann, zwei Zimmer, drei Kinder. Nichts verändert sich jemals.«

Um sechs Uhr des darauffolgenden Morgens eilte Missie die Hester Street entlang. Es begann zu schneien, und sie stellte den Mantelkragen hoch. Dummerweise hatte sie vergessen, die Rosen, die in der Nässe sicher kaputt gingen, von ihrem Hut zu entfernen. Als sie am Markt ankam, hielt sie sich zunächst unschlüssig im Hintergrund und schaute sich um. Es waren mehr Männer als Frauen; einige Männer, die in recht ansehnliche Mäntel gehüllt waren, schwatzten und kauften vom gegenüberliegenden Kiosk Kaffee und Hörnchen; andere wieder standen mit gebeugten Schultern da, den Jackenkragen aufgestellt, die eisigen Hände tief in den Hosentaschen vergraben und mit den Füßen stampfend, um warm zu bleiben. Die Frauen, junge und alte, hatten ihre Köpfe in Schals gehüllt und standen ruhig in einer Reihe. Missie kam sich mit ihrem schicken Hut und dem

Mantel fehl am Platze vor und wünschte, sie hätte wie die anderen Frauen einen Schal dabei.

Um sechs Uhr dreißig kamen die Aufseher, stellten sich auf übereinandergestapelte Kisten, spähten durch die Menge und deuteten auf diejenigen, die sie haben wollten. Um nicht übersehen zu werden, drängten sich die Frauen nach vorn, doch Missie blieb wartend zurück. Der Aufseher mit dem schwarzen Homburg fing ihren Blick auf; eine Sekunde starrte er sie an, ehe er weiter durch die Menge spähte. Niedergeschlagen senkte sie den Kopf, als er brüllte: »Das wär's für heute!« und die Auserwählten mit ihren Arbeitszetteln loseilten. »Morgen ist auch noch ein Tag, Herzchen«, tröstete sie eine stämmige Irin. »Vielleicht haben Sie da mehr Glück!«

Als Missie am nächsten Morgen in einen Schal gehüllt mit den anderen wartete, lag knöcheltiefer Schnee, der die Nässe durch die papierdünnen Sohlen ihrer Stiefel trieb. Wieder war der Mann mit dem Homburg da, wieder streifte sie sein Blick für zögernde ein, zwei Sekunden, ehe er dann doch die Frau neben ihr auswählte. Unwillkürlich stöhnte Missie auf, und die Frau sagte mitfühlend: »Stellen Sie sich nächstes Mal nach vorne, Mädchen, damit er sie ganz sicher sieht! Die Hübschen bemerken sie immer«, fügte sie grimmig hinzu.

Am folgenden Morgen erwachte sie etwas zu spät, warf hustend und schnupfend ihre Kleider über und eilte hinaus. Mehr schlitternd als laufend rannte sie die vier Blocks zur Hester Street. Die Aufseher waren bereits am Auswählen, und den Rat der Frau beherzigend, drängte sich Missie in die erste Reihe. Ihren Schal unter dem Kinn festhaltend, stand sie keuchend da und schaute zu den auf den Kisten stehenden Männern auf, als seien sie Götter auf dem Olymp.

Der Mann mit dem Homburg war dünn und drahtig, mit scharf gemeißelten Gesichtszügen und stechenden, dunklen Augen. Als er sie entdeckte, bogen sich seine schmalen Lippen zu einem angedeuteten Grinsen. »Du!« sagte er, mit dem Finger auf sie zeigend.

Sie schaute sich verwirrt um; meinte er wirklich sie? »Ich?« fragte sie tonlos, indem sie auf sich deutete.

Er nickte. »Hier, nimm deinen Zettel«, sagte er ruppig. Als sie den Zettel entgegennahm, streifte seine Hand die ihre. »Zimmermann's, drei Tage, Canal Street«, erklärte er barsch. »Sei pünktlich!«

Wie der Blitz rannte sie zurück, um Rosa die frohe Botschaft zu überbringen. Als sie sich ein Stück Brot und einen Hering für das Mittagessen eingepackt hatte, lief sie den ganzen Weg zur Canal Street und kam um Punkt sieben bei Zimmermann's an.

Zimmermann's Fabrik erstreckte sich über einen halben Block und drei ganze Stockwerke. Missie schob sich mit den anderen Frauen durch die Tür, zeigte, wie diese, ihren Zettel dem Vorarbeiter und zwängte sich dann ratlos durch die schmalen Reihen voll von Nähmaschinen. Zu ihrem Glück war die kräftige Irin, die sie am ersten Morgen in der Hester Street gesehen hatte, auch da und fing ihren hilflosen Blick auf. »Also haben Sie doch einen Job ergattert? Kommen Sie, nehmen Sie diese Maschine, hier am Fenster ist mehr Licht.«

Missie nahm vor der Maschine Platz und musterte sie verzweifelt vom Rumpf bis zum Pedal. Ein Junge rannte vorüber und knallte ihr einen Korb mit zugeschnittenen und gehefteten Stoffen hin.

Die Irin schaute sie scharf an. »Ärmel«, erklärte sie. »Das haben Sie doch schon einmal gemacht, oder?«

Missie schüttelte den Kopf. »Ich habe noch nie eine Nähmaschine gesehen«, gestand sie, »aber ich brauchte den Job. Ich habe eine kleine Tochter, verstehen Sie? Ich dachte, ich könnte es lernen.«

»Klar können Sie es lernen«, seufzte die Frau. »Das mußten wir alle mal. Aber dann fangen sie besser nicht gleich mit Ärmeln an. Ich werde Ihnen zeigen, wie man die Maschine einfädelt und damit näht. Und dann soll Sammy Ihnen einen Korb mit geraden Nähten geben. Die sind am einfachsten.«

Die Frau war geduldig und konnte gut erklären, und bald fand Missie die Maschine gar nicht mehr so kompliziert;

schon nach fünfzehn Minuten nähte sie eine gerade Naht. Missie hatte freilich der Irin gegenüber ein schlechtes Gewissen, da sie auf Akkord arbeiten mußten. »Ich stehle Ihnen Ihre Zeit!« sagte sie. »Wegen mir verliren Sie sicher Geld!«

»Das kriege ich schon wieder rein«, wehrte die Frau lächelnd ab. »Ich kenne Sie. Sie haben bei O'Hara gearbeitet, und sie haben härter geschuftet als alle anderen, die er vor Ihnen hatte! Ihr kleines Mädchen habe ich auch schon einmal gesehen; süßes Kind. Ich heiße Mrs. McCready — Georgie für meine Freunde. Na, jetzt machen wir mal lieber weiter, ehe uns der Aufseher beim Schwatzen erwischt.«

Der Lärm der Maschinen und das scharfe Zischen der großen Preßeisen, die Dampfschwaden, das Gebrüll der Aufseher und die überfüllte Enge in der schlecht beleuchteten Halle erschienen Missie wie ein gigantisches Ungeheuer, das sich ihrer langsam bemächtigte, doch sie hielt ihren Kopf gesenkt und arbeitete ohne Unterbrechung. Um halb neun begann der Haufen in ihrem Korb allmählich abzunehmen, und sie war sehr zufrieden mit sich — bis Sammy vorbeirauschte und ihn wieder bis zum Rand füllte. Um halb zehn hatte sie Kopfschmerzen von dem Lärm, und die vielen Menschen und der Staub verursachten ihr Übelkeit. Dennoch wußte sie, daß sie sich glücklich schätzen konnte, eine Maschine am Fenster zu haben. Die meisten Fensterplätze waren den Zuschneiderinnen mit den riesigen Tischen und den gewaltigen Scheren vorbehalten. Um zehn gab es eine zehnminütige Pause, und Missie gesellte sich zu den anderen Frauen, die ihre Köpfe aus den Fenstern hinausstreckten und verbotene Zigaretten rauchten — Zigaretten hatten in einigen Nähereien schlimme Brände verursacht, bei denen zahlreiche Menschen zu Tode gekommen waren. Missie hing ihren Kopf ebenfalls aus dem Fenster und sog dankbar die eisige Luft ein. Doch nur allzu bald mußte sie wieder an die Maschine und den immer vollen Korb zurück. Bis um zwölf schmerzte nicht nur ihr Kopf, sondern auch ihr Rücken, und sie war völlig erschöpft. Abgesehen von den zehn Minuten arbeitete sie nun bereits fünf Stunden ununterbrochen — dennoch war ihr Korb erst einmal ausgewechselt worden, die der anderen Frauen hingegen schon mehrfach.

»Denk dir nichts«, tröstete sie Georgie, als Missie ihr Brot und den Hering aß. »Wenn du dich erst einmal richtig eingearbeitet hast, wirst du auch schneller werden.«

Um halb sieben verließen sie schweigend die Fabrik, die meisten zu erschöpft, um noch schwatzen und lachen zu können.

Missie erwachte völlig benommen, als habe sie auch noch im Traum weitergenäht, aber auch an diesem und am nächsten Morgen erschien sie pünktlich bei Zimmermann's. Am Ende des dritten Tages stellte sie sich in die Reihe und wartete triumphierend auf ihren Lohn. Da es Akkordarbeit war, wußte sie nicht, wieviel sie verdient hatte. »Zu langsam«, knurrte der Aufseher, während er ihr das Geld aushändigte. »Nächste Woche brauchen Sie nicht mehr zu kommen.«

Missie starrte ihn fassungslos an. »Oh, aber ich werde besser«, rief sie. »Ich werde es lernen!«

»Hier ist keine Zeit, um zu lernen!« kanzelte er sie ab. »Weiter!«

Sie trat zur Seite, um die nächste Frau vorzulassen. Am liebsten hätte sie geweint, aber davon würde es auch nicht besser. Nichts würde je besser werden.

»Versuch es am Montag wieder am Markt«, flüsterte ihr Georgie zu, als Missie an ihr vorbeiging. »Es gibt immer irgendwelche Ausbeuter, die Arbeitskräfte suchen.«

Missie öffnete die Hand und betrachtete mutlos ihren Verdienst von drei Tagen. Es waren genau fünf Dollar.

22

Am Sonntag abend ging Missie mit Zev wieder in das ukrainische Lokal. Die niederschmetternde Erfahrung in der Näherei saß ihr noch im Nacken, sie fühlte sich wie ein Versager. »Ich habe es wirklich versucht, Mr. Abramski«, sagte sie traurig nach dem Essen, »aber ich war einfach nicht schnell genug.«

»Ein Mädchen wie Sie sollte nicht in so einem Ausbeuterbetrieb arbeiten«, erwiderte er mit einem Anflug von Ärger in der Stimme. »Ich kann nicht zulassen, daß Sie so etwas tun, Missie!« Er hüstelte verlegen. »Verzeihung, ich meinte Mrs. O'Bryan.«

»Oh, nein, bitte, nennen Sie mich ruhig Missie«, warf sie rasch ein. »Das tut jeder.«

Seine dunklen Augen strahlten auf. »Ich würde mich freuen, wenn Sie mich Zev nennen«, sagte er lächelnd.

Wie selten er lächelte, schoß ihr durch den Kopf, und wie traurig seine dunklen Augen waren. *Und wie jung er war!* Irgendwie hatte sie ihn immer nur als Zev Abramski, den Pfandleiher, gesehen, nie als »jungen Mann«. Reumütig gestand sie sich nun ein, daß sie ihn ständig nur mit ihren eigenen Sorgen vollgeschwatzt und nie nach seinem Leben gefragt hatte — außer, ob er glücklich sei, obgleich dies so offensichtlich nicht der Fall war. Sie fragte sich, was das Leid hinter seinen dunklen Augen verursacht haben mochte. Impulsiv beugte sie sich vor und sagte: »Erzählen Sie mir etwas von sich, Zev. Ich weiß, Sie wurden in Rußland geboren, aber wo?«

Zev atmete tief durch. Ein innerliches Zittern ergriff ihn. In all den Jahren hatte er nie, *niemals* auch nur einem Menschen seine Geschichte erzählt. Er unterhielt sich nur mit den Toten darüber, in seinen Träumen.

Er nahm einen tiefen Schluck Wein und überlegte, wo er anfangen sollte. Wie konnte man über die tiefsten Ängste, über Schmach und Entwürdigungen berichten, die innersten Gefühle einem anderen Menschen gegenüber offen darlegen? Er schaute in Missies schöne, violette Augen, die so warm, verständnisvoll und ermutigend auf ihm ruhten. Plötzlich ergriff sie seine Hand. Ihm war, als würde diese warme, menschliche Berührung ein viertel Jahrhundert angestauten Schmerzes mit einem Schlag freisetzen.

Er erzählte ihr alles; über seine Familie in Rußland, ihre Flucht vor den Progromen, und wie er sich als siebenjähriger Junge mutterseelenallein in New York wiedergefunden hatte. Und dann brach er ab. Er konnte nicht weitersprechen.

Verständnisvoll drückte sie seine Hand, und er erbebte. Er rief den Ober und bestellte eine weitere Flasche des schweren Rotweins. Als er eingeschenkt hatte, trank er sein Glas mit einem Schluck aus, um sich Mut für die Fortsetzung seiner Geschichte zu machen.

»Wie könnte ich beschreiben, was ich damals empfunden habe?« fragte er rauh. »Ein Kind, allein in einem fremden Land, dessen Sprache ich nicht verstand? Ich war zu verängstigt, um jemanden um Hilfe zu bitten. Also wartete ich, bis ein Schwung Leute die Halle verließ, und folgte ihnen. Ich ging und ging, doch mir schien, als käme ich nirgendwo an, als würde ich niemals irgendwo ankommen, da es keinen Ort gab, an den ich hätte gehen können.

Es wurde Nacht, und ich kam mir vor wie in einem Labyrinth. Überall sah es gleich aus, überall dieselben hohen, schmalen Ziegelhäuser mit vorgebauten Veranden. Ich legte mich einfach unter eine Veranda und schlief. Am nächsten Tag wanderte ich wieder umher. Ich weinte nicht, meine Tränen waren schon lange versiegt; ich spürte nur noch das schreckliche Nagen des Hungers. Nachts wühlte ich wie ein Tier in den Abfällen nach Kartoffelschalen, verfaulten Früchten und abgenagten Knochen. Und tagsüber wanderte ich. Eines Abends begann es zu regnen, heftig und peitschend, und bald war ich bis auf die Haut durchnäßt. Nur meine Füße in den neuen Stiefeln meines Onkels blieben trocken. Unter einer Brücke fand ich einen Pappkarton und kletterte hinein. Froh, dem Regen entronnen zu sein, schlief ich auf der Stelle ein. Ich erwachte dadurch, daß mich jemand am Kragen zerrte und mich anbrüllte. Ich sah ein Gesicht über mir, rot, wutverzerrt, mit einem verfilzten, grauen Bart. Es war *sein* Karton, *sein* Zuhause, in dem ich geschlafen hatte; gleich einem wilden Tier, dem man sein Revier streitig gemacht hatte, war er bereit, mich dafür umzubringen. Ich sprang heraus und rannte in die Nacht.

Am nächsten Tag wurde es kälter, und der Regen verwandelte sich in Schnee. Ich stellte meinen Kragen auf und wanderte weiter, immer weiter; ich wagte nicht, mich auch nur einen Moment auszuruhen, da ich wußte, daß ich dann nie wieder hochkommen würde. Und wozu auch, fragte ich mich irgendwann. Wäre es nicht beser, tot zu sein? Plötzlich entdeckte ich eine Gruppe Männer und Jungen beim Schneeschippen. Geschwind rannte ich zu ihnen und ließ mir ebenfalls eine Schaufel geben. Die Bezahlung war fünfzig Cent am Tag. Stumm arbeitete ich neben den Männern, schippte Schaufel um Schaufel, und am Ende des Tages kaufte ich mir von meinen fünfzig Cent in einem Lokal um die Ecke zwei Frankfurter mit Sauerkraut. Mein erstes amerikanisches Essen. Hinterher stopfte ich mich noch mit Brot voll, trank dazu einen viertel Liter Milch, und dann ging ich auf die Straße hinaus und übergab mich. Was für eine Verschwendung! Jetzt sind die fünfzig Cent weg! dachte ich. Nach einer Woche hörte es auf zu schneien, aber inzwischen hatte ich zumindest etwas zu Essen gehabt; geschlafen hatte ich während dieser Zeit auf einem Gitter über einer Kneipenküche, aus der warmer Dampf emporgestiegen war.«

Er zögerte. Es gab Dinge, die er ihr nicht erzählen konnte. Dinge, die er niemals jemandem anvertrauen würde: Über die Männer, die ihn kurz darauf von seinem warmen Gitterrost weggezerrt und mißbraucht hatten. Er hatte gebissen und gekratzt und geboxt, bis er ihnen schließlich entkommen war; ziellos war er durch die Nacht gelaufen, bis er zu einer großen Brücke gekommen war. In der Mitte der Brücke war er stehengeblieben, hatte gebetet, den Mut zu finden, in das tiefe, dunkle, stille Wasser unter ihm zu springen. Aber er war ein Feigling, und so lebte er weiter.

»Zufällig gelangte ich in die Lower East Side«, fuhr er schließlich fort. »Dort sah ich einen alten Mann mit weißem Bart, einen Hausierer, der sich abmühte, seinen Handkarren zu ziehen, aber er war alt und schwach. Ich rannte zu ihm hinüber und half ihm, zog den Wagen bis zur Rivington Street. Dankbar lächelte er mich an, gab mir ein Zehncentstück und fragte, wer meine Eltern seien und wo ich wohne. Ich erzählte ihm, daß ich keine Eltern habe und nirgendwo wohne. Lange Zeit schaute er mich an, und dann sagte er: »So, ein Waise also, der nur jiddisch spricht. Ich bin alt, ich brauche einen Gehilfen. Bleib bei mir und hilf mir mit dem Handkarren. Ich gebe dir fünfzig Cent am Tag und Brot und Pickles für deine Mahlzeiten.«

Am Abend nahm er mich mit zu sich nach Hause. Er wohnte in einem Kellerraum in der Stanton Street, aber es gab noch einen extra Schuppen für den Handkarren, und dort durfte ich dann schlafen. Ich arbeitete sechs Tage die Woche, verdiente drei Dollar, hatte ein Dach über dem Kopf, warme Mahlzeiten im Bauch und konnte nachts in meinem Schuppen sicher schlafen. Mein Leben war nur einen Schritt von dem eines wilden Tieres entfernt, doch zumindest war es ein Schritt.

Mr. Zametkin war fünfundsiebzig Jahre alt. Vor dreißig Jahren hatte er seine Frau und seine Familie in Polen verlassen und war nach Amerika gekommen, um dort sein Glück zu versuchen. Er hat es nie geschafft und deshalb seine Familie auch nicht nachkommen lassen. Viele Jahre später hatte er dann erfahren, daß sein Dorf durch die Progrome zerstört worden und seine gesamte Familie umgekommen war.

Drei Jahre lebte ich in dem Holzschuppen in der Stanton Street, eiskalt im Winter und brütend heiß im Sommer. Ich war nicht glücklich, ich war nicht unglücklich; ich war einfach nur ein »Wesen«, das existierte. Ich kann mich nicht entsinnen, jemals gelacht zu haben«, fügte er leise hinzu. »Und auch nicht geweint. Ich ging nie zur Schule, schnappte aber auf der Straße da und dort ein paar Brocken Englisch auf.

Eines Morgens belud ich wie immer den Karren mit Sonnenbrillen, Scheren, Vorhängeschlössern, Schlüsseln und diversen anderen Kleinigkeiten, die Mr. Zametkin zu verkaufen pflegte, und wartete anschließend, daß er wie jeden Morgen um Punkt halb sieben bei mir im Schuppen auftauchte. Doch er kam nicht. Nach einer Weile ging ich zu seinem Zimmer und klopfte an die Tür. Niemand antwortete. Die Tür war nicht einmal verschlossen, und so ging ich hinein. Er lag auf dem Boden, sein Kopf war blutig, und seine Augen standen weit offen. Denselben starren Blick hatte ich bei meinem Vater gesehen, und mir war klar, daß Mr. Zametkin tot war. Und schlimmer noch — jemand hatte ihn ermordet, ihm für die paar Dollar, die er besaß, den Schädel eingeschlagen. Ich vernahm Stimmen an der Tür und wandte mich um — ein Meer von Gesichtern, die alle von mir zu Zametkin blickten, und ich ahnte, was sie dachten: Daß ich derjenige war, der ihn umgebracht hatte.«

Seine Stimme wurde brüchig, und Missie, die ihm gebannt gelauscht hatte, drückte seine Hand.

»Die Polizei kam und brachte mich weg. Stumm ließ ich mich abführen. Ich wußte nicht, was ich ihnen hätte sagen sollen, nur, daß er mein Freund und ein guter Mensch gewesen war, daß ich für ihn gearbeitet hatte und ihn nie hätte umbringen können. Sie warfen mich in eine Zelle und ließen mich allein. Es gab kein Fenster, nur vier Steinmauern, durch die Wasser und Schleim sickerten. Sie hatten das Licht abgedreht, und so saß ich lange, lange Zeit im Dunkeln; mir kam jegliches Zeitgefühl abhanden. Ich hörte das Geraschel der Kakerlaken, das Pfeifen der Ratten und fühlte, wie sie dicht an mir vorbeihuschten. Die Zelle wurde zu einem lebenden Wesen, einem Monster aus Ungeziefer. Hin und wieder kam jemand und schob mir einen Teller mit Essen und einen winzigen Krug Wasser herein, aber ich konnte nicht essen. Niemand schien mich sehen zu wollen, niemand kümmerte sich um mich. Ich fiel in eine tiefe Verzweiflung, in ein schwarzes Loch, aus dem ich glaubte, nie wieder emportauchen zu können.

Und dann kamen sie plötzlich und drehten das Licht an. »Raus!« riefen sie. »Du bist frei!«

Sie hatten den wahren Mörder gefunden. Er hatte einen zweiten Mann umgebracht, und diesmal hatte ihn jemand dabei gesehen. Ich war wieder zurück auf der Straße, verlaust, verdreckt und allein.

Ich ging zu meinem Schuppen, doch der war bereits von dem Schubkarren eines anderen alten Mannes mit Beschlag belegt, und an der Tür hing ein Vorhängeschloß. In dieser Nacht schlief ich wieder auf der Straße. Am nächsten Morgen ging ich in das öffentliche Bad und ließ mich entlausen.

Ich kehrte in die Rivington zurück und fragte unter den Händlern nach, ob jemand Hilfe brauche. So hielt ich mich dann eine Weile mit Gelegenheitsarbeiten über Wasser. Tja, und irgendwann erzählte mir jemand, daß Mr. Mintz, der Pfandleiher, krank sei und jemanden benötige, der auf sein Geschäft aufpaßt. Ich war zwölf Jahre alt und nicht besonders groß, doch ich hatte nichts mehr von einem Kind an mir. Ich war bereits ein alter Mann, und Mr. Mintz wußte das. Er stellte mich als Gehilfen ein und ließ mich in seinem Laden schlafen. Seine Frau war im Jahr zuvor gestorben, und seine Tochter hatte ihr Zuhause als junges Mädchen verlassen und jeden Kontakt abgebrochen. Er wußte nicht, wohin sie gegangen und was aus ihr geworden war. Drei Jahre kümmerte ich mich um das Geschäft und verdiente fünf Dollar die Woche. Er bot mir keine Gehaltserhöhung an, und ich bat ihn auch nicht darum, aus Angst, er würde dann vielleicht jemand anderen einstellen. Und während der ganzen Zeit trank sich Mr. Mintz im Hinterzimmer langsam zu Tode. Als er starb, war ich der einzige, der seinem Sarg folgte; anschließend ging ich in den Laden zurück und machte weiter, wie ich es gewohnt war. Mr. Mintz Geld lag auf der Bank, doch ich habe es niemals angerührt; ich habe lediglich dem Vermieter, dem ich erzählte, ich sei einundzwanzig und nicht erst fünfzehn, einen neuen Vertrag unterzeichnet und dann das Geschäft wie vorher weitergeführt. Niemand merkte einen Unterschied, da sich ja nichts geändert hatte.

Nach und nach begann ich freilich, den Laden nach meinen Vorstellungen umzubauen, und beschloß, nun auch an mich zu denken. Ich ging in die Abendschule, um ein ordentliches Englisch zu lernen, und entdeckte bald die Freude, die einem Bücher vermitteln können. Ich verschlang die Bücher förmlich! Ich kaufte mir ein Klavier und brachte mir selbst das Spielen bei. Aber ich blieb immer allein. Ich hatte zu große Angst, mich mit jemandem anzufreunden, denn dann wäre vielleicht herausgekommen, daß ich illegal hier war; ich hatte keine Einwanderungspapiere für Amerika. In diesem Land besaß ich keine Identität.«

Er senkte den Kopf und sagte abschließend: »Ich existiere als Person weder in Amerika noch in Rußland. Ich bin niemand. Nur ein Pfandleiher.«

Das Herz quoll ihm über, als Missie nun seine Hand gegen ihre Wange legte. »Papiere zählen nicht«, flüsterte sie, »nur, *was* Sie sind und *wer* Sie sind. Und Sie sind ein mutiger Mann. Jetzt kenne ich *Sie*, Zev, genauso, wie Sie *mich* und meine Geschichte kennen. Wir haben uns unsere Geheimnisse anvertraut. Für mich existieren Sie als Person, als der Mensch Zev Abramski!«

In dieser Nacht verlief ihr Heimweg schweigend wie immer, doch er ging näher neben ihr — nicht so, daß ihre Hände sich berührten, aber dennoch näher. Und als sie sich verabschiedeten, beugte sie sich zu ihm und küßte ihn spontan auf die Wange. In jener Nacht war Zev Abramski der glücklichste Mensch New Yorks.

Schon bei Missies Eintreten erkannte Rosa, daß sie wieder keine Arbeit gefunden hatte. Ihre Miene war bedrückt, die Augen stumpf; sogar die Rosen auf ihrem Hut ließen die Köpfe hängen.

»Was soll's?« versuchte sie Missie aufzumuntern. »Keinen Job zu haben ist noch lange kein Weltuntergang! Das passiert jedem Menschen mal!« Sie strich über ihre lockigen, schwarzen Haare, steckte die entflohenen Strähnen in den Nackenknoten zurück, legte dann die Hände auf die Hüften und schaute Missie ernst an. Der Ausdruck tiefer Verzweiflung in ihren Augen erschreckte Rosa, und sie stürzte auf sie zu und drückte sie mütterlich an sich. »Es wird schon alles gut werden, Missie«, murmelte sie. »Glaub mir! Außerdem habe ich fünf Dollar in meinem alten Samowar versteckt — vor Meyers gierigen Händen gerettet, der das Geld nur in Whisky umgesetzt hätte. Nimm es! Du kannst es besser brauchen!«

Missie schüttelte den Kopf. »Ich kann kein Geld von dir annehmen, Rosa«, sagte sie ruhig. »Ich weiß, wie mühsam du es dir erspart hast.«

»Ob für mich oder für Freunde spielt doch keine Rolle!«

entgegnete Rosa bestimmt. Sie holte das Geld aus dem Samowar und drückte es der widerstrebenden Missie in die Hand. »Benutz es nur für dich; bei uns kommt es auf einen Esser mehr oder weniger nicht an.« Beide schauten zu Azaylee, die mit Rosas drei kleinen Töchtern gerade zu Mittag aß, ein blonder Schopf unter drei dunklen. Rosa lachte. »Sie sieht aus wie ein Findelkind, das von Zigeunern aufgelesen wurde und sich irgendwann als Prinzessin entpuppen wird.«

Missie setzte sich an den Tisch, und Rosa stellte eine Tasse Tee und ein dick mit Hühnerfett bestrichenes Brot vor sie hin. »Eine Zigeunerin hat mir einmal vorhergesagt, daß ich irgendwann eine große Verantwortung tragen würde, eine Verantwortung, die die Welt verändern kann«, sagte Missie nachdenklich. »Meinst du, sie meinte damit Azaylee? Aber wenn dem so wäre, wie sollte Azaylee die Welt verändern?«

»Vielleicht wird sie ja Präsidentin von Amerika«, kicherte Rosa, während sie sich neben Missie setzte und weitere Brote strich.

»Wenn ich groß bin, werde ich Tänzerin«, quiekte Azaylee.

»*Nu*? Wirklich?« Rosa lachte. »Etwa eine Ballerina?«

»Ja! Eine Ballerina!« sagte Azaylee bestimmt.

»Du kannst keine Ballerina werden«, entgegnete Hannah, »du hast ja kein Röckchen!«

»Kann ich wohl!« schrie Azaylee. Sie warf Hannah ihr Brot an den Kopf, worauf eine wilde Rauferei einsetzte.

Fassungslos starrte Missie sie an. »Azaylee!« schrie sie und zerrte sie von Hannah weg.

»Ein wenig Temperament schadet nicht«, sagte Rosa gelassen. »Hannah ist sowieso zu herrschsüchtig.«

»Ich werde Ballerina!« rief Azaylee, Hannah böse anfunkelnd. »Du wirst schon sehen!«

»Dann mußt du aber Unterricht nehmen«, wandte Sonja pragmatisch ein, »und das kannst du dir nicht leisten.«

Azaylee wußte nicht so recht, was »sich leisten« bedeutete, und schaute Missie hilfesuchend an. Über ihrer Nase war ein Kratzer, und unter ihrem Kinn entdeckte Missie den schmutzigen Rand, bis zu dem hin sie sich vor dem Essen gewaschen hatte. So kann es nicht weitergehen, sagte sie sich, das ist zuviel . . . sie ist schließlich Mischas Tochter!

»Willst du mir erzählen, was passiert ist?« fragte Rosa. Sie warf einen Blick auf die Uhr; Meyer kam um sieben nach Haus, und jetzt war es bereits halb sieben. Sie wußte, daß Missie Meyer nicht mochte und gehen würde, wenn er kam.

Missie zuckte mit den Achseln. »Der Aufseher am Schweine-Markt, du weißt schon, der mich damals für Zimmermann's ausgewählt hatte, na ja, der hat mich heute wieder ausgewählt und zu Galinski's geschickt.«

Rosa nickte; sie kannte Galinski's. Ein kleiner Betrieb, der sich gerade so über Wasser hielt und nur gelegentlich billige Zeitarbeiter einstellte.

»Außer mir waren nur zwei andere Leute da«, fuhr Missie fort. »Eine Zuschneiderin im oberen Stock und Mr. Galinski in seinem Büro. Er führte mich zu einer Maschine und sagte, ich solle anfangen. Ich arbeitete ohne Unterbrechung bis mittags und machte dann eine kleine Pause. »Für die Pause gibt es kein Geld«, sagte Galinski, und ich erwiderte, das sei schon in Ordnung. Dann nahm er seinen Hut und Mantel und ging zum Mittagessen. Ich kehrte an meine Maschine zurück und merkte irgendwann, daß jemand hinter mir stand. Es war der Aufseher, der mich angeheuert hatte.

»Alles in Ordnung?« fragte er mich und kam näher.

Ich sagte »Ja« und arbeitete weiter. Da kam er noch näher.« Mit schamroten Wangen sah Missie auf und begegnete Rosas verstehenden Augen. »Zu nah. Er legte seine Hand auf meine Schulter, ließ sie hinuntergleiten . . .« Missie senkte den Blick und flüsterte: »Er sagte, er könne mir für jeden Tag Arbeit beschaffen, leichte Arbeit, und ich würde gut verdienen — wenn ich nett zu ihm sei.«

Wutentbrannt knurrte Rosa: »Und was hast du geantwortet?«

»Ich bin aufgesprungen, hab' eine dieser riesigen Scheren gepackt und gesagt, wenn er näherkomme, würde ich ihm die Schere an einer ganz bestimmten Stelle reinstoßen, damit er nie wieder in der Lage sei, irgendwelche Mädchen zu belästigen.«

Rosa brach in schallendes Gelächter aus. »Missie O'Bryan«, keuchte sie, sich die Lachtränen aus den Augen wischend, »noch vor sechs Monaten hättest du so etwas nicht einmal *gedacht!* Du hast dich zu einem echten Lower East Side-Mädchen entwickelt!«

Missie nickte in Richtung Azaylee. »Wir beide!« sagte sie bitter.

»Jedenfalls sagte er mir dann, ich solle verschwinden«, schloß sie ihren Bericht ab, »und das tat ich auch. Er brüllte mir hinterher, daß ich keine Bezahlung bekäme und mich auf dem Schweine-Markt auch gar nicht mehr blicken zu lassen brauchte. Tja, das war's!«

»Du solltest es in einer besseren Gegend versuchen«, drängte Rose. »Du bist zu gut für hier. In der Fifth Avenue sind elegante Läden mit schönen Kleidern für die reichen Frauen. Auch dort brauchen sie Näherinnen oder andere Arbeiterinnen, und die Bedingungen sind sicher besser als in den Fabriken. Nimm die fünf Dollar«, fuhr sie beschwörend fort, »und geh morgen gleich los — ehe es zu spät ist!«

In jener Nacht wartete Missie, bis Azaylee schlief, holte dann den Koffer unter dem Bett hervor, öffnete ihn und betrachtete das Diadem mit seiner goldenen Brillantenrosette, die abgesehen von den vier großen Diamanten und dem eisgrünen Smaragd nur noch gähnende Löcher aufwies. Sie fragte sich, was passieren würde, wenn sie einfach bei Cartier hineinspazierte und sagte: »Ich möchte das Ivanoff-Diadem verkaufen!« Würden sie die Polizei benachrichtigen? Sie womöglich einsperren? Sie des Diebstahls bezichtigen? Sie hatte keinen Beweis, daß es ihr gehört, oder dafür, daß Azaylee eine Ivanoff ist. Das einzige Dokument, das sie besaß, war eine Urkunde über die Besitzrechte irgendwelcher Minen in Indien; es war braun vor Alter, und das Siegelwachs begann bereits zu bröckeln.

Sie nahm das Foto und betrachtete versunken Mischas geliebtes Gesicht, wie sie es so oft tat, wenn sie allein war. Manchmal spürte sie ihn so nah bei sich, als würde auch er von irgendwoher an sie denken. Sie holte die Brosche heraus, steckte sie an ihr Kleid und trat vor den Spiegel. Die

Diamanten blitzten im Licht der Lampe, und die Rubine glühten aus geheimnisvollen Tiefen. Die Brosche war das Einzige, was sie von ihm hatte; er hatte sie selbst ausgesucht, in den Händen gehalten, sie ihr zum Geschenk gemacht! Nein, sie könnte sich nie, *niemals* von ihr trennen! Eher würde sie verhungern!

Und das werde ich auch, dachte sie, während sie den Schmuck zurück in den Koffer legte, wenn ich nicht sehr schnell eine Arbeit finde. Sie betrachtete ihren alten Mantel, der an einem Nagel hing, und ihren Hut mit den ermatteten Rosen. Um einen Job in einer besseren Gegend zu bekommen, bräuchte sie schickere Kleidung. Sie müßte etwas investieren. Ja, sie würde morgen mit Rosas fünf Dollar zu Glanz in der Grand Avenue gehen und sich einen neuen Mantel kaufen. Sie würde ihn anzahlen, und wenn sie dann den Job hatte, könnte sie ihn, wie es alle Frauen hier machten, wochenweise abbezahlen. Natürlich war es ein Risiko, denn die Chance, einen Job zu bekommen, war gering. Aber sie mußte es versuchen. Und diesmal würde sie gleich ganz oben anfangen. In der Park Avenue.

Am nächsten Morgen eilte sie zu Glanzens Laden und erstand einen schlichten, marineblauen Wollmantel in der modernen, schmalen Linie und ein Paar Handschuhe aus Ziegenleder. Da ihr Budget keinen neuen Hut gestattete, ging sie zurück in die Rivington und kaufte an Zabars Handkarren eine einzelne, weiße Stoffgardenie, die sie zu Hause statt der Rosen an ihren Hut nähte. Als sie auch noch ihre schwarzen Schuhe blitzblank geputzt hatte, rannte sie aufgeregt zu Rosa hinunter, um sich zu zeigen.

»Dreh dich um«, sagte Rosa und musterte sie eingehend von Kopf bis Fuß. »Phantastisch!« rief sie schließlich aus. »Genauso elegant wie jede andere reiche *Schickse* aus der Park Avenue!«

Missie lachte nervös. »Ist mein Hut in Ordnung?« fragte sie, auf die Gardenie deutend.

»Perfekt!« schwärmte Rosa. »Du wirst keinen Job bekommen, weil dich dein Arbeitgeber auf der Stelle heiraten wird!«

Lachend fiel Missie ihr um den Hals. Als sie gegangen war, rannte Rosa zum Fenster und schaute ihr nach, wie sie die Straße entlangschritt. »Wie eine Antilope«, flüsterte sie bewundernd. Sie beugte sich weiter aus dem Fenster. »Viel Glück, Missie!« rief sie ihr hinterher und wünschte dabei von ganzem Herzen, daß sie als ein neuer Mensch zurückkäme. Ein Mensch mit Arbeit.

23

Die Tür über den blendend weißen Marmortreppen leuchtete in purpurfarbenem Lack, und in der Mitte befand sich ein Messingschild, auf dem schwungvoll der Name »Elise« prangte. Vor der Tür hatte sich ein Portier in flotter, brauner Uniform mit goldenen Köpfen aufgebaut und blickte, die Arme streitlustig verschränkt, verächtlich zu Missie hinab, die zögernd an den Stufen stand.

»Was woll'n Sie?« brüllte er.

Missie zuckte zurück. »Ich . . . ich komme wegen einer Arbeit«, stammelte sie.

»Sie ticken wohl nich' richtig, wa? Wenn Se Arbeit woll'n, dann geh'n Se gefälligst zum Hintereingang! Hier ham Se nichts verlor'n! Los, ab!« Nachdem er sie mit wilden Handbewegungen aus dem Weg gescheucht hatte, rannte er die Stufen hinunter, um mit öligem Grinsen die Tür einer gerade angefahrenen, langen, purpurroten Limousine aufzureißen, der eine elegante, rothaarige Dame entstieg. Missie blieb stehen und starrte die Frau an. Sie war nicht mehr ganz jung, groß, klapperdürr und mit jener bewußt untertriebenen Extravaganz gekleidet, die von einem enormen Stilgefühl zeugte. Ihr Blick fiel auf Missie, und sie unterzog sie einer genaueren Musterung. Sie wechselte ein paar Worte mit dem Portier, betrachtete Missie abermals eingehend und rauschte dann die Marmorstufen hinauf, um hinter der wunderschönen purpurroten Tür zu verschwinden.

»Hey, Sie!« Der Portier winkte ihr hektisch zu, und Missie

kam ängstlich näher. »Sie ham Glück mit ihrer Nase!« raunzte er sie an. »Das war Madame Elise höchstpersönlich! Sie hat gefragt, was Sie woll'n, und ich hab' gesagt, einen Job, und dann hat sie gesagt, Sie soll'n zu Mrs. Masters gehen und sagen, daß Madame Elise Sie geschickt habe, Mrs. Masters ist die Atelier-Directrice. Vielleicht braucht sie gerade eine Aushilfe.« Unvermittelt grinste er sie an. »Tut mir leid, daß ich Sie so angebrüllt habe, Kindchen! Aber ich hab' Madame erwartet, und die kann's nun mal auf den Tod nich' ausstehen, wenn jemand auf den Treppen herumlungert und ihr den großen Auftritt versaut! Sagen Se Joe an der Hintertür, daß ich Sie geschickt hab', und wenn Se schon mal dabei sind, können Se ihm auch gleich bestellen, daß er für mich 'nen Dollar auf Mawchop für das Zwei-Uhr-dreißig-Rennen setzen soll!«

»Ein Dollar auf Mawchop«, wiederholte sie, um gleich darauf zur Hintertür zu rennen, bevor Madame es sich womöglich noch anders überlegte.

Mrs. Masters war ein Drachen. Sie ließ Missie eine halbe Stunde warten, und als sie dann schließlich in steifer lila Seide in den Raum raschelte, beäugte sie Missie, die schüchtern auf einem Stuhl neben der Tür saß, wie einen unerwünschten Eindringling.

»Wer sind Sie?« herrschte sie Missie an. »Wer hat Sie eingelassen?«

»Joe hat mich hereingelassen. Er sagte, ich solle hier warten«, erwiderte Missie, während sie sich erhob. »Madame Elise sagte, es gebe vielleicht Arbeit für mich.«

»Eine Arbeit?« Mrs. Masters messerscharfe Augen taxierten sie von Kopf bis Fuß; sie verstand es, mit einem gnadenlosen Blick den Wert des neuen Mantels, des armseligen Huts und der abgetretenen Lederschuhe zu taxieren, um sich darauf ein glasklares Bild von Missies finanziellen Verhältnissen und ihrem sozialen Stand zu machen. Mrs. Masters war eine jener Frauen, die sich stolz damit brüstete, jeden Betrüger sofort entlarven zu können, und so stand in ihren Augen auch permanent Mißtrauen.

»Und was können Sie?« fragte sie hochmütig.

Missie hütete sich wohlweislich, von ihren Erfahrungen in der Näherei zu berichten, und sagte statt dessen: »Ich habe nicht viel Erfahrung, Ma'am, aber bei den Nonnen in der Klosterschule habe ich Nähen gelernt.« Sie kreuzte die Finger hinter dem Rücken und hoffte, daß ihr die Nonnen diese Notlüge verzeihen mögen.

»Aha, Nonnen!« Mit einem Mal schien Mrs. Masters interessiert. »Natürlich, die sind immer noch die besten Lehrer. Viele unserer Mädchen haben in Klosterschulen gelernt. Zeigen Sie Ihre Hände!« Widerstrebend streifte Missie ihre Handschuhe ab, wußte sie doch, wie rot und rissig ihre Hände vom vielen Putzen geworden waren.

Mrs. Masters befühlte sie mit vor Abscheu gekräuselter Nase. »Zu rauh! Wir verwenden hier nur die feinsten und teuersten Stoffe; zarte Seide und Chiffon, Spitze, Silber- und Perlenstickereien. Nein, diese Hände würden alles, was mit ihnen in Berührung kommt, zerstören! Tut mir leid, aber geht beim besten Willen nicht! Auf Wiedersehen, Miss . . .«

»O'Byran«, beendete Missie niedergeschlagen. In der Hoffnung, die Frau möge sich doch noch anders besinnen, wartete sie noch einen Moment, aber Mrs. Masters hatte sich bereits umgewandt und prüfte im Licht des Fensters einige Stoffproben.

Joe, der alte Wachmann an der Hintertür, blickte von seinem Rennmagazin hoch. »Kein Glück?« fragte er mitfühlend. »Na, vielleicht klappt's das nächste Mal. Hey, richten Sie doch Bill an der Vordertür aus, daß im Zwei-Uhr-dreißig-Rennen in Palisades gar kein Mawchop aufgestellt ist.«

Missie nickte. Es hatte zu regnen begonnen, und sie stellte mechanisch ihren Mantelkragen hoch, völlig in Anspruch genommen von der Frage, was sie als nächstes tun solle. Sie bog um die Ecke zum Vordereingang, um dem Portier die Nachricht zu übermitteln.

»Hey! Hey Sie!« Er kam aufgeregt die Treppen herunter. »Sie schleichen hier 'rum wie 'ne flügellahme Taube! Kommen Sie her!«

»Ich muß Ihre Nachricht falsch verstanden haben«, teilte

sie ihm höflich mit. »Joe sagt, im Zwei-Uhr-dreißig-Rennen in Palisades tritt gar kein Mawchop an.«

»Dieser Idiot! Nicht in Palisades, in Saratoga! Aber es geht nicht um Joe. Madame schickt mich nach Ihnen. Sieht aus, als habe sie die Masters gefragt, wo Sie sind. Sie will Sie jetzt selber sehen. Auf der Stelle.«

Ungläubig schaute ihn Missie an. »Aber warum?«

Er winkte ab. »Wer weiß? Vielleicht denkt sie, Sie seien 'ne verkleidete Dame und woll'n ihre gesamte Frühjahrskollektion kaufen! Na ja, diesmal geht's geradewegs durch die Vordertür in den Salon. Aber Beeilung! Wenn Se auch nur 'n Funken Verstand haben, lassen Se Madame nicht warten!«

Bill führte sie durch die Marmorhalle und dann über eine mit purpurrotem Teppich ausgelegte Treppenflucht in den Salon. Ehrfürchtig schaute Missie sich um. Es war ein riesiger Raum mit anmutig geschwungenen Fenstern, vor denen sich lila Taftgardinen bauschten; die Wände waren mit mauvefarbener Seide bespannt, mit der die silbernen Wandleuchten mit den blaßrosa Schirmen auf das Wunderbarste harmonierten. Auf dem weichen, grauen Teppich standen da und dort Gruppen zierlicher, vergoldeter Sofas und Sessel, mit moirierter Seide überzogen, die in allen Farbnuancen von Purpur bis Lila schimmerte; über den geschnitzten, vergoldeten Konsolen entlang der Wände ergossen sich Kaskaden farblich aufeinander abgestimmter, getrockneter Blumengebinde, und die hohen Spiegel warfen das Funkeln der drei Kronleuchter mannigfach zurück.

Madame Elise thronte, in eine Wolke violetten Chiffons gehüllt, auf einem goldenen Sofa am anderen Ende des Raumes und kraulte zerstreut die beiden kleinen, lilafarbenen Pudel, die neben ihr auf einem purpurfarbenen Kissen schliefen. »*Viens*, kommen Sie schon!« rief sie Missie zu. »Schnell, Kind, ich habe nicht den ganzen Tag Zeit!« Ihre wachsamen, grauen Augen verengten sich, als sie beobachtete, wie Missie auf sie zueilte und vor lauter Nervosität ins Stolpern geriet.

»*Mon Dieu, les chausseurs* — die Schuhe!« stöhnte sie auf.

»Ziehen Sie sie aus, *immédiatement!* Sie ruinieren ja meinen schönen grauen Teppich!«

Missie schlüpfte aus den Schuhen und blieb dann unentschlossen, die Schuhe in der Hand, stehen.

»Runter mit dem Mantel!« befahl Madame. *»Vite, vite!«*

Missie zog den Mantel aus und hängte ihn über ihren Arm.

»Melodie?« rief Madame, worauf ein junges Dienstmädchen in purpurnem Kleid mit gestärkter, weißer Organdyschürze herbeieilte. »Rasch, nehmen Sie ihr Mantel und Schuhe ab!«

»Drehen Sie sich um!« Mit einer Armbewegung deutete Madame an, wie Missie sich zu drehen hatte. »Ja, die Haltung ist in Ordnung, die Größe auch . . . zu dünn, aber das macht sich ganz gut . . . und der lange Hals ist recht hübsch. Zeigen Sie Ihre Beine!« befahl sie plötzlich.

Missie spürte, wie sie langsam, aber sicher wütend wurde; sie wurde herumkommandiert, sollte ihre Beine zeigen und wußte nicht einmal, um welchen Job es sich da handelte. Sie legte die Hand auf die Hüften, wie sie es öfter bei Rosa beobachtet hatte, und funkelte Madame Elise streitlustig an. »Weshalb?« fragte sie.

»Weshalb? Na, wie soll ich sonst Ihre Beine beurteilen können? Und legen Sie, um Himmels willen, niemals die Hände auf die Hüften! So sehen Sie aus wie ein Marktweib und nicht wie ein Mannequin!«

»Ein Mannequin?« Missie glaubte sich verhört zu haben.

Madame Elises Fuß klopfte ungeduldig auf den grauen Teppich. »Warum sollte ich Sie sonst zu mir beordert haben?« knurrte sie. »Die Mädchen stehen Schlange, um Mannequin bei Madame Elise zu werden, aber Sie stehen nur da und stellen unnötige Fragen! So, lassen Sie mich jetzt Ihr Gesicht sehen! Knien Sie sich vor mich hin!«

Missie tat, wie ihr geheißen war, und Madame ergriff ihr Kinn und drehte ihr Gesicht von einer zur anderen Seite. »Ah«, murmelte sie, »die Augen sind tatsächlich violett, meine Lieblingsfarbe!«

Plötzlich lächelte sie Missie an. »Sie sind . . . nun, unerwartet«, sagte sie. »Sie sind unerwartet vor meiner Tür aufgetaucht, sind unerwartet schön, und Sie werden nun ganz unerwartet mein neues Mannequin werden. Mein Lieblingsmädchen, Barbara, hat sich leider mit einem texanischen Millionär aus dem Staub gemacht.« Sie seufzte dramatisch. »*Alle* meine Mädchen heiraten Millionäre — eine Anstellung als Mannequin bei Madame Elise ist gleichbedeutend mit einem Sprungbrett in die Gesellschaft. Aber nächste Woche muß ich meine Frühjahrskollektion vorzeigen, und all die großen Abendroben habe ich für Barbara entworfen. Nur sie verfügte über die Klasse, die notwendig ist, um die Sinnlichkeit der Materialien hervorzuheben. Nun, Sie haben die richtige Größe und Figur, dazu wunderschöne Haare und Augen — und den Rest kann ich Ihnen beibringen. Wir werden Barbaras Kleider nach Ihren Maßen umändern, und Sie werden sie dann nächste Woche der *crème de la crème* von New York vorführen.«

Sie lehnte sich zurück und strahlte Missie triumphierend an.

»Oh, aber ich weiß nicht . . .«, stammelte Missie, »ich habe noch nie . . .«

»Natürlich können Sie«, fiel ihr Madame Elisa sanft ins Wort. »Sie werden gleich heute beginnen. Aber vorher werden wir noch eine Tasse Tee trinken.« Wie durch Zauberei erschien genau in diesem Moment Melodie mit einem Tablett in der Hand. Madame bedeutete Misie, sich neben sie zu setzen. »Hüten Sie sich vor *les éminences grises*!« lachte sie, auf die beiden Pudel deutend. »Sie beißen, wenn man sie stört. Besonders Männer. Oh, sie hassen Männer . . .«

Missie setzte sich vorsichtig auf die Sofakante und nahm ihre Tasse.

»*Eh bien*«, fuhr Madame fort. »Wie heißen Sie überhaupt?«

»Missie, Missie O'Bryan.« Erschrocken zuckte sie zurück, als Madame mißbilligende Schnalzlaute von sich gab und wild mit den Armen fuchtelte.

»Nein, nein, nein . . . unmöglich . . . Ich lehne es ab, ein Mannequin zu haben, das Missie heißt — wie ein Dienstmädchen!«

»Nun, *Ihr* Dienstmädchen heißt Melodie«, gab Missie zurück.

Madame lachte und strich mit der Hand durch ihr üppiges, rotes Haar. »Unsinn, ihr wirklicher Name ist Freda. *Mon Dieu*, wie soll ich Sie nun nennen?« Wieder lachte sie und weckte damit die beiden Pudel, die nun ein so schrilles Gekläffe anstimmten, daß die Kristalltropfen der Kronleuchter aneinanderklirrten.

»*Mein* wirklicher Name ist Verity«, erzählte Missie. Sie hatte den Namen schon so lange nicht mehr gebraucht, daß er ihr völlig fremd vorkam.

»Verity?« Madames Kopf schoß in die Höhe, und sie musterte Missie abermals eingehend. »*La vérité*, die Wahrheit. Mm, das gefällt mir, das ist kühl, lässig, elegant. Beinahe schon jungfräulich. Ja, das paßt zu Ihnen. Sie werden Verity heißen. So, und jetzt ab ins Atelier, die Kleider anprobieren!«

Mit Entsetzen dachte Missie an ihre geflickte Baumwollunterwäsche. »Oh, aber ich kann nicht . . . ich meine . . .«, stammelte sie. Vor Scham wäre sie am liebsten auf der Stelle tot umgefallen, aber sie faßte sich ein Herz und stieß errötend hervor: »Sehen Sie, Madame, ich bin ein armes Mädchen, ich habe keine hübschen Sachen, meine Unterwäsche . . .«

»Ah! Ich verstehe!« Madame Elises Züge wurden weich; sie beugte sich vor und tätschelte Missie liebevoll das Knie. »Das ist keine Schande, mein Kind!« sagte sie ruhig. »Dann werden wir uns also von innen nach außen arbeiten. Melodie?« Das Dienstmädchen kam angerannt, und Madame sagte laut: »Führen Sie Verity durch die Wäscheabteilung und veranlassen Sie, daß man sie mit allem, was sie braucht, ausstattet. Und nur vom Besten.«

Augenblinzelnd wandte sie sich Missie zu. »Nichts ist schöner auf der Haut als ein Kuß von Crêpe-de-Chine«, flüsterte sie mit anzüglichem Grinsen.

Es wurde sechs, bis Missie Madame Elise verlassen durfte, und sie brachte den ganzen Weg zur Second Avenue im Laufschritt hinter sich, in der einen Hand ihren Hut, in der anderen das vornehme, lila Päckchen mit Madame Elises Namenszug.

Die Heimfahrt schien endlos zu dauern. Als sie endlich in der Lower East Side angelangt war, rannte sie, ohne anzuhalten, zur Rivington Street, raste die Stufen hoch, klopfte ungeduldig an Rosas Tür und stürmte hinein.

Verblüfft starrte Rosa sie an, und dann erschien ein breites Lächeln auf ihrem Gesicht. »Gute Nachrichten, was?« sagte sie. »Du brauchst gar nichts zu sagen, das sehe ich dir an.«

»Gute Nachrichten? Oh, *Rosa*!« Missie fiel ihr um den Hals und schwenkte sie übermütig im Kreis. »Nicht nur gute Nachrichten, sondern umwerfende, phänomenale, unglaubliche! Es ist wunderbar, traumhaft, *erregend* . . .« Die vier kleinen Mädchen, die zum Abendessen am Tisch saßen, starrten sie mit offenen Mündern an.

»Aha, erregend also«, sagte Rosa nüchtern. »Dann erzähl mal, wieviel Geld du verdienst.«

Schlagartig hielt Missie in ihrem Freudentanz inne. »Oh, Rosa«, sagte sie kleinlaut, »ich hab' vergessen zu fragen!« Und dann brach sie in schallendes Gelächter aus. »Was macht das schon?« rief sie leichthin. »Ich werde sowieso einen Millionär heiraten, das tun alle von Madame Elises Mädchen. Sie hat es mir selbst gesagt.«

»Du wirst für Madame Elise arbeiten?« fragte Rosa ehrfürchtig und fügte gleich darauf hinzu: »Aber seit wann heiraten kleine Näherinnen, auch wenn sie in einem eleganten Pariser Laden arbeiten, Millionäre?«

»Ach Rosa, ich arbeite doch nicht als Näherin, sondern als Mannequin!« jubelte Missie und warf übermütig ihren Hut in die Luft. »Meine Liebe«, fuhr sie in gespielt geziertem Tonfall fort, während sie, einen Arm von sich gestreckt und den Kopf hochmütig zur Seite geneigt, in Vamp-Pose durch das Zimmer schlenderte, »vor dir siehst du Madame Elises neues Star-Mannequin!« Plötzlich wieder ernst, fügte sie hinzu: »Und das habe ich dir zu verdanken, Rosa. Dank deinem Rat bin ich dort hingegangen, und dank deiner fünf Dollar konnte ich mir einen neuen Mantel leisten — denn in meinen alten, grauen Lumpen hätte ich wie ein Gespenst der Armut ausgesehen! Du, Rosa Perelman«, sagte sie, ihr einen dicken Kuß auf die Wange drückend, »du bist meine Retterin! Und meine liebste Freundin!«

Schmunzelnd stellte Rosa einen Suppenteller auf den Tisch. »Setz dich hin und iß!« befahl sie. »Und dann erzähl mir alles!«

»Vorher muß ich dir noch was zeigen.« Missie löste das lila Band von dem hübschen Päckchen. »Da!« rief sie triumphierend, ein Mieder aus *crêpe-de-Chine* in dem blassesten Lachsrosa, das man sich nur vorstellen konnte, wie eine Fahne in der Luft schwenkend. Rosa verschlug es den Atem. Als sie ihre Hände an der Schürze abgewischt hatte, befühlte sie es zaghaft mit einem Finger. »Na?« frage Missie erwartungsvoll.

»So etwas habe ich noch nie gesehen«, wisperte Rosa andächtig, »etwas so Schönes, so Zartes . . . Wer trägt solche Unterwäsche, Missie? Das ist unzüchtig.«

»Das ist nicht unzüchtig, sondern einfach nur *himmlisch*, Rosa! Ich trage von jetzt an solche Mieder und dazu Schlüpfer mit so viel Spitze, daß man fünf Kragen daraus machen könnte! *Und* Seidenstrümpfe und eine Corsage so leicht und zart, als sei sie aus Gaze. Daran ist nichts Unzüchtiges.«

»Es ist nur unzüchtig, wenn du es für einen Mann trägst«, sagte Rosa ruhig.

Erstaunt sah Missie sie an. »Daran habe ich überhaupt noch nicht gedacht!«

»Dann ist es ja gut.« Rosa wandte sich den Kindern zu, die bewundernd um das schöne Mieder standen. »Nur anschauen, nicht anfassen«, warnte sie, während sie sich an den Tisch zurücksetzte.

»Jetzt iß deine Suppe und erzähl!« forderte sie Missie auf. Sie schnitt einen Laib Roggenbrot auf, wachte mit einem Auge über die Tischmanieren der Kinder und lauschte Missies begeisterter Beschreibung über ihre Begegnung mit Mrs. Masters und Madame Elise, über den lila Salon und die lila Pudel. Sie erzählte, daß Madame Elise bei Poiret und Worth gelernt und es mittlerweile zu internationalem Ansehen gebracht hatte; sie besaß nicht nur in New York, sondern auch in Paris und London ihre Modehäuser und reiste ständig zwischen ihnen hin und her.

»Sie hat mir all diese schönen Sachen geschenkt, damit ich mich wegen meiner geflickten Unterwäsche nicht zu schämen brauchte«, berichtete sie verklärt. »Oh, Rosa, ich kann dir gar nicht sagen, wie ich mich fühlte, als mir die Schneiderin dieses prachtvolle Chiffonkleid über den Kopf streifte und ich mich dann im Spiegel betrachtete! Madame hat mir die Haare gelöst und ihre Länge bewundert — sie reichen mir bis zur Taille. »Sie dürfen Sie nie schneiden«, hat sie gesagt. Und dann legten sie mir Puder auf und Rouge und irgend etwas auf die Wimpern, oh, und einen Lippenstift, der »Violett Elise« heißt, nach ihrer Lieblingsfarbe. Ich fühlte mich ziemlich klebrig und parfümiert, aber daran werde ich mich bestimmt gewöhnen. Und die Schuhe, Rosa! Schmale, silberne Ziegenlederpantöffelchen mit hohen Absätzen! Und Strapse mit diamantbesetzten Schnallen, und meterweise riesige Perlen . . .«

Seufzend brach sie ab und starrte träumerisch in ihre Suppe. »Ich konnte es einfach nicht glauben, als ich mich so im Spiegel betrachtete. Ich sah aus wie eine Fremde.« Nachdenklich fügte sie hinzu: »Wie ein neuer Mensch. Verity Byron.«

»Ist das dein Name als Mannequin?« fragte Rosa, das Kinn auf die Hände gestützt und Missie sehnsüchtig betrachtend.

Missie nickte. »Aber nur für die Arbeit. Hier bleibe ich natürlich weiterhin Missie.«

Viktor hob lauschend den Kopf, als unten die Haustür zuschlug und sich schwere Schritte näherten. Nach einem Blick auf ihre alte Wanduhr seufzte Rosa: »Das ist bestimmt Meyer.« Sie eilte zum Herd, rührte das Fleisch um und gab es dann auf einen Teller. »Er will sein Essen auf dem Tisch haben, wenn er heimkommt.«

»Wir verschwinden jetzt«, sagte Missie, packte hastig ihre Dinge zusammen und ergriff Azaylees Hand. An der Tür drehte sie sich noch einmal zögernd um. »Rosa, könntest du auch weiterhin auf Azaylee aufpassen? Ich kenne meine Arbeitszeiten noch nicht. Madame meinte nur, sie seien »unorthodox«, was immer das heißen mag.«

»Das heißt »lang«, erwiderte Rosa lachend. »Natürlich nehme ich sie, mach dir da keine Gedanken. Und Missie . . .«, sie küßte sie liebevoll auf die Wange, ». . . ich freu mich für dich! Es klingt wirklich ganz wunderbar, wie ein Traum, der Wirklichkeit geworden ist.«

Missie atmete tief und zufrieden auf. »Nicht ganz«, sagte sie, »aber es ist zumindest ein Anfang.«

Jeden Morgen ging sie nun frohgemut zu Madame Elise und ließ sich von den Schneiderinnen die prachtvollen Roben anpassen. Trotz allen Hochgefühls war sie sich jedoch der neidischen Blicke der anderen Mädchen bewußt. Es waren drei: Miranda, eine Blondine, Minette, eine Rothaarige, und Minerve, eine Schönheit mit rabenschwarzen Haaren. Missie kamen sie alle drei weit schöner und selbstsicherer vor, als sie es war. Doch Elise hielt die Mädchen von ihr fern, bewachte Missie, als sei sie ein geheimer Schatz.

Sie ließ Missie — in ein Seidentuch und hochhackige Schuhe gekleidet, geschmückt mit Perlen und weichen Federboas — stundenlang im lila Salon auf- und abschreiten, verbesserte ihren Gang und ihre Posen und seufzte, wenn Missie es nicht richtig machte.

Am Samstagabend dann drückte ihr Elise eigenhändig einen kleinen, lila Umschlag in die Hand. »Ihr erster Wochenlohn, Verity«, sagte sie, Missies Schulter tätschelnd. »Sie sind noch nicht so gut wie Barbara, aber Sie lernen schnell. Und Sie sind weit schöner als sie.«

Verstohlen betrachtete sich Missie in der Spiegelwand, doch sie konnte dieses Wesen, das ihr da entgegensah, nicht mit sich selbst in Einklang bringen. War diese hochgewachsene, geschmeidige junge Frau mit den rougegetönten Wangen, den riesigen, umschatteten Augen und dem wollüstigen, roten Mund wirklich sie? Dieses Fabelwesen in dem langen, dunkelgrünen Seidenmantel und dem bernsteinfarbenen Fuchskragen, der das Gesicht auf das Schmeichelhafteste umrahmte? »Ich sehe aus, wie Fürstin Anouschka immer ausgesehen hat«, sagte sie sich verwundert.

Als sie später zu Hause den lila Umschlag öffnete, entdeckte sie vier raschelnd neue Zehndollarscheine. Sie wußte, daß Elises Kleider hunderte, manchmal sogar tausende von Dollars kosteten, aber vierzig Dollar für nur vier Tage Arbeit! Sie konnte Rosa ihre fünf Dollar zurückzahlen, ihre Miete begleichen, ihren neuen Mantel abbezahlen, Azaylee die dringend benötigten neuen Schuhe kaufen, und es bliebe immer noch genug zum Essen übrig! Sogar Zev Abramski konnte sie zehn Dollar geben. Missie lachte; sie konnte es kaum erwarten, seine Miene zu sehen, wenn sie ihm morgen, in dem ukrainischen Lokal, das Geld geben würde. Vielleicht würde sie diesmal zur Abwechslung *ihn* zum Essen einladen!

24

Zevs fassungsloser Blick wanderte von der vor ihm liegenden Zehndollarnote zu Missie. Sie wirkte verändert; stärker und kraftvoller, als sei ihr Lebensfunke durch irgend etwas neu entfacht worden.

»Ihre Arbeitssuche war demnach erfolgreich?« fragte er leise.

»Ach, Zev, erfolgreich ist gar kein Ausdruck!« Sie lachte fröhlich, und von den anderen Tischen wandte man sich neugierig nach ihnen um, als sie ihm lebhaft die neuen Ereignisse berichtete. »Natürlich habe ich noch keine wirkliche Modenschau mitgemacht«, schloß sie ab, »und ehrlich gesagt, habe ich davor auch ziemliche Angst. Ich meine, es ist ein Unterschied, ob ich nur für Madame Elise oder für mir völlig unbekannte, reiche Frauen posiere. Außerdem sind die anderen Mannequins ziemlich neidisch. Ich merke es an ihren Blicken. Sie ärgern sich, daß Madame Elise mir soviel Aufmerksamkeit widmet und nicht eine von ihnen, sondern mich als Ersatz für Barbara bestimmt hat.« Sie seufzte. »Aber das läßt sich nun mal nicht ändern.« Er nickte schweigend, und sie fuhr eifrig fort: »Jetzt kann ich Ihnen jede Woche zehn Dollar geben, bis ich alles abbezahlt habe — mit den entsprechenden Zinsen, versteht sich.« Glücklich strahlte sie ihn an. »Oh, Zev. Sie können sich gar nicht vorstellen, was es für mich bedeutet, endlich wieder schuldenfrei zu sein! Ich werde mich bald nach einer neuen Wohnung in einer besseren Gegend umsehen und Azaylee in einer guten Schule anmelden!«

Sein Blick hing unverwandt an den zehn Dollar vor ihm. In drei Wochen hätte sie ihre Schuld abbezahlt und nach ein paar weiteren Wochen würde sie weggezogen sein, zurück in die Welt, aus der sie kommt. Er fühlte ein Ziehen in seinem Herzen, als versuchten unsichtbare Finger es ihm aus der Brust zu reißen. Missie würde ihn verlassen. Sie würde in eine sorglose Welt voller Licht und Lachen eintauchen, eine Welt, die er nicht verstand, in die sie aber, wie er wußte, gehörte.

»Zev?« Ihre Augen schauten ihn fragend an, doch er senkte den Blick auf die zehn Dollar, dem Symbol ihrer Freiheit.

»Freuen Sie sich nicht für mich?« fragte sie verwirrt.

»Doch, ich freue mich für Sie«, erklärte er, »aber das bedeutet auch, daß Sie fortgehen und ich Sie nie wiedersehen werde.«

»Natürlich werden wir uns weiterhin sehen!« Sie griff über den Tisch hinweg nach seiner Hand und schaute ihn ernst an. »Die ganze Woche habe ich mich schon auf heute abend gefreut. Ich wollte meine guten Neuigkeiten mit Ihnen teilen. Sie und Rosa sind meine liebsten Freunde.« Sie lächelte zärtlich. »Ich werde Sie nie vergessen, Zev Abramski. Außerdem werden wir beide weiterhin in derselben Stadt wohnen und können unsere Sonntagabend-Treffen beibehalten. Das müssen wir auch unbedingt, denn inzwischen reservieren sie uns hier sogar einen Tisch und spielen meine Lieblingslieder.«

Er wußte, daß sie es ehrlich meinte, aber damit war sein Problem noch lange nicht gelöst. Die Kluft zwischen ihrem Leben und dem seinen war unüberbrückbar. Sie war durch besondere Lebensumstände arm geworden, er war in Armut geboren. Sie war gebildet, er war dumm; sie war groß, schön, der Traum eines jeden Mannes, und er war noch nie von jemandem geliebt worden. Was war auch schon Liebenswertes an einem jungen, unansehnlichen, jüdischen Pfandleiher aus der Orchard Street?

Als sie zur Rivington zurückspazierten, starrte Zev gedankenverloren zu Boden. »Seien Sie doch nicht traurig«, flüsterte sie zum Abschied und strich ihm zart über die Wange. »Schließlich bin ich noch nicht fort, oder?« Sie küßte ihn sanft und rannte ins Haus. »Bis nächsten Sonntag!« rief sie ihm zu, ehe sie die Tür hinter sich schloß.

Zev wartete, bis er in ihrem Fenster das Licht aufleuchten sah, und wanderte dann langsam um die Ecke zur Orchard Street. Die Ladenglocke klingelte genauso, wie er sie in den letzten dreizehn Jahren tagtäglich hatte klingeln hören, nur vermittelte ihm dieses Geräusch heute zum erstenmal keine Sicherheit. Es erinnerte ihn eher an das schrille Bimmeln von Totenglocken.

Er schlenderte durch die kleinen, dunklen Räume, die er sein Heim nannte, drehte die Gaslampen an und stellte fest, wie zerschlissen und trübselig alles aussah. Es gab keinerlei persönliche Note, nichts, was auf das Vorhandensein von Zev Abramski hingewiesen hätte. Er war nur ein dummer, jüdischer Emigrant, der ein schäbiges Geschäft betrieb, und all die Träume, irgendwann seine Einsamkeit, seine Bücher und seine Musik mit jemandem zu teilen, waren leere Phantasiegebilde gewesen, die nur in seinem Kopf existiert hatten. Nichts war mehr von Bedeutung. Missie war eine Dame, und wenn sie erst einmal ihre Schulden bei ihm beglichen hatte, würde in ihrem Leben kein Platz mehr für ihn sein.

Er legte den Mantel ab, setzte sich an sein Klavier, ließ zögernd die Finger darüber gleiten und stimmte dann eine Etude von Chopin an. Früher hatte er dieses Stück immer mit Missie assoziiert — weich, seiden, zart —, aber heute abend hatte er eine andere Seite von ihr kennengelernt. Unwillkürlich ging er zu einer Mazurka über, einer fröhlichen, mitreißenden Melodie, die ihm ein Lächeln entlockte, da sie ihn an ihr schönes, vor Aufregung sprühendes Gesicht erinnerte. Er war vielleicht kein Künstler, aber er vermochte es, seine Liebe und Gefühle in der Musik auszudrücken.

Missie konnte den Montag kaum erwarten. Um sechs Uhr stand sie auf, erhitzte Wasser für den Zinktrog, der ihr als Sitzbadewanne diente, und versuchte so leise wie möglich zu sein, um die friedlich schlummernde Azaylee nicht zu wecken.

Hinterher blieb sie eine Weile an dem durchhängenden Messingbett stehen und schwor sich im Stillen, daß bald alles anders werden würde. Sie würden in eine schöne Wohnung ziehen, Azaylee würde eine gute Schule besuchen, sie würden wieder gutes Essen haben und gute Kleidung. Madame Elise war ihre Rettung, und Missie wollte alles tun, um ein gutes Mannequin zu werden.

»Ich will kein *gutes* Mannequin«, teilte ihr Madame Elise ein paar Stunden später verärgert mit. »Für meine Kreationen brauche ich ein *grandioses* Mannequin, ein Zauberwesen, so *ravissante,* so verlockend und gleichzeitig so damenhaft, daß all diese reichen Frauen glauben, sie könnten ebenso werden, wenn sie eines von Madame Elises Kleidern kauften. Richten Sie sich mehr auf, nein, noch höher . . . strecken Sie den Hals von den Schultern, strecken Sie die Wirbelsäule von der Taille aufwärts, ja, schon besser. Sie haben einen so schönen Gang, Verity. Entspannen Sie sich, lassen sie Ihren hübschen Kopf auf diesem so zarten, zarten Hals ein wenig nach vorne fallen, denken Sie daran, Sie sind in Gaze gehüllt, da darf nichts Erdiges mehr sein, Sie müssen schweben! Bitte, Verity!«

Sie seufzte laut auf. Das gedämpfte Gekicher im Hintergrund verriet Missie, daß die anderen Mädchen ihre Demütigung genossen. Madame hatte sie sicher schon an diesem Morgen an die hundert Mal durch den Salon getrieben.

»Versuchen Sie es noch einmal«, sagte Madame. »Nein, warten Sie. Miranda, kommen Sie her und zeigen sie Verity, was ich meine.«

Die schöne, blonde Miranda schlenderte elegant durch den Salon, die eine Hand auf der Hüfte, die andere lässig in der Luft schwingend. Vor Madame und Verity blieb sie stehen, den einen Fuß anmutig über den anderen gekreuzt, die beringten Finger ihrer langen Hand über ihrer Kehle ausgestreckt und die Augen verächtlich hinter den schweren Lidern gesenkt, als sei es unter ihrer Würde, sie anzuschauen.

»Sehen Sie«, rief Madame triumphierend, »genau *das* ist es, was ich will. *Übertreibung! Viens,* Verity, versuchen Sie es noch einmal!«

Missie wurde erst erlöst, als sich Madame zu einem Beratungsgespräch mit einer ihrer auswärtigen Kundinnen in das Waldorf Astoria Hotel begab. Die Schneiderin erzählte Missie, daß Madame für ihre Beratungen, bei denen sie ihre Kundinnen über die für sie geeigneten Farben, Materialien und Stilrichtungen aufklärte, tausend Dollar verlangte. »Und dann kommen sie hierher und kaufen alles, was sie ihnen einsuggeriert hat«, fuhr die Schneiderin lachend fort. »Aber eines muß man Madame zubilligen — wenn diese Frauen unser Atelier wieder verlassen, sehen sie besser aus als je zuvor in ihrem Leben. Madame sagt immer, dies sei eines ihrer Geheimnisse. Und die Ehegatten sind so angetan von ihren verschönten Frauen, daß sie jede Summe zahlen.«

Missie befühlte die weichen Falten ihres violetten, mit winzigen Silberperlen bestickten Chiffonkleides; es war wunderschön und schmiegte sich leicht wie ein Windhauch an ihre bleiernen Glieder. Mutlos und ausgepumpt vor Erschöpfung betrachtete sie ihr Spiegelbild. Das Kleid war ärmellos, hatte vorne und hinten einen tiefen V-Ausschnitt und wurde um die tiefangesetzte Taille mit einer silbernen Kordel zusammengerafft. Der sehr gewagte Rock reichte nur bis zur Wadenmitte und war mit Hilfe einer weich fließenden Stoffbahn über den Hüften nach einer Seite hin drapiert. Missie wußte, sie sollte darin eigentlich wie Ariel aussehen, doch im Moment fühlte sie sich eher wie der Puck.

»Ein häßliches Entlein läßt sich nun mal nicht in einen schönen Schwan verwandeln«, vernahm sie hinter sich Minerves spöttische Stimme.

»Und aus einem Kieselstein kann man keinen Diamant schleifen«, kicherte Minette.

Die hochgewachsene, rabenhaarige Minerve strich lauernd wie eine böse Katze um Missie herum. »Du hast mir meinen Job weggeschnappt«, zischelte sie, »aber glaube nicht, daß ich dich damit durchkommen lasse. Ich werde dich schneller hier hinausbefördern, als du meinst.«

Mit lauter Stimme fügte sie hinzu: »Ich speise heute Mittag mit Alphonse. Für dich der Duke di Monteciccio«, bemerkte sie hochmütig in Missies Richtung, ehe sie durch die Tür entschwebte.

Die Schneiderin seufzte. »Sie sieht sich schon als die Duchess«, murmelte sie. »Am besten wäre es tatsächlich, sie würde heiraten und weggehen. Sie ist eine notorische Unruhestifterin. Hüten Sie sich vor ihr, Kindchen, sonst stiehlt sie Ihnen noch Ihre Seidenstrümpfe oder Ihren Job — oder Ihren Freund.«

Für Missie war Minerve jedoch im Moment das geringste Problem; sie wollte nur eines: ein Mannequin nach Madame Elises Vorstellungen werden.

Den ganzen Nachmittag übte sie vor dem Spiegel, richtete sich auf, wie Madame es ihr gesagt hatte, reckte ihren Hals nach vorne, bis er zu brechen drohte. Sie stellte, wie sie es bei Miranda gesehen hatte, einen Fuß vor den anderen, streckte die Hüfte nach vorn und umklammerte ihre Kehle — aber alles in allem glich sie eher einer zu Tode erschrockenen Stummfilmheldin als einem betörenden Vamp. Anschließend übte sie das Schreiten, stolzierte unzählige Male durch den Salon und schleuderte dabei ihrem unsichtbaren Publikum verächtliche Blicke zu, bis ihre Füße und ihr Kopf so schmerzten, daß sie aufhören mußte.

»Ich werde es nie schaffen«, klagte sie später bei Rosa. »Es will mir einfach nicht richtig gelingen, und außerdem komme ich mir absolut idiotisch vor, wenn ich so geziert wie Miranda herumtripple. Kein normaler Mensch bewegt sich so, warum also sollte es dann ein Mannequin tun?«

»Dann mach es doch auf deine Weise, Missie, anstatt die anderen nachzuahmen«, schlug Rosa vor. »Benimm dich einfach so, wie es dir am natürlichsten erscheint. Ich bin sicher, daß du damit besser fährst.«

»Ach, ich weiß nicht«, seufzte Missie bekümmert. »Madame sagt, daß dies der Pariser Stil sei, und sie wird es wohl am besten wissen. Außerdem ist es jetzt ohnehin zu spät, weil morgen schon die große Modenschau ist. Oh, Rosa, ich hab' solche Angst! Was ist, wenn ich alles vermurkse? Wenn sie mich rauswirft?«

Aus Missies Gesicht war jedes Strahlen gewichen. Es war weiß und derart bekümmert, daß es Rosa schier das Herz zerriß. »Ach was, alles wird gutgehen!« versuchte sie Missie zu trösten. »Du wirst wunderschön aussehen, Madame Elise wird ihre gesamte Kollektion verkaufen, und du wirst einen Millionär heiraten. Du hast doch gesagt, daß dies das Schicksal jedes Mannequins ist«, lachte sie.

Missie lachte ebenfalls, nur klang es ihr hohl und schal in den Ohren, als könne sie selbst nicht mehr an dieses Märchen glauben.

Bei der Anprobe am nächsten Morgen klimperte ein kleines Orchester die neuesten Broadwaysongs, während eine Handvoll Arbeiter die letzten Nägel in die Holzbühne hämmerten, die über Nacht mitten im Raum erstanden war. Hunderte zierlicher Goldstühlchen wurden die Treppen hinuntergetragen, und eine Reinigungsmannschaft polierte die Lüster und putzte die Fenster. Dann rollte man über die Bühne einen purpurroten Samtteppich aus, und der Eingang zum Umkleideraum, aus dem die Mädchen hervortreten würden, wurde mit lila Chiffon drapiert, über dem eine Krone mit Madame Elises unvergleichlichem Namenszug prangte.

Im Umkleideraum herrschte atemlose Hektik; die Schneiderinnen wieselten umher und brachten da und dort ein paar letzte Nähte an, während sich die Mädchen über ihre schmerzenden Beine beklagten oder ungeduldig vor dem Spiegel saßen und warteten, bis der Haarstilist sein Werk beendet hatte.

Als Verity an der Reihe war, warnte ihn Madam davor, die Haare zu schneiden. »Doch, hier vorne muß ein wenig ab«, protestierte er, »eine leichte Welle über der Stirn, ein paar Strähnen an den Seiten . . .«

»*Eh bien,* ein paar Strähnen sind genug«, maßregelte ihn Madame. »Ich will, daß ihre Haare wie eine schimmernde

Kastanie aussehen — lang, glatt, seidig. Wenn nötig, können wir sie ja zu einem Chignon aufstecken.«

Kleider, Schuhe, Hüte und komplette Garderoben wurden mit den dazugehörigen Accessoirs ausgestattet: Handschuhe, Pelzboas, Schuhe, farblich angepaßte Seidenstrümpfe und ganze Meter der riesigen *faux* Perlen, die Madame, auch für jene Frauen, die sich echte Perlen leisten konnten, zum Renner der Saison gekürt hatte.

Um drei wurden die breiten Flügeltüren zum Salon aufgerissen, und Madame Elise eilte, ihre Gäste zu begrüßen. Verity warf durch den Chiffonvorhang einen verstohlenen Blick auf das Publikum, das in Scharen die zierlichen Goldstühlchen in Beschlag nahm.

Die Gästeliste hatte sich wie eine Aufstellung der vierhundert berühmtesten Leute New Yorks gelesen, und zu ihrer Überraschung stellte sie nun fest, daß nicht nur Frauen, sondern auch zahlreiche Männer gekommen waren, die sich im Hintergrund hielten, leise Konversation trieben und hin und wieder einen diskreten Blick auf die anwesenden Frauen warfen.

Die Frauen wiederum waren so elegant angezogen, daß Missie sich fragte, wozu sie überhaupt etwas Neues brauchten. Aber Madame Elise wußte natürlich, womit man diese Frauen köderte: Keine von ihnen konnte es sich erlauben, in der Mode des vergangenen Jahres gesehen zu werden — es mußte immer der letzte Schrei sein.

Sie drehte sich wieder um und blickte auf die Uhr des Ankleidezimmers. Noch zehn Minuten. Mit einem dumpfen Brennen im Magen saß sie dann vor dem Spiegel, während die Visagistin ihr das Gesicht puderte, ihre Wangen mit Rouge bestäubte und ihre gespitzten Lippen mit Violette Elise tönte. »Ich komme mir wie eine Schauspielerin vor«, murmelte sie.

»Genau das sind Sie ja auch«, erwiderte die Visagistin. Lächelnd betrachtete sie Missies Spiegelbild. »Mein Gott, sind Sie schön!« rief sie.

Abergläubisch kreuzte Missie die Finger und betete, sie möge recht haben. Eines war jedenfalls gewiß: Jenes Geschöpf im Spiegel hatte nichts mehr mit Missie O'Byran aus der Rivington Street gemein.

Madame bat mit einem kleinen Silberglöckchen um Ruhe, ehe sie schließlich die Bühne zu einer Ansprache betrat. Sie erzählte den Gästen, wie glücklich sie sich schätzen könnten, eine Vorschau auf ihre neueste Frühjahrskollektion, vorgestellt von ihren sensationellen Mannequins, zu erleben. Und wenn sie es wünschten, könnten sie sich hinterher selbstverständlich die einzelnen Modelle auch privat, zu Hause vorführen lassen. »*Eh bien*«, rief sie abschließend, »fangen wir an!«

Das Orchester setzte mit einer Melodie von Gershwin aus der letzten Ziegfeld-Show ein. Minerve machte sich bereit; sie trug ein eisblaues Nachmittagskleid mit dazu passenden Schuhen und Strümpfen und einem bodenlangen, geblümten Chiffonschal. Mit arrogantem Kopfschwung schob sie sich auf den Laufsteg, und sogleich ertönte spontaner Applaus und bewunderndes Gemurmel. Miranda folgte in fahlem Lila, und anschließend Minette in Bonbonrosa, eine extravagante Kombination zu ihrem roten Haar, die entsprechenden Beifall erhielt.

Und dann war Missie an der Reihe. Sie trug ein cremefarbenes Reisekostüm aus Tweed, einen neuartigen Krempenhut, den sie lässig über ein Auge gezogen hatte, hochhackige, cremefarbene Schnallenschuhe und ein halbes Dutzend Reihen fetter, schimmernder Perlen. Als der Vorhang lautlos hinter ihr zufiel, blieb sie einen Moment wie erstarrt stehen: Vor ihr wogte ein Meer von Gesichtern, die sich ihr, wie auf ein geheimes Kommando hin, alle gleichzeitig zuwandten. Ich kann nicht, dachte sie in panischer Angst, ich schaffe es einfach nicht! Ihre Knie zitterten. Sie hatte alles, was Madame ihr beigebracht hatte, vergessen und wollte nur noch zurücklaufen und sich irgendwo verkriechen. Minerve schlenderte auf ihrem Rückweg dicht an ihr vorbei und bedachte sie mit einem höhnischen Lächeln, ehe sie wieder hinter den Chiffonwolken untertauchte, aber Missie stand weiterhin wie angewurzelt da und starrte in die Menge, die ihrerseits neugierig zurückstarrte. Unversehens kam ihr Anouschka in den Sinn: War sie nicht genauso wie diese Frauen gewesen? Mit einem Mal dämmerte es ihr, daß diese Frauen ja gar nicht an *ihr* interessiert waren. Sie wollten lediglich die Kleider sehen.

Dieser Gedanke gab ihr Mut. Sie nahm einen tiefen Atemzug und schlenderte dann den purpurnen Laufsteg in ihrem typisch langbeinigen, geschmeidigen Gang entlang, blieb da und dort stehen, um den Damen zuzulächeln, streckte ihren Arm aus, damit der rasante Ärmelschnitt zu erkennen war, klopfte kokett auf ihren hochaktuellen Hut und wandte ihr Gesicht zur Seite, um zu demonstrieren, wie der Hut im Profil wirkte. Am Ende des Laufstegs verweilte sie für einen Herzschlag, wirbelte dann herum, warf einen raschen Blick über die Schulter und schritt dann federnden Schrittes zum Vorhang zurück.

Im rettenden Ankleideraum angelangt, lauschte Missie dem höflichen Beifallsgeklatsche; sie fragte sich, was Madame jetzt wohl von ihr denken mochte. Sie konnte sich einfach nicht so bewegen wie die anderen Mädchen; sie sollte sich die Idee, ein Mannequin zu werden, besser aus dem Kopf schlagen.

Minerve strich in einem goldenen, mit funkelnden Kupferperlen bestickten Spitzenkleid an ihr vorbei. »Hab' ich es dir nicht gesagt?« kicherte sie leise. »Aus einem häßlichen Entlein wird leider nie ein schöner Schwan!«

Während Minerve auf dem Laufsteg mit tosendem Applaus gefeiert wurde, schlüpfte Missie niedergeschlagen in das violette Chiffonkleid und suchte dann im Regal nach ihren silbernen Ziegenledersandaletten. Sie waren nicht da. Verwirrt schaute Missie sich um und entdeckte sie schließlich auf dem Boden unter der Frisierkommode. Sie hob sie auf und starrte sie entsetzt an: Die schmalen Lederriemen waren zerrissen! Nicht zerrissen — durchschnitten! Minerves haßerfüllte Blicke fielen ihr ein. Würde sie tatsächlich so weit gehen? In panischem Schreck hielt sie nach Hilfe Ausschau, doch die Ankleidehilfe war verschwunden, und die Dienstmädchen befanden sich alle im Salon, um den Gästen Tee und Gebäck anzubieten. Und Miranda und Minette, die neben dem Vorhang auf ihren Auftritt warteten, würden ihr gewiß nicht weiterhelfen.

Verzweifelt schleuderte sie die Schuhe zu Boden. Jetzt war alles vorbei, sie war zum Scheitern verdammt. Sie betrachtete sich in dem großen Spiegel. Kein Zweifel, sie sah schön aus. Da fiel ihr der Schwur, den sie heute morgen an Azaylees Bett geleistet hatte, wieder ein, und plötzlich wurde sie von wildem Mut ergriffen, einem Friß-oder-Stirb-Gefühl. »Was soll's!« sagte sie sich entschlossen. »Schon Vater sagte immer: »Wenn alles schiefgeht, dann improvisiere«.« Sie riß die violetten Satinbänder von den Päckchen, die auf der Kommode lagen, stellte sich auf die Schuhe, zog je ein Band unter der Sohle hindurch, überkreuzte es am Rist, schnürte es an den Knöcheln und band es zu einer ordentlichen Schleife. Darauf nahm sie die Nadeln aus ihrem Haar, schüttelte es und zog die juwelenbesetzte Aigrette tief über die Stirn.

»Beeilung!« rief die Ankleidehilfe, die inzwischen wieder aufgetaucht war. Sie packte Missie am Arm und schob sie durch den Vorhang hinaus. Erneut zögerte sie, starrte hilflos in die Menge. Doch dann schleuderte sie ihren Kopf in die Höhe und schlenderte — so aufgerichtet und langgestreckt wie Madame es sich nur wünschen konnte — langsam den purpurnen Laufsteg entlang.

Schockiert über ihren Anblick, schnappte Madame Elise nach Luft. Was war nur in das Mädchen gefahren? Und was, in aller Welt, hatte sie da an den Füßen? Madame warf einen raschen Blick auf ihre Damen und stellte überrascht fest, daß diese gebannt und in atemlosem Schweigen jeden einzelnen von Veritys geschmeidigen, weichen Schritten beobachteten. Selbst die Männer hatten ihre Gespräche unterbrochen, um das neue Mannequin zu begutachten. Madame wandte sich wieder Verity zu. Von weichem, violettem Chiffon umflossen, dessen silberne Perlen bei jeder Bewegung aufblitzten, stand sie am Ende des Laufstegs wie die junge Isadora Duncan. Ihr taillenlanges Haar umgab sie wie ein bronzener Schleier, und ihre riesigen, wunderschönen Augen zeigten ein noch tieferes Violett als das Kleid.

Den Kopf zurückgeworfen, spazierte Missie langbeinig den Laufsteg zurück, blieb da und dort stehen, die Hand auf der silbernen Kordel, auf dem tiefen Ausschnitt und dem weichfallenden Rock. Aber alle Augen waren auf ihre Füße mit den violetten Satinbändern um die Knöchel gerichtet.

Der Vorhang schloß sich hinter ihr, und das Orchester wechselte zu einer anderen Melodie über. Die Dienstmädchen erwachten wieder zu Leben, eilten mit Tabletts voller Tee und Gebäck umher, und die Köpfe der Herren rückten zusammen, während sie hinter vorgehaltener Hand über Madames verwegenes neues Mannequin tuschelten. Madame schloß die Augen. Was hatte Verity da nur getan? Oh, was hatte sie getan! Sie hatte ihre Anweisungen nicht befolgt, sich eigenmächtig darüber hinweggesetzt. Es war *une catastrophe!* Doch plötzlich begann jemand zu klatschen, ein weiterer folgte, und gleich darauf schwoll der Applaus zu einem donnerähnlichen Getöse an; sogar ein paar Bravorufe wurden laut, wenn auch nur von seiten der Männer.

»Zugabe!« rief eine Frau, die sich, als Madame sich neugierig umwandte, als eine ihrer wichtigsten Kundinnen entpuppte, eine junge Dame der Gesellschaft, die nicht nur schön, sondern auch außerordentlich modebewußt war.

Madame lächelte sie liebenswürdig an und schickte ein Dienstmädchen los, die Verity um einen weiteren Auftritt bitten sollte.

Verity glaubte zu träumen. Galt der Applaus tatsächlich ihr? Sie federte noch einmal über den Laufsteg, sandte dann und wann ein Lächeln zur Seite, blieb stehen, um ihre Bänder-Schuhe bewundern zu lassen, die Federn ihrer Aigrette, die schwingenden Falten des Seidenchiffons. Sie fühlte sich leicht und fröhlich. Vielleicht war es doch nicht so schwer, ein Mannequin zu sein? »Benimm dich so, wie es dir am natürlichsten erscheint«, hatte Rosa gesagt, und womöglich hatte sie Recht gehabt.

Minerve funkelte sie an, als sie schließlich, von tosendem Applaus begleitet, in den Ankleideraum zurückkehrte, aber Missie verzog keine Miene. »Die Not ist die Mutter der Erfindung«, bemerkte sie dann zuckersüß. »Diesen weisen Spruch solltest du deiner Sammlung an Platitüden hinzufügen, Minerve.« Während Missie auf die Frisierkommode zuging, spürte sie Minervas Augen auf ihren Füßen und wußte, daß sie diejenige war, der sie den Sabotageakt zu verdanken hatte.

Die restliche Modenschau ging wie im Flug vorbei, und Missie entdeckte, daß ihr die Vorführungen Spaß machten; sie genoß es, im Mittelpunkt zu stehen, sich jung und schön zu fühlen. Als die Show vorbei war, kam Madame Elise in den Ankleideraum, um ihr zu gratulieren.

»Jeder redet über meine neuen Schuhe!« Sie lachte. »Ich weiß nicht, woher Sie die Idee mit den Bändern haben, Verity, jedenfalls sind alle Leute ganz verrückt danach. Mrs. Woolman Chase von der *Vogue* sagte, Sie seien die Personifikation einer neuen Weiblichkeit, die, von den Restriktionen des Krieges befreit, wieder den Mut hat, jung zu sein und weich und schlicht. »*La Vie Naturelle*« werde ich dieses Modell nennen, und glauben Sie mir, Verity, es ist ein *succès énorme*.« Unvermittelt wandte sie sich den anderen Mädchen zu. »Und warum könnt ihr nicht wie Verity gehen, he? Gerade Sie, Minerve, wirkten neben ihr wie eine Marionette. Wir sind am Sonntag bei der Countess von Wensleyshire eingeladen, um unsere Show noch einmal vorzuführen, und ich will, daß ihr euch bis dahin genauso bewegt wie Verity!«

Minverve schleuderte ihre Perlenschnüre zu Boden und stampfte wütend auf. »Niemals!« schrillte sie. »Ich laß mir doch von dieser kleinen Aufsteigerin keinen Unterricht geben!«

»Wenn das so ist«, sagte Madame eisig, »dann werden Sie sich wohl anderweitig nach einem Job umsehen müssen. *Au revoir!*«

Minerve zuckte mit den Achseln. »Ich habe diese Show ohnehin nur noch aus reiner Gefälligkeit mitgemacht«, sagte sie hochnäsig, »denn der Duke hat um meine Hand angehalten, und wir werden demnächst heiraten.«

»Glückwunsch!« rief Madame ihr nach, als sie hinausrauschte. Angesichts Missies erschrockener Miene brach Madame in helles Lachen aus. »Keine Sorge«, schmunzelte sie. »Es gibt tausend Minerves, aber nur eine Verity. Heute waren Sie *ravissante,* am Sonntag werden sie dann überwältigend sein, und ganz New York wird Ihnen zu Füßen liegen — zu Ihren Füßen mit den hübschen, kleinen Satinschleifen.«

25

Azaylee saß am Bettrand und schaute Missie zu, wie sie sich für die Arbeit zurechtmachte. Azaylees blondes Haar war zu einem straffen Zopf geflochten, ihre samtbraunen Augen waren traurig. Die Arme hatte sie liebevoll um den Nacken des neben ihr auf dem Bett liegenden Viktor geschlungen. Missie hatte es schon vor langem aufgegeben, sich über Viktors Manieren zu beklagen.

»Was für ein Bild!« lachte Missie.

»Wir wollten heute mit Viktor einen Spaziergang machen«, erinnerte sie Azaylee betrübt, »und jetzt mußt du schon wieder weggehen.«

Missie biß sich auf die Lippen. Azaylee hatte recht. Die letzten Tage war sie so beschäftigt gewesen, daß sie kaum Zeit für Azaylee, geschweige denn für den armen, alten Viktor gehabt hatte. »Wir werden es ganz bestimmt bald nachholen«, tröstete sie Azaylee. »Ich weiß, heute ist Sonntag, aber das ist eine Ausnahme.« Ihr wäre es auch lieber gewesen, wenn Madame einen anderen Tag für ihre Show bestimmt hätte, doch was sollte sie machen? »Hör zu, Kleines«, sagte sie betont fröhlich, »was würdest du davon halten, wenn wir demnächst in eine neue Wohnung ziehen würden, vielleicht in der Nähe des Parks, damit wir Viktor ausführen können, und mit einem hübschen Zimmer voller Spielsachen ganz für dich allein? Und wie würde es dir gefallen, mit anderen Mädchen deines Alters in eine Schule zu gehen, in der es Pflicht ist, eine ganz bestimmte Kleidung zu tragen, eine sogenannte Schuluniform, damit man auf einen Blick erkennt, zu welcher Schule du gehörst . . .?«

»Ich gehöre hierher!« fiel ihr Azaylee ins Wort. »Ich will bei Rosa und meinen Freunden bleiben!«

Bekümmert setzte sich Missie neben sie aufs Bett. »Ich will Rosa auch nicht verlassen, *Milochka*«, sagte sie leise, »aber wir würden sie ja bestimmt weiterhin sehen. Sie könnten uns besuchen kommen, vielleicht sogar bei uns übernachten. Stell dir vor, was für ein Spaß das wäre!«

»Ich hab' hier genug Spaß!« entgegnete Azaylee trotzig; sie umklammerte Viktor noch fester und vergrub ihr Gesicht in seinem struppigen Fell. »Ich will nicht fort!«

Schweigend strich Missie ihr über das Haar. Sie spürte, wie Azaylees kleiner Körper unter hartem Schluchzen erbebte, und ihr war bewußt, daß sie nicht nur über die bevorstehende Veränderung weinte, sondern vor allem über die für sie damit verbundene Unsicherheit. Als sie damals Varischnya verlassen hatte, hatte sie ihren Vater, ihre Mutter und ihren Bruder verloren; von ihrer geliebten Großmutter, Sofia, hatte sie am Friedhof Abschied nehmen müssen, einen Abschied für immer. Bisher hatte für sie jeder Ortswechsel auch den Verlust geliebter Menschen bedeutet.

Als sie später Azaylee bei Rosa ablieferte, sagte Rosa: »Viel Glück mit der Show! Es ist ein Märchen, Missie, ein wahr gewordenes Märchen! Vielleicht wirst du schon heute deinem Millionär begegnen!«

Missie bezweifelte das, und abgesehen davon interessierte sie sich im Moment nicht im geringsten für Millionäre; sie wollte nichts weiter als genügend Geld verdienen, um sich und Azaylee ein angemessenes Leben zu ermöglichen.

Die Woche nach der Modenschau war wie im Flug vergangen. Sie waren zu Privatvorführungen in einige der bedeutendsten Häuser New Yorks gebeten worden, damit die verehrten Kundinnen ganz in Ruhe auswählen konnten. Doch es war nur Verity und *ihr* neuer Stil, wonach man verlangte. Und obgleich Miranda und Minette ihre gezierten Posen aufgegeben hatten und sich nun ebenfalls natürlicher bewegten, mangelte es ihnen doch an dem gewissen Etwas, das Missie auszustrahlen vermochte. Zahllose Bestellungen für das violette Kleid waren ins Haus geflattert, und in der

Gegend um New York waren bereits leicht abgewandelte Kopien gesehen worden. Der absolute Renner waren freilich die neuen Schuhe. Missie hatte den Großteil der Woche damit verbracht, für eine Reihe neuer Kleider, die Madame in Windeseile für sie entworfen hatte und die ihr von den Schneiderinnen praktisch an den Leib genäht wurden, Modell zu stehen. Heute sollten sie in der herrschaftlichen Villa der Countess von Wensleyshire als Höhepunkt der jährlichen Frühlingsparty auftreten.

Vor dem Modeatelier in der Park Avenue standen sechs Delahaye-Limousinen bereit, um sie nach Long Island zu bringen. Madame reiste allein mit ihrem Chauffeuer in der ersten Limousine wie eine Königin, während sich Missie mit Miranda und Minette, die beide nicht mit ihr sprachen, einen Wagen teilen mußte. So märchenhaft, wie Rosa meint, ist das Ganze auch wieder nicht, dachte sie seufzend. Aber dafür bekam sie immerhin vierzig Dollar die Woche und darüber hinaus auch noch schöne Kleidung, da Madame ihre Mannequins als lebendes Aushängeschild für ihre Modelle sehen wollte. »Aber ich gehe doch nirgendwo hin!« hatte Missie eingewandt.

»*Incroyable!* Eine junge Frau wie Sie!« hatte Madame entsetzt ausgerufen. »*Tiens*, dann fangen Sie eben jetzt damit an!«

Die restlichen vier Limousinen beförderten die Kleiderkisten sowie die Anziehhilfen und den Haarstilist. Die kleine Prozession schlängelte sich durch die sonntäglich verschlafene Landschaft von Long Island, bis sie schließlich vor einem Paar riesiger, schmiedeeiserner Tore, die von großen Greifvogel-Skulpturen gekrönt waren, zum Halten kam. Nachdem ihnen der Pförtner das Tor geöffnet hatte, fuhren sie über eine lange Kiesallee, die vor einem prächtigen, weißen Haus endete. Schön gekleidete Menschen flanierten über die Wiese, auf der mit Silber und Damast gedeckte Tische standen, und ein paar junge, weißgekleidete Männer spielten Tennis. Auf der langen Terrasse, umrahmt von Kübeln mit leuchtenden Frühsommerblumen, die in den berühmten Treibhäusern der Countess für diese

Gelegenheit angepflanzt worden waren, spielte eine Musikgruppe.

Missie fühlte sich mit einem Mal wieder in die Zeit von Anouschkas rauschenden Bällen zurückversetzt — das prachtvolle Haus, die jungen Leute, die lachend über die Wiese spazierten, die unbeschwerten Spiele, die Musik ...

»Kommen Sie, Verity!« riß Madame sie jäh aus ihren Gedanken. »Die Countess erwartet uns.«

Imogen, Countess von Wensleyshire, war eine hochgewachsene, schöne, maßlos verwöhnte Frau in den Dreißigern. Der Earl war ihr dritter Ehemann gewesen, ein älterer Herr, der sie vergöttert hatte und passenderweise nach drei Jahren, just, als sie sich mit ihm zu langweilen begonnen hatte, verstorben war. Jetzt unterhielt sie eine herrschaftliche Villa in Yorkshire, Stadthäuser in London und Paris sowie ein Penthaus in Manhattan und reiste, nun, da der Krieg zu Ende war, auf ihrer luxuriösen Yacht, die in Monte Carlo vertäut lag, um die ganze Welt. Die meiste Zeit verbrachte sie damit, Partys zu veranstalten und nach dem nächsten Ehemann Ausschau zu halten.

Neugierig musterte sie Missie, als sie ihr die Hand reichte. »Ah, jetzt lerne ich endlich die Ursache für den ganzen Wirbel kennen«, sagte sie. »Kein Mann, der diese Woche nicht über Verity geredet hätte. Ich habe Elises Modenschau ja nicht gesehen, doch ihr Ruf ist Ihnen vorausgeeilt.«

»Ich bin nur das Mannequin«, sagte Missie rasch. »Madames Kleider sind die Attraktion, nicht ich.«

Die Augen der Countess verengten sich. »Für die Frauen vielleicht, aber für die Männer ...« Sie lachte und ließ das Ende ihres Satzes in der Luft schweben.

»Elise, *darling*!« wandte sie sich darauf an Elise, »lassen Sie uns zusammen einen Tee trinken, ehe ich Ihnen den Ballraum zeige, wo die Vorführung stattfinden soll.«

Der Ballraum war wie eine Wedgewood-Vase in Blau- und Cremetönen gehalten und verfügte über eine kleine Bühne. Diesmal kümmerte sich Madame selbst um ihre Mannequins, schickte sie der Reihe nach auf die Bühne, von wo sie, zu den schwungvollen Rhythmen eines fünfzehn-

Mann-Orchesters, über die Rampe durch den Saal promenierten.

Als Missie in Madames neuester, extravaganter Kreation, einem kurz geschnittenen, silbern schimmernden Futteralkleid mit darüber liegenden, taubengrauen Chiffonbahnen, auf die Bühne schlenderte, spürte sie, wie sehr sie diese Auftritte genoß. Es war, als verwandle sie sich in Madames Kleidern in einen anderen Menschen. Sie spürte die Macht, die sie über die Zuschauer hatte, eine geradezu hypnotische Macht. Sie schaute in ihr Publikum, dirigierte es wie ein Puppenspieler mit ihren Augen, schritt mit arrogantem Kopfschwung die Rampe hinunter und schlenderte dann geschmeidig durch die Stuhlreihen. Sie blieb da und dort stehen, um ein geheimnisvolles Lächeln in die Runde zu werfen oder anmutig einen Arm auszustrecken, an dem die Chiffonbahnen wie spinnwebenzarte Elfenflügel flatterten. Und natürlich achtete sie darauf, daß jeder die silbernen Schuhe mit den grauen Satinbändern an den Knöcheln sehen konnte. Während dieser Vorführung wurden ihr erstmals auch die interessierten Blicke der Männer bewußt, und die bereiteten ihr Unbehagen.

Der abschließende Applaus war überwältigend. Jeder wollte die berühmte Elise und ihre schönen Mannequins kennenlernen, und Verity fand sich bald als umschwärmter Mittelpunkt einer Gruppe junger Männer wieder. Der Nachmittag ging in eine Party über; Korken knallten, und man prostete sich lachend mit illegalem Champagner zu. Das Orchester wurde von einer Jazzband in gestreiften Blazern abgelöst, zu deren Ragtime-Rhythmen die Tänzer ausgelassen über den Boden des Ballsaales wirbelten. Plötzlich überkam Missie ein Gefühl tiefer Niedergeschlagenheit, so als sei sie aus luftigen Wolken wieder in die Realität gestürzt. Sie erinnerte sich daran, daß sie in Wirkichkeit Missie O'Byran aus der Rivington Street war, eine Frau voller Sorgen und Nöte. Sie gehörte nicht in dieses luxuriöse Haus mit all den reichen, eleganten Menschen. Unauffällig zog sie sich zurück und trat auf die Terrasse hinaus. Während sie dann langsam durch den wunderschönen Garten spazierte, sog sie tief den Duft von Maiglöckchen und Jasmin in sich ein und dachte an Varischnya.

Auf einer Steinbank mit Blick über den grauen Sund von Long Island nahm sie Platz und stellte sich vor, wie wunderbar es wäre, mit Azaylee in solch einem Haus zu wohnen und ihr einen ihrer Herkunft gemäßen Lebensstandard zu bieten.

»Guten Abend.« Ein großer, gut gekleideter Mann mittleren Alters lächelte sie freundlich an. »Genießen Sie die frische Luft? Oder träumen Sie einfach vor sich hin?«

»Sowohl als auch«, lächelte Missie zurück. Er hatte intelligente Augen und aristokratische Züge.

Er fächelte sich mit dem Hut Luft zu, zog dann sein Jackett aus und wischte sich das Gesicht mit einem blauen Taschentuch ab. »Gestatten Sie?« sagte er. »Ich mag die Hitze nicht. Schlecht fürs Geschäft.«

Er setzte sich neben sie auf die Bank und lauschte mit geschlossenen Augen dem Plätschern des Springbrunnens. »Sie sind ein außerordentlich hübsches Mädchen, Miss . . .?«

Missie errötete. Wollte er etwa einen Annäherungsversuch machen? Ängstlich blickte sie sich nach einem Fluchtweg um.

»Ein schönes Kleid tragen Sie da«, fügte er hinzu, sie von oben bis unten musternd. »Ist das eines von Elises?«

Sie nickte und rückte ein Stück von ihm ab, worauf er in schallendes Gelächter ausbrach. »Entschuldigen Sie, ich wollte Sie nicht erschrecken, aber ich sage es immer frei heraus, wenn mir ein Mädchen gefällt. Das ist nämlich mein Geschäft, verstehen Sie?« Er streckte ihr die Hand entgegen. »Ich heiße Ziegfeld, Flo Ziegfeld. Ich muß Ihnen gestehen, Miss . . .«

»Verity«, warf sie rasch ein. »Verity Byron.«

»Richtig, Verity, das war's . . . nun, ich muß Ihnen gestehen, Miss Verity, daß mich diese Woche mein Talentsucher angerufen und mir geraten hat, ich solle Sie schleunigst in Augenschein nehmen. Sie seien die bestaussehende Dame der Stadt, sagte er, und er sagte, Sie bräuchten nur über die

Bühne zu spazieren, und schon seien alle Männer in Ihrem Bann.« Er schaute sie offen an. »Aber er hat mir nicht erzählt, daß Sie das Gesicht einer Madonna haben und eine Stimme wie eine sanfte Brise.« Ihre Blicke trafen sich, und er fügte barsch hinzu: »Und daß Sie eine Dame sind.«

Sie errötete, murmelte ein »Danke«, glättete verlegen ihren rotweiß-geblümten Voilerock und fragte sich, worüber, um Himmels willen, er bloß redete. »Ich habe Ihre Shows noch nie gesehen, Mr. Ziegfeld, aber sie sollen wundervoll sein. Das sagt jeder.«

»Natürlich! Das entspricht ja auch der Wahrheit!« erwiderte er scharf. »Meine Follies, meine Revuen, sind die besten der Welt — Paris eingeschlossen. Obendrein mit den schönsten Mädchen der Welt. Und genau das ist der Grund, weshalb ich mit Ihnen reden muß. Zur Zeit sind Sie das Stadtgespräch von New York, Miss Verity, und Flo Ziegfeld ist dafür bekannt, immer das Neueste und Beste zu bringen. Was würden Sie davon halten, eines meiner Revuegirls zu werden?« Er grinste sie breit an, paffte zufrieden seine Zigarre und wartete siegessicher auf ihre Zusage.

»Ein Revuegirl?« Missie fielen fast die Augen aus dem Kopf. Sollte sie das nun als Scherz ansehen und darüber lachen oder als Beleidigung und darüber weinen? »Aber ich bin nur ein Mannequin, ich kann weder tanzen noch singen . . . und außerdem, äh, ich meine . . . sind Revuegirls nicht . . .« Mit hochroten Wangen brach sie ab und rang nervös die Hände ». . . spärlich bekleidet?« stieß sie dann im Flüsterton hervor.

»Sie meinen, halb nackt?« Ziegfeld schüttelte den Kopf. »Meine Mädchen bewegen sich immer im Rahmen des Gesetzes, Miß Verity. Unsere Parole ist der gute Geschmack. Sicher, sie zeigen ihre Beine, aber auf meiner Bühne ist kein nacktes Fleisch zu sehen, nicht viel zumindest. Trikots, Fächer, hautfarbene Chiffonstoffe und da und dort ein wenig Zierat sorgen für die notwendige Sittsamkeit. Es ist alles recht anständig, wenngleich ich freilich für die Gedanken der Männer nicht garantieren kann!« Wieder lachte er herzhaft und fuhr dann fort: »Bei meinen Shows geht es einzig und allein um Schönheit, Extravaganz und Glamour. Um gute Songs und eindrucksvolle Effekte. Und das kostet eine Stange Geld. Geld für die traumhaften Bühnenbilder, die prachtvollen Vorhänge und die berückenden Kostüme — die zum Großteil von Madame Elise aus Federn, Fellen und Glitzerstoffen entworfen werden. Ich bitte Sie nicht, eine Tänzerin zu werden, Miss Verity, ich bitte Sie nur darum, die Follies mit Ihrer Anwesenheit zu schmücken. Sie brauchen nichts weiter zu tun, als mit ein paar anderen hübschen Mädchen über die Bühne zu spazieren und schön zu sein.«

Er wischte sich abermals über das Gesicht und strahlte sie entwaffnend an. »Ich zahle Ihnen hundert Dollar die Woche.«

»Hundert Dollar!« stieß sie fassungslos hervor.

»Oh, na gut, dann eben hundertfünfzig«, sagte er hastig, »mit einer Erhöhung nach drei Monaten.«

Missie fehlten die Worte; sie konnte ihn nur groß anstarren.

»Ich werde mit Elise darüber reden«, fuhr er selbstbewußt fort. »Sie wird sicher nicht erpicht darauf sein, ihr neues Starmannequin so bald schon wieder zu verlieren, aber ich werde sie schon überreden können. Sie soll Ihre gesamte Garderobe für meine Show entwerfen. So wird sie einen phantastischen Umsatz machen. Oh ja, Elise wird Ihnen Kleider entwerfen, die Sie wie ein Gespinst aus Mondstrahlen umhüllen werden. Und wir werden Sie mit Diamanten behängen, Diamanten von Cartier. Denn für Verity Byron, Ziegfelds neuesten und glitzerndsten Star, ist das Beste gerade gut genug.«

Er tätschelte väterlich ihre Schulter. »Eines kann ich Ihnen ganz sicher garantieren, Miss Verity, und das ist Erfolg.« Augenzwinkernd fügte er hinzu: »Und natürlich die hundertfünfzig Mäuse, pünktlich jeden Samstag bar auf die Hand!«

Missie zitterte. Die Sonne war untergegangen, und es wurde langsam dunkel. »Ich . . . ich weiß nicht, was ich sagen soll«, murmelte sie verwirrt. »Das geht alles so schnell. Ich meine, vor ein paar Wochen hatte ich noch nicht einmal einen Job!«

»New York meint es eben gut mit Ihnen!« Grinsend bot er ihr den Arm, und sie spazierten langsam zum Haus zurück. »Machen Sie sich keine Sorgen«, sagte er. »Ich werde alles mit Elise besprechen.«

»Mr. Ziegfeld«, stieß sie plötzlich hervor, sich verzweifelt an seinen Arm klammernd, »ich habe Angst!«

Verblüfft stellte er fest, daß sie den Tränen nahe war. »Da ist nichts, wovor Sie Angst haben müßten«, sagte er freundlich. »Sie werden das gleiche wie bisher machen, nur das Publikum ist größer, das ist alles. Sie werden Ihre Arbeit lieben! Das tun alle meine Mädchen. Bei Ziegfeld sind wir eine große, glückliche Familie. Ich werde ein Auge auf Sie haben, Ihnen all die Schmalspur-Casanovas persönlich vom Hals halten und darauf achten, daß Sie nur mit den besten ausgehen. Okay? Ich werde jetzt gleich mit Elise sprechen. Sie hören von mir, Miss Verity.«

Missie schaute ihm nach, als er die Treppen hinaufeilte. Hatte sie tatsächlich zugestimmt, ein Ziegfeld-Revuegirl zu werden, oder hatte er das nur stillschweigend angenommen? Sie schloß die Augen, versuchte sich vorzustellen, wie sie in zarten Mondstrahlgewändern und mit Diamanten behängt über eine riesige Bühne schritt und verliebte Romeos abwimmelte. Nein, wie hatte sie nur je daran denken können! Doch dann fielen ihr die hundertfünfzig Dollar ein, »pünktlich jeden Samstag«, und sie wußte, sie würde einwilligen.

Wieder erzitterte sie. Inzwischen war es dunkel geworden. Die trügerische Wärme des Vorfrühlingstages war verschwunden, und der März zeigte wieder sein rauhes, windzerfurchtes Gesicht. Sie hatte ihre arrogante Mannequin-Pose verloren. Sie war nur noch Missie, die sich davor scheute, in den Trubel der Party zurückzugehen.

Mit knirschenden Reifen hielt ein langer, gelber Wagen vor der Kieseinfahrt, aus dem ein Mann heraussprang und mit langen Schritten an Missie vorbei die Treppen hinaufrannte. Jählings verstummten seine Schritte, und dann hörte sie ihn wieder zurückgehen. Auf selber Höhe mit ihr blieb er stehen, und sie roch den Rauch seiner Zigarre.

»Herr im Himmel!« drang O'Haras erstaunte Stimme an ihr Ohr. »Sind Sie das wirklich?«

Sie wirbelte herum und starrte ihn ungläubig an. Kein Zweifel, es war O'Hara, wenn auch ziemlich verändert. Sein ehedem lockiges, rotes Haar war mit Pomade glatt zurückgestrichen, er trug einen schicken grauen Anzug, Lacklederschuhe, eine breite, graue Seidenkrawatte mit einer großen Perlennadel, und er rauchte eine sehr lange Zigarre.

Freudig packte er ihre Hand und quetschte sie in der seinen. »Da opfere ich meinen Sonntagabend, um eine Lieferung zu machen, und was ist der Lohn? Missie O'Bryan, das Mädel meiner Träume!« Er lachte dröhnend. »Es zahlt sich also doch aus, ein Mann von Wort zu sein! Denn O'Haras Motto lautet: Lieferung rund um die Uhr, und damit bin ich, weiß Gott, gut gefahren, Missie! Ich habe mich nicht gemeldet, weil ich Ihnen erst wieder als erfolgreicher Mann unter die Augen treten wollte, aber jetzt kommt mir das Schicksal zu Hilfe — Sie sehen einen erfolgreichen Mann vor sich, Missie! O'Hara liefert Alkohol an die Snobs und Adeligen, die noch nie von der Delancey Street gehört haben.«

Er unterbrach seinen Monolog und schaute sie neugierig an. »Aber Sie haben sich auch fein rausgemacht! In dieser eleganten Aufmachung sind Sie eine wahre Augenweide!« Unvermittelt versteifte er sich und fuhr mit argwöhnischem Ton fort: »Obwohl ich nicht verstehe, woher ein Mädchen wie Sie das notwendige Geld dafür haben soll! Und wie Sie auf die Party der Countess gekommen sind!«

»Ich hab' einen Job«, erklärte sie und berichtete ihm eifrig ihre Geschichte. Doch dann hielt sie verwirrt inne, denn O'Hara starrte mit bekümmerter Miene auf seine glänzenden schwarzen Lackschuhe. Verwundert fragte sie ihn, was los sei.

»Das ist nichts für Sie, Missie«, grollte er. »Sie kennen diese Leute nicht. Ich könnte Ihnen Geschichten erzählen, die ich in noch luxuriöseren Häusern als diesem hier erlebt habe, Geschichten, die Ihnen die Haare zu Berge stehen lassen! In der einen Woche sind sie ganz begeistert von jemandem, in der nächsten Woche lassen sie ihn fallen wie eine heiße Kartoffel! Und wenn ich mir vorstelle, daß Sie, meine Traumfrau, mein kleines Mädel, sich vor denen zur Schau stellen, um . . .«

»Zur Schau stellen?« rief sie empört. »Was wollen Sie damit sagen, O'Hara? Ich führe absolut ehrbare Kleider für absolut ehrbare Damen vor!« Energisch verdrängte sie die Erinnerung an die lüsternen Männerblicke, um schroff hinzuzufügen: »Und wer sind Sie, um über Moral zu reden? Ist es denn moralisch, illegal Alkohol zu verkaufen? Mein Job ist wenigstens ehrlich.«

O'Haras Gesicht wurde rot vor Ärger, und er biß so fest auf seine Zigarre, daß sie in zwei Hälften zerbrach. Zornig schleuderte er sie zu Boden, nur um gleich darauf in brüllendes Gelächter auszubrechen. »Himmel, Sie haben ja recht! Wenn auch bei uns in Irland der Verkauf von Alkohol nicht illegal ist. Was soll daran auch verwerflich sein? Wenn ich den Menschen gebe, was sie wollen, bereite ich ihnen doch Freude.«

»Genau das tue ich auch!« entgegnete sie, erbost mit dem Fuß aufstampfend.

»Haben Sie dieses Temperament zusammen mit dem neuen Job erworben?« fragte er unschuldig und ergriff, als sie sich auf ihn stürzen wollte, lachend ihre Hand. »Tut mir leid, Missie, ehrlich! Ich wollte keinesfalls andeuten, daß sie kein ehrbares Mädchen sind. Natürlich sind Sie das, aber ich wüßte sie lieber bei mir zu Hause, in New Jersey, als hier, vor dieser Meute.«

Überrascht stellte sie fest, daß sie trotz ihrer Verärgerung froh war, O'Haras vertrautes Gesicht wiederzusehen. Inmitten dieser schillernden New Yorker Schickeria schien er ihr wie ein Fels in der Bandung. »Ich freue mich wirklich, Sie zu sehen, O'Hara«, flüsterte sie, seine Hände fest drückend.

Glücklich strahlte er sie an. »Dann schnappen Sie Ihren Hut, Missie O'Bryan, denn ich werde Sie jetzt in das beste Restaurant von Long Island führen!«

Aufgeregt rannte Missie zu Madame Elise und sagte ihr, daß sie mit einem alten Freund zum Abendessen gehen wolle.

»Einem alten Freund?« fragte Madame mit skeptischem Lächeln. »Oder einer neuen Eroberung? Na schön, gehen Sie nur! Morgen werden wir uns dann über das neue »Arrangement« mit Ziegfeld unterhalten.«

Missie hatte die Sache mit Ziegfeld schon völlig vergessen, doch während sie zu O'Hara zurückeilte, entschied sie, ihm nichts davon zu erzählen. Irgendwie wußte sie, daß er sie nicht verstehen würde. Zumindest jetzt noch nicht.

Das Restaurant lag wie jenes, in das er sie damals ausgeführt hatte, etwas abseits der Straße hinter ein paar Bäumen. Auf dem Parkplatz standen Dutzende von Autos, doch aus den Fenstern des Hauses drang kein Licht. Nur über der Eingangstür baumelte eine Gaslampe, die das Schild mit der Aufschrift »Oriconnès« beleuchtete.

»Sind Sie sicher, daß offen ist?« fragte sie nervös, als er einen kleinen Messingdeckel beiseite schob und auf die Klingel drückte.

»Klar, es ist ein privates Lokal. Man muß Mitglied sein, sonst lassen sie einen nicht hinein. Unbekannte Gesichter haben keine Chance.«

»Aber warum?« fragte sie verwundert.

»Es ist eine »Flüsterkneipe«. Das heißt, sie verkaufen Alkohol — O'Haras Alkohol«, fügte er stolz hinzu. »Die Fenster und Türen sind verrammelt, damit sie das Zeug verstecken können, falls die Polizei auftaucht. Aber bei dem Schmiergeld, das die Oriconne-Brüder zahlen, kommt sie sowieso nicht.«

Plötzlich öffnete sich ein winziges, vergittertes Türfenster, hinter dem ein Gesicht auftauchte. Die schweren Riegel wurden zurückgeschoben, O'Hara schob Missie in einen winzigen Vorraum und dann durch eine weitere, dick mit Leder gepolsterte Tür. Eine Woge von Lärm und Licht schlug ihnen entgegen. Der lange, kahle Raum quoll von Menschen schier über, die sich in vollster Lautstärke unterhielten, um gegen die ohrenbetäubende Musik der Jazz-Band anzukommen. Auf dem runden, verspiegelten Tanzboden am hinteren Ende tanzten einige Paare, die sich lauthals unterhielten und wild lachten.

»Sehen Sie nur, wieviel Spaß die alle haben!« brüllte ihr O'Hara ins Ohr. »Und das haben sie allein meiner Wenigkeit zu verdanken!«

»Aber auf den Tischen stehen nur Teetassen«, wandte sie überrascht ein.

»Ja, ja, aber mit O'Haras Spezialtee!« schrie er, während sie von einem Ober an einen Tisch geführt wurden.

»Darf ich Ihnen etwas bringen, Sir?« fragte der Ober lächelnd.

O'Hara wandte sich Missie zu: »Bei unserer letzten Verabredung hatten wir Champagner, warum sollen wir das nicht zu einer Gewohnheit werden lassen?«

»Ja, warum nicht?« entgegnete sie übermütig. Das Leben meinte es heute gut mit ihr, und außerdem hatte sie wirklich einen Grund zum Feiern. Sie würde ein Ziegfeld-Girl werden und hundertfünfzig Dollar die Woche verdienen. Sie redete sich zwar ein, es nur für Azaylee zu tun, doch insgeheim genoß sie die Vorstellung, Ziegfelds neuer Star zu werden, und es würde ihr, weiß Gott, nicht leid tun, der Rivington Street mit ihrer bedrückenden Armut für immer den Rücken zu kehren. Es war nur schade wegen Rosa und wegen Zev . . . Zev!

Sie schlug sich auf den Mund. »Oh!« keuchte sie. »Das habe ich völlig vergessen. Ich bin heute um acht mit Zev Abramski verabredet!«

»Zev Abramski?« wiederholte O'Hara verblüfft, und als sie ihm von ihren sonntäglichen Verabredungen in dem ukrainischen Lokal erzählte, runzelte er unwillig die Stirn.

»Wir essen nur zusammen, nichts weiter«, erklärte sie rasch. »Ich meine, es ist nicht so wie hier . . . wenn wir beide uns treffen. Er ist . . . na ja, er ist eben Zev Abramski«, schloß sie lahm.

»Und was verbindet Sie beide dann?« fragte er eifersüchtig. »Schulden Sie ihm etwa Geld und müssen als eine Art Abbezahlung dafür mit ihm ausgehen?«

Mit zornsprühenden Augen beugte sich Missie über den Tisch hinweg zu ihm. »Wie können Sie es wagen, Shamus O'Hara!« zischte sie. »Zev Abramski ist ein guter und aufrechter Mann, und außerdem haben wir mehr gemein, als Sie glauben!«

Sie lehnte sich wieder zurück und dachte betrübt an Zev, der jetzt sicher in dem Lokal auf sie wartete. Sie haßte sich für ihre Vergeßlichkeit. Morgen werde ich ihm alles erklären und mich mit ihm für nächste Woche verabreden, gelobte sie sich; ich werde es nicht wieder vergessen. Der Anblick O'Haras, der ihr gegenüber saß und düster vor sich hinbrütete, brachte sie zum Lachen.

»Wann immer wir uns sehen, streiten wir uns«, grinste sie. »Das muß an Ihrem irischen Temperament liegen!«

»Mit meinem irischen Temperament hat das nichts zu tun, sondern mit Ihrer verdammten Dickköpfigkeit«, knurrte er und schlug mit der Faust so hart auf den Tisch, daß die Tassen tanzten. »Ich wette, Sie wollen mich nur aus reiner Sturheit nicht heiraten!«

»Und ich wette, wenn wir verheiratet wären, würden wir jeden Tag streiten«, neckte sie ihn. »Sie würden die Dinge auf Ihre Weise sehen und ich auf meine. Sie würden mich vermutlich in Ihrem hübschen Haus einsperren und erwarten, daß ich koche, putze und viele, viele Babys bekomme, genauso, wie es in der alten Heimat üblich war.«

Er ging auf ihren scherzhaften Ton nicht ein, sondern starrte sie entgeistert an. »Missie, das würde ich nie tun! Auch wenn ich illegalen Schnaps verkaufe, bin ich dennoch ein Mann mit Prinzipien und würde meine Frau nie so behandeln!«

Sie stieß einen übertriebenen Seufzer aus. »Wie schade, daß Sie keine Chance haben, das zu beweisen.«

Grummelnd schenkte O'Hara Champagner nach. »Dann geben Sie mir eine Chance, Missie, bitte! Es ist schon eigenartig: In den wenigen Monaten, die wir uns nicht gesehen haben, sind Sie ein völlig anderes Mädchen geworden.«

»Bin ich das?« fragte sie verwundert.

»Das sind Sie, Missie«, sagte er feierlich, »aber ich will Sie nach wie vor zur Frau.«

»Fragen Sie mich in einem Jahr noch einmal«, stieß sie impulsiv hervor, »dann werde ich Ihnen antworten.«

Er drückte ihre Hand. »Ein Jahr?«

»Ein Jahr«, versprach sie.

Ein glückliches Lächeln erschien auf seinem Gesicht. »Das wird das längste Jahr meines Lebens werden.«

»Oh nein«, seufzte sie verträumt, »diesmal wird es nicht lang sein.« Denn für sie barg dieses Jahr so viel Neues, daß es sicher wie im Flug vorbeirauschen würde.

26

Um zwölf Uhr am nächsten Morgen begleitete Madame Elise Missie in das New Amsterdam Theater. Der dunkle Zuschauerraum mit den golden glimmenden Logenplätzen wirkte geheimnisvoll und verzaubert; der eiserne Vorhang war mit Dutzenden farbenfroher Werbeplakate für Pomade, Arzneimittelchen, Notenblätter, Warenhäuser und Grammophonplatten übersät; Putzfrauen eilten geschäftig umher, beseitigten mit ihren Besen die Spuren der vergangenen Show, polierten die Messingaschenbecher und bürsteten die roten Plüschsitze. Die Szenerie erweckte in Missie Kindheitserinnerungen an Pantomimevorstellungen in Oxford, an Ballettausflüge nach London, und seufzend fragte sie sich, was wohl Professor Marcus Octavius Byron davon halten würde, daß seine Tochter sich um eine Anstellung als Revuegirl bei Ziegfeld bewarb. Aber sie brauchte nun mal Geld, und die hundertfünfzig Dollar die Woche waren stärker als alle Skrupel. War es letztlich nicht der gleiche Job wie der als Mannequin, nur eben besser bezahlt? Und obendrein auch noch spaßiger? Ach, Spaß! Krampfhaft versuchte sie sich zu erinnern, wann sie das letzte Mal Spaß gehabt hatte. Jedenfalls nicht, seit sie sich in schweren finanziellen Nöten befand.

»*Vite*, schnell!« drängte Madame, als Mr. Ziegfelds Sekretärin die Tür aufhielt und Missie dabei neugierig betrachtete.

»Miss Verity!« Liebenswürdig lächelnd eilte Ziegfeld auf sie zu. »Wie schön, Sie zu sehen! Haben Sie schon einen

Blick in die *Times* geworfen?« Er reichte ihr die Zeitung und deutete auf einen viertelseitigen Artikel, der Madame Elises Frühjahrs-Modenshow gewidmet war, und da stand tatsächlich auch ihr, Missies, Name:

»Der Auftritt von Elises neuem Mannequin, Verity, war sensationell. Wie die Königin der Nacht erschien sie in einem fließenden, violetten, mit Silberperlen bestickten Chiffongebilde und den aufsehenerregendsten silbernen Schühchen, deren violette Satinbänder sich auf das Hinreißendste um die zarten Knöchel wanden. Laut Elise verkörpert Verity das neue *Vie Naturelle*, und es wird sicher nicht lange dauern, bis jede Frau in New York diesen Stil imitiert, sei es nun ihr wallendes, goldbraunes Haar oder ihren leichten, natürlichen Gang — obgleich Veritys lange, lange Beine, ganz zu schweigen von ihrer Anmut, ihrer Schönheit und ihren betörenden violetten Augen, wohl unnachahmbar bleiben werden. Man munkelt, daß Flo Ziegfeld bereits ein Auge auf sie geworfen hat, und vielleicht können wir einen neuen Ziegfeld-Star erwarten.«

»*Et voilà*, Ziegfeld!« rief Madame triumphierend aus. »Jetzt habe ich Ihnen wieder mal einen neuen Star geschaffen. Zuerst war da meine kleine blonde Maud, die hinterher den Eisenbahnmillionär geheiratet hat, dann die rassige, rothaarige Jaquetta, die Sie an Hollywood verloren haben, und nun — Verity.«

»Die schönste von allen«, bemerkte er lächelnd.

»Nein, ich bin nicht schön, Mr. Ziegfeld«, wandte Missie verlegen ein. »Ich sehe aus wie die meisten anderen Mädchen.«

»*Ahhh*!« Madame seufzte auf und rollte die Augen. »Wie kann dieses Kind nur so eine Närrin sein!« murmelte sie. »Da kommt sie hierher, um sich als Ziegfeld-Revuegirl einen Platz in der Theatergeschichte zu erobern, und erzählt allen Ernstes, sie sei nur ein ganz gewöhnliches Mädchen!«

»Glauben Sie mir, Miss Verity, ich bin in dieser Hinsicht schließlich Experte«, sagte Ziegfeld energisch. »Sie haben eine ganz eigene Schönheit. Nicht auffallend, gebe ich zu, aber auffallende Mädchen habe ich mehr als genug. Ihre

Schönheit hat Klasse, und meiner Erfahrung nach sorgt genau das für volle Kassen.«

»Florenz und ich sind zu einer Übereinkunft gekommen«, warf Madame rasch ein. »Ich werde Sie aus Ihrer Verpflichtung mir gegenüber entlassen und entwerfe dafür alle Kleider für Sie — nicht nur für die Shows, sondern auch für den Alltag.«

»Hey, Moment mal!« protestierte Ziegfeld verblüfft.

»Was? Soll Ihr neuer Star etwa in einem Fünf-Dollar-Mantel über die Fifth Avenue spazieren? Oder bei Rector's in einem Kaufhausfummel zu Abend speisen? Oder billigen Modeschmuck tragen? Na, kommen Sie, Florenz, wo bleibt Ihr Verstand? Nein, ich bestehe darauf, daß sie bei Elise eingekleidet wird und nirgendwo sonst. Das muß in den Vertrag aufgenommen werden. Und die Rechnungen werde ich dann natürlich an Sie schicken!«

»Natürlich«, seufzte Ziegfeld.

»Und sie wird zweihundert Dollar die Woche bekommen, egal ob sie arbeitet oder nicht, plus einer Erhöhung nach drei Monaten.«

Ziegfeld stöhnte. »Da haben Sie eine knallharte Vermittlerin zur Seite«, wandte er sich mit gequältem Lächeln an Missie. »Na gut, Elise, wenn Sie darauf bestehen! Aber bevor ich endgültig ruiniert bin, würde ich die beiden Damen gerne zu Rector's ausführen, um unseren Vertrag gebührend zu feiern.«

Rector's war der protzigste Treffpunkt für die Showprominenz von New York, Flo Ziegfeld der prunksüchtigste Produzent des Broadway, und so waren die beiden füreinander wie geschaffen.

Der plüschige Speisesaal war seine zweite Heimat geworden, und der Chef des Hauses grüßte ihn wie einen geschätzten alten Freund, beugte sich tief über Madame Elises Hand und noch tiefer über Veritys, die Ziegfeld ihm als *den* kommenden neuen Star vorstellte.

»Aber ja!« rief er aus. »Ich habe bereits in der Zeitung über Miss Verity gelesen.«

»Wie alle anderen auch«, flüsterte Ziegfeld, da ihm das

aufgeregte Getuschel, das bei ihrem Erscheinen angehoben hatte, nicht entgangen war.

»Kaviar!« rief er laut. »Wir haben etwas zu feiern.«

»Entschuldigen Sie, Mr. Ziegfeld, Sir.« Aus heiterem Himmel war plötzlich ein junger Mann mit einem Notizblock in der Hand an ihrem Tisch aufgetaucht. »Ich bin Dan James vom *Daily Star*. Natürlich habe ich Madame Elise und Sie sofort erkannt, und bei dieser bezaubernden jungen Dame handelt es sich wohl um Miss Verity? Ihr neues Mannequin, Madame Elise?«

»*Ihr* Ex-Mannequin und *mein* neuer Star!« strahlte Ziegfeld. »Teilen Sie Ihren Lesern das mit, Mr. James, und sagen Sie ihnen, sie sollen selbst kommen und sich ein Urteil über Miss Verity bilden, Sie ist sensationell.«

»Das werde ich bestimmt, Mr. Ziegfeld, Sir, danke!« Er verneigte sich vor Verity und schüttelte ihr die Hand. »Es war mir eine Ehre!«

»Da sehen Sie«, sagte Ziegfeld, mit dem Arm eine weitschweifende Geste durch den Raum vollführend, »die ganzen Jungs hier haben Sie bereits bemerkt. Der da in der Fensternische ist Tim Wells von *Variety*, und ich wette zehn Mäuse, daß er als nächster an unserem Tisch erscheinen wird, obwohl er mit Sally Vine zu Mittag ißt — sie ist ein Shubert Showgirl. An Sie kommt sie freilich nicht heran«, fügte er verächtlich hinzu. »Sie werden ein Star sein, noch ehe Sie diesen Raum wieder verlassen haben, Verity. Morgen wird Ihr Name in allen Zeitungen stehen.«

Sie saß ruhig da, nahm die Szenerie in sich auf und fragte sich, ob es Madame Elises wunderbarem cremefarbenen Kostüm zuzuschreiben war, daß plötzlich alle Welt über ihre außergewöhnliche Schönheit redete. Und so seltsam es auch war: Sie fühlte sich in dem Kostüm *tatsächlich* schön. Als sie ihr Glas mit dem Orangensaft zum Mund führte, spürte sie von allen Seiten neugierige Blicke auf sich ruhen. Genauso würde es auf der Bühne sein, dachte sie verlegen errötend, nur noch schlimmer. Allerdings nicht so intim, da man die Gesichter, die einen aus dem verdunkelten Zuschauerraum anstarrten, nicht sehen konnte.

Sie seufzte vor Wonne, als ihr der Ober das Huhn mit Spargelcremesoße servierte, das Ziegfeld für sie bestellt hatte. Es sah einfach köstlich aus.

»Nehmen Sie das weg, weg damit . . . sofort!« befahl Madame Elise, wild mit den Armen fuchtelnd. »Das Mädchen muß an ihre Figur denken«, fauchte sie Ziegfeld an und bestellte dann beim Ober grünen Salat und ein kleines Rinderfilet, ohne Soße.

»Oh, aber . . .«, protestierte Verity enttäuscht. Als sie arm war, hatte sie notgedrungen hungern müssen, aber man konnte nicht von ihr erwarten, auch jetzt, da sie reich war, zu hungern! »Kann ich es nicht wenigstens für Azaylee mitnehmen?« fragte sie, nur um sogleich blutrot anzulaufen. Jetzt war es heraus! Sie würde ihnen erzählen müssen, wer Azaylee war.

»Azaylee?« fragte Ziegfeld interessiert. »Ist das Ihre Wohngenossin? Wenn sie so schön ist wie Sie, dann schicken Sie sie nur gleich zu mir. Vielleicht können wir für sie auch einen Job finden.«

»Azaylee ist meine . . . sie ist meine kleine Schwester«, sagte sie rasch. »Unsere Eltern sind tot, deshalb kümmere ich mich um sie. Sie ist sehr schön — aber erst fünf Jahre alt.«

Erleichtert fiel sie in das Lachen der anderen mit ein. Durch einen kleinen Satz war Azaylee unversehens von ihrer Tochter zu ihrer Schwester geworden, und mit einem Mal waren all ihre Probleme gelöst. Sie war nicht länger die mißtrauisch beäugte »junge Witwe«, sondern die verantwortungsbewußte ältere Schwester. Ihr war, als fiele ihr mit dem Verlust der leidigen Witwenrolle eine Riesenlast von den Schultern, und sie machte sich voller Appetit über ihren Salat her. Als sie aufbrachen, schob ihr der Ober diskret ein Päckchen zu. Ziegfeld brummte ruppig: »Azaylee darf sicher noch etwas zulegen!«

»Wenn man zarte Stoffe trägt«, belehrte Madame sie auf der Rückfahrt in die Park Avenue, »dann darf man kein Pfund, ja, nicht mal ein Gramm zuviel haben. Ich weiß, daß manche dieser Revuegirls für ihre Kurven berühmt sind, aber sie *schwabbeln*, meine Liebe, und der neue *Vie Naturelle-*Stil gestattet kein Geschwabbel.

Morgen werden wir damit anfangen, für Sie eine neue Garderobe zu entwerfen«, beschloß Madame, ihre Worte mit den für sie typischen weitschweifenden Armbewegungen unterstreichend. »Wir werden Sie von Kopf bis Fuß ausstaffieren. Aber zunächst brauchen Sie eine neue Wohnung, und ich weiß auch schon, welche.«

»Aber, Madame«, wandte Verity ein, »ich kann nicht umziehen, ich habe kein Geld! Ich meine, ich habe nur das, was ich bei Ihnen verdiene.«

»Sie haben wohl vergessen, daß Sie nicht mehr bei mir, sondern bei Ziegfeld beschäftigt sind, und zwar für zweihundert Dollar«, sagte Elise. »Ich kenne da ein nettes kleines Appartement in der Dreiundvierzigsten Straße, nahe genug am Theater, um bequem dorthin zu kommen, und zugleich weit genug entfernt, um Ihnen eine angemessene Privatsphäre zu sichern.« Lächelnd tätschelte sie Veritys Hand. »Sie haben mir ja gar nichts von Ihrer kleinen Schwester erzählt«, sagte sie mit leisem Tadel. »Ich dachte, Sie leben ganz allein in der Lower East Side. Aber jetzt, wo Sie ein Star sind, müssen Sie natürlich Uptown ziehen. Ich werde mit Ziegfeld sprechen, damit er Ihnen das Geld vorschießt. *Mais non*, ich bestehe darauf, daß wir uns diese Wohnung sofort *ansehen!*«

Die Wohnung befand sich, wie Missies Zimmer in der Rivington Street, im vierten Stock, aber damit endete auch jegliche Gemeinsamkeit. Begeistert wanderte Missie umher und freute sich wie ein Kind über jedes Detail. »Oh, was für ein herrliches Wohnzimmer«, rief sie aus, »so voller Licht, oh, und die wunderbaren Möbel! Bequeme Sofas, Glastischchen, weiche Teppiche, ach, sogar Ölgemälde an den Wänden! Oh, im Eßzimmer ist ja ein *Marmor*fußboden . . . und da, zwei Schlafzimmer und Innentoiletten und ein *richtiges* Bad . . . oh, was für eine hübsche Küche . . .«

»Aber nicht zuviel kochen!« mahnte Madame lächelnd. Das arme Mädchen stammte offensichtlich aus sehr unterprivilegierten Schichten, wenn es über eine so bescheidene

Wohnung derart aus dem Häuschen geriet, dachte sie im Stillen.

Missie schlug aufgeregt die Hände an die Brust. »Ich muß sie haben!« rief sie. »Ich *muß!* Sie ist einfach *perfekt!*« Erschrocken hielt sie inne. Sie hatte ja noch gar nicht nach der Miete gefragt. »Wie teuer ist sie denn?« fragte sie angstvoll.

»Fünfundachtzig Dollar die Woche«, antwortete Madame, und Missie machte ein langes Gesicht. »Aber vielleicht können wir sie auf fünfundsiebzig herunterhandeln.«

»Fünfundsiebzig?« Zweifelnd blickte Missie sich um; das war immer noch eine Menge Geld. Armut war ihr zur Gewohnheit geworden. Noch vor ein paar Wochen hatte sie keinen Penny gehabt, und jetzt redete sie über Appartements, die fünfundsiebzig Dollar die Woche kosteten! Aber die Wohnung war einfach bezaubernd und würde für Azaylee und sie endlich Lebensqualität bringen. In der Nähe gab es sicher eine gute Schule für Azaylee, und sie könnte ein Kindermächen einstellen, das sich abends, wenn sie im Theater war, um Azaylee kümmerte. Sie nahm einen tiefen Atemzug, wandte sich Madame zu, die auf ihre Antwort wartete, und sagte entschlossen: »Ich nehme sie!«

Madame nickte zufrieden. »Sie haben eine mutige Entscheidung gefällt«, sagte sie, »ein Beweis, daß Sie an sich glauben! Wenn Flo Ziegfeld sagt, Sie werden ein Star, dann werden Sie auch einer. *Eh bien,* und jetzt wieder zurück ins Atelier! Meine Anwälte werden sich um die Formalitäten mit der Wohnung kümmern.«

Später, am Nachmittag wurde ein großer Geschenkkorb geliefert, der an Verity adressiert war. Darin befanden sich nicht nur köstliche Früchte wie Pfirsiche, Äpfel, Orangen, importierte Feigen und Erdbeeren, sondern auch ein gegrillter Truthahn, ein Hummer, frischer Spargel und eine riesige Konfektschachtel. Verwundert riß Missie den beiliegenden Briefumschlag auf. »Für Azaylee«, las sie, »sie soll es sich schmecken lassen. In Liebe, Onkel Flo.« Sorgfältig in Seidenpapier gewickelt, lag auch noch eine Flasche Champagner im Korb, an der ebenfalls eine Karte hing, »Verity, für

Sie — aus meinem privaten Weinkeller, für Ihre private Feier. Florenz Ziegfeld.«

Überwältigt von so viel Zuwendung brach Missie in Tränen aus. Plötzlich schien die Welt voll von guten Menschen; Menschen, die sich um sie kümmerten, sie mit Güte und liebevoll ausgesuchten Geschenken überschütteten. Sie las die Karte noch einmal und spürte, wie die grauenvollen Erinnerungen an Rußland in den Hintergrund gedrängt wurden und ihre permanente Angst sich auflöste. Sie war nicht länger allein. Wenn so die Welt des Showgeschäfts aussah, dann war sie ihr bereits jetzt rettungslos verfallen.

Als sie für die Heimfahrt ihr elegantes, cremefarbenes Kostüm gegen ihren alten Rock und die Bluse eintauschte, kam sie sich wie Aschenputtel vor. Wegen des schweren Korbes hatte Madame ihren Chauffeur angewiesen, Missie nach Hause zu fahren. Doch aus Scham über ihre baufällige, ärmliche Behausung wehrte sie sein Angebot ab, den Korb nach oben zu tragen, und bat statt dessen Rosa um Hilfe.

»Heute abend gibt es eine Party«, sagte sie zu Rosa und den Kindern, die aufgeregt den zugedeckten Korb betrachteten, dessen Inhalt sie zu gerne erkundet hätten. »Ihr seid alle eingeladen. Meyer auch«, fügte sie mit einem Blick auf Rosa hinzu, »falls er möchte.«

»Meyer ist heute abend in der Gewerkschaft«, sagte Rosa achselzuckend. »Das ist auch besser so.«

»Dann komm mit den Kindern um sieben. Und bring Teller und Gläser mit!« Strahlend fügte Missie hinzu: »Es gibt nämlich etwas zu feiern!«

Sie ergriff Azaylees Hand. »Komm, Schatz, laß uns zu Zev gehen und ihn auch einladen!«

Ausgelassen wie zwei Kinder rannten sie Hand in Hand durch die Straßen und stolperten lachend durch die schäbige Tür in das Pfandhaus.

Zev schaute überrascht von seinen Rechnungsbüchern auf.

»Hallo, Mr. Abramski«, stieß Azaylee, immer noch kichernd, hervor. »Wir wollen Sie zu unserer Party einladen.«

Er warf einen raschen Blick zu Missie hinüber, die glücklich nickte.

»Es ist eine Feier«, sagte sie geheimnisvoll. »Um sieben bei mir.«

»Was feiern wir denn, *Matiuschka*?« fragte Azaylee und zupfte sie am Rock.

»Das erzähle ich dir später«, versprach sie. Plötzlich fiel ihr ein, daß sie sich bei Zev noch gar nicht wegen Sonntag entschuldigt hatte, und sagte zerknirscht: »Tut mir leid wegen Sonntag, Zev. Ich hätte unsere Verabredung gerne eingehalten, aber ich war zu einer Modenschau in Long Island und bin nicht rechtzeitig zurückgekommen. Heute abend wäre ich ohnehin vorbeigekommen, um mich zu entschuldigen. Doch dafür feiern wir jetzt eine Party, das ist noch besser!«

Sie strahlte ihn an, und er erwiderte ihren Blick aus schwarzen, unergründlichen Augen. »Sie sind nicht verpflichtet, mich zu sehen«, sagte er steif. »Ich verstehe es, wenn Sie zu beschäftigt sind.«

»Ach, *Zev*!« Sie schlüpfte mit der Hand durch die kleine Mulde unter dem Gitter, durch die das Geld hin- und hergeschoben wurde, und griff nach seiner Hand. »Sie sollten doch *wissen*, daß mir unsere Verabredungen sehr am Herzen liegen. *Bitte!* Sagen Sie, daß Sie mir verzeihen! Und bitte, kommen Sie zu meiner Feier!«

Den Kopf zur Seite geneigt, sah sie ihn flehentlich an, und er spürte, wie sein Trotz dahinschmolz. Er war an ihrer beider speziellem Tisch gesessen, hatte, unter dem mitfühlenden Blick des Obers, erst die Minuten, dann die Stunden vorbeirinnen sehen, und als es schließlich elf Uhr geworden und sie noch immer nicht erschienen war, hatte er geglaubt, diese Romanze, die nie eine war, sei für immer zu ende. Und nun stand sie plötzlich vor ihm, verzauberte ihn mit ihrem Lächeln, besänftigte ihn mit ihren Augen, und er war wieder glücklich.

»Ich nehme die Einladung an«, sagte er.

Missie stieß einen erleichterten Seufzer aus. »Dann ist alles klar!« jubelte sie, schnappte Azaylees Hand und sauste, begleitet von dem aufgeregt bellenden Viktor, zur Tür. »Bis um sieben!« rief sie ihm zu, ehe die Tür hinter ihr zufiel.

Zev schloß seinen Laden an diesem Abend schon früher.

Mit akribischer Sorgfalt zog er ein weißes Hemd und sein bestes schwarzes Jackett an, kämmte sein dickes, schwarzes Haar zurück und band seine blaue Krawatte zu einem korrekten Knoten. Um fünf vor sieben sperrte er ab und machte sich auf den Weg in die Rivington. Er war noch nie im Leben auf einer Party oder »Feier« gewesen.

Rosa Perelman öffnete ihm die Tür, musterte ihn von Kopf bis Fuß und schüttelte ihm dann zufrieden die Hand. »Treten Sie ein, Mr. Abramski«, sagte sie lächelnd. »Jetzt sind wir vollzählig, obgleich Missie genug Essen für fünfzig Leute da hat.«

Verdutzt starrte er auf den mit Delikatessen beladenen Tisch, auf die farbenprächtigen Früchte, den riesigen, rosaweißen Hummer, den Truthahn, das Konfekt und die Flasche Champagner und sah dann befremdet Missie an.

»Schnell, Zev«, rief sie fröhlich, »öffnen Sie den Champagner! Wir müssen anstoßen!«

»Ich will ein Stück Truthahn«, quengelte Azaylee.

»Ich will« bekommt gar nichts«, sagte Rosa automatisch. »Ich *hätte gerne* ein Stück Truthahn!«

»Aber ich auch!« verkündete Azaylee verwirrt.

»Dieses Kind hatte einst gute Manieren«, seufzte Missie, »und hoffentlich wird sie sie bald wieder haben.«

Zev hantierte unbeholfen mit dem Korken, bis schließlich, unter dem vergnügten Gequietsche der Kinder, der Champagner in hohem Bogen herausschoß.

»Rasch!« schrie Rosa. »Die Gläser!«

Als Zev eingeschenkt hatte, erhoben alle Gäste, auch die Kinder, denen man einen kleinen Schluck erlaubt hatte, feierlich die Teegläser und blickten erwartungsvoll zu Missie.

Sie schaute glücklich in die Runde, kostete diesen Augenblick aus. »Also, meine Lieben«, sagte sie, »bereitet euch auf eine große Überraschung vor. Zwei Überraschungen . . . nein, *drei*! Unseren ersten Trinkspruch möchte ich auf Mr. Florenz Ziegfeld anbringen, dem wir diesen herrlichen Champagner und den köstlichen Eßkorb zu verdanken haben.«

»Ziegfeld!« schrie Rosa. »Etwa *der* Ziegfeld? *Er* hat dir das geschenkt?«

»Er hat Azaylee den Korb geschenkt«, berichtigte Missie. »Hier ist der Brief, sieh selbst!«

Andächtig überflog Rosa die Zeilen und wandte sich dann Azaylee zu.

»Du mußt den Brief gut aufbewahren«, sagte sie, »denn er stammt von einem sehr berühmten Mann und ist nur an dich gerichtet, »an Azaylee«.«

»Und was steht drin?« fragte Azaylee neugierig.

Missie lachte. »Er schreibt, du sollst es dir gut schmecken lassen, und das werden wir uns nun alle. Später erzähle ich euch die ganze Geschichte.«

Aber Missie war zu glücklich, um zu essen; sie saß nur strahlend am Tisch und freute sich an dem Appetit der anderen.

»Sieh dir nur diese Kinder an!« staunte Rosa. »Sie futtern Hummer, als hätten sie ihr Lebtag nichts anderes gegessen! Und das Fleisch, das sie in sich hineinstopfen, wird für die nächsten Jahre ausreichen!« Sie nahm einen Schluck Champagner und sagte wehmütig: »Ich habe erst einmal im Leben Champagner getrunken, und zwar, als mein Onkel aus Latvia gekommen war. Er hat ihn zur Feier seines neuen Lebens mitgebracht.« Seufzend fuhr sie fort: »Eine Woche später ist er unter die Räder eines Brauereiwagens gekommen, und schon war es vorbei mit dem neuen Leben.«

»Der Truthahn ist vorzüglich«, wehrte Zev höflich den von Missie angebotenen Hummer ab.

»Hummer ist *traife* — nicht koscher«, erklärte Rosa, »doch für mich ist das nicht so wichtig. Ich habe eine eher reformierte Einstellung.«

»Dann noch etwas Spargel«, bot Missie überschwenglich an, »und Champagner!«

»Spannen Sie uns nicht länger auf die Folter!« sagte Zev ungeduldig. »Wir sind alle gespannt auf Ihr Geheimnis!«

»Ja, ja, erzähl dein Geheimnis!« fielen die Kinder ein.

Missie erhob ihr Glas. »So, und jetzt wollen wir auf Florenz Ziegfelds neues Revuegirl trinken, auf Verity Byron!«

Sie lachte über die verständnislosen Blicke der anderen und fügte triumphierend hinzu: »Das bin ich!«

Angesichts der verdutzten Mienen ihrer Gäste lachte sie hell auf. »Könnt ihr euch das *vorstellen?* Ich werde Ziegfelds neuer Star! Und ich werde zweihundert Dollar die Woche verdienen, »pünktlich jeden Samstag bar auf die Hand«, hat er gesagt, und Madame Elisa hat gesagt »egal, ob ich arbeite oder nicht. Sie wird meine Garderobe entwerfen, für die Bühne und für den Alltag, obwohl ich wahrscheinlich vor Arbeit kaum Zeit finden werde, sie auszuführen.«

Die anderen starrten sie weiterhin sprachlos an. »Nun?« fragte sie. »Wie findet ihr das?«

»Es ist wundervoll«, rief Rosa aus. »Das kann nur ein Traum sein, ja, ich träume vom Aschenputtel, und wenn ich morgen erwache, werde ich einen Glasschuh auf der Treppe finden!«

»Weißt du, was? Mir hat tatsächlich ein Schuh Glück gebracht, und zwar die silbernen Schuhe mit den Satinbändern!« Missie wandte sich Zev zu und ergriff freudestrahlend seine Hand. »Was ist, Zev? Wollen Sie mir nicht gratulieren?«

»Doch, natürlich«, sagte er leise. »Das ist ein sehr guter Job, und der Verdienst ist zehnmal höher als bei einem Mann aus der Lower East Side. *Mazeltov,* Missie! Ich wünsche Ihnen alles Gute!«

Schweigend leerte er seinen Champagner, während sie von ihrem neuen Appartement erzählte, und jeder Freudenlaut bohrte sich wie ein Messer in sein Herz. Azaylee krabbelte schläfrig auf Missies Schoß; sie drückte das Kind fest an sich, strich über ihr blondes Haar und schwärmte ihr über das neue Kinderzimmer vor.

»*Matiuschka,* was ist die dritte Überraschung?« fragte Azaylee plötzlich.

»Daß du zur Schule gehen wirst, meine Kleine.«

»Schule?« Azaylee schoß kerzengrade in die Höhe. »Ich will mit Sonia und Rachel zur Schule gehen!«

Rosa seufzte. »Darüber können wir ein ander Mal sprechen«, lenkte sie ab. »Jetzt muß ich meine Kinder ins Bett verfrachten.«

Erschöpft vom guten Essen und der Aufregung klammerten sich die kleinen Mädchen an sie. »Ich muß gestehen, es macht mich traurig, dich fortgehen zu sehen, auch wenn ich mich von ganzem Herzen für dich freue«, sagte Rosa bedrückt. »Aber nach all den schweren Zeiten hast du wahrlich ein wenig Glück verdient!«

Zev wartete, bis Rosa mit den Kindern gegangen war und Missie Azaylee zu Bett gebracht hatte, die auf der Stelle einschlief. Dann leerte er sein Glas mit einem Schluck und sagte: »Missie, ich will Sie jetzt noch nicht mit so einer Frage bedrängen, aber vielleicht irgendwann, wenn ich nicht mehr der bin, der ich bin, würden Sie dann . . . könnten Sie . . .« Verlegen brach er ab. Er konnte sie doch nicht einfach fragen, ob sie ihn heiraten wolle! Stammelnd lenkte er ein: »Wären Sie damit einverstanden, wenn . . . wenn wir uns weiterhin treffen? Ich meine, wenn Sie dann ein Star sind?«

Bewegt schaute sie ihn an. Zev hatte etwas an sich, das sie zutiefst berührte: sein Kummer, seine Einsamkeit, die höfliche, teilnahmslose Fassade, hinter der er Wunden verbarg, die noch tiefer waren als die ihren. Sie trat einen Schritt auf ihn zu. »Ja, Zev, das verspreche ich«, flüsterte sie.

Seine Arme umschlangen sie, und er drückte sie an sich, so eng, wie Liebende es tun; er war wie berauscht vor Liebe zu ihr, spürte, wie sehr es ihn nach ihr verlangte. Abrupt ließ er von ihr ab und sagte rauh: »Ich muß gehen. Danke für die Einladung, Missie. Ich wünsche Ihnen für Ihr neues Leben viel Glück!«

Sein Blick ruhte sehnsüchtig auf ihr, als sie an der Tür stand, um ihn zu verabschieden, und impulsiv rannte sie zu ihm hin und küßte ihn.

Er legte die Hand an die Lippen, dann lächelte er und schloß leise die Tür hinter sich.

Sie wartete, bis seine Schritte auf der Treppe verklangen und die Haustür ins Schloß fiel, ehe sie zum Fenster stürzte, um ihm nachzuschauen.

Die ganze Nacht wanderte Zev durch sein Zimmer, nahm hin und wieder die Zeitung zur Hand und studierte zum ungezählten Mal die gelbe Anzeige. Darin wurde verkündet, daß man in der aufstrebenden Filmindustrie Hollywoods über Nacht ein Vermögen verdienen könne; die Leute strömten in Scharen aus dem Osten herbei, um sich im Land der Orangen und des immerwährenden Sonnenscheins eine neue Zukunft aufzubauen. Jeder habe einen eigenen, türkisfarbenen Swimmingpool, und die Mädchen seien alle schön und langbeinig; jeder rechtschaffene, kluge Mann mit einer kleinen Summe zum Investieren könne Teil dieser Szenerie werden; er brauche einfach nur die angegebene Telefonnummer wählen.

Wie gebannt hingen Zevs Augen an diesen verheißungsvollen Worten. Er wußte, wenn er Missie O'Bryan jemals für sich gewinnen wollte, müßte er ein anderer Mann werden, ein vermögender Mann, ein Mann, der sein Schicksal selbst bestimmt. Und diese Anzeige war vielleicht ein Weg dorthin.

Am nächsten Morgen öffnete er seinen Laden nicht wie gewohnt, sondern drehte das Schild auf »Geschlossen«, begab sich dann zum Büro der *Ghetto News* und gab nun seinerseits eine Anzeige auf: »Geschäft zu verkaufen. Nähere Details erteilt Ihnen Mr. Abramski, Orchard Street.«

27

Missie stand müßig auf dem Bürgersteig vor dem Theater und betrachtete die glitzernde Markise mit den roten, weißen und blauen Lichtreklamen. »Die Neue Internationale Ziegfeldrevue. Mit dabei aus Amerika — Fanny Brice. Aus Paris — Gaby Delys. Aus England — die Gebrüder Arcos«. Und in kleineren Lettern: »Erleben Sie die phantastischen Ziegfeld-Revuegirls mit der schönen Verity Byron.«

Sie war noch kein Star, aber ihr Name leuchtete in bunten Lichtern am Broadway, ihr Foto prangte für alle sichtbar an der Theaterfassade, und in wenigen Stunden würde sie auf der Bühne stehen. Der Gedanke daran verursachte ihr ein flaues Gefühl im Magen. Bisher hatte alles so einfach ausgesehen, doch jetzt war der Spaß vorbei, denn die Premiere lag unmittelbar vor ihr.

Aber bei dem Gedanken an ihren Verdienst hob sich ihre Stimmung. Für zweihundert die Woche würde sie ihr strahlendstes Lächeln zeigen, würde in hauchdünnen Chiffonroben einherschweben und sich nicht darum scheren, wenn die Blicke der Männer auf ihren von Madame Elise raffiniert betonten Beinen und Brüsten hingen.

Abgesehen davon waren die letzten beiden Monate die unbeschwertesten seit ihrer nunmehr drei Jahre zurückliegenden Flucht aus Rußland gewesen. Jeder hatte sie wie ein kostbares Kleinod behandelt, und Ziegfeld hatte sie, schon aus Gründen der Publicity, nahezu täglich in schicke Restaurants geführt. Sie hatte sogar schon einen Heiratsantrag von einem adligen Engländer mittleren Alters erhalten, der von ihrem neu kreierten, elfenhaften Stil fasziniert war.

»Sie sind wie ein Märchenwesen aus Tausendundeiner Nacht«, hatte er geflüstert, als sie ihm gestattet hatte, sie nach einem Empfang in Imogen Wensleyshires Penthaus in Manhattan nach Hause zu fahren. Sie aber hatte gelacht und ihm erzählt, daß ihr Vater Professor gewesen sei und Oxford weitab von Arabien liege, und das hatte seine Leidenschaft dann etwas gedämpft.

Der Umzug in das neue Appartement war problemlos, da sie außer den beiden Koffern — einer mit ihren wenigen Habseligkeiten, der andere mit dem Schmuck — nichts besaß. Azaylees Tränen waren angesichts ihres neuen Zimmers sehr bald versiegt; jubelnd hatte sie das Bett mit dem hübschen rosa-weißen Baldachin in Augenschein genommen, ihren mit neuen Kleidern prall gefüllten Schrank und die zahlreichen Päckchen mit Spielzeug; Missie hatte es genossen, für Azaylee durch die Warenhäuser zu schlendern, das Geld mit beiden Händen auszugeben und sich die Waren dann nach Hause liefern zu lassen. »Liefern Sie alles an!« hatte sie jedesmal glücklich gerufen und war sich dabei wie eine Prinzessin vorgekommen.

Sogar Viktor hatte ein neues Halsband mit silbernem Glöckchen, eine solide, rote Lederleine sowie einen silbernen Freßtrog, in den sein Name eingraviert war, bekommen; sie hatte seine Schüssel mit bestem Steak und schmackhaften Hundekeksen gefüllt, und Viktor schlang alles in einem Happen hinunter.

Stolz war sie am ersten Abend durch die neue Wohnung gewandert. Angesichts ihrer mit Köstlichkeiten gefüllten Speisekammer hatte sie vergnügt gelacht, da sie jetzt nie mehr wieder Hunger leiden müßten. Sie hatte nach Azaylee geschaut, die zufrieden in ihrem Himmelbett schlief, und Gott im Stillen dafür gedankt, daß sie ihr nun endlich ein schönes Zuhause geben konnte. Und sie hatte ein langes, ausgedehntes Bad in der herrlichen, weißen Porzellanwanne genommen. Anschließend hatte sie ein seidenes Nachthemd angezogen — von Madame entworfen und von Ziegfeld, dem Vertrag gemäß, bezahlt — und darauf ihre neue Garderobe inspiziert. Kleider, Mäntel, Kostüme, Hüte — kurzum, alles, was eine Dame zu verschiedenen Gelegenheiten benötigt. In dieser Nacht schlief sie zum erstenmal seit langem nicht mit einer besorgten, angespannten Miene, sondern mit einem Lächeln ein. Endlich fühlte sie sich wieder wie ein unbeschwertes, junges Mädchen, von jeglicher Last befreit, und sie war fest entschlossen, von nun an ihr Leben in vollen Zügen zu genießen.

Am nächsten Morgen erschien Beulah Bradford und übernahm sogleich das Kommando. Beulah war ein Geschenk des Himmels in Gestalt einer Witwe mittleren Alters, die bereits sechs Kinder großgezogen und sich abschließend um ihre zehn, in Georgia lebenden Enkel gekümmert hatte. Sie trug eine weiße, gestärkte Kittelschürze, riesige, weiße Schnürschuhe und walzte wie ein auf vollen Touren laufendes Schlachtschiff durch die Wohnung.

»Ich kenn' mich mit Kindern aus, hatte ja selbst sechse«, erzählte sie Missie. »Und für die Damen aus der Showbranche arbeite ich schon seit über zwanzig Jahren. Ich weiß, was das für'n Leben ist, mit diesen sonderbaren Arbeitsstunden und dem ganzen Drum und Dran. Aber aus meinem Mund dringt nichts an irgendeine Zeitung. Ich bin ein Muster an Diskretion, Miss Verity, und ich finde es wirklich schön, daß ich mich jetzt um die kleine Azaylee kümmern kann. Erinnert mich an die Zeit, als meine eigenen noch so niedliche Knirpse waren . . . bevor sie dann groß und aufmüpfig wurden«, fügte sie mit wehmütigem Seufzen hinzu.

Innerhalb einer Woche war Beulah ein Teil der Familie geworden und hatte Rosas Stelle als »Tante« eingenommen. Sie kochte Azaylees Mahlzeiten und achtete darauf, daß sie diese auch aufaß, sie badete sie, wusch und bügelte ihre Kleider, flocht ihr Haar zu Zöpfen und unternahm mit ihr und Viktor jeden Nachmittag ausgedehnte Spaziergänge durch den Park, wo sie auch andere Kinder trafen. Azaylee liebte sie heiß und innig und hatte viel Spaß mit ihr.

In Missies Leben gab es nur noch zwei Probleme: Das eine war, daß ihre knapp bemessene Freizeit ihr nicht einmal einen Besuch bei Rosa gestattete, das andere, daß ihr das Geld wie Wasser durch die Finger zu rinnen schien.

Ziegfeld hatte ihr für die Kaution und die Miete ihrer neuen Wohnung ein ganzes Monatsgehalt als Vorschuß gegeben. Davon hatte sie auch gleich ihre Schulden bei Zev beglichen und ihren Mantel abbezahlt. Sie hatte Rosa ihre fünf Dollar zurückgegeben und heimlich, als Rosa gerade wegschaute, weitere zwanzig in ihre Tasche gesteckt. Da Missie, was Hungerlöhne und Ausbeutung anbetraf, ein gebranntes Kind war, hatte sie darauf bestanden, Beulah monatlich hundert Dollar zu zahlen und darüber hinaus auch die Kosten für Arbeitskleidung, Zimmer und Verpflegung zu übernehmen. Doch selbst dieser Lohn schien Missie für Beulah noch zu gering. »Ich verspreche Ihnen, Beulah, sobald mein Gehalt steigt, wird auch Ihres angehoben«, sagte sie nachdrücklich.

Natürlich war immer noch genug Geld zum Leben übrig geblieben, aber dennoch fand Missie die Tatsache, daß zweihundert Dollar plötzlich nicht mehr so üppig aussahen wie noch vor wenigen Wochen, recht beunruhigend. Um so mehr, als sie entdeckte, daß die guten Schulen ein horrendes Geld kosteten — und abgesehen davon auch nicht sonderlich erpicht darauf waren, Azaylee bei sich aufzunehmen. Die affektierten alten Jungfern, die diese Schulen leiteten, hatten in ihre Unterhaltungen die Astors und Vanderbilts, die Biddles und Bradleys wie soziales Konfetti eingestreut und Missie pikiert gemustert, als diese sich als Revuegirl von Ziegfeld und Azaylee als ihre kleine Schwester vorstellte. Wenn ihr wüßtet, wer dieses Mädchen ist, hatte Missie wütend gedacht, dann hättet ihr auf Knien darum gebeten, sie aufnehmen zu dürfen!

Nur eine Schule, die Beadles, erklärte sich schließlich zur Aufnahme bereit, und das war auch noch diejenige mit dem besten Ruf. Die Leiterinnen, die beiden Miss Beadles, waren bodenständige, freundliche Frauen aus Boston, deren eigener sozialer Hintergrund untadelig war, um sich nicht mit Schüler berühmter Eltern aufblähen zu müssen. Alle Mädchen wurden gleich behandelt und trugen auch alle die gleichen feschen, kleinen grauen Mäntel und Röcke, und sie trugen weitkrempige Fellhüte im Winter und Strohhüte im Sommer. Das einzige Problem war das exorbitante Schulgeld: fünfhundert im Quartal, zahlbar im voraus. Soviel Geld hatte sie nicht mehr, und sie konnte auch schlecht Mr. Ziegfeld um einen neuerlichen Vorschuß bitten, ganz zu schweigen davon, daß der Gedanke, schon wieder Schulden zu haben, unerträglich wäre. Sie hatte sich geschworen, niemals mehr von jemandem Geld zu leihen, und sie war gewillt, diesen Schwur einzuhalten.

Nach dem Besuch der Beadles-Schule eilte sie nach Hause, zog den alten Koffer unter ihrem Bett hervor und besah sich seinen Inhalt Stück für Stück. Sie drehte das Diadem in den Händen und dachte daran, wie Sofia die Diamanten mit einer Haarnadel herausgebrochen und in den Straßen von Konstantinopel verkauft hatte. Die verbliebenen drei Diamanten glitzerten verführerisch im Licht, und der vierte, den Zev ihr nach Begleichung ihrer Schulden zurückgegeben hatte, war noch immer in dasselbe Stück Samt eingewickelt. Aber Zev hatte recht; sie konnte die Diamanten nicht verkaufen, denn niemand würde ihr abnehmen, daß sie ihr rechtmäßiges Eigentum waren.

Wehmütig betrachtete sie Mischas Foto, erinnerte sich an jede Linie seines Gesichts, jeden Blick seiner grauen Augen, jede leise Berührung seiner Hand, und sie fragte sich, warum er ihr, wenn sie wach war, wie ein Traumgespinst erschien. Nur in ihren Träumen war er wirklich. Die fünffederige Diamantbrosche lag auf dem Grund des Koffers. Sie strich mit dem Finger darüber, ließ jenen Abend, als er sie ihr geschenkt hatte, noch einmal Revue passieren. Sie war ihr kostbarster Besitz. Lange Zeit schaute sie die Brosche an und überlegte, was sie tun solle. Aber schließlich wußte sie, daß sie keine Wahl hatte. Verglichen mit den wertvollen und berühmten Diamanten war die Brosche unbedeutend. Sie könnte vorgeben, sie von einem anonymen Verehrer geschenkt bekommen zu haben. Es war allgemein bekannt, daß die Showgirls oft teure Juwelen erhielten, ob nun von bekannten oder unbekannten Verehrern. Und außerdem lag die Revolution und die Ermordung der Ivanoffs schon eine ganze Weile zurück. Wer sollte sich jetzt noch dafür interessieren?

Die halbe Nacht überlegte sie, ob sie das Risiko auf sich nehmen sollte. Da fiel ihr ein, daß Ziegfeld den Diamantschmuck, den sie auf der Bühne trug, bei Cartier leihen wollte, und sie nahm dies als einen Wink des Schicksals. Früh am nächsten Morgen stand sie auf, zog Elises cremefarbenes Kostüm an, schminkte sich sorgfältig und setzte, um ihrem Image als »Showgirl« Genüge zu tun, einen ausgefallenen Federhut auf. Dann bestellte sie ein Taxi und ließ sich zur Fifth Avenue bringen.

Lässig bummelte sie die mit Samt ausgeschlagenen Glaskästen entlang durch Cartiers geheiligte graue Hallen, blieb da und dort stehen, um eine Diamant-Spielerei oder eine Perlenkette zu bewundern — ganz so, als bestehe ihre einzige Sorge darin, sich unter all den Kostbarkeiten für ein nettes, kleines Schmuckstück entscheiden zu müssen.

»Madame?« Ein distinguierter Herr in tailliertem Nadelstreifenanzug lächelte sie fragend an. »Kann ich Ihnen behilflich sein?«

Sie strahlte ihn entwaffnend an. »Ich bin Verity Byron. Mr. Ziegfeld hat mich darüber unterrichtet, daß Sie ihm einige ausgewählte Diamantschmuckstücke übersenden werden, die ich in der kommenden Show tragen soll. Ich würde sie mir gerne vorher ansehen.« Unschlüssig fügte sie hinzu: »Vielleicht hätte ich Madame Elise zur Beratung mitnehmen sollen. Aber nein, der Name Cartier bürgt für guten Geschmack, und Sie haben sicher die richtige Auswahl getroffen. Ich würde nur gerne meine Zustimmung geben, ehe die endgültige Entscheidung gefallen ist.«

»Selbstverständlich, Miss Byron! Es ist mir eine Ehre, Sie kennenzulernen.« Sie rückte ihren Hut etwas tiefer über die Augen, schenkte ihm ein weiteres blitzendes Lächeln, und er schaute sie bewundernd an. »Gestatten Sie die Bemerkung, daß die Wirklichkeit Ihre Fotos noch bei weitem übertrifft«, sagte er höflich. »Es ist für das Haus Cartier eine Ehre, Ihnen zu Diensten zu sein.«

Sie setzte sich auf einen kleinen Louis-Quinze-Stuhl und trommelte mit ihren cremefarben behandschuhten Fingern nervös auf die Glastheke; er verschwand in einem Nebenraum und kehrte wenige Minuten später mit einem halben Dutzend Wildlederetuis zurück.

Er legte die Etuis der Reihe nach vor sie auf die Theke, öffnete sie mit schwungvoller Geste und zeigte ihr Diamantketten, Armbänder und riesige, tropfenförmige Ohrringe, in die sich Anouschka sofort verliebt hätte.

»Bitte, probieren Sie den Schmuck doch an«, forderte er sie auf. »Wenn die Kette nicht richtig sitzt, das heißt genau über dem Schlüsselbein, so können wir sie anpassen. Und bei den schlanken Gelenken von Madame werden wir die Armbänder sicher umändern müssen. Wie gefällt Madame dieses neue Design? Ein Schlangenarmreif aus unserem Pariser Atelier?«

»Bezaubernd!« rief sie aus. »Dagegen wirkt mein kleines Pfand geradezu . . . nun ja, belanglos.«

»Und worum handelt es sich da, Madame«, fragte er eifrig.

Sie zögerte eine Sekunde, ehe sie sagte: »Ich habe ein kleines Souvenir, ein Geschenk von einem anonymen Verehrer . . .« Sie zuckte mit den Achseln. »Sie wissen ja, wie das im Theater so ist. Für meinen Geschmack ist es ein wenig zu protzig, und außerdem bedeutet es mir nichts. Ich würde mich dieses Schmuckstücks gerne entledigen, und da es von Cartier stammen soll, habe ich es gleich mitgebracht!«

»Ich verstehe, Madame, natürlich. Darf ich es sehen?«

Sie wickelte die Brosche aus dem Seidentüchlein und schob sie ihm quer über den Glastisch zu. Während er das Schmuckstück betrachtete, sog er hörbar den Atem ein. »Ich verstehe, Madame«, murmelte er. »Ja, ein sehr *ungewöhnliches* Stück. Kein Wunder, daß Sie es nicht tragen wollen.«

Nervös beobachtete sie ihn, als er die Brosche minutenlang — endlos, wie ihr schien — unter seiner Lupe studierte. Endlich blickte er auf. »Diese Anstecknadel stammt aus der Jahrhundertwende und wurde in unserer Pariser Werkstatt für eine sehr berühmte Familie entworfen.« Seine Augen taxierten sie einen Moment, ehe er geschmeidig hinzufügte: »Ein Jammer, daß Sie den Namen des Spenders nicht wissen. Bei Stücken wie diesem ist es immer von Vorteil, die Herkunft zu kennen. Das erleichtert den Verkauf.«

»Tut mir leid«, sagte sie achselzuckend. »Ich habe wirklich keine Ahnung. Es war für mich auch nicht wichtig.«

»Natürlich, Madame, selbstverständlich. Nun, ich bin überaus froh, Ihnen mitteilen zu dürfen, daß dieses Stück wegen der Qualität der Steine und der ausgezeichneten handwerklichen Arbeit inzwischen ein Sammlerobjekt ist. Wir können Ihnen eintausend Dollar dafür bieten.«

Missie schloß die Augen. Eintausend Dollar! Sie hatte mit höchstens fünfhundert gerechnet, genug für das erste Schul-Quartal.

Sie öffnete die Augen wieder und lächelte ihn an.

»Einverstanden!«

Die Transaktion währte nur wenige Minuten. Sie stopfte die zehn Hundertdollarnoten in ihre Geldbörse, strahlte ihn ein letztes Mal an und schwebte wie auf Wolken hinaus.

Nachdenklich schaute er ihr nach und nahm dann die Ivanoff-Brosche erneut zur Hand. Kurz darauf begab er sich in sein Büro und meldete ein Übersee-Gespräch an. Als er Stunden später den Anschluß erhielt, war die Unterhaltung auf wenige knappe Sätze beschränkt.

»Sie haben uns gebeten, Sir, Ihnen unverzüglich mitzuteilen, wenn uns ein Schmuckstück aus den Ivanoff-Beständen
zum Verkauf angeboten wird«, sagte er. »Als Sammler werden Sie über dieses Stück besonders erfreut sein. Ja, Sir, es
ist ziemlich selten. Es handelt sich um eine Brosche in Form
des Ivanoff-Familienwappens: in Platin gefaßte Diamanten,
Rubine und Saphire mit einem goldenen Wolfskopf. Sie
wollen es erwerben? Gut, Sir.« Er lauschte eine Weile und
antwortete dann: »Ja, ich weiß, daß Sie das wissen wollten.
Eine junge Dame hat das Stück gebracht. Ein Showgirl in
Ziegfelds neuer Revue. Ihr Name ist Verity Byron.« Lächelnd
nickte er in den Hörer. »In diesem Fall werde ich es bis zu
Ihrem Eintreffen hier aufbewahren. Besten Dank, Baron
Arnhaldt.«

Der Abend der Premiere war angebrochen. Missie trug Cartiers Diamantkette und den Schlangenarmreif, dazu ein
Kleid aus hauchdünner, silbriger Gaze, fleischfarbenen Sei-
denstrümpfen und ihre selbstkreierten, silbernen Schuhe,
diesmal allerdings mit unmöglich hohen Absätzen. Hundert-
mal hatte sie in ihnen geprobt und tausendmal zu Hause
weitergeübt, aber immer noch hatte sie das Gefühl, auf
wackligen Stelzen zu gehen.
    Ziegfeld hatte ihr beruhigend zugeredet. »Nach dieser
ganzen Publicity für Sie werden die Leute schon aus reiner
Neugier in Scharen herbeiströmen. Fanny und Gabi wollen
sie natürlich auch sehen, obwohl, um die Wahrheit zu sagen, Gaby an Popularität eingebüßt hat. Schade, sie ist ein
süßes Mädchen. Unser Trick wird es sein, das Publikum auf
Sie warten zu lassen. Dadurch steigern wir die Spannung.
Wir haben Sie für die Eröffnungsszene in der zweiten Hälfte
eingeplant und dann noch einmal im Finale. Das ist alles.
Ich werde mit Ihren Auftritten knausern, bis das Publikum
lauthals nach mehr verlangt!«
    Anders als Elises Mannequins waren die Showgirls nicht
nur schön, sondern auch freundschaftlich; sie verstanden
ihre Ängste und umringten sie ermutigend, als sie an ihrem
Schminktisch saß und kraftlos den Kopf in die Arme legte.

»Steh, wenn du stehen sollst, geh, wenn du gehen sollst, und lächle, wenn du dich danach fühlst«, riefen sie ihr zu. »Mehr brauchst du nicht zu tun. Du hast es doch schon unzählige Male geübt!«

Der große Umkeideraum der Mädchen war voll von Blumen. Für jedes Mädchen waren Bouquets eingetroffen, für die beliebtesten unter ihnen so viele, daß sie sie in den Flur stellen mußten. Auch Missie hatte Blumen bekommen: von Ziegfeld einen riesigen Strauß weißer Lilien mit einem kleinen Kärtchen daran, auf der er ihr Erfolg wünschte; von Madame Elise einen Zweig mit tieflila Blüten und der Ermahnung, sie solle nicht vergessen, daß sie *ravissante* sei, und sich *aufrecht* halten; von Azaylee ein Sträußchen in Silberpapier gewickelter Teerosen und von Beulah fröhlich bunte Frühlingsblumen und der Versicherung, daß sie ihr beide Daumen drücke.

Was kann man sich mehr wünschen? überlegte Missie lächelnd. Aber im Innersten ihres Herzens hatte sie schreckliche Angst, und sie wünschte, sie hätte O'Hara eingeladen, damit er ihr in seiner unerschütterlichen Art in dieser schweren Stunde zur Seite stehe. An Rosa und Zev hatte sie zwar Karten geschickt, bezweifelte jedoch, daß sie kommen würden. Kurz vor Beginn der Show traf unerwartet noch ein weiterer Blumenstrauß für sie ein, zwei Dutzend tiefroter, langstieliger Rosen. »*Mazeltov* und viel Erfolg. In Liebe, Zev«, stand auf dem beiliegenden Kärtchen. Lächelnd drückte sie die Rosen an sich. Er hatte sie also nicht vergessen.

Obwohl der Wind den Regen seitwärts blies und die Gehwege in ein Minenfeld aus knöcheltiefen Pfützen verwandelte, herrschte in der Forty-second Street und am Broadway ein unübersichtliches Gedränge von Limousinen und Menschen, die ungeachtet des ungemütlichen Wetters in Scharen herbeigeeilt waren, um Ziegfelds Premiere zu erleben. Rosa hüpfte gekonnt über die Pfützen, schob die nassen Haarsträhnen energisch unter ihren Hut und drängelte sich unter Einsatz ihrer Ellbogen durch die Menschenmassen. Schwarzhändler boten brüllend ihre Karten feil, die ihnen trotz der fünfzig Dollar für einen Platz im Sperrsitz förmlich aus der Hand gerissen wurden. Rosa schaute den Händlern eine Weile zu, beobachtete, wer die besten Preise zahlte, und bot diesem dann ihre teure Karte an. Sie feilschte verbissen, so wie sie es von ihren täglichen Einkäufen beim Metzger oder Fischhändler gewohnt war, und konnte nach einigem Hin und Her nicht nur fünfzig Dollar ihr eigen nennen, sondern darüber hinaus auch noch eine Karte in der billigsten, obersten Balkonreihe.

Ihr Sitz war zwar seitlich, dafür aber ziemlich weit vorne; zufrieden lächelnd nahm sie Platz und betrachtete die Leute um sich herum. Sie waren wie sie naß und ärmlich gekleidet und starrten mit großen Augen auf das schillernde Publikum in den Sperrsitzen und Rängen hinab, begierig, sich aus ihrem trostlosen Alltag in ein phantastisches Märchenreich entführen zu lassen, das ihnen nur Ziegfeld mit seinen pompösen, extravaganten Darbietungen in dieser Form zu bieten vermochte. Aber sie kannten nicht den neuen Star der Revue: *ihre* Freundin, für die sie nun die Daumen drücken würde.

Nach und nach erloschen die Lichter, das Orchester beendete seine Ouverture und stimmte die Eröffnungsmelodie von Jerome Kerns neuem Lied an, während sich langsam der Vorhang hob, um eine üppige, arabische Nachtszene zu offenbaren. Das Publikum hielt den Atem an. Die Bühne war ein glitzernder Traum aus Gold, Bronze und Kupfer: die Tänzerinnen waren in Haremshosen mit goldenen Schärpen und golddurchwirkte Boleros gewandet, auf einem juwelenbesetzten Bronzethron saß in steifem, goldbesticktem Kaftan der Kalif, flankiert von seinen Sklaven, die einen Kopfschmuck aus Reiherfedern trugen und mit ihren nackten, bronzeschimmernden Oberkörpern antiken Statuen glichen. Orientalische Seidenteppiche und verschwenderisch drapierte Stoffe verliehen der geheimnisvollen Szenerie einen zusätzlichen Zauber wie auch der Duft von Sandelholz, Myrrhe und anderem exotischen Räucherwerk, der sich langsam über die Rampenlichter in den Raum stahl.

Rosa war hingerissen; diese üppige, märchenhafte Pracht überstieg alles, was sie sich je vorgestellt hatte. Sie war verzaubert von der Phantasiewelt, die Mr. Ziegfelds Genie hatte erstehen lassen, und für die nächsten Stunden war sie Ziegfelds willfährige Sklavin. Er bot ihr einen Ausweg aus den grauen Schrecken der Wirklichkeit, schenkte ihr Bilder, von denen sie später träumen konnte. Ziegfeld wußte, was die Menschen wollten, und er gab es ihnen — nur schöner und besser als alle Bilder, die ihre Phantasie hätte ersinnen können.

Rosa lachte laut zu Fanny Brice, jubelte begeistert den Arcos-Tänzern zu, und in der Pause blieb sie still auf ihrem Platz sitzen und studierte das Programmheft. Missie war für die nächste Szene angekündigt, freilich unter dem Namen »Verity«. Von einem vorbeiziehenden Händler erwarb Rosa eine Tafel Schokolade, die sie sorgfältig in ihrer Tasche verstaute, um sie den Kindern mitzubringen. Nervös die Hände ringend, saß sie dann da, wartete auf das Heben des Vorhangs und betete, daß »Verity« es schaffen möge. Sie ist ja selbst fast noch ein Kind, dachte sie besorgt. Sie drückte beide Daumen so fest, daß sie schmerzten, und schickte ein neuerliches Stoßgebet zum Himmel empor.

Schließlich verglommen die Lichter, und das Orchester stimmte eine weiche, fließende Melodie an, langsam aber dennoch mitreißend. Erwartungsvoll beugte sich das Publikum vor, als sich ein zweiter, blauer Gazevorhang hob, hinter dem eine Unterwasserszenerie auftauchte. Tänzerinnen in Chiffon-Tuniken, die in allen Blautönen, von Türkis bis Tiefblau, schimmerten, führten ein kunstvolles Ballett um eine gigantische, silberne Kamm-Muschel in der Mitte der Bühne auf, während die Showgirls, die mit schillernden, schuppigen Schwänzen und phantastischem Kopfschmuck aus glitzernden Muscheln als Meerjungfrauen verkleidet waren, in bootförmigen, von der Decke herabhängenden Schaukeln anmutig vor- und zurückschwangen. Als die Musik zu einem Crescendo anschwoll, öffnete sich langsam die silberne Muschel und offenbarte eine riesige, schimmernde Perle. Unter den ekstatischen Klägen der Musik sprang die Perle in zwei Hälften, und Missie stand da — in ein Gebilde aus silbriger Gaze gekleidet, die Arme weit geöffnet, den

Kopf zurückgeworfen, und ihr Haar fiel wie eine schimmernde Kaskade bis zur Taille.

Bewundernde »Ooohs« und »Aaahs« wurden laut. Ein geheimnisvoller Mond schwebte hinter den Lagen blauer Gaze hervor und warf einen silbrigen Strahl auf ihr Gesicht. Sie reckte ihren anmutigen, langen Hals zu dem Gestirn empor und hob die Arme in Andacht. Eine Schar junger Männer in anliegenden blauen Hosen und silbernen Westen umringte sie, reichte ihr die Hände, und sie schritt voran, schwebte elfengleich über die Bühne zu einer riesigen, silbernen Rampe, die sich langsam von oben herabsenkte. Sie betrat diese Rampe und wandte ihr Gesicht dem Publikum zu. Geheimnisvoll blickten ihre violetten Augen, ehe sie lächelnd die Arme ausbreitete und mit ihrer Eskorte junger Männer zum Mond hinaufschwebte. Ravels »Bolero« steigerte sich zu einem erregenden Höhepunkt, während sich der Vorhang unter donnerndem Applaus senkte.

Rosa wischte eine Träne aus den Augenwinkeln. Sie schalt sich eine Närrin, aber sie war dennoch zutiefst ergriffen, und die anderen Zuschauer ebenfalls. Alle tuschelten sie sich zu, daß dies Ziegfelds bislang spektakulärste Szene gewesen und Verity Byron eine Schönheit sei. Geschmeidig wie eine Tanne und zart wie der Mondstrahl, den sie verkörpert hatte. Sie sei ätherisch, geheimnisvoll, habe traumhafte Augen, unwahrscheinliche Beine. Gewaltsam mußte Rosa an sich halten, um nicht hinauszuschreien: »Aber ich kenne sie! Sie ist meine Freundin! Dort auf der Bühne steht Missie!« Sie konnte es kaum erwarten, bis die Show zu Ende war und sie hinter die Bühne zu Missie gehen konnte.

Erst beim Finale ließ sich Verity noch einmal sehen. Begrüßt von frenetischem Beifall, spazierte sie in einem violetten Krinolinenkleid à la Marie Antoinette elegant über die Bühne, in der einen Hand einen riesigen Straußenfederfächer, unter den anderen Arm einen winzigen Chihuahua geklemmt. Als der letzte Vorhang gefallen war, rannte Rosa, ohne einmal anzuhalten, vom Balkon zur Straße hinunter, bog in die Seitengasse, die zum Hintereingang des Theaters führte, und raste die Stufen zum Bühneneingang hinauf.

Sie war nicht die erste; eine Reihe smarter junger Männer in Abendanzügen, weißen Seidenschals und Seidenhüten wartete bereits, und der Türsteher hatte alle Hände voll zu tun, den Mädchen kleine Zettelchen und auch Etuis, die in Rosas Augen wie Schmucketuis aussahen, zu überreichen.

»Hey, Mr. Türsteher!« rief sie, sich respektlos nach vorne drängelnd. »Sagen Sie Miss Verity Byron, daß ihre Freundin Rosa hier ist.«

Er warf ihr einen gleichgültigen Blick zu und fuhr fort, die kleinen Briefchen entgegenzunehmen, sie sorgfältig zu ordnen und die Zehndollar-Noten, die auf unergründliche Weise aus den Händen der jungen Männer in die seinen schlüpften, in die Tasche zu stecken.

»Hey!« rief Rosa wütend. »Sie sind wohl taub! Ich habe Sie gebeten, Verity auszurichten, daß ihre Freundin Rosa da ist! Rosa Perelman!«

Diesmal hielt er es gar nicht mehr für nötig, sie anzusehen. Kämpferisch stemmte sie die Hände in die Hüften, drauf und dran, eine Schimpfkanonade loszulassen, hielt sich dann aber in Anbetracht der eleganten jungen Männer, die sie neugierig anstarrten, schweren Herzens zurück, um Missie nicht in Verlegenheit zu bringen. Sie würde eben warten, bis Missie herauskam . . . andererseits . . . Als der Türsteher mit weiteren Transaktionen beschäftigt war, schlüpfte sie heimlich hinter ihm vorbei durch die Bühnentür und rannte durch den düsteren Korridor.

»Hey«, rief sie einer entgegenkommenden Tänzerin zu, »wo geht's zu Verity Byron?«

»Oben, dritte Tür rechts«, erwiderte diese im Vorbeigehen.

Atemlos stand Rosa schließlich vor einer mit silbernen Sternen verzierten Tür mit der Aufschrift »Die Ziegfeld-Girls« und stieß sie ungeduldig auf. Alle zwölf waren da, hatten sich für die Premierenfeier bereits in Schale geworden und lachten und schwatzten um die Wette. Missie war der unbestrittene Mittelpunkt, wurde umarmt und abgeküßt und zu der Flut von Briefchen und Blumensträußen beglückwünscht, die ihr unablässig überbracht wurden.

Rosa hatte sie noch nie so schön gesehen. Sie trug ein hinreißendes, rotes Taftkleid, um ihre Oberarme wanden sich diamantbesetzte Schlangenreifen, und ihr herrliches Haar war zu beiden Seiten mit Diamantspangen zurückgesteckt. Aber es waren nicht das Kleid und die Diamanten, die Rosa in andächtige Bewunderung versetzten. All dies hätte Missie heute nicht nötig gehabt. Das arme, bescheidene Mädchen aus der Rivington Street hatte unversehens die schillernde, atemberaubende Ausstrahlung eines »Stars«.

»Rosa!« Unter den neugierigen Blicken der anderen Mädchen stürzte Missie auf die unscheinbare, ärmliche Frau an der Tür zu. »Oh Rosa, ich freue mich so, daß du gekommen bist! Ich habe dir einen guten Platz besorgt, damit du alles sehen kannst. Erzähl, wie hat es dir gefallen?« fragte sie erwartungsvoll und ängstlich zugleich.

Rosa grinste. »Mr. Ziegfeld hat sein Versprechen gehalten«, sagte sie. »Er hat Missie O'Bryan zu Verity Byron, den Star, gemacht. Du warst wunderbar, Missie, einfach wunderbar!«

Missie lachte, doch dann verdüsterte sich ihre Miene. »Weißt du, Rosa«, begann sie verzagt, »eine Sache ist mir unangenehm — daß ich eigentlich nichts *tue,* weder tanzen noch singen noch Witze machen. Ich stehe nur da und lasse mich anschauen.«

»Für zweihundert die Woche ist das auch ausreichend!« erwiderte Rosa bestimmt. »Wenn Ziegfeld dich tanzen oder singen lassen will, wird er dir tausend zahlen!«

»Wahrscheinlich hast du recht«, lachte Missie.

»Meine Karte habe ich übrigens für fünfzig Dollar eingetauscht«, erzählte Rosa. »In meiner Aufmachung wäre ich mir neben dieser aufgemotzten Gesellschaft ziemlich komisch vorgekommen.«

»Ooooh!« Reuevoll umarmte Missie sie. »Natürlich, daran hätte ich denken sollen!«

»Nein, Missie«, entgegnete Rosa weich, »du solltest lieber so schnell wie möglich vergessen, was es bedeutet, arm zu sein. Armut schafft keine angenehmen Erinnerungen.«

»Aber *du* bist mir wichtig, Rosa!« wandte Missie ein. »Ich werde dich nie vergessen! Du bist immer noch meine beste

Freundin! Und Zev mein bester Freund.« Verwirrt sah sie Rosa an. »Wo ist Zev überhaupt?«

»Das weißt du nicht?« fragte Rosa verwundert. »Beim Metzger, beim Bäcker, überall redet man nur davon! Daß Zev Abramski sein Pfandhaus verkauft hat und nach Hollywood gegangen ist, um im Filmgeschäft sein Glück zu versuchen.«

Missie blickte zu den roten Rosen auf ihrem Frisiertisch. »Du meinst, er ist fortgegangen?« fragte sie schockiert. »Ohne ein Wort? Ohne mir etwas davon zu erzählen?« Sie fühlte sich im Stich gelassen, traurig . . . wie O'Hara war Zev immer dagewesen, war ein Teil ihres Lebens geworden, ihr Freund — und jetzt dies!

»Glaub mir«, flüsterte Rosa, ihr tröstend den Arm streichelnd, »es ist besser so. Ein junger Mann wie Abramski ist nichts für dich. Und er wußte das auch. Nicht umsonst hat er keine Adresse hinterlassen. Vergiß ihn, Missie, und leb dein eigenes Leben. »Genieße«, wie Ziegfeld sagen würde.«

»Es wird Zeit für die Party!« riefen die Mädchen.

»Ich muß gehen, Rosa«, sagte Missie traurig. »Ziegfeld hat zur Premierenfeier bei Rector's eingeladen. Kommst du mich bald besuchen? Mit den Kindern?«

Sie klammerte sich an Rosas Arm, wirkte mit einem Mal, trotz ihrer eleganten Aufmachung, so jung und verletzbar, daß es Rosa ins Herz schnitt. »Ich bin da, wann immer du mich brauchst«, sagte Rosa weich. »Sei unbesorgt, Missie. Ich bin nach wie vor deine Freundin.« Und dann eilte sie lächelnd hinaus, nicht ohne sich freilich, als sie an dem verdutzten Türsteher vorbeischritt, ein hochmütiges Naserümpfen verkneifen zu können.

28

Eddie Arnhaldt saß auf dem Außenplatz der vierten Logenreihe des New Amsterdam Theaters. Gelangweilt hatte er Fanny Bryces routinierte, einstudierte Komik über sich ergehen lassen, dafür aber begeistert Gaby Delys applaudiert, die seiner Meinung nach viel zu kurz auf der Bühne gewesen war. Im Grunde genommen wartete er jedoch auf Verity Byron. In der Pause schlenderte er durch das Foyer, rauchte eine seiner speziellen, handgerollten, türkischen Zigaretten und begutachtete die Damen, die für ihn im Vergleich zu den deutschen Frauen recht unvorteilhaft abschnitten: zu dünn, zu wenig Busen, zu spröde. Keine dieser Frauen könnte es mit seiner Mutter aufnehmen, die in jungen Jahren eine Schönheit gewesen und sogar jetzt noch, im Alter, imposant und attraktiv war. Und *stark*. Eddie wußte, was er an Frauen mochte. In dieser Beziehung war er wie alle Arnhaldts; er liebte sie groß, vollbusig und kräftig genug, um seinen sexuellen Appetit zu befriedigen. In Europa hatte er sich bereits einen Ruf als Casanova erworben.

Bei Ertönen des Klingelzeichens zum zweiten Akt drückte er seine Zigarette aus, begab sich auf seinen Platz zurück und wartete ungeduldig auf Veritys Erscheinen. Als sich die silberne Muschel öffnete, nahm er sein Opernglas zur Hand und musterte Verity eingehend. Weder glich sie in irgendeiner Weise den Ivanoffs noch entsprach sie seinem Ideal. Aber wenn er sich auf dem Altar der Familie opfern sollte, so würde er dies fraglos tun. Es könnte sogar recht reizvoll werden, die berühmte Verity Byron zu verführen.

Als der Schlußvorhang gefallen war, spazierte er um die Ecke zum Bühneneingang. Aber angesichts der zahlreichen jungen Männer, die sich erwartungsvoll vor der Tür drängten, verzog er verächtlich die Lippen. Nein, das war nichts für ihn. Er würde eine subtilere Kontaktmöglichkeit finden.

Er stieg in seine bereitstehende Mercedes-Limousine und ließ sich zu einem Blumenladen am Broadway fahren, wo er eine Bestellung aufgab. Dann ließ er sich zurück zum Hotel bringen. Für die weitere Gestaltung des Abends genügten ein paar Worte ins Ohr des Hotelpagen und eine dezent zugesteckte Hundertdollar-Note, um eine Schönheit von der Art, wie er sie bevorzugte, zu erhalten. Und ein kurzer Anruf beim Zimmerservice genügte, um sein für diese Gelegenheiten bewährtes Abendessen in Form von Kaviar und kurz angebratenem Steak serviert zu bekommen. Für Eddie mußte ein Steak nahezu roh und eine Frau mußte wild sein; heute abend würde er sich an beidem laben.

Mittlerweile war Missie ein eigenes Ankleidezimmer zur Verfügung gestellt worden. Jeden Abend quoll es über von Blumen und Briefen junger Männer, die sie darum baten, mit ihnen zum Abendessen, zum Mittagessen oder auf eine Party zu gehen. Oft war auch ein Geschenk mit dabei — ein hübscher Diamantring, eine schmiegsame, juwelenverzierte Kette, eine mit Saphiren und Diamanten gefaßte Brosche in Form eines glückbringenden Hufeisens. Die Blumen behielt sie, die Geschenke schickte sie ausnahmslos zurück und schlug auch alle Einladungen aus.

Von Anfang an hatte sie sich feste Prinzipien gesetzt: Sie trat als Revuegirl auf, um ihren Lebensunterhalt zu verdienen, und nicht, um sich von jedermann wie eine Ware zum Preis von irgendwelchen Diamantklunkern kaufen zu lassen. Die anderen Mädchen lachten über sie, sagten, sie sei verrückt, denn das gehöre zum Spiel, doch sie blieb standhaft. Nicht zuletzt auch deshalb, weil sie Angst hatte und außerdem viel zu beschäftigt war. Inzwischen nahm sie Gesangs- und Tanzunterricht und ging regelmäßig zum Sprechtraining. Ziegfeld plante, ihr für die nächste Show eine größere Rolle zu geben: Sie sollte ein kurzes, von Jerome Kern speziell für sie komponiertes Lied singen, anschließend begleitet von den männlichen Tänzern eine kleine Tanznummer vorführen und vielleicht sogar, wenn ihr Talent es erlauben sollte, in einem Sketsch eine Sprechrolle übernehmen.

Glücklich lächelnd schob sie ihre abendlichen Trophäen beiseite, um Platz zum Abschminken zu schaffen. Alles lief wunderbar. Azaylee ging gern zur Schule, wenn sich auch die Lehrer manchmal über ihre Unaufmerksamkeit beklagten.

»Sie ist einfach verträumt«, hatte Missie hastig erklärt. »Manchmal ist sie so in Gedanken versunken, daß sie gar nicht mehr weiß, wo sie ist.« Aber bei einer Sache war Azaylee nie abwesend, und zwar im Tanzunterricht. »Mimik und Bewegung«, wurde dieses Fach in der Beadles-Schule genannt; die Kinder flatterten in knappen Chiffonröckchen barfuß über die Bühne, streckten ihre plumpen oder mageren Beinchen in kindlich unbeholfener Anmut von sich und wirbelten im Kreis, während Miss Beadles dazu eigenhändig auf die Tasten des Bösendorfer Klaviers hämmerte. Azaylees Talent beeindruckte alle; sobald die Musik einsetzte, begann sie vor Erregung zu vibrieren, bis die Reihe endlich an ihr war; dann glitt sie über den Holzboden, die Arme über dem Kopf und die dünnen Beine zu graziösen Sprüngen angewinkelt. Azaylees Bewegungen waren voller Grazie und Poesie, so daß selbst Miss Beadles empfahl, ihr Ballettunterricht geben zu lassen.

Also ging die sechsjährige Azaylee nun zweimal wöchentlich nach der Schule in ein kaltes Studio in der Forty-second Street, um bei einer ehemaligen Broadway-Tänzerin Ballettstunden zu nehmen. Unbarmherzig jagte Dora Devine sie eine Stunde lang in kleinen, rosafarbenen Ballettschühchen an der Stange entlang und eine weitere Stunde in kleinen, silbernen Spitzenschuhen quer durch die Halle. Wenn Azaylee dann rotbackig vor Eifer nach Hause kam, übte sie auf dem Marmorboden des Eßzimmers weiter und machte sie alle mit ihrem endlosen Getrappel schier verrückt.

Die Anziehhilfe kam herein und riß Missie aus ihren Gedanken. »Da ist noch ein Brief, Miss Verity«, sagte sie. »Und eine Blume. Scheint ein armer Schlucker zu sein, wenn er nur Geld für eine einzige Blume hat.«

Missie nahm die makellose, cremefarbene Rose und die Karte entgegen. »Baron Eddie Arnhaldt«, stand darauf. Sonst nichts. Eine Blume und ein Name. Lächelnd steckte sie die Rose zu den etlichen Dutzend anderen in die Kristallvase, um sie gleich darauf wieder zu vergessen.

Am nächsten Abend sandte er ihr wieder seine Karte und eine Rose — diesmal aus Silber gearbeitet. Sie war bezaubernd und ungewöhnlich, und Missie stellte sie einzeln in eine schlanke, silberne Vase. In der darauffolgenden Nacht erhielt sie eine goldene Rose, zweifellos antik und kostbar, die ihr vor Bewunderung den Atem nahm. Und als nächstes kam eine Rose aus roséfarbenen Diamanten, funkelnd und blitzend wie ihre lächelnden Augen. Diesmal stand auf der Karte nicht nur der Name. Hier stand: »Würden Sie mir die Ehre erweisen, mit mir heute abend zu speisen? Ich bin Ihr ergebener Sklave.«

Missie zögerte. Zum erstenmal war sie in Versuchung geführt. Aber schließlich entschied sie sich doch dagegen. Es war gegen ihre Prinzipien. Außerdem hatte sie keine Ahnung, wer er war oder wie er aussah. Womöglich war er neunzig und sprach nur Deutsch. Sie ging nach nebenan, um Genie zu fragen, eines der Revuegirls.

»Arnhaldt!« rief Genie aus. »*Eddie* Arnhaldt! Da hast du das große Los gezogen. Arnhaldt ist reich, reich, reich . . . Er könnte jedes Theater am Broadway kaufen, dir jeden Schmuck von Cartier schenken, ohne sein Vermögen dadurch anzugreifen. Er besitzt Yachten, Schlösser! Und er sieht phantastisch aus! Sein Geld stammt aus Dreck und Ruß — Stahl und Eisen, Verity, das ist *anständiges* Geld! Du wärst verrückt, ihn nicht zu treffen — zumindest einmal! Nur um ihn anzutesten. Immerhin beweist er Stil! Er hat sich wirklich etwas einfallen lassen!«

Missie schwankte. Eddie Arnhaldt begann interessant zu werden. »Na gut«, sagte sie schließlich, »aber nur dies eine Mal.«

»Bravo!« rief Genie lachend.

Als Missie ging, rief sie ihr hinterher: »Ach, das habe ich ganz vergessen — Eddie Arnhaldt gilt als gefürchteter Frauenheld!«

Ihr Gelächter verfolgte Missie bis in ihr Zimmer zurück, aber sie blieb bei ihrer Entscheidung. Schon aus Neugierde wollte sie nun diesen geheimnisvollen Eddie Arnhaldt kennenlernen.

Die lange schwarze Mercedes-Limousine mit den abgetönten Scheiben parkte vor dem Theater, bewacht von einem uniformierten Chauffeur. »Miss Byron?« fragte er, während er seine Kappe abnahm und ihr die Tür aufhielt. »Der Baron erwartet Sie bei Rector's. Er bittet um Entschuldigung, daß er Sie nicht persönlich dorthin geleitet, aber er hat ein verletztes Bein und dadurch Schwierigkeiten mit dem Ein- und

Aussteigen. Er hofft, Sie mögen dafür Verständnis haben, Ma'am.«

Der Chauffeur klingt wie ein Papagei, der sein einstudiertes Sprüchlein herunterleiert, dachte Missie; sie war etwas verstimmt über die Verzögerung, da sie förmlich darauf brannte, den Baron zu sehen.

Das Rector's befand sich zwischen der Forty-third und Forty-fourth Street, und die plüschige, grüngoldene Empfangshalle war voll mit Leuten, die verzweifelt auf einen Tisch warteten. Der Speisesaal im Erdgeschoß mit den deckenhohen Spiegeln und den glitzernden Kronleuchtern war bis zum letzten Tisch besetzt, und von seinem Platz in der Ecke aus beobachtete Ziegfeld, wie Verity dem Chef des Hauses über die geschwungene Treppe in den zweiten Stock folgte, wo es einen weiteren Speisesaal sowie einige Privaträume gab. Ziegfeld wunderte sich, sie allein zu sehen. Er winkte den Ober herbei und bat ihn, herauszufinden, mit wem Verity Byron verabredet sei. Als er den Namen erfuhr, schrieb er ihr rasch eine kurze Nachricht, die er unverzüglich überbracht haben wollte.

Eddie Arnhaldt saß am Fenster und blickte auf das geschäftige Treiben in der Forty-third Street hinab. Als die Tür sich öffnete, drehte er den Kopf, um Verity anzuschauen. Zumindest würde er für sein Opfer ein wenig entschädigt werden: Sie war schön, nicht bloß hübsch, wenn auch zu dünn für seinen Geschmack. Aber ihre violetten Augen schimmerten wie Juwelen, und ihr Gang war traumhaft. »Ich muß Sie nochmals um Vergebung dafür bitten, Sie nicht persönlich abgeholt zu haben«, sagte er, während er auf seinen Ebenholzstock gestützt auf sie zuhumpelte. Nachdem der Ober diskret die Tür hinter ihnen geschlossen hatte, hielt er ihr eine Hand entgegen und geleitete sie an den Tisch.

Missie betrachtete ihn verstohlen unter den Wimpern heraus. Er war groß und mit seinen blaßblauen Augen und den streng zurückgekämmten, blonden Haaren auf eine arrogante, herrische Art sehr attraktiv.

Plötzlich wurde ihr bewußt, daß sie sich mit ihm in einem

Privatzimmer befand, und machte erschrocken einen Schritt zur Tür hin.

»Aber ich kann doch nicht ganz allein mit Ihnen hier essen«, rief sie schockiert.

Lächelnd schüttelte er den Kopf. »Unser Tisch steht im Speisesaal bereit, Miss Byron. Ich dachte nur, Sie würden mich gerne vorab in Augenschein nehmen, um Ihre Entscheidung gegebenenfalls wieder rückgängig zu machen.« Er lächelte. »Das heißt, für den Fall, daß ich Ihren Erwartungen nicht entspreche. Immerhin sehen Sie mich heute zum erstenmal.«

Erleichtert schaute sie ihn an. Mit seinem markanten, hageren Gesicht, den festen Lippen und dem schlanken, durchtrainierten Körper war er ein ausgesprochen interessant aussehender Mann. Ein Mann mit jener selbstbewußten Aura, die zeigte, daß er seine Gefühle — und sein Leben — im Griff hatte. »Ach«, lächelte sie, »ein Abendessen mit Ihnen werde ich bestimmt überstehen.«

Als sie zur Tür gingen, nahm er in höfischer Manier ihren Arm. »Wenn das so ist, dann schreiten wir doch zu Tisch!« lächelte er zurück.

Nachdem sie, begleitet von neugierigen Blicken der anderen Gäste, an dem für sie reservierten Tisch angelangt waren, halfen ihm die Ober fürsorglich in den Stuhl. »Nichts wirklich Ernstes«, sagte er, auf sein verletztes Bein deutend. »Nur eine Bänderzerrung, die ich mir gestern beim Polospiel zugezogen habe. Das verdammte Pony wollte partout in eine andere Richtung als ich marschieren!« Er grinste. »Ich habe zwar gewonnen, aber das hatte seinen Preis.«

Fasziniert starrte sie ihn über den Tisch hinweg an. Ein halbes Dutzend Ober umringten sie, bereit, auf das kleinste Kommando von ihm zu reagieren. »Ich habe mir die Freiheit genommen, unser Menue bereits zu bestellen«, sagte er. »Ich weiß immer gerne vorher, was ich esse, damit der Wein darauf abgestimmt werden kann. Übrigens bin ich ein Liebhaber edler Tropfen, und in meinem Keller im Haus Arnhaldt sind mehr als zwölftausend Flaschen der besten Jahrgänge und Weingüter gelagert. Ich hoffe, Sie wissen einen guten Wein zu schätzen, Miss Byron, denn heute abend werden wir einen der besten trinken.«

Auf ihr erstauntes Kopfschütteln hin fuhr er fort: »Trotz der Prohibition scheint jeder genausoviel wie vorher zu trinken.« Verächtlich zuckte er mit den Achseln. »Das ist sowieso eine lächerliche Einrichtung. Wenn sich ein Mensch zu Tode trinken will, so ist das seine persönliche Entscheidung. Und wenn es ihm nach dem köstlichen Nektar der Trauben verlangt, sollte man ihm dieses Vergnügen doch gönnen!«

Ein Ober tauchte auf und sagte entschuldigend: »Eine Nachricht für Sie, Miss Verity.«

Sie öffnete den Brief, überflog rasch die Zeilen und schaute dann verdutzt auf.

»Alles in Ordnung?« fragte er mit einem Anflug von Ungeduld.

»Oh ja, ja . . . danke. Mr. Ziegfeld hat mich hereinkommen sehen und wollte mir Hallo sagen.« Sie errötete, denn das war eine glatte Lüge. Er hatte geschrieben: »Verity, sehen Sie sich vor!« Und sie fragte sich, was er wohl damit meinte.

Der Baron beugte sich zu ihr und sagte leise: »Ich muß gestehen, Miss Byron, daß ich, seit ich Sie das erste Mal vor vier Abenden auf der Bühne des Amsterdam Theaters gesehen habe, unentwegt an Sie denken muß. Das ist für mich ungewöhnlich; ich bin ein vielbeschäftigter Mann. Auch in New York bin ich aus geschäftlichen Gründen, aber jetzt kreisen meine Gedanken Tag und Nacht nur um Sie.« Seine Augen brannten in den ihren, und er fügte drängend hinzu: »Ich kann mich Ihnen gegenüber nicht verstellen. Sicher, ich habe in meinem Leben schon viele Frauen kennengelernt, aber bei keiner habe ich gleich zu Anfang so empfunden wie bei Ihnen. Sie sind nicht nur als Mondgöttin auf der Bühne beeindruckend, Miss Byron, sondern Sie sind auch in Wirklichkeit weit schöner als jeder Mond, als jeder Stern es sind.«

Verlegen biß sich Missie auf die Lippen. Niemand hatte ihr bisher solche Dinge gesagt, und sie wußte nicht, was sie darauf antworten sollte. Seine Worte bezauberten sie zwar, aber waren dies nur Schmeicheleien, oder meinte er es ehrlich? »Danke, Baron«, antwortete sie, die Augen sittsam auf die Damasttischdecke gesenkt. »Sie sind sehr freundlich.«

Er lachte laut auf. »Nicht »freundlich«, Miss Byron, sondern wahrhaftig.« Die Ober schwärmten um sie herum, brachten silberne Platten herbei und schenkten ihm einen Schluck blassen Weines ein, den er kostete und darauf zustimmend nickte. »Ich möchte, daß Sie diesen Wein versuchen«, sagte er, während der Ober auch ihr Glas füllte, »und mir dann sagen, ob Sie schon einmal etwas Köstlicheres getrunken haben.«

Sie probierte, und ihre Augen rundeten sich vor Genuß; der Wein war wirklich vorzüglich.

Beim Essen erzählte er über seine Familie; wie sein Großvater unter allerlei Mühen das Familienunternehmen in Gang gesetzt hatte, wie er seinen Vater beim Untergang der *Titanic* verloren hatte und er selbst dann mit dreiundzwanzig Jahren geheiratet hatte, nur um drei Jahre später seine Frau bei einem Schiffsunglück vor der dalmatinischen Küste wieder zu verlieren. »Meine Familie scheint vom Pech verfolgt«, sagte er abschließend, »aber zumindest habe ich meinen Sohn, Augustus — Augie. Er ist jetzt vierzehn, lebt in einem Internat und ist ein echter Arnhaldt.« Sein eisblauer Blick umfing sie. »Aber jetzt will ich etwas über Sie erfahren«, lächelte er. »Woher kommen Sie, was ist Ihr familiärer Hintergrund?«

»Der ist mit dem Ihren nicht zu vergleichen«, sagte sie und erzählte ihm dann rasch über Oxford und ihren Vater. Auf seinen verdutzten Blick hin, fuhr sie fort: »Sie fragen sich jetzt wahrscheinlich, weshalb ich nun hier in New York als Revuegirl für Ziegfeld arbeite. Ich . . . wir . . . wir waren in Urlaub, als mein Vater unerwartet starb. Ich mußte eine Arbeit finden, um mich und meine kleine Schwester versorgen zu können.«

»Ihre Schwester?«

»Azaylee. Sie ist jetzt sechs und besucht die Schule der beiden Misses Beadles.«

Er nickte. »Und ist sie so schön wie Sie?«

Missie lachte. »Das fragt mich jeder, und die Antwort ist

immer die gleiche. Nein, ist sie nicht. Sie ist weit schöner. Sie hat Haare wie gesponnenes Gold und samtige, braune Augen. Sie ist . . . ach, sie ist wirklich ein wunderbares Kind.«

Prüfend ruhte sein Blick auf ihr, als sie ihren Wein trank. »Offenbar lieben Sie sie sehr?«

»Azaylee ist meine einzige Familie«, erwiderte sie leise.

»Ich würde sie gerne kennenlernen«, sagte er. »Meine Yacht, die *Ferdinand A.*, liegt hier am Hudson vor Anker. Machen Sie mir doch die Freude, den Sonntag in Gesellschaft von Ihnen und Azaylee verbringen zu dürfen! Wir könnten die Küste entlangsegeln, zu Mittag essen . . .« Er beugte sich vor und schaute ihr tief in die Augen. »Bitte, sagen Sie ja«, flüsterte er.

Seine Augen verhexten sie, doch sie war sich dennoch unschlüssig. Trotz seines Charmes strahlte er etwas aus, das sie einschüchterte. Vielleicht war es seine verächtliche Haltung, die er Untergebenen gegenüber einnahm — ihr war aufgefallen, daß er die Ober keines Blickes würdigte. Er erwartete, daß sie auf ein Fingerschnippen von ihm sprangen. Das war alles. Doch womöglich beurteilte sie ihn zu hart. Er war in Reichtum und Luxus aufgewachsen und nicht gewohnt, mit einfachen Leuten umzugehen. Seine Stellung im Leben war in gewisser Weise mit der Mischas vergleichbar — wenngleich sie nie beobachtet hatte, daß Mischa einen Bediensteten nicht höflich behandelt hätte. Andrerseits war er außerordentlich attraktiv, und seine Augen sahen sie bittend an, umkosten sie förmlich.

»Einverstanden«, stieß sie atemlos hervor; sie redete sich ein, daß sie auch um Azaylees willen zustimmte, die sicher Spaß daran haben würde. Als sie sich dann später mit erhitzten Wangen und strahlenden Augen vom Tisch erhob, fiel Ziegfelds Briefchen unbeachtet zu Boden; sie ergriff seinen angebotenen Arm, und alle Köpfe wandten sich um, um ihnen nachzuschauen.

Auf der Rückfahrt wahrte er gebührenden Abstand und beobachtete sie, wie sie ausgelassen über Azaylee und ihr neues Leben als Showgirl sprach. Sie fühlte sich heiter, lebendig, von einer unbekannten Erregung erfüllt.

Als der Wagen vor ihrem Appartement hielt, beugte er sich zu ihr und ergriff ihre Hand. »Bis Sonntag also?« fragte er, ihre Hand leicht mit den Lippen streifend.

»Bis Sonntag«, versprach sie erbebend.

Am nächsten Morgen fand sie ihr Appartement voll von langstieligen, cremefarbenen Rosen, deren starker Duft jedoch Beulahs Heuschnupfen aktivierte.

»Seit meiner Kindheit in Georgia habe ich nicht mehr so viele Pollen gesehen«, schniefte sie, ihre geröteten Augen reibend. »Aber wer immer der edle Spender ist, Miss Verity, er scheint jedenfalls ganz schön vernarrt in Sie zu sein!«

Am Sonntag um zehn wurden sie von der Limousine zu den Docks am Hudson River gefahren, wo die *Ferdinand A.*, eine fünfzig Meter lange, seetüchtige Yacht mit gesetzten Segeln, polierten Teakholzdecks und schimmernder Messingreling auf sie wartete. Der Kapitän und seine zwanzig Mann starke Crew standen aufgereiht zur Begrüßung, und Eddie Arnhaldt erwartete sie im Salon, der ebenfalls von cremefarbenen Rosen schier überquoll.

Lachend schaute sich Missie um. »Wo haben Sie die nur alle her?« staunte sie. »Die Blumengeschäfte in Manhattan sind inzwischen sicher leergefegt.«

»Ja, das ist richtig«, antwortete er. »Diese hier sind heute früh aus Washington gekommen.« Seine Augen suchten die ihren. »Eigens für Sie«, fügte er leise hinzu.

»*Matiuschka*, hier ist es herrlich!« Azaylee kam aufgeregt in den Salon gerannt und hielt angesichts des Barons kurz inne.

»Das ist meine *Schwester*, Azaylee«, sagte Missie, dem Kind einen warnenden Blick bezüglich seiner Manieren zublitzend. »Sag Guten Tag zu Baron Arnhaldt, Azaylee!«

»Hallo«, sagte sie schüchtern. »Danke für Ihre Einladung. Das Schiff ist wunderschön. Werden wir bald lossegeln?«

Nachdenklich ruhte sein Blick auf ihr. »Wann immer du willst, kleines Mädchen«, antwortete er dann. »Du brauchst dem Kapitän nur das Kommando zum Ablegen zu erteilen.«

Über die Reling gelehnt, sahen sie zu, wie die große Yacht den Hudson entlang und schließlich auf das offene Meer hinaussegelte. Die Luft war weich, nur eine leise Brise wehte vom Meer herüber, und Missie legte sich zufrieden in einen Liegestuhl, schloß die Augen und fühlte sich rundum entspannt und glücklich. Etwas schuldbewußt fragte sie sich, was O'Hara wohl sagen würde, wenn er sie so sähe. Aber O'Hara war in letzter Zeit immer beschäftigt, reiste überall im Land herum — »Geschäftserweiterung«, nannte er es. Außerdem war er der Meinung, sie würde nach wie vor bei Madame Elise arbeiten. Wie gut, daß er niemals einen Fuß auf den Broadway setzte, denn dann hätte er erfahren, daß sie ihn getäuscht hatte. Zev kam ihr in den Sinn, und sie fragte sich, was er wohl mache. Sie vermißte die Sonntagabende in dem ukrainischen Lokal. Und ihn vermißte sie seltsamerweise auch. Jetzt war ihr nur noch Rosa geblieben, und sie brannte darauf, ihr von Eddie Arnhaldt zu erzählen, der tatsächlich der bestaussehende und charmanteste Mann war, den sie je kennengelernt hatte.

Der faule, sonnige Tag verging wie ein Traum. Der Baron verbrachte viel Zeit mit Azaylee, zeigte ihr, wie das Schiff funktionierte, und behandelte sie während der Mahlzeit wie eine Dame. Nach dem Essen bummelte sie auf dem Deck herum, betrachteten durch sein starkes Fernglas die kleinen Seehäfen, bewunderten die vorbeiziehenden Boote, bis sie schließlich langsam wieder zurücksegelten. Missie lehnte neben Eddie an der Reling, ganz in die Betrachtung des Vollmondes versunken, der majestätisch am Horizont aufstieg. Unvermittelt sagte er: »Ich werde nie vergessen, was ich empfand, als ich Sie das erste Mal auf der Bühne gesehen habe. Aber jetzt, da ich Sie ein wenig kennengelernt habe, weiß ich um weit mehr Facetten Ihres Wesens. Ich habe den Tag mit Ihnen genossen, Verity.« Sie blickten einander verlangend an, und sie wünschte, er möge ihre Hand ergreifen, sie vielleicht sogar küssen — aber er tat nichts von beidem. Und als sie dann mit Azaylee in seiner Limousine nach Hause fuhr, wurde ihr bewußt, daß er sie gar nicht um ein erneutes Treffen gebeten hatte.

Am darauffolgenden Tag fragte Ziegfeld sie über Arnhaldt aus, und sie berichtete ihm begeistert, welch wunderbarer

Mensch und angenehmer Gesprächspartner Eddie sei; er habe sie sogar zusammen mit ihrer Schwester eingeladen. Ziegfeld nickte nur kurz und sagte schroff: »Vergessen Sie nicht, was ich Ihnen geschrieben habe — sehen Sie sich vor!«

Der Montag verstrich ohne eine Nachricht von Eddie, dann der Dienstag, und als sie dann endlich am Mittwoch ein Briefchen erhielt, in dem er sie bat, mit ihm zu Abend zu essen, war sie vor Erleichterung und Glück ganz außer sich. Er schrieb, er würde ihr den Wagen vorbeischicken und bei Rector's auf sie warten. Nach sorgfältiger Überlegung wählte sie für diesen Abend ihr rotes Taftkleid, hautfarbene Seidenstrümpfe und hochhackige Schuhe mit roten Bändern. Sie steckte ihr Haar an den Seiten mit Diamantsternen von Cartier hoch, bemalte die Lippen mit Violette Elise und besprühte sich mit Elises Spezialparfum, eine Komposition aus einem Dutzend verschiedener Lilienarten. Als sie sich anschließend prüfend im Spiegel betrachtete, kam ihr in den Sinn, daß sie ihre Aufmachung zum erstenmal darauf abgestimmt hatte, einem Mann zu gefallen.

Sie eilte durch Rector's überfülltes Foyer, folgte dem Ober, ohne nach rechts oder links zu schauen, über die geschwungene Treppe in den zweiten Stock, und diesmal zuckte sie nicht zurück, als er sie in ein Privatzimmer geleitete.

Mit einem Blick taxierte Eddie ihr Erscheinungsbild. Das Kleid stand ihr gut, sie sah bezaubernd darin aus, ein verführerischer, kleiner Leckerbissen, wenn auch nicht genug für einen Mann seines gewaltigen Appetits. Aber gleich darauf erinnerte er sich wieder an seine Pflicht und lächelte ihr zu. Inzwischen war er sich seiner Sache sicher.

»Verity, Sie sehen heute abend wunderschön aus«, sagte er ehrfürchtig.

Sie lächelte und warf einen nervösen Blick auf den für zwei gedeckten Tisch.

»Ich hoffe, Sie sind damit einverstanden?« sagte er. »Diesmal muß ich allein mit Ihnen sein. Bitte, ich flehe Sie an, sagen Sie nicht nein! Ich muß mit Ihnen reden.« Seine Augen lockten sie, und unwillkürlich machte sie einen Schritt nach vorne. »Allein«, fügte er leise hinzu.

Er humpelte auf den bereitstehenden Eiskübel zu und schenkte Champagner in ihre Gläser. »Auf Ihre wunderschönen Augen«, sagte er, während er mit einer leichten Verneigung die Hacken zusammenschlug. Darauf nahm er ein kleines Päckchen vom Tisch. »Ich kann nicht länger warten. Öffnen Sie es bitte schon jetzt.«

Überrascht lächelnd blickte sie zu ihm auf. »Na los«, drängte er. »Bitte — öffnen Sie es!«

Sie wickelte das Päckchen auf, und ihr verschlug es den Atem, als sie in dem mit burgunderrotem Samt ausgeschlagenen Etui eine Kette aus Diamanten und Rubinen sah, die dazu passenden Ohrringe und die beiden dazugehörigen Armreifen.

»Dieser Schmuck ist ein Erbstück der Arnhalts«, erklärte er leise. »Ich wollte ihn Ihnen schenken, Verity, weil ich Sie bitten möchte, meine Frau zu werden.«

Entgeistert starrte sie ihn an. »Aber wir kennen einander doch kaum«, rief sie bestürzt. »Wir haben uns nur zweimal gesehen . . .«

»Ist das entscheidend?« fragte er sanft. »Müssen wir uns denn tausendmal treffen, um zu wissen, was unsere Herzen schon von Anbeginn an wußten? Ich bin achtunddreißig Jahre alt, Verity, ich habe wenige Male wirklich geliebt und war sicher an die hundert Male einfach nur verliebt. Glauben Sie mir, ich kenne den Unterschied. Wenn man vom Blitzstrahl der Liebe getroffen wird — in diesem Fall eher vom Mondstrahl —, dann soll man keine Zeit vergeuden.«

»Aber ich . . .«, stammelte sie.

Er hob die Hand, um sie zum Schweigen zu bringen. »Ich bin kein Mann, der ein Nein als Antwort akzeptiert«, sagte er rauh. »Komm her, Verity, komm näher zu mir!«

Hypnotisiert ging sie einen Schritt auf ihn zu.

»Näher, habe ich gesagt!«

Und dann stand sie vor ihm, und seine Arme umfingen sie, und sein Mund preßte sich leidenschaftlich auf den ihren. Er hielt sie mit festem Griff, aber sie wäre sowieso nicht geflohen. Sie wollte nur noch für immer in seinen Armen liegen und von ihm geküßt werden.

Schließlich löste er sein Gesicht und schaute sie triumphierend an. »Und jetzt, Verity Byron, jetzt erzähl mir nicht, daß du mich nicht genauso begehrst wie ich dich! Sag, daß du meine Frau werden willst!«

»Ich will«, flüsterte sie und schloß die Augen, als sein Mund erneut von ihrem Besitz nahm. »Oh, ich will!«

29

Hollywood

Zev saß auf der Veranda des Hollywood Hotels und fächelte sich mit einer Ausgabe des *San Francisco Examiner* Luft zu. Es war neun Uhr morgens. In der klaren, heißen Wüstenluft stachen die Berge wie Scherenschnitte gegen den knallbunten Himmel ab, und die Staubstraße jenseits der verwelkten Blumenbeete sah aus wie die Dorfstraße irgendeiner gottverlassenen amerikanischen Kleinstadt. Dann und wann tuckerte ein Auto vorbei, und in der Ferne, an der Kreuzung Hollywood und Vine, war das goldene Glühen des riesigen Orangenhains zu erkennen. Er hatte geglaubt, in eine schillernde Weltstadt zu kommen, und war in einem verschlafenen Nest gelandet.

Er warf einen Blick auf seine Uhr. Um zehn hatte er eine Verabredung mit Mr. Mel Schroeder, um über eine eventuelle Beteiligung an dessen neuer Filmgesellschaft zu verhandeln. Er trank einen Schluck Orangensaft, faltete die Zeitung auf und betrachtete gedankenverloren die Schlagzeilen und Fotos auf der ersten Seite. Der Anblick eines vertrauten Gesichts rüttelte ihn schlagartig wach.

»Verity Byron heiratet Waffenkönig«, posaunte die Schlagzeile; darunter war ein Foto von Missie abgebildet, die strahlend und von geradezu überirdischer Schönheit am Arm eines großen, gestrengen, preußisch wirkenden Mannes hing.

»Das Showgirl und ehemalige Elise-Mannequin Verity Byron, die mit ihrem ersten Bühnenauftritt in dieser Saison großes Aufsehen erregt hatte, heiratete gestern Baron Edmund Arnhaldt, Multimillionär und König im Stahl- und Waffengeschäft, in einer kleinen privaten Zeremonie in Burkley Crest, dem luxuriösen Long Island-Domizil von Mr. und Mrs. Florenz Ziegfeld. Die hinreißend schöne Braut trug ein von Elise entworfenes, cremefarbenes Ensemble aus Seidengeorgette mit einem tulpenförmigen Rock und einem über Kreuz drapierten Ausschnitt, cremefarbenen Seidenrosen an den Hüften und den für Elise typischen, weich fließenden Ärmeln. Ein Strauß cremefarbener Rosen, die Lieblingsblumen Miss Byrons, vervollständigten das Bild. Die beiden Ringe der Braut, ein siebenkarätiger, tropfenförmiger Diamantring sowie der Ehering, ein Band quadratisch geschliffener Diamanten, stammen aus der Werkstatt Cartiers. Die Schwester der Braut, die sechsjährige Azaylee, war in zartrose Taft und Brüsseler Spitze gehüllt und trug ein Sträußchen Veilchen.

Das Brautkleid ist ein Geschenk ihrer früheren Arbeitgeberin, Madame Elise, deren ungewöhnliche Bänderschuhe durch Miss Byron berühmt geworden sind. Die Geschenke des Bräutigams an die Braut umfasssen unter anderem ein Familienerbstück, ein Rubin- und Diamanten-Schmuckset, bestehend aus einem Collier, zwei Armreifen, Ohrringen und einem Ring. Der Bräutigam erhielt von seiner Braut ein von Cartier speziell für seine langen türkischen Zigaretten angefertigtes, goldenes Zigarettenetui mit seinen in Diamanten gefaßten Initialen darauf.

Anschließend wurde von Mr. und Mrs. Ziegfeld (der berühmten Schauspielerin Billy Burke) ein kleiner Empfang gegeben. Das ganze Haus war in ein Meer cremefarbener Rosen getaucht, für die der Bräutigam jeden Blumenladen entlang der Ostküste geplündert haben soll.

Das glückliche Paar segelte gestern auf der RMS *Majestic* in die Flitterwochen nach Paris. Die frischgebackene Baronin hat der Bühne Lebewohl gesagt und wird mit ihrem Gatten nach Deutschland in das berühmte Haus Arnhaldt übersiedeln.«

Mit bebenden Händen ließ Zev die Zeitung sinken. Ein abgrundtiefer Zorn wallte in ihm auf, der Zorn eines Mannes, der sein Leben lang übersehen worden war, auf dem man ein Leben lang herumgetrampelt war. Es war zu spät. Missie hatte ihren Millionär geheiratet, und er würde sie nie wieder sehen. Sie war der einzige Mensch, der ihm wichtig war, der einzige, dem er seine Seele offenbart hatte. Seine einzige Liebe.

Allmählich kühlte sein Zorn sich ab und hinterließ eine eisige Kälte in ihm. Den Mund zu einer festen Linie zusammengepreßt, schwor er sich, sie aus seinem Gedächtnis, aus seinem Leben zu verbannen. Für immer. Von nun an wollte er nur noch an sich denken. Brennender Ehrgeiz stieg in ihm auf. Wenn er keine Liebe haben würde, dann zumindest Erfolg. Seine Verabredung mit Schroeder fiel ihm ein — wenn er in seinem schwarzen Pfandlleiher-Anzug vor Schroeder stünde, würde ihn dieser herablassend mustern und denken, er habe einen gutgläubigen Trottel vor sich. Aber da täuschte er sich. Zev Abramski würde sein Leben von nun an meistern. Er war Herr über sein Schicksal, und niemand würde je wieder einen Narren aus ihm machen.

New York

O'Hara schritt nachdenklich durch den schummrig erhellten Nightclub. Die Größe war genau richtig, klein genug, um exklusiv zu sein, und groß genug, um Profit daraus schlagen zu können. An einer Seite befanden sich eine Bühne und eine runde Tanzfläche, die er verspiegeln und von unten anstrahlen würde. An der Decke kreiselten verspiegelte Kugeln, und der Boden stieg von der Tanzfläche aus in drei Ebenen auf, eine jede mit kleinen Tischen ausgestattet. Natürlich würde er den Schuppen mit neuer Farbe aufpeppeln müssen; vielleicht sollte er ihn in Schwarz und Weiß halten, gewissermaßen als Kontrast zu den bunten Kleidern der Frauen. Schwarzer Teppichboden, schwarze Tischdecken und silberne Lamévorhänge. Ja, ein wenig Glanz und Flitter wäre großartig.

Die Hände in den Taschen vergraben, stand er auf dem Tanzboden und malte sich aus, wie der Raum in seinem neuen, mondänen Gewand aussehen würde, erfüllt von den Klängen schräger Jazz-Musik, dem lauten Knallen der Champagnerkorken — fünfundzwanzig Dollar pro Knall — und dem ausgelassenen Gelächter wilder, schöner, junger Frauen. Auf diesem Tanzboden, auf dem er gerade stand, würden sich die Paare in den neuesten, gewagtesten Tänzen wiegen, und jeder Mann würde sich dumm und dämlich zahlen, nur um Mitglied im King O'Hara's zu werden.

Zufrieden nickte er, und der Makler an der Tür atmete erleichtert auf. »Ich werde den Vertrag unterschreiben«, sagte O'Hara, »aber nicht für die aberwitzige Summe, die Sie verlangen. Es ist viel zu abgelegen. Nicht einmal der größte Idiot am Broadway würde Ihnen soviel bezahlen.«

O'Hara hatte seine Lektion gut gelernt und sich sogar schon über die Preisliste in seinem neuen Nightclub Gedanken gemacht: fünfundzwanzig Dollar für eine Flasche Scotch und zehn Dollar für Roggenwhisky. Selbst für ein Glas Leitungswasser würde er zwei Dollar verlangen. Er würde Mädchen einstellen, die neben Zigaretten auch wertlosen Tand und Souvenirs, wie Püppchen und Knopflochsträußchen, verkauften, das Stück für fünf Dollar, und jeder Typ müßte für die Dame seines Herzens etwas springen lassen, um nicht als mieser Geizhals abgestempelt zu werden.

»Wir reden hier über Harlem«, erklärte er dem nervösen Makler, »und wenn ich Ihnen fünfundzwanzig Prozent weniger als die von Ihnen geforderte Summe bezahle, können Sie mehr als zufrieden sein.«

Der Mann schluckte. »Okay«, sagte er schließlich. »Einverstanden.«

»Das gilt übrigens für zehn Jahre, nicht für fünf«, fügte O'Hara im Hinausgehen hinzu.

Der Mann zuckte merklich zusammen. »Ach, nein, O'Hara, das geht zu weit«, jammerte er.

O'Hara hob die Schultern. »Entweder so oder gar nicht.«

»Na schön«, knurrte der Mann und knallte mit Nachdruck seinen Hut auf den Kopf. »Ich werde den Vertrag bis morgen vorbereiten.«

»Prima.« Nachdem sie sich vor der Tür verabschiedet hatten, schaute ihm O'Hara noch eine Weile grinsend nach. Dann trat er ein paar Schritte vom Gehweg zurück und betrachtete die Fassade seines neuen Nightclubs. Bald würde hier in kleeblattgrünen Lettern, seiner Lieblingsfarbe, das Schild »King O'Hara's« aufleuchten. Die Hände in den Hosentaschen und ein breites Grinsen im Gesicht bummelte er darauf zufrieden die Straße entlang. Endlich würde er sein eigener Boß werden. Er hatte die Nase gestrichen voll davon, den Oriconne-Brüdern den Schnaps anzukarren, ihre Clubs und Restaurants aufzustocken, kurzum, die ganze Arbeit und das Risiko auf sich zu nehmen, während sie die dicke Kohle machten. Warum sollte er weiterhin den Handlanger spielen? Er besaß alle notwendigen Kontakte und kannte das Geschäft wie seine Westentasche. Schließlich war es kein großer Unterschied, ob er eine Kneipe in der Delancey führte — oder einen Nightclub —, außer, daß er sich diesmal eine goldene Nase verdienen würde.

Er hielt ein Taxi an und ließ sich in ein Nobelrestaurant in der Sixth Avenue bringen. Er würde eine Kleinigkeit zu Mittag essen und anschließend vielleicht Missie einen kurzen Besuch abstatten. Seit Monaten hatte er sie nicht mehr gesehen, da er für die Oriconnes ständig zwischen Chicago und New York hin- und hergereist war, doch sie war vermutlich ebenso beschäftigt gewesen. Sie hatte gesagt, daß Madame ihre Mädchen ziemlich hart herannehme. Natürlich hatte er sie vermißt, doch er hatte nun mal eingewilligt, das Spiel nach ihren Regeln zu spielen und dieses eine Jahr noch abzuwarten. Er zweifelte keine Sekunde daran, daß seine Geduld belohnt würde. Zudem wäre er bis dahin bereits ein reicher Mann, der berühmte Besitzer des legendären King O'Hara's — und sie würde seine Königin werden.

Nachdem er einen Tisch gewählt hatte, bestellte er Pastrami auf Roggen und einen Selleriesaft. Er zog einen Notizblock hervor, kritzelte ein paar Zahlen darauf, addierte sie und lächelte vergnügt. Um sich die Wartezeit auf sein Pastrami zu verkürzen, ergriff er die auf dem Tisch liegende Zeitung und überflog geistesabwesend die Schlagzeilen. Er war kein großer Leser, dazu fehlte ihm einfach die Zeit. Als ihm plötzlich Missies Bild ins Auge stach, hätte er sich beinahe an seinem Selleriesaft verschluckt. Rasch las er den Bericht durch und konnte kaum glauben, was da geschrieben stand.

»Verdammt!« brüllte er wütend und fegte die Zeitung vom Tisch. Er knallte ein paar Dollar auf die Theke, stürmte hinaus und ließ sich mit dem Taxi zu Missies Appartement fahren.

»Sie ist ausgezogen, Sir«, informierte ihn der Pförtner mit öliger Stimme. »Sie und das kleine Mädchen. Die Kinderfrau ist auch fort. Sie sind alle zusammen nach Deutschland ausgewandert. Die Dame hat sich, wie alle guten Showgirls, einen Millionär geangelt«, fügte er grinsend hinzu.

Seine tugendhafte Missie ein Showgirl? Wahrscheinlich war er der einzige Mann in ganz New York, der davon nichts wußte! Schäumend vor Wut eilte O'Hara den Broadway zum New Amsterdam Theater hinunter. Er kam gerade dazu, wie auf Leitern stehende Arbeiter Veritys Namen von der Markise entfernten. Nur ihr Foto hing noch, zusammen mit denen der anderen Mädchen, neben dem Eingang.

Lange Zeit blieb O'Hara vor dem Foto stehen. Tränen brannten in seinen Augen, und er ballte in ohnmächtigem Schmerz die Fäuste. Missie hatte versprochen, ihm nach einem Jahr eine Antwort zu geben. *Sie hatte es versprochen!* Ha! Zum Narren hatte sie ihn gehalten, als Showgirl gearbeitet und sich mit einem Millionär aus dem Staub gemacht! Sein Mädel, seine Liebste! Wäre sie jetzt hier, er hätte sie mit bloßen Händen erwürgt! Und es wäre ihm egal gewesen, wenn sie ihn dann hinterher dafür gehängt hätten!

Eddie hatte auf der *Majestic* zwei Suiten reserviert, eine für ihn und Missie, die andere für Azaylee und deren Kinderfrau, Beulah. Gerade eben waren sie an Bord gegangen, und der Anblick seiner Frau stellte ihn zufrieden. Sie war nicht nur schön, sondern sah in ihrem eleganten violetten Mantel mit dem Zobelkragen — ein Elise-Modell — auch standesgemäß aus. Als sie der Stewart in ihre Kabinen gebracht hatte, wirbelte sie freudestrahlend im Kreis.

»Oh, es ist wunderschön, Eddie, einfach phantastisch!«

rief sie aus, während sie neugierig von Zimmer zu Zimmer rannte. »Ein Wohnzimmer, zwei Schlafzimmer, zwei Bäder!« Sie wr aufgeregt wie ein Kind, und seine Augen verengten sich nachdenklich, als er sie beobachtete. Vielleicht würde die kommende Nacht interessanter werden, als er geglaubt hatte. Er warf einen Blick auf die Uhr. Sie würden um sechs Uhr mit der Flut auslaufen, und für den ersten Abend war ein nicht allzu spätes, zwangloses Dinner geplant. Plötzlich konnte er es kaum erwarten, sie in seinem Bett zu haben.

Azaylee trommelte an die Tür und platzte gleich darauf, dicht gefolgt von Beulah, herein. Sie schien genauso aufgeregt wie Missie. »Weißt du, daß es am Oberdeck eine eigene Promenade für Hunde gibt?« fragte sie. »Mit Laternenpfählen und Hundehütten? Wir hätten Viktor also doch mitnehmen können, Missie!«

»Liebling, Viktor ist zum Reisen einfach schon zu alt«, erwiderte sie besänftigend. »Bei Rosa ist er weit besser aufgehoben. Du weißt doch, daß er bie ihr in guten Händen ist. Außerdem werden wir ihn oft sehen, weil Eddie ständig in Amerika zu tun hat; wir werden wie Jo-Jos zwischen den Kontinenten hin- und herspringen.«

»Wirklich?« fragte Azaylee getröstet, doch gleich darauf verdüsterte sich ihr kleines Gesicht wieder. »Ich werde ihn trotzdem sehr vermissen, *Matiuschka*.«

Missie nahm sie mit aufs Deck hinaus. Lange Zeit standen sie da und sahen zu, wie die Schleppschiffe den riesigen Dampfer hinauszogen und Manhattans Shilouette nach und nach verblaßte, während die *Majestic* rollend und stampfend Kurs auf das offene Meer nahm.

Unvermeidlich fühlte Missie sich daran erinnert, wie sie das letzte Mal an der Reling eines Schiffes gestanden hatte; erwartungsvoll hatte sie nach den ersten Anzeichen der großen Stadt Ausschau gehalten und sich gefragt, was das Leben für sie noch bereit halten mochte. Jetzt ließ sie Sofia, begraben in einem fremden Land, hinter sich zurück; wie auch ihre Freundin Rosa, die ihr und Azaylee ans Herz gewachsen war, und die beiden Männer, die ihr geholfen und ihr Mut gemacht hatten. Dafür war sie nun mit einem Mann verheiratet, nach dem sie geradezu verrückt war, und Azaylee würde endlich in einer ihrem Stande gemäßen Umgebung aufwachsen können. Mischa wäre sicher stolz auf sie gewesen. Obgleich sie jetzt mit Eddie verheiratet war, würde Mische doch immer ihre erste, ihre wahre Liebe bleiben.

Zu Abend dinierten sie allein in einer Ecke des riesigen Speisesaals mit dem eindrucksvoll ansteigenden Treppengeländer, über das sonst die Gefeierten und Berühmten in großartigen Roben herabstiegen, an der obersten Stufe noch einmal kurz innehaltend, um auch von allen gesehen zu werden. Eddie schenkte großzügig Wein nach, und dann schlenderten sie über das Promenadendeck, wankten lachend von Laternenpfahl zu Laternenpfahl, da der Seegang stärker geworden war. Beschützend legte er einen Arm um sie und blickte dabei auf seine Uhr. »Es wird spät«, sagte er, sie zur Kabine zurückdirigierend. »Wollen wir?«

Die Stewardeß hatte Missies Koffer bereits ausgepackt und Beulah ihre perönlichen Dinge auf die Weise geordnet, wie Missie es mochte: Die schimmernden Kristalltöpfchen mit Gesichtscremes und Puder lagen auf der Frisierkommode gleich neben ihrer silbernen Haarbürste und dem großen Sprayflacon mit Elises Parfum. Ihre schönen neuen Kleider waren ordentlich im Schrank aufgehängt und ihre hübschen neuen Schuhe der Reihe nach darunter aufgestellt. Ihr wundervoller Nerzmantel, ein weiteres Hochzeitsgeschenk von Elise, befand sich unter seiner Schutzhülle, und das Köfferchen mit ihren Juwelen war im Safe ihres Ankleidezimmers verstaut. Ich bin eine reiche Frau, wurde Missie staunend bewußt. Ich kann kaufen, was ich will, tun, was ich will. Genau wie Anouschka. Aber im Augenblick verlangte es sie einzig und allein nach ihrem neuen Ehemann, der bereits ungeduldig in ihrem Schlafzimmer auf sie wartete.

Sie zog sich aus, duschte und schlüpfte in eines ihrer neuen Nachthemden. Bei diesem Stück hatte sich Elise wirklich ins Zeug gelegt: es war aus feinstem weißen *Crêpe-de-Chine*, vorne und hinten bis zur Taille geschlitzt und verschwenderisch mit naturbelassener Spitze besetzt. Sie bürstete ihr Haar, bis es glänzte, und drapierte es über ihre halbentblößten Brüste. Zu guter Letzt zog sie den dazu passenden Morgenrock an, schlüpfte in die Satinpantoffeln, besprühte sich mit dem Lilienparfum, holte tief Luft und ging ins Schlafzimmer.

Eddie saß auf der Couch, in einen seidenen blauen Morgenmantel und einen darauf abgestimmten Pyama gekleidet, und las Zeitung.

Bei ihrem Eintreten blickte er auf; seine Augen verengten sich, und in seine Wangen stieg eine leise Röte. »Meine liebe Verity, du siehst . . . bezaubernd aus«, sagte er leise.

Er löschte alle Lampen, bis auf die neben dem Bett. »Komm her, komm zu mir«, sagte er, wäahrend er auf sie zuschritt und sie in die Arme nahm.

Seine groben Küsse raubten ihr den Atem. Sie waren anders als vorher, drängender, fordernder. »Bitte, Eddie, bitte«, keuchte sie, als er für eine Sekunde von ihr abließ. »Ich bekomme keine Luft mehr!«

Lachend geleitete er sie zum Bett, nahm ihr den Morgenmantel ab, zog die Spitzenträger von ihren Schultern und vergrub sein Gesicht in ihren Brüsten. Sie erzitterte und fragte sich nervös, was sie nun machen solle.

»Eddie, du mußt es mir zeigen, mir sagen, was ich tun soll«, flüsterte sie, während sie über sein blondes Haar strich.

»Zieh das Nachthemd aus«, befahl er und erhob sich, um seinen Morgenmantel abzulegen.

Errötend folgte sie seiner Aufforderung und saß dann, die Hände schamhaft über ihrem Schoß gekreuzt, am Bettrand.

»Schon besser«, stieß er mit einer Art Keuchen hervor und schob sie auf das Bett zurück. Und dann lag er plötzlich über ihr, seine Finger drangen grausam in sie ein, und sie stöhnte vor Schmerz.

»Ja!« schrie er erregt. »Ich liebe es, dich stöhnen zu hören.« Mit einem Mal war er in ihr, stieß fester und fester, härter und härter, und sie schrie quallvoll auf. Sie bat ihn, aufzuhören, starrte ihn flehentlich durch ihre Tränen an. Aber seine Augen waren geschlossen, sein Kopf zurückgeworfen, sein Gesicht eine Fratze aus Schmerz und Ekstase. Schließlich erreichte er den Höhepunkt und fiel schwer atmend über ihr zusammen.

Nach wenigen Sekunden stand er auf. Ohne sie auch nur anzusehen, ging er ins Badezimmer und schloß die Tür hinter sich. Sie hörte, wie er die Dusche andrehte. Niedergeschlagen fragte sie sich, weshalb alle Welt über dieses sogenannte »Liebe machen« redete, das doch mit »Liebe« so gut wie gar nichts zu tun hat. Und hatten die Showgirls ihr nicht erzählt, wie schön und erregend das Ganze sei? Wie, im Himmel, konnte jemand so etwas auch noch genießen? Da war keine Zärtlichkeit gewesen, keine Liebkosung, nur eine brutale Inbesitznahme.

In seinen Morgenmantel gehüllt, kehrte er aus dem Bad zurück, sah sauber und frisch und normal aus, als sei nichts geschehen. »Ich schlage vor, du nimmst ebenfalls ein Bad«, sagte er kalt. »Dann wirst du dich am Morgen besserfühlen.«

»Eddie?« flüsterte sie, während sie sich aufsetzte und seine Hand ergriff. »Ist es immer so? Oder nur beim ersten Mal?«

Er zuckte mit den Achseln. »Manche Frauen mögen es mehr, andere weniger. Es wird von dir abhängen, Verity, ob es besser wird — oder schlechter.« Seine blassen Augen waren kalt und ausdruckslos, als er hinzufügte: »Ich gehe jetzt schlafen. Bitte weck mich morgen früh nicht. Ich habe das Personal angewiesen, mir um zehn mein Frühstück zu bringen. Du magst tun, was immer dir Spaß macht.« Und ohne einen weiteren Blick auf sie zu verschwenden, begab er sich in sein nebenan liegendes Zimmer. Ungläubig starrte sie ihm hinterher. Die Tür fiel zu, ein Schlüssel wurde umgedreht, und dann herrschte tiefe Stille. Sie vergrub ihr Gesicht im Kissen und begann bitterlich zu schluchzen. All ihre wunderbaren, romantischen Träume waren mit einem Mal zu Nichts zerstoben.

Am folgenden Tag trafen sie sich erst wieder zum Mittagessen. In der Öffentlichkeit benahm er sich weltoffen und charmant, privat hingegen verschlossen und schweigsam. Das Dinner an jenem Abend war eine grandiose Angelegenheit; Missie hatte ihr schönstes Abendkleid angezogen, ein Traum aus weicher, raschelnder, seegrüner Seide mit einem perlenbestickten Schal, der wie ein Pfauenschweif schillerte. Ihr Haar hatte sie mit Diamantsternen hochgesteckt, und um ihre Oberarme wanden sich die Diamantschlangen, die Cartier der Gattin eines seiner besten Kunden als Hochzeitsgeschenk vermacht hatte. Auch Eddie sah auf seine harte, militärisch wirkende Art ausgesprochen gut aus, und während er sie galant die Stufen hinab zum Kapitänstisch geleitete, dachte sie wehmütig, welch schönes Paar sie nach außen hin abgaben.

Sie saß zwischen dem Kapitän und einem bekannten englischen Kabinettsminister, der sie auf der Bühne des New Amsterdam Theaters gesehen hatte und ihr sagte, daß er für immer ihr ergebener Bewunderer sei. Sie tat ihr Bestes, um schillernd und amüsant zu sein, doch die meiste Zeit über beobachtete sie aus den Augenwinkeln, wie Eddie angeregt mit der deutschen Komteß Gretel von Dussmann, die er offensichtlich recht gut kannte, plauderte und flirtete.

Als sie sich später dann auszog und sich in ein weiteres verführerisches Etwas aus Elises Kollektion hüllte, wünschte sie, sie hätte eines ihrer alten Baumwollnachthemden dabei. Angespannt wartete sie auf Eddie, doch obwohl sie ihn im Nebenzimmer umhergehen hörte, kam er nicht zu ihr herein.

Bald darauf hörte sie, wie seine Tür zufiel und sich seine Schritte entfernten. Traurig begab sie sich zu Bett. Anscheinend war er so enttäuscht von ihr, daß er sein Glück lieber im Spielkasino versuchen wollte.

Nach und nach wurden ihre Tage an Bord zur Routine. Sie stand zeitig auf, frühstückte mit Azaylee, und dann spazierten sie über die Decks, übten sich vielleicht hin und wieder im Beilke- oder Wurfringspiel. Gegen elf nahmen sie an Deck eine herzhafte Bouillon zu sich, die ihnen von einem fürsorglichen Steward serviert wurde, und trafen sich um eins mit Eddie zum Mittagessen.

Wenn er auch Missie gegenüber äußerst reserviert war, tat er doch alles, um Azaylee für sich zu gewinnen. Er kaufte ihr kleine Püppchen und allerlei anderen Krimskrams und verwöhnte sie mit Schokolade und Gebäck. Missie entging nicht, wie Azaylee in Eddies Gegenwart aufblühte — wie ein kleines Mädchen, das endlich einen Vater gefunden hatte.

Die Nachmittage verbrachte Missie in ihrer geräumigen Suite damit, sich für das Dinner vorzubereiten. Jeden Abend trug sie ein anderes Elise-Modell, zog jedesmal bewundernde Blicke auf sich, wenn sie am Arm ihres gutaussehenden Millionärs die Treppe hinabschritt. Und jeden Abend geschah das gleiche: Während des Essens flirtete er mit Gretel von Dussmann, und hinterher wartete sie vergeblich auf ihn.

Am letzten Abend, ehe das Schiff in Cherbourg anlegte, wählte sie das rote Taftkleid, das sie am Abend seines Heiratsantrags getragen hatte, und legte erstmals den Rubin- und Diamantschmuck aus dem Familienerbe der Arnhaldts um. Stolz erhobenen Hauptes schritt sie die Treppe hinunter, spähte durch das Meer der ihr zugewandten Gesichter, bis sie Gretel von Dusmanns gehässiges Lächeln entdeckte. Liebreizend lächelte sie zurück, während sie neben ihr Platz nahm: Sie wußte, daß die üppige, verblühte Blondine ihr heute abend nicht das Wasser reichen konnte. Nicht umsonst hatte sie von Elise und Ziegfeld gelernt, wie man Audienz hält und das Publikum betört. Selbst Eddie konnte den Blick nicht von ihr wenden. Wann immer sie aufschaute, ruhten seine Augen auf ihr.

Nach dem Dinner ging er schweigend mit ihr zurück, hielt ihr die Tür auf und folgte ihr ins Zimmer. Dort angekommen, riß er sich wie ein Verrückter die Kleider vom Leib. Völlig nackt kam er dann auf sie zu. Reglos stand sie da, zu Tode erschrocken über den brutalen Ausdruck in seinem Gesicht. Er drehte sie wie eine Puppe zu sich und knöpfte ihr Kleid auf, das mit seidenem Rascheln zu Boden glitt. Langsam löste er ihre Corsage, befühlte gierig ihre Brüste, während sie ihn aus angstvollen Augen anstarrte. Er entfernte ihre restliche Unterwäsche, bis sie nackt und bloß, abgesehen von ihren Strümpfen und dem düster glühenden Schmuck, vor ihm stand. Sie war unfähig, den Blick von seiner verzerrten Fratze zu wenden, war vor Angst vor dem, was kommen würde, wie gelähmt.

Plötzlich zischte er etwas auf Deutsch und versetzte ihr einen Stoß, daß sie quer durchs Zimmer flog. »Du blödes, kleines, naives Gör!« knurrte er böse. Dann zog er sich hastig an. Seine Erregung war erloschen. »Hast du denn überhaupt keine Ahnung, was einen Mann anregt? Haben sie euch diese Dinge im New Amsterdam Theater nicht beigebracht? Jedes armselige Mädchen von der Straße ist aufregender, als du es je sein wirst!«

Vollständig bekleidet stand er vor ihr, strich sein blondes Haar zurecht und musterte sie verächtlich. »Zieh dich doch, in Gottes Namen, wieder an!« höhnte er. »Eines Tages werde ich dir zeigen, wie du im Bett dein damenhaftes Getue ablegen kannst. Aber heute abend habe ich Besseres zu tun!« Mit diesen Worten stolzierte er hinaus und schlug die Tür hinter sich zu.

Sehr viel später hörte sie ihn zurückkommen. Sie vernahm das Geräusch aneinanderklirrender Gläser, das schrille Gelächter einer Frau und dann, später, das animalische Stöhnen der Lust, die Schreie und Befehle, mit denen die Frau ihn antrieb.

Missie zog die Decke über den Kopf, versuchte das, was nebenan geschah, aus ihrem Bewußtsein auszuklammern. Doch sie wußte nur zu gut, daß sich ihr Gatte von Gretel von Dussmann gerade auf eine Art befriedigen ließ, wie es ihr niemals möglich sein würde.

Früh am nächsten Morgen stand sie an Deck und sah zu, wie die *Majestic* in Cherbourg anlegte. Da bemerkte sie Eddie, der gemächlich auf sie zuschlenderte. Er war wie immer tadellos gekleidet, und sie fragte sich, wie es möglich war, daß sein düsteres, frisch rasiertes Gesicht keinerlei Spuren der vergangenen Nacht aufwies. Der bekleidete, vornehme Eddie war ein gänzlich anderer Mensch als jener nackte, brutale, vor Leidenschaft entfesselte Mann.

»Ich habe entschieden, daß wir *nicht* nach Paris fahren«, wandte er sich schroff an sie. »Unsere Reservierungen im Bristol sind bereits storniert. Wir werden unverzüglich nach Deutschland reisen.«

Als er Azaylees enttäuschte Miene sah, legte er tröstend

den Arm um sie. »Willst du nicht Haus Arnhaldt sehen?« fragte er lächelnd. »Dein neues Zuhause?«

»Oh ja, natürlich!« antwortete sie aufgeregt.

»Paris kann warten, bis du ein wenig älter geworden bist«, fügte er achselzuckend hinzu.

Die Reise mit Zug und Auto war lang und anstrengend. Endlich bog der Wagen in eine Straße, die sich durch einen dichten, düsteren Wald schlängelte, dann durch einen künstlich geschaffenen Park mit kastenförmig gestutzten Hecken und penibel angelegten Rasenflächen, die nicht die kleinste Blume aufwiesen, führte und schließlich vor einer Kieseinfahrt endete. Entsetzt starrte Missie auf das graue, abweisende Haus. Plötzlich schwangen die schweren Türen auf, und ein Butler erschien, gefolgt von einer Schar Dienstboten, die sich in zwei Reihen aufstellten, um ihrem Herrn und dessen frischgebackener Ehefrau einen würdigen Empfang zu bereiten.

Der Butler eilte zum Wagen, riß die Tür auf, klappte mit einer Verbeugung die Hacken zusammen und stellte sich als Manfred vor. Missie ging durch das Spalier der Dienstboten ins Haus, grüßte freundlich nach beiden Seiten, während die Mädchen knicksten und die Männer sich verneigten.

Im Schatten der Halle verborgen, stand die große, majestätisch wirkende Frau und beobachtete das kleine Schauspiel, das sich draußen abspielte. Ihr Blick ruhte prüfend auf Missie, glitt aber gleich darauf uninteressiert weiter, um sich dem kleinen Mädchen zuzuwenden. Ihr Atem stockte, Eddie hatte also doch recht gehabt; die Ähnlichkeit mit Fürstin Anouschka war unleugbar. Sie lächelte. Ihr Sohn hatte gute Arbeit geleistet. Mit einem grandiosen Schachzug hatte er erreicht, worauf sie jahrelang gehofft hatten. Sie hatte nicht die geringsten Zweifel, daß dies tatsächlich die Ivanoff-Tochter war, von der die Russen glaubten, sie sei vor vier Jahren im Wald gestorben. Aber jetzt war sie zugleich Eddie Arnhardts »Tochter«!

Ihr Plan war auf lange Zeit angelegt. Immerhin war das Kind erst sechs Jahre. Doch das Warten würde sich lohnen. Sie würde ihre Anwälte instruieren, die notwendigen Dokumente vorzubereiten, und sobald das Mädchen ihr achtzehntes Lebensjahr erreicht hatte, würde ihre Identität als Erbin der Ivanoffs und somit als legitime Eigentümerin der Rajesthan-Minen enthüllt werden.

Die neue Braut, Verity, war insofern wichtig, da sie als Zeugin gebraucht wurde — und sie würden, wenn nötig, auch nicht vor Gewalt zurückschrecken, um sie zum Sprechen zu bringen. Aber in der Zwischenzeit würde sich Eddie als pflichtbewußter, liebender Vater hervortun, und Azaylee würde ihm, sobald sie im entsprechenden Alter war, ohne Zögern die Minen überschreiben. Denn bis dahin wäre aus ihr eine echte Arnhaldt geworden. Sie würde mit ihrem geliebten Enkel, Augie, verheiratet werden, der dann alles erbte.

Sie trat einen Schritt vor, um ihre neue Schwiegertochter zu begrüßen, indem sie ihr mit kaltem Lächeln die Wange zum Kuß bot. »Ich hoffe, du wirst hier sehr glücklich sein«, sagte sie, während ihr Blick bereits zu Azaylee hinüberglitt. »Und du auch, mein Kind«, fügte sie mit einem Anflug von Wärme in der Stimme hinzu. »Deine Jugend wird unsere Tage erhellen. Haus Arnhaldt heißt dich willkommen, mein Kind. Merke dir, daß dies von nun an dein Zuhause ist.«

30

Düsseldorf
Je mehr Tage sich quälend dahinschleppten, desto stärker empfand Missie das Haus Arnhaldt als ein Gefängnis. Ihre Zimmer befanden sich im zweiten Stock gegenüber denen von Eddie, aber er besuchte sie nie. Die meiste Zeit verbrachte er in seinen Düsseldorfer Büros oder in seiner Firma in Essen, und an den Wochenenden ging er entweder zur Jagd oder auf irgendwelche Partys. Sie hegte den Verdacht, daß er nach wie vor ein Verhältnis mit Gretel hatte, war sich dessen aber nicht ganz sicher, da sie in den zwei Monaten ihres Aufenthalts noch nie außerhalb des Arnhaldt-Geländes gewesen war. Seit jener Nacht auf der *Majestic* hatte sie

ihn nie wieder allein gesehen, und sie wußte nicht, ob sie darüber nun erleichtert oder traurig sein sollte. Immerhin war sie seine Frau. Und wenn ihre Ehe auch aufgrund ihrer Unwissenheit schlecht begonnen hatte, so könnten sie doch einen neuen Versuch starten.

Sie beschloß, Eddie gegenüber so charmant und reizend wie möglich zu sein, kleidete sich jeden Abend mit großer Sorgfalt zum Dinner in der riesigen, düsteren, gotisch anmutenden Halle, die von mit Glühbirnen illuminierten Geweihen deprimierend erleuchtet war. Doch jeden Abend kam sie sich vor, als sei sie unsichtbar. Schweigend servierte Manfred mit einem Gefolge von Dienstboten das Essen, und Eddie und seine Mutter, Baronin Jutta, unterhielten sich nur auf Deutsch, von dem sie kein Wort verstand. Missie schenkte man so wenig Beachtung, daß sie genausogut eine Fliege an der Wand hätte sein können. Sich der neugierigen Blicke der Dienerschaft bewußt, aß sie hastig ihr Mahl und entschuldigte sich dann so bald wie möglich.

Niedergeschlagen erklomm sie die breiten Eichenstufen und eilte durch den düsteren Gang zu ihren Räumen. Wäre Azaylee nicht so glücklich hier, hätte sie Eddie schon längst verlassen. Doch wohin sollte sie gehen? fragte sie sich mutlos, während sie aus dem Fenster zu den dunklen, drohenden Wäldern hinüberschaute. Sie war in Deutschland, zudem ohne einen Pfennig Geld, da Eddie ihr keines gab. Wozu auch? Sie wurde ja mit allem »versorgt«: Reiche Leute benötigen kein Bargeld.

Für Azaylee sah das Leben hingegen völlig anders aus. Sie hatte eine helle, sonnendurchflutete Suite im ersten Stock mit einem gemütlichen Schlafzimmer, eigens für sie mit frischem, grün-weißem Baumwollchintz dekoriert, und ein riesiges Spielzimmer voller neuer Spielsachen. Weiterhin gab es ein Schulzimmer und ein Wohnzimmer, wo sie sich mit Missie und Azaylee jeden Tag zum Fünf-Uhr-Tee traf. Diese Teestunden waren Missies einzige Abwechslung aus dem tristen Alltag. Und es war die einzige Zeit, die sie mit Azaylee verbringen konnte, da Azaylee mit den Reitstunden auf ihrem neuen Pony, dem Schwimmunterricht in dem großen, überdachten Pool und den täglichen Ballettstunden in Düsseldorf vollauf beschäftigt war.

Beulah war über Azaylees Aktivitäten alles andere als erfreut. »Mir gefällt das nicht, Miss Verity«, sagte sie eines Tages bekümmert, »nein, mir gefällt überhaupt nicht, was sie mit dem Kind machen. Schwatzen es den ganzen Tag mit dem Arnhaldt-Gequatsche voll, von wegen wie reich sie alle sind, daß sie nur noch Deutsch reden soll, weil sie ja nun einen deutschen Daddy hat und ein deutsches Mädchen ist. Und wo bleiben Sie dabei, Miss Verity? Sie sind schließlich ihre Schwester! Warum geben die *Ihnen* keinen Deutschunterricht, damit Sie mit Ihrem Gatten Deutsch reden können? Nein, nein, irgendwas ist da faul! Glauben Sie mir, Miss Verity: Die wollen Ihnen und mir das Kind so ganz allmählich wegnehmen. Bald wird von unserem Liebling nur noch ein kleines deutsches *Fräulein* übrig sein! Fragen Sie mich nicht, warum, aber genau darauf läuft es hinaus!«

Als sie in dieser Nacht einsam und schlaflos in ihrem Bett lag, kamen Missie Beulahs düstere Prophezeihungen wieder in den Sinn. Es stimmte — sie hielten Azaylee absichtlich so in Trab, um sie von ihr fernzuhalten, und waren geradezu übereifrig darauf bedacht, daß Azaylee nur noch Deutsch sprach. Aber weshalb? Kurz erwog sie die Möglichkeit, es geschehe aus Liebe, doch dann sah sie Eddies kalte, blaße Augen vor sich, die denen seiner Mutter in Farbe und Kälte so sehr glichen, und wußte, daß Liebe ganz sicher nicht der Grund sein konnte. So konnte es also nicht weitergehen, überlegte sie. Es wurde langsam Zeit, die Beziehung zwischen ihnen zu klären. Und wenn dies dann das Ende bedeuten sollte, sie wieder nach New York zurück und mit dem Makel einer geschiedenen Frau weiterleben müßte, dann war es auch nicht zu ändern.

Obwohl der nächste Tag ein Samstag war, war Eddie am späten Vormittag noch zu Hause. Kurzentschlossen zog Missie ein hübsches, blaues Wollkleid an, steckte ihr Haar, in der Hoffnung, sie würde dadurch älter und bestimmter wirken, zu einem ordentlichen Chignon und eilte nach unten in sein Arbeitszimmer.

Sie klopfte an die Tür und rief leise seinen Namen, doch es kam keine Antwort. Womöglich war er doch noch ausgegangen, überlegte sie. Aber da sie schon einmal den Mut zu einer Aussprache gefaßt hatte, war sie nicht bereit, allzu schnell aufzugeben. Erneut seinen Namen rufend, öffnete sie die Tür und spähte hinein. Das Arbeitszimmer war leer, doch der durchdringende Geruch seiner türkischen Zigaretten hing noch in der Luft, und auf seinem Schreibtisch lag ein geöffnetes Buch. Da alles dafür sprach, daß er nur kurz hinausgegangen war, entschloß sie sich zu warten. Sie hatte Eddies Arbeitszimmer nur einmal gesehen, als seine Mutter sie durch das Haus geführt hatte, und so wanderte sie nun neugierig umher und betrachtete die Gegenstände auf seinem Schreibtisch: die massive Silberlampe, die drei Telefone, den monströsen Kupferaschenbecher und die aus Silber gefertigten Modelle der verschiedenen Arnhaldt-Gewehre. Im Haus Arnhaldt war wirklich alles viel zu groß und viel zu protzig, dachte sie angeekelt. Selbst die Bücher in den Regalen waren ausnahmslos fette, wertvolle, ledergebundene Schinken.

Der Reihe nach betrachtete sie die Bilder an den Wänden und blieb plötzlich wie angewurzelt vor einem kleinen Landschaftsgemälde stehen. Doch es war nicht die Landschaft, die ihren Blick fesselte, sondern dahinter der offene Safe, den das Bild eigentlich hätte verbergen sollen. Und aus dem Inneren des Safes heraus glitzerte ihr ein vertrautes Schmuckstück entgegen, ein Stück, das sie für immer verloren geglaubt hatte: Mischas Brosche, die sie zuletzt bei Cartier in New York gesehen hatte.

Schlagartig kehrten die grauenvollen Erinnerungen zurück, schnürten ihr schier den Hals zu, und sie hörte wieder Sofias Stimme, wie sie unentwegt davor gewarnt hatte, die Juwelen zu verkaufen, da die Tscheka niemals ruhte, niemals vergaß und geduldig darauf wartete, bis irgendwann, irgendwo die Ivanoff-Juwelen auftauchten. Und dann würden sie zuschlagen.

Aber im Safe befand sich noch etwas, das ihr vage vertraut schien, eine Urkunde mit rotem Siegel. Sie zog das Doku-

ment heraus und las die Aufschrift: »Verpachtung der Ivanoff-eigenen Mine in Rajasthan an Arnhaldt durch die Uni-
on der Sozialistischen Staaten Rußlands«, datiert vom ersten
Januar 1918, am selben Tag unterzeichnet und versiegelt von
Michael Peter Alexander Ivanoff. Verwirrt starrte sie auf das
Datum. Es konnte nicht stimmen; zu dem Zeitpunkt war Mischa bereits tot.

Panik überflutete sie, als ihr einfiel, wie Edie von Anfang
an um Azaylees Gunst gebuhlt hatte. Er und seine Mutter
mußten gewußt haben, wer sie war. Aber was wollten sie
von ihr? Standen sie etwa mit der Tscheka im Bunde? Abertausend Möglichkeiten schossen ihr durch den Kopf, eine
schlimmer und schrecklicher als die andere. Ihr Blick fiel
abermals auf Mischas Brosche. Instinktiv streckte sie die
Hand danach aus und ließ sie in ihre Tasche gleiten. Entsetzt
wirbelte sie herum, als sie plötzlich von draußen hörte, wie
Eddie Manfred irgendwelche Befehle zubrüllte. Hilflos blickte sie sich um, aber es gab keinen anderen Ausgang.

Sie schob das Dokument in den Safe zurück, schloß die
Tür mit einem metallenen Klang, der ihr vorkam, als könne
man ihn meilenweit hören, und rückte das Bild an seinen
Platz. Dann schnappte sie sich ein Buch aus dem Regal,
rannte zum Schreibtisch und setzte sich in den breiten, rot-
ledernen Drehstuhl.

Angstschauer krochen über ihre Wirbelsäule, als die Tür
geöffnet wurde; sie tat, als habe sie nichts gehört, und blätterte in den Seiten. Einige angespannte Sekunden verstrichen, ehe Eddie schließlich sagte: »Bist du aus einem bestimmten Grund hier? Oder nur aus Neugier?« Er ging zu
ihr und nahm ihr das Buch aus der Hand. »*Handbuch der Bal-
listik* — auf Deutsch? Meine liebe Verity, wenn du nach einer
Ausrede für dein Spionieren suchst, mußt du dir etwas Besseres einfallen lassen!«

»Ich bin nicht zum Spionieren gekommen«, sagte sie ent-
rüstet. »Ich bin gekommen, um . . .« Ratlos brach sie ab. Sie
konnte ihm unmöglich über ihre Scheidungsabsichten berichten, denn inzwischen wußte sie, daß er sie und Azaylee
niemals gehen lassen würde. »Ich wollte dich fragen, wes-

halb du nicht mehr mit mir sprichst«, stieß sie statt dessen hervor.

Er zuckte mit den Achseln. »Ich dachte, wir hätten auf der *Majestic* geklärt, daß wir einander nichts zu sagen haben. Ich habe einen schrecklichen Fehler begangen, Verity. Du bist nicht das Mädchen, für das ich dich gehalten habe. Aber ich werde mich nicht von dir scheiden lassen. Du kannst in Haus Arnhaldt bleiben und ein Leben führen, wie es der jungen Baronin Arnhaldt geziemt.« Seine schmalen Lippen verzogen sich zu einem grausamen Lächeln. »Und zwar bis zu deinem Lebensende.«

Angstvoll überlegte sie, was er damit wohl meine. Wollte er sie umbringen, damit er Azaylee ganz für sich hatte? Eines war gewiß: Sie mußten so bald wie möglich von hier fliehen.

Sie erhob sich und ging hinter ihm vorbei zur Tür. Dann drehte sie sich um und sah ihn quer durch den Raum hinweg an. »Ich hoffe nach wie vor auf eine Chance für unsere Ehe«, sagte sie ruhig. »Von jetzt an werde ich mein Bestes tun, um dich zufrieden zu stimmen.«

Es bedurfte all ihrer Selbstbeherrschung, langsam und würdevoll zurückzugehen, anstatt einfach loszurennen. Den ganzen Tag über saß sie in ihrem Zimmer und grübelte über einer Fluchtmöglichkeit. Das Haus war eine Festung und befand sich zwanzig Kilometer vom nächsten Ort entfernt; sie konnte nicht einfach ihre Sachen packen und den Chauffeur bitten, sie, Azaylee und Beulah zum Düsseldorfer Bahnhof zu bringen, da er das ohne eine Genehmigung von Baronin Jutta nie tun würde. Und wenn sie versuchten, zu Fuß zu entfliehen, würde man ihre Abwesenheit sehr schnell bemerken und sie unverzüglich zurückbringen. Außerdem war Beulah für einen derartigen Gewaltmarsch zu alt und Azaylee zu jung. Verzweifelt raufte sie sich die Haare. Sie konnte nichts anderes tun, als zu warten, bis sich eine Gelegenheit bot. Doch zunächst würde sie Beulah über die Fluchtpläne in Kenntnis setzen.

Die alte Frau nahm die Neuigkeit begeistert auf. »Hoffentlich ist es bald so weit, Miss Verity«, grinste sie. »Ich kann es kaum erwarten, aus diesem widerlichen Haus zu verschwinden!«

Die Gelegenheit ergab sich früher als erwartet und auf höchst befriedigende Weise. Die verhaßte Baronin Jutta stürzte während eines Rundgangs durch den Park und brach sich die Hüfte. Aus Paris wurde ein weltberühmter Spezialist herbeizitiert, der Eddie nach eingehender Untersuchung mitteilte, daß es sich um einen sehr komplizierten Bruch handele. Die Baronin müsse ambulant in seiner Pariser Privatklinik behandelt werden, wo er sich persönlich um sie kümmern könne. Andernfalls würde die Baronin mit großer Wahrscheinlichkeit nie mehr laufen können.

Mit bleichem, angespanntem Gesicht traf Eddie die notwendigen Vorbereitungen, und Missie sah ihre Chance gekommen. »Deine arme Mutter«, sagte sie mitfühlend. »Sie wird sehr einsam in Paris sein, so weit entfernt von ihrem geliebten Haus Arnhaldt. Warum läßt du Azaylee nicht mit ihr gehen, damit sie ein wenig aufgemuntert wird? Du weißt, wie sehr sie das Kind liebt!«

Seine Augen blickten sorgenvoll, und sie merkte, daß er ihre Worte kaum vernommen hatte. »Sie ist wirklich ganz vernarrt in Azaylee. Die Kleine bringt sie ständig zum Lachen«, beharrte sie weiter.

»Die Baronin hat recht«, stimmte der Arzt zu. »Auch die psychologische Komponente spielt für die Genesung eines Patienten, vor allem im Alter der Baronin, eine Rolle. Je mehr Familienmitglieder sie um sich hat, desto besser. Das ist eine außerordentlich gute Idee.«

»Warum fahren wir dann nicht alle zusammen?« rief Verity, erfreut in die Hände klatschend. »Außerdem hast du Azaylee versprochen, ihr Paris zu zeigen, erinnerst du dich, Eddie?«

Er warf ihr einen wütenden Blick zu. Er wußte, daß er in Gegenwart des Arztes nicht Nein sagen konnte, ohne wie ein ausgemachter Narr dazustehen. »Na gut«, willigte er finster ein, während sie bereits aus dem Raum schwebte, um Beulah die frohe Botschaft zu überbringen.

In aller Eile packten sie ein paar Sachen zusammen. Eddie fuhr mit seiner Mutter im Krankenwagen voraus, sie hingegen sollten im Zug reisen und sich dann mit ihm im Bristol treffen.

Als der Zug in Paris angekommen war, fuhren sie mit dem Taxi freilich nicht ins Bristol, sondern zum Gare du Nord. Während Azaylee und Beulah am Bahnhof warteten, eilte Missie zur Rue St.-Honoré. Sie wählte den vornehmsten Juwelier aus, rauschte erhobenen Hauptes hinein, zog nonchalant den riesigen Diamantring vom Finger und sagte, daß sie ihn verkaufen wolle.

Ohne auch nur mit der Wimper zu zucken, willigte der welterfahrene Franzose ein und bot ihr dreitausend Dollar. Lächelnd nahm sie das Geld entgegen, begab sich darauf schnurstracks zur Thomas Cook-Agentur und buchte drei Zweiter- Klasse Überfahrten auf der *Amerika*, die noch am selben Abend nach New York auslaufen sollte. Dann hastete sie zum Bahnhof zurück, wo sie in den nächsten Zug nach Cherbourgh stiegen.

Um sieben Uhr abends waren sie an Bord und legten in Richtung Amerika ab. Diesmal stand Missie nicht an der Reling und blickte zurück. Sie hatte Angst, denn sie wußte nicht, was Eddie Arnhaldt unternehmen würde, wenn er entdeckte, daß sie fort waren.

31

Istanbul

Zum erstenmal seit Jahren stand Abyss Gerome zeitig am Morgen auf. Er stieß das muffige Bettlaken beiseite, ging barfuß über den schmuddeligen Teppich ins Bad und betrachtete sich eingehend in dem ungerahmten Spiegeldreieck. Das helle Morgenlicht war nicht gerade schwmeichelhaft. Sein Gesicht war aufgedunsen, faltig, zerfurcht. Vom Alkohol der letzten Nacht brannte sein Magen, und kalter Schweiß quoll ihm aus sämtlichen Poren. Plötzlich krümmte er sich vor Schmerzen zusammen. Als der Schmerz abgeklungen war, richtete er sich auf und stieg unter die Dusche. Vielleicht sollte er jetzt, da er reich war, doch einmal in eine dieser neuen Kliniken gehen und sich einer Behandlung unterziehen. »Behandlung« nannten sie es, als sei das Saufen eine Krankheit, obgleich jeder halbwegs intelligente Mensch wußte, daß es eine Wohltat war: größtenteils die Wohltat des Vergessens, aber dennoch eine Wohltat. Während er sich einseifte, blickte er an seinem Körper hinab, der wie ein weißer Wal mit schwabbeligen Fettlagen überzogen war. Vielleicht sollte er auch ein paar Kilo abnehmen und sich ein paar elegante Anzüge zulegen? Wie früher, als er noch Gerome Abyss, der beste Edelsteinschleifer der Welt, gewesen war. Als Unternehmen wie Cartier ihn kniefällig um Hilfe gebeten und ihm ein Vermögen bezahlt hatten. Natürlich nicht so viel, wie er jetzt für seine Arbeit an dem Smaragd bekommen hatte, aber für damalige Zeiten mehr als genug.

Ja, und vielleicht sollte er jetzt, als reicher Mann, wieder ins Geschäft einsteigen? Er könnte seine alten Kontakte zu den großen Juwelieren wieder aufnehmen und diskret anklingen lassen, daß er es war, der den Ivanoff-Smaragd in zwei Hälften geschnitten hatte. Er hatte zwar versprochen zu schweigen, aber nach all dem Rummel um die Auktion und der Riesensumme, die der Stein eingebracht hatte, würde das schöne Mädchen mit den langen schwarzen Haaren und den blauen Mandelaugen sowieso sehr lange nichts mehr verkaufen. Leyla Kazahn. Inzwischen kannte er ihren Namen, doch er wußte nicht, wie sie in den Besitz des Smaragdes gekommen war, und abgesehen davon, war es ihm auch völlig gleichgültig. Gestern abend war ihm in die Locanta Antalya, die einheimische Bar, in der er seine Trinkgelage zelebrierte, ein Bankwechsel über 648.000 Dollar übersendet worden. Er war ein reicher Mann.

Als er mit der offenen Rasierklinge seinen fünf Tage alten, grauen Stoppeln zu Leibe rückte, rutschte seine unstete Hand einige Male ab und hinterließ eine Blutspur. Die Sache mit der Zeitung kam ihm wieder in den Sinn. Heutzutage zahlten die ein Vermögen für Exklusivberichte. Mit einer Geschichte wie der seinen könnte er die Zeitungen gegeneinander ausspielen. Er grinste und offenbarte eine lückenhafte Reihe ungepflegter, gelber Zähne. Ja, er könnte noch reicher werden. Mehr als das — er könnte berühmt werden.

Er zog ein Hemd aus dem Schrank. Der Kragen wies einen schmutzigen Rand auf, aber das ließ sich jetzt auch nicht ändern. Sein alter, weißer Kammgarnanzug war inzwischen vergilbt, zudem verschwitzt und zerknittert und wirkte an diesem kalten Frühlingstag ziemlich umpassend. Doch ein weißer Anzug war immer schon sein Markenzeichen gewesen, wie auch sein Panama, sein Glückshut.

Er stülpte den zerknautschten Panama mit dem roten Band in einem verwegenen Winkel über und marschierte zur Tür. Die Hand bereits auf der Klinke, drehte er sich noch einmal forschend um. Nein, seine restlichen, kläglichen Habseligkeiten konnte er getrost hier lassen. Er würde nie mehr zurückkommen. Liebevoll klopfte er auf seine Jackentasche mit dem Bankwechsel. Er war jetzt ein reicher Mann.

Der Schalterbeamte der Banca Stambul holte, als er die Höhe des Schecks mit dem Erscheinungsbild des Kunden verglich, unverzüglich den Manager herbei. Dieser musterte erst den von einer renommierten Schweizer Bank ausgestellten Scheck, betrachtete darauf Abyss, der sich unbehaglich unter den abschätzigen Blicken wand, und verglich sein Aussehen sorgfältig mit dem Foto des auf den Namen Mr. Georges Gerome ausgestellten Passes.

»Es wird uns eine Ehre sein, ein Konto für Sie zu eröffnen, Mr. Gerome«, sagte er schließlich. »Ich werde mich selbst darum kümmern. An welche Art von Konto haben Sie gedacht? Ich würde Ihnen eine kurzzeitige Anlage zu unserem höchsten Zinssatz empfehlen, bis Sie sich über weitere Investitionen Gedanken gemacht haben. Und vielleicht ein angemessenes Girokonto für sofortige Barabhebungen.«

Abyss nickte. »Legen Sie hunderttausend auf ein Girokonto und den Rest als Sparguthaben. Jetzt hebe ich schon einmal zehntausend ab, in Dollar.«

Während er wartete, rührte er nervös in dem türkischen Mokka, den sie ihm serviert hatten. Sie ließen sich wirklich Zeit, und er fragte sich, ob irgend etwas schiefgelaufen war.

»So, das wär's, Mr. Gerome!« Lächelnd kehrte der Manager zurück. »Sie müssen nur noch hier unterschreiben, Sir. Und hier.«

Abyss wünschte, seine Hand würde nicht so zittern. Seine krakelige Unterschrift sah aus wie eine Fälschung. Ängstlich blickte er auf, doch das Lächeln im Gesicht des Managers hielt an, als sei es festgeklebt.

»So, und da sind Ihre zehntausend Dollar, Mr. Gerome. Ich heiße Sie hiermit in der Banca Stambul willkommen. Wenn Sie irgendwelche Fragen bezüglich Investitionen und dergleichen haben, stehe ich Ihnen jederzeit zu einer Beratung zur Verfügung.«

Zufrieden grinsend spazierte Abyss kurz darauf über den Taksim Square, ohne den kleinen Mann in dem braunen Mantel, der zehn Schritte hinter ihm ging, zu bemerken. Dann und wann tätschelte er zärtlich seine Jackentasche, die sich auf höchst angenehme Weise hervorwölbte. Zuerst würde er sich eine Suite im Hilton nehmen und anschließend einen kleinen Einkaufsbummel machen. Vier Dutzend neue Hemden, maßgeschneidert natürlich, ein Dutzend Anzüge, Unterwäsche, Socken, Schuhe . . . ja, und einen neuen Glückshut. Den alten brauchte er nicht mehr. Lachend schleuderte er seinen verschrumpelten Panama dem Schuhputzer zu, der an einer Ecke des Platzes kauerte, und der alte Knabe grinste zurück, wobei sich sein zahnloses, braunes Gesicht in abertausend kleine Fältchen legte. Abyss kam zu dem Entschluß, daß er Istanbul mochte. Hier wurde ein Mann wie ein König behandelt — und konnte wie ein König leben.

Sein Blick fiel auf die Neonleuchtschrift über einer Bar, und er blieb unschlüssig stehen. Ein kleiner Drink würde nicht schaden, und das Hilton war auch in einer Stunde noch da. Grinsend dachte er, daß es sich mit dem Sex genauso verhielt: Das Vergnügen wurde gesteigert, wenn man den Höhepunkt so weit wie möglich hinauszögerte. Und das war auch etwas, das er sich nun, nach langer Zeit der Enthaltsamkeit, wieder kaufen konnte — Sex.

Auch jetzt nahm er den kleinen, schattenhaften Mann in dem unauffälligen, braunen Mantel nicht wahr, der hinter ihm in die Bar schlüpfte und sich an einen Tisch neben der Tür setzte.

Glücklich beäugte Abyss die hinter der Bar aufgereihten Flaschen. Er hatte nie wirklich damit gerechnet, daß das Mädchen die Restsumme bezahlen würde. Er war fest davon überzeugt gewesen, es würde bei den fünfundzwanzigtausend Dollar bleiben, die ihm freilich wie Wasser unter den Fingern zerronnen waren. Allein zehntausend für den neuen Paß, dann die Kosten für die Schiffsüberfahrten, die Flüge, Züge, Hotels . . . dieses ganze Drum und Dran, um unterzutauchen. Aber das war vorbei. Jetzt konnte er leben, wie er wollte. Er bestellte einen doppelten Scotch, kostete ihn genießerisch mit der Zunge, ehe er ihn hinunterkippte und einen zweiten bestellte. »Und einen für Sie«, sagte er großzügig zum Barkeeper. Der Mann nickte und nahm das Geld in Empfang. Er hatte schon unzählige Männer wie Abyss gesehen. Sie kamen und gingen.

Abyss krümmte sich auf dem Barhocker zusammen, als ihn der Schmerz abermals überrollte. *Merde,* langsam wurde es wirklich ernst. Vielleicht müßte er tatsächlich den Scotch aufgeben. Am ganzen Leibe schwitzend, wankte er aus der Bar.

Plötzlich stand der kleine Mann neben ihm. »Sind Sie in Ordnung?« fragte er auf französisch.

Überrascht starrte Abyss ihn an und wand sich gleich darauf stöhnend unter einer neuerlichen Schmerzwoge. »Ich muß ins Krankenhaus«, keuchte er, sich am Arm des Mannes festklammernd, um nicht hinzufallen.

Ein Taxi kam langsam angefahren, hielt am Gehsteig, und der Mann half ihm hinein, kletterte neben ihn und schlug die Tür zu. Das Taxi fuhr los, bog mit quietschenden Reifen in die Siraselvileh Caddesi und jagte in Richtung Brücke und Altstadt.

Am nächsten Tag war in der Zeitung eine kurze Notiz zu lesen: Am Hafen bei Unkapani hatte man die Leiche eines Mannes aus dem Wasser gefischt. Er war nicht ertrunken, sondern erstochen worden. Der Dolch hatte noch in seinem Rücken gesteckt. Raubmord schied aus, da man in der Jackentasche des Mannes zehntausend Dollar gefunden hatte. Er war als Mr. George Gerome identifiziert worden. Die Polizei hat die Ermittlungen aufgenommen.

32

Washington

Cal stand an seinem Fenster, das auf den Potomac und die Theodore Roosevelt Island hinausblickte, und las, während er seinen Kaffee trank, die Morgenzeitung. Das Tagesthema war natürlich Markheims Ermordung. Seine Leiche war von einer Putzfrau gefunden worden; inzwischen war auch Markheims Rolle bei dem Verkauf des Smaragden bekannt geworden, was für die Zeitungen ein gefundenes Fressen war. Cal fragte sich, ob Markheim seinem Mörder noch den Namen des Käufers verraten haben mochte oder ob gar der Käufer selbst der Mörder war. Vielleicht Valentin Solovsky?

Klirrend stellte er die Tasse auf den Unterteller, da ihm Genie und Solovsky in den Sinn kamen. Seit Düsseldorf hatte er nichts mehr von ihr gehört. Sie war abgereist, ohne ihn darüber zu informieren, und dann war er nach Washington zurückbeordert worden.

Er erinnerte sich an Genies angstvolle, blaue Augen, als er ihr versichert hatte, daß die Sache völlig ungefährlich sei. »Es gibt wirklich nichts, wovor Sie Angst haben müßten«, hatte er unbekümmert gesagt. »Die sind hinter der Ivanoff-Erbin her, nicht hinter Ihnen. Abgesehen davon sind Sie keine Mata Hari.« Aber verdammt, Genie hatte sich genau als eine solche entpuppt, wild entschlossen, alles, was in ihren Kräften stand, für ihr Land zu tun, und zwar mit derselben Gründlichkeit, die sie auch in ihrem Beruf als Reporterin an den Tag legte. Wie ein ausgemachter Idiot hatte er sie in eine Welt geschickt, deren Gefahren er nicht vorhergesehen hatte.

Besorgt blickte er auf seine Uhr, las Zeit und Datum ab, als würde er dadurch ihren Aufenthaltsort erfahren.

Entschlossen ging er dann zum Telefon und rief ihren Produzenten an. »Oh, sicher«, sagte der, »wir haben heute morgen von ihr gehört. Sie ist unterwegs nach Washington.«

Cal bedankte sich — und sandte gleichzeitig ein Dankgebet zum Himmel. Genie war okay. Sie befand sich auf dem Heimflug. Und sobald sie angekommen wäre, würde er sie sehen und ihr sagen, sie solle die ganze Sache vergessen.

Sie sollte vergessen, daß er sie je um Mithilfe gebeten hatte, vergessen, was geschehen war. Sie sollte wieder die clevere, verletzbare Reporterin sein, die sie war, sicher und behütet in ihrer eigenen Welt. Reumütig vor sich hingrinsend, griff er zum Telefon und bestellte bei einem Blumenladen zwei Dutzend cremefarbener Rosen, die zusammen mit einer Karte, auf der : »Es tut mir leid, Cal« stand, an Genie Reese gesandt werden sollten.

Er hoffte, sie würde ihm glauben.

Seine Gedanken wanderten wieder zu Markheims Mörder. Er schaltete das Fernsehgerät für die Morgennachrichten ein. Zu seiner Überraschung flimmerte auf dem Bildschirm das Gesicht des Russen auf, der sich auf dem Dulles Airport gerade durch eine dichte Traube von Reportern und Kameraleuten drängte.

Valentin blickte ungehalten in die Kamera, wandte sich dann um und spähte in die Menschenmenge, die seinen Weg blockierte. Plötzlich tauchten aus dem Nichts ein halbes Dutzend Männer mit dunklen Sonnenbrillen auf und schoben die Reporter beiseite, damit Valentin passieren konnte.

»Sie waren doch auf der Auktion in Genf, Mr. Solovsky«, sagte ein Reporter, ihm ein Mikrofon unter die Nase haltend. »Dürften wir den Grund erfahren?«

Ohne ihn zu beachten, schritt Valentin weiter. »Was sagen Sie zu der Ermordung Markheims?« beharrte der Reporter, doch Valentin schob das Mikrofon beiseite und setzte seinen Weg durch das Gedränge fort. Wütend funkelte er die Sicherheitsbeamten an, die sich daraufhin schützend der Reihe nach aufbauten und die Reporter auf die Straße hinaus verbannten. Da kein Botschaftswagen bereitstand, stieg Valentin in ein Taxi und fuhr unter dem Blitzlichthagel der Kameras davon.

Cal stieß einen leisen Pfiff aus. Er hatte geglaubt, er könne den Ivanoff-Fall diplomatisch lösen, doch nun entglitten ihm die Dinge. Er benötigte Hilfe. Er rief Jim Cornish von der CIA-Zentrale in Langley, Virginia, an und fragte ihn, was er über Markheim wisse.

»Tja, der wird uns leider nichts mehr erzählen können«,

sagte Cornish. »Und Abyss auch nicht. Die Info erreichte uns heute morgen aus Istanbul. Steht alles in dem NID, der auf Ihrem Schreibtisch liegt. Ja, Abyss ist mausetot — den Dolch noch im Rücken und zehntausend Dollar in der Jackentasche. Ziemlich grausige Geschichte, was?«

»Wirklich unglaublich«, sagte Cal nachdenklich.

Cornish ließ ein so dröhnendes Lachen hören, daß Cal zusammenzuckte und den Hörer ein Stück vom Ohr weghielt. »In Anbetracht der Sachlage ist das eine ziemlich milde Bemerkung«, sagte Cornish.

»Ich fange nur ungern schon morgens zu fluchen an«, erwiderte Cal, während er abwesend in seinen Vollkorntoast biß. »Also lag ich mit Istanbul doch richtig. Er war die ganze Zeit dort gewesen.«

»Vermutlich ein guter Ort, um unterzutauchen. Und die zehntausend waren wohl seine Bezahlung.«

»Das ist nicht genug. Abyss muß weit mehr als zehn Riesen bekommen haben. Da er diese aber mit sich herumgeschleppt hat, muß er erst kurz vorher ausbezahlt worden sein. *Doch wo ist das restliche Geld?*«

»Auf einem Bankkonto?« schlug Cornish vor.

»Genau — und ich wette, auf einem brandneuen Konto.« Cals Gedanken rasten. »Könnten sie mir einen Gefallen tun, Cornish? Überprüfen Sie alle Banken in Istanbul und finden sie heraus, wo ein Mr. Georges Gerome ein Konto eröffnet hat. Vielleicht hat sich der betreffende Bankdirektor bereits an die Polizei gewandt.«

»Das bezweifle ich. Die Meldung in der Zeitung war so klein, daß man sie leicht übersehen konnte. Aber gut, wir werden der Sache nachgehen.«

»Und wenn Sie das Konto gefunden haben, fragen Sie nach, in welcher Form das Geld eingezahlt wurde . . . als Scheck, als Bankwechsel, von einer Schweizer Bank oder einer anderen, und so weiter.«

»Zu Befehl«, sagte Cornish verstimmt, da er es haßte, sich in seinen Job hineinreden zu lassen.

Kurze Zeit später fuhr Cal die Virginia Avenue entlang; Washington zeigte sich an diesem strahlenden Frühlingstag von seiner besten Seite. Er überkreuzte die Eighteenth Street und bog dann rechts in die Seventeenth, die zu seinem Büro im westlichen Verwaltungsflügel des Weißen Hauses führte.

Eine Schar Reporter lungerte vor dem Westtor herum, und während er seinen Wagen vorsichtig durch die Menge steuerte, überlegte er, worauf sie wohl warten mochten. Mit einem Mal ging ein Blitzlichthagel auf ihn herab, richteten sich die Kamerad auf ihn, und durch sein offenes Wagenfenster schob sich ein Mikrofon.

»Mr. Warrender, können Sie uns erzählen, was Sie in Genf gemacht haben?« fragte Jemand.

Eingedenk Valentins Schweigen schüttelte er den Kopf.

»Was hat es mit der Ermordung Markheims auf sich? Außerdem haben wir gerade die Sache mit Abyss erfahren. Wer, glauben Sie, steckt hinter den Morden? Und warum?«

Erleichtert gab Cal Gas, als die Security ihn einließ. Während hinter ihm die Tore geschlossen wurden, sah er durch den Rückspiegel, daß die Kameras weiterliefen. Er fragte sich, ob Genie Reese schon zu Hause war. Er traute sich zu wetten, daß ihr Anruf der erste war, der ihn an diesem Morgen erreichen würde.

Nachdem er seine Sekretärin um eine Tasse Kaffee gebeten hatte, ließ er sich erschöpft in den Stuhl sinken. Wie Cornish gesagt hatte, lag auf seinem Schreibtisch eine Kopie der National Intelligence Daily, der nationalen Tagespresse des Geheimdienstes. Die NID enthielt eine Zusammenfassung der neuesten Berichte amerikanischer Agenten aus der ganzen Welt und benutzte dafür elektronische Lauschanlagen und Spionagefotos per Satelliten ebenso wie wichtige Nachrichten- und Zeitungsberichte. Manchmal enthielt sie nützliche Informationen, manchmal nicht. Die NID mit dem rotschwarzen Flaggenemblem wurde zunächst an den Präsidenten gesandt und machte dann unter den Beamten mit Top-Secret-Bescheinigung die Runde oder wurde an hohe Ränge des Verteidigungsministeriums, des Außenministeriums und des CIA weitergeleitet. Heute war eine Seite dem Markheim-Mord gewidmet: Markheims sämtliche Geschäftsunterlagen und Aufzeichnungen wurden vermißt, und der

Geheimdienst vermutete, daß es sich um eine »wet«, eine nasse Angelegenheit handelte — der russische Slangausdruck für einen Mord. Außerdem befand sich in der NID auch die Pressemeldung über die Ermordung George Geromes, alias Abyss, in Istanbul.

Cal wußte, daß der »Early Birdy« die neusten Meldungen noch nicht aufgearbeitet hatte. Der »Early Birdy«, der »kleine Frühaufsteher«, war die ausgewählte Zusammenfassung der wichtigsten Zeitungsartikel und Schlagzeilen, die den neun größten Zeitungen, den Rundfunksendern und den drei wichtigsten Fernsehanstalten entnommen und ebenfalls an oberste Stelle weitergeleitet wurden. Aber bis morgen würde jeder, der an das Netzwerk angeschlossen war — die kleine Auswahl hochkarätiger Leute, die brisante Informationen als erste erhielten —, die Details kennen, und die Gerüchteküche würde überschwappen. Er mußte etwas unternehmen. Mit geschlossenen Augen und verschränkten Armen lehnte er sich in seinem Stuhl zurück und dachte nach. Wer immer die »Dame« war, sie befand sich in höchster Gefahr. Die Russen machten Ernst. Und Cal war sicher, daß es neben den beiden Nationen auch noch einen dritten Mann gab, der die Minen wollte.

Er rief abermals beim CIA an. »Cornish, wissen wir, was die Russen all die Jahre mit diesen indischen Minen gemacht haben? Ich meine, waren sie in Betrieb?«

»Ich vermute es«, erwiderte Cornish, »aber da wir für die Ivanoff-Geschichte nie grünes Licht bekommen haben, sind unsere Informationen natürlich nicht vollständig.«

»Recherchieren Sie in der Sache«, wies Cal ihn an, dem gerade einige Lichter aufgingen. »Wir wissen, daß der Wert der Minen auf dem darin enthaltenen Wolfram beruht; Wolfram ist unentbehrlich bei der Stahlproduktion. Und wer ist weltweit der wichtigste Stahl- *und Waffen*produzent?«

»Himmel, Cal, glauben Sie etwa . . .?«

»Arnhaldt lebt in Düsseldorf«, fuhr Cal fort, »genau wie Markheim — bis man ihn erledigte.«

»So langsam kapier' ich«, sagte Cornish gedehnt. »Okay, ich werde im Lauf des Tages zurückrufen.«

Grinsend legte Cal den Hörer auf. Wahrscheinlich hatte er gerade das Rätsel um den dritten Akteur im Ivanoff-Spiel gelöst. Er würde sein letztes Hemd darauf verwetten, daß Arnhaldt den Smaragd gekauft hat. Was Genie Reese wohl dazu sagen mochte? Er würde sie später anrufen, sie vielleicht sogar zum Dinner einladen. Na ja, mit ihrem Alleingang hatte sie ihn zwar in Teufels Küche gebracht, aber dennoch besaß sie etwas, das ihn außerordentlich anzog. Vielleicht war es ihre Zielstrebigkeit, die der seinen in nichts nachstand; sie war wagemutig, tollkühn, setzte alles auf eine Karte. Er sah sie vor sich, wie sie ihm im Beau Rivage gegenübergesessen war und sich ihre blauen Augen, als er ihr von den Milliarden erzählte, ungläubig geweitet hatten; er erinnerte sich daran, wie sie, wenn sie nervös wurde, ihr blondes Haar zurückstrich, und daß ihr Mund viel zu verletzlich war für die Rolle, die sie spielte. Ja, er mochte Genie Reese, er mochte sie wirklich.

Um halb sechs abends rief Cornish zurück. Er teilte Cal mit, daß Arnhaldt tatsächlich die Minen betrieben hatte, und er, Cornish, weitere Ermittlungen anstellen wolle. Außerdem hatte er über den Düsseldorfer Geheimdienst erfahren, daß Markheim gegen ein ziemlich hohes Schmiergeld den Namen des Käufers verraten hatte — aller Wahrscheinlichkeit nach an KGB-Agenten. Demnach wüßten auch die Russen bereits über Arnhaldt Bescheid. Cal nickte; es war so, wie er erwartet hatte. Mit der Bitte, Cornish möge ihn auch weiterhin auf dem Laufenden halten, beendete er das Gespräch. Er blickte auf die Uhr. Nachdem Genie ihn nicht anzurufen schien, würde eben er die Initiative ergreifen.

»Hi!« rief sie. »Danke für die wunderschönen Blumen. Mein Zimmer duftet wie ein Sommergarten.«

»Keine Ursache«, sagte er, erleichtert, ihre Stimme zu hören. »Und nehmen Sie meine Entschuldigung an?«

»Oh, sicher! Wenn ich auch nicht ganz verstehe, wofür.«

»Doch, da gibt es schon einen Grund, aber darüber möchte ich besser nicht am Telefon mit Ihnen sprechen.« Da sie keine Antwort gab, fragte er rasch: »Alles in Ordnung bei Ihnen?«

»Was sollte denn nicht in Ordnung sein?« Ihre Stimme war wachsam.

»Na ja, nachdem Sie mich in Düsseldorf abermals abgehängt haben, bin ich froh, Sie wohlbehalten wieder hier zu wissen. Zumal sich die Ereignisse förmlich überschlagen.«

»Ereignisse? Oh, verstehe.« Sie zögerte einen Moment, ehe sie hastig hervorstieß: »Cal, ich bin wirklich froh, daß Sie angerufen haben. Können wir uns heute abend sehen?«

Er lächelte. »Genau das gleiche wollte ich Sie eben fragen. Wie wäre es, wenn wir zusammen zum Essen gingen?«

»Zum Essen? Tja, nun, ich weiß nicht . . .«

Sie klang zwar nicht gerade begeistert, doch er wollte sie unbedingt sehen. »Sagen wir um acht an der Bar des Four Seasons?« wischte er eventuelle Einwände hinweg.

»Gut, ich werde da sein. Cal? Schauen Sie sich heute bitte die sechs-Uhr- Nachrichten an. Dann werden Sie verstehen, daß wir uns noch über etwas anderes unterhalten müssen.«

Stirnrunzelnd legte er den Hörer auf. Was konnte sie gemeint haben? Hoffentlich plante sie nicht einen neuerlichen halsbrecherischen Alleingang wie damals mit Solovsky. Er hatte nicht erwartet, daß sie so weit gehen würde. Doch Genie war ehrgeizig, hatte ihre Ziele hochgesteckt. Und Trottel, der er war, hatte er sie auch noch ermutigt, sie zu diesem gefährlichen Spiel angestachelt.

Es war Viertel vor sechs, zu spät, um zur Aufnahmestation zu gehen, um herauszufinden, was sie vorhatte, ehe sie ihre wie auch immer geartete Geschichte platzen ließ. Verflucht, warum handelte sie ständig, ohne ihn vorher zu fragen? Wer wußte schon, was Solovsky ihr aufgetragen hatte? Wütend schaltete er den Fernsehapparat ein und wartete auf die Nachrichten.

Genie brauchte ihre Notizen auf der Texttafel nicht. Sie wußte genau, was sie zu sagen hatte. Sie beobachtete, wie die Zeiger der Studiouhr sich auf die volle Stunde zubewegten. Valentin war seit heute morgen zu Hause und hatte sie noch nicht angerufen. Vielleicht würde er es nie tun. Tränen schossen ihr in die Augen, und sie biß sich auf die Lippen.

Sie durfte jetzt nicht weinen; in wenigen Minuten würde sie auf Sendung sein. Außerdem hatte sie in den letzten Tagen genug geweint. Wo war bloß die alte Genie geblieben, die verwegene, furchtlose Reporterin? Sie ist noch immer da, würde sogar in Kürze einen Beweis ihres journalistischen Könnens liefern, beruhigte sie sich.

Während die Visagistin sie mit Puder und Lippenstift bearbeitete, hielt sie ihre Unterlagen fest umklammert. Es gab nur einen einzigen Weg, um alle an diesem Spiel beteiligten Akteure aus ihren Mauselöchern zu locken. Und nur einen einzigen Weg, um den Mörder zu finden. Es war das riskanteste Spiel ihres Lebens, aber sie war bereit, das Risiko auf sich zu nehmen.

Nachdem sie heute früh die Entscheidung getroffen hatte, war sie schnurstracks zum Aufnahmeleiter gegangen. Er hatte ihr aufmerksam zugehört, gelegentlich Zwischenfragen gestellt und sich schließlich einverstanden erklärt. »Aber Sie sollten dann auch Ihr Wort halten«, hatte er gewarnt. Sie war erschrocken. Wenn sie ihr Wort nicht halten konnte, wäre ihre Karriere am Ende. Und vielleicht auch ihr Leben.

Um vier Minuten vor sechs klingelte das Telefon, und die Stimme am anderen Ende der Leitung ließ ihr aufgewühltes Herz förmlich dahinschmelzen.

»Valentin«, flüsterte sie.

»Genie, ich muß dich sehen«, sagte er drängend.

»Ja, ja . . . natürlich . . .«

»Um sieben, bei dir«, bestimmte er knapp.

Als er auflegte, standen die Zeiger der Uhr auf drei Minuten vor sechs.

»Okay, Genie«, rief der Aufnahmeleiter, »dann wollen wir mal!«

Sie nahm ihren Platz hinter dem breiten, geschwungenen Schreibtisch ein, blinzelte in die Scheinwerfer, während die Visagistin ihre Stirn erneut puderte, und starrte blicklos vor sich hin, als die Einführungsmelodie ertönte und der Vorspann über den Monitor abrollte. Sie war nun ganz ruhig. Sie war bereit.

Cal lümmelte sich in den Sessel vor dem Fernseher; sein Jackett hatte er abgelegt, die Krawatte gelockert und eine Dose Miller's neben sich. Der Vorspann war vorbei, die internationalen Schlagzeilen wurden vorgelesen; und dann sagte der Moderator: »Und nun zu unserer Reporterin, Genie Reese, die in dem geheimnisvollen Fall des Ivanoff-Smaragdes einige wichtige Entdeckungen gemacht hat.«

Die Kamera schwenkte zu Genie hinüber. Da war sie: kühl, gelassen, in einer eleganten, blauen Seidenbluse, die das Blau ihrer Augen hervorhob. Ihr Haar war zu einem schimmernden Knoten zurückgesteckt, und um ihren Hals und an ihren Ohren schimmerten Perlen. Cal dachte, daß sie aussah wie ein Mädchen, das köstlich nach Chanel No. 5 duftet.

Ernst blickte Genie in die Kamera. »Der Fall des Ivanoff-Smaragdes und die Spekulationen über die Identität des Besitzers, jene unbekannte »Dame«, scheint neue Dimensionen angenommen zu haben durch die Ermordung des Zwischenhändlers, Paul Markheim, in Düsseldorf sowie durch die Ermordung von Gerome Abyss in Istanbul, jenes Mannes, der den Stein geschnitten haben soll. Die Frage stellt sich, ob an der Geschichte, der KGB sei auf der Spur der »Dame«, womöglich doch etwas dran sein könnte. Oder ist es vielleicht der CIA? Oder gibt es — und alles weist darauf hin — einen dritten Spieler in diesem Drama?

Es gibt nur einen Menschen, der diese Fragen beantworten kann, einen Menschen, der in der Lage ist, diesen Morden ein Ende zu setzen und das Geheimnis zu lüften — und das ist die »Dame« selbst. Ich habe eigene Nachforschungen in der Ivanoff-Sache angestellt und weiß nun, *wer* die »Dame« ist. In drei Tagen werde ich ein Tonbandinterview mit ihr präsentieren, und zwar hier, in den sechs-Uhr-Nachrichten auf Station WXTV. Bleiben Sie am Ball.«

»Genie«, ertönte die Stimme des Aufnahmeleiters durch ihr Ohrmikrofon, »ich hoffe, Sie wissen, was Sie da für eine Bombe gezündet haben. Schon jetzt ist hier bei uns die Hölle los!«

»Genau das war meine Absicht«, entgegnete sie einfach.

»Okay«, sagte er, »wir haben einen Wagen bereitgestellt, der Sie nach Hause bringen wird. Ich stehe Ihnen in den nächsten Tagen jederzeit zur Verfügung. Wir versuchen jetzt, ein paar Bodyguards aufzutreiben, die wir vor Ihrem Haus postieren werden. Okay?«

»Klar«, antwortete sie, während sie ihre Unterlagen zusammenpackte. »Bis in drei Tagen also.«

Besorgt blickte ihr der Aufnahmeleiter nach, als sie aus dem Studio eilte. »Ich hoffe nur, wir haben das Richtige gemacht«, murmelte er.

Einige Sekunden klebte Cal wie versteinert in seinem Sessel. Dann sprang er auf und brüllte seiner Sekretärin im Nebenzimmer zu, ihn mit der Fernsehstation zu verbinden. Doch die Frau war bereits heimgegangen. Knurrend suchte er die Nummer heraus und wählte. Die Leitung war natürlich besetzt, denn nach Genies sensationeller Ankündigung liefen dort sicher die Drähte heiß.

Eilends warf er sein Jackett über, stürzte aus dem Büro und nahm ein Taxi zur Fernsehstation.

»Tut mir leid, Mr. Warrender«, sagte der Mann am Empfang, »aber Miss Reese ist bereits fort.«

»Wo ist sie hin?« herrschte er den Mann an.

»Das weiß ich nicht, Sir«, bedauerte dieser achselzuckend.

»Verdammt!« zischte Cal wütend. »Dann will ich zum Aufnahmeleiter.«

»Der ist ebenfalls schon gegangen«, erwiderte der Mann, Cals Blick ausweichend.

Cal ging zur Telefonzelle in der Empfangshalle und wählte Genies Privatnummer. Er ließ es lange klingeln, doch niemand hob ab; nicht einmal ihr Anrufbeantworter war eingeschaltet. Er fragte sich, wo, zum Teufel, sie steckte, und verfluchte sich zum wiederholten Mal dafür, sie in eine Sache hineingezogen zu haben, die sich nun als lebensgefährliches Spiel entpuppte. Da sie anscheinend unerrreichbar war, mußte er sich bis zu ihrer Verabredung um acht Uhr gedulden. Doch dann wollte er dafür sorgen, daß er sie, bis die ganze Geschichte vorbei war, keine Sekunde mehr aus den

Augen verlor! Und wenn er bei ihr einziehen müßte! Verflucht, war ihr denn überhaupt bewußt, daß sie soeben *aller Welt* verkündet hatte, *sie,* Genie Reese, wisse, wer die »Dame« sei? War ihr denn klar, in welch gefährliche Lage sie sich manövriert hatte? Zähneknirschend machte er sich auf den Weg ins Four Seasons, um auf sie zu warten.

Er saß in der gemütlichen, blumenüberladenen Cocktailbar, nippte an einem Drink, lauschte der Pianomusik, beobachtete das Kommen und Gehen der Washingtoner Schickeria und schaute alle zehn Minuten nervös auf die Uhr. Es wurde acht, es wurde fünf nach acht. Um zehn nach acht wurde sein Name aufgerufen. Genie ließ ihm ausrichten, daß sie nicht kommen könne. Unverzüglich rief er bei ihr an, doch abermals vergeblich. Kurz entschlossen ließ er sich über die Vermittlung die Privatnummer des Aufnahmeleiters geben.

»Kein Grund zur Sorge, Mr. Warrender«, beruhigte ihn dieser. »Wir haben selbstverständlich das Risiko bedacht und Genie einen Wagen zur Verfügung gestellt sowie zwei Bodyguards vor ihrem Haus postiert. Das dürfte genügen. Sie sagte, sie wolle vielleicht ein paar Tage wegfahren. Sie sagte auch, sie wisse, daß ihr nichts geschieht.«

»Ihr Wort in Gottes Ohr!« knurrte Cal, knallte den Hörer auf und rannte zum Parkplatz.

Er schaffte die Entfernung vom Foggy Bottom zur N-Street in fünf Minuten, saß dann im Auto und starrte zu Genies Haus. Es war dunkel. Sein Hals war vor Angst wie zugeschnürt, als er die Stufen emporstieg und durch die Fenster spähte. Sämtliche Vorhänge waren zugezogen. Den Finger bereits an der Klingel, zögerte er plötzlich und versuchte statt dessen den Türknauf. Er ließ sich ohne Schwierigkeiten drehen, und immer wieder leise ihren Namen rufend, trat er vorsichtig ein. Gedämpftes Bellen ertönte: Das mußte der Hund sein, von dem ihm Genie erzählt hatte. Er tastete links von der Eingangstür nach dem Lichtschalter. Der Flur war winzig, ein paar Quadratmeter Parkett mit einem hübschen Läufer und einer antiken Konsole, auf der in einer hohen Kristallvase seine zwei Dutzend cremefarbener Rosen standen.

»Genie?« rief er erneut, während er die nach links abgehende Tür öffnete. Er schaltete das Licht ein und schaute sich um. Orientalische Teppiche, weiße Sofas, Blumen, gedämpftes Licht — aber keine Genie. Die Tür an der anderen Seite des Flurs ließ sich nicht öffnen, und er stemmte seine Schulter dagegen. Plötzlich gab sie nach, und ein riesiger Hund schoß auf ihn zu, sprang an ihm hoch, leckte ihn aufgeregt ab und winselte vor Freude über seine Befreiung.

»Okay, okay, mein Junge«, beruhigte ihn Cal, während er versuchte, die Tür weiter aufzustoßen. »Wo ist Genie, mh? Komm, zeig es mir!« Er schlüpfte durch den schmalen Türspalt in die Küche und spähte hinter die Tür, um zu sehen, was da geklemmt hatte. Es waren zwei Männer, die gefesselt, geknebelt und mit verbundenen Augen am Boden lagen. Sie waren verdächtig reglos. Er ging in die Knie, um nach ihrem Puls zu fühlen. Er war langsam, doch sie lebten. Vermutlich hatte man sie unter Drogen gesetzt. Rasch durchsuchte er das restliche Haus, ohne freilich ein Anzeichen von Genie zu entdecken.

Neben der Küchentheke befand sich ein Wandtelefon. Er rief die Ambulanz an, die Polizei und danach das FBI, dem er mitteilte, daß Genie verschwunden sei. Anschließend wählte er Cornishs Privatnummer und schnauzte ihn an, er solle seinen Hintern auf der Stelle in Bewegung setzen und in sein Büro kommen.

Obgleich ihn die Sicherheitsbeamten am Westflügel des Weißen Hauses jeden Tag sahen, ließen sie sich seinen Paß zeigen, und der Marineinfanterist mit dem Maschinengewehr inspizierte gründlich seinen Wagen, ehe sich schließlich die Tore für ihn öffneten. Cal schäumte zwar vor Wut über die Verzögerung, mußte sich aber eingestehen, daß sie recht hatten. Sie konnten es sich einfach nicht erlauben, Risiken einzugehen.

In einigen Büros brannten noch Lichter, und in den Gesellschaftsräumen fand gerade ein Empfang für ausländische Würdenträger statt. Das Weiße Haus schlief nie. Cal prüfte per Schalttafel, ob Nachrichten für ihn hinterlegt waren. Da war nur eine, und die stammte nicht von Genie, sondern von jemand ihm völlig Unbekannten. Er wählte die angegebene Nummer und fragte nach Schwester Sara Milgrim.

Sie habe ihn aus Fairlawns im Auftrag einer Dame angerufen, unterrichtete ihn Schwester Milgrim. Die Dame habe nicht selbst anrufen können, da sie neunzig Jahre alt und schon etwas taub sei. Sie kenne ihn aus Zeitung und Fernsehen und bestehe darauf, ihn unbedingt persönlich zu sprechen. »Sie sagte, ich solle Ihnen mitteilen, daß sie nur mit Ihnen sprechen würde, Sir. Ich weiß nicht, worum es geht, aber sie sagte, es habe etwas mit . . .« Schwester Milgrim senkte die Stimme, ». . . mit dem Ivanoff-Smaragd zu tun.«

Cal setzte sich kerzengerade auf. Cornish würde warten müssen. »Wo ist sie? Wie heißt sie?«

»Missie O'Bryan, Sir«, antwortete Schwester Milgrim.

»O'Byran. Gut. Richten Sie ihr bitte aus, daß ich unterwegs bin. Und vielen Dank, Schwester Milgrim, daß Sie sich die Mühe gemacht haben, mich anzurufen.«

»Das habe ich für Mrs. O'Bryan getan, nicht für Sie«, entgegnete Schwester Milgrim scharf. »Aber vergessen Sie nicht, daß sie eine alte Dame ist. Es ist schon spät, und sie soll sich nicht aufregen.«

»Versprochen«, willigte er mit schiefem Grinsen ein.

Maryland

Missie begutachtete sich im Handspiegel und strich mit zitternder Hand über ihr Haar, um sich zu versichern, daß Milgrim sie für den erwarteten Besucher ordentlich zurechtgemacht hatte. Ein wenig der früheren Eitelkeit kehrt zurück, dachte sie müde lächelnd. Wie auch ihre ganze Vergangenheit zurückzukehren schien, sie bis ins hohe Alter verfolgte. Nur Anna kehrte nicht wieder. Warum hatte sie nicht angerufen? Oder war vorbeigekommen? Hatten nicht einmal die Morde an diesen zwei Männern sie einsehen lassen, welch gefährliches Spiel sie da spielte?

Kopfschüttelnd legte sie den Spiegel beiseite. In letzter Zeit benötigte sie nur noch wenig Schlaf und war immer froh, wenn es Zeit für das Morgenprogramm im Fernsehen wurde. Aber heute früh hatten sie plötzlich Mischas Augen vom Bildschirm her angesehen. Und zum erstenmal seit langer, langer Zeit hatte sie wieder den Namen Solovsky gehört. Mußte denn ausgerechnet jetzt Annas Identität — und auch noch im Fernsehen — enthüllt werden? Sie hatte große Angst um Anna, denn ihr Leben war in Gefahr.

Verzweifelt hatte sie überlegt, was sie tun solle. Außer vielleicht dem Präsidenten wußte sie niemanden, der ihr helfen könnte. Und dann hatte sie Cal Warrender im Fernsehen gesehen. Die Reporter hatten berichtet, er sei der junge Mann, der die Ermittlungen im Fall Ivanoff leitete; ihr war wieder eingefallen, daß sie über ihn auch schon in den Zeitungen gelesen hatte, wo er als »ein aufstrebender junger Politiker« und »ein Mann, den man im Auge behalten sollte«, bezeichnet worden war. Er bestätigte das Vertrauen des Präsidenten, hatte es geheißen, seine Meinungen würden hoch geschätzt, und er sei beliebter Gast auf den Washingtoner Polit-Partys. Plötzlich war er ihr als die vom Himmel gesandte Antwort auf ihre Gebete erschienen. Ein Mann, der das Vertrauen des Präsidenten besaß und zudem in die Ivanoff-Affaire einbezogen war, würde verstehen, was sie ihm zu sagen hatte. Er würde Anna helfen. Wegen ihrem ständigen Gerede über den Ivanoff-Smaragden glaubte Schwester Milgrim sicherlich, sie sei nun endgültig übergeschnappt. Doch sie hatte den Namen verraten müssen, um Mr. Warrender überhaupt zum Kommen zu bewegen.

Mit bebender Hand holte sie den wunderschönen, juwelenverzierten Rahmen mit Mischas Fotos hervor. Sie stellte das Bild neben sich auf den Tisch, bereit, es nun nach mehr als einem halben Jahrhundert der Öffentlichkeit preiszugeben.

»Ach, Mischa«, flüsterte sie weich, »jetzt werde ich mein Versprechen doch brechen müssen. Ich werde ihnen Azaylees Geschichte erzählen. Denn wenn ich es nicht tue, mein Geliebter, dann wird das, was du gefürchtet hast, wahr werden, und sie werden deine Enkeltochter umbringen.«

Die Hände in ihrem Schoß gefaltet, saß sie ruhig da und wartete auf das Eintreffen von Cal Warrender.

2.
Teil

33

Missie war nicht das, was Cal sich unter einer alten Dame vorgestellt hatte. Mit ihrem vollen, hochgesteckten, silbernen Haar und den wunderbaren violetten Augen, die ängstlich auf Cal geheftet waren, besaß sie jene klassische Schönheit, der auch das Alter nichts anhaben kann.

Und auch Cal war anders, als Missie erwartet hatte. »Im Fernsehen wirken Sie wesentlich älter«, konstatierte sie mit einer Stimme, so silbrig wie ihr Haar, »aber mir kommen inzwischen alle Menschen unglaublich jung vor. Selbst meine Ärzte sind so jung, daß sie gut und gerne meine Enkel sein könnten.«

Er lächelte. »Haben Sie viele Enkelkinder?«

Sie schüttelte den Kopf. »Nur eine Enkelin, und die ist nicht blutsverwandt. Genau damit beginnt auch die Geschichte. Bitte, setzen Sie sich doch, Mr. Warrender!« Sie deutete mit der Hand auf den Stuhl neben ihrem Sessel, während Schwester Milgrim mit einem Teetablett herbeieilte. »Das wird eine lange Nacht werden.«

Aber nicht *zu* lang!« wandte Schwester Milgrim streng ein. »Und vergessen Sie Ihre Tabletten nicht!«

»Heute abend brauche ich keine Tabletten«, erwiderte Missie ungehalten. »Erst muß ich meine Angelegenheiten regeln.« Cal scharf fixierend, fügte sie hinzu: »Und ich hoffe, daß dieser junge Mann mir dabei behilflich sein wird.«

Milgrim reichte Cal eine Tasse Tee.

»Das ist Earl Grey«, erklärte sie mit einem Anflug von Mißbilligung in der Stimme. »Etwas anderes trinkt sie nicht.«

»Das wäre dann im Moment alles«, verabschiedete Missie sie hochmütig. »Mr. Warrender und ich haben einiges zu besprechen. Bitte stören Sie uns nicht.«

Die besorgten Augen der Schwester begegneten Cals', und er sagte beruhigend: »Ich werde mich um sie kümmern.

Wenn ich merke, daß sie zu erschöpft ist, werde ich nach Ihnen rufen — und nach einer neuen Portion Earl Grey.«

Sobald sich die Tür hinter der Schwester geschlossen hatte, sagte Missie gehetzt: »Wir dürfen keine Zeit verlieren, Mr. Warrender. Anna Ivanoff ist in großer Gefahr.« Angesichts seines verständnislosen Blicks nickte sie. »Ja, sie ist Mischa Ivanoffs Enkelin. Schauen Sie, hier ist seine Fotografie.« Sie überreichte ihm den herrlichen Rahmen mit dem fürstlichen Wappen. »Anna ist die Tochter von Xenia Ivanoff, die mit mir 1917 aus Rußland geflohen ist. Es ist eine lange Geschichte, die Sie sich inzwischen zum größten Teil wohl selbst schon zusammengereimt haben, aber ich werde Ihnen dazu noch die wichtigen Details liefern. Außerdem will ich Ihnen erzählen, was mit Mischas Sohn, Alexei, geschehen ist.«

Die alte Angst packte sie erneut, als sie Cal ansah und überlegte, ob sie ihm tatsächlich trauen konnte. Schließlich war er ein Fremder, den sie nur von der Presse und dem Fernsehen her kannte, doch sie hatte keine Wahl. Sie selbst war schon zu alt, um Anna zu helfen. Jemand anderer mußte diese Aufgabe für sie übernehmen.

»Alles begann am Abend meines achtzehnten Geburtstags«, hub sie mit weicher Stimme an. »Wir waren alle in Varischnya, und noch während wir mit dem Champagner anstießen, war uns klar, daß wir uns wahrscheinlich nie wiedersehen würden . . .«

Der winzige Kassettenrecorder in Cals Tasche setzte sich mit einem leisen Surren in Bewegung, doch sie hörte es nicht, und er lauschte gebannt, als sie jenes Geheimnis aufzurollen begann, das die Großmächte seit nunmehr über einem halben Jahrhundert in Atem hielt. Schließlich gelangte sie zu Eddie Arnhaldt, und er nickte bedächtig; seine Vermutung war also richtig gewesen — es *gab* einen dritten Mitspieler in dem Drama.

Missie lehnte sich in ihrem Sessel zurück; sie wirkte abgespannt und erschöpft. Besorgt sagte er: »Das ist sehr anstrengend für Sie, Ma'am, da Sie all die Angst und den Kummer noch einmal durchleben müssen. Vielleicht sollte ich jetzt lieber gehen, damit Sie sich etwas ausruhen können.«

»Nein!« entgegnete sie, stolz ihre Schultern straffend. »Ich bin erst am Anfang meiner Geschichte. Das Ende steht noch aus. Um Anna wirklich helfen zu können, müssen Sie alles erfahren. Aber seien Sie doch so freundlich, Mr. Warrender, und schenken Sie mir einen kleinen Brandy ein.«

Folgsam kam er ihrer Aufforderung nach, reichte ihr das Glas und sagte: »Auch ich habe eine Bitte an Sie, Ma'am. Da Sie mir schon Ihre Seele offenbaren, können Sie mich unmöglich weiterhin Mr. Warrender nennen. Bitte, sagen Sie Cal zu mir!«

Sie lächelte. »Ist das die Kurzform von Calvin?«

Er schüttelte den Kopf. »Nein, von Callum. Ein Tribut an meine irischen Vorfahren.«

In ihre Augen trat ein verträumter Ausdruck. »Ach, auch ich kannte einst einen Iren«, sagte sie, obgleich sie ihm bereits von O'Hara erzählt hatte. »Ein starker, kräftiger, rothaariger Mann, der Inbegriff eines großherzigen, liebenswürdigen Iren . . .« Nachdenklich nippte sie an ihrem Brandy, und dann fuhr sie mit ihrer Geschichte fort:

»Als wir nach unserer Flucht aus Deutschland in New York angekommen waren, ließ ich Azaylee und Beulah in einem kleinen, verschwiegenen Hotel in der West Fifty-seventh Street, jene Art von Hotel, die von Handlungsreisenden und dergleichen besucht wird. Ich selbst begab mich unverzüglich in die Rivington Street, um Rosa aufzusuchen . . .«

New York

Die dunkelhaarige junge Frau mit den scharfen Gesichtszügen, die Rosas Tür öffnete, musterte sie eingehend von Kopf bis Fuß, offenbar beeindruckt von dem, was sie sah.

»*Nu*, was hat so eine elegante Dame mit den Perelmans zu tun?« fragte sie, den Blick neidisch auf Missies teuren, blauen Mantel geheftet.

Missie spähte an ihr vorbei in das Zimmer, das sie so gut kannte. Es sah anders aus, seltsam ruhig und aufgeräumt,

ohne das sonst überall verstreute Spielzeug und die Kinder-
kleidung. Dennoch standen noch dieselben Möbel darin sowie Rosas kunterbunt zusammengewürfeltes Porzellan, ihre
Töpfe und ihr Sabbat-Kerzenleuchter. Obwohl dies alles Rosas Dinge waren, wirkten sie seltsamerweise so, als gehörten sie nicht mehr zu ihr. Aus Angst, etwas Schreckliches
könne geschehen sein, mußte Missie ihren ganzen Mut zu-
sammennehmen, um nach Rosa zu fragen.

Die Frau zuckte mit den Achseln. »Fort«, sagte sie, »und
das ist gut so. Ich werde nie verstehen, was ein Mann wie
Meyer Perelman an einer so faulen Schlampe finden konnte.
Jeden Abend auf den Gewerkschaftstreffen erzählte er mir,
wie faul sie war, wie sie ihre Kinder vernachlässigte, sein
Geld zum Fenster hinauswarf . . . schließlich hat er sie dann
rausgeworfen.« Ihre harten, dunklen Augen sahen Missie
trotzig an. »Sobald er geschieden ist, wird er mich heiraten.
Ich werde die neue Mrs. Perelman sein.«

Benommen vor Schreck krallte Missie sich am Türpfosten
fest. »Wohin ist sie gegangen?«

Die Frau schürzte verächtlich die Lippen. »Meyer war viel
zu gut mit ihr. Obwohl ich dagegen war, hat er ihr Geld für
die Kinder gegeben. Angeblich soll sie mit ihnen nach Kalifornien gegangen sein. Hollywood natürlich.« Sie grinste
hämisch. »Wahrscheinlich hofft sie, ein Filmstar zu werden!
Ha, bei *dem* Aussehen! Es sei ihr gegönnt!«

»Wo wohnt sie?« fragte Missie zunehmend wütender.

»Das weiß Meyer auch nicht, und es interessiert ihn auch
nicht!«

»Und was ist mit den Kindern?«

Nachdenklich starrte die Frau sie eine Weile an. »Ach, wissen Sie, Kinder sind Kinder«, sagte sie schließlich. »Meyer
sagt, er kann noch ein Dutzend haben.« Sie bedachte Missie
mit einem vulgären, lasziven Grinsen. »Eine junge Frau wie
ich kann einem Mann wie Meyer alles bieten, was er will.«

Missie dachte an Rosa und ihre Mädchen, die wegen diesem harten, rohen Flittchen aus ihrem ärmlichen Heim ver-
jagt worden waren, und eine wilde Wut erfaßte sie. Unvermittelt holte sie aus und verpaßte der Frau eine Ohrfeige.

»Unterstehen Sie sich, Rosa jemals wieder eine Schlampe zu nennen!« schrie sie. »*Sie* sind hier die Schlampe, die schamlos mit einem verheirateten Mann zusammenlebt. Einem Vater obendrein, der sich nicht um seine Kinder kümmert! Sie und Meyer Perelmann sind wahrlich füreinander geschaffen!«

Ihre Tränen niederkämpfend, wandte sie sich um und rannte die Treppen hinunter; von der vorangegangenen Szene und dem vertrauten Gestank nach verfaulendem Gemüse und Fisch war ihr speiübel. Nach Luft japsend, blieb sie draußen stehen und schaute die Rivington entlang: Nach wie vor priesen die Händler lautstark ihre Waren an, die Frauen schacherten wie eh und je um jeden Cent, und unter den Handkarren balgten sich Hunde, Katzen und kleine Kinder. Nichts hatte sich verändert — und dennoch war alles anders geworden. Sofia war tot, O'Hara und Zev waren fort, und nun auch Rosa. Jetzt verband sie nichts mehr mit diesem Ort.

Sie blieb kurz stehen, um einen riesigen Blumenstrauß zu kaufen, und eilte dann raschen Schrittes zur St. Savior's. Dort zündete sie eine Kerze für Sofia an, legte den Blumenstrauß auf ihr Grab und blieb lange Zeit, in Erinnerungen verloren, dort sitzen. Doch die Vergangenheit war vorbei, und sie mußte an die Zukunft denken. Zu O'Hara konnte sie nicht mehr gehen, da sie ihn so schmählich verlassen und einen anderen Mann geheiratet hatte. Zev war ebenfalls aus ihrem Leben verschwunden. Es gab nur eines: Sie mußte nach Hollywood fahren und versuchen, Rosa aufzuspüren.

Sie fuhr mit der Straßenbahn in die Second Avenue und hielt dort ein Taxi an. Einem Impuls folgend, bat sie den Fahrer, am New Amsterdam Theater vorbeizufahren, und spähte durch das Fenster auf die Markise mit den vertrauten Namen. Wieder wurde ein neu entdecktes Ziegfeld-Mädchen als Sensation angekündigt. Verity Byrons kurzes Intermezzo war bereits vergessen, sie gehörte zu den ehemaligen Berühmtheiten, war diejenige, die einen Millionär geheiratet hatte und nach Europa übergesiedelt war.

In ihrem Geldbeutel befanden sich zweitausendvierhundert Dollar, keine geringe Summe, wenn sie sorgfältig damit umging. Und dies hatte sie, weiß Gott, gelernt. Sie mußte sich nun eine neue Möglichkeit überlegen, ihren Lebensunterhalt zu verdienen; zudem hatte sie mittlerweile *zwei* mächtige Feinde, vor denen sie sich verstecken mußte: die Tscheka und Eddie Arnhaldt. Aber Hollywood war ein Ort, an dem jeder sich einen neuen Namen gab, sich eine neue Familiengeschichte zulegte und, um des Leinwandruhmes willen, in eine neue Identität schlüpfte. Ein idealer Ort, um unbemerkt unterzutauchen.

34

Hollywood
Rosas Wohnung in Holywood unterschied sich nur geringfügig von ihrer New Yorker Behausung: ein Zimmer, statt zwei, ein paar Möbelstücke, ein altes Bett, in dem sie alle vier, Kopf an Fuß, schliefen, eine Küche, die sie mit den anderen Flurbewohnern teilten, und ein Gemeinschaftsbad in der Halle. Der einzig wirkliche Unterschied war, daß sie nun nicht mehr im zweiten Stock, sondern im Erdgeschoß eines alten Schindelhauses wohnten, mit einer Veranda am Eingang, einem Streifen verdorrten Rasens und dem Blick über den Friedhof von Hollywood. Das Haus befand sich in der Gowerstreet, gegenüber der Kreuzung, wo sich der Sunset mit der Santa Monica traf.

Die Nachteile des Zimmers bestanden darin, daß es düster, eng und im Sommer unerträglich stickig war und im Winter, wenn es regnete, kalt und feucht — und diese Regenschauer waren so heftig, wie Rosa sie nie zuvor erlebt hatte. Von Vorteil war hingegen die Aussicht auf die blumenübersäten Hügel Hollywoods vor dem Hintergrund der majestätischen Berge, deren ständig wechselndes Farbenspiel Rosa täglich aufs neue faszinierte: Bei Tagesanbruch, wenn die Luft kristallen funkelte, waren die Gipfel mit matt schimmerndem Gold bestäubt, wechselten dann zur Mittagszeit in einen warmen Bronzeton über und schienen bei Sonnenuntergang, wenn die riesige, rote Sonne, wie bei einer dramatischen Kameraeinstellung von D.W. Griffith, westwärts über Santa Monica zog, wie von einem rosafarbenen Lack überzogen.

Rosa war ganz verliebt in Hollywood, nur war sie nicht sicher, ob diese Liebe auf Gegenseitigkeit beruhte. Sie liebte die Palmen und die Pfefferbäume, die Oleander- und Hibiskussträucher; inmitten dieser üppigen Farbenpracht kam sie sich mitunter selbst wie eine tropische Blume vor, die ihre sehnenden Blütenblätter der Sonne entgegenstreckte, auf daß sie sich öffneten und entfalteten — obgleich sie nicht hätte sagen können, worauf ihr Sehnen gerichtet war. Sie liebte die Phantasiewelt des Films, stand staunend dabei, wenn draußen auf den Straßen gedreht wurde und die »Diebe« mit ihrer Beute flohen, während schwarzäugige »Maiden« mit gelbem Make-up in höchster Not kreischten und der Kameramann hektisch die Filmspulen drehte, um mit der Handlung Schritt zu halten. Sie genoß es, wenn sie an ihrem neuen Arbeitsplatz im Drugstore aus Film und Zeitschriften bekannte Leute sah, die wie ganz gewöhnliche Menschen lachten und Sodas tranken, um hinterher in ihre luxuriösen Autos — schicke, importierte Rolls Royces, Bugattis oder de Courmants — zu steigen. Einmal hatte sie sogar die persönliche Angestellte des »Lieblings der Nation« bedient, die für Miss Pickwick Kosmetika gekauft hatte. Doch am meisten gefiel ihr, daß ihre drei Kinder draußen in der Sonne spielen konnten, fernab von dem Schmutz, dem Unrat und dem gefährlichen Verkehr der Lower Eastside. Sie waren zwar nach wie vor arm, dafür aber gesünder und glücklicher, nicht zuletzt deshalb, weil Meyer endlich aus ihrer aller Leben verschwunden war. Ja, sie fühlte sich wieder als Frau, überlegte Rosa lächelnd, als sie eines lauen Abends auf der Veranda saß. Oder wie ein junges Mädchen. Trotz der harten, entbehrungsreichen Jahre und ihrer drei Kinder.

Mit den Kindern war das so eine Sache. Sonja ging ausgesprochen gern in die Hollywood Highschool und war fest entschlossen, einmal Lehrerin zu werden, wenn Rosa auch keine Ahnung hatte, woher sie später das Geld für ein College auftreiben sollte. Hannah und Rachel waren so filmversessen wie ihre Mutter, und Rosa legte für sie den Ehrgeiz einer auf den Ruhm ihrer Kinder bedachten Glucke an den Tag. An jeder Hand ein ordentlich gekämmtes, herausgeputztes Kind, machte sie in den nahegelegenen Studios bei den Casting-Leitern ihre Aufwartung, begann beim National, gleich gegenüber ihrem Haus, setzte ihre Runde dann durch das Metro bei Romaine and Wilcox fort, ging anschließend zum Famous Players-Lasky am Selma, zum Chaplin an der La Brea und schließlich zum Griffith am Sunset. All diese Studios lagen in bequemer Gehweite — die restlichen kamen nicht in Frage, da sie dafür Fahrgeld hätte bezahlen müssen.

Die Mädchen waren so hübsch wie sie. Dank ihrer fröhlichen, dunklen Augen, ihren wild gekringelten, schwarzen Locken und ihren pausbäckigen, lächelnden, unschuldigen Gesichtern hatten sie bereits einige kleinere Komparsenrollen erhalten — nichts Aufsehenerregendes, doch zumindest kannten die Casting-Direktoren ihre Namen und würden sich vielleicht, wenn einmal eine geeignete Rolle käme, an sie erinnern. Denn gerade darin lag der Zauber Hollywoods: An einem Tag war man noch ein Niemand, am nächsten bereits ein Star! Und an diese Vorstellung klammerte sich Rosa mit aller Kraft.

Zunächst war sie allerdings noch gezwungen, im Drugstore zu arbeiten. Ihr Verdienst war zwar bescheiden, doch unter diesem wunderbaren blauen Himmel und der warmen Sonne Kaliforniens konnte das Glück jederzeit um die Ecke liegen. Hollywood entfachte in tausenden von Herzen Hoffnung, und so auch in Rosas.

Zufrieden lehnte sie sich in dem Schaukelstuhl auf der Veranda zurück und genoß die Stille. Gelegentlich knatterte ein Auto vorüber, doch sonst wurde die Ruhe nur vom Zwitschern der Vögel und dem Schrillen der Zikaden unterbrochen. Sonja machte Schulaufgaben, und die beiden anderen Mädchen spielten mit den Nachbarskindern — wahrscheinlich veranstalteten sie gerade ein höchst pietätloses Wettrennen um die Grabsteine des riesigen Friedhofs. Die Sonne hing tief am Himmel, sandte ein flimmernd goldenes Licht durch ihre geschlossenen Augenlider, während sie müßig vor sich hinträumte und sich Lichtjahre von Meyer und der Lower Eastside entfernt fühlte. Und von Missie, die sie geradezu unerträglich vermißte. Auch sie lebte inzwischen weit von ihr entfernt — so weit wie die Sterne am Himmel. Auch wenn Rosas Leben nicht so märchenhaft wie das von Missie war, so hatte sie doch einen inneren Frieden gefunden.

Sie nahm die herannahenden Schritte kaum wahr, und sie glaubte zu träumen, als plötzlich laut und vernehmlich Missies Stimme ertönte: »Da bist du ja, Rosa! Endlich!«

Nein, es war kein Traum, und Missie weilte keineswegs in einem Märchenreich, fern wie die Sterne am Himmel. Sie stand direkt vor ihr, den Rücken der Sonne zugewandt, so daß Rosa ihr Gesicht nicht erkennen konnte, aber dennoch wußte sie, daß sie lächelte.

»Missie!« schrie sie, sprang auf und hielt die Arme auf. »Was für eine Überrraschung! Oh, wie ich mich freue, dich zu sehen!«

Lachend und weinend umarmten sie einander, fielen sich bei dem Versuch, die eigene Geschichte hervorzustammeln, gegenseitig ins Wort . . .

»Du zuerst!« lachte Rosa. »Erzähl mir von deinem wunderbaren neuen Leben! Und wieso bist du hier?«

»Ach, von wegen wunderbar«, seufzte Missie. »Es war ein Alptraum! Ich bin geflohen und dann hierhergekommen, um dich zu suchen. Von dieser Frau in Meyers Wohnung habe ich erfahren, daß du in Hollywood bist. Da deine Kinder ja irgendwo zur Schule gehen müssen, habe ich sämtliche Schulen abgeklappert und nach Kindern namens Perelman gefragt.« Sie grinste. »Ich entwickle mich langsam zu einer echten Detektivin.«

»Dann weißt du ja bereits, was mir passiert ist«, sagte Rosa bitter. »Also, fang an! Aber erstmal will ich wissen, was mit Zev ist. Lebt er hier in Hollywood?«

»Kein Mensch hat von ihm gehört«, sagte Rosa achselzuckend. »Keine Nachrichten sind schlechte Nachrichten, sagt man. Vielleicht lebt er wieder als Pfandleiher in New York.«

»Ich hätte ihn so gern gesehen«, sagte Missie wehmütig und spürte zu ihrer Überraschung, wie enttäuscht sie war. Zev war wie O'Hara ein Teil ihres Lebens gewesen. Anscheinend hatte sie nun beide verloren.

»Na gut«, sagte sie schließlich, »ich erzähle dir jetzt, was geschehen ist. Aber diesmal alles, von Anfang an. Keine Geheimnisse mehr.«

Schweigend hörte Rosa zu, bis Missie geendet hatte. »Okay, und was nun?« fragte sie dann pragmatisch.

Ratlos sah Missie sie an. »Keine Ahnung. Am Wichtigsten war mir erstmal, dich zu finden. Ich habe noch zweitausend Dollar übrig — ich dachte, ich könnte mir eine Arbeit suchen.«

»*Zweitausend Dollar*? Du bekommst schon für weit weniger ein Haus wie dieses!« Nachdenklich die Augen zusammengekniffen, überlegte sie, was sie da gerade gesagt hatte. »Missie«, sprudelte sie schließlich aufgeregt hervor, »ich glaube, ich habe gerade eine Lösung für uns beide gefunden!«

Die Rosemont Pension lag in der Fountain Avenue zwischen La Brea und Seward. Sie hatten diese Lage gewählt, weil sich in unmittelbarer Nähe etliche Filmstudios befanden. Sie wären für die angehenden Schauspielerinnen und Schauspieler leicht zu erreichen. Das baufällige, schindelgedeckte Haus wurde neu getüncht, die Fenster und Türen grün gestrichen, und man richtete für die zukünftigen Gäste sechs Doppel- und zwei Einzelzimmer ein, die je nach Wunsch auch mit Verpflegung gemietet werden konnten.

Missie und Rosa hatten schwer geschuftet, um das Haus zu jenem hellen, sauberen Ort umzugestalten, den auch sie bei ihrer Zimmersuche gerne gefunden hätten. Die große Eingangshalle hatten sie in einen gemütlichen Aufenthaltsraum umfunktioniert, mit bequemen Sesseln aus zweiter Hand, einem Kartentisch, einem Teetisch und einem Klavier. Auf der Holzveranda standen ebenfalls einige Sessel

414

mit Blick auf die gegenüberliegenden weiß und pink gestrichenen, stuckverzierten Häuser. Die von Bäumen gesäumte Straße strahlte die beschauliche Ruhe einer Dorfstraße aus.

In dem Bungalow im rückwärtigen Teil des Gartens bezogen sie selbst Quartier; je zwei Mädchen teilten sich ein Zimmer, und Missie und Rosa hatten jede ein eigenes kleines Zimmer. Beulah hatte Missies Angebot, ihr die Heimreise nach Osten sowie drei Monatsgehälter extra zu bezahlen, abgelehnt und sich zum Bleiben entschlossen. Sie bezog ein kleines Zimmer hinter der Küche der Rosemont Pension, in der sie nun offiziell als Haushälterin angestellt war, wenn auch im Moment noch unbezahlt. Und Viktor, der Hund, hatte sich den besten Schattenplatz auf der Vorderveranda als sein privates Revier erkoren.

Das einzige Problem war, daß sie bislang noch keine Gäste hatten und das Geld langsam zur Neige ging.

»Wir müssen Werbung machen«, sagte Missie eines Tages entschlossen. »Laß uns Flugblätter anfertigen, die wir dann in den Studios verteilen.«

Also streiften sie durch die Filmstudios von Hollywood, verteilten ihre Flugblätter in jedem Warteraum, in jedem Casting-Büro, und nach zwei Tagen erhielten sie ihren ersten Gast, einen aufgeweckten, blonden jungen Mann mit freundlichem, rundem Gesicht und dicken Brillengläsern. Er hieß Dick Nevern und war angehender Filmregisseur. Er bezog das kleinere der beiden Einzelzimmer und bezahlte einen Monat im voraus, wobei er die Scheine, wie Rosa registrierte, einem recht mager gefüllten Geldbeutel entnahm.

Da er ihr einziger Mieter war, entschieden sie, daß er ebensogut zusammen mit der Familie essen konnte, und er unterhielt sie bei Tisch mit Geschichten über sein Zuhause in den endlosen Weizenanbaugebieten von Oklahoma, wo das Leben langsam und unausweichlich nach bestimmten Gesetzmäßigkeiten verstrich: von der Kindheit in dem alten roten Schulhaus zu ersten Verliebtheiten auf den dörflichen Tanzveranstaltungen, von der Mitarbeit als junger Mann auf der elterlichen Farm, zur Heirat mit dem Nachbarmädchen, bis man schließlich den Rest des Lebens in einem Schaukelstuhl auf der Veranda verdöste, in blaue Arbeitshosen und einen weitkrempigen Hut gekleidet, einen Grashalm im Mund und ab und an eine Fliege mit der Hand verscheuchend.

»Und wieso glauben Sie, Regisseur werden zu können?« fragte Missie.

Dick nahm seine dicke Brille ab, polierte sie umständlich und schaute sie aus kurzsichtigen, rotgeränderten Augen an. »Draußen in den Ebenen habe ich gelernt, die Dinge wirklich zu sehen. Diese unermeßliche Weite hat etwas ganz Besonderes an sich, diese weiten Horizonte, die den Blick schweifen lassen, schaffen eine Perspektive, in der jeder Baum, jeder Gegenstand genau an der richtigen Stelle steht. Ich habe in Gedanken diese Landschaft so oft neu gestaltet, daß ich das, was Mr. Griffith tut, als ein Kinderspiel ansehe. Über die verschiedenen Charaktere eines Films bin ich mir noch nicht im klaren. Ich hatte nicht viel Kontakt mit Fremden . . .«

»Davon merkt man aber nichts«, versicherte Missie ihm.

»Und wieviel Zeit geben Sie sich, um ein ebenso erfolgreicher Regisseur wie Griffith zu werden?« fragte Rosa, die um die Miete bangte.

»Genau drei Monate, etwa so lange, wie mein Geld reicht.« Er setzte die Brille wieder auf seine stumpfe Nase und strahlte sie an. »Das ist genug Zeit, finden Sie nicht?«

Rosa seufzte. Sie sah schon, wie sich ihre Pension mit jungen Leuten füllen würde, die zwar jede Menge Hoffnungen, aber kein Geld hatten. Vielleicht war das ganze doch keine so gute Idee gewesen.

Da es in Hollywood jedoch von abenteuerlustigen Leuten nur so wimmelte, konnten sie schon nach zwei Wochen das »Besetzt«-Schild vor das Tor der Rosemont Pension hängen. Nun wohnten die Zwillinge Lilian und Mary Grant bei ihnen, neunzehnjährig, blond und hübsch, mit runden, blauen Augen und langen Locken, die in Begleitung ihrer Mutter, Mrs. Winona Grant, von Stamford, Connecticut, angereist waren, da die Zwillinge, nach Meinung der Mutter, »vor Talent geradezu strotzten«. Seit ihrem sechsten Lebensjahr hatten die Mädchen die einheimische Barrymore Schule für Schauspiel und Tanz besucht.

Weiterhin gab es die zwanzigjährige Millie Travers aus Des Moines, die mit einem Koffer voller alter Ausgaben des *Photoplay* und einem hübschen, rothaarigen Kopf voller Träume angekommen war; dann den lebhaften, jungen Ben Solomon aus Newark, New Jersey, der ein Komiker wie Harold Lloyd werden wollte und sich seine Anreise über Land finanziert hatte, indem er unterwegs in jedem auch noch so kleinen Club, der ihn engagiert hatte, aufgetreten war. Außerdem war da der vierzigjährige Marshall Makepiece, der im Lauf seiner auf- und absteigenden Schauspielkarriere überall zwischen Broadway und San Francisco gespielt hatte und dem Missie »irgendwie bekannt vorkam« . . . Und Ruth D'Abo, Marie Mulvaine und Louise Hansen, die ein Engagement bei Mack Senetts »Badende Schönheiten« hatten und bei denen Rosa wenigstens sicher sein konnte, daß sie die Miete aufbrachten.

Das alte Schindeldachhaus vibrierte vor Leben und Jugend. Dadurch wurde Missie von ihren Ängsten abgelenkt und Rosa von den Erinnerungen an Meyer. Die Mieteinnahmen machten sie zwar nicht reich, genügten jedoch, um einigermaßen anständig zu leben. Und für die Kinder waren die Pensionsgäste Teil einer großen, glücklichen Familie.

Natürlich vermißte Azaylee anfangs ihr Pony, ihr schönes Zimmer im Haus Arnhaldt, die Dienstboten und vor allem den Wirbel, den man um sie veranstaltet hatte, denn jeder Wunsch, den sie geäußert hatte, ob eine Puppe, ein Kleid oder ein neues Spiel, war ihr umgehend erfüllt worden. Außerdem war sie enttäuscht, daß sie nun doch nicht ihren Stiefbruder Augie, der nur in den Schulferien nach Hause kam, kennengelernt hatte. Aber das neue, abenteuerliche Leben in der Pension ließ sie diese Verluste rasch vergessen. Im Gefolge von Hannah und Rachel stürmte sie nach der Schule mit wehenden, flachsfarbenen Zöpfen nach Hause, da sie es kaum erwarten konnte zu erfahren, wer eine Anstellung gefunden und welche Szene die Badenden Schönheiten gedreht hatten. Ihre wahren Idole aber waren die Zwillinge.

Jeden Morgen machten sich Lilian und Mary auf den Weg in die Studios. Schon bei Tagesanbruch saßen sie am Frühstückstisch, scharf beobachtet von ihrer adleräugigen Mutter, die deren Gier nach Kuchen, Honig und Beulahs Apfelpfannkuchen nur zu gut kannte. »Denkt an eure Linie!« rügte sie die beiden, wenn sie wieder einmal verlangend nach Beulahs Leckereien schielten. »Paßt auf eure Haut auf!« mahnte sie dann zum Abendessen und schob den Schokoladenkuchen beiseite. »Vergeßt nie: Talent allein genügt nicht, um ein Filmstar zu werden!« Also drehten sie morgens, gestärkt von Orangensaft, Müsli und Früchten ihre Runden durch die Casting-Büros, schenkten den Frauen ein liebliches, den Männern ein eher neckisches Lächeln und kehrten jeden Nachmittag erschöpft und nach wie vor ohne Job zurück, um »ihren Schönheitsschlaf zu machen«, wie ihre Mutter es zu nennen pflegte.

Um vier standen sie wieder auf und übten, von ihrer Mutter am Klavier begleitet, eine Stunde Tanz im Aufenthaltszimmer. Atemlos vor Bewunderung beobachtete Azaylee, wie die beiden sich streckten, sprangen und auf Spitzen durch die Halle trippelten, bis sie es nicht mehr aushalten konnte, sich ihnen zugesellte und ihre Bewegungen genau kopierte. Auf staksigen Fohlenbeinen tanzte sie Spitze und wirbelte ihren dünnen Kinderkörper im Takt zu der Musik herum.

Binnen kurzem begleitete sie die beiden zu ihren täglichen Ballettstunden in der Berkley Tanzschule am Santa Monica Boulevard und war das glücklichste Mädchen in ganz Hollywood. Denn Tanzen war ihr Lebensinhalt.

Missie und Rosa waren so beschäftigt, daß sie meist erst nach dem Abendessen Zeit fanden, sich über Themen, die ihnen am Herzen lagen, zu unterhalten.

»Was glaubst du, wird Eddie tun?« fragte Rosa, als sie eines Abends, etwa drei Monate nach ihrer Pensionseröffnung, auf der Veranda saßen.

Missie zuckte mit den Achseln. »Ich weiß es nicht, und ich

will auch gar nicht darüber nachdenken. Was glaubst du denn, Rosa?«

»Nach dir suchen, Privatdetektive engagieren. Es wird ihn ganz verrückt machen, daß er dich nicht findet.«

»Er ist verrückt. Besessen.« Trotz der warmen Abendluft erschauerte sie. »Eines Tages wird er uns finden, Rosa. Ich weiß es.«

»Niemals!« schnaubte Rosa bestimmt. »Er wird niemals vermuten, daß seine Frau eine Pension in Hollywood leitet.« Sie hielt inne und fügte dann nachdenklich hinzu: »Außer . . .«

Missies Augen weiteten sich vor Panik. Kerzengerade in ihrem Rattansessel aufgerichtet, fragte sie nervös: »Außer was?«

»Na ja, war nur so eine Idee. Ich meine, für dich war es doch auch relativ leicht, mich zu finden; du hast einfach nur in den Schulen nachgefragt. Und wenn er nun dasselbe tut?«

Die vertraute, eisige Faust krampfte sich um Missies Magen. »Oh, mein Gott, wie war ich dumm!« jammerte sie. »Ich dachte, er würde bei Ziegfeld fragen, bei Madame Elise, der New Yorker Theaterszene. Ich habe nie daran gedacht, daß er nach Hollywood kommen könnte. Aber wo sonst könnte eine Schauspielerin Arbeit finden? Er weiß, daß ich kein Geld habe!«

»Warum änderst du nicht einfach Azaylees Namen?« schlug Rosa in ihrer praktischen Art vor.

»Oh, nein, das kann ich nicht tun! Nicht schon wieder!« Missie blickte Rosa bekümmert an. »Das arme Kind wird sich sonst ernsthaft fragen, wer es eigentlich ist. Außerdem wäre es dazu auch schon zu spät. Jeder kennt sie. Nein, ich muß sie aus der Schule nehmen und einen Privatlehrer einstellen.« Sie seufzte, als sie an die Kosten dachte. »Irgendwie werde ich es schon schaffen.«

Gleich am nächsten Tag wurde Azaylees Schreibtisch in das Speisezimmer gestellt und eine junge Lehrerin engagiert, die ihren sicheren Beruf gegen die unsichere Welt des Films eingetauscht hatte und Azaylee nun an fünf Vormittagen die Woche in Mathematik, Englisch sowie in den Grundlagen der Geschichte und Geographie unterrichten sollte.

»Aber *warum* kann ich nicht mit Hannah und Rachel zur Schule gehen?« schrie Azaylee wild schluchzend. »*Warum* werde ich ganz allein zu Hause unterrichtet? Ich vermisse die Schule, ich vermisse die anderen Kinder . . . *Warum* tust du mir das an?«

»Es ist nur vorübergehend«, wich Missie aus, »nur für eine kurze Zeit. Ich kann dir den Grund jetzt nicht sagen, aber glaub mir, es geschieht zu deinem Besten.«

Azaylee starrte sie stumm an, ihre leuchtenden, goldbraunen Augen schwammen in Tränen, dann drehte sie sich um und rannte in ihr Zimmer hinauf. Da sie zum Abendbrot nicht auftauchte, brachte ihr Missie ein Tablett mit Essen nach oben. Sie lag auf dem Bett, wandte bei Missies Eintreten den Kopf und starrte aus dem Fenster.

»Na komm, *Milotschka*«, schmeichelte Missie, »du mußt dein Abendbrot essen, sonst kannst du die ganze Nacht vor Hunger nicht schlafen.«

»Ich bin nicht hungrig«, entgegnete Azaylee kühl.

»Aber du mußt etwas essen«, drängte Missie. »Wenn du eine Tänzerin werden willst, mußt du stark sein.«

»Ich werde keine Tänzerin«, murmelte sie, den Arm über ihre Augen legend, damit sie Missie nicht anzuschauen brauchte.

Unschlüssig blieb Missie eine Weile im Zimmer stehen, stellte dann das Tablett auf den Tisch und sagte leise: »Es tut mir wirklich leid, Azaylee. Ich wünschte, ich könnte dir das ersparen. Ich weiß, es ist für ein kleines Mädchen schwer zu verstehen, aber es läßt sich nun einmal nicht ändern. Bitte, Azaylee, tu mir den Gefallen und iß ein wenig.« Die Hand bereits an der Klinke, wandte sie sich noch einmal um. »Vielleicht hast du später Lust, nach unten zu kommen. Mrs. Grant will auf dem Klavier spielen, und die Badenden Schönheiten werden uns ihre neueste Filmszene vorführen.«

Normalerweise wäre Azaylee bei so einer Aussicht vor Eifer kaum zu bremsen gewesen, doch jetzt wandte sie sich nur abermals ab und schwieg.

Als Missie später wieder in ihr Zimmer kam, um ihr einen Gute-Nacht-Kuß zu geben, war das Essen unangetastet, und Azaylee schien zu schlafen. Besorgt blickte sie eine Weile auf sie nieder, ehe sie das Tablett zurück in die Küche trug.

Am nächsten Morgen erschien Azaylee niedergeschlagen und bleich zum Frühstück. Schweigend trank sie ein Glas Milch und schlich dann teilnahmslos über den Rasen zum Speisesaal, wo Miss Valerian, die neue Lehrerin, auf sie wartete.

»Alle Lebenskraft scheint aus ihr gewichen!« rief Rosa entsetzt. »Was haben wir nur getan, Missie?«

Missie war ebenfalls zu Tode erschrocken. Azaylee sah genauso aus wie ihre Mutter, Anouschka, wenn sie sich in jene dunkle, eigene Welt zurückgezogen hatte, die zu verlassen ihr mit jedem Mal schwerer gefallen war.

Es waren die Mieter, die Azaylee schließlich wieder aus ihrer Depression lockten, indem sie dem Unterricht beiwohnten und Azaylee mit ihren gewollt fehlerhaften Antworten zum Lachen brachten. Millie lieh ihr die letzte Ausgabe des *Photoplay*, und die Badenden Schönheiten zeigten ihr ihre neuesten Standaufnahmen, auf denen sie zusammen mit dem berühmten Mack Sennet am Strand von Santa Monica zu sehen waren. Lilian und Mary wiederum teilten Azaylee mit, daß sie ohne sie nicht in die Ballettstunden gehen würden, woraufhin Azaylee die beiden natürlich begleitete. Doch Missie machte sich nichts vor: Azaylees Psyche war außerordentlich labil, und sie war ebenso großen Gefühlsschwankungen ausgesetzt wie Anouschka.

Einige Wochen später saß Rosa mit den Gästen auf der Veranda. Plötzlich schleuderte Dick Nevern die Zeitung, die er gerade gelesen hatte, zu Boden und sagte: »Unvorstellbar, daß ein vierzehnjähriger Junge dieses ganze Geld erben soll! Ein Vermögen — mehr, als ich je als Regisseur verdienen könnte, egal, wie erfolgreich ich auch wäre!«

»Mehr als Mary Pickford?« fragte Millie Travers, die nicht nur über alle derzeitigen Verträge der Stars, sondern durch die Filmzeitschriften auch über sämtliche Details aus deren Privatleben informiert war.

»Gemessen an diesem Vermögen ist die Pickford oder auch Chaplin ein armer Schlucker«, erwiderte Dick.

»Und wer ist dieser vierzehnjährige Multimillionär?« fragte Rosa interessiert. »Vielleicht wäre er was für meine Hannah?«

Nevern hob die Zeitung wieder auf und las: »Deutscher Stahlbaron erleidet tödlichen Unfall — Sohn als Alleinerbe.

Baron Eddie Arnhaldt kam gestern bei einem Autounfall ums Leben. Auch die anderen Insassen des Wagens, eine Bekannte des Barons, Komteß Gretel von Dussmann, sowie ein befreundetes Ehepaar, erlitten tödliche Verletzungen. Der Wagen, ein neuer Broadman Roadster, war vermutlich außer Kontrolle geraten und auf einer schmalen Landstraße in der Nähe von Deauville gegen einen Baum geprallt. Der Baron und seine Freunde erlagen noch am Unfallort ihren Verletzungen. Sein einziger Sohn, der vierzehnjährige Augustus Arnhaldt, ist nun Erbe eines der größten Vermögen der Welt, einschließlich der Eisen-, Stahl- und Waffenfabriken in Essen, Deutschland.«

Wie von der Tarantel gestochen sprang Rosa auf. »Entschuldigen Sie mich«, murmelte sie, »ich habe etwas sehr Wichtiges zu erledigen.«

Missie saß mit Beulah bei einer Tasse Kaffee in der Küche. »Was ist los?« fragte sie erschrocken, als sie Rosas erhitztes Gesicht und ihre glitzernden Augen sah.

»Arnhaldt ist tot!« trompetete Rosa. »Gestern bei einem Autounfall gestorben! Es steht alles in der Zeitung. Oh, Missie, Missie! *Damit sind all deine Probleme gelöst!*«

35

New York
»King« O'Hara überschaute seinen überfüllten Nightclub mit einem Grinsen so breit, wie seine Zigarre dick war, schätzte mit geübtem Auge die Anzahl seiner lärmenden,

schillernden Gäste, berechnete in Gedanken seinen Umsatz — und seinen Profit. Und dieser war im großen und ganzen sehr zufriedenstellend. Die Preise im King O'Haras waren so exorbitant, daß der Club, nach Meinung der Leute, schon allein deswegen zu den besten zählen mußte, und man riß sich förmlich um die Mitgliedschaft.

Mittlerweile hatte er sogar einen zweiten Club eröffnet, O'Haras Purple Orchid in der West Fifty-second Street, mit noch saftigeren Preisen und einem eher klassischen Ambiente: die Innenausstattung war in kühlem Grau, Lila und Gold gehalten, die Band trat in Abendanzügen auf, es gab aus Frankreich importierte, goldene Champagnerkübel, Kristallgläser, auf den Tischen standen täglich frische Treibhausblumen mit jeweils einer exotischen, purpurnen Orchidee für jede Dame und einer, nach einem speziellen Verfahren gefärbten, purpurnen Knopflochnelke für den Herrn. Im King O'Hara's konnte jeder, der über ausreichende Beziehungen und vor allem genügend Scheinchen für das Gedeck und die Getränke verfügte, Mitglied werden, doch im Purple Orchid verkehrte nur die Créme de la Créme, wie die reichen Sprößlinge der High Society, die Besitzer der führenden Nobelclubs und die Elite der Theaterwelt. Ohne O'Haras persönliche Zusage erhielt niemand die Mitgliedschaft, und bald schon galt in der Schickeria eine an einen Fuchsschwanzpelz geheftete, purpurne Orchidee als das erstrebenswerteste Accessoir.

Nacht für Nacht waren sowohl der goldgesprenkelte Tanzboden des Purple Orchid als auch die schwarze, verspiegelte Tanzfläche des King O'Hara's gerammelt voll, und trotz der enormen Summe an Schutzgeldern, die O'Hara zu seiner eigenen Sicherheit zu zahlen hatte, verdiente er ein Vermögen — sogar mehr als die Gebrüder Oriconne, die ihm den Start ermöglicht hatten. Und genau das war sein einziges großes Problem. Den Brüdern gefiel es ganz und gar nicht, daß sich ihr ehemaliger Angestellter in ihrem Territorium breitmachte. Sie hielten ihm vor, daß er seine illegalen Spirituosen bei einer anderen Quelle kaufte und daß er auch noch die Kontakte der Brüder nutzte. Und so erstand er nun den Alkohol zu niedrigeren Preisen, als sie ihn anbieten konnten. Außerdem waren seine Nightclubs eine unmittelbare Konkurrenz zu ihren Café-Clubs in Manhattan, Philadelphia, Pittsburgh und Chicago.

Eines Abends war O'Hara von den netten Oriconne-Brüdern, Giorgio und Rico, anläßlich des sechzehnten Geburtstags von Ricos Tochter zu einer netten, kleinen »Familienfeier« in Ricos Villa in New Jersey eingeladen worden. O'Hara hatte sich bei Tiffany wegen eines angemessenen Geschenks beraten lassen, und Graziella Oriconne war dann auch ganz hingerissen von der geschmeidigen Goldkette mit den sechzehn exquisiten Perlen, zwischen die bizarr geformte Korallen eingefügt waren.

»Hätte nie gedacht, daß du jemals so etwas wie Geschmack entwickeln könntest, O'Hara«, hatte Rico gefrotzelt, seiner hübschen, dunkelhaarigen Tochter zulächelnd, »aber wahrscheinlich hast du mit deinem neuen Namen, »King«, auch einen Hauch Klasse erworben.«

»Tja, das King O'Hara's ist nicht schlecht, Rico«, sagte O'Hara, während er seine Zigarre paffte und Rico durch die Rauchschwaden hindurch musterte. »Aber daß ich so eine Kneipe leite, dürfte dich eigentlich nicht jucken. Und das Purple Orchid ist auch nur ein Schuppen wie hundert andere.«

»Von denen sechzehn den Oriconnes gehören«, bemerkte Rico sanft.

O'Hara beobachtete ihn genau, wartete auf seinen nächsten Schachzug. Rico war leicht zu durchschauen; er hatte dunkles Haar, samtige braune Augen, war klein und untersetzt, ein wirklich netter, freundlicher Kerl. Und welche Mühe er sich für seine Tochter gegeben hatte! Würde denn ein wirklich mieser Kerl eine so tolle Party arrangieren? Das Haus war voll von Familie und Freunden, kleinen Kindern und jungen Leuten, die über den sonnigen Rasen spazierten oder unter den schattigen Bäumen Limonade tranken. Bei Oriconne wurde nie Alkohol angeboten. Giorgio hingegen war ein anderes Kaliber. Er war mittelgroß, von einer wieselartigen Magerkeit, hatte öliges, schwarzes Haar und ein schmales Oberlippenbärtchen. Seinen durchdringenden, dunklen Augen entging nichts; ein messerscharfer Blick aus Giorgios umschatteten Augen, und man wußte, er hatte jedes Detail gespeichert — um es nie wieder zu vergessen.

O'Hara kam Giorgio immer wie ein Mann vor, der ständig auf dem Sprung war. Selbst auf dieser harmlosen, netten Familienfeier zappelte er unruhig umher, trat von einem Bein auf das andere und rauchte nervös eine Zigarette nach der anderen. Seit dem Tod seiner Frau vor einigen Jahren, die, wie es hieß, auf dem Weg nach Italien vom Ozeandampfer gefallen und ertrunken war, hatte es keine Frau mehr in Giorgios Leben gegeben.

Natürlich waren damals Spekulationen über einen möglichen Selbstmord laut geworden. Doch welchen Grund hätte sie gehabt, ihrem Leben ein Ende zu setzen? Hatte sie nicht alles gehabt, was eine Frau sich nur wünschen kann? Geld, Juwelen, Pelze, Häuser! Und einen treuen Ehemann! Da niemand Giorgio jemals mit einer anderen Frau *erwischt* hatte, konnte man ihm diesbezüglich nichts anlasten. Angeblich hatte seine Frau jedoch sehr unter ihrer Kinderlosigkeit gelitten. Kein Wunder, denn eine Italienerin ohne Kinder ist wie Erdbeeren ohne Zucker — etwas zu herb und etwas zu sauer —, und man wußte, wie sehr Giorgio seinen Bruder um dessen glückliches Familienleben mit einem halben Dutzend Kinder beneidet hatte. Wie dem auch sei, Giorgio blieb jedenfalls eine unbekannte Größe, ein Mensch, den man, wie O'Hara wußte, besser nicht reizen sollte.

»Warum tust du uns das an, O'Hara, mh?« wandte sich Giorgio mit seiner leisen, heiseren Stimme an ihn. »Wir waren gut zu dir, haben dich wie ein Mitglied unserer Familie behandelt. Und dann versuchst du, uns das Geschäft wegzuschnappen!«

O'Hara hustete, da er sich am Rauch seiner Zigarre verschluckt hatte. »Es ist doch genug für uns alle da, Giorgio«, lenkte er nervös grinsend ein. »Alle Welt will in einen Nightclub gehen — in meinen, in deinen, wo ist da der Unterschied?«

»Geld«, sagte Giorgio sanft, »viel Geld.«

Rico mischte sich ein, seine Stimme klang plötzlich kalt. »Mein Bruder und ich haben über die Situation diskutiert, O'Hara. Wir sind zu dem Entschluß gekommen, daß du in Zukunft deinen gesamten Alkohol von uns kaufen sollst. Zu vernünftigen Preisen natürlich, da du doch ein so alter Freund bist. Du kennst unser System und weißt, wie es funktioniert. Unsere Leute werden dich am Montag wegen deiner ersten Bestellung kontaktieren.«

»Ach, und übrigens«, fügte Giorgio hinzu, seine tabakheisere Stimme beinahe schon ein Knurren, »du wirst eine Prämie zahlen. Fünfundzwanzig Prozent. Unserer Ansicht nach ist dies das mindeste, was du uns schuldest, um die Dinge zwischen dir und der Familie wieder geradezurükken.«

O'Haras Augenbrauen schossen in die Höhe. Giorgio redete da über eine Menge Geld: 25 Prozent Aufschlag auf seine Bestellungen bedeuteten 25 Prozent weniger in seiner Tasche und 25 Prozent weniger Profit. »Ich werde darüber nachdenken«, sagte er, seine Zigarre im makellos gepflegten Rasen austretend.

Auf ein Fingerschnippen Ricos hin erschien ein weißbefrackter Bediensteter. Rico deutete auf den Zigarrenstumpen, den der Mann augenblicklich entfernte. »Denk nicht zu lange nach, O'Hara«, warnte er, um ihn gleich darauf freundschaftlich unterzuhaken. »Jetzt wird aber erstmal weitergefeiert. Graziella muß ihre Torte noch anschneiden.«

Natürlich hatten die Brüder am folgenden Montag ihre Männer geschickt, und O'Hara hatte folgsam seine Bestellung aufgegeben, allerdings nur für die Hälfte seines Bedarfs. Den Rest besorgte er heimlich bei verschiedenen kleineren Anbietern, die sich glücklich schätzten, sein Geschäft zu günstigen Preisen zu beliefern. Dadurch hatte er die von den Oriconnes geforderten 25 Prozent auf die Hälfte gesenkt, und obgleich ihn diese zwölfeinhalb Prozent ebenfalls schmerzten, war es doch ein geringer Preis, um sie bei Laune zu halten. Pünktlich wie ein Uhrwerk wurde nun jede Mittwochnacht um vier der Alkohol geliefert und rasch und lautlos in seine Keller entladen. Die Oriconnes hatten schon immer Wert auf reibungslose Abwicklung ihrer Unternehmungen gelegt.

Dies alles lag jetzt sechs Monate zurück, und mittlerweile erwog er, einen weiteren Club in Chicago zu eröffnen. Er hatte von geeigneten Räumlichkeiten im Süden der Stadt gehört, groß genug, um finanziell lohnend zu sein, aber dennoch klein genug, um Exklusivität sicherzustellen. Er hatte sehr bald gelernt, daß große Nummern nicht entscheidend waren, denn wenn man gesalzene Preise verlangte, konnte man mit der Hälfte der Ausgaben denselben Profit erzielen. King O'Hara stand nicht umsonst in dem Ruf, ein gerissener Geschäftsmann zu sein.

Sein Bau- und Kontraktunternehmen in Smallwood Hills, New Jersey, lief eher schleppend. Aus irgendeinem Grund hatte er Schwierigkeiten mit den Lizenzen, doch er wußte, es war alles nur eine Frage der Zeit und der Höhe des Schmiergeldes. Er konnte warten.

Der einzig schwere Schlag, den er erlitten hatte, war die Tatsache, daß seine Missie weggelaufen war und den deutschen Baron geheiratet hatte. Nach wie vor träumte er nachts von ihr — beziehungsweise bei Tag, da sein ganzer Rhythmus umgestellt war. Abends um sechs stand er auf, duschte und rasierte sich und ließ sich sein Frühstück, meist Corned Beef und fünf Tassen Kaffee, in seine elegante Penthaus-Suite auf der Dachterrasse des neuen Sherry Netherland Hotels bringen. Anschließend besuchte er, immer mit einem hübschen Mädchen an seiner Seite, die neueste Broadway-Show. Die Mädchen stammten meist aus der gehobeneren Schicht und waren von seiner irischen Unverblümtheit und seinem wilden, roten Haarschopf ebenso fasziniert wie von seinen Fähigkeiten im Bett, die ihm gleichfalls den Ruf eines »King« eingebracht hatten. Doch keine war wie Missie. Sie besaß mehr Klasse als all die reichen, eleganten Schickeria-Frauen zusammen. Missie war eine wirkliche Dame, und er liebte sie nach wie vor, wenn er sie auch gleichzeitig für ihr Verhalten verfluchte.

Nach der Show ging es zum Abendessen in irgendein Nobelrestaurant und dann ab in den Club, wo er sich wahrhaftig als König fühlte. Er genoß es, wenn sich ihm beim Betreten seines Königreiches alle Köpfe zuwandten, er genoß es, wenn berühmte Leute um seine Gunst wetteiferten, und er genoß es, allabendlich den Tisch auszuwählen, den er mit seinem Charme und seinen Witzen beehrte. Alles in allem war er ein sehr glücklicher Mann. Wenn nur seine Sehnsucht nach Missie nicht wäre.

Da er seine Zeit nicht mit dem Lesen von Zeitungen verplemperte, erfuhr er von Arnhaldts Tod erst Monate später. Es geschah rein zufällig, als sein Gehilfe von einer Ladung Alkohol, die von Rumschmugglern aus Bermuda stammte, das Zeitungspapier abnahm und O'Haras Blick dabei auf den Namen Arnhaldt fiel.

Die kurze Meldung besagte lediglich, daß Arnhaldt mit einer Schönheit der Ziegfeld-Revue verheiratet gewesen und sein Sohn Alleinerbe sei. Und was geschah nun mit Missie? fragte er sich. Allein und ohne einen Pfennig Geld? Wilde Wut flammte in seinem Herzen auf, als er daran dachte, wie schmählich sie ihn verlassen hatte, aber gleichzeitig wußte er, daß er immer noch alles für sie tun würde. Er war eben ein Trottel. Ein verliebter Trottel.

Die von ihm engagierten Privatdetektive benötigten genau eine Woche, um herauszufinden, daß die junge Baronin Arnhaldt schon wenige Monate nach ihrer Hochzeit entflohen war und niemand wußte, wo sie sich aufhielt. Ihr Ehemann hatte ein Vermögen in die Suche investiert und eine wilde Verfolgungsjagd veranstaltet, die sogar bis nach Südamerika gegangen war, aber vergebens. O'Hara erfuhr von den Detektiven auch, daß Arnhaldt schon vor Missies Flucht öffentlich mit Gretel von Dussmann zusammengelebt und seiner jungen Frau keinen Pfennig seines Vermögens hinterlassen hatte.

»Egal, was es kostet«, wandte sich O'Hara an die Detektive, genauso, wie es damals Eddie getan haben mußte, »aber finden Sie die Frau.«

»Wir brauchen zumindest einen Anhaltspunkt«, jammerten die Detektive. »Wenn schon Arnhaldt sie mit seinem ganzen Geld nicht gefunden hat, wie soll es dann uns gelingen?«

»Fragen Sie bei Ziegfeld«, sagte er, »bei Madame Elise, in der Rivington Street.« Er dachte einen Moment nach und ergänzte dann: »Versuchen Sie es bei Rosa Perelman und Zev Abramski.«

Ziegfeld und Elise waren Fehlanzeigen, dafür fanden sie heraus, daß sowohl Zev als auch Rosa nach Hollywood gezogen waren. Nach einem weiteren Monat intensiver Recherchen konnten sie zumindest einen Erfolg aufweisen: Zev Abramski schien zwar spurlos verschwunden, doch Rosa Perelman leitete eine Pension in der Fountain Avenue.

Unverzüglich schnappte O'Hara seinen Hut, stieg in den Twentieth Century Limited nach Chicago, wo er auf die Schnelle einen Vertrag für seinen neuen Club unterzeichnete, und fuhr dann mit dem Nachmittagszug weiter nach Los Angeles.

Geschmeichelt stellte er fest, daß sein Ruf ihm vorausgeeilt war. Er wurde persönlich von Mrs. Margaret Anderson, der Managerin des Beverly Hills Hotels, willkommen geheißen und in den nobelsten, rosa getünchten Bungalow inmitten saftiger Wiesen und bunter Blumenbeete einquartiert. Er duschte, zog sich um, kämmte seine feuchten, roten Locken zurück, mietete einen Wagen mit Chauffeur und machte sich auf den Weg zu Rosa.

Während der Fahrt betrachtete er interessiert die vorbeiziehende Landschaft, die Straßen, die sich in flachen Feldern und Zitronenhainen verloren, die Palmen und die in der Sonne brütenden, dschungelgrünen Hügel, hinter denen das kahle, glühende Gebirgsmassiv aufragte. Er sah die hübschen spanischen Häuser, die paar wenigen Läden und wußte, daß dieses verschlafene Nest nichts für einen Mann wie ihn war. »Lieber Himmel«, wandte er sich an den Fahrer, »wie kann man es hier bloß aushalten? Gibt's hier überhaupt einen Schuppen, wo man sich abends ein wenig amüsieren kann?«

»Die meisten Leute sind im Filmgeschäft«, antwortete der Fahrer. »Es ist eine Stadt, in der man zeitig aufsteht und früh zu Bett geht. Hier wird nur gearbeitet, und diejenigen, die keine Arbeit haben, sitzen den ganzen Tag in irgendwelchen Casting-Büros herum und warten auf die große Chance.«

Keine Stadt für einen Nightclub, überlegte O'Hara. Aber wer weiß? Vielleicht gehen sie alle deshalb so früh schlafen, weil nichts los ist?

»Hier ist die Fountain, Sir.« Der Fahrer bog in eine ruhige, baumgesäumte Straße. »Die Rosemont Pension liegt etwa in der Mitte.« Er hielt vor einem weißen, dreistöckigen Haus. Die Fenster waren weit geöffnet, und helle Baumwollvorhänge flatterten in der milden Brise. Auf der Veranda saßen zwei hübsche, blonde Mädchen und lasen. Und direkt neben ihnen lag Viktor. O'Haras Herz schlug vor Erleichterung und Liebe Purzelbäume — wenn der Hund da war, dann konnte Azaylee nicht weit sein. *Und Missie.*

Als O'Hara aus dem Wagen stieg und in Richtung Haus schritt, kam ihm aus der Halle ein hochgewachsener Mann, der wie ein Schauspieler aussah, entgegen und musterte ihn eingehender. »Pech für Sie, alter Knabe«, sagte er mit sprödem, englischen Akzent, »alles voll. Haben Sie am Tor nicht das »Besetzt«-Schild bemerkt? Aber mit diesem Wagen und dem Chauffeur können Sie sich bestimmt etwas Besseres als die Rosemont Pension leisten.«

»Was gibt es denn an dieser Pension auszusetzen?« fragte O'Hara ungehalten. »Wenn sie für Rosa Perelman gut genug ist, dann auch für jeden anderen.«

Der Mann nickte. »Ich meine nur, daß Sie nicht gerade wie der typische Pensionsgast aussehen — wie wir. Anders ausgedrückt: Sie wirken wie ein reicher, erfolgreicher Mann.«

»Das bin ich auch«, sagte O'Hara stolz. »Und gleichzeitig ein alter Freund von Rosa. King O'Hara ist mein Name.« Er streckte seine riesige Pranke aus und schüttelte begeistert die Hand des Mannes.

»Marshall Makepiece«, stellte sich der Mann vor, seine gekünstelte britische Aussprache fallenlassend und in normales Amerikanisch umschwenkend.

»Sind Sie tatsächlich King O'Hara?« japsten die Zwillinge einstimmig.

Ihr ehrfürchtiger Ton ließ O'Hara vergnügt grinsen. »Wie er leibt und lebt, und ich bin erfreut, die Bekanntschaft von zwei so reizenden Mädchen zu machen. Verzeihen Sie mir die Indiskretion, aber mit diesen unschuldigen, schönen Augen sollten Sie unbedingt zum Film gehen. Neben ihnen würde die Pickford wie eine Bardame aussehen.«

Die Mädchen erröteten, und Makepiece lachte. »Lilian und Mary sind die kommenden Stars. Wir anderen müssen weiterhoffen.«

O'Hara nickte. »Und die Pensionswirtin? Wo kann ich sie finden?«

»Wer will mich sprechen?« Plötzlich tauchte Rosa an der Tür auf und wischte sich die Hände an einem Geschirrtuch trocken. Als sie O'Hara erblickte, schienen ihr vor Überraschung die Augen aus dem Kopf zu quellen. »Shamus O'Hara aus der Delancey Street!« jubelte sie.

»Sie ahnen gar nicht, wie glücklich ich bin, Sie zu sehen, Rosa!« strahlte er. »Es hat mich ein kleines Vermögen gekostet, Sie hier aufzuspüren. Die von mir engagierten Detektive haben einen Monat dazu gebraucht.«

Ihre Augen verengten sich listig. »Aber in Wirklichkeit haben Sie doch nicht *mich* gesucht, O'Hara, oder?«

Er betupfte mit einem blütenweißen Taschentuch seine breite Stirn. »Doch, natürlich . . . obwohl ich eigentlich hinter Missie her bin«, fügte er kläglich grinsend hinzu. »Ich hoffe, sie ist bei Ihnen, Rosa, und nicht bei Zev Abramski.«

Sie zuckte mit den Achseln. »Kein Mensch weiß, was mit diesem geheimnisvollen Mann geschehen ist. Er hat sein Geschäft verkauft und ist, ohne eine Adresse zu hinterlassen, nach Hollywood gereist. Da verliert sich seine Spur. Hollywood ist ein Nest, und ich hätte es bestimmt erfahren, wenn er ein erfolgreicher Mann geworden wäre.« Sie musterte O'Hara von Kopf bis Fuß, während die Zwillinge und Marshall danebenstanden und gebannt lauschten. »Sie hingegen scheinen Ihr Glück gemacht zu haben«, bemerkte sie, seinen eleganten, maßgeschneiderten Anzug, die braunweißen Straßenschuhe und das blaue Seidenhemd mit der dunkelblau gestreiften Krawatte musternd. »Wo sind die kleeblattgrünen Hosenträger und die alte Krawatte um den Hosenbund geblieben?«

»Inzwischen kann ich mir andere Sachen leisten«, bestätigte O'Hara und fügte dann merklich ungeduldig hinzu: »Halten Sie mich nicht länger hin, Rosa! Ich bin ein Mann mit einer Aufgabe — und die lautet, Missie zu finden!«

»Kommen Sie herein und nehmen Sie Platz«, forderte ihn Rosa auf. »Ich werde sie holen.«

O'Hara klopfte das Herz bis zum Hals. *Sie wollte Missie holen!* Bang fragte er sich, ob sie sich wohl verändert hatte — immerhin war sie nun eine verheiratete Frau, eine Witwe, um genau zu sein . . . sie war an Geld gewöhnt gewesen, an Dienstboten, an Luxus . . . Nervös rutschte er auf der Stuhlkante hin und her und starrte auf seine großen Hände.

»O'Hara?«

Er blickte auf und schaute geradewegs in ihre Augen, jene unschuldigen, tiefvioletten Augen, die schon vor einer halben Ewigkeit sein Herz erobert hatten.

»Ich kann nicht glauben, daß Sie es wirklich sind!« sagte sie, während sie lächelnd auf ihn zukam.

Er stand auf, breitete die Arme aus, und als er sie dann an seine Brust drückte, sein Herz gegen das ihre schlagen spürte, wußte er, daß seine Ängste unbegründet gewesen waren. Missie hatte sich nicht verändert. Sie würde sich niemals ändern. Sie würde immer das Mädchen bleiben, das er liebte.

36

Die Magic Movies Studios befanden sich nördlich des Hollywood Boulevards in einer schmutzigen Seitengasse der Cahuenga Avenue. Wenngleich die Anlage zu den kleineren und neueren Gebäuden der Stadt zählte, so strahlten die frisch gestrichenen Aufnahmestudios und die im spanischen Stil gehaltenen Büros doch eine großzügige und solide Atmosphäre aus, die erkennen ließ, daß es sich hierbei keinesfalls um ein kurzlebiges Unternehmen handelte. Da es inzwischen die neuen Jupiterlampen gab, waren die beiden großen, scheunenartigen Studios Tag und Nacht in Betrieb, und ein drittes Studio war bereits im Aufbau. Im rückwärtigen Gelände waren zwei Straßenszenen aufgebaut, eine Stadt- und eine Westernstraße. Magic hatte drei weibliche Stars unter Vertrag: Mae French, sinnlich, sexy, schillernd; Dawn Chaney, zierlich, mädchenhaft, unschuldig; und Mitzi Harmoney, kess, lockenköpfig, witzig. Die beiden männlichen Stars waren Ralph Lance, ein gebildeter, romantischer Engländer, und Tom Jacks, ein eher rauher, verwegener Typ und zudem ein phantastischer Reiter.

Um diese fünf Stars konzentrierten sich die Filme bei Magic, die anderen Schauspieler wurden je nach Bedarf von den Casting-Büros ausgewählt. Großteils wurden komödienartige Ein- und Zweiakter oder Salondramen produziert, doch jetzt war man gerade dabei, die Kulissen für den ersten großen, epischen Film zu errichten. Mit dem Film *Scheherezade*, in dem neben den Stars tausende von Statisten mitspielen sollten, wollte Magic den gigantischen Produktionen von Griffith Konkurrenz machen. Die Filmbauten waren fertig, die Kostüme entworfen, der Drehplan stand nach ungezählten Abänderungen endlich fest — aber nun hatten sie ihren Regisseur verloren.

C.Z. Abrams, Besitzer und Direktor von Magic, lehnte sich in seinem breiten, ledernen Drehsessel zurück und musterte sein Team mit kaltem Blick.

»So, Gentlemen«, sagte er in seiner leisen, ruhigen Stimme, die seine Mitarbeiter nervös auf ihren Stühlen umherrutschen ließ, »wer von Ihnen wußte, daß Arnott zu Vitagraph überlaufen würde?«

Die vier Männer raschelten verlegen durch die Dokumente in ihren Händen und starrten zu Boden. »Es war so, Sir«, stammelte schließlich der Regieassistent. »Arnott stand nicht voll hinter dem Projekt und . . . na ja, Tatsache ist, daß Vitagraph ihm fünftausend die Woche bot. Sie können ihm keinen Vorwurf daraus machen, daß er da zuschlug.«

»Ich mache ihm aber den Vorwurf, daß er nicht zuerst zu mir gekommen ist, um die Sache zu besprechen«, erwiderte Abrams gelassen. Der Reihe nach betrachtete er die vier jungen Männer: den Regieassistenten, den Produzenten, den Produktionsassistenten und den Kameramann, allesamt unentbehrlich für seine neue Mammutproduktion. »Darf ich daraus schließen, daß Sie alle Arnotts Entscheidung billigen?«

Sie warfen einander unbehagliche Blicke zu, bis schließlich der Regieassistent wieder das Wort ergriff: »Wahrscheinlich hätten wir unter diesen Umständen das gleiche getan, Mr. Abrams. In der langen Zeit, die wir in den Film stecken, könnten wir woanders weit mehr verdienen.«

Abrams nickte, schob seinen Sessel zurück und stand auf. »Dann schlage ich vor, Sie folgen Arnotts Beispiel und gehen zu Vitagraph. Vielleicht bekommen Sie ebenfalls dort fünftausend die Woche. Gentlemen, Sie sind gefeuert!«

Mit hochrotem Gesicht sprang der Produzent auf und stotterte: »Aber Mr. Abrams, wir sagten doch nur, es sei verständlich . . .«

Abrams kalte Augen ruhten einen Moment auf ihm. »Für mich aber nicht«, entgegnete er. »Geld kann man immer verdienen, doch Loyalität und Integrität sind unbezahlbar.« Er drückte die Haussprechanlage und wies seine Sekretärin an, den Männern ihr Geld auszubezahlen, da sie ab sofort entlassen seien.

Er blickte ihnen nach, als sie sein Büro verließen. Ein Jahr hatte er nun mit ihnen zusammengearbeitet, und in gewisser Weise taten sie ihm leid, doch schon vor Wochen waren ihm Gerüchte über drohende Probleme und Unzufriedenheit seiner Mitarbeiter zu Ohren gekommen. Jetzt wünschte er, er hätte schneller reagiert. Unzufriedenheit breitet sich wie ein Krebsgeschwür aus, und dieser Prozeß läßt sich nur durch eine rasche Beseitigung des Geschwürs aufhalten. Die Verzögerung des Drehbeginns für *Scheherezade* würde ihn weitaus mehr kosten als das Anheben der Gehälter, aber unloyales Verhalten war ihm unerträglich. Er verlangte von seinen Angestellten und Stars keine Liebe, aber er erwartete Aufrichtigkeit. Er ging fair mit ihnen um, behandelte sie wie eine Familie, sorgte dafür, daß alle Mitarbeiter, selbst der unwichtigste Statist, prompt und unbürokratisch ausbezahlt wurden. Seine Stars erhielten regelmäßig Blumen und kleine Geschenke, wie der brandneue, langgeschwungene, blutrote Packard für Mae, das bodenlange Nerzcape für die hübsche Dawn und der größte, blaugekachelte Swimmingpool von ganz Kalifornien für Mizzi. Darüber hinaus bezahlte er sogar Toms Reitlehrer und übernahm die Rechnungen für Ralphs maßgeschneiderte Londoner Anzüge und die handgefertigten Schuhe. Abgesehen von guten schauspielerischen Leistungen erwartete er von ihnen lediglich, daß sie ihr Sexleben diskret und ihre Namen aus den Zeitungen hielten — außer sorgfältig arrangierten Fotoreportagen in *Picture Play*, *Photoplay* und *Motion Picture Classic*. Traf er gelegentlich seine Stars zu gesellschaftlichen Anlässen — bei einer Party in einem ihrer luxuriösen Häuser oder einem offiziellen Dinner in seiner eigenen Villa, die neben dem Grundstück von Burton Green in der Lexington Street im schicken, neuen Beverley Hills lag —, dann verhielt er sich gelassen, charmant, höflich und immer zurückhaltend.

Wenn er in seinem großzügigen Büro saß mit den Fotos seiner Stars an den Wänden oder über sein zwei Hektar großes Grundstück in Cahuenga spazierte, wenn er seine neuen Studios inspizierte oder seine revolutiünären Jupiterlampen in Aktion brachte, dann fühlte er sich als uneingeschränkter König seines Imperiums. Seine noble dreißig-Zimmer-Villa an der Lexington war mit wertvollen Gemälden, einer geschmackvollen Einrichtung und edlen Teppichen ausgestattet. In jedem der riesigen Zimmer standen duftende Blumenbouquets, auf der Terrasse tollte ein Rassehund, und auf dem gepflegten Rasen ragten hohe, schattenspendende Zedern empor. Er hatte eine Haushälterin, etliche Dienstboten, einen Chauffeur und ein halbes Dutzend Autos, zudem mehrere Steuerberater, Anwälte und ein ansehnliches Bankkonto. Er arbeitete vierundzwanzig Stunden am Tag, um seiner Einsamkeit zu entfliehen.

Beinahe freute er sich sogar auf die vor ihm liegenden Schwierigkeiten. Es würde nicht einfach werden, einen neuen Regisseur für *Scheherezade* zu finden; die besten standen bereits bei anderen Studios unter Vertrag.

Das Summen der Haussprechanlage riß ihn aus seinen

Gedanken. Seine Sekretärin teilte ihm mit, daß eine Miß Lilian Grant und eine Miss Mary Grant in Begleitung ihrer Mutter ihre Aufwartung machen wollten.

Er seufzte. Karrieresüchtige Mütter waren ein ewiges Problem, doch bevor einer seiner Filme in Produktion ging, nahm er jedes einzelne Mitglied seines Ensembles noch einmal persönlich in Augenschein und entschied dann, ob sie mitwirken durften oder nicht. Die Grant-Zwillinge waren in die letzte Auswahlrunde für die Rolle zweier tanzender Mädchen gekommen, keine großen Rollen, aber dennoch betont in Szene gesetzt. Zumindest war das beim letzten Stand des Drehbuchs so gewesen. Jetzt würde er ihnen mitteilen müssen, daß der Film auf unbestimmte Zeit verschoben war, so lange, bis er einen neuen Regisseur gefunden hatte.

Als sie eintraten, erhob er sich, reichte ihnen die Hand, bot ihnen Platz an und setzte sich dann wieder hinter seinen Schreibtisch, die Hände gefaltet und die Mädchen mit kühlen Blicken musternd.

So, wie er die Mädchen taxierte, taxierte ihn Winona Grant. Sie hatte schon eine Menge über den geheimnisvollen C.Z. Abrams gehört — wie er Schroeders heruntergewirtschaftete Studios übernommen und es innerhalb von zwei Jahren geschafft hatte, Magic zu einem angesehenen Namen in der Filmbranche zu verhelfen. Es hieß, er habe ein Vermögen damit verdient, hunderte kleiner, kostensparender Komödien und Serien zu drehen, deren Ankauf sich fast alle Kinos im Land problemlos leisten konnten. Durch Erfolge wie *Dark Destiny,* der Langzeit-Serie *The Adventures of Mitzi* sowie Tom Jacks spektakuläre Westernsagas befand sich Magic mittlerweile auf dem Weg zu anspruchsvollen Filmen. Angeblich wollte C.Z. nun einen Großteil seines rasch verdienten Vermögens in sein neues episches Werk stecken, doch nach dem Reinfall von Griffiths *Intolerance* orakelte man in den Casting-Büros, daß er Gefahr liefe, dasselbe Schicksal zu erleiden.

Winona war freilich nicht an C.Z.'s Geschäftstaktik interessiert. Alles, was sie wollte, waren Rollen für ihre Töchter.

»Lilian und Mary sind in allen Arten von Tanz ausgebildet, Mr. Abrams«, schwärmte sie ihm vor. »Ballett, Steptanz, Rhythmus und Bewegung . . .«

»Das glaube ich gerne, Madam«, erwiderte er, während sein kalter Blick von den Mädchen zu ihr hinüberschweifte, »und erlauben Sie mir, Sie zu Ihren schönen Töchtern zu beglückwünschen. Doch leider sind einige Probleme aufgetreten. Wir sind im Moment ohne Regisseur. Der Film muß auf unbestimmte Zeit verschoben werden.«

Schlagartig erlosch das Strahlen in den Gesichtern der Mädchen, und sie blickten hilfesuchend zu ihrer Mutter. »Ja, aber . . .«, stammelte Winona fassungslos, »wenn der Film dann später gedreht wird, sind meine Töchter doch nach wie vor dabei?«

»Lilian und Mary werden ihre Rollen erhalten. Es ist nur ungewiß, wann und ob Scheherezade überhaupt gedreht werden kann.« Ein seltenes Lächeln erhellte seine Züge. »Tut mir wirklich leid«, sagte er zu den Mädchen, »ich weiß, wie viel das für Sie beide bedeutet hat. Ich werde meine Sekretärin anweisen, Ihre Namen und Fotos in den Akten zu behalten. Ich danke Ihnen für Ihren Besuch.«

Verwirrt schauten sie ihn an, als er sie zur Tür begleitete. »Danke, Mr. Abrams«, riefen sie im Chor, unschlüssig, ob sie nun enttäuscht oder geschmeichelt sein sollten.

»Unglaublich!« schnaubte Winona, sobald sie draußen waren. »Da sind wir nun den ganzen Weg hierhergekommen, um dann zu erfahren, daß er seinen Regisseur gefeuert hat!«

»Aber er hat doch gesagt, er würde uns nicht vergessen«, wandte Lilian mit funkelnden Augen ein. »Und du weißt, daß ein Mann wie er zu seinem Wort steht.«

»Irgend etwas hat er an sich«, fügte Mary verträumt hinzu. »Er ist so ruhig und beherrscht, ein richtiger Eisklotz — doch wenn er lächelt, strahlt er richtig von innen heraus. Außerdem sieht er sehr gut aus, so dunkel und leidenschaftlich.« Sie erschauerte dramatisch. »Man spürt, daß er ein Mann mit *Macht* ist.«

»Jedenfalls genug Macht, um jeden rauszuschmeißen, wenn ihm gerade danach ist«, zischte ihre Mutter erbost, während sie in der Hitze standen und auf die Straßenbahn zur Rosemont Pension warteten. »Natürlich hat ein Mann wie er Macht — die Macht, über das Leben anderer Menschen zu entscheiden.«

Die Person des C.Z., die Magic Movies Studios und die Verschiebung des Drehtermins von *Scheherezade* wurden beim Abendessen in der Pension des langen und breiten durchgekaut. Da Missie mit O'Hara zum Dinner ins Beverly Hills Hotel gefahren war, entging ihr die sensationelle Neuigkeit, daß die Zwillinge beinahe die Hauptrollen erhalten hätten. Dick Nevern aber lauschte nachdenklich und war ungewöhnlich still.

Am nächsten Morgen stand er zeitig auf, verdrückte todesmutig eine doppelte Portion Rührei mit Schinken, drei aufgewärmte Bouletten und vier Pfannkuchen, um genügend Energie für sein Vorhaben zu tanken, und machte sich dann auf den Weg zu Magic.

Der uniformierte Wachmann am Tor schob seine Kappe zurück und musterte ihn ungerührt von Kopf bis Fuß. Von dieser Sorte kamen täglich hunderte vorbei. »Was sind Sie? Etwa Komiker?« fragte er zynisch, als Dick ihm erklärte, er wolle zu Mr. Abrams. »Ohne einen festen Termin kommt niemand zu C.Z., und Sie am wenigsten.« Mit diesen Worten setzte er sich auf seinen Stuhl und faltete grinsend die Arme über dem Bauch.

Dick zögerte einen Moment, ehe er schließlich in die Tasche griff und schweren Herzens eine kostbare Fünf-Dollar-Note hervorzog. »Bitte melden Sie ihm, daß Dick Nevern, ein begnadeter Kameramann und Regisseur, um einen Termin bittet.« Bedauernd sah er den Geldschein in der Hosentasche des Wachmanns verschwinden, der darauf zum Telefon ging, C.Z.'s Sekretärin anrief und Nicks Wunsch wortgetreu wiederholte.

»Sie sagt, C.Z. ist den ganzen Tag über beschäftigt«, berichtete er Nick. »Aber Sie dürfen warten. Dort drüben, dritter Weg rechts, das große Büro am Ende«, erklärte er, während Nick bereits durch das Tor stürmte, fest entschlossen, es für sein Traumziel mit Gott und der Welt aufzunehmen.

Unvermittelt blieb er stehen, um eine Handlungsszene,

die gerade in der Westernstraße gedreht wurde, zu beobachten. Aufmerksam verfolgte er, wie der Kameramann die Anweisungen des Regisseurs umsetzte. Danach schlüpfte er lautlos in den großen, grünen Schuppen und blickte sich, als seine Augen sich an die Dunkelheit gewöhnt hatten, ehrfürchtig in der detailgetreu errichteten Salon-Szenerie um. Das Licht der taghell strahlenden Jupiterlampen strömte durch die hohen Fenster — hinter denen die berühmte Manhattan-Skyline aufragte — so täuschend echt, daß man glaubte, sich tatsächlich in einem Manhattan-Penthouse zu befinden. Und dort, auf dem Brokatsofa, räkelte sich, in eine bodenlange Satinrobe gehüllt, die wunderbare Miss Mae French, während im Hintergrund ein Geigenquartett schmachtende Weisen spielte, um sie für ihre große, romantische Szene mit Ralph Lance in Stimmung zu bringen.

»Glanz und Schönheit«, ertönte eine ruhige Stimme neben Dick, das ist es, was die Leute wollen. Sie wollen die dunklen Löcher, in denen sie leben, vergessen und für zehn Cent in eine romantische Zauberwelt entfliehen. Sie wollen atemlos das herrliche Kleid der Frau bestaunen und sich vorstellen, wie es wäre, wenn sie selbst mit einem Mann wie ihm dinieren würden. Sie wollen lachen, sie wollen weinen . . .«

»Sie wollen unterhalten werden«, fügte Dick hinzu, den neben ihm stehenden Mann mit einem raschen Seitenblick musternd. »Himmel, sehen Sie, wie er sie beleuchtet? Voll ins Gesicht! Er sollte diese Lampen hinter sie schwenken, ein paar Schatten auf ihr Gesicht zaubern . . . Gott . . .!« Nervös trat er von einem Bein aufs andere, brannte förmlich darauf, an den Drehort zu gehen und es auf seine Art zu machen.

»Was halten Sie von der Bühnenarchitektur?« fragte der Mann leichthin.

»Gut. Aber zu viele Fenster — die Botschaft kommt rüber, es ist ein Penthaus in New York, aber man könnte es etwas prächtiger ausstaffieren, Bilder, Stoffe. Mehr . . . mehr Atmosphäre eben. Ogottogott«, fügte er erschrocken hinzu, »haben Sie es entworfen? Tut mir leid!«

Der Mann lachte. »Erzählen Sie weiter.«

»Na, also ich finde, er sollte sich ihr von hinten nähern,

von hinter dem Sofa auf sie zukommen und die Arme um sie legen. So, wie es jetzt ist, kann man kaum ihr Gesicht erkennen, und da sie ein so hübsches Ding ist, würde das Publikum sicher gerne mehr von ihr sehen.«

»Und wenn das Publikum sie nicht mehr sehen wollte, würde unsere liebe Mae sehr böse sein«, stimmte der Mann zu. »Ich bin auf dem Weg zum *Adventures*-Drehort. Hätten Sie Lust, mich zu begleiten und einen Blick darauf zu werfen?«

»Klar doch! Mein Name ist übrigens Dick Nevern.« Begeistert schüttelte er dem Mann die Hand. Sie verließen den Schuppen und gingen zu dem daneben liegenden Drehort. Mitzi wurde im Freien gefilmt; sie saß auf einem umgedrehten Eimer, in rüschenbesetzte Ginghamröcke, schwarze Strümpfe und schwarze Knopfstiefelchen gekleidet, und irgend jemand hielt einen Schirm über ihren Kopf, damit ihr in der Hitze das Make-up nicht verlief.

Eine Weile schauten sie zu, Dick gab ein paar Kommentare von sich, und der Mann stellte ihm einige Fragen, ehe sie sich in ein Studio begaben, in dem gerade einer jener flotten Zweiakter abgedreht wurde. »Ich weiß, daß ich bessere Arbeit leisten kann«, murmelte Dick erregt. »Ich weiß einfach, daß ich es kann.«

»Da gibt es noch etwas, das ich Ihnen gerne zeigen möchte«, sagte der Mann schließlich, »aber ich habe noch eine Besprechung. Hier, nehmen Sie den Schlüssel und gehen Sie in den großen Lagerraum im hinteren Teil des Geländes. Sie müßten dazu einen zehnminütigen Fußmarsch auf sich nehmen, aber ich glaube, es wird Sie interessieren.«

Dick zögerte. »Tja, ich habe selbst so eine Art Verabredung . . .« Doch dann dachte er, daß eine halbe Stunde hin oder her wohl nichts ausmache, da C.Z. ja den ganzen Tag über beschäftigt war. Außerdem war er neugierig. »Ach, warum nicht? Ich hoffe nur, ich bekomme keinen Ärger wegen unerlaubten Zutritts, verstehen Sie?«

Der Mann nickte. »Keine Sorge, das geht schon in Ordnung.« Und als er zielstrebig davoneilte, rief er ihm noch nach: »Geben Sie bitte, wenn Sie fertig sind, den Schlüssel bei Mr. Abrams Sekretärin ab!«

In der Lagerhalle befanden sich die Bühnenbilder für *Scheherezade*, eine Anhäufung von Statuen, Säulen und bemalten Kulissen, die einen unversehens in die prachtvolle Welt arabischer Märchen versetzten. Genau das hatte der Mann wohl gemeint, als er sagte, er wolle den Menschen einen Ausweg aus ihrem tristen Alltagsleben bieten, überlegte Dick. Für zehn Cent konnten sie mit Hilfe von Magic in den geheimnisvollen Ort reisen. Hätten sie zumindest gekonnt, wenn *Scheherezade* nicht abgesetzt worden wäre.

Nachdem er die Tür wieder sorgfältig hinter sich zugesperrt hatte, spazierte er zu C.Z. Abrams Büro und übergab der Sekretärin den Schlüssel.

»Ah ja«, sagte sie. »Sie müssen Dick Nevern sein. C.Z. meinte, wenn Sie tatsächlich so ein begnadetes Talent seien, sollte er Sie vielleicht doch einmal testen. Kommen Sie morgen früh um halb sieben.«

Dick juchzte vor Freude auf. Er packte ihre Hand, schmatzte einen Kuß darauf und sagte: »Und wann werde ich den berühmten Mann selbst kennenlernen?«

»Das haben Sie bereits«, erwiderte sie. »Wie ich ihn verstanden habe, hat er Sie heute persönlich durch das Gelände geführt.«

Beim Mittagessen in der Pension erzählte Dick, wie ihm vor Staunen der Mund offengestanden habe, und wiederholte wortgetreu, was C.Z. zu ihm und er wiederum zu C.Z. gesagt hatte. Die Glückwünsche der anderen Gäste nahm er freilich mit Vorbehalt entgegen. »Es ist nur ein Test«, warnte er.

Nach einer schlaflosen Nacht fand er sich am nächsten Morgen bereits um sechs im Studio ein. Diesmal unterließ der Wachmann seine Frotzeleien und teilte ihm statt dessen höflich mit, daß er sich in Studio B einfinden solle.

Neben Mitzie Harmoney, die gerade geschminkt wurde, standen noch ein paar Dutzend Statisten herum und aßen ihre Frühstücksbrote. Der Produzent schüttelte Dick die Hand: »C.Z. hat gesagt, Sie übernehmen heute diesen Dreh. Er meint, Sie sollten es einfach so machen, wie Sie es für richtig halten.«

Dick schluckte. Ganz klar, dies war die Chance seines Lebens; sein erster Tag am Drehort, und schon sollte er mit einem Star zusammenarbeiten. Himmel, das durfte er keinesfalls vermasseln! Er besah sich den Drehplan, fügte rasch ein paar Änderungen an, erklärte dem Kameramann genau, was er sich vorstellte, und besprach die Szene schließlich mit Mitzi.

Als er ihr erklärte, was er vorhatte, nickte sie zustimmend. Sie hatte schon mit vierzehn Jahren zu filmen begonnen und war nun, mit zwanzig, ein Vollprofi. Sie stammte aus einer Varieté-Familie und wußte genau, wie man einen Gag so einbaut, daß er gelingt. Und wie sie schnell herausfand, wußte er das auch.

»Gut, fangen wir an!« sagte sie und schlenderte ins Freie.

Um sieben Uhr abends hörten sie auf. Obwohl es für Dick ein langer, anstrengender Tag gewesen war, konnte er sich nur schwer losreißen. Als man ihm mitteilte, daß er sich am nächsten Tag für einen weiteren Probedreh einfinden solle, konnte er sein Glück kaum glauben. Auch am folgenden Tag wurde er bestellt, und so arbeitete er schließlich sechs Tage an sechs verschiedenen Drehorten und genoß jede einzelne Minute. Am Ende der Woche überreichte man ihm einen Umschlag mit hundert Dollar und teilte ihm mit, daß man ihm Bescheid geben würde.

Zwei Tage verstrichen, drei, eine ganze Woche . . . das darauffolgende Wochenende war das längste seines Lebens. Er wußte, er hatte versagt und C.Z. war nicht mehr an ihm interessiert. Am Sonntag abend rief ihn Beulah plötzlich ans Telefon. »Ein gewisser C.Z. Abrams«, erklärte sie, ihm den Hörer reichend.

Dick riß den Hörer ans Ohr. »Ja, Sir?« sagte er mit einer vor Nervosität überkippenden Stimme.

»Ich habe mir Ihre Filme angesehen«, sagte Abrams ruhig. »Da gibt es etwas, das ich gerne mit Ihnen besprechen würde. Kommen Sie bitte morgen um neun in mein Büro.«

»Um neun! Ja, Sir, ich werde da sein!« schrie er, aber Abrams hatte bereits aufgelegt.

Das Büro war groß und kühl, die weißen Wände kahl und

der riesige Schreibtisch tadellos aufgeräumt. C.Z. begrüßte ihn höflich, ohne den Anflug eines Lächelns. In dem leichten, grauen Anzug, dem blaßblauen Hemd, den glatt rasierten, dunklen Wangen und der beherrschten, unbewegten Miene wirkte er entspannt und sehr mächtig.

»Ich möchte Ihnen ein Angebot machen«, begann er, während er sich mit den Ellbogen auf dem Schreibtisch aufstützte und die Hände faltete. »Und ich werde Ihnen auch verraten, warum. Ich bin ein Mann, der instinktiv handelt, der direkt aus dem Bauch heraus auf Umstände und Menschen reagiert. Ihnen ist wahrscheinlich zu Ohren gekommen, daß ich Mitarbeiter, denen ich nicht vertraue, auf der Stelle kündige. Mein Instinkt sagt mir, daß ich Ihnen trauen kann. Mir gefallen ihre Arbeiten, sie waren allesamt gut, teilweise sogar brillant. Ich biete Ihnen die Regie für *Scheherezade* an.«

Dick verschlug es die Sprache. »Himmel«, flüsterte er; nervös nahm er seine Brille ab und begann sie umständlich zu polieren. »Aber das wird einer der teuersten Filme, die je gedreht worden sind!«

»Ganz genau«, erwiderte C.Z. ungerührt. »Und deshalb sollten Sie sich auch verdammt anstrengen, weil sowohl meine als auch Ihre Zukunft von diesem Film abhängen wird.« Er stand auf und fügte abschließend hinzu: »Meine Anwälte werden den Vertrag mit Ihnen besprechen. Er wird fair sein, verlassen Sie sich darauf. Ich werde den Film selbst produzieren, und wir werden die Besetzung gemeinsam entscheiden. Meine Sekretärin wird Sie zum Anwaltsbüro führen. Guten Tag, Mr. Nevern.«

An der Tür wandte sich Dick noch einmal um. »Warum ich, C.Z.? Wo Sie doch jeden haben könnten, den Sie wollen?«

Abrams lächelte. »Als ich begonnen habe, hat mich jemand gefragt, weshalb ich glaubte, ein guter Filmemacher zu sein. Ich habe ihm geantwortet: »Ich weiß einfach, daß ich es bin.« Dieser Mann hat an mich geglaubt. Sie haben meine Frage mit den gleichen Worten beantwortet, und jetzt glaube ich an Sie.«

Dick ging hinaus und begab sich zum Anwaltsbüro. Er hörte kaum hin, was die Anwälte ihm zu sagen hatten, und es interessierte ihn auch nicht. Er würde für *Scheherezade* Regie führen und C.Z. den Film produzieren. Er mußte träumen. Oder war er gestorben und geradewegs in den Himmel gekommen?

37

O'Hara kaufte für die Feier vier Magnumflaschen besten französischen Champagners. »Ein Grünschnabel wie Sie als Regisseur für *Scheherezade*!« staunte er, mit seiner riesigen Pranke auf Dicks schmalen Rücken schlagend. »Dieser C.Z. muß schon ein ganz besonderes Exemplar sein, wenn er Sie so einfach von der Straße zu sich hereinholt.«

»Er ist wirklich etwas Besonderes«, stimmte Dick zu, während er hustend zurückwich. »Und Sie haben den Nagel auf den Kopf getroffen, O'Hara: Gestern hat er mir erzählt, daß er selbst mehr als einmal von der Straße aufgelesen wurde und deshalb auch keine Bedenken habe, einem Unbekannten wie mir eine Chance zu geben.«

»Wie ist er denn so?« erkundigte sich Missie neugierig.

»Na ja, mittelgroß, dichte, schwarze Haare und dunkle Augen, die kalt wie Eis, manchmal aber auch sanft wie die einer Antilope blicken können. Ich finde ihn recht gutaussehend — und zudem ist er der bestangezogene Mann, den ich je gesehen habe. Tiptop vom Scheitel bis zur Sohle, sogar bei dieser Hitze. Dennoch ist er ziemlich undurchsichtig. Niemand kennt ihn wirklich. Es heißt, er zahle gut und sei gerecht — und er habe einen absoluten Überblick über jeden einzelnen Cent, der ausgegeben wird. An C.Z. geht nichts vorbei — er weiß sogar, wie hoch die Portogebühren der letzten Woche waren. Trotzdem verschickt er an alle möglichen Leute riesige Blumensträuße und macht seinen Stars richtig teure Geschenke. Ja, irgendwie ist er schwer in Ordnung.«

»Dann laßt uns auf C.Z. anstoßen!« rief O'Hara, und Rosa, Missie, Beulah und die Pensionsgäste hoben ihre Gläser.

»Und auf unseren jungen Dick Nevern, auf daß er mit *Scheherezade* Erfolg haben möge!«

»Dann werden Sie uns wohl jetzt, da Sie zu Geld gekommen sind, verlassen«, bemerkte Rosa betrübt, und sie dachte, daß es immer das gleiche war: Sobald die jungen Talente genügend Geld verdienten, um endlich ihre Pensionsmiete pünktlich und zuverlässig zu zahlen, zogen sie in ein eigenes Appartement um.

»Da ich von früh bis spät arbeiten werde, muß ich tatsächlich in die Nähe des Studios ziehen«, gestand Dick, »doch ich werde mein Zimmer hier behalten, Rosa. Sicher ist sicher.«

»Ach, du wirst nie mehr zurückkommen«, jammerte Azaylee plötzlich. »Ich weiß es genau. Schon wieder einmal wird alles anders werden.«

Tränen standen in ihren Augen, und alle blickten sie erschrocken an.

»Es wird sich kaum etwas verändern, Azaylee«, sagte Dick sanft. »Ich habe hier nach wie vor mein Zimmer mit all meinen Sachen darin. Und ich werde vorbeikommen, so oft ich kann. Weißt du, was?« fügte er mit einem Grinsen an. »Ich werde dir sogar eine kleine Rolle in *Scheherezade* verschaffen — natürlich nur, wenn du ein braves Mädchen bist.«

»Das wirst du tun?« Mit einem Schlag war aller Kummer vergessen, und ihre Augen funkelten vor Aufregung. »Darf ich da auch tanzen?«

»Mal sehen«, antwortete er und blickte dann in die Runde, in die strahlenden Gesichter von Marshall und Millie, Lilian und Mary, Ben und den übrigen. »Ha, ihr werdet alle eine Rolle in *Scheherezade* kriegen!« Auf seinen Wangen standen hektische rote Flecken. »Auch die Kinder. Das ist mein Dank an Rosa und Missie, weil sie mir die Miete immer gestundet haben, und an euch alle, weil ihr an mich geglaubt habt.«

Unter Hochrufen füllte O'Hara die Gläser nach. »Ruhe, bitte!« brüllte er. »Ich habe euch etwas Wichtiges mitzuteilen. Ich kenne Rosa Perelman und Missie O'Bryan schon sehr lange und bitte nunmehr seit einer halben Ewigkeit die eine der beiden um ihre Hand. Alles, was ich bisher bekommen habe, war ein »vielleicht« oder »frag mich in einem Jahr noch einmal.« Nachdem ich jene Frau, die ich liebe, lange Zeit aus den Augen verloren hatte, habe ich sie nun wiedergefunden. Und nach wie vor liebe ich sie mehr als alles andere auf Gottes schöner Welt.« Sich zu Missie umdrehend, sagte er leise: »Missie, ich will vor diesen Menschen hier verkünden, daß ich dich liebe. Und mehr als das — die ganze Welt soll es erfahren! Ich bitte dich, meine Frau zu werden, Missie, und diesmal erwarte ich eine sofortige Antwort.

Missies Augen verfingen sich in den seinen, und es war, als würde die ganze Welt um sie beide versinken. Sein großes, freundliches Gesicht glänzte vor Angst. Er sah aus, als halte er den Atem an. Er sah so zuverlässig und ehrlich aus, war so aufrichtig in sie verliebt, daß er sich nicht schämte, seine Gefühle vor all diesen Menschen preiszugeben.

»O'Hara«, flüsterte sie, »ich wünschte, ich hätte schon vor vielen Jahren ja gesagt . . .«

»Dann *wirst* du mich also heiraten?« hakte er nach.

»Ja, ich werde dich heiraten.«

»Juchhu!« brüllte er, während er sie in die Arme riß und lachend und weinend zugleich die Glückwünsche der anderen entgegennahm. »Endlich bist du die meine!«

Er pflanzte einen dicken Kuß auf ihren Mund, ehe er aus seiner Tasche ein kleines Etui hervorzog. »Dies hier habe ich beim besten Juwelier New Yorks für dich gekauft — na ja, nur für den Fall«, fügte er, in die Runde zwinkernd, hinzu, während er das Etui öffnete und Missie den riesigen Brillantring von Cartier zeigte. »Und da ist ein dazupassender Ehering«, sagte er aufgeregt. »Wie gefallen sie dir, mein Schatz?«

»Oh, sie sind wunderschön, einfach traumhaft«, murmelte sie, »aber viel zu prächtig für mich.«

»Für die Frau von King O'Hara ist *nichts* zu prächtig!« rief er leidenschaftlich aus. »Ich würde mein Leben für dich geben, Missie O'Bryan. Die zukünftige Missie O'Hara!« merkte er triumphierend an. Und als sich schließlich Winona ans Klavier setzte und den Hochzeitsmarsch spielte, schwenkte er Missie ausgelassen umher. Zwischen all der Aufregung und den Umarmungen bemerkte niemand, daß Azaylee verschwunden war.

In der Dunkelheit der Veranda lag sie neben Viktor, ihren blondgelockten Kopf in seinen Nacken vergraben, sein weiches Fell mit ihren heißen Tränen netzend. »Alles wird sich wieder verändern, *Milotschka*«, wimmerte sie. »Ich weiß es. Sie werden von hier wegziehen und irgendwo anders leben.« Ihre dünnen Ärmchen hielten ihn umklammert, während er tröstend über ihr Gesicht leckte. »Aber du und ich, wir werden nie fortgehen«, stieß sie heftig hervor. »Nie, nie, nie!«

Von drinnen ergoß sich goldenes Lampenlicht über den Rasen, die Musik wurde immer ausgelassener, und das Knallen der Champagnerkorken vermengte sich mit fröhlichem Gelächter. Aber in Azaylees Herz war keine Freude, als sie sich, an ihren geliebten Hund geschmiegt, langsam in den Schlaf weinte.

Die Hochzeit wurde für den kommenden Samstag um elf Uhr dreißig in der Little Brown Church am Hollywood Boulevard festgelegt. Alle waren eingeladen; Azaylee sollte Brautjungfer sein und Rosa Trauzeugin.

»Ich hab' noch nie den Fuß in eine Kirche gesetzt, Missie«, gestand Rosa, »aber da es nur einen Gott gibt, wird deiner derselbe wie meiner sein.«

In Windeseile wurden Kleider gekauft, Blumen bestellt und ein Hochzeitsfrühstück im Hotel Hollywood arrangiert. Als der große Tag heraufdämmerte, ruhig und klar und strahlend wie all die anderen, zog O'Hara seinen silbergrauen Anzug an und setzte seinen seidenen Zylinder auf. An seine Krawatte steckte er eine große, schimmernde Perlennadel, in sein Revers eine purpurne Nelke und machte sich dann, eine halbe Stunde zu früh, auf den Weg zur Kirche.

Die Pensionsgäste putzten sich nach besten Kräften heraus, liehen sich untereinander Hüte, halfen sich beim Schnüren der Korsagen und brachen schließlich, begleitet von Rosas Kindern, aufgeregt durcheinander plappernd und lachend, auf.

Rosa stand mit Azaylee in der Küche und wartete auf Missie. »*Nu*, Azaylee«, sagte sie, das Mädchen kritisch musternd, »hat dir eigentlich schon einmal jemand gesagt, daß du eine echte Schönheit bist? Schon jetzt hast du das Zeug zu einem Filmstar.«

Azaylees langgeschnittene, goldbraune Augen öffneten sich weit; verlegen zupfte sie an ihren gerüschten, zitronengelben Organzaröcken und sagte: »Glaubst du wirklich, daß ich ein Filmstar werden könnte?«

Impulsiv drückte Rosa sie an sich und gab ihr einen Kuß. »Schon heute, wenn Mr. C.Z. Abrams dich sehen würde«, erwiderte sie bestimmt und atmete erleichtert auf, als das Mädchen lachte. Sie hatte sich Sorgen um Azaylee gemacht, da sie in den letzten Tagen sehr still gewesen war. Sie hatte nicht den Eindruck, daß Azaylee eifersüchtig wegen Missies Heirat war; sie wirkte einfach nur ratlos, verwirrt. Plötzlich erstarrte Azaylee, und als Rosa sich verwundert umschaute, entdeckte sie Missie, die in der Tür stand.

Sie trug ein cremefarbenes Spitzenkleid mit enganliegender Taille, langen Ärmeln, einem hohen Nackenkragen und weitschwingenden Röcken. Auf ihrem hochgesteckten, bronzeschimmernden Haar lag ein Kranz frischer Orangenblüten, und in der Hand trug sie einen Strauß winziger, vollkommen gewachsener gelber Rosen. Doch es waren ihre Augen, dunkel und leuchtend vor Glück, die Rosa und Azaylee in Bann zogen.

»Ich hab' dich lieb, Missie«, rief Azaylee, während sie auf sie zurannte.

»Ich hab' dich auch lieb«, murmelte Rosa wehmütig, während sie beobachtete, wie Missie das Kind umarmte und ihr etwas ins Ohr flüsterte.

»Ich werde dich nie verlassen«, flüsterte Missie Azaylee zu. »Denk daran: Du wirst immer mein kleines Mädchen sein. Du bist mir wichtiger als alles andere auf der Welt. Bitte, *Milotschka*, sei auch du glücklich!«

Azaylee nickte tapfer. »Ich werde es versuchen.«

Dick Nevern steckte seinen Kopf durch die Tür. »Ihr Wagen steht bereit, Rosa«, rief er, und alle lachten, als Azaylee mit Viktor kam, dem sie eine Rose ans Halsband gesteckt und ein gelbes Band um die Leine gewickelt hatte.

»Viktor kommt mit«, wandte sie sich bestimmt an Missie.

»Natürlich«, erwiderte Missie weich. »Viktor kommt immer mit.«

Dick, der die Rolle des Brautvaters übernehmen sollte, räusperte sich und sagte errötend: »Verzeihen Sie die Bemerkung, Missie, aber Sie sind die schönste Frau, die ich je gesehen habe.«

Sie lächelte. »Dann waren Sie wohl noch nie verliebt. Warten Sie, bis Sie Ihre eigene Braut am Hochzeitstag sehen. Sie wird für Sie die schönste aller Frauen sein.« Es war wie ein Schock, als ihr plötzlich bewußt wurde, daß sie mit ihren vierundzwanzig Jahren kaum älter war als Dick. Aber dennoch fühlte sie sich, verglichen mit seiner unberührten Jugend, wie eine alte, erfahrene Frau.

O'Haras Gesicht leuchtete bei Missies Anblick auf. Die Kirche erstrahlte im Licht zahlloser Kerzen, aus hunderten von Vasen strömte der betäubende Duft vollerblühter Rosen, und über den Bankreihen hingen Girlanden von Orangenblüten. Die Zeremonie verlief feierlich und bewegend, der Chor jubilierte, und als er dann ihre Hand in die seine nahm und ihr den Ring über den Finger streifte, da spürte Missie, daß sie nun endlich das wahre Glück an der Seite eines Mannes, den sie liebte, gefunden hatte.

Die anschließende Feier im Hotel Hollywood geriet so ausgelassen und heiter, daß die anderen Gäste neugierig die Köpfe hereinsteckten und sich gerne überreden ließen, da zu bleiben und mit ihnen zu feiern. O'Hara schenkte Azaylee einen Rubinanhänger in Herzform, was sie in einen reinen Freudentaumel versetzte, und Rosa ein Diamantarmband, das sie sprachlos vor Rührung entgegennahm. Er hielt eine kurze Rede, in der er sagte, wie sehr er sie alle liebe, sich aber nun verabschieden müsse, da er seine Frau zu einer einwöchigen Hochzeitsreise nach San Francisco entführen wolle.

Lächelnd schaute Azaylee ihnen nach, als sie in einem Regen von Reis, Rosenblüten, Umarmungen und Küssen hinauseilten.

Glücklich befühlte sie den Anhänger um ihren Hals und hielt mit der anderen Hand Viktor zurück, der jaulend an seiner Leine zerrte. Vielleicht würde doch alles gut werden, überlegte sie. Vielleicht gefiel O'Hara Hollywood so gut, daß er sich entschloß, herzukommen und mit ihnen in der Rosemont Pension zu leben. Vielleicht würde alles so bleiben, wie es war.

Wenn Missie nach ihrer Erfahrung mit den grausamen Händen Eddie Arnhaldts irgendwelche Befürchtungen bezüglich ihrer Flitterwochen gehabt haben sollte, so wurden diese schon in der ersten Nacht zerstreut. Der große O'Hara mit seinem harten, starken, beschützenden Körper, seinem vor Liebe und Staunen über ihre Schönheit strahlenden Gesicht behandelte sie mit der einer Königin gebührenden Ehrerbietung, hielt sie in den Armen, streichelte ihr Haar, liebkoste ihr Gesicht, küßte zart ihre Augenlider, ihre Wangen, ihren Mund. Er flüsterte ihr zu, wie sehr er sie liebe, wie schön sie sei und zu welch glücklichem Mann sie ihn gemacht habe. Und als sie sich dann liebten, bebte er vor Leidenschaft, schrie lauthals seine Liebe zu ihr heraus, während sie sich um ihn schlang, verloren in der Entdeckung neuer Gefühle und der tiefen Freude, mit dem Mann, den sie liebte, eins zu werden.

Die Woche verging wie im Flug, und ehe sie es so richtig bemerkte, saßen sie schon wieder im Zugabteil auf dem Weg nach Los Angeles.

»Und jetzt mußte du rasch packen, mein Mädel«, sagte O'Hara, als der Zug in den Bahnhof einrollte. »In New York wartet viel Arbeit auf mich.«

»New York?« Missie erbleichte. »Aber ich dachte, wir könnten in Hollywood bleiben. Azaylee ist so glücklich hier . . .« Sie verstummte, da ihr die Unsinnigkeit ihrer Argumentation bewußt wurde. O'Haras Geschäfte befanden sich in New York und Chicago, und als seine Frau erwartete er natürlich von ihr, daß sie ihn begleitete.

»Mach dir keine Gedanken um Azaylee. Ich werde dafür sorgen, daß sie glücklich ist«, versprach er. »Sie wird in die beste Mädchenschule New Yorks gehen. Als Tochter von King O'Hara wird sie das Leben einer Prinzessin führen.«

450

Wenn du nur wüßtest, daß sie *tatsächlich* adeliger Abstammung ist, dachte Missie im Stillen. Aber sie konnte ihm ihre wahre Geschichte nicht erzählen. Sie wäre eine zu große Belastung für ihn. Sie würde also ihre Geheimnisse und Ängste für sich behalten. Wer weiß, vielleicht waren sie nun endlich durch ihre neue Identität als Missie und Azaylee O'Hara vor den Arnhaldts und den Russen sicher?

New York
Das Penthaus im Sherry Netherland erwies sich für O'Hara und seine neue Familie als zu klein, und so zogen sie in eine Wohnung mit Türmchen in der piekfeinen Park Avenue um: vier Schlafzimmer und Badezimmer, eine holzgetäfelte Bibliothek, bereits randvoll mit Büchern, ein Wohnzimmer mit zwei Marmorkaminen und eine riesige Küche nebst angrenzenden, geräumigen Unterkünften für Beulah und ihre zwei neuen Gehilfinnen.

Azaylee hatte sich geweigert, Viktor mitzunehmen. »Nein«, hatte sie gesagt; es war der Morgen ihrer Abfahrt gewesen, und mit ihrem blassen Gesicht und den matten, tränenlosen Augen hatte sie sehr klein und verletzbar gewirkt. Sogar ihr flachsblondes Haar hatte seinen Glanz verloren. »Viktor wird bei Rosa bleiben. Hier, auf seiner Veranda, wird er glücklicher sein als in einem stickigen New Yorker Appartement.«

Missie versuchte Azaylee umzustimmen, erinnerte sie daran, wie vergnügt Viktor sogar in der Rivington Street gewesen war, doch Azaylee blieb hart.

»Ich werde dich ganz oft besuchen, *Milotschka*«, flüsterte sie und küßte ihn auf den Kopf. Als sie dann davonfuhren, hielt sie die Hände an die Ohren, um sein Jaulen nicht zu hören.

Sie versuchte ihr Bestes, in der schönen neuen Wohnung, in der sie ein eigenes, luxuriös ausgestattetes Zimmer hatte, glücklich zu sein. Sie ging wieder in die Schule der Beadles-Schwestern zurück, die sie jedoch, verglichen mit dem Leben in der Rosemont Pension und ihren schillernden Gästen, als öde und langweilig empfand. Ihr schien, als müsse sie jedesmal, wenn sie an einem Ort ein wenig glücklich war, wieder weggehen und woanders leben — beinahe wie eine Strafe. Zuerst hatte sie von der Rivington Street und Rosa Abschied nehmen müssen, dann von der Wohnung in der West Fifty-third, dann vom Haus Arnhaldt, dann von der Rosemont Pension in Hollywood. Und jetzt lebte sie in der Park Avenue, aber O'Hara redete bereits davon, für ein paar Monate nach Chicago zu gehen . . .

Sie konnte sich auch noch an eine ferner zurückliegende Zeit erinnern. Sie wußte, daß sie in Rußland gelebt hatte, und manchmal, wenn sie abends im Bett lag, versuchte sie, die versunkenen Bilder wieder aus den Tiefen ihres Gedächtnisses zu holen. Sie erinnerte sich an unermeßlich große Häuser, in denen sie sich winzig klein gefühlt hatte, und an Menschen, die alle sehr schön waren. Sie hatte Missie nie davon erzählt, doch sie konnte sich sogar noch entsinnen, wie kratzig sich das Kinn ihres wirklichen Papas morgens angefühlt hatte, wenn sie ihre Wange daran geschmiegt und ihn geküßt hatte. Und nie würde sie den Blütenduft vergessen, der ihre Mutter umschwebt hatte, und wie weich ihre Haut gewesen war und wie kühl ihre Lippen, wenn sie sie geküßt hatte. Sie sah Alexeis lebhaftes Gesicht wie auf einer Fotografie vor sich, seine dunkelgrauen Augen, die ihr zugelacht hatten, wenn sie ihm auf Schritt und Tritt hinterhergetapst war, und seine jungen, kräftigen Beine, mit denen er wie ein junges Füllen die steilen Stiegen hinaufgesprungen war, während für sie jede einzelne Stufe ein schier unüberwindliches Hindernis war. Sie konnte sich den Klang seiner Stimme vergegenwärtigen, wußte noch, daß er sich mit ihr morgens auf Englisch, nachmittags auf Französisch unterhalten hatte, und sie erinnerte sich an die russischen Wiegenlieder ihrer Nyanya.

Zu diesen Erinnerungen nahm sie in ihren Träumen Zuflucht, ihrer eigenen, privaten Welt, in der sie wieder ein kleines Kind war, an einem sicheren, behüteten Ort, wo jeder sie verhätschelte und liebte. Sie hoffte, daß sie diese Welt eines Tages wiederfinden würde.

Aber zwischenzeitlich besuchte sie die Beadles-Schule und brachte von dort Briefe nach Hause, in denen sie als unaufmerksam, als Träumerin beschrieben wurde, und sie telefonierte ständig mit Rosa und den Mädchen, um zu erfahren, ob die Gäste inzwischen alle eine Rolle in *Scheherezade* bekommen hatten und ob ihr geliebter Viktor sie sehr vermißte.

Immer versprach sie, bald zu Besuch zu kommen, doch nun war schon ein Jahr vergangen, und es hatte nicht geklappt.

Sie saß gerade zum Abendessen am Küchentisch, und Missie besprach mit Beulah das Menü für die kommende Woche, als plötzlich O'Hara, über das ganze Gesicht grinsend, hereinspazierte.

»Packt eure besten Klamotten ein, meine Mädels«, dröhnte er, Azaylee einen dicken Schmatz auf den blonden Scheitel drückend. »Morgen fahren wir nach Chicago!«

»Chicago?« riefen Azaylee und Missie im Chor.

»Das Pink Orchid ist so gut wie fertig«, verkündete er stolz. »Nächste Woche will ich eröffnen. Ich dachte, wir fahren alle zusammen hin und machen einen kleinen Urlaub.« Er packte Missie und wirbelte sie lachend im Kreis. »King O'Haras dritter Nightclub!« triumphierte er. »Nicht schlecht für einen Kneipenbesitzer aus der Delancey, was?«

»Da du mir nie erlaubt hast, einen deiner Clubs mit eigenen Augen zu sehen, kann ich dazu leider keine Meinung abgeben«, wandte Missie listig ein.

Er runzelte die Stirn. »Na ja, du weißt ja, wie ich zu diesem Thema stehe. Nightclubs sind nun mal kein Ort für ehrbare Frauen . . .« Errötend verstummte er, da sie in schallendes Gelächter ausbrach.

»King O'Hara, willst du damit etwa andeuten, daß du einen Laden führst, der nicht für »ehrbare« Frauen geeignet ist?« neckte sie ihn. »Ich frage mich, was unsere noble Nachbarschaft aus der Park Avenue dazu sagen würde! Zumal fast alle ihrer Söhne und Töchter zu deinen Kunden zählen!«

»Das ist etwas anderes«, sagte er schroff, »das ist Geschäft. Himmel, Missie, habe ich dich nicht gerade gefragt, ob du zur Eröffnung des Pink Orchid mitkommen willst? Die Gästeliste ist handverlesen, ich habe sie selbst zusammengestellt. Die Crème de la Crème wird kommen, um mich und meine Frau in dem neuen Club zu begrüßen.«

»Aha, und wirst du ihnen in der Badewanne gebrannten Gin verkaufen?« neckte sie ihn weiter.

»O'Haras Gin stammt aus keiner Badewanne. Es ist echte Schmugglerware von den Bermudas.«

Verblüfft schaute sie ihn an. »Ich dachte, du kaufst deinen Alkohol von deinen Freunden, den Oriconne-Brüdern?«

»Den Oriconnes?« Er hüstelte und scharrte verlegen mit den Füßen. »Tja, also, die Brüder und ich hatten da eine kleine Meinungsverschiedenheit bezüglich des Preises, und deshalb beteilige ich sie jetzt nur noch an der Hälfte des Geschäfts — um der alten Zeiten willen. Aber was stehen wir hier herum und quatschen über die Oriconnes, wenn ihr beide schon längst am Packen sein solltet? Wir nehmen den Twentieth Century morgen früh.«

Er warf einen Blick zu Azaylee, die an dem geschrubbten Küchentisch saß, ein Glas Milch neben ihrem Teller. Ihre Augen waren leer und traurig. Er ging zu ihr und setzte sich neben sie. »Als besondere Überraschung für meinen kleinsten Schatz habe ich mir überlegt, daß wir auf dem Rückweg für ein paar Tage bei unserer lieben Tante Rosa vorbeischauen könnten.«

Azaylees kleines, herzförmiges Gesicht rötete sich vor Freude, und ihre goldbraunen Augen wurden bei der Vorstellung, in Kürze Viktor, Rosa und die Mädchen zu sehen, noch größer. »Oh, King O'Hara«, lachte sie und umarmte ihn stürmisch, »danke, vielen, vielen Dank!«

»Ich will nur, daß meine Mädels glücklich sind«, erwiderte er ruppig, während er Missie über Azaylees Kopf hinweg anlächelte.

»Was sind das nur für Manieren, wenn ein Kind seinen Pa nicht »Daddy« nennt«, bemerkte Beulah pikiert.

Doch Missie schüttelte den Kopf. Sie verstand, weshalb Azaylee ihren geliebten O'Hara nicht »Daddy« nennen konnte: Irgendwo, in ihrem tiefsten Inneren wußte Azaylee gewiß, daß sie einen echten Papa hatte, der, wie sie hoffte, eines Tages zurückkehren und sie finden würde. Denn so geschah es auch immer in den Märchen.

Chicago

Chicagos ehrwürdiges Palmer House Hotel zeichnete sich durch eine etwa acht Meter hohe Rundhalle aus, italienische Fresken an den Wänden, importierte, französische Möbel und einen ägyptischen Schönheitssalon.

»Für meine Mädels nur das Beste«, sagte O'Hara, an seiner obligatorischen Zigarre paffend, als er am darauffolgenden Abend mit seiner kleinen Familie den Speisesaal betrat. Imposante Marmorsäulen stützten den Raum, von der reichbemalten Decke hingen schwere Kronleuchter herab, und ein Heer von Kellnern stand bereit, um ihre Bestellungen entgegenzunehmen. O'Hara zwinkerte Missie zu.

»Weißt du noch, wie ich dich das erste Mal in New Jersey zum Dinner ausgeführt habe? Und du Angst gehabt hast, nicht elegant genug zu sein?« Auf ihr Nicken hin fuhr er fort: »Ich habe dir damals gesagt, daß du, mit deiner natürlichen Eleganz, überall hingehen könntest. Aber selbst dieser ganze Luxus hier verblaßt gegen deine Schönheit.« Seine grünlichen Augen schimmerten vor Liebe, als er ihr über den Tisch hinweg ein kleines Etui reichte. »Und eines für mein kleinstes Mädelchen«, schmunzelte er, Azaylee ein identisches Etui hinüberschiebend.

Neugierig nestelte Missie an dem Verschluß und rief dann ehrfürchtig: »Oh! Eine Orchidee aus pinkfarbenen Diamanten! Sie ist wunderschön, Shamus!«

Er grinste verlegen. »Warum nennst du mich plötzlich Shamus? Bisher war ich immer O'Hara für dich.«

»Weil ich dich liebe«, antwortete sie weich. »Ob Shamus oder O'Hara — ich liebe dich einfach. Danke!«

Errötend wandte er sich Azaylee zu. »Mach es nur auf, mein Liebling. Mal sehen, was du bekommen hast.«

Angesichts ihres Geschenks leuchteten Azaylees goldene Augen auf. »Ich habe auch eine Orchidee«, rief sie stolz.

»Wie deine Mutter, wenn auch im Stil ein bißchen mädchenhafter«, erklärte er, während sie die aus Rosenquarz geschnitzte Orchidee mit dem pinkfarbenen, diamantenen Zentrum bewunderten.

O'Hara strahlte über das ganze Gesicht. Unvermittelt ergriff er Missies und Azaylees Hände. »Das wird einer der glücklichsten Abende meines Lebens sein.«

Das Pink Orchid befand sich zwischen der State Street und der Calumet Avenue, in unmittelbarer Nachbarschaft zu einem Dutzend anderer beliebter Clubs — sogenannte Flüsterkneipen, in denen illegaler Alkohol ausgeschenkt wurde — wie dem Sunset Café, dem Dreamland, dem Panama und dem New Orleans Babe, wie auch dem Big Grand Theater, dem Monogram und dem Vendome, das für seine wilden Jazzbands bekannt war. O'Hara hatte diese Lage ausgesucht, da sie abenteuerlicher war als der feine Nordteil der Stadt und seine noble Kundschaft schon auf der Fahrt durch den verrufenen Südteil in eine gewisse Erregung versetzt würde.

Suchscheinwerfer durchbohrten den nächtlichen Himmel, ein Mann mit Kamera filmte die Ankunft der erlesenen Gäste, und auf Kosten des Hauses gab es französischen Champagner. Missie sah in dem dunkelrosa Chiffonkleid und dem Bouquet pinkfarbener Orchideen an ihrer Schulter, die mit der neuen Diamantbrosche festgehalten wurden, sensationell aus, und auch O'Hara fand sich recht passabel in seinem weißen Smoking und der pinkfarbenen Orchidee am Revers. Azaylee wirkte in ihrem blaßrosa Organdykleid und den schimmernden Locken um ihr kleines, süßes Gesicht so zart, so verletzlich und so ungemein reizend, daß O'Hara nicht anders konnte, als sie an sich zu drücken und ihr zu sagen, daß er stolz darauf sei, ihr Daddy zu sein, und sich immer, immer um sie kümmern würde.

Sie lächelte, strich mit zarten Fingern über sein Gesicht, und als sie sagte: »Ich freue mich, daß du jetzt mein Daddy bist, O'Hara«, da brach er in Gelächter aus und küßte sie erneut.

Sie bestaunten die kuppelförmige, nachtblaue Decke, die mit glitzernden, rosafarbenen Sternen besetzt war, den mit rosa Sternen flimmernden Tanzboden, die mit raschelndem, pinkfarbenem Taft gedeckten Tischreihen, die silbernen Kelche und die rosa Kandelaber. Die Ober trugen pinkfarbene Jacketts, und die Zigarettenmädchen und weiblichen Bedienungen zeigten viel Bein und auch noch etwas mehr in ihren pinkfarbenen Tanztrikots und den kurzen, rosa Ballettröckchen. Auf jedem Tisch stand eine Vase mit einer einzelnen, pinkfarbenen Orchidee, und neben der hauseigenen Jazzband waren, sehr zu Azaylees Freude, auch die Stars unter den Gästen zu Auftritten bereit.

Der Südteil der Stadt vibrierte in jener Nacht vor Leben. Diejenigen, die nicht eingeladen waren, standen draußen und beobachteten neidisch, wie die Gäste aus ihren schikken Autos stiegen und lachend unter der Markise mit dem aufblitzenden »Pink Orchid« in das gelobte Land des Luxus, der Fröhlichkeit, des Jazz und des illegalen Alkohols — O'Haras Spezialrezept für Erfolg — enteilten. Er stellte Missie und Azaylee allen Leuten vor, doch als dann später die Party immer ausgelassener und hektischer wurde, fand er es an der Zeit, daß Missie Azaylee zurück ins Hotel brachte.

»Sieh zu, daß mein kleinstes Mädelchen sofort ins Bett geht«, sagte er besorgt, während sie unter der glitzernden Markise auf den Wagen warteten. Der Chauffeur brauchte sehr lange, und O'Hara spähte ungeduldig die Straße entlang. Doch den schwarzen Wagen, der langsam an der gegenüberliegenden Straßenseite vorbeifuhr, nahm er kaum wahr. Plötzlich machte der Wagen einen Schlenker und raste über die leere Straße direkt auf sie zu. Vor Schreck wie versteinert, standen sie da, als das Seitenfenster heruntergekurbelt wurde und die rosa Lichter der Markise böse auf der flachen Schnauze eines Maschinengewehrs blitzten. Mit einem heiseren Schrei warf O'Hara seinen massigen Körper auf Missie und Azaylee. Vom Kugelhagel durchbohrt zuckte und krümmte er sich, bäumte sich ein letztes Mal auf, ehe er schließlich als ein zerfetzter, blutiger Haufen auf dem Gehsteig liegen blieb.

Azaylee wußte, daß sie schrie, genauso, wie sie es von ihren Träumen her kannte, als jemand vor vielen, vielen Jahren im Wald von Varischnya geschrien hatte. Sie hörte Missies tiefes Stöhnen, das Quietschen von Reifen und dann das Geräusch nahender Schritte. Und sie selbst schrie und schrie, als seien all die Schreie seit Jahren und Jahren in ihr eingeschlossen gewesen. Und in einer Welt der Schwärze ertrinkend, wußte sie, daß die Schreie niemals mehr aufhören würden.

38

Maryland
Besorgt über Missies bleiches Gesicht und ihre zitternde Stimme, läutete Cal nach Schwester Milgrim. Der Wecker auf dem Tisch zeigte zwei Uhr morgens an; nicht nur wegen der späten Stunde, sondern auch wegen der quälenden Erinnerungen mußte Missie am Rand der Erschöpfung sein. Sie starrte auf die pinkfarbene Orchidee in ihren Händen.

»Davon werde ich mich nie trennen«, flüsterte sie. »Niemals.«

»Schwester Milgrim rauschte herein; in ihrer gestärkten, weißen Tracht wirkte sie wie ein Wesen von einem anderen Stern. Streng von Missie zu Cal hin blickend, raunzte sie: »Was habe ich Ihnen gesagt? Jetzt ist sie erschöpft und völlig ausgepumpt. Daran sind Sie schuld, junger Mann!« Sie goß ein Glas Wasser ein. »So, kommen Sie«, schmeichelte sie Missie, jetzt nehmen wir schön brav unsere Tabletten, anschließend mache ich Ihnen eine Tasse heißen Tee, und dann geht es ab ins Bett.«

Missie schluckte die Tabletten und schüttelte den Kopf. »Verstehen Sie das nicht, Schwester Milgrim?« fragte sie. »Da ich jetzt schon einmal begonnen habe, muß ich es auch beenden. Nur dann wird Cal imstande sein, mir zu helfen.«

Milgrim warf ihm einen scharfen Blick zu, und er zuckte hilflos mit den Achseln. »Es ist für uns alle wichtig«, erklärte er.

Ihre Augen weiteten sich erschrocken. »Na ja . . . wenn das so ist, dann werde ich wohl besser ein paar belegte Brote machen«, seufzte sie, ehe sie in einem Rascheln weißer Baumwolle verschwand.

»Azaylee konnte nicht zum Begräbnis gehen«, nahm Missie den Faden wieder auf. »Es war mir auch lieber so. Sie behielten sie zwei Wochen im Krankenhaus, »zur Beobachtung«, wie sie sagten, doch hinterher waren sie auch nicht schlauer. Sie hatte sich in die Sicherheit ihrer eigenen, kleinen Welt geflüchtet, in der niemand sie erreichen konnte. Die Ärzte meinten, es sei der Schock, und mit der Zeit würde sie wieder genesen. Aber ich wußte es besser.«

Ihre gequälten, violetten Augen suchten seinen Blick. »In dem Moment, als O'Haras Sarg in die Erde gesenkt werden sollte, wurde ein riesiger Strauß pinkfarbener Orchideen geliefert. Der Bote überreichte mir die Karte.« Sie biß sich auf die Lippen. »Sie stammte von Rico und Giorgio Oriconne.«

Dann waren sie diejenigen, die . . .?«

Sie nickte. »Er hatte ihre Macht in Chicago unterschätzt. Sie besaßen einflußreiche Freunde und hatten den Club bereits für sich reserviert. Sie ließen ihn einfach machen, sein Geld investieren, und dann . . .« Sie senkte den Kopf. »Natürlich kam es nie zu einer Anklage. Der Fall wurde einfach als einer der zahlreichen »ungeklärten Bandenmorde« abgelegt. Aber ich kannte die wahren Mörder.«

Lautlos erschien Schwester Milgrim mit einer Platte ordentlich zurechtgeschnittener, rindenloser Brötchen und einem Schokoladenkuchen. »Essen Sie ein wenig«, drängte sie Missie. »Sie brauchen es, um bei Kräften zu bleiben.«

Missie trank einen Schluck Tee und wandte sich dann wieder Cal zu. »Als man Azaylee aus dem Krankenhaus entlassen hatte, gingen wir zu Rosa nach Kalifornien zurück. Ich dachte, die vertraute Umgebung würde ihr helfen. Alle kümmerten sich rührend um sie, erzählten ihr Anekdoten über ihre Filmjobs, machten ihr kleine Geschenke, aber es war vergebens. Nur um Viktor kümmerte sie sich und ließ ihn keinen Moment aus den Augen. Ich sehe noch deutlich vor mir, wie sie auf der Veranda der Pension saß, Viktors Kopf in ihrem Schoß hielt und stundenlang auf die Straße und die Passanten starrte, ohne sie wahrzunehmen. O'Hara hatte mir ein wenig Geld hinterlassen, freilich kein Vermögen, da er das Geld genauso schnell hinausgeworfen hatte, wie es hereingekommen war. Zudem war er überzeugt gewesen, noch alle Zeit der Welt für sich zu haben.

So ging ein Jahr vorüber, und schließlich konnte ich es nicht mehr länger ertragen. Ich beschloß, Azaylee in die Schweiz zu dem namhaften Psychiater und Psychoanalytiker Carl Gustav Jung zu bringen. Ich wollte Gewißheit darüber haben, ob ihre Probleme physischer oder psychischer Natur waren.« Sie verstummte und schenkte Cal einen nachdenklichen Blick. »Glauben Sie mir, ich betete, es möge ein physischer Befund sein. Hier könnte man vielleicht mit Medikamenten helfen.

Jung war an ihrem Fall sehr interessiert. Er unterlag als Arzt zwar der Schweigepflicht, aber ich nannte ihm dennoch keine Namen. Erzählte ihm aber, wie sie ihre Familie verloren hatte, und über unsere Flucht und unser anschließendes Leben. Ich teilte ihm auch mit, daß sie die Details nicht kannte, nie ein Foto ihrer Familie gesehen hatte und weder über ihre eigene Identität noch über die ihrer Familie informiert war. Und natürlich erzählte ich ihm über O'Hara.

Jung sagte, der Fall sei einer der interessantesten seiner Laufbahn. Seiner Meinung nach leide Azaylee unter einer Kombination verschiedener Phänomene: Depression, Hysterie und verdrängte Gefühle, die sie seit ihrer Kindheit unterdrückte. Er sagte, sie sei in Gefahr, ihre Identität aufgrund einer, wie er es nannte, »Persönlichkeitsstörung« zu verlieren. Ich berichtete ihm, daß sie nie ihre Mama und ihren Papa erwähnt und die Tatsache, plötzlich mit mir und Sofia in der Rivington Street zu leben, fraglos hingenommen habe. Und ich erzählte ihm auch, wie sehr sie sich an den Hund klammere. Er nickte und meinte, es sei ein klassischer Fall, und er wolle alles versuchen, ihr zu helfen.

So wohnten wir dann mehr als zwei Jahre fast ohne Unterbrechung in Zürich. Wir hatten in einem kleinen Hotel ein Appartement mit Blick auf die Berge gemietet; wir liebten die frische, klare Luft und die herrliche Aussicht, und ich glaube, in gewisser Weise fühlten wir uns dort beide sicher und beschützt. Dann und wann reisten wir nach Kalifornien, aber nie länger als ein, zwei Monate, da Azaylee allmählich Fortschritte zu machen begann und ich sie nicht allzu lange der Obhut Jungs entziehen wollte. Ich wußte, welche Verzweiflung und welches Chaos hinter diesen langgeschnittenen, wunderschönen, ruhigen Augen verborgen war, und wünschte sehnlichst, sie möge endlich ihren Seelenfrieden finden.

Schließlich teilte mir Jung mit, daß er für den Moment alles, was in seinen Kräften stand, getan habe, und so reisten wir nach Hollywood zurück. Azaylee schien glücklich und aufgeschlossener, als ich sie je gesehen hatte. Sie ging wieder zur Schule, frischte ihre alte Freundschaft zu Rosas Töchtern auf und verhielt sich, als sei nichts geschehen. Sie nahm ihre Ballettstunden wieder auf, die nach und nach zum Mittelpunkt ihres Lebens wurden. Vermutlich war es genau das, was sie immer gewollt hatte. Einfach nur tanzen.«

Sie blickte zu Cal auf. »Ihnen ist sicher bewußt, daß ich über Ava Adair spreche.«

Verblüfft starrte er sie an. »Ava Adair? Der Filmstar?«

»Ich werde Ihnen erzählen, wie es dazu gekommen ist.« Sie nahm einen Schluck des mittlerweile kalt gewordenen Tees, preßte die Hand gegen die Stirn und überlegte eine Weile, ehe sie weitersprach: »Alles begann mit einer zufälligen Begegnung, und noch heute weiß ich nicht, ob sie ihrem Leben gutgetan oder es ruiniert hat . . .«

Sie erzählte Cal, wie Dick Nevern zu Besuch gekommen war, ganz erfüllt mit dem Erfolg von *Scheherezade* und den drei anderen großen Filmen, die er inzwischen für Magic Studios gemacht hatte. Er war mittlerweile ein bekannter Regisseur geworden, aber dennoch war er derselbe freundlich, offene, bebrillte junge Mann geblieben, der trotz seines Ruhms und den schönen Schauspielerinnen, die sich ihm an den Hals warfen, nichts von seiner Bescheidenheit verloren hatte. Er hatte nie vergessen, wie knapp er dem Schaukelstuhl auf der Veranda einer Farm in Oklahoma entkommen war, und betrachtete C.Z. als seinen Retter, ohne den er es vielleicht nie geschafft hätte.

»Abrams galt als der zurückgezogenste Mann in Hollywood. Niemand kannte ihn wirklich, er hatte keine engen

Freunde, nur Geschäftspartner, doch Dick mochte er irgendwie. Mehrmals die Woche besuchte Dick ihn in seinem Haus am Lexington Drive, um mit ihm zusammen neue Filme oder die Tageskopien anzuschauen. Sie aßen dann zusammen zu Abend — immer sehr formell, mit Dienstboten und so weiter —, doch C.Z. erzählte Dick nie etwas Persönliches. Dick wußte von ihm nur, daß er ein gläubiger Jude war, der den Sabbat streng einhielt.

Na ja, an dem Tag jedenfalls, als Dick zu einem Besuch bei uns vorbeischaute, kam Azaylee gerade aus ihrem Tanzunterricht zurück. Es war einer ihrer wirklich guten Tage, sie war aufgekratzt, lebhaft und ehrlich erfreut, ihn zu sehen. Damals war sie vierzehn Jahre alt. Sie war sehr schön, wenn auch auf eine ganz eigene, unübliche Art — nichts als riesige, goldbraune Augen und eine Mähne platinblonden Haares. Sie war recht groß für ihr Alter und immer noch zu dünn, doch sie hatte herrliche Beine und bewegte sich mit der für Tänzer typischen Anmut.

Ich merkte, daß Dick sie interessiert musterte, und war kein bißchen überrascht, als er sagte: »Glauben Sie mir, Missie, Azaylee ist für den Film wie geschaffen. Die Kameras werden sie lieben und das Publikum ebenfalls.«

Ich schüttelte lächelnd den Kopf und erwiderte, sie sei noch zu jung, um sich darüber Gedanken zu machen, und da erzählte er mir etwas, das mich verblüffte:

»Ich hasse es, jemanden anzuschwärzen«, begann er stockend, »aber ich denke, Sie sollten darüber Bescheid wissen.« Ja, und dann teilte er mir mit, daß Azaylee ständig die High School schwänzte und sich in den Filmstudios herumtrieb; sie verleugnete dabei ihr Alter, um eine Anstellung als Tänzerin oder Statistin zu bekommen — egal, was, solange sie damit nur an der Zauberwelt des Films teilhaben konnte.

Natürlich hatte sie keinen Erfolg damit, da sie ganz unübersehbar noch ein Kind war, das sich als Frau ausgab. Doch er meinte, wenn das ihr innigster Wunsch sei, könne ich doch zulassen, daß er ein paar Probeaufnahmen von ihr mache und ihr in seinem nächsten Film vielleicht eine kleine Rolle gab. Er würde sich persönlich um sie kümmern, sie sogar, wenn es notwendig sei, unter Einsatz seines eigenen Lebens beschützen, und er verwettete seine Oklahoma-Stiefel darauf, daß sie innerhalb kurzer Zeit ein Star sein würde.

Erneut wandte ich ein, daß sie zu jung sei, und drohte, ich würde ihr von nun an verbieten, vor ihrem sechzehnten Lebensjahr auch nur in die Nähe eines Studios zu gehen. Es war das Jahr 1928, und Hollywood hatte einen enormen Aufschwung erlebt. Rosa und ich besaßen fünf Häuser an der Fountain Avenue. Die Rosemont Pension, in die wir inzwischen aus unserem Bungalow umgezogen waren, war das kleinste davon. In den Studios wurde ein Film nach dem anderen gedreht, der Hollywood Boulevard war eine richtige Durchfahrtsstraße mit einer Menge Verkehr geworden und Beverly Hills eine richtige Stadt. Viele der alten Stars waren verschwunden: Valentino war tot, Mabel Normand und Fatty Arbuckle von Skandalen, Mord und Drogen ruiniert — damals ging es mit der Kriminalität los. Man könnte sagen, daß Hollywood seine Unschuld verloren hatte — zusammen mit unseren Badenden Schönheiten, die herausgefunden hatten, daß Nacktfotos weit gewinnbringender waren, als sich bei Sennett anzustellen. Vielleicht verstehen Sie, Cal, daß dies nicht gerade eine Welt war, an die ich ein verletzbares, zartes Kind wie Azaylee ausliefern wollte. Sie sollte weiterhin zur Schule gehen und ein ganz normales Leben, ohne Höhen und ohne Tiefen, führen. Ein Grund dafür war freilich auch, daß ich weiterhin so anonym wie möglich leben wollte.

Die Tonfilme waren gerade im Kommen, und die gesamte Branche war am Rotieren. Niemand schien zu wissen, was als Nächstes passieren würde; bekannte Stars, die einst von den Studios untertänig umschmeichelt worden waren, wurden von eben diesen Studios von einem auf den anderen Tag gefeuert, weil ihre Stimmen nicht für den Tonfilm taugten. Wie dem auch sei — jedenfalls stromerte Azaylee ungeachtet meines Verbots und der Drohung, einen Hauslehrer zu engagieren, auch weiterhin durch die Studios.

Als dann Viktor starb, änderte ich meine Meinung. Er war der älteste Hund Hollywoods, selbst für einen Barsoi ein echter Veteran, aber er war schon seit Jahren blind gewesen und hatte sich kaum noch von seinem Lieblingsplatz auf der Veranda fortbewegt. Sein Tod war für mich eine Tragödie, weil dadurch eine weitere Verbindung zu Mischa abgerissen war. Aber für Azaylee war es schlicht eine Katastrophe. Wir durchkämmten das gesamte Umland auf der Suche nach einem neuen Barsoi, und endlich fanden wir einen: sechs Monate alt, mit demselben goldenen Fell wie Viktor und sehr verspielt. Rex war ein wunderbarer Hund, doch er war eben nicht Viktor. Und als ich bemerkte, wie sich in Azaylees Augen wieder dieser Ausdruck schlich, diese abgründige Ferne, da rief ich Dick an und sagte ihm, daß er die Probeaufnahmen machen solle.«

Hollywood

C.Z. wartete auf Dick, der die Tageskopien aus dem Studio bringen sollte. Sie hatten sich angewöhnt, die Kopien anstatt im Studio spät abends bei ihm zu Hause anzuschauen, teils, weil er gerne mit Dick zusammen war, hauptsächlich aber deswegen, weil er sein großes, leeres Haus mit etwas Leben füllen wollte.

Es war zehn Uhr; durch die hohen Fenster, die in den tadellos gepflegten Park hinausblickten, drang der nächtliche Himmel. Die Szenerie hätte sich auch irgendwo anders auf der Welt abspielen können — ein gutangezogener, anonymer Mann in einem ordentlichen, anonymen Zimmer in irgendeiner anonymen Großstadt. Inzwischen war es acht Jahre her, seit er Mel Schroeder mit seinen eigenen Waffen geschlagen hatte und Besitzer einiger heruntergekommener Schuppen in der Cahuenga geworden war, mit nichts als einer Kamera und ein paar Spulen Film. Und in dieser Zeit war er der legendäre C.Z. Abrams geworden, der Film- Mogul, den man im selben Atemzug mit Goldwyn und Zukor, Fox und Warner nannte. Doch im Herzen war er Zev Abramski geblieben, ein einsamer Mann. So einsam, daß er Dick Neverns Gesellschaft brauchte und den Druck eines zwanzigstündigen Arbeitstages, um seine Zeit auszufüllen. Wenn er Glück hatte, war er dann so erschöpft, daß er in einen vierstündigen, traumlosen Schlaf fiel, ehe er sich dem nächsten Tag erneut stellte.

Er hatte damals in Mel Schroeders Augen gelesen, daß er ihn für einen Trottel hielt, wie er da auf der Veranda des Hollywood Hotels auf ihn gewartet hatte, schweißgebadet in seinem schwarzen Pfandleiher-Anzug und dem engen, weißen Kragen, verlegen wegen seiner gutturalen Aussprache und seines fremdländischen Aussehens. Doch Schroeder hatte nichts von der Wut und Verzweiflung gewußt, die ein wildes Feuer in ihm entfacht hatten, und Schroeder war auch nur der erste von einem Dutzend Männern gewesen, die mit dem rasiermesserscharfen Ehrgeiz von Zev Abramski Bekanntschaft machen sollten, einem Ehrgeiz, der sie alle niedermähte.

Mit der ihm eigenen, im Lauf seines harten Lebens erworbenen Vorsicht hatte er Erkundigungen über Schroeder eingeholt und entdeckt, daß er vier erlogene, nicht existente »Studios« an leichtgläubige Männer verkauft hatte, die auf seine Anzeigen in den Lokalblättern ärmlicher Stadtteile hereingefallen waren. Um nicht demselben Schicksal wie diese Männer zu erliegen, hatte er schon entmutigt den Kontakt zu Schroeder abbrechen wollen, doch nach weiteren Recherchen über dessen Methoden hatte er sich anders entschieden. Schroeders Masche bestand darin, ein abgelegenes, billig erstandenes Stück Land vorzuzeigen, das mangels Straßen nur schwer zu erreichen war. Er führte die Kaufinteressenten dorthin und erklärte ihnen auf die Frage, weshalb es nur eine Kamera gebe und wo seine Mitarbeiter seien, daß seine Crew gerade am Strand oder in der Wüste drehe und er sein gesamtes Geschäft von seinem Büro in Hollywood aus führe. Dann zeigte er ihnen irgendwelche Filmspulen und erging sich über die Vorteile der windschiefen Holzbaracken, in denen normalerweise Kühe oder Heu untergebracht waren, die er aber dreist seine »Studios« nannte. Als nächstes holte er gefälschte Rechnungsabschlüsse hervor, die den Verkauf hunderter, in den Schroeder Filmstudios hergestellter Kurzfilme an fiktive Verleiher im ganzen Land belegen sollten, mit der bescheidenen Gewinnspanne von hunderttausend Dollar plus noch offenstehender Rechnungen im Gesamtwert von fünfundsiebzigtausend Dollar. Das Konto wies keine einzige häßliche rote Zahlenreihe auf.

»Alles vertraglich abgesichert«, verkündete er Zev, den Schweiß von der Stirn wischend, während sie durch das heiße, kahle Gelände spazierten. »Es ist ein gutgehendes Unternehmen, fünf Filme sind gerade in Produktion, und etliche stehen in der Planung. Mein Problem ist nur, daß mir das hiesige Klima nicht bekommt.« Er schlug auf seine Brust. »Das Herz, verstehen Sie? Der Arzt sagt, ich muß in den kühleren Osten zurück, und zwar sofort. Wenn nicht, bin ich ein toter Mann.« Er blinzelte Zev zu, der bleich und mit eisigem Blick lauschte. »Und ein paar Jährchen will ich mir schon noch gönnen.« Angesichts Zevs undurchdringlicher Miene schwieg er einen Moment nachdenklich und sagte dann: »Sie gefallen mir irgendwie; ich werde Ihnen ein faires Angebot machen. Sie scheinen mir ein anständiger junger Mann zu sein, genau richtig für dieses Geschäft. Glauben Sie mir, da ist ein Vermögen herauszuholen. Es ist wirklich ein verdammtes Pech, daß mich meine angeschlagene Gesundheit zum Aussteigen zwingt.« Er seufzte dramatisch und fügte mit tapferem Grinsen hinzu: »Aber wenn dies Gottes Wille ist, wer bin ich, Sein Tun in Frage zu stellen?«

Schweigend schaute Zev ihn an, und Schroeder wandte unbehaglich den Blick ab. »Ich verrate Ihnen eines«, redete er rasch weiter, »wenn ich bis nächste Woche nicht zurück in Philadelphia bin, ist es um mich geschehen. Ich werde Ihnen helfen, Mr. Abramski, wenn Sie mir helfen. Ich biete Ihnen die komplette Packung an: das Land, die Studios, fünf Kameras, das Filmzubehör, die Kontakte zu den Filmverleihern — kurzum, das gesamte, gutgehende Unternehmen. Und vergessen Sie nicht die noch ausstehenden Fünfundsiebzigtausend, die bis Jahresende in Ihrer Tasche sein werden.«

Skeptisch hob Zev die Brauen: »Wieviel wollen Sie?«

»Wieviel? Ich sage es Ihnen ganz aufrichtig: Geld interessiert mich hierbei nur am Rande. Wenn es um Leben und Tod geht, wer kümmert sich da noch um Geld? Machen wir es kurz: Fünfundzwanzigtausend, und die Sache ist geritzt.

Cash auf die Kralle, mit einem Handschlag besiegelt, und zwar hier und sofort.«

Sogar seine hervorquellenden, blauen Augen schienen zu schwitzen, als er Zev erwartungsvoll anschaute. »Das scheint mir recht viel zu sein«, sagte Zev; er schob die Hände in die Hosentaschen und malte mit seiner Schuhspitze Muster in den Staub.

In Schroeders Augen flackerte für einen Moment Angst auf. »Na ja, weil Sie es sind . . . sagen wir zwanzig.«

»Zeigen Sie mir die Rechnungsbelege noch einmal«, forderte Zev ihn auf.

Nervös reichte Schroeder sie ihm. »Alles genau belegt . . .«

Zev faltete die Dokumente sorgfältig zusammen und steckte sie in seine Jackentasche.

»Hey«, grinste Schroeder verunsichert, »noch haben Sie nicht gekauft! Wie ist es nun mit den zwanzigtausend?«

»Ich biete Ihnen exakt die Summe von hundertfünfundsiebzig Dollar für dieses Land hier, das Ihnen *tatsächlich* gehört«, sagte Zev in seiner tiefen, gutturalen Stimme. »Das sind fünfzig Dollar mehr, als Sie bezahlt haben. Für die Kamera und die Filmspulen gebe ich Ihnen fünfundsiebzig. Der Rest ist Schrott. Insgesamt also zweihundertfünfzig Dollar. Wie ich finde, ein faires Angebot, Mr. Schroeder.«

»Pah! Was wissen Sie schon, Sie kleiner *Kike*?« brüllte der Mann wütend. »Zweihundertfünfzig — das ist wahrscheinlich alles, was Sie in der Tasche haben!«

Zevs Augen verengten sich, und sein Gesicht wurde noch eine Spur bleicher. Leise sagte er: »Das sind immer noch zweihundert mehr, als Sie in Ihrer Tasche haben, Schroeder. Schlagen Sie ein oder lassen Sie es bleiben!« Er klopfte auf die gefälschten Bankbelege in seinem Jackett. »Sollten Sie nicht einwilligen, werde ich diese Bankbescheinigungen der Polizei von Los Angeles übergeben und dafür sorgen, daß Sie eine Anklage wegen Betrugs erhalten. Ich bin nicht der erste, dem Sie Ihre Studios verkaufen, aber ich werde der letzte sein.« Er bedachte den Mann mit einem verächtlichen Grinsen. »Alles in allem sind zweihundertfünfzig Dollar ein sehr großzügiges Angebot.«

Schroeders verschlagene Augen schienen Zev förmlich zu erdolchen, doch er streckte die Hand aus und knurrte: »Okay, also her mit den zweihundertfünfzig!«

Zev zog aus seiner anderen Jackentasche ein weiteres Blatt Papier. »Das ist eine Verkaufsquittung, die von Milton Firestein, einem Anwalt mit Büro in der Vine Street, unterzeichnet wurde. Ich habe ihm die Umstände erklärt, und er sagte, Sie sollen hier unten, rechts, unterschreiben.« Er deutete auf die Stelle und reichte Schroeder einen Kugelschreiber. »Er ist ein sehr angesehener Vertreter seines Standes, und zweifellos wird sein Wort vor Gericht höher als das Ihre bewertet werden, falls Sie auf die Idee kommen sollten, den Verkauf an mich zu leugnen.«

Schroeder funkelte ihn an, unterschrieb die Quittung und schob die Scheine, die Zev ihm aushändigte, ohne zu zählen, ein. Gleich darauf stürmte er zu seinem protzigen Auto und brüllte Zev über die Schulter hinweg zu: »Da Sie ja anscheinend so verdammt schlau sind, werden Sie bestimmt allein nach Hollywood zurückfinden, Sie Klugscheißer!«

Lächelnd schaute ihm Zev nach, wie er mit quietschenden Reifen in einer Wolke von Staub davonbrauste. Dann spazierte er zu seinen windschiefen Ställen zurück, schritt die Maße ab und klopfte gegen das Holz, um zu sehen, ob es morsch war. Andächtig strich er dann über seine Kamera; er hatte zwar nicht die leiseste Ahnung, wie sie funktionierte, aber sie faszinierte ihn. Eine halbe Stunde später vernahm er das Tuckern des von ihm bestellten Wagens, der sich mühsam über die unbefestigte Schotterstraße näherte. Lächelnd wandte er sich noch einmal um und überblickte sein Land. Erst letzte Woche war im Stadtrat auf einem Aushang bekanntgegeben worden, daß Universal Pictures noch mehr Land entlang der Cahuenga kaufen wolle — und das bedeutete neue Straßen, Wasser- Strom- und Telefonanschlüsse. So hatte Zev schleunigst ein zehn Hektar großes Grundstück neben dem von Schroeder erworben. Er wußte, daß die Kosten für die Erschließung günstig werden würden.

Zufrieden stieg er in den Wagen und fuhr davon. Eigentlich war er gewillt gewesen, bis fünfhundert zu gehen, doch für das *Kike* hatte Schroeder zweihundertfünfzig bezahlt. Und jetzt war er, Zev Abramski, Besitzer eines Studios.

Er hatte sich kundig gemacht und wußte, wie der Filmbetrieb funktionierte. Von enormer Wichtigkeit waren die Verleiher; einige Gesellschaften hatten sich bereits zu Ketten zusammengeschlossen, um die unabhängigen Studios zu verdrängen. Es bestand kein Zweifel — die Zukunft lag im Filmgeschäft. Zev sah nur zwei große Schwierigkeiten: Er kannte niemanden in der Branche, nicht einmal einen Statisten, und seine zehntausend Dollar, die aus Ersparnissen und aus dem Erlös seines Ladens stammten, reichten für das, was er anstrebte, nicht aus.

Das Hotel Hollywood war beliebter Treffpunkt des Filmvölkchens und somit eine unerschöpfliche Quelle von Klatsch, Gerüchten und Insider-Informationen. Eine ganze Weile trieb sich Zev dort im Speisesaal und auf der Terrasse herum, nippte an seinem Orangensaft und hielt die Ohren offen. Er hörte, welcher Regisseur mit welchem Star ins Bett ging und welcher Schauspieler mit welcher Bedienung, wie teuer ein Zweiakter von Sennet war und was Griffiths *Broken Blossoms* gekostet hatte. Er erfuhr, daß die Pickford für ihren neuesten Film mehr als eine Million Dollar und ein Statist einen Tagessatz von fünf Dollar erhielt. Er durchforstete die Handelsblätter, schaute sich jeden Film in der Stadt an und lungerte in Studios und Casting-Büros herum und lauschte den Gesprächen. Über die ständig kursierende Gerüchtebörse erfuhr er, daß es zwei Bankiers gab, die Filmemachern wohlgesonnen waren: einen jungen Kalifornier namens Motley Flint, den Leiter der First National Security, und Amadeo Giannini, Leiter der Bank of Italy.

Zev wählte Giannini, da er Italiener mochte und von der Lower East Side her gewohnt war, mit ihnen zu verhandeln. Zudem hatte er gehört, daß Gianninis Kindheit ebenso tragisch wie die seine gewesen war: Als Sohn eines Emigranten hatte er miterleben müssen, wie sein eigener Vater von einem Nachbarn umgebracht wurde. Nach einer sehr erfolgreichen Laufbahn an der Produktenbörse hatte sich Giannini dann mit einunddreißig aus dem Geschäft zurückgezogen und 1901 die Bank of Italy eröffnet. Man sagte Giannini nach, er lasse sich, wenn er Kredite gewährte, von seiner Intuition leiten und setze eher auf den »Charakter« eines Individuums als auf schnöde Fakten.

Schweigend musterten sie einander in Gianninis Büro. Zev sah einen geriebenen Italiener mittleren Alters vor sich, von der Sorte, wie er sie in New York hundertfach erlebt hatte. Der Unterschied bestand freilich darin, daß dieser Italiener ein sehr mächtiger Mann war und darüber hinaus Zevs Zukunft in der Hand hielt. Der Bankier wiederum sah einen schmalen, blassen, intelligenten Juden vor sich, der in seinem schwarzen Begräbnisanzug immer noch wie ein Mann vom Lande aussah.

In knappen Sätzen schilderte Zev seine Situation und daß er plane, seine Studios achtzehn Stunden am Tag laufen zu lassen, wobei Schauspieler, Regisseure und Kameramänner im Turnus arbeiten sollten. Er wolle billige und heitere Filme machen, fuhr er fort, kurze Ein- oder Zweiakter, die nichts weiter bezweckten, als die Menschen für fünf oder zehn Minuten ihr armseliges Dasein vergessen zu lassen. Eine Massenproduktion, welche die Grundlage zur Finanzierung seines eigenen Verteilersystems und seiner eigenen Kinokette werden sollte. Und dann würde er *wirkliche* Filme machen.

»Was verstehen Sie unter *wirklichen* Filmen, Mr. Abramski?« fragte der Bankier lächelnd.

»Spektakel, Glanz, Kostüme, Geschichte. Den gewöhnlichen Menschen eine Welt zeigen, die sie sich nicht einmal im Traum vorstellen können . . .« Er schaute Giannini fest in die Augen und fügte hinzu: »Magie.«

Der Bankier lachte. »Und wieviel würde es mich kosten, Ihre »Magie« zu finanzieren?«

Zev schluckte; dann faßte er sich ein Herz und stieß unverblümt hervor: »Ich besitze zehntausend Dollar und bitte Sie um weitere fünfzigtausend.«

Giannini spielte mit dem Stift in seinen Händen, während er Zev schweigend musterte. »Und was macht Sie glauben, in einem Geschäft, in dem schon so viele versagt haben, erfolgreich zu werden?«

Verwundert erwiderte Zev seinen Blick. »Ich weiß, daß ich es kann«, sagte er schlicht.

»Gut, Abramski, die fünfzigtausend gehören Ihnen«, lachte Giannini.

Für einen Moment verschlug es Zev die Sprache. »Warum leihen Sie mir das Geld?« fragte er verdutzt.

»Erstens, weil Sie ein potentiell wertvolles Stück Land an der Cahuenga besitzen. Zweitens, weil ich Menschen mag, die wie Sie an sich glauben, Mr. Abramski.«

Beschwingt kehrte Zev in das Hotel Hollywood zurück; die Tatsache, daß der Bankier ihm vertraut hatte, machte ihn beinahe noch glücklicher als das Geld.

Innerhalb von Wochen waren die Schuppen renoviert, eine kleine Ansammlung von Holzhütten als Verwaltungsbüros dazugebaut und Kameras und Filmzubehör gekauft. Über eine Casting-Agentur wählte er Kameramänner aus, die er sogleich zu Regisseuren beförderte, außerdem um Anerkennung kämpfende Komparsen, die seiner Meinung nach etwas Besonderes ausstrahlten und deren Gehälter er von dreißig die Woche auf dreihundert, Star-Status inklusive, anhob, und schließlich noch eine ständig wechselnde Besetzung von Statisten und Assistenten. Täglich saß er in dem heißen Holzverschlag an seinem Schreibtisch, brütete unentwegt neue Ideen und auf altbewährtem Schema basierende Handlungsabläufe aus, von denen er wußte, daß sie beim Publikum ankamen, und hielt damit die Kameras Tag und Nacht beschäftigt.

Es war ein Einmannbetrieb. Er hatte alles unter Kontrolle, kein Detail war zu gering, um nicht seine Aufmerksamkeit zu erregen. Als Folge davon waren seine Produktionen unterhaltsam und auch von guter Qualität, und so wurden sie bald von den Verleihern übernommen. Und war er nicht im Studio beschäftigt, hielt er nach einer Gelegenheit Ausschau, den Magic-Verleih auf den Markt zu bringen.

Hollywood war voll von neuen Filmemachern, und der Wettbewerb war hart. Zev — oder C.Z., wie er sich inzwischen nannte — machte es sich zur Gewohnheit, durch die Filmtheater zu streifen, und als er erfuhr, daß *Journey of a*

Lifetime, gedreht von einem neuen, jungen Regisseur namens Francis Pearson, im alten Woodley Theater Premiere hat, beschloß er hinzugehen. Pearson war ein Unbekannter, aber der Film war erstklassig, obwohl er, wie aus der schlechten Filmqualität ersichtlich, mit knappen Mitteln hergestellt worden war. Doch in gewisser Weise verlieh der Grauschleier der aufwühlenden Geschichte mehr Realität, dem Schicksal eines Emigrantenvolkes, das auf der Suche nach einem neuen Leben den qualvollen Treck in den Westen wagte.

Als der Film zu Ende war, wischte Zev tief berührt eine Träne von seiner Wange. Als Emigrant verstand er diesen dramatischen Kampf um Leben und Tod jener früheren Generation, und instinktiv wußte er, daß es den übrigen Amerikanern ebenso ergehen würde.

Der Film hatte nur wenige Zuschauer angelockt, das Woodley war nur zu einem Viertel gefüllt. Zev wartete im Foyer, bis der Produzent und der deprimiert aussehende Regisseur auftauchten, stellte sich den beiden vor und bot ihnen vierzigtausend für die Verleihrechte. Sie starrten ihn an, als sei er nicht bei Trost, und gingen blitzschnell auf das Angebot ein.

Am nächsten Tag saß Zev erneut in Gianninis Büro und bat um einen weiteren Kredit über vierzigtausend, um das erste Objekt des Magic-Filmverleihs zu finanzieren. Der Bankier studierte Zevs Kontenbewegungen der letzten sechs Monate und sagte schließlich grinsend: »Okay, Sie bekommen das Geld. Aber jetzt heißt es Friß oder Stirb, C.Z.! Ich hoffe, Sie wissen, was Sie tun.«

»Ja, das weiß ich«, versprach er zuversichtlich.

Mit viel Verhandlungsgeschick gelang es ihm dann, *Journey of a Lifetime* an ein größeres Filmtheater in New York zu verleihen. Bald hatte sich der Erfolg des Films herumgesprochen, und Zev wurde von anderen Kinos mit Bestellungen förmlich überhäuft. *Journey* brachte ihm über eine Million Dollar ein, mit der er einige kleinere, unabhängige Filmverleih-Ketten aufkaufte. Magic-Filmverleih war Realität geworden und Zev Millionär.

Francis Pearson stieg bei Magic ein und drehte seinen nächsten Film, diesmal mit größerem Budget und spektakuläreren Drehplätzen und Effekten, und Magic Movies gelang damit der Sprung in die höheren Ränge. Filme gingen hinaus und Geld kam herein; mehr Land wurde gekauft, die Studios erweitert, neue Büros erbaut. C.Z. Abrams wurde zu einem viel beachteten Mann in Hollywood. Er hatte sein großes Haus und seine Dienstboten, er arbeitete jede freie Stunde, die Gott ihm schenkte, sein soziales Leben war nicht existent und sein Privatleben für niemanden einsehbar.

Während er nun auf Dick wartete, ließ er seine Finger müßig über die Tasten des wunderbaren Bechstein gleiten und erinnerte sich dabei an die einsamen Nächte in dem dunklen Hinterzimmer des Pfandleiherladens. Er dachte kaum noch an die Vergangenheit, wenn auch der silberne Kerzenleuchter seiner Mutter nach wie vor stolz auf der Kommode des Speisezimmers prangte. Er lebte die Gegenwart, jeden Tag für sich. Doch als er sich nun in seinem traumhaften Haus mit den erlesenen Raritäten umschaute, hätte er all dies auf der Stelle gegen jenes Gefühl eingetauscht, das Missie O'Bryan in ihm damals ausgelöst hatte — wieder zu fühlen, wie sein Herz bei ihrem Anblick zu hüpfen begann, aus dem Fenster zu blicken, in der Hoffnung, sie möge vorbeikommen, dem Ticken der Uhr zu lauschen, das die Zeit vorantrieb, die Zeit bis zum Freitag, wenn sie dann endlich die Tür aufriß und ihm strahlend ihre zwei Dollar überreichte. Er hätte zehn Jahre seines Lebens dafür gegeben, um wieder mit ihr in dem ukrainischen Café zu sitzen, ihr Lächeln zu sehen und das Leuchten ihrer violetten Augen.

»Hi, C.Z.!« rief Dick und riß ihn aus seinen Träumereien. Dick tätschelte die Filmrollen unter seinem Arm. »Nur das Übliche. Aber später habe ich Ihnen etwas ganz Besonderes zu zeigen.«

C.Z. nickte steif. »Fangen wir an«, sagte er, den Weg zum Vorführraum im Keller einschlagend.

Neben den bequemen Armsesseln stand ein Tisch mit Brandy, Bier und belegten Broten. Dick griff beherzt zu, während C.Z. die erste Filmrolle einlegte. Als erstes nahmen sie sich die Kurzfilme vor, kommentierten das Spiel der Hauptdarsteller, die Kameraeinstellungen, machten Notizen und verfuhren anschließend ebenso mit den Schnellkopien der beiden Spielfilme, die gerade in Produktion waren.

»Nicht schlecht«, bemerkte C.Z. in seinem neu erworbenen, akzentfreien Amerikanisch. »Raoul ist genau der richtige Mann für *Imperfect Pair,* und mit der Besetzung von *Broadway* haben Sie es auch mal wieder haargenau getroffen.«

Dick spulte die Rollen zurück und sagte eifrig: »C.Z., ich bin der Meinung, daß die Filme, da wir inzwischen im Tonfilmzeitalter leben, realistischer werden müssen. Sie brauchen ein neues Aussehen, einen neuen Klang, mehr Frische und Leichtigkeit, einen anderen Stil der Darstellung. Wir brauchen ein paar neue Gesichter, C.Z., und ich glaube, ich habe geradee unseren ersten neuen Star entdeckt.«

Zev lächelte. Dicks Enthusiasmus war einer seiner größten Vorzüge. Wenn man nicht aufpaßte, konnte er einen einfach mitreißen. Deshalb waren sie wahrscheinlich auch ein so gutes Team: auf der einen Seite der verrückte, kreative Künstler, auf der anderen der bodenständige Pragmatiker. »So? Dann lassen Sie mal sehen«, sagte er, sich einen Brandy einschenkend.

Dick legte die Filmrolle ein und dämpfte das Licht. Sich ein weiteres Brot schnappend, stellte er sich in den Hintergrund und beobachtete kauend, wie sich der Zauber auf der Leinwand entfaltete.

Es gab keine Requisiten, nur eine leere Bühne und ein junges, blondes Mädchen, den Kopf gesenkt, die Hände anmutig über ihrem Chiffonrock gekreuzt. Langsam hob sie den Kopf und begann zu den leisen Klängen einer Nocturne von Débussy zu tanzen, schwebte mit wehendem Haar über die Bühne und drehte Pirouetten. Als die Musik verstummte, ging sie mit graziösen Bewegungen auf die Kamera zu. Die raffiniert hinter ihr plazierten Scheinwerfer zauberten einen Heiligenschein um ihr platinblondes Haar, warfen weiche Schatten unter ihre hohen Wangenknochen, ließen ihre großen, verträumten Augen erstrahlen. Sie lächelte nervös und sagte: »Mein Name ist Azaylee O'Bryan. Ich bin fünfzehn

Jahre alt und gehe in die Hollywood High School. Mein ganzes Leben lang wollte ich tanzen und mein halbes wollte ich zum Film. Danke, daß Sie mir eine Probeaufnahme gewährt haben, Mr. Nevern.«

Mit zitternder Hand stellte C.Z. sein Glas auf den Tisch. Sein Herz flatterte wie ein gefangener Vogel, und er legte eine Hand darauf, als könne er es dadurch beruhigen.

»Da ist noch mehr«, sagte Dick, der gerade eine neue Spule einlegte. »Ich habe sie eine kleine Szene spielen lassen.«

»Stellen Sie sie ein«, stieß C.Z. hervor. »Tausend die Woche. Wir unterzeichnen morgen den Vertrag.«

Verdutzt beobachtete Dick, wie C.Z. plötzlich aufstand und zur Tür schritt. Sein Gesicht war aschgrau, und er schien unsicher auf den Beinen. »Aber . . . sind Sie sicher, daß das richtig ist, C.Z.?« stammelte Dick, ihm rasch hinterhereilend. »Ich meine, Sie sehen etwas angegriffen aus . . .«

»Ich bin mir sicher. Und was ich gesagt habe, gilt. Tausend die Woche, und morgen wird der Vertrag unterschrieben.« Inzwischen waren sie in der Halle angelangt. C.Z. klammerte sich an das Treppengeländer und wollte gerade den Fuß auf die erste Stufe setzen, als er sich noch einmal umwandte. »Sie ist minderjährig«, sagte er leise. »Der Vertrag muß von einem Elternteil oder einem Vormund unterzeichnet werden. Kennen Sie Ihre Familie?«

»Klar!« rief Dick eifrig. »Ihre Mutter kenne ich schon seit Jahren. Ich werde die beiden morgen auf direktem Weg ins Studio bringen.«

Bis zum Morgen lauschte Zev dem Ticken der vorbeiziehenden Stunden, tigerte durch sein Haus wie ein im Käfig eingesperrtes Tier, das auf seine Befreiung wartet. Als der Morgen heraufdämmerte, duschte er, zog einen leichten, phantastisch geschnittenen Anzug und ein helles Hemd aus feinster Sea-Island-Baumwolle an und band sorgfältig seine französische Seidenkrawatte vor dem Spiegel. Seine Schuhe stammten aus Italien, seine Uhr aus der Schweiz. Kritisch begutachtete er sein Spiegelbild, rückte die Krawatte erneut zurecht, steckte ein gefälteltes Seidentüchlein in seine Brusttasche und fragte sich bang, was sie von ihm denken würde. Dann rief er seinen Wagen und ließ sich ins Studio fahren.

Um halb neun kam ein Anruf von Dick Nevern. Sie würden gegen Mittag im Studio eintreffen.

C.Z. sperrte die Tür zu seinem Büro ab, lief gehetzt auf und ab, rief schließlich um zehn nach seinem Wagen und ließ sich nach Hause bringen. Er duschte erneut, wechselte seine Kleidung gegen einen fast identischen Anzug, Hemd und Krawatte, musterte sich abermals im Spiegel und fuhr dann zurück zu Magic. Es war halb zwölf, und seine Nerven waren zum Zerreißen gespannt. Was, wenn sich Missie nicht mehr an ihn erinnerte? Oder ihn kühl, wie einen Fremden, behandelte, wie irgendeinen belanglosen Menschen aus ihrer Vergangenheit, der ihr nichts bedeutet? Er fragte sich, was mit ihrem Ehemann geschehen sein mochte, ob sie Kinder hatte und ob sie noch genauso aussah, wie er sie in Erinnerung hatte.

Schlag zwölf teilte ihm seine Sekretärin über die Haussprechanlage mit, daß Mr. Nevern mit Azaylee O'Bryan und deren Mutter da sei. Er wies sie an, sie hereinzuschicken.

Sich mit einer Hand zur Sicherheit auf dem Schreibtisch abstützend, stand er da und fixierte die sich öffnende Tür.

Sie sah noch genauso aus wie damals. Als sie seiner ansichtig wurde, blieb sie wie angewurzelt stehen. Ihre wunderschönen, violetten Augen weiteten sich, und sie rief: »Mein Gott, das ist Zev! *Sie* sind C.Z. Abrams! *Sie* sind der Eigentümer der Magic Movies Studios!«

Sein Herz quoll über. Nichts hatte sich geändert. Er breitete die Arme aus und schaute ihr in die Augen. »Ich habe alles nur für Sie getan, Missie«, sagte er ruhig.

<h1 style="text-align:center">39</h1>

Azaylee war sich des Gemunkels bewußt, sie habe die Hauptrolle in Magics erstem großen Tonfilm nur deshalb bekommen, weil ihre Mutter mit C.Z. Abrams befreundet sei.

Sie versuchte, nicht darauf zu achten, konzentrierte sich statt dessen auf ihre Arbeit für *Marietta* und hielt sich immer in der Nähe ihres Mentors, Dick, auf. Die Arbeit fiel ihr leicht, und Dick hatte recht gehabt: Die Kamera liebte sie. Wenn sie sich manchmal abends die Tageskopien anschaute, konnte sie kaum glauben, dasselbe Mädchen wie das auf der Leinwand zu sein, und die Tatsache, daß man ihr einen Künstlernamen, Ava Adair, verpaßt hatte, machte die Sache noch unwirklicher. Doch Rosa und Missie sorgten dafür, daß sie auf dem Boden blieb, verbaten sich zu Hause jegliche Filmstar-Allüren und erinnerten sie immer wieder daran, daß Ava Adair nur Azaylee O'Bryan war, ein fünfzehnjähriges Mädchen, das noch die High School beenden mußte.

Sie fand es wohltuend, vom Studio nach Hause zu kommen und wieder in ihr altes Ich zu schlüpfen, ein Kind, das ein Glas Milch trank, fragte, was es zum Abendessen gebe, und den Hund ausführte. Aber gleichzeitig konnte sie es nicht erwarten, am nächsten Morgen wieder ins Studio zu gehen und sich in Ava Adair zu verwandeln.

Sie wußte, daß viele Leute eifersüchtig waren, weil sie ein kleines Vermögen verdiente, und das bekümmerte sie, weil sie sich einen Teufel um das Geld scherte. Würde sie kein Geld dafür bekommen, wäre sie genauso glücklich, denn sie liebte den Film. Dick hatte Rachel eine kleine Rolle gegeben, und so fuhren sie jeden Tag gemeinsam um halb sieben in der von C.Z. geschickten, großen Lincoln Limousine in die Studios und kicherten über Azaylees achtzehnjährigen Filmpartner, Will Mexx, der ihr gestanden hatte, verrückt vor Liebe zu ihr zu sein.

»Liebe!« prustete Azaylee. »Sogar Dick sieht besser aus als er.«

»Ach, ich weiß nicht«, entgegnete Rachel nachdenklich. »Er hat schöne Zähne.« Und schon brachen sie in einen neuerlichen Lachanfall aus.

Rachel war inzwischen achtzehn, klein und hübsch, mit den weichen Zügen ihrer Mutter und fröhlichen, dunklen Augen. Sie war Azaylees beste Freundin. Sie teilten nicht nur den Ehrgeiz, ein Filmstar zu werden, sondern auch ihre

Geheimnisse: wie Rachels Schwärmerei für Magics Filmstar, Ralph Lance, bei dessen Anblick sie jedesmal tief errötete; oder die Art, wie sie beide inzwischen von jungen Männern angeschaut wurden; oder Azaylees wilde Leidenschaft für einen Jungen aus der Santa Monica High School, der an den Wochenenden hinter der Theke des Drugstores jobbte.

Rosas zweite Tochter, Hannah, war ebenso attraktiv wie ihre Schwester, hatte aber mit zwanzig ihre schauspielerischen Ambitionen zugunsten einer Anstellung in einer Casting-Agentur aufgegeben, wo sie sich freilich zu sehr von ihrem weichen Herzen leiten ließ und permanent bedürftige, aber absolut untalentierte Leute vermittelte. Die älteste Tochter, Sonia, war mittlerweile zweiundzwanzig; sie arbeitete als Lehrerin in San Francisco und war mit einem netten jungen Mann aus der jüdischen Mittelschicht verheiratet. Rosa selbst hatte seit drei Jahren ein Verhältnis mit Sam Brockman, einem Eisenwarenfabrikanten aus Pittsburgh — allerdings nur, wenn er in der Stadt weilte. Doch die Romanze lag gerade »auf Eis«, wie Rosa es ausdrückte.

»Ein gebranntes Kind scheut das Feuer«, erklärte sie Missie. »Woher soll ich wissen, ob er sich nicht als ein zweiter Meyer Perelman entpuppt?« Im Innersten wußte sie freilich, daß dies nur eine Ausrede war. Sie wollte ihr neuerworbenes Leben nicht aufgeben. Die Pensionen liefen phantastisch, und einmal im Monat traf sie Sam zu einem romantischen Stelldichein mit Blumen, Dinner im Kerzenschein und gelegentlichen Ausflügen nach Catalina Island. Aber sie führte ihr eigenes Leben und war keinem Mann Rechenschaft schuldig.

Missies Romanze mit C.Z. schlug wie eine Bombe in Hollywood ein. In jedem Studio, jedem Restaurant wurde das Thema durchgehechelt. Sogar die Filmjournals bildeten Fotos des neuen Paares ab. »Magics Boß C.Z. Abrams kam mit seiner ständigen Begleiterin Missie O'Hara zur Premiere seines neuen Spielfilms«, stand darunter, oder: »Die schöne Missie O'Hara leitete eine Dinnerparty für C.Z. im Coconut Grove, die anläßlich der Beendigung der Dreharbeiten zu *Calamity Kids* gegeben wurde.«

Für Dick Nevern war freilich das seltsamste an der Sache, daß C.Z. die Publicity nichts auszumachen schien. Im Gegenteil: Eines Morgens war Dick in C.Z.'s Büro gegangen und hatte ihn dabei ertappt, wie er lächelnd eines dieser Fotos in einem Journal betrachtete. »Ständige Begleiterin«, hatte C.Z. gegrinst. »Die halbe Nation wird sich fragen, was das bedeutet.«

Dick hatte ihn nicht fragen wollen, was er damit meinte: aber es war unverkennbar, daß C.Z. erstmals über die Aufmerksamkeit der Presse nicht ungehalten war. Ein paar zynische Stimmen meinten, er habe sich aus geschäftlichem Kalkül ein Image als Herzensbrecher zugelegt, doch Dick wußte es besser. C.Z. war ein glücklicher Mann geworden. Und Rosa stellte dieselbe Veränderung bei Missie fest.

»Was ist nur mit dir los?« fragte sie eines Abends, als Missie sich für eine Verabredung mit Zev umzog. »Du strahlst und bist völlig außer Rand und Band! Du hast dich verändert. Mit O'Hara warst du weich, lächelnd, zufrieden. Aber mit Zev Abramski bist du wieder ein junges Mädchen. Man kann aus hundert Metern Entfernung erkennen, daß du bis über beide Ohren verliebt bist.«

»O'Hara habe ich auf eine andere Art geliebt«, antwortete Missie ruhig. »Er war der starke Mann, und ich war schwach und unglücklich. In seinen Armen fühlte ich mich geborgen und sicher. Er war ein ganz besonderer Mann, voller Kraft und Lebensfreude. Ich liebe ihn noch immer und werde ihn nie vergessen. Was ich für Zev fühle, hat nichts mit meinen Empfindungen für O'Hara zu tun.« Zerknirscht schaute sie Rosa an. »Ist es denn falsch, daß ich Zev liebe?«

Rosa schüttelte den Kopf. »Liebe ist niemals falsch. Und außerdem steht dir, nach all den Schicksalsschlägen, die du erleiden mußtest, alles Glück der Welt zu.«

Nachdenklich fuhr Missie in dem neuen, dunkelblauen de-Courmont-Sportwagen, den Zev ihr geschenkt hatte, zu seinem Haus in Beverly Hills. Als sie damals mit Azaylee zu Magic gegangen war, um den Vertrag zu unterschreiben, war sie natürlich verblüfft gewesen, Zev hinter dem großen Schreibtisch zu sehen. Und noch verblüffter über die Wandlung, die mit ihm vorgegangen war — der zarte, farblose, verschlossene junge Pfandleiher war zu einem schlanken, attraktiven, gutgekleideten Mann geworden. Nur seine Augen waren die gleichen geblieben, hatten immer noch diesen einsamen, wehmütigen Ausdruck. Als er seine Arme ausgebreitet und gesagt hatte: »Ich habe alles nur für Sie getan, Missie«, waren die acht turbulenten Jahre, die zwischen ihnen lagen, zu Nichts zerschmolzen. Sie befand sich wieder in dem kleinen, dunklen Leihhaus an der Ecke zur Orchard, und er schob die fünfzig Dollar für Sofias Begräbnis in die abgegriffene, hölzerne Vertiefung unter dem Metallgitter.

»Es ist lange her«, hatte sie leise gesagt, während sie seine Hand geschüttelt hatte — denn sie hätte ja nicht einfach C.Z. Abrams, dem Besitzer der Magic Studios, um den Hals fallen können. »Aber ich habe Sie nie vergessen, Zev, auch nicht ihre Güte. Und jetzt helfen Sie mir schon wieder, besser gesagt, Azaylee.«

Sie spürte, wie seine Hand in der ihren zitterte, als er sanft sagte: »Die Zeit ohne Sie war sehr lang.«

»Genau, das ist Zev Abramski!« platzte mit einem Mal Azaylee dazwischen. »Ich weiß noch, wie Sie sonntags immer in die Rivington gekommen sind und Missie in das ukrainische Café abgeholt haben!« Verschmitzt fuhr sie fort: »Aber jetzt, als Mr. Abrams, sehen Sie anders aus.«

»Du nicht minder. Fast schon eine junge Dame!« Seine unergründlichen, dunklen Augen nahmen sie in sich auf, ehe er lächelnd bemerkte: »Und die Kamera hat nicht gelogen, du bist eine wirklich *bezaubernde* junge Dame.«

Errötend senkte sie die Augen. »Ich würde so gerne Schauspielerin werden«, sagte sie, »besonders in einem Film, in dem ich tanzen kann.«

Sie setzte sich neben Dick auf das Sofa, die Hände im Schoß gefaltet, die Knöchel damenhaft gekreuzt, und lauschte aufmerksam der Unterhaltung zwischen Zev und Missie.

»Dick hat mir die Probeaufnahme gezeigt«, begann er unvermittelt. »Azaylee macht sich auf der Leinwand hervorragend. Und auch etwas anderes ist wichtig: Sie hat eine angenehme, hübsche Stimme, melodiös und bezaubernd. Ich glaube, sie hat das Zeug zu einer Schauspielerin. Wir würden ihr gern die Hauptrolle in *Marietta*, unserem neuen Filmprojekt, geben. Selbstverständlich nur mit Ihrer Einwilligung.«

»Sie ist erst fünfzehn«, wandte Missie ein. »Mir wäre es wichtig, daß sie die High School zu Ende macht vielleicht aufs College geht . . .«

Er nickte. »Natürlich. Sie ist noch ein Kind und würde nicht dieselben Stunden wie die Erwachsenen arbeiten. Wir würden Privatlehrer engagieren, die sie am Drehort unterrichten könnten, und darauf achten, daß sie sich nicht überanstrengt. Seien Sie unbesorgt, Missie«, fügt er sanft hinzu. »Ich werde mich persönlich um sie kümmern.«

»Sicher, das glaube ich Ihnen . . .«

»Oh, Missie, *bitte, bitte, bitte*!« Azaylee sprang auf und warf sich vor Missie auf die Knie. »*Bitte*, sag ja!«

Missie lachte, wenn sie innerlich auch nach wie vor mit widerstreitenden Gefühlen rang. Der Arzt hatte gewarnt: Jeder Streß und jedes Trauma könnte Azaylee wieder in jenes schwarze Loch katapultieren, und irgendwie schien es Missie verantwortungslos, solch ein labiles, fünfzehnjähriges Mädchen den Härten des Filmgeschäfts auszuliefern. Andrerseits war es Azaylees sehnlichster Wunsch. Seit O'Haras Tod hatte sie das Mädchen nicht mehr so glücklich und eifrig gesehen.

»Eigentlich bin ich gekommen, um Ihr Angebot abzulehnen«, sagte sie schließlich. »Ich wollte Sie darum bitte, Azaylee noch einmal eine Chance zu geben, wenn sie älter ist, aber da *Sie* nun Mr. Abrams sind, Zev, wie könnte ich da Nein sagen?«

»Oh, danke, *danke*!« Außer sich vor Glück wirbelte Azaylee in Pirouetten durch den Raum. Vor C.Z.'s Schreibtisch blieb sie stehen und sagte ernst: »Ich *verspreche*, ich werde hart arbeiten, alles tun, was Sie mir sagen. Ich werde Sie nicht enttäuschen.«

»Das wirst du bestimmt nicht«, lachte er, worauf Dick Nevern verdutzt fragte, ob er ihn schon einmal lachen gesehen hat. Schon ein Lächeln von C.Z. galt als außerordentliche Rarität.

C.Z. schlug vor, daß Dick Azaylee durch die Studios führen und anschließend nach Hause fahren solle, während er mit Missie zum Mittagessen gehen und die vertraglichen Bestimmungen besprechen würde.

Als Missie nun in dem spritzigen, neuen Wagen nach Beverley Hills fuhr, sah sie jenes Essen so deutlich vor sich, als sei es erst gestern gewesen. Er hatte seinen Wagen kommen lassen und sie zu seinem Haus gefahren, als könne er es gar nicht erwarten, ihr zu beweisen, daß er nicht länger ein armer Pfandleiher, sondern ein Mann mit Geschmack und Kultur war. Doch sein stilles, großes Haus mit den Seidenteppichen und den kostbaren Gemälden hatte so unbelebt wie ein Museum gewirkt.

Ein Diener hatte erlesene Speisen serviert, und sie waren einander an dem schönen, antiken Walnußholztisch steif gegenübergesessen, hatten Konversation über das Wetter und seinen wunderbaren Park gemacht, bis er plötzlich über den Tisch hinweg ihre Hand ergriffen und gesagt hatte: »Erzählen Sie mir — was ist geschehen, daß Sie so traurig sind?«

Überrascht blickte sie ihn an. »Ich habe nicht gedacht, daß man es noch merkt.«

»Oh, doch«, entgegnete er ruhig, »die Narbe ist erkennbar, in Ihrem Ausdruck, Ihrer Stille und in Ihren Augen.«

Und so erzählte sie ihm alles, wie sie es früher schon getan hatte, ließ nichts aus, weder Ihre Empfindungen bei ihrer Hochzeitsnacht mit Eddie noch die Sache mit der Ivanoff-Brosche, noch Azaylees psychische Labilität, und sie verschwieg ihm auch nicht ihre Liebe zu O'Hara. Als sie über seine Ermordung berichtete, begann sie zu schluchzen, doch er machte keine Anstalten, sie zu trösten, reichte ihr lediglich ein Taschentuch und ließ sie ausweinen.

»Und was jetzt?« fragte er dann. »Azaylee geht es wieder gut, doch was ist mit Ihnen? Vielleicht hätten Sie ebenfalls einmal mit Dr. Jung reden sollen?«

Sie schüttelte den Kopf. »Ich bin die Stärkere von uns beiden«, sagte sie, ein zitterndes Lächeln versuchend. »Außerdem kann ich mich bei Rosa aussprechen. Im Gegensatz zu Azaylee habe ich mich nie nach außen hin abgeschottet. Deshalb war ich ja auch dagegen, daß sie eine Karriere als

Schauspielerin beginnt. Was passiert, wenn sie nicht gut ist? Ich weiß, wie erbarmungslos Kritiker sein können, und ich bin keineswegs sicher, ob sie stark genug ist, so eine Art von Zurückweisung auszuhalten.«

»Aber wie sollte auch sie das jemals wissen können, wenn Sie ihr keine Möglichkeit dazu geben? Sie können sie nicht vor dem Leben schützen, Missie. Sie müssen sie eigene Erfahrungen machen lassen.«

»Vermutlich haben Sie recht«, seufzte sie. Aber sie bestand darauf, daß Azaylee einen Bühnennamen benutzte, denn sie mußten nach wie vor befürchten, entdeckt zu werden. Nach langem Hin und Her entschloß sich das Filmteam schließlich zu »Ada Adair«.

An jenem Tag begaben sie sich nach dem Essen ins Wohnzimmer, das den Blick auf einen palmengesäumten Pfad, der zu einem mitternachtsblauen Swimmingpool führte, freigab. Zev setzte sich an seinen Bechstein, und die melancholischen Klänge einer Chopin-Étude schwebten kristallklar durch den Raum.

»Dieses Stück habe ich immer gespielt, wenn ich Sie gesehen hatte«, gestand er. »Nach unseren Abenden in dem ukrainischen Lokal bin ich nach Hause gegangen und habe von Ihnen geträumt. Durch Sie hat sich mein ganzes Leben verändert, Missie.« Er starrte auf die Elfenbeintasten hinab. »Als ich sagte, ich habe das alles nur für Sie getan, meinte ich das auch. Ich war damals in New York in Sie verliebt, aber was hätte ich solch einem feinen Mädchen wie Ihnen, einer *Baryschnya*, einer Dame, schon bieten können? Zwei Hinterzimmer eines Pfandhauses und einen Ehemann, der einen Vierteldollar auf die Sonntagshemden der Männer verleiht? Als ich meinen Laden verkaufte und nach Hollywood ging, war ich fest entschlossen, Erfolg zu haben, ein bedeutender Mann zu werden, zu dem man aufschauen kann. Und dann wollte ich zurückkommen und Sie fragen, ob Sie mich heiraten. Als ich durch die Zeitung von Ihrer Hochzeit mit Arnhaldt erfuhr, wollte ich ihn umbringen.« Er stieß ein hartes Lachen aus. »Statt dessen habe ich meine Wut an einem Mann ausgelassen, der mich für einen Trottel hielt und mich betrügen wollte. Natürlich habe ich ihn überlistet, und das war der Anfang von Magic Studios.«

»Und nun sind Sie C.Z. Abrams, einer der bedeutendsten Männer Hollywoods«, sagte sie, auf ihn zugehend. »Aber für mich macht das keinen Unterschied. Ich habe Sie immer respektiert, Zev. Sie waren mir immer ebenbürtig.«

Sie war geblieben, bis der Nachmittag in den Abend und der Abend ins Morgengrauen übergegangen war. Sie hatten Champagner getrunken und ihre Herzen einander wie gute, alte Freunde ausgeschüttet, genauso, wie sie es früher in dem ukrainischen Lokal bei einer Flasche Rotwein getan hatten.

Dieser Tag lag nun acht Monate zurück, und ihre Bande waren immer enger geworden. Da die Dreharbeiten zu *Marietta* am Vortag abgeschlossen worden waren, wollte er ihr heute abend eine Privatvorführung geben. Nicht einmal Dick war dazu eingeladen.

Das Haus duftete wunderbar nach Bienenwachs und Rosen, die jetzt freilich nicht mehr zu steifen Gebinden arrangiert waren, sondern in riesigen, silbernen Schalen wogten und in einem letzten, zärtlichen Atemzug ihrer schwindenden Schönheit ihre Blütenblätter auf die polierten Oberflächen der Kommoden verstreuten. Sein Barsoi, Juliet, lag auf einem Sofa in der Halle ausgestreckt, und Türen und Fenster waren weit geöffnet, um die Abendsonne hereinzulassen. Die schweren Brokatvorhänge waren verschwunden und durch schlichte, cremefarbene Seidenvorhänge ersetzt; die steifen, dunklen Möbel waren verbannt worden, und an ihrer Stelle waren nun bequeme Sofas und Sessel zu gemütlichen Sitzecken gruppiert. Überall lagen Bücher und Zeitschriften herum, und unter dem Tisch lag friedlich ein hundezerkauter Lederschuh. Unter Missies Einfluß hatte sich das Haus gewandelt, und Zev ebenfalls. Er wirkte entspannt, heiter und locker.

»Es ist schon alles vorbereitet«, sagte er aufgeregt, »und ich kann dir schon jetzt eine Überraschung versprechen.«

»Eine gute oder eine schlechte?« fragte sie, ihm einen Begrüßungskuß gebend.

Er grinste. »Die Entscheidung überlasse ich dir.« An der

Hand führte er sie auf die Terrasse, wo sie unter einem blauen Baldachin an einem weißgedeckten Tisch zu Abend aßen. Er kannte ihre Vergangenheit, so wie sie die seine kannte, und nun hatte sich ihrer beider Lebensfaden in der Gegenwart miteinander verflochten. Während sie zusammen am Tisch saßen und über den Wein, die Erdbeeren und den Film plauderten, strahlten sie die Vertrautheit eines seit langem verheirateten Ehepaars aus. Obwohl sie sich noch nie geliebt hatten.

Missie fand Zev an diesem Abend besonders attraktiv. Als sie fertig gegessen hatten, ergriff er ihre Hand und sagte: »Der Augenblick der Wahrheit ist gekommen. Bist du bereit?«

Er legte die Filmrolle ein, schaltete das Licht aus und setzte sich neben sie. Die Handlung von *Marietta* war die einfache Geschichte eines Waisenmädchens, das ihr Glück findet. Der Film hatte sowohl Pathos als auch Humor und in Dick Nevern einen ausgezeichneten Regisseur. Das Bild flackerte auf, der Vorspann lief ab, und plötzlich starrte Azaylee von der Leinwand herab. Mit weiten, angsterfüllten Augen fragte sie, wo ihre Eltern seien. In ihrem Tonfall lag eine Dringlichkeit, die augenblicklich das Herz ergriff, und dieses Gefühl hielt bis zum Ende des Films an.

Missie war die ganze Zeit über stumm geblieben, und als der Film dann zu Ende war, brach sie in Tränen aus. »Ich habe nicht gewußt, daß sie so sein kann, Zev«, schluchzte sie. »Daß sie Herzen brechen kann.«

»Aber ich«, sagte er sanft. »Ich wußte es, als ich sie sah.«

Einen Monat später hatte *Marietta* in New York, Philadelphia und San Francisco Premiere. Die Kritiker überschütteten die junge Ava Adair mit Lobeshymnen, feierten sie als »neue Entdeckung«, als »angehenden Star« und, in Azaylees Augen die beste Kritik, als »vollendete, junge Schauspielerin«. Sie war erst sechzehn, doch angesichts der vor ihr liegenden, schillernden Karriere schien es töricht, ihr vorzuschlagen, auf das College zu gehen. Also fuhr Missie mit ihr und Rachel zunächst einmal in Urlaub.

»Fahr mit ihnen nach Mexiko, nach Agua Caliente«, schlug Zev vor. »Magic übernimmt die Kosten.«

Anders als das nahegelegene, heruntergekommene Tijuana war Agua Caliente ein Erholungsort erster Güte, mit heißen Quellen und Schlammbädern, Golf- und Tennisplätzen und einem gigantischen Marmor-Swimmingpool, der 750.000 Dollar gekostet haben soll. Das Hotel bestand aus fünfzig luxuriösen Bungalows mit pinkfarbenen Badezimmern und Schildpattarmaturen; im Speisesaal gab es vergoldetes Besteck, europäische Spezialitäten und die erlesensten französischen Weine. Zev wollte nur das Beste für seinen zukünftigen Star — und für seine zukünftige Frau, die er freilich noch nicht um ihre Hand gebeten hatte, da er ihr Zeit lassen wollte, den tragischen Tod O'Haras zu verarbeiten.

Agua Caliente war auch für seine Pferde- und Hunderennen berühmt, und das Hotel zog ein buntes Publikum aus Spielern, Künstlern und Leuten der High Society an. Rachel und Azaylee verbrachten den Großteil ihrer Zeit damit, in den riesigen Swimmingpool zu springen, geeiste Limonade aus hohen Gläsern zu trinken und die Flirtversuche der jungen Männer mit Nichtbeachtung zu strafen, um dann, wenn sich diese, verunsichert durch die stumme Belustigung in den zwei schönen, herausfordernden Augenpaaren, wieder zurückzogen, in prustendes Gekicher auszubrechen. Doch es gab einen Mann, der beiden recht gut gefiel, ein verwegen aussehender Mexikaner namens Carlos del Villaloso. Er war schon älter, ihrer Schätzung nach mindestens dreißig; ein einziges Mal hatte er sie mit einem schmachtenden, verhangenen Blick gemustert, der ihnen durch Mark und Bein gegangen war, um sie dann nie wieder anzuschauen. Das war um so kränkender, als er ansonsten jede Frau im Hotel zu umgarnen versuchte — sogar Missie.

Eines kühlen Abends spazierte sie durch den Park, als sich ihrem langen Schatten plötzlich ein zweiter zugesellte; sie blickte auf, um zu sehen, wer da neben ihr ging.

»Was für ein herrlicher Abend, Senora«, sagte er mit blendend weißem Lächeln. »Sie sind anscheinend ein genauso großer Naturliebhaber wie ich. Ein schöner Park ist wirklich eine wahre Freude. Natürlich sind die Anlagen in Frankreich, Italien und England, allein schon durch das Klima, von bestechender Perfektion. Doch inzwischen finde ich, daß mein Mexiko ganz gut mithalten kann. Es ist schon sonderbar: Ich halte die Parkanlagen in meiner Heimat für die allerschönsten, bis ich dann wieder andere sehe.«

Missie blieb unter einer Bougainvillea-Laube stehen. »Meiner Meinung nach kann man da keine Wertung aufstellen«, erwiderte sie kühl lächelnd. »Am besten fährt man sicher damit, wenn man den Park, in dem man sich gerade aufhält, am schönsten findet.«

Er schlug die Hacken zusammen und verneigte sich förmlich. »*Con su permisión, senora.* Carlos del Villaloso.«

In seinem weißen Dinnerjackett war er eine elegante Erscheinung; er war groß und schlank, und seine weiche, olivfarbene Haut schimmerte wie poliert. Er hatte ausdrucksvolle, braune Augen, ein schmales Oberlippenbärtchen und sehr weiße, ebenmäßige Zähne. Sein schwarzes Haar war mit Pomade zurückgekämmt, und am kleinen Finger seiner linken Hand blitzte ein riesiger Diamant.

»Mrs. O'Hara«, sagte sie, ihm ihre Hand reichend.

»O'Hara?« fragte er stirnrunzelnd. »Der Name kommt mir bekannt vor . . .«

Hastig wandte sie sich ab. »Ich muß leider zurück. Meine Tochter wird sicher schon auf mich warten, um mit mir zum Dinner zu gehen.«

Er lachte. »Ach, junge Mädchen sind immer hungrig. Man muß sich wirklich wundern, wohin all das Essen bei ihnen verschwindet.« Er begleitete sie zum Hotel zurück. »Es war mir ein Vergnügen, Senora«, verabschiedete er sich mit einer höflichen Verbeugung.

Als er später ebenfalls in den Speisesaal kam, nickte er Missie auf dem Weg zu seinem Tisch lächelnd zu, was die beiden Mädchen in helle Aufregung versetzte.

»Du hast ihn wirklich getroffen?« fragten sie unisono. Missie nickte. »Wir haben uns über Parkanlagen unterhalten.«

»Wie kann man mit einem Mann wie ihm über Parkanlagen reden?« rief Rachel augenrollend. »Er sieht so fürchterlich *verrucht* aus!«

Beide Mädchen starrten ihn durch den Raum hinweg an

und senkten, als er ihre Blicke lächelnd auffing, errötend die Augen.

»Er ist interessant«, japste Azaylee. »Nicht wie diese dummen Jungen, die uns die ganze Woche genervt haben.«

»Interessant verrucht«, fügte Rachel hinzu, was Missie zu einem Seufzen, die beiden Mädchen freilich zu einem ihrer üblichen Kicheranfälle veranlaßte.

Sicherheitshalber zog sie im Hotel ein paar diskrete Erkundigungen über ihn ein: Senor del Villaloso war ein regelmäßiger Stammgast, berühmt-berüchtigt als waghalsiger Spieler beim Pferderennen sowie als Casanova. Tagsüber war er selten zugegen, und Missie vermied es, ihm über den Weg zu laufen. Sie nickte ihm nur höflich zu, wenn sie ihn doch einmal sah.

»Weißt du, was?« sagte Azaylee eines Abends nach dem Dinner zu Rachel. »Mir ist langweilig.« Sie lag auf einem Sofa, die langen Beine über die Lehne gestreckt. »Wenn man nicht gerade ein Fan von Pferdewetten oder Alkoholgelagen ist, kann man genausogut zu Hause bleiben. Hier ist absolut nichts los. Nicht einmal mit *Sex*.»

»Was weißt *du* schon über Sex?« spottete Rachel.

Azaylee schwang ihre Beine auf den Boden und setzte sich auf. »Nicht viel«, gab sie zu, »aber ich bin bereit zu lernen. Tijuana ist ganz in der Nähe. Was hältst du von einem kleinen Ausflug dorthin?«

»Wie meinst du das?« fragte Rachel zweifelnd.

»Wir machen uns ein wenig zurecht, um älter auszusehen, und schauen dann, was so los ist. Wir können herumbummeln, vielleicht durch ein paar Türen spähen . . . einfach, um *irgendwas* zu tun.« Sie kicherte. »Komm schon, Rachel, gib es zu, du bist doch auch neugierig!«

»Nicht so neugierig wie du«, grinste Rachel, »aber ich bin dabei.«

Azaylee rannte zum Schrank. »Wir ziehen unsere engsten Kleider an. Dein Bob ist in Ordnung, aber ich muß meine Haare hochstecken und einen Hut aufsetzen.«

In ihre gewagtesten Kleider gehüllt — die dennoch recht brav waren —, schlüpften sie aus dem Hotel und stiegen in ein Taxi. Als sie Tijuana als Ziel angaben, musterte sie der Fahrer verwundert, um gleich darauf das Doppelte des normalen Tarifs zu verlangen.

»A dónde ahora?« fragte er, während sie langsam die schmale, überfüllte, von Bars und Spelunken gesäumte Hauptstraße entlangfuhren.

»Hier können Sie anhalten«, rief Azaylee. Sie stieg aus und drückte ihm die Hälfte des verlangten Fahrpreises in die Hand. »Warten Sie hier. Wir sind in einer Stunde zurück.«

Er zuckte gleichgültig mit den Achseln und schaute ihnen nach, wie sie mit untergehakten Armen davongingen, sich aneinander festklammernd, als erwarteten sie jeden Moment, daß ein finsterer Mann aus einer Seitengasse hervorspringen und sie in die Sklaverei verschleppen würde. Aus den zahllosen Bars dröhnte laute Musik, und in den Hauseingängen lungerten Schlepper, Zuhälter, Huren und Betrunkene herum.

Vor der berüchtigten Venus-Bar blieb Azaylee stehen und betrachtete die Bilder und das Zeichen mit der Aufschrift »Nichts ist unmöglich«. Interessiert musterte sie die überdachte Tür und wich gleich darauf erschrocken zurück, als sie sich öffnete und einen Betrunkenen ausspuckte. Der kurze Moment hatte jedoch genügt, um einen Blick auf die Bühne zu erhaschen, auf der sich eine nackte Frau mit zwei nackten Männern befand.

Keuchend schnappte sie Rachels Arm und zerrte sie weiter. »Hast du das gesehen?« stammelte sie. »Hast du gesehen, was sie gemacht haben?«

»Nein«, antwortete Rachel, verdutzt über Azaylees augenscheinliche Verwirrtheit. »Was denn, Azaylee? Los, erzähl schon!«

Azaylee schluckte, ehe sie schließlich flüsterte: »Rachel, da waren drei Leute . . . alle nackt und . . .«

Sie zitterte, und Rachel jammerte nervös: »Wir hätten nicht hierherkommen sollen!«

»Doch, natürlich!« Azaylee war von einer seltsamen, hektischen Erregung befallen. Niemals könnte sie jemandem anvertrauen, was sie gesehen hatte. Nicht einmal Rachel. Als sie die Straße überquert hatten, blieben sie vor dem Commerciale stehen.

»Wir sollten besser heimgehen«, sagte Rachel ängstlich.

Carlos del Villaloso entdeckte die beiden von der anderen Straßenseite aus. Er war übel gelaunt, da er gerade fünf Riesen im Foreigner's Club verspielt hatte. In seiner Tasche befanden sich noch exakt dreihundert Dollar, nicht genug für die Hotelrechnung und schon gar nicht zur Finanzierung seiner Spielleidenschaft. Die beiden jungen Mädchen standen vor dem Commerciale wie Jungfrauen vor dem Tor zur Hölle. Grinsend beobachtete er, wie sie sich aneinander klammerten und sich gegenseitig Mut machten. Sie waren also den Fängen der schönen Drachendame entronnen und auf der Suche nach ein wenig Vergnügen. Wer, außer ihm, wäre da besser geeignet, sie in die Unterwelt einzuführen? Er rückte seine Krawatte zurecht und überquerte zielstrebig die Straße.

»*Buenas noches, Senoritas.*« Er lächelte sie entwaffnend an, als sie erschrocken herumwirbelten. »Ist Ihnen eigentlich klar, daß Tijuanas Pflaster für wohlerzogene, junge Mädchen nicht gerade *comme il faut* ist?«

Verlegen blickten sie zu Boden, und er fügte hinzu: »Es wäre besser, wenn Sie mir gestatteten, Sie zu begleiten. Das Commerciale ist für Frauen ohne Begleitung ein recht rauher Ort.«

Er hielt ihnen die Tür auf, und sie schlüpften hinein, nicht ohne ihn scheu anzulächeln und sich zu bedanken. Er besorgte ihnen Plätze an der neunzig Meter langen Bar, schnippte einen der fünfzehn Barkeeper herbei, fragte die beiden, was sie trinken wollten, und erschrak etwas, als sie Limonade verlangten. Sich zum Barkeeper vorneigend, raunte er leise. »Mit einem Schuß Gin.«

Azaylee stützte ihre Ellbogen auf die Theke, nippte an ihrer Limonade und betrachtete mit großen Augen das zwielichtige Publikum aus Trinkern, Spekulanten, Zuhältern und Prostituierten, die allabendlich auf der Suche nach Vergnügen, das in ihrer Heimat Amerika verboten war, über die Grenze strömten. Hübsche, dunkeläugige Mädchen boten hüftschwingend ihre Waren feil, für die es jede Menge Abnehmer gab; der Alkohol strömte in Mengen, und die Musik plärrte ohrenbetäubend. Ihre Nervenenden vibrierten: Dies war der aufregendste Ort, den sie je gesehen hatte.

Carlos entschied, daß die Dunkelhaarige zu verängstigt war, die Blonde hingegen mit ihren bleichen, zerzausten Haaren und den seltsamen, leuchtenden Augen, in denen sich ihre Erregung widerspiegelte, durchaus interessant. Sie konnte nicht stillsitzen. Rastlos rutschte sie auf ihrem Barhocker herum und schüttete nervös ihre »Limonade« hinunter, als erwarte sie, jeden Moment verhaftet zu werden. Doch im Grunde waren sie beide zu jung und zu unschuldig, um ihn wirklich zu interessieren.

Er brauchte jemanden wie ihre Mutter, eine Frau, die über ein solides Bankkonto verfügte, keine kleinen Mädchen, die auf Abenteuer aus waren. Andrerseits hatte auch Unschuld ihren Reiz, und es wäre vielleicht ganz amüsant, der Blonden einen ersten Geschmack auf die Verderbtheit dieser Welt zu geben. Er winkte dem Barkeeper und bestellte zwei weitere »Limonaden«.

»Sie haben wohl gerade College-Ferien?« fragte er, als der Barkeeper die neuen Getränke vor sie hinstellte.

Azaylees Wangen waren vom Gin erhitzt, und ihre Augen funkelten. Triumphierend antwortete sie: »Oh nein! Wir sind beim Film!«

»Aha, beim Film!« Er dachte an Mrs. O'Hara, die Drachendame, die zu schön war, um sich über Geld Gedanken machen zu müssen — oder über ihn. Sie sah nicht aus, wie er sich eine Bühnenmutter vorstellte, dazu besaß sie zuviel Stil. Er hatte sie für eine Dame mit guter Bildung und solidem Familienvermögen im Hintergrund gehalten. Sie hatte ihn so deutlich abgewimmelt, daß er sich nicht darum bemüht hatte, mehr über sie herauszufinden. Doch jetzt war sein Interesse erwacht.

»Und Ihr Vater?« fragte sie, sich näher an Azaylee lehnend. »Wo ist er?«

Sie kämpfte gerade gegen einen Schluckauf an und schlug errötend die Hand vor den Mund. »Papa ist . . . Papa ist tot«, brachte sie hervor. Ihre Lippen zitterten, und er drückte tröstend ihre Hand.

»Ich verstehe«, sagte er sanft, »und ich bitte für meine indiskrete Frage aufrichtig um Vergebung. Das war unverzeihlich.«

Rachel stierte in ihre Limonade und sagte schleppend: »Ist schon okay. Missie wird jetzt C.Z. heiraten.«

»C.Z. Abrams?« fragte er mit erhobenen Augenbrauen. Jetzt fiel es ihm wieder ein, er hatte ihr Gesicht oft genug in der Zeitung gesehen. Sie war King O'Haras Witwe — und die Blonde mußte ihre Tochter sein.

Azaylee spürte seine Hand, die die ihre in ihrem Schoß umschlungen hielt. Dann schaute sie ihn an und leckte die Lippen ihres schlaffen Mundes. Er fühlte leises Verlangen in sich aufkeimen, obgleich Jungfrauen normalerweise nicht sein Fall waren. Er bevorzugte Frauen mit Erfahrung und Geld, vor allem diejenigen, die Sex genauso genossen wie er. Aber diese Kleine hier hatte gute Anlagen . . .

»Die Limonade schmeckt komisch«, sagte Rachel schläfrig. Ihr Gesicht war bleich, und sie fügte etwas ängstlich hinzu: »Ich glaube, sie bekommt meinem Magen nicht.«

Carlos stöhnte innerlich. Das fehlte ihm gerade noch, daß sie jetzt zu kotzen anfing. »Kommen Sie«, sagte er abrupt, »für brave Mädchen ist es Zeit, ins Bett zu gehen.«

Azaylee schoß ihm einen aufreizenden Blick unter ihren Wimpern hindurch zu. »Ich dachte, daß genau da alle bösen Mädchen landen«, murmelte sie.

Er lachte. Beim Hinausgehen legte er den Arm wie zufällig um ihre zarten Schultern. »Und manchmal auch die braven«, flüsterte er ihr ins Ohr.

Im Taxi setzte er sich zwischen die beiden Mädchen. Auf Rachels Seite kurbelte er das Fenster herunter, für den Fall, daß sie sich übergeben würde, doch sie schlief auf der Stelle ein. Azaylee lehnte mit geschlossenen Augen ihren Kopf gegen seine Schulter, und er legte den Arm um sie.

»Ich bin schrecklich müde«, gähnte sie, gegen seine Brust geschmiegt.

Mit einem Finger streichelte er ihr Gesicht, berührte ihre Augenlider, ihre Wangen und ihren Mund, der unter seiner

Berührung erbebte. Ihre Augen waren zwar geschlossen, doch er wußte, daß sie nicht schlief, und ließ seine Hand jetzt langsam an ihrem Hals hinabgleiten und auf ihrer kleinen, weichen Brust ruhen. Er spürte, wie ihr Herz schlug und ihr Atem sich beschleunigte, als seine Finger über die weiche Haut entlang des tiefen Ausschnitts ihres pinkfarbenen Seidenkleides wanderten. Dann schlüpfte seine Hand unter das Kleid, und sie keuchte auf. Er spürte die Hitze, die sie ausstrahlte, als er ihr Gesicht zu sich drehte, seinen Mund auf den ihren preßte und sie in einem lange währenden Kuß in sich einsog.

Benommen vor Leidenschaft klammerte sie sich an ihn. Er nahm ihre Hand und führte sie zu der Schwellung in seiner Hose. »Da«, flüsterte er. »Siehst du, was Mädchen wie du mit einem Mann anstellen können? Du machst sie heiß und scharf, stachelst sie auf, und dann läßt du sie fallen. Du hast keine Ahnung, welche Schmerzen du einem Mann bereiten kannst. *Welche Qual!*« Er drückte ihre Hand fester gegen seinen pochenden Schwanz, und sie sträubte sich, wenn auch schwach. »Ich wollte nur, daß du weißt, wie es sich anfühlt, damit du dich daran erinnern kannst, was du mir angetan hast, du grausame, kaltherzige, kleine Jungfrau!«

Azaylee entwand sich ihm und setzte sich auf. Ihr Gesicht war gerötet, und aus ihren Augen quollen Tränen, die über ihre Wangen rollten und auf ihr pinkfarbenes Seidenkleid tropften.

»Das wollte ich nicht. Ich wollte Sie nicht verletzen. Ich wußte nicht . . .« Ein erneuter Schluckauf schnitt ihr das Wort ab, und er reichte ihr seufzend ein Taschentuch.

»Jetzt wissen Sie es«, sagte er schroff, als das Taxi vor dem Hotel zum Stehen kam. »Noch ein Wort der Warnung, meine kleine Miss O'Hara: Sie spielen mit dem Feuer!«

Nachdem er dem schmierig grinsenden Taxifahrer ein paar Scheine in die Hand gedrückt hatte, half Carlos den Mädchen aus dem Wagen und schickte sie ins Hotel. Er beobachtete noch, wie sie durch die Drehtür schwangen und mit unsicheren Schritten durch die Halle wankten. Das war erst der Anfang, dachte er. Warte nur, kleine Miss Azaylee.

Dann zündete er sich einen Zigarillo an und schlenderte, in Gedanken bei Missie O'Hara, durch den Park.

Das Frühstück am folgenden Morgen verlief ungewöhnlich schweigsam. Erschrocken bemerkte Azaylee, daß Carlos auf ihren Tisch zusteuerte. Sie versetzte Rachel einen Tritt unter dem Tisch, senkte die Augen auf ihren Teller und errötete über das ganze Gesicht. Rachel linste vorsichtig zu Missie, dann zu Carlos, der ihnen lächelnd zunickte.

Azaylee glaubte dahinzuschmelzen, als sie seine Nähe spürte und den Klang seiner Stimme vernahm. »*Buenos dias, Senora* O'Hara, *Senoritas*. Verzeihen Sie, daß ich Sie beim Frühstück störe, aber es ist ein so herrlicher Tag und . . .« Er zögerte. »na ja . . . da habe ich mir gedacht, ob Sie mir die Ehre erweisen, heute mit mir zu Mittag zu essen. Ich dachte an ein kleines Picknick, und anschließend vielleicht ein Besuch auf der Rennbahn. Für junge Leute ist es hier ja manchmal recht langweilig.«

»Das ist sehr freundlich von Ihnen, Senor del Villaloso«, erwiderte Missie kühl, »aber wir haben für heute schon andere Pläne.«

Azaylees Kopf schoß in die Höhe. »Ach Missie!« rief sie bittend, worauf Missie sie überrascht anblickte.

»Ich verstehe«, sagte Villaloso gelassen. »Dann vielleicht ein anderes Mal?«

Azaylee starrte ihm nach, als er davonging, ohne sie eines einzigen Blickes gewürdigt zu haben. Nach all dem, was letzte Nacht zwischen ihnen geschehen war . . .

»Was ist los mit dir?« schalt Missie. »Du tust geradeso, als sei es ein Vergehen, daß ich diesen widerlichen Menschen weggeschickt habe. Er ist ein Spieler und ein Weiberheld, und ich werde mit ihm ganz bestimmt weder zu einem Picknick noch auf die Rennbahn gehen.«

»Wie kannst du so etwas sagen?« murrte Azaylee aufgebracht. »Du kennst ihn doch kaum.«

Missies Augenbrauen hoben sich fragend. »Aha, und du kennst ihn wohl besser? So, jetzt laßt uns fertig frühstücken. Ich habe euch einen Tennislehrer organisiert. Ihr seht aus, als könntet ihr ein wenig sportliche Betätigung vertragen, um wieder zu Kräften zu kommen.« Kritisch musterte sie die Gesichter der beiden. »Himmel, wir sind hierhergekommen, um uns zu erholen, und ihr seht aus wie Gespenster!«

Seufzend erinnerte sich Rachel daran, wie sie letzte Nacht mehrmals erbrochen hatte, und sagte gedankenlos: »Wahrscheinlich lag es an der Limonade . . .« Erschrocken schlug sie die Hand vor den Mund. »Äh, ich meine, vielleicht trinken wir zuviel Limonade.«

»Zuviel Essen und zuwenig Bewegung«, stimmte Missie zu und scheuchte sodann die beiden aus dem Speisesaal, damit Villaloso sie nicht abermals ansprechen konnte.

In den nächsten Tagen hielt Missie die beiden Mädchen auf Trab, schickte sie jeden Morgen und Nachmittag auf den Tennisplatz, sorgte dafür, daß sie im Swimmingpool jeweils ihre zwanzig Runden schwammen, anstatt herumzuplantschen, nahm sie auf lange Spaziergänge mit und schickte sie jeden Abend früh zu Bett. Doch als die Ferien schließlich zu Ende waren und sie zurück nach Los Angeles fuhren, fragte sie sich besorgt, ob sie die Mädchen vielleicht doch überfordert hatte. Azaylee sah beängstigend blaß und müde aus, und Rachel war ungewöhnlich still. Und wann immer sie Azaylees Blick begegnete, meinte sie, in ihren Augen einen Ausdruck von Angst zu erkennen. Doch dann tat sie den Gedanken ab, denn wovor sollte Azaylee sich fürchten? Schließlich kehrte sie gerade von einem wunderbaren Urlaub zurück.

40

Missie hatte während des Urlaubs viel über Zev nachgedacht und schließlich einen Entschluß gefaßt. Wenn Zev Abramski sie nicht fragte, ob sie ihn heiraten wolle, so würde sie es eben tun.

Noch am Abend ihrer Ankunft kleidete sie sich in einen schlichten, blauen Rock mit weißer Bluse und bürstete ihren schimmernden Helm aus kurzem, bronzefarbenem Haar, wobei sie wieder einmal wünschte, sie hätte es nicht abgeschnitten. Zev hatte ihr langes Haar so geliebt. Sie besprühte sich mit ihrem nach wie vor geliebten Lilienparfüm von Elise und begutachtete sich dann kritisch im Spiegel. Beklommen fragte sie sich, wie auf ihn diese zweimal verheiratete, zweimal verwitwete, neunundzwanzigjährige Frau wirken würde, die er als naives, achtzehnjähriges Mädchen kennengelernt hatte. Hatte sie sich sehr verändert? Rosa behauptete, sie bewege sich immer noch wie eine junge Gazelle, und ihr Gesicht sehe trotz der Schicksalsschläge, die hinter ihr lagen, noch genauso aus wie früher. Nur in die Augen habe sich ein leiser Argwohn geschlichen.

Aus einem Impuls heraus zog sie den alten Pappkoffer unter ihrem Bett hervor und leerte seinen Inhalt auf die rosa Tagesdecke. Die Diamanten des Diadems glitzerten, und der riesige Smaragd schimmerte wie das Meer bei Konstantinopel, wenn es von der Sonne umarmt wird. Rußland und die Vergangenheit schienen ihr weiter entfernt denn je, und ihr wurde bewußt, daß sie seit ihrer neuen Freundschaft mit Zev kaum noch an die Tscheka und die Arnhaldts gedacht hatte —, außer in ihren Träumen —, sie waren zusammen mit dem Schatz der Ivanoffs in der Vergangenheit begraben.

Sie ergriff Mischas Foto und betrachtete es zärtlich; dann holte sie Azaylees Foto von ihrer Kommode und verglich die beiden. Es bestand keinerlei Ähnlichkeit; das Mädchen glich ganz der Mutter. Mischas Bild an ihr Herz gepreßt, überlegte sie, ob sie es Azaylee nicht endlich zeigen und ihr die Wahrheit erzählen sollte; doch der Arzt hatte gewarnt. Azaylee war psychisch noch nicht stabil genug, um mit dem zweifachen Schock fertigzuwerden, ihre wahren Eltern zu finden, um sie gleich darauf durch einen grausamen Tod wieder zu verlieren.

»Ich werde dich immer lieben, Mischa«, flüsterte sie, »und ich weiß, du respektierst meine Entscheidung. Denn nun habe ich einen Mann gefunden, den ich aufrichtig liebe und der mich liebt.«

Nachdem sie das Foto wieder in den Koffer gelegt hatte, nahm sie die Ivanoff-Brosche zur Hand und drehte sie gegen die Sonne, so daß sie in tausend winzigen Prismen zu funkeln begann. Einen Moment zögerte sie, dann kehrte sie zum Spiegel zurück und befestigte die Brosche am Kragen ihrer Bluse. Sie war viel zu prächtig für ihre schlichte Aufmachung, verlieh ihr aber irgendwie das Gefühl, daß Mischa mit ihrem Vorhaben einverstanden war.

Sie schob den Koffer wieder unter das Bett und eilte nach unten in die Küche, wo Rosa und ihr Verehrer, der Eisenwarenhändler aus Pittsburgh, über einer Tasse Zitronentee saßen. Rosas Blick blieb sogleich auf der Brosche haften. »Du siehst aus, als habe sich eine Hälfte von dir entschlossen, auf einen Ball zu gehen, die andere hingegen, zu Hause zu bleiben«, bemerkte sie.

Missie schnappte sich ein Plätzchen von dem Backblech, das zum Auskühlen am offenen Fenster stand, und lachte, als Beulah sie dafür schalt. »Weder das eine noch das andere trifft zu«, sagte sie fröhlich. »Ich werde den Mann, den ich liebe, fragen, ob er mich heiraten will.«

»Ich wünschte, mein Weib wäre genauso mutig«, sagte Sam Brockman düster.

»Bist du dir auch ganz sicher?« fragte Rosa.

Missie nickte. »Absolut.« Sich ein weiteres Plätzchen stiebitzend, schritt sie auf die Tür zu. »Wie soll eine Frau sonst bekommen, was sie möchte, wenn sie nicht danach fragt?« rief sie ausgelassen über die Schulter.

»Das schickt sich aber nicht!« kreischte Rosa ihr hinterher. »Der Mann muß fragen . . .«

Missie steckte ihren Kopf noch einmal durch die Tür und sagte: »Wenn er nein sagt, werde ich nach Hause rennen und mich an deiner Schulter ausweinen, und du kannst dann dein Ich-hab-es-dir-ja-gleich-gesagt-Sprüchlein loswerden.«

»Verrücktes Huhn«, murmelte Rosa, als sie fort war.

»Wärst du nur auch so verrückt!« erwiderte Sam ernst. »Wenn du mich fragst, sage ich auf der Stelle ja.«

»Ich frage dich aber nicht«, schnaubte Rosa. »Und *ich* werde *nicht* ja sagen, ehe ich dazu bereit bin!«

»Eines Tages, wer weiß?« sagte er, und sie lächelten einander zufrieden an.

Zev hatte schon den ganzen Tag ihrem Kommen entgegengefiebert — mehr noch, zwei lange Wochen hatte er sehnsüchtig darauf gewartet, ihre Schritte zu hören, die sie in sein Leben zurückbrachten. Er eilte ihr entgegen, öffnete die Arme, und sie ließ sich mitten hineinsinken, als sei dies der Platz, an den sie gehöre. »Gott, wie habe ich dich vermißt!« murmelte er, sein Gesicht in ihr weiches, duftendes Haar vergrabend.

Sie schlenderten auf die Terrasse hinaus, lehnten sich an die Steinbalustrade und lauschten dem Gesang der Zikaden, dem Zwitschern der Vögel und dem leisen Glucksen des Bachs. Sein schmales, anziehendes Gesicht war ernst und angespannt.

»Verlaß mich nie wieder, Missie«, sagte er knapp, den Blick in die Ferne gerichtet. »Bleib hier. Heirate mich, bitte.«

Verblüfft wandte sie den Kopf nach ihm, doch er lehnte immer noch an der Balustrade und starrte unverändert ins Weite. Sie lachte. »Zev Abramski, ich dachte schon, du würdest nie fragen!«

Langsam wandte er sich um, in seinen Augen leuchtete Hoffnung. »Dann bist du einverstanden?«

Sie nickte. »Ja, ich werde dich heiraten. Ich liebe dich mehr, als ich je einen Mann geliebt habe.« Sie berührte Mischas Brosche und fügte hinzu: »Auf eine ganz andere Art und Weise.«

Er schaute sie ernst an. »Es ist mir egal, auf welche Weise. Hauptsache, du liebst mich.« Glücklich schloß er sie in die Arme. »Und wann?« fragte er.

»Gib mir einen Monat«, bat sie, an O'Hara und ihre überstürzte Hochzeit denkend. »Und ich will eine kleine Feier, Zev. Nur Familie.«

Die folgenden vier Wochen verbrachte Zev in einem Stadium nervöser Anspannung, immer in der Angst, sie könne ihre Meinung doch noch ändern. Er vergrub sich in seiner Arbeit, zwang sich, nicht an Missie zu denken, wenngleich er insgeheim doch nur für jene kostbaren Abendstunden lebte, wenn sie ihn besuchte.

Zur Hochzeit waren nur Rosa nebst ihren drei Töchtern eingeladen; Azaylee sollte Brautjungfer sein, und Dick Nevern, als Zevs engster Mitarbeiter und Freund, der Brautführer. Die Trauung sollte im Standesamt am Canon Drive in Beverley Hills stattfinden mit einem anschließenden Empfang in Zevs Haus.

Magic befand sich mitten in den Dreharbeiten zu *Marietta in the Mountains,* der Fortsetzung von *Marietta,* in der Azaylee abermals die Hauptrolle spielte, und da Zev die endgültige Herausgabe keinesfalls jemand anderem überlassen wollte, würden die Flitterwochen bis dahin verschoben werden. Azaylee sollte solange bei Rosa wohnen.

Missie bemerkte, daß mit Azaylee irgend etwas nicht stimmte. Morgens brach sie fröhlich und unbeschwert ins Studio auf, kehrte aber jeden Abend erschöpft und ausgepumpt zurück. Sie verzehrte schweigend ihr Abendessen und begab sich gleich darauf mit der Entschuldigung, müde zu sein, ins Bett.

Eine Woche vor der Hochzeit beschloß Missie, sich mit Azaylee auszusprechen. Nachdem Azaylee wie üblich in ihr Zimmer verschwunden war, ging sie ihr nach und klopfte leise an die Tür. Azaylee lag voll bekleidet auf dem Bett, ihre geliebte kleine, französische Puppe, die O'Hara ihr vor vielen Jahren bei ihrem Ausflug nach New Jersey geschenkt hatte, fest an sich gedrückt. Das also ist es, dachte Missie schuldbewußt, sie hat O'Hara geliebt. Er war ihr Papa.

»Bekümmert es dich, daß ich Zev heirate?« fragte sie, während sie sich an den Bettrand setzte und Azaylees Haare von ihrer heißen Stirn zurückstrich. »Ich dachte, du magst ihn.«

»Natürlich mag ich ihn, und du sollst ihn auch heiraten. Ich will, daß du glücklich bist, Missie, wirklich!«

Missie fühlte, daß sie es aufrichtig meinte, dennoch war da dieser altbekannte, gequälte Ausdruck in ihren Augen, der sämtliche Alarmglocken in ihr erklingen ließ. »Erzähl mir, was los ist, *Milotschka*«, sagte sie sanft. »Du weißt, daß du mir vertrauen kannst.«

»Es ist nichts . . . nur . . .« Azaylee setzte sich auf und starrte mit ihren goldenen Augen ins Leere. »Jeder hat hier andere Namen. Niemand ist der, der er wirklich ist. Sogar C.Z. ist in Wirklichkeit Zev. Und ich bin Marietta und Ava

Adair und Azaylee, und vorher war ich noch ein anderes Mädchen . . .«

»Das ist Hollywood, mein Liebling«, lenkte Missie hastig ein. »Für Schauspieler ist es wichtig, ausgefallene, wohlklingende Namen anzunehmen, die sich dem Publikum einprägen, und Einwanderer wie Zev ändern ihre Namen, um sie amerikanischer klingen zu lassen. Es vereinfacht das Leben, nichts weiter.«

»Das meine ich nicht«, schluchzte Azaylee nun verzweifelt; sie warf sich auf ihr Kissen und drückte das Püppchen fest an sich. »Manchmal frage ich mich, wer ich bin, Missie . . . als gebe es zwei Identitäten von mir, ein gutes und ein schlechtes Mädchen . . .«

»Ein schlechtes Mädchen!« wiederholte Missie entsetzt. »Wieso denn, Azaylee? Du warst immer ein Engel von einem Kind. Das hat jeder gesagt. Und inzwischen arbeitest du wirklich schwer und benimmst dich am Drehort wie eine perfekte Dame. Über dich hat sich noch nie jemand beklagt.«

Azaylee drehte ihr Gesicht zur Wand und starrte mit leeren Augen aus dem Fenster. »Ich erinnere mich an Papa«, sagte sie mit einer Stimme, die von weit her zu kommen schien. »Sein Kinn war rauh, wenn er mich küßte, und er war sehr groß. Er hatte eine sanfte Stimme. Und ich erinnere mich an meinen großen Bruder . . . viel größer als ich . . . aber das war zu einer Zeit, als ich jemand anderer war, nicht wahr, Missie?«

Missie zögerte einen Moment, nahm dann Azaylees Hand und sagte: »Wir haben deinen Namen zu deinem Schutz geändert, damit man dich nicht tötet. Dein wahrer Name ist Xenia.«

»Xenia Ivanoff«, sagte Azaylee leise. »Ja, jetzt fällt es mir wieder ein.« Sie lebte wie ein Kind in einem Märchenland, wo jeder sie liebte, vor allem ihr Papa. »Er ist nicht tot«, fügte sie hinzu, Missie einen seltsamen Blick zuwerfend. »Ganz bestimmt nicht. Ich weiß es, weil ich ihn gesehen habe.«

»In deinen Träumen, Azaylee. Nur in deinen Träumen«, murmelte Missie unglücklich. »Dein Papa ist mit deiner Mutter und Großmutter Sofia im Himmel.«

Azaylee lächelte Missie versonnen an. »Wahrscheinlich bin ich einfach nur müde«, sagte sie.

»Nach *Marietta in the Mountains* solltest du wieder einen kleinen Urlaub machen«, sagte Missie, in der Absicht, sie aufzumuntern. »Wir könnten alle zusammen wieder nach Agua Caliente fahren. Dort hat es dir doch gefallen.«

»Nein!« Entsetzt schoß Azaylee in die Höhe. »Ich will nie wieder dort hinfahren!« rief sie leidenschaftlich.

»Na schön«, lenkte Missie befremdet ein. »So, was hältst du davon, wenn du jetzt ein heißes Bad nimmst und ich dir anschließend eine Tasse heiße Milch mit Zimt bringe? Das war das Allheilmittel deiner Großmutter Sofia, weißt du noch?«

Folgsam nahm Azaylee ihr Bad und trank ihre Milch. Als Missie sie dann liebevoll ins Bett packte und ihr einen Gute-Nacht-Kuß gab, dachte sie, daß Azaylee in dem weißen Baumwollnachthemd und dem zu einem Zopf geflochtenen Haar wie ein kleines, unschuldiges Mädchen aussah.

Am Hochzeitstag hingen schwere Regenwolken am Himmel, die das Glück der strahlenden Brautleute freilich nicht zu beeinträchtigen vermochten, als sie vor dem Standesbeamten standen und einander ewige Liebe und Treue schworen. Missie war wunderschön anzusehen; sie trug ein extravagantes, aquamarinblaues Seidenkleid mit einem kleinen, dazu passenden Hütchen und einem Anstecksträußchen aus Lilien. Zev sah in dem hellen, maßgeschneiderten Anzug wie ein Mann von Welt aus. Anschließend wurde von den lächelnden Dienstboten ein köstliches Hochzeitsmahl serviert, ein eigens engagiertes Streichquartett lieferte mit einer Mozart-Sinfonie den passenden musikalischen Rahmen, und der Champagner floß wieder einmal in Strömen.

Als die Gäste schließlich aufbrachen, küßte Missie Azaylee zum Abschied, blickte ihr anschließend jedoch bekümmert hinterher.

»Wäre es dir lieber, wenn sie hierbliebe?« fragte Zev.

Reuevoll lächelnd schüttelte sie den Kopf. »Oh nein, das will ich nicht, Zev Abramski. Ich will dich ganz für mich allein.«

Er spielte für sie auf dem Klavier, und sie lauschte hingebungsvoll, hörte aus seiner Musik die Gefühle heraus, die er sonst sorgsam hinter seiner kühlen, reservierten Fassade verbarg. Bald darauf machte sie sich für die Hochzeitsnacht bereit, besprühte sich mit einem Hauch Parfüm und bürstete ihr weiches, goldbraunes Haar, bis es wie Seide schimmerte. Dann trat sie vor den Spiegel und musterte ihren schlanken, nackten Körper, wobei sie versuchte, ihn mit seinen Augen zu sehen: die kleinen, hochangesetzten Brüste, die geschmeidige Rundung der Hüften, die langen, wohlgeformten Beine — und sie wünschte, sie wäre wieder achtzehn, unverbraucht und unerfahren, damit sie sich ihm mit ihrem ganzen Wesen rückhaltlos schenken könnte.

Sie zog das weiche, spitzenbesetzte Nachthemd über, schmiegte die kühlen Satinfalten gegen ihren Körper, knipste das Licht im Ankleidezimmer aus und ging barfuß über den flauschigen Teppich zur Schlafzimmertür. Die Hand an der Klinke, warf sie noch einen letzten, prüfenden Blick in den Spiegel, erkannte aber nur eine bleiche, schattenhafte Silhouette. In dem Dämmerlicht hätte man sie genausogut wieder für ein junges Mädchen halten können, eine jungfräuliche Braut auf dem Weg zu ihrem Hochzeitslager.

Im Schlafzimmer brannte nur eine Nachttischlampe. Zev stand am Fenster und blickte in die Nacht hinaus. Er trug einen weinroten, seidenen Morgenmantel. Bei ihrem Eintreten wandte er sich lächelnd zu ihr um, und sie dachte erneut, welch attraktiver Mann er sei.

»Missie«, sagte er, mit geöffneten Armen auf sie zugehend, »weißt du überhaupt, wie schön du bist?«

Von warmen Glücksschauern durchdrungen, lag sie neben ihm im Bett. »Du kannst dir gar nicht vorstellen, wie *sehr* ich dich liebe, dich *immer* geliebt habe«, murmelte er, während er sie zärtlich küßte, »aber all diese Worte sind so unzulänglich.«

Er kniete nieder, um ihre Füße zu küssen, sagte, er sei es nicht wert, mehr zu verlangen, doch sie zog ihn in ihre Arme und beteuerte ihm, er sei weit mehr wert als sie selbst. Leidenschaftlich umarmten sie einander.

Ihre Fassaden und ihr Stolz schmolzen dahin. Sie waren

nur noch zwei Liebende; sie wollten einander berühren, fühlen, erforschen, einander besitzen. Und als Zev Abramski schließlich in sie eindrang und sie eins wurden, wurden in Missies Gehirn alle Erinnerungen an Arnhaldt und O'Hara ausgelöscht, und selbst Mischa war nur noch ein vager Traum. Zev machte sie in jener Nacht zur Frau — als hätten ihre anderen Geliebten nie existiert. Und als sie sehr viel später in seinen Armen einschlief, war ihr, als hätte sie endlich den Platz gefunden, an den sie gehörte.

Maryland

Der erste Vorbote der Morgendämmerung berührte den Himmel mit opaler Schwinge, doch Missie war noch nicht am Ende. »Was dann passierte, war mein Fehler«, erzählte sie mit matter Stimme weiter, »und das werde ich mir nie verzeihen. Aber sehen Sie, ich war jung und verliebt. Ich dachte nur an mich und wollte nichts anderes als mit Zev zusammensein. War Magic auch der Name seines Studios, so war Zev für mich doch der eigentliche Zauberer. Er war fünfunddreißig und hatte sich mit eigener Kraft von einem ungebildeten Emigranten zu einer Hollywood-Legende hochgearbeitet. Dank Zevs Schaffenskraft und seinem intuitiven Gefühl für den Publikumsgeschmack war Magic der Sprung von einem kleinen, unbedeutenden Filmbetrieb zu einem machtvollen Studio mit einer brillanten Auswahl an Stars und Regisseuren gelungen.

Doch nicht nur seine Tüchtigkeit hatte ihn zu einer Legende werden lassen. Es war diese Aura von Geheimnis um ihn: wohl weil er sehr zurückgezogen lebte und sich von den hektischen, eitlen Partys Hollywoods fernhielt. Er hatte etwas an sich, das Hotelmanager und Oberkellner dazu veranlaßte, ihm ungefragt ihre besten Suites und ihre besten Tische anzubieten. Er war ein König in Hollywood, und nun war ich seine Königin, und wir waren so ineinander verwoben, daß wir kaum Zeit für andere hatten.

Kaum war *Mariette in the Mountains* im Kasten, hatte er auch schon eine weitere Folge, *Marietta in Malibu*, ins Auge gefaßt. Der Drehbeginn sollte in einem Monat sein, und so be-

schlossen wir, während dieser Zeit endlich unsere Flitterwochen nachzuholen. Wir fuhren nicht weit, nur nach Catalina
Island. Das Hotel St.Catherine war ein stilles Refugium für
Leute aus der Filmbranche, die für eine Weile dem Rummel
entfliehen wollten, und damit genau das Richtige für uns.

Wir waren wie die Teenager und machten jeden touristi-
schen Schnickschnack mit. Wir fuhren mit einem Glasboden-
boot, tanzten im Kasino zu einer der berühmten Bands und
spazierten nachts am Avalon Bay zum Hotel zurück. Ich sehe
diese Nächte noch deutlich vor mir: Der silbrige Pfad des
Mondes über dem Meer, die dunklen Schattenrisse der Palmen und die Musik, die von dem hochgelegenen, weißschim-
mernden Kasino über die stille Bucht wehte. Es war so schön,
so romantisch. Wir waren eine Woche dort, und ich kann Ihnen gar nicht sagen, wie unbeschreiblich glücklich wir waren — bis dann der Telefonanruf von Rosa kam. Azaylee war
verschwunden, und sie wußte nicht, was sie tun sollte.

Zev charterte eine kleine Propellermaschine, und wir flogen umgehend nach Hollywood zurück. Rosa war völlig
durcheinander, und Rachel weinte unentwegt. Offenbar
hatte Azaylee heimlich ein paar Sachen zusammengepackt
und sich mitten in der Nacht davongemacht. Als sie am
nächsten Morgen nicht zum Frühstück erschienen war, hatte
Rosa angenommen, sie schlafe noch, und deshalb erst Stunden später ihr Verschwinden bemerkt.

Zev vermutete, daß Rachel etwas wußte; er nahm sie beiseite und fragte, was geschehen sei.

Die Hände ineinander gekrampft, hielt Missie inne, doch
Cal unterbrach sie nicht. Er wußte, daß sie ihre Geschichte
zu Ende bringen wollte.

Rachel berichtete Zev, daß Carlos del Villaloso Azaylee
vergewaltigt hatte und sie davon schwanger geworden war.
Sie war nach Agua Caliente gefahren, um ihn zu suchen,
damit sie heiraten könnten. Natürlich weigerte ich mich anfangs, das zu glauben. Ich tobte und brüllte, schrie, daß das
nicht wahr sein könne, daß sie noch ein Kind sei, naiv und
unerfahren . . .

Zev war klar, daß wir die Polizei aus der Sache heraushalten mußten. Die Geschichte würde sofort publik werden und Azaylees Karriere vernichten. Er charterte erneut ein Flugzeug, doch diesmal durfte ich nicht mitfliegen. Statt dessen nahm er eine Handvoll Bodyguards mit, die sie im Studio brauchten, um den Stars die Spinner und das lästige Gesindel vom Leib zu halten. Es waren kräftige, brutal aussehende Kerle. Bis zu diesem Zeitpunkt hatte ich geglaubt, sie seien harmlos und nur wegen ihres Aussehens eingestellt worden. Nun wurde ich eines Besseren belehrt.

Wir verbrachten alle eine schlaflose Nacht. Unentwegt fragte ich mich, wie es möglich war, daß nach allem, was ich getan hatte, um sie zu beschützen, so etwas geschehen konnte. Was hatte ich falsch gemacht, daß sie so schwach und hilflos gewesen war, einem widerlichen Kerl wie Carlos del Villaloso in die Fänge zu geraten?

Zev spürte Villaloso an seinem gewohnten Ort auf, dem Rennplatz. Um eine öffentliche Szene zu vermeiden, bat er ihn nach draußen. Villalosos Miene ließ keinen Zweifel daran, daß er genau wußte, in welchen Schwierigkeiten er sich befand, dennoch stritt er anfangs alles dreist ab. Er sagte, er kenne Azaylee kaum und habe sie nie allein gesehen. Also ließ Zev seine Bodyguards auf ihn los, und schon nach wenigen Minuten ließ er eine andere Version hören. Diesmal sagte er, sie habe sich ihm an den Hals geworfen, ihn bis nach Tijuana verfolgt, und sie sei nichts weiter als eine kleine Schlampe.

Und das war der Moment, als Zev eingriff und Villaloso um ein paar seiner schönen, weißen Zähne erleichterte.

»Wo ist sie?« herrschte Zev ihn an, so von wilder Wut erfüllt, daß er seine schmerzenden Handknöchel nicht spürte. »Erzähl mir auf der Stelle, was passiert ist, oder ich bring' dich eigenhändig um!«

Villalosos Gesicht war ein Teil seines Kapitals. Jetzt war es zwar verunstaltet, doch er wollte trotzdem weiterleben. »Ich hab' ihr ein bißchen Geld gegeben«, keuchte er, Blut und ein paar weitere Zähne ausspuckend. »Sie ist nach Tijuana gegangen . . .«

Zev verstand sofort, worauf er ansprach. Billige Abtreibungen waren in Tijuana an jeder Straßenecke zu haben. Die Vorstellung, daß Azaylee unter das Messer irgendeines dieser Metzger geraten sollte, raubte ihm schier den Verstand. Er mußte sich beeilen, um ihr zuvorzukommen. Er überließ Villaloso der Obhut eines seiner Bodyguards und fuhr mit den anderen nach Tijuana.

Sie begannen bei den »Kliniken«, aber dort war sie nicht, weil Villaloso ihr dafür nicht genügend Geld gegeben hatte. Jemand gab ihnen den Tip, es bei »Dr. Miller« zu versuchen, auch bekannt unter dem Namen »Dr. Loco«, weil er vom vielen Tequila ständig »loco« sei. Er war ein Amerikaner, der schon vor Jahren nach Mexiko ausgewandert war, weil er seine Approbation verloren hatte. Im volltrunkenen Zustand hatte er einen Patienten mit einer Überdosis beinahe getötet.

Ohne Schwierigkeiten stöberten sie ihn in seiner schmierigen Stammkneipe auf, völlig betrunken und mit Geld in der Tasche — das Geld, das Villaloso Azaylee gegeben hatte. Zev ließ ihn stehen und eilte in seine Wohnung.

Das Zimmer war ein Dreckloch; es wimmelte von daumengroßen Kakerlaken, und ein bestialischer Gestank nach fauligem Abwasser zog durch die winzige Fensterluke herein. Das Dämmerlicht im Raum war gerade hell genug, um sie zu sehen. Sie lag auf einem durchhängenden Feldbett, mit einem schmutzigen, blutbefleckten Laken bedeckt. Ihre Augen waren geschlossen, ihre Atmung war flach, und auf ihrer Stirn standen Schweißperlen.

Ihr Gesicht war so grau wie das Laken, und als Zev ihre Stirn befühlte, stöhnte er auf: Sie glühte vor Fieber. Er zog das Laken zurück, starrte fassungslos auf den blutigen Morast und begann dann mit zurückgeworfenem Kopf und geschlossenen Augen lauthals Gott um Hilfe anzuflehen. Er hatte keine Zweifel, daß Azaylee sterbenskrank war.

Plötzlich öffnete sie die Augen und schaute ihn erstaunt an. »Zev?« wisperte sie. »Bin ich noch am Leben?«

Vor Ergriffenheit vermochte er kaum zu sprechen. »Ja, *Milotschka*«, sagte er rauh, »du bist am Leben.«

»Gut«, murmelte sie, »ich will dich mit *Marietta* keinesfalls im Stich lassen.«

Er brachte sie ins Krankenhaus, wo man sie säuberte und ihr Bluttransfusionen gab. Die Ärzte meinten jedoch, es bestehe keine Hoffnung mehr. Er wachte die ganze Nacht an ihrem Bett, hielt ihre Hand, betete für sie und überlegte verzweifelt, wie er mir die schreckliche Nachricht überbringen sollte. Aber früh am nächsten Morgen — die Zeit der Krise, wie er von den Ärzten erfuhr, in der sich entscheidet, ob ein Mensch weiterlebt oder stirbt — begann ihr Gesicht ein wenig Farbe anzunehmen, und ihre Atmung wurde regelmäßiger. Um neun Uhr fiel sie dann in einen tiefen, erholsamen Schlaf — sie hatte es geschafft. Zev machte sich auf den Weg zu Dr. Loco.

Der »Doktor« wurde später von der Polizei aufgegriffen, sein Gesicht war zu einer unkenntlichen Masse zusammengeschlagen. Er wanderte ins Gefängnis, und man hörte nie wieder von ihm. Noch am selben Tag verhaftete die Polizei auch Villaloso wegen Wettbetrugs und deportierte ihn umgehend nach Mexiko City, wo er auf seine Verhandlung warten sollte. Nach monatelanger Untersuchungshaft wurde er zu zehn Jahren Gefängnis verurteilt. Er hatte Glück, daß er überhaupt noch am Leben war — wenn man ein mexikanisches Gefängnis als »Glück« bezeichnen kann. C.Z. Abrams war ein mächtiger Mann und hatte seine Beziehungen konsequent eingesetzt.

Azaylee war wie eine zerbrochene Puppe, völlig verwirrt von dem, was ihr geschehen war. Sie beharrte darauf, daß dies alles nicht stimme und sie nichts getan habe. Aus Angst, sie noch mehr zu verstören, widersprachen wir ihr zunächst nicht.

Als sie wieder etwas zu Kräften gekommen war, versuchte ich mit ihr zu reden. Sie reagierte seltsam, befremdlich, und mir war auf der Stelle klar, daß wir kompetente Hilfe bräuchten. Zev ließ einen berühmten New Yorker Arzt kommen. Als er sie eingehend untersucht hatte, meinte er, sie habe verschiedene Identitäten aufgebaut, zwischen denen ihre eigene Identität verloren gegangen sei. Sie leide an einem Zerfall der Persönlichkeit. Ein Mensch, der an dieser Psychose leide, besitze kein wirkliches Wesen. Er sei keine individuelle, sondern eine »multiple« Persönlichkeit. Man könne nicht feststellen, welche die wahre Persönlichkeit sei. Azaylee war kein »schlechtes Mädchen«, sondern nur ein zutiefst verwirrtes Menschenkind, das nicht wußte, wer es war. Der Arzt erklärte uns weiter, daß sie sich in ihrem gewohnten Umfeld so »normal«, wie wir sie kannten, verhielte; sobald sich die Umstände jedoch änderten, würde eine andere Person in ihr die Regie übernehmen, eine Person, die ganz eigenen Gesetzen folge. Nach Meinung des Arztes müsse sie sich mindestens drei Jahre in Behandlung begeben.

Azaylee begann also mit ihrer neuen Behandlung, und langsam nahm unser Leben wieder den normalen Gang auf, wenngleich wir freilich nie sicher waren, was »normal« war.

Zev schob ihren letzten *Marietta*-Film vorerst auf die lange Bank und strich die geplante dritte Folge. Wir bemühten uns nach Kräften, ihr ein stabiles Familienleben zu geben, damit sie sich wieder erholen könne. Doch es kam noch ein weiterer Schlag: Die Ärzte stellten fest, daß Azaylee keine Kinder bekommen konnte, weil sie bei der Abtreibung zu schwer verletzt worden war. Zuerst war ich darüber zutiefst bestürzt, doch später war ich eigentlich ganz froh darüber. Denn die Sache mit Villaloso war nur der Anfang ihrer Schwierigkeiten mit Männern gewesen.

Die Jahre vergingen, wir engagierten Privatlehrer, sie beendete die High School, doch wir wagten nicht, sie aufs College gehen zu lassen. Sie konzentrierte sich inzwischen wieder ganz auf das Tanzen. Der Psychiater sagte, Azaylee wisse, daß ihre Probleme mit ihrer Mutter und ihrer chaotischen Kindheit zusammenhingen, und sie wisse auch, daß *sie* das alles erlebt hatte und nicht »ein anderes Mädchen«. Aber er konnte keine Garantie für ihre Stabilität geben. Wir könnten sie nur weiterhin in Therapie schicken meinte er, und hoffen, daß sie eines Tages mit dem normalen Leben zurechkommen würde.

Zu ihrem achtzehnten Geburtstag gaben wir im Coconut Grove eine kleine Party für sie; nur Rosa, Sam, Rachel, Dick und Hannah waren eingeladen. Sie blies die Kerzen auf ihrer Torte aus und errötete vor Freude, als die Band dazu

»Happy Birthday« spielte. Sie war das süßeste, naivste, unschuldigste Mädchen, das Sie sich vorstellen können; an jenem Tag trug sie ein fahlgrünes Kleid mit dem roten Rubinherzanhänger, den O'Hara ihr geschenkt hatte, und sah einfach bezaubernd aus. Der Tisch war voll von kleinen Geschenken, die vor allem von Zev kamen. Er war der Ansicht, Geschenke müßten mindestens ein Dutzend zählen. Doch sein größtes Geschenk war die Nachricht, daß er eigens für sie ein Drehbuch angenommen hatte, ein Musical namens *Flying High*.«

»Das kenne ich auch noch«, warf Cal lächelnd ein. »Im College habe ich schlaflose Nächte verbracht, um mir die *Late Night Show* anzusehen. Sie war wunderbar.«

»Nicht wahr? Und sie genoß es so sehr. Der Arzt hatte ihr die Erlaubnis erteilt, und wir bewachten sie mit Argusaugen, überprüften das gesamte Ensemble, von ihrem Partner bis hin zum kleinsten Statisten, auf Herz und Nieren. Zev hatte die Produktion, Dick die Regie übernommen, und bei Azaylee gewannen wieder ihre Jugend und Ausgelassenheit die Oberhand.

Es war das Jahr 1932, und wie die meisten der großen Hollywood-Studios hatte auch Magic der Depression widerstanden. Zev steckte eine Menge Geld in die Werbung für diesen Film, doch Interviews mit ihr waren auf ein Minimum begrenzt. Nur die Elite der Reporter aus Hollywood und New York wurde vorgelassen. Dennoch war ihr Foto in allen Zeitschriften, und mit einem Mal war sie ein Star.

Der Ruhm stieg ihr jedoch nicht zu Kopf. Sie nahm ihn einfach hin und führte ihr Leben wie gewohnt weiter. Jeden Tag nahm sie Rex und Baby, den Welpen, ins Studio mit. Rex hatte sich mit Zevs Hündin, Juliet, etwas näher angefreundet, und wir lebten inzwischen mit, sage und schreibe, *sechs* Barsois zusammen. Azaylee war ganz vernarrt in die Hunde, und so behielten wir sie alle. Sie studierte für ihren nächsten Film die neuen Tanznummern ein und schien vollkommen glücklich, obwohl sie von uns natürlich sehr abgeschirmt wurde. Rachel war ihre einzige enge Freundin. Sie lebte praktisch bei uns und erhielt in jedem Film eine Rolle.

Mittlerweile hatte es zwischen ihr und Dick gefunkt, und sie waren ernsthaft ineinander verliebt.

Die ersten Anzeichen von Schwierigkeiten begannen, als Azaylee einundzwanzig wurde. Sie mietete sich ein eigenes Appartement in Hollywood und zog aus. Bald darauf traf sie sich häufig mit Milos Zoran, ihrem Tanzpartner im Film. Er war der Sohn eines emigrierten polnischen Bauern und sah aus wie die Verkörperung eines blonden, griechischen Gottes. Sie war ihm im Tanzunterricht begegnet und hatte auf der Stelle seine Begabung erkannt. Doch der eigentliche Zauber war eingetreten, als sie das erste Mal zusammen getanzt hatten. Sie waren ein perfektes Paar, beide so blond und so schön, er mit weißer Fliege und Frack, sie in diesen weichen, fließenden Chiffongewändern. Sie tanzten zu Cole Porter und Jerome Kern all diese alten Standardtänze, die damals modern waren.

Der erste Film war ein riesiger Erfolg. Das neue Paar tauchte in sämtlichen Klatschspalten auf, und uns war natürlich klar, was sich da abspielen mußte. Wir versuchten vergebens, ihr diese Beziehung auszureden. Als Zev drohte, Zoran zu feuern, erwiderte sie, daß sie dann ebenfalls gehen würde. Azaylee war erwachsen und lebte so, wie *sie* es wollte. Oder doch nicht?« Missie schüttelte hilflos den Kopf. »Wir wußten es im Grunde nie genau.

Zorans Einfluß wurde stärker: bald übernahm er die Choreographie ihrer Tanznummern, wobei er seinen Part in den Vordergrund rückte. Azaylee verlangte von Zev, daß von nun an auf dem Vorspann »Zoran und Adair«, sein Name also vor dem ihren, stehen solle und im nächsten Film sein Name über dem Titel erscheinen müsse. Zev willigte ein, aber nur zum Schein, denn als Zoran nach der Premiere bei ihm hereinplatzte, um sich zu beschweren, packte er ihn an den Reversaufschlägen seines modischen neuen Anzugs und erklärte ihm, daß er schon einmal einen Kerl, der Azaylee ausnutzen wollte, hinter Schloß und Riegel gebracht habe und dies auch jederzeit wieder tun würde. Zoran gab sich geschlagen, stieg aber aus Rache mitten im nächsten Film aus. Azaylee erlitt einen Schock, und wir waren wieder da, wo wir angefangen hatten. Therapie, abgeschirmtes Privatleben — und keine Filme, bis sie sich besserfühlte.

Das wurde zur Norm. Wie Sie vermutlich wissen, hatte sie mehrer Tanzpartner. Ihr bekanntester war freilich Teddy Adams. »Adair und Adams« ist noch heute jedem ein Begriff. Sie waren das Symbol der schillernden Dreißiger Jahre. Sie sang, tanzte, war schön und jung, und die Tatsache, daß ihr turbulentes Privatleben oft in den Schlagzeilen stand, erhöhte ihre Faszination. Zev meinte später, daß jede Frau namens Ava, die in den Dreißigern geboren wurde, nach Ava Adair benannt worden war.

Über lange Zeiträume schien sie völlig normal und zufrieden, bis wieder die nächste Krise kam. Zev überwachte ihre Karriere, und sie wurde ein großer Star. Solange sie im Geschäft war, hat sie keinen einzigen schlechten Film gedreht. Doch dann trat die endgültige Katastrophe ein. Sie begegnete Jakey Jerome — und Grigori Solovsky.«

41

»Auf der Leinwand war Azaylee immer das offene, fröhliche Mädchen, das jeder sogleich ins Herz schloß, in ihrem Privatleben hingegen zeigte sie einen Hang zu zwielichtigen Charakteren — gutaussehende, geschniegelte Männer, die sie nur ausnutzten. Doch Jakey Jerome schien anders zu sein.

Er war klein und häßlich, wenn auch mit einem ganz eigenen Charme. Er war immer gut aufgelegt, ein gewandter Unterhalter und arbeitete bei Magic als Drehbuchautor. Wenn er auch nur ein kommerzieller Schreiber war, der aus den Ideen anderer Leute einen bunten Aufguß zusammenbraute, so war er darin doch recht geschickt. Er arbeitete hart und trank, im Gegensatz zu den anderen Drehbuchautoren, nur mäßig. Zev mochte ihn recht gern. Er war es auch, der ihn Azaylee vorstellte, ein Ereignis, dem er keine Bedeutung zumaß, bis er irgendwann erfuhr, daß man die beiden zusammen im Brown Derby gesehen hatte. Da er jedoch wußte, daß Jakey überhaupt nicht Azaylees Typ war, machte er sich darüber keine großen Gedanken.

Ihre Freundschaft wurde enger, und bald brachte sie ihn auch zu uns nach Hause mit. Er behandelte sie freundlich, kommandierte sie nicht herum, wie die anderen Männer vor ihm, und schien sie nicht ausnutzen zu wollen. Im Gegensatz zu ihren früheren Freunden, war er nicht gleich mit Sack und Pack bei ihr eingezogen. Rachel war mittlerweile mit Dick Nevern verheiratet, und sie hatten zwei Söhne. Oft bemerkte ich, wie Azaylee die Kleinen sehnsüchtig betrachtete, und empfand dann tiefes Mitleid mit ihr. Sie wußte, daß sie keine Kinder bekommen konnte. Mit der Zeit begannen wir uns zu fragen, ob die Sache mit Jakey etwas Ernstes sei, ob sie sich zu guter Letzt doch noch verliebt habe.

Zev gab Jakey eine neue, besser bezahlte Position als Drehbuch-Supervisor, und als erste Amtshandlung gab Jakey sein gesamtes Monatsgehalt für ein Paar antike, venezianische Spiegel aus, die Azaylee in einem Schaufenster bewundert hatte. Sie war über sein Geschenk so begeistert, daß sie sich kurzerhand entschloß, ihre Wohnzimmereinrichtung passend zu den zwei Spiegeln umzugestalten. Als alles fertig war, lud sie Jakey, Zev und mich zum Dinner ein.

Er war zwanglos, entspannt, gut gelaunt, und sie ebenfalls. Tatsächlich hatte ich sie noch nie in einer so guten Verfassung erlebt und war Jakey für seine Freundlichkeit und Aufmerksamkeit ihr gegenüber sehr dankbar. Es war das Jahr 1937, Azaylee war erst vierundzwanzig Jahre alt, aber schon seit ihrem sechzehnten Lebensjahr ein Star. Jakey war neunundzwanzig und völlig unbekannt. Über seine Familie erzählte er uns nur, daß sie Juden seien, er selbst aus Philadelphia stamme und ein Großteil seiner Familie nach wie vor in Polen lebe.

Wir bewunderten das neue, ganz in weiß und Kristall gehaltene Wohnzimmer und die wunderschönen Spiegel. Plötzlich sagte Azaylee, daß Jakey uns etwas Wichtiges mitzuteilen habe. Er stand auf, räusperte sich und hielt dann offiziell um Azaylees Hand an, d.h. um Avas Hand, da er sie ja nur als »Ava« kannte. Er war ein vollendeter Gentleman, zurückhaltend, beinahe schon schüchtern, obwohl Sie das nie glauben würden, Cal, wenn sie Jakey Jerome später kennengelernt hätten. Azaylee schaute mich eindringlich an und sagte: »Oh bitte, *bitte*, Missie, *sag Ja* . . .«, genauso wie damals, als sie Schauspielerin werden wollte. Wir lachten und sagten Ja und stießen mit Champagner auf die Verlobung an. Die Hochzeit sollte im Oktober sein, eine richtig große Feier, mit allem Drum und Dran. Seit Azaylee mit Jakey zusammen war, wirkte sie glücklich und sicher, und so waren wir überzeugt, daß er ein guter Ehemann für sie sein würde.

Nach dem Abendessen sagte Jakey, er sei da auf ein Drehbuch gestoßen — ein Stück, das seiner Meinung nach das Zeug zu einem großen Musical habe. »Könnte Ava dieses Musical nicht zuerst am Broadway aufführen und dann erst den Film machen?« fragte er Zev. »Dann könnten Sie zweigleisig fahren. Außerdem würde Ava zur Abwechslung gerne einmal auf der Bühne stehen.

Zev war überrascht, willigte jedoch ein, das Drehbuch zu lesen. Es war nichts von Bedeutung, lediglich ein Ventil, um Azaylee tanzen und hochkarätige Leute wie Irving Berlin oder Cole Porter ein paar hübsche Lieder singen zu lassen — Jakey wollte nur vom Feinsten. Er hatte das Stück für etliche tausend Dollar gekauft und wollte es Azaylee zur Verlobung schenken. Wie hätte Zev da ablehnen können, es finanziell zu unterstützen?

Jakey übernahm die Überarbeitung des Drehbuchs und die Produktion. Azaylee bat Dick, die Regie zu führen; auch für ihn würde es der erste Bühnenjob sein, doch sie vertraute ihm. Jakey organisierte ein Theater am Broadway, mietete in der Nähe ein Büro und wählte den männlichen Hauptdarsteller aus, Will Hunter, der attraktiv und talentiert genug war, um Azaylee ein würdiger Partner zu sein, ohne ihr freilich die Show stehlen zu können. Azaylee arbeitete immer absolut professionell, doch diesmal gab sie sich mit Leib und Seele ihrer Rolle hin. Sie vertraute Jake blind, und ich muß zugeben, daß er sie, was das Stück betraf, nicht enttäuscht hat. Nach sechs turbulenten Wochen fand an einem bitterkalten Märzabend die Premiere zu *Hollywood Girl* statt.

Dem Publikum schien die Kälte nichts auszumachen. Sie applaudierten jeder Nummer und feierten Ava zum Schluß mit einem tosenden Beifallssturm. Unwillkürlich wurde ich dabei an meinen eigenen kleinen Erfolg in den Follies erinnert — der arme Ziegfeld war übrigens schon lange tot —, und ich konnte nachempfinden, was sie fühlte. Vor Rührung und Freude liefen mir die Tränen übers Gesicht. Ich war so stolz auf sie. Und darauf, wie weit sie es gebracht hatte — nicht nur in ihrer Karriere, sondern vor allem in dem Kampf gegen die dunklen Abgründe ihrer Seele. An diesem Abend war sie eine vollständige Person — Ava Adair.

Anschließend gingen wir zur Premierenfeier zu Sardi's und warteten nervös auf das Erscheinen der ersten Zeitungen. Als sie schließlich erschienen, jubelten wir vor Glück. Die Kritiker überschlugen sich förmlich vor Lob — für Ava, Dick und die Musik. Von der Handlung hielten sie zwar nicht viel, doch das war nicht weiter wichtig. Die Menschen strömten in Scharen ins Theater, und *Hollywood Girl* brachte ein Vermögen ein. Zev besaß sechzig Prozent Anteile, Jakey zwanzig. Zum erstenmal in seinem Leben war Jakey reich, und er gab das Geld mit beiden Händen aus, lud alle möglichen Leute zum Mittagessen ins Twenty-One ein und thronte jeden Abend nach der Show an *seinem* Tisch im Stork Club. Den unscheinbaren Diamantring, den er Azaylee zur Verlobung geschenkt hatte, ersetzte er nun durch ein weit größeres, wertvolleres Exemplar. Er zog aus dem kleinen Appartement über seinem Büro am Broadway in eine Suite im Plaza um, gleich gegenüber ihrem Hotel, dem Sherry Netherlands.

Sexuell spielte sich nichts zwischen ihnen ab, und wir vermuteten, daß Jakey in dieser Beziehung eher altmodisch war und bis zur Hochzeit warten wollte. Azaylee hatte sich für den Oktober eine riesige Hochzeitsfeier am Lexington Drive gewünscht, zu dem sie ihre Familie und sämtliche Freunde aus dem Showbusiness einladen wollte. Doch da die Show ein so großer Erfolg war, wurde die Hochzeit auf den April verschoben, um genügend Zeit zu haben, einen Ersatz für sie zu finden.

Ich besuchte sie häufig in New York, immer mit dem Zug,

da ich Flugzeugen bis heute mißtraue. Ich wohnte dann bei ihr im Sherry Netherlands, blieb jedoch tagsüber ganz mir selbst überlassen, da sie jeden Abend nach der Show auf eine andere Party rauschte und dann den Großteil des Tages verschlief. Jakey kam meist gegen vier Uhr nachmittags vorbei und bestellte für sie über den Zimmerservice ein Frühstück — er achtete sehr auf ihre Ernährung und sorgte dafür, daß sie vernünftig aß. Überhaupt veranstaltete er einen ziemlichen Wirbel um sie, was ihr aber zu gefallen schien. Wie ein Vater-Tochter-Verhältnis, dachte ich mir oft — nur, daß er kaum älter war als sie.

Inzwischen war es für sie unmöglich geworden, unbehelligt durch die Straßen zu spazieren. Sie mußte alle Gänge mit der Limousine erledigen, was sie als außerordentlich lästig empfand. Zur Erholung nahm Jakey sie deshalb sonntags mit zu Freunden nach Long Island, wo sie schwimmen oder über den Tennisplatz jagen konnte. Damals hatte sie eine schier unglaubliche Energie.

Die Weltausstellung stand kurz vor der Eröffnung, und New York war voll von Besuchern. Nach der Show empfing Azaylee ständig ausländische Delegationen hinter der Bühne. Sie war charmant, sprühend, witzig, genauso, wie man es von einem Star erwartete. Alle Welt lag ihr zu Füßen. Inzwischen kannte sie Jakey seit beinahe zwei Jahren und war in dieser ganzen Zeit kein einziges Mal »krank« gewesen. Ich glaubte schon, sie habe all das endlich hinter sich: die Ärzte in ihren weißen Kitteln, das Sanatorium und diese langen, bleiernen Tage, in denen sie nichts anderes gewollt hatte, als zu schlafen, da das Wachsein zu quälend gewesen war.

Eines Abends befand ich mich nach der Show hinter der Bühne — es war, glaube ich, im Oktober —, als der Manager herbeieilte und sagte, daß draußen ein paar bedeutende russische Gäste seien, die Ava Adair sehr gerne kennenlernen würden. Ich spürte förmlich, wie mir die Farbe aus dem Gesicht wich. Mit bebender Stimme fragte ich, wer diese Leute seien. Er erwiderte, es handle sich um hochrangige Politiker, die wegen der Konferenzen gekommen waren. Der Delegationsführer sei ein Mann namens General Grigori Solovsky.

Augenblicklich wurde ich Jahre zurückgeschleudert und befand mich wieder in jenem überfüllten Zug, der langsam durch die vereiste Landschaft kroch. General Solovsky hatte Azaylee nach ihrem Namen gefragt, und ich hatte mit derselben tödlichen Angst, in der ich mich nun abermals befand, auf ihre Antwort gewartet. »Azaylee«, hatte sie lachend gerufen, »Azaylee O'Bryan . . .« Und meine Zeitreise führte noch weiter in die Vergangenheit, hin zu jenem tiefen, dunklen Wald, als Alexei mit Solovsky für immer verschwunden war. In meinen Träumen erlebte ich jede Nacht dieses Grauen. Und jetzt sollten meine Ängste plötzlich wahr werden. Er hatte uns gefunden.

Ich hörte Azaylee sagen: »Natürlich werde ich die Leute empfangen. Hör doch, Missie, wie interessant! Sie sind Russen!«

»Vielleicht solltest du besser nicht . . .«, begann ich, doch da stand er auch schon in der Tür. Derselbe dunkelhaarige, stämmige Bauernsohn wie vor zwanzig Jahren. Nur war er damals sehr jung gewesen, noch zu unsicher, um meine fadenscheinige Geschichte anzuzweifeln. Doch inzwischen war er ein mächtiger Mann geworden, der stolz seine Generaluniform zu tragen verstand. Das Herz schlug mir bis zum Hals, als ich in Erwartung, Alexei zu sehen, hinter ihn spähte.

Ich stand neben der Kommode, außerhalb des Lichtkegels der Lampe, aber die Augen der Leute waren ohnehin nur auf Ava Adair gerichtet. Innerlich bebend beobachtete ich, wie Solovsky Azaylees Hand ergriff und sich verneigte. »Uns hat Ihr Auftritt so sehr gefallen«, sagte er in stark russisch akzentuiertem Englisch, »daß wir Ihnen das persönlich mitteilen wollten. Es geschieht nicht oft, daß wir Russen in so einen Genuß kommen. Mein Kompliment, Miss Adair, für Ihr herausragendes Talent.«

Solovsky plauderte noch ein paar Minuten in diesem Stil weiter, ehe er unvermittelt sagte: »Ich kann mir nicht helfen, Miss Adair, aber ich habe das Gefühl, als hätten wir uns schon einmal gesehen. Ihr Gesicht kommt mir sehr bekannt vor.«

»Halten Sie das denn für möglich?« fragte sie neugierig.

Mir war klar, was sie als Nächstes sagen würde, und so eilte ich rasch hinzu, um das Gespräch zu unterbrechen. »Ich will nicht unhöflich erscheinen«, mischte ich mich ein, »aber Jakey erwartet dich schon seit geraumer Zeit im Stork Club. Cole ist dort und Dick . . .«

Solovskys Augen trafen die meinen, und ich wußte augenblicklich, daß er mich wiedererkannte. »Das ist meine Mutter, Mrs. Abrams«, stellte Azaylee mich vor. »Es tut mir aufrichtig leid, General Solovsky, aber ich muß mich jetzt verabschieden. Vielleicht können wir uns über dieses Thema ein andermal unterhalten . . .«

»Es wäre mir ein Vergnügen«, antwortete er mit einer leichten Verbeugung, ohne mich dabei aus den Augen zu lassen. Dann ging er zu mir, reichte mir die Hand und sagte so leise, daß die Umstehenden es nicht verstehen konnten: »Wir kennen einander, nicht wahr, Mrs. O'Bryan?«

Mir verschlug es vor Angst die Sprache, und ich glaubte jeden Moment die Besinnung zu verlieren. »Wir müssen uns unterhalten«, murmelte er.

Ich fragte mich, ob die Tscheka bereits draußen wartete, um uns festzunehmen. Als habe er meine Gedanken gelesen, raunte er lächelnd: »Nur wir beide.« Also stimmte ich zu, ihn in einer halben Stunde in meiner Hotelsuite zu treffen.

New York

Grigori hätte Missies Gesicht unter tausend anderen herausgepickt, da er jenen Tag im Zug nie vergessen hatte. Es war eine der seltenen Situationen gewesen, in denen er wieder in diese tiefverwurzelte, bäuerliche Unterwürfigkeit zurückgefallen war. Er hatte sich von ihr eine tolldreiste Geschichte auftischen lassen, die mehr als dürftig gewesen war, doch aus Angst, hinterher womöglich wie ein Trottel dazustehen, hatte er sie damit durchkommen lassen. Dieses Erlebnis hatte in ihm gegärt, doch erst bei seiner Rückkehr nach St. Petersburg, als er in der Ivanoff-Sache Nachforschungen angestellt hatte, war es ihm wie Schuppen von den Augen gefallen — wenn auch leider zu spät. Sie waren verschwunden, und selbst die intensiven Suchaktionen der Tscheka hatten keinen Hinweis erbracht. Seine wachsende Liebe zu Alexei/Sergei hatte über die Pflicht seinem Land gegenüber gesiegt, und obgleich Rußland die Milliarden der Ivanoffs dringend brauchte, war sein Entschluß nie ins Wanken geraten. Auch wenn Lenin es nicht gutgeheißen hätte: Sein »Sohn« stand für ihn an erster Stelle.

Ava Adairs Gesicht war ihm tatsächlich bekannt vorgekommen, doch erst als er Missie gesehen hatte, war ihm klar geworden, daß Ava Adair Alexeis Schwester war. Xenia Ivanoff — quicklebendig und so schön wie ihre berühmte Mutter.

Als er nun in den Lift stieg und langsam zu Missies Suite emporschwebte, wurde ihm klar, daß diese Frau der einzige Mensch der Welt war, der wußte, daß er Alexei mitgenommen hatte. Wenn er es schlau genug anstellte, würde er eine Möglichkeit finden, Rußland doch noch zu den Milliarden zu verhelfen.

Sie erwartete ihn neben einem Tablett mit einer silbernen Teekanne und Chinatassen. Obwohl sie so ruhig aussah, als stehe ihr ein Damenkränzchen bevor, registrierte sein erfahrener Blick sogleich ihre dunklen Augen mit den erweiterten Pupillen. Sie hatte Angst.

»So treffen wir uns also wieder«, sagte er auf Russisch.

Sie schüttelte den Kopf. »Ich habe Ihre Sprache schon zu lange nicht mehr gesprochen, Hauptmann . . . *General* Solovsky.«

Er sah sich in dem in Rosa und Gold gehaltenen Raum mit den üppig drapierten Vorhängen und den geschnitzten Spiegeln um und nahm dann ihr gegenüber Platz. »Sie werden feststellen, daß sich mein Englisch verbessert hat. Es wird nicht einfach sein, mich ein zweites Mal auszutricksen.«

»Und es wird auch für Sie nicht einfach sein, *mich* auszutricksen.«

Ihre Blicke kreuzten sich. »Dann sind wir einander ebenbürtig«, sagte er sanft. »Sie haben das eine Ivanoff-Kind, ich das andere.«

Schweigend schenkte sie ihm eine Tasse Tee ein. Er lächelte. Sie war eine Kämpfernatur, und er respektierte das.

Sie stellte die Tasse vor ihn auf den Tisch und bot ihm Zitrone und Zucker an. »Bitte, erzählen Sie mir über Alexei.«

»Was den Jungen betrifft, gab es für mich damals im Grunde nur zwei Möglichkeiten«, sagte er schroff. »Entweder ihn zu töten und den Wölfen zu überlassen oder aber ihn als Gefangenen des neuen Rußland mit mir zu nehmen. Doch dann fiel mir ein dritter Weg ein. Ein Weg, der mich freilich persönlich fordern würde. Ich könnte dem Schicksal ein Schnippchen schlagen und den Fürstensohn zu einem gewöhnlichen Mann umerziehen.«

In knappen Sätzen erzählte er Missie über seine Kindheit in Sibirien, seine Begegnung mit Lenin, seine *Klassnaya dama,* seine Ausbildung, und wie er sich aus eigener Kraft über eine Laufbahn bei der Armee zu einem bedeutenden Mann der neuen sozialistischen Republiken hochgearbeitet hatte.

»Ich hatte bereits einen Sohn«, sagte er mit seiner tiefen Stimme, die durch das stille Zimmer hallte, »und dann hatte ich plötzlich zwei.«

»Sergei, wie ich ihn nannte, folgte mir wie ein kleines Hündchen. Seine Dankbarkeit war grenzenlos — nicht, weil ich sein Leben gerettet, sondern weil ich seine Mutter gerächt hatte. Er redete nie über seine Familie und bemühte sich nach Kräften, sich an unser einfaches Leben anzupassen. Mein Plan funktionierte bestens — er war intelligent und ein guter Sportler. Ohne Schwierigkeiten erhielt er ein Stipendium für eine gute Schule und verließ unser Heim in Weißrußland, um mit mir in Moskau zu leben. Das war Jahre bevor ich es ihm erlaubte, einen Fuß nach Leningrad — St. Petersburg, wie die Stadt für ihn geheißen hatte — zu setzen. Ich hatte Angst, alte Erinnerungen in ihm wachzurufen, die unsere Beziehung zwangsläufig beeinträchtigt hätten.

Nach seinem Abschluß an der Moskauer Universität begann Sergei mit seiner Militärausbildung. Er erwies sich als fähiger Offizier, und ist jetzt, mit siebenundzwanzig Jahren, ein überzeugtes Mitglied der Partei, darüber hinaus ein hochbegabter junger Mann, der bereits die ersten Sprossen der Karriereleiter genommen hat und einer großen politischen Zukunft entgegensieht. Über die Vergangenheit spricht er nie. Sie ist vergessen.«

Nachdenklich schaute er Missie an. »Ich bin stolz auf den Erfolg meines Experiments. Und stolz auf meinen Sohn Sergei. Sie werden sich denken können, wie überrascht ich war, als ich heute abend über Sie stolperte und erkannte, daß ich das gefunden hatte, wonach Rußland seit Jahren sucht. Aber die Russen hatten nie einen Beweis für das Überleben eines Mitglieds der Ivanoff-Familie. Das haben nur Sie und ich. Dennoch suchten sie die ganze Welt nach ihnen ab, und sie haben diese Suche noch nicht aufgegeben. Die Ivanoffs sind für die Russen extrem wichtig. Und Sie wissen, weshalb.«

Die Finger fest ineinander verschränkt, damit sie zu zittern aufhörten, fragte Missie: »Und werden Sie es den Russen mitteilen?«

Diese Frage brannte ihr schon seit ihrer Begegnung im Theater auf der Zunge, und ihm war das natürlich klar. Freundlich lächelte er sie an. »Dürfte ich Sie um eine weitere Tasse Tee bitten? Hier, vor dem Kamin, ist es sehr gemütlich. Beinahe wie in alten Zeiten in einer russischen *Datscha*..«

Während sie den Tee einschenkte, musterte er ihr Gesicht. Ihre gesenkten Augen verbargen ihren Ausdruck, dennoch wußte er, daß er sie genau da hatte, wo er sie haben wollte.

»Sie und ich haben unsere Pflicht für »unsere« Kinder erfüllt«, fuhr er fort. »Jetzt ist unsere Arbeit für sie beendet. Ava und Sergei haben eine Art von persönlichem Erfolg erreicht, von dem sie als Sohn und Tochter eines Fürstenpaares nicht einmal hätten träumen können. Sergei bestimmt sein Leben selbst. Er kann stolz auf seine Errungenschaften sein, weil er sie durch eigene Arbeit und nicht durch Beziehungen erlangt hat. Könnte man da sagen, daß mein Experiment falsch war, Missie? Oder das ihre, indem Sie Xenia als Ihre eigene Tochter erzogen haben?«

Er faltete die Hände, stützte sein Kinn darauf und schaute sie mit seinen durchdringenden, dunklen Augen an.

»Sie sind eine kluge Frau, Missie«, sagte er sanft. »Ich muß Ihnen nicht erklären, welche Folgen es hätte, wenn ich jetzt diesen Telefonhörer abnehmen und die Tscheka anrufen würde. Die Tscheka ist immer um mich herum, selbst hier, in New York, ist sie allgegenwärtig . . .«

Mit befriedigtem Lächeln registrierte er, wie aus ihrem ohnehin schon bleichen Gesicht auch noch der letzte Blutstropfen wich. Jetzt war die Zeit reif, seine Forderungen zu stellen. »Ich könnte sie meiner Regierung übergeben, die sich ihrer mit Freuden annehmen würde. Sie ist der Schlüssel zu dem Vermögen, das mein Land so dringend braucht.« Er hielt eine Weile inne, beobachtete sie gleich einem Adler, der über einem Spatzen kreist, ehe er zum tödlichen Sturzflug ansetzte. »Aber ich sehe, daß Sie das Mädchen wie Ihr eigenes Kind lieben. Da ich ein mitfühlender Mensch bin, werde ich Ihnen einen Handel vorschlagen. Ich will Sergei für das Glück, das er mir bereitet hat, etwas schenken. Und welches Geschenk wäre da besser, als ihn mit seiner leiblichen Schwester zusammenzuführen? Wenn Sie Ava für ein paar Wochen nach Rußland kommen lassen, wird die Ivanoff-Geschichte unser beider Geheimnis bleiben. Ich würde einen »kulturellen Besuch arrangieren, ein paar Konzerte und Theaterbesuche. Natürlich würde ich mich persönlich um sie kümmern und darauf achten, daß ihr nichts geschieht.«

Missies Kopfhaut prickelte. Sie witterte Gefahr, spürte sie geradezu greifbar im Raum, wie damals im Zug. Obwohl ihre Sinne unter den eisigen Nebelschwaden der Angst zu ersticken drohten, durchschaute sie seinen Plan. Er wollte Azaylee nach Rußland locken, um sie der Tscheka zu übergeben. Alexei würde sie nie kennenlernen, nicht einmal von ihrer Existenz erfahren. Und Solovsky hätte nach wie vor seinen Sohn. Aber in diesem Spiel gab es noch eine Trumpfkarte — und die gehörte ihr.

»Ich verstehe Ihr Motiv des »Mitgefühls« sehr genau«, erwiderte sie, »aber ich bin zu diesem »Handel« keinesfalls bereit. Auch Ihre Drohung mit der Tscheka vermag daran nichts zu ändern, General Solovsky.«

»Was macht sie da so sicher?« Er stand auf und schritt, die Hände hinter dem Rücken verschränkt, durch das Zimmer.

»Amerika ist ein demokratisches Land, dessen Grundlagen nicht auf Einschüchterungsmethoden basieren. Ava Adair ist eine berühmte Frau. Es gäbe einen internationalen Aufruhr. Einen Skandal, der Rußland sicherlich schaden würde.«

Er zuckte mit den Achseln. »Mütterchen Rußland hat einen breiten Rücken. Sie hat schon etliche Skandale überstanden.«

»Aber es gibt noch einen anderen Grund«, fuhr sie fort, während sie sich kerzengerade aufsetzte und ihm fest in die Augen schaute. »Ich weiß, was mit Alexei geschehen ist. Ich werde vor Zeugen eine Aussage zu dieser Sache machen. Kopien dieser Aussage werde ich für meine Anwälte in einem Bankschließfach hinterlegen. Sollten sie je versuchen, sich Ava Adair zu nähern, werden Sie selbst hängen, General Solovsky. Und ihr »Sohn« ebenfalls.«

Wütend funkelte er sie an. Er wußte, er war geschlagen. Sie hatte die einzige Schwachstelle gefunden und sich ihrer bedient.

Seufzend ließ er sich ihr gegenüber in den Sessel sinken. »Wir beide sind von einer unheilbaren Krankheit befallen — der *Liebe*. Sie wissen wahrscheinlich, daß ich eher sterben würde als Sergei ein Leid zuzufügen. Der Bruder und die Schwester werden sich nie begegnen. Alexei Ivanoff wird sein neues Leben weiterführen und Xenia Ivanoff das ihre. Mehr gibt es dazu nicht zu sagen.«

»Und das Vermögen, dem Rußland so verzweifelt hinterherjagt?« fragte sie, die alte Angst vor der Tscheka nach wie vor in ihrem Hinterkopf.

»Sie müssen weiterhin schweigen und Anonymität bewahren. Ich kann nichts versprechen.«

Er erhob sich und betrachtete sie mit einem leicht amüsierten Lächeln. »Schon als ich Sie im Zug gesehen habe, wußte ich, daß Sie ein harter Gegner sind.«

»Nur in der Liebe«, entgegnete sie leise, »nicht im Krieg.« Eine letzte Frage mußte sie noch stellen, eine Frage, über die sie endlich Klarheit haben mußte. »Bitte, sagen Sie mir, was mit dem Fürsten geschehen ist.«

»Mischa Ivanoff wurde von den rebellierenden Bauern in

Varischnya erschossen. Dann sprengten sie das Haus in die Luft, und seine Leiche verbrannte.«

Die Tür, die das Wohnzimmer von Azaylees Suite trennte, flog krachend auf. Erschrocken wandte Missie sich um. Azaylee stand in der Tür, ihr Gesicht geisterhaft bleich. Sie wrang die Hände. »Tut mir leid, ich wollte nicht stören«, sagte sie mit kleiner Stimme. »Ich bin früher nach Hause gegangen . . . ich hatte Kopfschmerzen.«

»Ich wollte ohnehin aufbrechen.« Solovsky verneigte sich vor ihr und Missie. »Ich werde nicht vergessen«, fügte er im Hinausgehen hinzu, und Missie glaubte ihm aufs Wort.

Sie wandte sich nach Azaylee um, die nach wie vor die Hände wrang und sie anstarrte. Es bestand kein Zweifel: Azaylee hatte alles gehört. Und dann bemerkte sie den Ausdruck in ihren Augen. Es war derselbe Ausdruck wie damals bei O'Haras schrecklichem Tod. Sie hatte geschrien, geschrien und geschrien, als könne sie nie wieder aufhören. Doch diesmal schrie es in Azaylees Innerem, und Missie wußte nicht, ob es ihr je gelingen würde, es wieder zum Verstummen zu bringen.

42

Hollywood
Der sorgfältig gepflegte Park des imposanten Hauses am Lexington Drive lag friedlich unter der goldenen Sommersonne: Vögel sangen, Zikaden zirpten, der Swimmingpool glitzerte einladend, und ein unbeteiligter Beobachter hätte sich sicher gewundert, weshalb niemand diese Einladung annehmen wollte.

Zev saß auf der Terrasse unter der Markise und schaute Missie zu, wie sie Eistee servierte. Er wünschte, er könnte die Uhr um ein Jahr zurückdrehen und Grigori Solovsky wäre nie nach New York gekommen. Eben hatten sie Azaylee in der Rancho Velo Klinik besucht, die ein Stück von der Küste im Ventura County lag. Es war das erste Mal seit einem Monat, daß der Arzt ihnen gestattet hatte, sie zu besuchen. An den Arm der Schwester geklammert, war sie langsam auf sie zugeschritten, und Zev und Missie hatten sie mit Entsetzen betrachtet.

Sie hatten ihr das wunderschöne blonde Haar geschnitten, um für ihre neuartige, von ihnen hochgelobte Behandlungsmethode die Elektroden leichter an ihrem Kopf anbringen zu können, und die kurzen Fransen standen wie ein Heiligenschein ab. Ihr Gesicht war eingefallen und gequält, nur die Augen schienen darin noch lebendig, wenngleich sie mit ihrem samtigen, goldenen Schillern etwas Unmenschliches, beinahe Nixenhaftes ausstrahlten. Ihr magerer Körper und die erbärmlich dünnen Gliedmaßen schienen kaum in der Lage, ihr Gewicht zu tragen.

»Sie ißt nicht«, teilte der Arzt Missie mit, »obwohl es dafür keinen Grund gibt, denn physisch ist sie völlig gesund. Aber sie verweigert jede Nahrung.«

»Sie will sterben, um bei ihrem Vater zu sein«, sagte Missie tonlos.

»Sie wird natürlich künstlich ernährt. Doch wenn sie nicht bald zu essen beginnt . . .« Er zuckte hilflos mit den Achseln, und die Bedeutung war unmißverständlich.

Azaylee schaute Zev und Missie reserviert an, und ihrer beider Lächeln schwand, als sie merkten, daß Azaylee sie gar nicht erkannte. Plötzlich packte sie Missies Hand und flüsterte rauh: »Hast du ihn hergebracht, wie ich dich gebeten habe? Hast du Alexei mitgebracht?« Ihre wunderschönen Augen schwammen in Tränen. »*Milotschka*«, wisperte sie, »bitte, sag mir, daß Papa in Sicherheit ist, daß er bald zu mir kommen wird!«

Und dann zog sie sich wieder in ihre Welt zurück, in jenes Niemandsland dunkler Verzweiflung, das sich hinter ihrem leeren Blick erstreckte, während ihr die Tränen ungehindert über die Wangen rollten — so wie über Missies und Zevs.

Bekümmert schaute Zev über die Brüstung der Terrasse, als Missie plötzlich den Kopf in ihre Arme legte und zu weinen begann. Ihm fielen keine Worte ein, mit denen er sie hätte trösten können. Wieder einmal wünschte er, sie hätten eigene Kinder, doch das schien ihnen nicht bestimmt zu sein.

»Ich halte das nicht länger aus!« explodierte Rosa, während sie aufsprang und mit ausholenden Schritten wütend über die Terrasse stampfte. Es geht ihr offensichtlich immer schlechter! Sie werden sie mit dieser neuen Behandlung noch umbringen! Hol sie nach Hause, Missie! Wenn sie an ihrem Wahnsinn sterben soll, dann wenigstens hier, im Kreise von Menschen, die sie lieben!«

Rosa, mit ihrem Sinn für das Praktische, hat den Nagel mal wieder auf den Kopf getroffen, dachte Zev, vage lächelnd. Entschlossen nahm er das Funkgerät zur Hand und befahl seinem Chauffeur, in fünf Minuten den Wagen bereitzustellen.

»Wohin willst du denn?« fragte Missie unter Tränen.

Er küßte sie zart auf den Scheitel. »Ich bringe sie nach Hause.«

Die Warnungen des Arztes ignorierend, wickelte er Azaylee in eine Decke und hielt sie während der Rückfahrt fest in seinen Armen. Sein Herz blutete, weil er davon überzeugt war, daß er sie nur zum Sterben nach Hause brachte. Ihr Zimmer war vorbereitet, doch Zev bestand darauf, daß man sie nicht von der Außenwelt abschottete. »Laßt sie hier bei uns bleiben«, befahl er. »Sie soll merken, daß das Leben ganz normal weitergeht. Sie wird mit uns am Tisch sitzen, egal, ob sie nun ißt oder nicht. Sie soll sich auf der Terrasse ausruhen, durch den Park spazieren. Rosa hat recht, sie muß bei ihrer Familie sein.«

Ihre Barsois, Rex und Baby, sprangen aufgeregt bellend an ihr hoch, und sie tätschelte abwesend ihre Köpfe. Vor Freude jaulend, rollte sich Rex zu ihren Füßen zusammen. Sie seufzte, und dann sagte sie plötzlich: »Hallo, Rex.«

Darauf blickte sie Rosa an. »Muß ich jetzt ins Bett?«

»Was willst du denn im Bett?« fragte Rosa streng. »Du bist doch nicht krank!«

»Nein?« Verwirrt schaute sie in die Runde.

»Setz dich neben mich«, bat Missie, worauf sich Azaylee folgsam von Zev in den bequemen Liegestuhl helfen ließ.

Missie reichte Azaylee ein Glas Zimtmilch. »Großmutter Sofias Spezialmischung«, sagte sie lächelnd. »Das hast du doch immer gerne getrunken.«

»Danke.« Mechanisch nahm Azaylee das Glas und blickte sich auf der schönen, mit Blumen überladenen Terrasse um, schaute zum Park hinüber, der sanft im goldenen Abendlicht lag. »Wie schön«, seufzte sie, die Augen schließend.

Schweigend scharten sich alle um sie, außer Jakey, der sich gegen die Steinbalustrade lehnte und Scotch trank. Impulsiv ging Zev zu ihm und sagte mitfühlend: »Ich weiß, wie schwer das für Sie ist, Jakey. Sie sollen wissen, daß wir Ihnen keinerlei Vorwürfe machen, wenn Sie sie verlassen. Man kann von keinem Menschen verlangen, ein so . . . ein so instabiles Mädchen, wie Ava es ist, zu heiraten.«

Achselzuckend leerte Jakey sein Glas. »Ich tue mein Bestes, um ihr zu helfen, C.Z., aber es ist schon ziemlich hart, daß sie nicht einmal weiß, wer ich bin. Wenn ich die Sache doch nur eine Weile vergessen könnte, vielleicht mit Hilfe eines neuen Projekts, in das ich mich verbeißen kann, irgend etwas wirklich Handfestes, das meine ganze Zeit beansprucht. Na ja, ich überlege, ob ich nach dem Erfolg von *Hollywood Girl* nicht mal einen Film produzieren sollte.«

Ohne Zev anzusehen, der ihm schweigend einen Scotch nachschenkte, fuhr Jakey fort: »Ich bin da auf ein Drehbuch gestoßen, das Sie vielleicht interessieren könnte, C.Z. Würden Sie es sich einmal anschauen?«

»Schicken Sie es gleich am Montag in mein Büro.« Freundschaftlich legte Zev einen Arm um Jakeys Schultern. »Mal sehen, ob ich Ihnen helfen kann.«

Am nächsten Tag fuhren sie in ihren Bemühungen fort, Azaylee in das normale Leben zurückzuholen. Sie wurde zur gleichen Zeit wie alle geweckt und saß mit ihnen am Frühstückstisch. Ihr leerer Blick glitt über sie hinweg, dennoch zwangen sie sich zu einer normalen Unterhaltung und stopften appetitlos das Essen in sich hinein, während Azaylees Teller unberührt blieb. Anschließend nahmen Missie und Rosa sie in ihre Mitte und marschierten mit ihr die Terrasse auf und ab, bis sie so erschöpft schien, daß sie damit aufhörten. Als das Mittagessen serviert wurde, starrte Azaylee abermals ins Leere und machte keinerlei Anstalten zu essen. Ein weiterer kleiner Spaziergang folgte und schließlich ein nervenaufreibendes schweigendes Abendessen. Selbst Rex wirkte deprimiert, lag schlaff zu ihren Füßen und bewegte sich nur, wenn sie es tat.

Nach drei Tagen glaubten sie ebenfalls verrückt zu werden, und nach einem weiteren schweigsamen Abendessen wurde es Rosa zu bunt. »Ha!« schnaubte sie wütend. »Willst du etwa wieder nichts zu essen und nur hier herumsitzen? Hast du denn die Zeiten vergessen, als Missie sich den Rücken krumm arbeiten mußte, um dir etwas Eßbares zu kaufen? Bist du jetzt ein so hochnäsiger Filmstar geworden, daß dir das alles nichts mehr bedeutet?«

Schockiert starrte Azaylee sie an, und Rosa fürchtete schon, in ihrer Wut und Enttäuschung zuweit gegangen zu sein.

»Tut mir leid«, sagte Azaylee demütig, nahm den Löffel und kostete die Suppe. »Ich weiß, wie schwer Missie arbeitet.« Rex' Kopf tätschelnd, fügte sie hinzu: »Und sie sorgt auch immer dafür, daß Viktor sein Fressen bekommt.« Sie lächelte Missie an. »Danke, *Matiuschka*!«

Ihnen war bewußt, daß Azaylee glaubte, wieder ein Kind zu sein. Aber wenigstens war ein Kontakt hergestellt. Sie redete, und sie aß.

Zev verbesserte Jakeys Drehbuch und ernannte ihn zum Produzenten, nicht ohne ihn darüber hinaus mit einem großzügigen Budget auszustatten, einem dicken Gehalt und der seltenen Freiheit, Regisseur und Besetzung nach eigener Wahl einzustellen. Das Studio florierte, aber Zev widmete sich auch noch einer anderen Aufgabe. Schon seit Jahren tat er alles, was in seinen Kräften stand, um den ungarischen, tschechischen und polnischen Flüchtlingen, die vor dem Nazi-Deutschland geflohen waren, zu helfen, und überwies riesige Geldsummen an alle möglichen Organisationen.

Entsetzt verfolgte er die politische Entwicklung in Europa. Als Deutschland am 1. September 1939 in Polen einmarschierte und zwei Tage darauf England und Frankreich Deutschland den Krieg erklärten, senkte er seinen Kopf und weinte.

Missie war ganz davon in Anspruch genommen, Azaylee auf ihrer langsamen Rückkehr in die Wirklichkeit zu helfen, und zum erstenmal seit Jahren empfand Zev wieder ein Gefühl tiefster Hilflosigkeit. Um zu vergessen, stürzte er sich in die Arbeit. In den nächsten achtzehn Monaten steigerte sich Magics Produktion um dreißig Prozent und der Profit um fünfzig. Jakeys Film hatte einen mittelmäßigen Erfolg, gerade so viel, um ihm eine weitere Produktion zu sichern. Azaylee kehrte langsam wieder zu ihrem alten Selbst zurück. Sie lächelte, schwatzte mit Rachel und deren Jungen und strahlte, wann immer Jakey bei ihr auftauchte.

Als die Japaner am 7. Dezember 1941 Pearl Harbor bombardierten und Amerika in den Krieg stürzten, war Dick Nevern einer der ersten, die sich freiwillig meldeten. »Sie meinten erst, ich sei mit meinen einundvierzig zu alt, aber das habe ich ihnen ausgeredet«, sagte er stolz.

»Dann solltest du ihnen auch gleich den Schreibtisch-Job ausreden, den sie dir verpassen werden«, lachte Jakey. Obgleich er erst dreiunddreißig war, folgte er Dicks Beispiel nicht. Er ließ sich im Gegenteil freistellen, mit der Begründung, seiner vaterländischen Pflicht mittels der Produktion von Propagandafilmen über die Kriegserfolge weit effektiver nachkommen zu können. Und er bat Azaylee erneut, ihn zu heiraten.

Es war, als habe jemand die Jupiterlampen angeschaltet und sie sei wieder Ava Adair geworden. Vor ihrer aller Augen wurde sie von einem Augenblick zum anderen schöner, sie redete, lachte, sprühte. Sie benahm sich wie eine verliebte Frau — besser gesagt, wie eine verliebte Ava Adair. Missie und Zev warfen sich besorgte Blicke zu, als sie wieder einmal sagte: »Oh, bitte, *bitte*, Missie, *sag ja* . . .« Sie war eine erwachsene Frau. Wie sollten sie ihr da etwas verbieten, selbst wenn sie sich Sorgen um sie machten?

Die Hochzeitsfeier war so prunkvoll, wie Azaylee es sich immer gewünscht hatte. In ihrem engangliegenden Gewand aus schwerem, weißem Satin sah sie atemberaubend aus. Auf dem Rasen war ein riesiges Zelt aufgestellt, und die Gäste, darunter etliche Männer in Uniform, taten sich an

Champagner, Hummer und Kaviar gütlich, als gebe es für sie kein Morgen. Als das Brautpaar aufbrach, um in die Flitterwochen abzureisen, dachte Zev, daß die beiden ein echter Kontrast seien: Jakey dunkel und beinahe so breit wie hoch, sein häßliches Gesicht zu einem Grinsen erstarrt; sine Braut schlank und zerbrechlich, blond und schön.

»Seid nicht traurig. Ihr verliert mich nicht«, flüsterte Azaylee, als sie Missie und Zev zum Abschied umarmte. »Bald werde ich ein Baby haben, das ihr wie echte Großeltern verhätscheln könnt.«

Dem Paar nachwinkend, schauten sie einander hilflos an. »Ach, lassen wir ihr ihre Träume«, sagte Zev. »Hauptsache, sie ist glücklich damit.«

Als sie aus den Flitterwochen zurückgekehrt waren, verkündete Jakey, er wolle seine Frau als Star in einem neuen Film auftreten lassen. *Sweetheart of the Forces,* ein Kriegsfilm mit Gesang, Tanzeinlagen und Big-Band-Musik, bei dem die Kampfhandlungen, die Flugzeugträger und Bomber nur der Hintergrund für die Tanznummern sein sollten. Der Film wurde ein Erfolg, und Azaylee rutschte sofort in den nächsten Film, arbeitete viele Stunden im Studio, eilte spät nachts in die Hollywood Feldküche, um dort auszuhelfen, und fand darüber hinaus auch noch Zeit, Kriegsschuldverschreibungen zu verkaufen und beim Ausrangieren unbrauchbarer Metallgeschütze mitzuhelfen. Und während Jakey von einem Erfolg zum nächsten eilte, gab Zev ihm mehr und mehr Freiheiten.

Dick war mittlerweile als spezieller Filmkorrespondent nach England abkommandiert worden. Er brannte darauf, sich Montgomerys Truppen in der Wüste von El-Alamein anzuschließen, und wartete ungeduldig auf ein Flugzeug, das ihn dorthin mitnehmen würde. Als er mit einigen anderen amerikanischen Zeitungskorrespondenten in einer Londoner Bar saß, schlug eine Bombe ein. Es war ein Volltreffer, und alle waren auf der Stelle tot.

Azaylee stellte alles zurück, einschließlich ihre eigenen Probleme, um ihrer Freundin Rachel, einer zweiunddreißigjährigen Witwe mit zwei Jungen im Alter von fünf und zehn,

Beistand zu leisten. Als dann auch noch Sam Brockman aus heiterem Himmel an einem Herzinfarkt starb, bestand Zev darauf, daß Rosa, Rachel und die Kinder zu ihnen zogen.

»Dann wird dieses große Haus endlich lebendig«, sagte er lächelnd, obwohl er über den Tod von Dick zutiefst bedrückt war. Dick war sein Freund und Weggefährte gewesen, und er hatte ihn als Erben seines Studio vorgeschlagen, dem er zu solch phänomenalem Erfolg verholfen hatte. Ohne Dick schien Magic seinen Bezugspunkt verloren zu haben, und Zev wurde mit einem Mal bewußt, daß seine Liebe zum Filmgeschäft erloschen war, genauso plötzlich, wie sie einmal aufflammte. Er war fünfzig Jahre alt und hatte genug von der Filmerei, genug von Kriegen und Problemen. Alles, was er noch wollte, war, mit Missie zusammen zu sein.

43

Maryland
»Also wohnten wir dann zusammen mit Rosa, Rachel und deren Kindern in dem großen Haus«, erzählte Missie weiter. »Anstatt seine Studios zu überwachen, kümmerte sich Zev wie ein Vater um die Kinder seines verstorbenen Freundes. Er ging zu den Klassentreffen, achtete auf ihre schulischen Leistungen, schickte sie in den Tennis- und Schwimmunterricht und nahm sie auf Baseballspiele mit. Nach und nach überließ er Jakey Jerome immer mehr Mitspracherecht bei Magic. Zuerst konsultierte Jakey ihn wegen jeder Kleinigkeit, doch sehr bald wurde es offensichtlich, daß er auf Zevs Rat keinen Wert mehr legte: Er leitete Magic auf seine Weise. Zev ging zwei-, dreimal die Woche ins Studio, um die Produktion zu überwachen, oder nahm an Sitzungen teil — freilich nur an denen, über die man ihn unterrichtet hatte; von den anderen, den geheimen, ahnte er nichts.

Seit Azaylee, nach dem Zwischenfall mit Solovsky, die Klinik verlassen hatte, hörte sie nicht mehr auf den Namen »Azaylee«. Sie war nur noch Ava Adair, und es schien, als habe sie mit ihrem alten Namen auch ihre Probleme über Bord geworfen. Sie drehte einen Film nach dem anderen, und Zev tadelte Jakey, daß er sie abnutze, eine Klischeefigur für Filme aus ihr mache, die sich lediglich durch ihre Titel und die männlichen Hauptdarsteller voneinander unterschieden. »Sie braucht einen neuen Stil, ein neues Image«, riet er, als er die Schnellkopien ihres letzten Films gesehen hatte. »Sie hat mehr zu bieten als Schönheit.«

Doch Jakey tat seine Einwände ab. »Das Publikum will sie genau so haben«, sagte er. »Die Leute schlucken doch alles.«

Als Zev seine Ansichten Azaylee gegenüber äußerte, schenkte sie ihm nur eines ihrer vagen Lächeln und erwiderte, daß Jakey schon wisse, was er tue. Ohne sich auf weitere Diskussionen einzulassen, brach sie auf, um an irgendeinem Wohltätigkeitskonzert teilzunehmen.

Nach dem Krieg begannen sich die Filme, ja selbst die Musicals zu verändern: Sie hatten eine härtere Note. Azaylees letzter Film wurde ein Flop und brachte Magic enorme finanzielle Verluste. Aufgebracht bestellte Zev Jakey in sein Büro. Er sollte eine Erklärung abgeben. Aber Jakey schob den Schwarzen Peter Azaylee zu. Er sagte, sie habe sich geweigert, mit der Zeit zu gehen und ihren Stil entsprechend zu ändern.

Sie besaßen ein herrliches Haus am Crescent Drive. Jakey liebte es, Partys zu veranstalten. Hin und wieder gingen wir zu ihren sonntäglichen Brunches am Swimmingpool, und es fiel mir auf, wie sehr sich ihre Beziehung verändert hatte. Zuerst war Azaylee für einen Mann wie Jakey unerreichbar gewesen. Sie war der strahlende Star, darüber hinaus auch noch die Stieftochter C.Z. Abrams, er hingegen der häßliche, untalentierte junge Drehbuchautor, der sehr wacklig gerade auf der untersten Sprosse der Karriereleiter stand. Jetzt war er zum Filmmagnaten Hollywoods aufgestiegen, untersetzt, laut und mit seinen italienischen Seidenanzügen und der dicken Zigarre eine schillernde Erscheinung. Und sie galt mittlerweile als Filmschauspielerin mit dem zweifelhaften Ruf psychischer Labilität und mußte sich gegen eine neue Generation schöner, junger Starlets behaupten, die für ihre Karriere vor nichts zurückschreckten. Auf Jakeys Partys wimmelte es jedesmal nur so von diesen Mädchen.

Er behandelte Azaylee immer schroffer, unterbrach sie mitten im Satz oder wandte sich einfach ab, als sei sie nicht vorhanden. Manchmal ignorierte er sie den ganzen Nachmittag, plauderte mit allen möglichen anderen Leuten und gab sich ganz als der joviale Gastgeber. Inzwischen verbrachte er die meisten seiner Abende und Nächte beim »Pokerspiel«, zumindest war es das, was er ihr erzählte.

So plätscherte das Leben einige Jahre dahin. Zev und ich waren so glücklich wie am ersten Tag. Da sich nach Kriegsende die Weltlage verändert hatte, kam ich zu der Überzeugung, daß die Tscheka nicht mehr an der Ivanoff-Geschichte interessiert war und ihre Suche abgeblasen hatte. Auch ich verdrängte die Vergangenheit mehr und mehr in den hintersten Winkel meines Gedächtnisses.

Im Sommer 1950 entschlossen sich Zev und ich zu einer Europareise. Es war eine Reise, von der man ein Leben lang zehrt: London, Paris, Rom. Meine frühen Erinnerungen an Oxford kollidierten mit der Gegenwart, denn außer den Hochschulen, die unverändert geblieben waren, erkannte ich die Stadt kaum wieder. Schließlich fand ich doch noch das Haus meiner Kindheit, und der Professor, der es nun bewohnte, war so freundlich, mich durch das Haus zu führen. Es war kaum verändert — sogar Papas zerschlissener, alter Stuhl stand noch da. Als ich dem Professor erzählte, daß ich auf eben diesem Stuhl immer auf die Knie meines Vaters geklettert war, schenkte er ihn mir, und ich ließ ihn nach Kalifornien verschiffen. Das Grab meines Vaters war in Rußland, und da ich sonst keine Verwandten hatte, deren Gräber ich hätte besuchen können, gab es für mich keine weiteren Erinnerungen mehr.

Herrlich erholt kehrten wir nach Kalifornien zurück. Zev hatte sich völlig regeneriert und platzte vor Tatendrang. Als nach dem Krieg die ganzen Schrecknisse der Konzentrationslager enthüllt worden waren, hatte er riesige Geldsummen an internationale Hilfskomitees gesandt und sie mit viel Hingabe unterstützt. Jetzt verspürte er den Wunsch, wieder ins Geschäftsleben einzusteigen. Er beabsichtigte, Magic wieder allein zu übernehmen und auf seine Weise zu leiten.

Wir waren kaum durch die Tür, als auch schon das Telefon klingelte. Ich hob den Hörer ab.

»*Matiuschka,* ich bin es, Azaylee.« Es war das erste Mal seit zwölf Jahren, daß sie sich wieder »Azaylee« nannte, und mir schwante Schlimmes.

Augenblicklich machten Zev und ich uns auf den Weg zu ihr. Sie saß mit angezogenen Beinen auf einem Sofa und knüllte ein Taschentuch in ihren Händen. Sie wirkte blaß, eingefallen und verängstigt.

Sie starrte Zev an, als sei er ein Geist. »Du siehst gar nicht krank aus!« rief sie aus.

»Warum sollte ich?« lachte er. »Ich habe mich nie im Leben bessergefühlt!«

»Gott sei Dank!« Ihre angespannten Züge lösten sich, und sie lächelte. »Nach dem, was Jakey sagte, glaubte ich schon, du liegst im Sterben . . .«

Er setzte sich neben sie und ergriff ihre Hand. »Und was sagt Jakey?«

»Daß du alt wirst, deine Zeit vorbei sei und daß Magic neues Blut braucht. Er sagte, du habest keine Energie mehr und würdest an irgendeiner geheimnisvollen Krankheit leiden, über die niemand sprechen will. Ich habe es vor ein paar Wochen zufällig gehört, als er mit einigen Männern bei uns zu Hause gepokert hat. Es waren wichtige Männer, Männer mit Geld . . .« Plötzlich setzte sie sich kerzengerade auf; in ihre Augen trat ein so klarer und wacher Ausdruck, wie ich ihn schon lange nicht mehr gesehen hatte. »Oh, mein Gott, Zev«, keuchte sie. »Jetzt verstehe ich, was er vorhat! Warum er überall herumerzählt, du seist krank! Er will Magic!«

Tatsächlich kursierten in ganz Hollywood Gerüchte über Zevs angebliche Erkrankung. Natürlich hatte er sich, allein schon durch seine Position, im Lauf der Jahre Feinde geschaffen, die sich ihm nun gleich einem Rudel Wölfe auf die Fersen hefteten, um die ersehnte Beute zu schnappen. Jakey hatte eine schmutzige Intrige gestartet. Magic war ein Unternehmen mit millionenschweren Vermögenswerten, die sich zum Großteil auf das Grundstück an der Cahuenga bezogen, aber auch, durch die Expansion des Filmgeschäfts, auf den Filmverleih. Jakey hatte in den letzten Jahren die Leitung übernommen und die geschäftlichen Transaktionen auf andere Banken übertragen, die, wie er Zev gesagt hatte, bereit waren, die von ihm angestrebten, kostspieligen Produktionen zu finanzieren. Zudem hatte er sich mit einem jungen Bankier, Alan Rackman, angefreundet, der jederzeit bereit war, Jakey dicke Kredite zu gewähren.

Jakey teilte Zev mit, daß Magic in Schwierigkeiten sei. Der Jahresumsatz war um sechzig Prozent gefallen, und auf den Bankauszügen tauchten große Geldsummen auf, die sich nicht belegen ließen: Sie waren »verloren gegangen«. Er sagte, er habe auf Zev gewartet, da er dringend mit ihm reden müsse. Als Zev ihn auf seine vermeintliche »Krankheit« ansprach, erwiderte er nur, er habe lediglich das wiederholt, was man sich überall in der Stadt erzählt — sogar die *Daily Variety* habe darüber berichtet. Als Beweis legte er Zev den Artikel vor, und tatsächlich, da stand es: »C.Z. Abrams reist überstürzt nach Europa zur Behandlung seiner geheimnisvollen »Krankheit«. Man spricht von einem Gehirntumor, der seine geschäftlichen Entscheidungen beeinträchtigt haben soll.«

In dem Artikel stand weiterhin, daß die Qualität der Magic-Produktionen durch die lange Abwesenheit des Vorsitzenden und den Tod von Dick Nevern gesunken sei, daß aber trotz der Gerüchte über eine schwere finanzielle Krise der Präsident, Jakey Jerome, die Produktion wie geplant mit drei großen Spielfilmen in dieser Saison weiterführen wolle.

Dann ging alles Schlag auf Schlag. Jakeys Freund, jener Bankier namens Rackman, beschuldigte Zev, größere Summen firmeneigener Gelder an sogenannte Wohltätigkeitsorganisationen abgezweigt zu haben, wobei es sich um Scheinfirmen gehandelt habe. Das Geld sei schließlich auf Zevs ausländischen Konten gelandet. Als Beweis führte er »frisierte« Schecks auf Magics Konten an. Es war ein abgekartetes Spiel wie in einem Gangsterfilm: Sie häuften Beweismittel gegen ihn an, bezichtigten ihn der Inkompetenz und beschuldigten ihn, für das finanzielle Malheur der Gesellschaft verantwortlich zu sein, obwohl Jake in den letzten Jahren die Leitung innegehabt hatte. Sie drohten sogar, als Grund für sein »Versagen« Senilität anzuführen.

»Es gebe einen Riesenskandal«, sagte Jakey butterweich. »Selbst wenn Sie versuchen sollten, Gegenbeweise zu erbringen; sie würden schon vorher von den Schlagzeilen vernichtet werden. Und das wäre auch das Ende von Magic. Warum geben Sie nicht auf und überlassen uns die Gesellschaft? Sie hatten Ihre Zeit — jetzt ist meine gekommen.«

Zev starrte in sein grinsendes Gesicht und hätte ihm am liebsten alle Zähne ausgeschlagen, doch er wußte, daß es keinen Sinn hatte. Ihm wurde klar, daß Jakey Azaylee nie geliebt hatte, alles war nur Theater gewesen. »Das ist es, was Sie von Anfang an wollten, nicht wahr?« fragte er.

Jakeys anmaßendes Grinsen wurde noch breiter. »Was sonst?«

Am nächsten Tag verkündete Zev seinen Rücktritt als Vorsitzender von Magic. Die Filmbranche war nicht mehr so wie früher; jetzt bestand sie aus riesigen Unternehmen, Fernsehen, Spekulanten, Geldleuten. Mit dieser Welt hatte er nichts mehr gemein. Er hatte vor Jahren ein Weingut gekauft und beschloß nun, sein Interesse auf dieses Gebiet zu lenken.

Alan Rickman wurde zum neuen Präsidenten und Jakey zum Vorsitzenden ernannt, und niemand sprach mehr über die riesigen Summen, die angeblich veruntreut worden waren. Im Gegenteil: Mit einem Schlag hatte Magic wieder genügend Geld, und Jake hatte genau das erreicht, was er wollte.«

Wehmütig lächelnd fügte Missie hinzu: »Und deshalb ist C.Z. Abrams als Unbekannter gestorben. Und Jakey Jerome wurde noch zu Lebzeiten eine Legende.«

»Azaylee zog aus und lebte wieder am Lexington Drive, nur mit ihren Hunden und den Dienstboten. Jakey verbannte sie aus Magic und reichte die Scheidung ein. Als Grund nannte er ihre psychische Erkrankung. Er wußte, daß es das Grausamste war, was er ihr antun konnte, aber er wollte etwaigen Gegenklagen zuvorkommen und sie mundtot machen.

Die Scheidung ging rasch über die Bühne und war für die Presse natürlich ein gefundenes Fressen. Überall sah man Fotos von ihr, wie sie sich hinter dunklen Brillengläsern und großen Hüten versteckte, als spiele sie eine Rolle in einem schlechten Film. Unter dem Streß brach sie natürlich zusammen und landete wieder einmal in einer Klinik, und alles begann von neuem. Nach ihrer Entlassung zog sie zu Rachel und den Kindern in deren neues Haus in Beverly Hills. Rosa hatte schließlich doch noch geheiratet, einen Bauunternehmer, und war zu ihm nach San Diego gezogen. Und Zev und ich lebten auf unserem Weingut in Nordkalifornien.

Er hatte es damals als »Investition« erworben, doch es hatte nie auch nur einen Penny eingebracht, und wir amüsierten uns über unseren schlechten Wein. Doch da für ihn nun das Filmgeschäft vorbei war und er eine neue Aufgabe suchte, beschloß er, sich mit den Geheimnissen des Weinanbaus vertraut zu machen. Und wenn Zev etwas tat, dann mit aller Konsequenz und Genauigkeit. Er wollte alles über die Weinherstellung lernen, und das bedeutete natürlich, daß wir wieder einmal nach Frankreich reisen mußten, damit er sich dort die notwendigen Kenntnisse aneignen konnte.

Wir besuchten alle namhaften Weinschlösser, und ich war fasziniert, wie schnell er Hollywood vergaß und sich ganz auf sein neues Geschäft konzentrierte. Ohne Magic und Zevs enormes Gehalt waren wir bei weitem nicht mehr so reich wie vorher. Deshalb beschlossen wir, das Haus am Lexington Drive zu verkaufen und uns ein neues Haus auf einem Hügel über unserem zweihundert Hektar großen Weinanbaugebiet zu bauen. Bis zur Fertigstellung lebten wir in einem kleinen Farmhaus, und Zev machte täglich mit seinem Verwalter einen Gang über das Land, um das Gedeihen seiner neuen französischen Weinreben zu überwachen. Er rechnete damit, daß in zehn Jahren die kalifornischen Weine in aller Munde sein würden, vor allem jene aus dem »C.Z. Abrams-Weingut«.

Er liebte es, abends mit mir über das Grundstück zu fahren und mir stolz das Wachstum seiner jungen Pflanzen zu zeigen. Ich hatte das Gefühl, daß er jede einzelne von ihnen kannte. Das Klima in Nordkalifornien ist ganz anders als im Süden, besonders in den langgezogenen Tälern, durch die zeitweilig ein eisiger Wind, vergleichbar mit dem französischen Mistral, fegt. Doch Zev verhielt sich, als lebten wir noch im Süden, und lief meist ohne Jacke oder Pullover herum. Als wir an einem Oktoberabend wie gewohnt durch die Weinberge spazierten und über die Ernte und die Art von Wein, die ihm vorschwebte, plauderten, bemerkte ich, wie er vor Kälte zitterte. Auch ich fröstelte und wollte zurückfahren, aber er bestand darauf, mir noch diese und jene Reben zu zeigen, und so verzögerte sich unser Aufbruch. Am nächsten Morgen lag er mit einer schweren Erkältung darnieder, zitterte und hustete, und am Abend bekam er hohes Fieber. Der von mir herbeigerufene Arzt diagnostizierte eine schwere Bronchitis, die dann innerhalb von wenigen Stunden eine Lungenentzündung wurde.

Sie brachten ihn ins Krankenhaus und pumpten ihn mit der neuen Wunderdroge — Penicillin — voll, aber sein Zustand besserte sich nicht. Ich saß an seinem Bett, hielt seine Hand und wußte, daß er sterben würde. Wir hatten einander vierunddreißig Jahre gekannt und waren davon dreiundzwanzig Jahre verheiratet gewesen — trotz der vielen Probleme die glücklichste Zeit meines Lebens.

Sie konnten ihn zwar nicht heilen, intubierten ihn jedoch, um ihm das Atmen zu erleichtern. Das machte für ihn alles nur noch schlimmer, weil er nicht mehr sprechen konnte. Ich wußte, was er sagen wollte, und sprach die Wort für ihn aus. »Ich liebe dich auch, Zev«, flüsterte ich. »Wir werden einander immer lieben.«

Ich überführte seine Leiche nach Hollywood, damit er dort bestattet wurde, wo er zum Mann geworden war. Es war der Ort, an den er gehörte. Sein Tod veranlaßte die *Variety* zu einer Schlagzeile und einem langen Nachruf, in dem seine Leistungen aufgelistet wurden. Fairerweise berichteten sie, daß er sich »aus gesundheitlichen Gründen« von seinem Vorsitz bei Magic zurückgezogen habe, und erwähnten mit keiner Silbe Jakeys Übernahme. Doch die internationale Presse widmete seinem Tod nur ein paar wenige Zeilen, da er immer ein sehr zurückgezogenes Leben geführt und sich nie in den Vordergrund gespielt hatte. So war ich auch sehr erstaunt, wie viele Menschen seiner Bestattung beiwohnten. Zev war ein allseits respektierter und geschätzter Mann gewesen, und er hatte mehr Freunde in der Branche, als ihm bewußt gewesen war. Hätte er den Kampf gegen Jakey aufgenommen, so wäre er von diesen Freunden unterstützt worden und hätte gesiegt. Jakey Jerome aber kämpfte mit unsauberen Mitteln und wußte, wie er einen Menschen an seiner verletzbarsten Stelle treffen konnte.

Ich war nun eine relativ wohlhabende Witwe. Ich verkaufte das Weinanbaugebiet und erwarb in einem Vorort von Encino im San Fernando Valley ein kleines, verwinkeltes Farmhaus. Dort begann ich dann, Barsois zu züchten, spielte Bridge und widmete mich der Wohltätigkeitsarbeit. Und ich versuchte, Azaylee zu helfen.

Für sie als professionelle, hingebungsvolle Schauspielerin war das Gerede, ohne C.Z. und Magic im Hintergrund habe sie nichts vorzuweisen, besonders grausam. Man munkelte, sie sei eine Alkoholikerin, aber das stimmte nicht. Sie schwankte nur ständig zwischen ihren beiden Persönlichkeiten, Azaylee und Ava Adair, hin und her, so daß die Studios nie wußten, wie sie sich verhalten würde. An einem Tag arbeitete sie absolut professionell, am nächsten konnte sie sich dann oft gar nicht erinnern, was sie spielen sollte. Doch sie war nach wie vor sehr schön und ständig von Männern umlagert. Wenn sie nicht gerade in einer Klinik war.

An einem Tag im Jahr 1959 besuchte ich sie in der Valley Loma Klinik. Da sie zu der Zeit schon mehrere Jahre nicht mehr gearbeitet hatte, übernahm ich die Rechnungen für die Klinikaufenthalte. Ich wollte Azaylee nicht auch noch mit finanziellen Dingen belasten. In jenem Jahr hatte sie in einem permanenten Spannungsfeld zwischen hektischer Lebensgier und tiefer Depression gelebt und sich nahezu jeden Monat für ein paar Tage in die Klinik begeben müssen.

Sie saß in einem Korbstuhl auf der Veranda, und ich setzte

mich neben sie. Lächelnd nahm sie die Rosen, die ich ihr mitgebracht hatte, und sagte: »Hallo, *Matiuschka*. Weißt du schon das Neueste? Ich bin schwanger!«

Ich glaubte, sie sei nun vollends wahnsinnig geworden. Sie konnte keine Kinder bekommen und war darüber hinaus auch schon vierundvierzig Jahre alt.

»Nein, Azaylee, du bist nicht schwanger«, erwiderte ich so ruhig wie möglich. »Du weißt doch, daß die Ärzte gesagt haben, es sei nicht möglich.«

Ein schadenfrohes Grinsen zog über ihr Gesicht. »Sie haben sich geirrt«, rief sie triumphierend. »Heute haben sie den Test gemacht. Du wirst Großmutter, *Matiuschka!* Endlich!«

Tatsächlich bestätigten die Ärzte die Schwangerschaft und meinten, man solle sie jetzt nicht allein lassen; entweder sie solle in der Klinik bleiben oder bei mir leben. Ich nahm sie auf der Stelle mit nach Hause, und sie war glücklicher, als ich sie je erlebt hatte. Entschlossen, alles richtig zu machen, ernährte sie sich gesund, nahm an Gewicht zu, trank folgsam ihre Vitaminsäfte, machte Gymnastik, ging viel spazieren und schwimmen. Ihr Baby sollte das wunderbarste der Welt werden. Über die Identität des Vaters schwieg sie sich aus. Achselzuckend meinte sie nur, daß dafür ein Dutzend in Frage kämen, doch ich solle mir darüber keine Sorgen machen, da es sich ausnahmslos um nette, gutaussehende junge Männer gehandelt habe. »Jünger als ich. Vielleicht bin ich deshalb schwanger geworden«, fügte sie nachdenklich hinzu. Aber natürlich lag es nicht daran; es war bei einer Chance von eins zu einer Million einfach ein unvorhersehbarer Glückstreffer gewesen.

Sie war körperlich völlig auf dem Damm, und so war die Geburt nicht allzu schwierig. Ich werde nie diesen Ausdruck von Liebe in ihrem Gesicht vergessen, als sie mir das Baby zeigte. »Schau nur, *Matiuschka*« sagte sie stolz. »Sie ist so schön wie Anouschka.«

Natürlich war das eine gelinde Übertreibung. Es war ein kleines, runzliges Wesen, nahezu glatzköpfig und mit einer komisch großen Nase. Doch für Azaylee war das kleine Mädchen der Inbegriff von Schönheit. Sie gab dem Kind die russischen Vornamen der Familie und ihren Bühnennamen, Adair. Anna Adair.

Durch Anna schien sie wieder die Kraft zum Weiterleben gefunden zu haben. Nach einem halben Jahr begann sie sich nach Arbeit umzusehen, und ich nahm das Kind in meine Obhut. Ich wünschte mir nur zwei Dinge: Daß Mischa seine kleine Enkelin sehen könnte und Zev noch bei mir wäre, um dieses späte Glück zu teilen.

Mit der Zeit nahm Azaylee ihr altes Leben wieder auf. Mal arbeitete sie, dann wieder nicht. Aber immer war sie mit irgendeinem Mann zusammen, zumeist ziemlich üblen Gesellen, und nach wie vor ging sie in diversen Kliniken ein und aus. Als Anna sechs Jahre alt war, ging Azaylee wieder einmal in eine Klinik, aus der sie nie wieder herauskam. Ihre Psyche war unter einer akuten Depression nun endgültig zersplittert. Sie war so etwas wie ein lebender Zombie, unfähig mit der Außenwelt zu kommunizieren. Zuerst nahm ich Anna immer mit in die Klinik, doch als ich bemerkte, wie sehr sie darunter litt, ließ ich es bleiben. In dieser Zeit traf ich Tariq Kazahn in Paris, und von da an veränderte sich Annas Leben grundlegend. Sie hatte endlich eine Familie.

Damals entdeckte ich auch, daß Azaylees gesamte Ersparnisse von ihren Liebhabern verjubelt worden waren und sie nun praktisch völlig mittellos war. Mein eigenes Geld wurde mehr und mehr von ihren Klinik- und Ärzterechnungen verschluckt. Man sagte mir zwar, sie könne genausogut in eine staatliche Einrichtung überführt werden, da sie ohnehin nichts mehr wahrnehme, aber das brachte ich nicht übers Herz.

1972 kam Azaylee auf tragische Weise bei einem Klinikbrand ums Leben. Trotz meiner Trauer war ich froh, sie endlich von ihren jahrelangen Qualen befreit zu wissen, aber auch darüber, daß Anna nicht mehr unter der Belastung einer wahnsinnigen Mutter zu leiden hatte. Ava Adair war einsam und verblüht gestorben, doch in allen Zeitungen schrieb man nur über ihre faszinierende Schönheit und ihr herausragendes Talent. Niemand könne je ihre Stelle ein-

nehmen, wurde gesagt, und sie und ihre Filme würden un-
vergessen bleiben.

Ich blieb allein mit der zwölfjährigen Anna zurück und
hatte kaum noch Geld. Den Großteil meines Vermögens hatte ich für Azaylees medizinische Betreuung und das Haus
ausgegeben. Ich mußte sehr sparsam leben, wenn ich Anna
eine gute Ausbildung ermöglichen wollte. Sie sollte später
auf eigenen Füßen stehen können. Ich hoffte nur, ich würde
lange genug leben, um diese letzte Aufgabe zu erfüllen.« Sie
lachte Cal verschmitzt an. »Damals habe ich freilich nicht
daran gedacht, daß ich möglicherweise *zu* lange leben könnte. Denn sehen Sie, Cal, wenn ich früher gestorben wäre,
wäre all dies nicht geschehen. Anna kennt nur einen Teil der
Geschichte. Sie hat jene Juwelen völlig arglos verkauft, um
mir weiterhin dieses luxuriöse Leben hier zu ermöglichen.
Es ist ihre Art, sich bei mir zu bedanken.«

Es war sieben Uhr morgens, die Sonne schien hell durch
das Fenster, und noch ehe Cal etwas sagen konnte, raschelte
auch schon Schwester Milgrim herein. »Es wird Tage dauern, bis Sie sich wieder erholt haben«, schimpfte sie Missie.
»Die ganze Nacht durchgemacht!«

»Ach, Schwester Milgrim, ich habe etwas weit Besseres als
Schlaf hinter mir: eine Katharsis, eine Befreiung. Und jetzt
wird Cal die Sache übernehmen.«

Cal betrachtete ihre feinen Züge, die ihre frühere Schönheit ahnen ließen. »Zwei Fragen«, sagte er rasch. »Wissen
Sie, wohin sie gegangen ist?«

»Nach Istanbul natürlich. Zu den Kazahns«, erwiderte sie,
als sei das die selbstverständlichste Sache der Welt.

Er nickte. »Und hat sie irgendwelche Papiere dabei, Ur-
kunden, Dokumente . . .?«

»Meinen Sie den Vertrag über die Minen? Oh ja, Anna hat
alles. Sie hat die Sachen an sich genommen, als ich hierher
zog.« Sie lachte. »Man kann in Fairlawns schlecht einen
Pappkoffer voll unbezahlbarer Juwelen unter dem Bett aufbewahren. Er würde zusammen mit den Spinnweben hin-
ausgefegt werden.« Sie blickte ihn an und sagte ernst: »Da
ist noch etwas, das Sie wissen sollten. Als ich den jungen

russischen Diplomaten Valentin Solovsky im Fernsehen gesehen habe, habe ich ihn sofort erkannt. Er ist Alexeis Sohn, Annas Cousin.«

Sie überreichte Cal ein kleines Foto von einem hübschen, blonden Mädchen und sagte: »Bitte, finden Sie Anna. *Helfen Sie mir!*«

Cal betrachtete fassungslos das Foto des geheimnisvollen Mädchens, hinter dem alle Welt her war. Die Ivanoff-Erbin. *Er schaute in das Gesicht von Genie Reese.*

44

Istanbul

Istanbul wogte und flimmerte unter der heißen Frühlingssonne, ächzte und stöhnte unter den Lagen von Staub und Schmutz, quoll über von Autos, Bussen und schrottreifen Taxis, von schreienden Teppichhändlern und streunenden Katzen. Die Kuppeln seiner trüb gewordenen Juwelen, des Topkapi, der Agia Sofia und der Blauen Moschee, schimmerten in der Sonne, die berühmten Minarette durchbohrten den knallblauen Himmel, und da und dort erstreckten sich, gleich einer stillen Oase inmitten des ununterbrochenen Grollens der Stadt, breite, friedliche Plätze, wo die Menschen ohne Hast ein Glas *cai* an runden Tischen unter schattenspendenden Bäumen genossen. Weit unten schlängelte sich der Bosporus — die Zufahrtsstraße nach Rußland, Bindeglied zwischen Asien und Europa, voll mit bunten Fischerbooten, Fähren und großen, grauen Schiffen, die grünen Hügel zu beiden Seiten mit blitzend weißen, neuen Villen, alten Palästen und rustikalen Sommerhäusern gesprenkelt.

Boris Solovsky nahm weder den strahlenden, wolkenlosen Himmel noch die atemberaubende Schönheit der antiken Baudenkmäler wahr. Er achtete nicht auf die freundlichen, lächelnden Menschen auf den Straßen, nicht auf die glutäugigen, rotlippigen Frauen in schicken Schneiderkostümen, und auch den Soldaten vor dem Dolmabahce-Palast schenkte er nur einen kurzen Seitenblick.

Er war am Vortag von Moskau nach Ankara geflogen, angeblich auf diplomatischer Mission, war dann aber am selben Abend mit einem Privatjet nach Istanbul weitergereist, um seiner Beute habhaft zu werden. Genie Reese war seinen Agenten in Washington entkommen; während sie noch ihr Haus bewacht hatten, war sie bereits im Flugzeug nach Heathrow gesessen. In London hatte sie einen Anschlußflug der British Airways nach Istanbul genommen, doch diesmal war sie vom KGB erwartet worden. Als sie den Flughafen verließ, hatten sie sie umstellt und, ohne daß sie Zeit zum Schreien gefunden hätte, in ein bereitstehendes Auto gedrängt. Mit Hilfe einer kleinen Injektion war sie in ihrem Sitz zusammengesackt, außerstande, zu protestieren. Und jetzt würde Genie Reese, alias Anna Ivanoff, in den Genuß von Boris Solovsky kommen.

Boris' Mundwinkel kräuselten sich zu einem lasziven Grinsen. In seinem Leben, das ganz der Befriedigung niederer Instinkte gewidmet war, stand ihm nun der befriedigendste Akt bevor. Sie war der Schlüssel zur Zerstörung von Alexei und Valentin Ivanoff.

Valentin stellte sein lichtstarkes Fernglas scharf ein und suchte die Gebäude ab, die gegenüber seinem Zimmer in dem kleinen, heruntergekommenen Hotel im Istanbuler Vorort Emirgan hochragten. Er konnte nichts Verdächtiges ausmachen; keine Scharfschützen, die auf den Dächern oder hinter halb geöffneten Fenstern lauerten. Die Straße unten war vollgestopft mit klapprigen, Dieselwölkchen spuckenden Bussen und altertümlichen Chevrolets mit scheppernden Auspuffen. Ein Teeverkäufer, eine silberne Kanne über die Schulter gegürtet, trottete in spitz zulaufenden, türkischen Schuhe wie ein Gespenst aus der Vergangenheit die Straße entlang; ein Straßenhändler bot lauthals seine geschälten, in Salz eingelegten Gurken feil, auf daß sie den verrußten Rachen des armen Stadtbewohners kühlten, und in einem Straßencafé saßen ein paar Fischer, sogen an den riesigen, blubbernden Wasserpfeifen, tranken starken, süßen Kaffee und schwatzten über die alten Zeiten.

Angesichts dieser alltäglichen Szenerie fiel es ihm schwer, sich die Gefahr vorzustellen, die darin auf ihn lauerte. Aber noch sah es so aus, als blieben ihm ein paar Stunden Aufschub, ehe der KGB über seine Anwesenheit Bescheid wußte. Sein Vater Sergei hatte ihn letzte Nacht in Washington angerufen, was ein großes Wagnis gewesen war, und erregt gesagt: »Valentin, sie haben Genie Reese am Flughafen von Istanbul geschnappt. Da du dich so intensiv mit diesem Fall beschäftigt hast, wird Boris deine Mitarbeit sicher gerne annehmen.«

Bei dem Gedanken an Genie wurde ihm schwer ums Herz. Mit ihrer Ankündigung im Fernsehen hatte sie ihr Todesurteil so gut wie unterschrieben. Er war unverzüglich zu ihrer Wohnung gefahren, hatte über den Verkehr geflucht, der ihm zehn kostbare Minuten geraubt hatte, um dann gefesselte, geknebelte und bewußtlose Wachen, aber keine Genie vorzufinden. Der KGB war ihm zuvorgekommen. Er war sicher, daß sie Genie nicht umgebracht hatten. Sie brauchten ihre Informationen. Eine diskrete Überprüfung der Fluglinien ergab, daß sie einen Flug nach London und von dort weiter nach Istanbul gebucht hatte. Sie war irgendwo in dieser Stadt, und er war fest entschlossen, sie zu finden. Ihm war klar, daß Boris sie nach Rußland verschleppen wollte, und der einfachste, direkteste Weg war auf einem jener sowjetischen Schiffe, die täglich den Bosporus überquerten. Vielleicht befand sie sich bereits auf einem dieser Schiffe. Er beschloß, zum Hafen zu gehen und nach irgendwelchen verräterischen Anzeichen oder ungewöhnlichen Aktivitäten Ausschau zu halten.

Eine Stunde später hielt er ein Taxi an und ließ sich niedergeschlagen nach Emirgan zurückfahren. Die russischen Frachter waren ihren normalen Beschäftigungen nachgegangen, ohne zusätzliche Wachen oder besondere Sicherheitsvorkehrungen.

Als sie an einem Restaurant vorbeifuhren, wurde ihm bewußt, daß er seit vierundzwanzig Stunden nichts mehr gegessen hatte. Er bat den Fahrer, in die Küstenstraße einzubiegen, und hielt nach einem Hafenrestaurant Ausschau. Nach einer engen Kurve bei Instinye sah er plötzlich den riesigen, rostroten Rumpf des Frachters *Leonid Breschnew* vor sich aufragen. *Und auf dem Oberdeck standen zwei schwerbewaffnete Speznats-Soldaten!*

Während das Taxi weiterfuhr, wandte sich Valentin noch einmal nach dem Frachter um. Durch puren Zufall hatte er gefunden, wonach er gesucht hatte. Er war davon überzeugt, daß die beiden Spezialsoldaten zur Bewachung eines Gefangenen aufgestellt worden waren — Genie befand sich an Bord der *Breschnew,* und sollte Boris noch nicht da sein, so würde er sehr bald kommen. Er mußte sie irgendwie von diesem Frachter bekommen. Dann würde sie ihm erzählen, wer die »Dame« war — und er würde tun, was er zu tun hatte.

Ferdie Arnhaldt saß an einem Tisch neben dem hohen Steinbrunnen im Innenhof des Yesil Ev Hotels, nippte an dem trockenen Kavaklidere-Weißwein und wartete nervös auf seinen Kontaktmann. Die Unpünktlichkeit dieses Mannes kratzte wie Schmirgelpapier an seinen offenen Nervenenden, und während sein Blick minütlich zu dem geschwungenen Eingang schoß, wippte sein Bein unentwegt in einem hektischen Rhythmus.

Er sah aus, als würde er jeden Moment explodieren, und der Ober, der auf den Eingangsstufen zu dem pistaziengrünen, mit Schindeln gedeckten Hotel stand, musterte ihn ängstlich. Sobald Arnhaldt sein Glas geleert hatte, eilte er herbei, um es nachzufüllen, doch Arnhaldt schüttelte nur den Kopf und scheuchte ihn mit einer wedelnden Handbewegung fort, als sei er eine lästige Fliege. Verwirrt kehrte der Ober wieder auf seinen Posten neben der Küche zurück. Seit nunmehr einer dreiviertel Stunde saß dieser merkwürdige Gast da und starrte unentwegt zum Eingang, als erwarte er ein Wunder. Vermutlich wartete er auf eine Frau, sicher ein Prachtweib, wenn sie ihn in solch eine Anspannung versetzen konnte.

Doch als nach zehn Minuten endlich das Objekt der Er-

wartung auftauchte, war es keine Frau, sondern ein unter-
setzter, übergewichtiger Türke mit breitem Schnurrbart und
einer Zigarette im Mundwinkel. Der Türke warf dem Ober
einen verächtlichen Blick zu und bestellte einen *raki*.

»Und?« fragte Arnhaldt, sein Gesicht eine Fratze der Wut.

Der Türke zuckte mit den Achseln. »Bei dem Verkehrschaos in Istanbul kann man nie pünktlich sein.«

Er kippte den *raki* in zwei Schlucken hinunter und bestellte mit erhobenem Finger ein weiteres Glas. »Diese kleine
Aktion kostet Sie ein Vermögen«, fuhr er gehässig fort. »Ich
habe ein Dutzend Männer abkommandiert, um den Flughafen, die Villa der Kazahns und den *yali* zu bewachen. Und
zwar rund um die Uhr.«

»Machen Sie damit weiter«, zischte Arnhaldt. »Und wenn
es mich schon ein Vermögen kosten soll, dann erwarte ich
auch Ergebnisse.«

»Die können Sie haben.« Gelassen zündete er sich eine
neue Zigarette an, genoß die Macht, die er im Augenblick
über diesen reichen, bedeutenden Mann hatte. »Mr. Stahl«,
nannte er sich, bestimmt nicht sein wirklicher Name, aber
solange er gut zahlte, konnte er sich sonstwie nennen. Und
er würde viele, viele »Deutschmark« locker machen müssen,
vor allem jetzt, da er die Informationen hatte.

Arnhaldts Bein nahm seinen nervösen Rhythmus wieder
auf, als der Türke seinen *raki* trank und sagte: »Gestern waren KGB-Agenten am Atatürk-Flughafen, sicher ein Dutzend
— ziemlich viel für eine so kleine Operation.«

Arnhaldts Faust schmetterte auf den Tisch, warf sein Glas
um und ließ den Ober herbeieilen. »*Welche* Operation?« fragte er.

»Nur um ein Mädchen abzuholen — eine hübsche, blonde
Amerikanerin.«

Arnhaldt runzelte die Brauen. Er war nach Istanbul gereist,
um über die Kazahns zu der »Dame« zu gelangen, aber jetzt
sah es ganz so aus, als sei ihm der KGB zuvorgekommen.

»Es waren auch zwei CIA-Männer da«, sagte der Türke,
Rauchkringel in die Luft stoßend, »aber sie kamen zu spät.
Noch ehe sie sich umdrehen konnten, hatten die Russen das

Mädchen schon in ihren Wagen gezerrt. Sie sind ihnen nachgefahren. Und wir ihnen.«

»Wohin?«

»Zum Hafen von Istinye — oder was davon noch übrig ist. Dort liegt ein russisches Frachtschiff. Die *Leonid Breschnew*. Ein richtiges Monster. Tja, jedenfalls ist sie dort. Sie ist nie bei den Kazahns angekommen, und Sie können Ihren Arsch darauf verwetten, daß die sich bald auf die Suche nach ihr machen werden.«

»Sie ist also an Bord des Frachters?« fragte Arnhaldt gedehnt.

Der Türke nickte und sagte grinsend: »Auf den Decks stehen Soldaten, in den Gängen Wachtposten. Um das Mädchen da herauszuholen, bräuchte man eine ganze Armee, Mr. Stahl. Ich vermute, der Kapitän wartet, bis es Nacht wird, um dann im Schutz der Dunkelheit zu verschwinden — mit Kurs auf Rußland. Das reinste Kinderspiel.« Neugierig musterte er seinen Auftraggeber, der schweigend ins Leere starrte und penetrant mit seinem Bein wippte.

»Sieht so aus, als müßten Sie sich geschlagen geben«, nahm der Türke das Gespräch wieder auf, während er seinen dritten *raki* kippte. Doch der Deutsche reagierte nicht.

»Ich habe noch etwas herausgefunden, das Sie interessieren wird«, lockte er ihn, »etwas sehr Bedeutsames. Bedeutsamer als die Summe, die Sie mir gezahlt haben.«

Der Türke sah in Arnhaldts Augen blanke Mordlust aufsteigen und spürte das Prickeln von Gefahr auf seiner Kopfhaut. Die Hand des Deutschen glitt in die Innentasche seines Jacketts, als wolle er eine Pistole hervorziehen, aber es war nur eine Handvoll »Deutschmark«, die er achtlos auf den Tisch warf.

»Das dürfte auch für einen so gierigen Mann wie Sie genügen«, sagte Arnhaldt eisig. »Aber ich warne Sie, keine faulen Tricks!«

Die Scheine in seine Tasche stopfend, beugte sich der Türke vor und wisperte: »Ich habe mir die Kazahn-Verbindung, von der Sie gesprochen haben, etwas genauer angesehen. Da ist nur eine Tochter, Leyla, die Tochter von Ahmet Kazahn. Die anderen Cousinen sind alle älter und zudem in der Türkei verheiratet. Aber da gab es noch ein Mädchen, das der alte Tariq Kazahn als seine Tochter bezeichnet hat — eine junge Amerikanerin, die in Los Angeles lebt und jeden Sommer bei den Kazahns verbracht hat. Ihr Name ist Anna Adair.«

Der Name sagte Arnhaldt nichts, und er blickte den Türken ungeduldig an, damit er weiterrede.

»Ich habe einen Kontaktmann in L.A. angerufen und ihn ein paar Nachforschungen anstellen lassen. Vor einer Stunde hat er mich zurückgerufen. Anna Adair ist die Stiefenkelin des früheren Filmmagnaten C.Z. Abrams. Ihre Mutter war die Schauspielerin Ava Adair. Das Mädchen arbeitet mittlerweile als Fernsehreporterin in Washington, D.C. Er hat mir auch ein Foto von ihr herübergefaxt — und eines von Ava Adair.«

Er legte die Kopien auf die Tischdecke, damit Arnhaldt sie sich ansehen konnte.

»Sie hat einen anderen Namen angenommen«, fuhr der Türke fort. »Jetzt nennt sie sich . . .«

»Genie Reese.«

»Volltreffer, Mr. Stahl«, grinste der Türke. »Und was jetzt?«

In Arnhaldts Gehirn klickten alle Details an der genau richtigen Stelle ein, weich und glatt, wie die Bolzen eines Safes in ihren elektronischen Sicherungen. Seine einzige Hoffnung waren die Kazahns. Sie waren eine stolze, loyale Familie, und wenn sie erführen, daß man Anna gekidnappt hatte, würden sie sofort etwas unternehmen. »Beobachten Sie den Frachter weiter«, befahl er dem Türken, »und verdoppeln Sie die Wachen bei den Kazahns. Geben Sie mir *sofort* Bescheid, wenn sich irgend etwas tut. *Sofort* — nicht erst eine Stunde später!«

»Ja, Sir!« Er stand auf. »Das wird Sie natürlich einiges kosten«, sagte er spöttisch.

Arnhaldt musterte ihn kalt. »Und es wird auch Sie einiges kosten — nämlich alles, wenn Sie mich hängenlassen!«

Mit einem Gefühl des Unbehagens machte sich der Türke auf den Weg. Dieser Deutsche strahlte etwas Unberechenbares aus, eine schwelende Gewalt, die jeden Moment ausbrechen konnte. Arnhaldt schaute ihm nach, bis er verschwunden war, ging dann auf sein Zimmer, suchte die Telefonnummer von Michael Kazahn heraus und notierte sie auf einem Zettel. Darauf begab er sich in ein nahegelegenes Café zu Füßen der Blauen Moschee.

Wie üblich wimmelte es von Schleppern, die die Touristen zum Kauf von Teppichen oder Lederjacken verführen wollten, und von kleinen, dunkeläugigen Jungen, die sich mit dem Verkauf von Postkarten, die kein Mensch haben wollte, ein schnelles Geschäft versprachen. Nachdem Arnhaldt sich ein Glas *cai* bestellt hatte, ließ er seinen Blick prüfend durch die Menge schweifen, bis er an einem etwa achtjährigen Jungen hängenblieb, der unsicher und mit ängstlicher Miene eine Reihe aneinanderhängender Postkarten von seiner Hand herunterbaumeln ließ. Arnhaldt winkte ihn herbei und erstand die Karten für die sechs Pfund, die der Junge verlangte, obgleich er wußte, daß er sie für weit weniger bekommen hätte.

»Wollen Sie Lederjacke?« fragte der Junge eifrig. »Ich weiß beste Laden in Stadt.«

Arnhaldt schüttelte den Kopf. »Sprichst du Englisch?«

»Natürlich sprechen Englisch. Alle türkische Jungen wissen Englisch, Französisch, Italienisch.« Verschmitzt grinsend fügte er hinzu: »Ein *paar* Worte ich sprechen.«

Seine Augen drohten ihm förmlich aus dem Kopf zu fallen, als Arnhaldt eine Zehn-Pfund-Note auf den Tisch legte. Erschrocken über das mögliche Ansinnen des Mannes, wich er einen Schritt zurück, ohne freilich den Geldschein aus den Augen zu lassen.

»Ich muß einen Telefonanruf machen«, sagte Arnhaldt langsam, »aber ich spreche kein Türkisch. Ich hätte gerne, daß du für mich anrufst. Diese Nummer hier.« Er zeigte dem wieder zutraulich gewordenen Jungen den Zettel. »Du verlangst Mr. Michael Kazahn und sagst ihm nur: »Anna ist auf der *Leonid Breschnew* in Istinye.« Du wiederholst diese Nachricht zweimal und legst dann den Hörer auf.« Skeptisch musterte er den Jungen. »Hast du das verstanden?«

»Klar!« Der Kopf des Jungen nickte unentwegt wie bei einer übereifrigen Marionette. Seine Augen hingen gebannt auf den zehn Pfund, eine Summe, die er nicht einmal in sechs Monaten verdienen konnte, selbst wenn er in der Teppichfabrik arbeitete.

»Wiederhol es!« befahl Arnhaldt.

»Ich verlange Mr. Michael Kazahn und sage ihm, daß Anna auf der *Leonid Breschnew* ist«, sagte er, die Hand schon nach der Note ausstreckend.

Arnhaldts Faust kam ihm zuvor. »*Nach* dem Anruf«, sagte er.

Die erste Telefonzelle war außer Betrieb, und die zweite ebenfalls. »Ich weiß Laden«, sagte der Junge und führte Arnhaldt ein paar Schritte weiter zu einem Lebensmittelgeschäft. Der Junge stürmte hinein, überreichte seine Jetons und fragte, ob er das Telefon benützen könne, während Arnhaldt vor der geöffneten Tür stehen blieb. Eine winzige Ziege näherte sich ihm und begann zu seinen Füßen zu knabbern. Arnhaldt versetzte ihr einen wütenden Tritt und beobachtete dann, wie der Junge die Nummer wählte und nach Michael Kazahn fragte. Eine Pause entstand, doch gleich darauf sprudelte der Junge seine Nachricht in einem Schwall Türkisch hervor, wiederholte das Ganze und knallte anschließend den Hörer auf. Als er aus dem Laden stürzte, drückte ihm Arnhaldt den Geldschein in seine ausgestreckte, verschwitzte Handfläche.

»Danke, vielen Dank, Sir. Sie sehr freundlich«, rief ihm der Junge noch nach, während Arnhaldt sich raschen Schrittes entfernte.

Jetzt konnte er nur noch warten.

Refika Kazahn bemerkte, wie die Hand ihres Mannes beim Auflegen des Hörers zitterte. Er wanderte zum Fenster ihrer modernen, auf einem Hügel thronenden Luxusvilla und starrte auf den Bosporus mit seinen Fähren und dem üblichen europäischen und russischen Frachtverkehr hinab.

Refika spürte eine leise Unruhe in sich aufsteigen. Sie kannte jede Stimmungslage ihres Mannes: Früher war er oft aufbrausend, überschäumend, von einer nervösen Energie besessen. Doch jetzt, nach diesem Telefonanruf, wirkte er wie ein zutiefst niedergeschlagener Mann. Schlimmer noch — wie ein *alter* Mann. Das Alter war etwas, das Michael nie wahrhaben wollte, aber es war nun mal eine Tatsache. Sie waren zusammen alt geworden, und ihre lange Ehe war, trotz ihrer beider starken Charaktere, immer von tiefer Liebe und gegenseitigem Respekt getragen gewesen. In all den Jahren hatte sie kein einziges Mal sein verkrüppeltes Bein erwähnt. Er hatte seine Behinderung immer ignoriert, und so war sie ebenfalls darüber hinweggegangen. Außerdem hatte dieses Handicap nie eine Rolle gespielt. Gleich seinem Vater war Michael von einer packenden Dynamik und imposanten Statur, und sein seltsam schwingender Gang verlieh seinem quirligen Wesen nur eine zusätzlich lebhafte Note. Besorgt beobachtete sie, wie er nach seinem Stock tastete, durch das Zimmer humpelte und sich schwer neben sie in den Sessel fallen ließ.

»Der Anruf kam von einem Jungen«, sagte er bedrückt. »Er sagte, Anna sei auf der *Leonid Breschnew* in Istinye. Offensichtlich hat ihn jemand dafür bezahlt, daß er mir diese Nachricht übermittelt.«

Angstvoll schaute ihn Refika an. »Aber *wer*? Und *warum*?»

»Wenn ich das nur wüßte! Sie müssen sie bei ihrer Ankunft am Flughafen abgefangen haben.« Er stöhnte. »Warum hat sie nicht angerufen und uns über ihr Kommen unterrichtet? Wie, zum Teufel, soll ich sie da bloß herausholen?«

»Allein schaffst du das sowieso nicht«, erklärte Refika. »Du brauchst Hilfe. Ruf den Außenminister an. Die Polizei. Die *Amerikaner*. Du hast nur wenig Zeit, Michael, denn sie werden Anna heute nacht bestimmt nach Rußland bringen.«

Michael betrachete die Porträts seiner Eltern an der gegenüberliegenden Wand. Tariq wirkte in seiner weißen Marineuniform stolz und herrisch, Han-Su in ihrem *cheongsam* so zart wie eine chinesische Nachtigall.

»Was würdest du jetzt tun, Vater, he?« bellte er und brach gleich darauf in Gelächter aus. »Du würdest wie immer auf deine Frau, Han-Su, hören«, beantwortete er seine Frage selbst, während er Refika anlächelte. »Und ich sollte immer auf die meine hören.«

Er rief Ahmet an, erzählte ihm rasch, was geschehen war, und bat ihn, umgehend zu kommen. Dann tätigte er drei weitere, kurze Anrufe. Binnen einer halben Stunde waren vier Männer in der Kazahn-Villa eingetroffen: der Außenminister, Malik Gulsen; der Polizeichef, Mehmet Kelic; der amerikanische Konsul, Jim Herbert; und Michaels Sohn, Ahmet Kazahn.

Von ihrem Fensterplatz mit Blick über den Bosporus lauschte Refika aufmerksam der Unterhaltung. Ihr Gesicht wirkte gelassen, doch in ihrem Inneren brodelte es. Anna war für sie wie ein eigenes Kind, und wenn ihr irgend etwas zustöße, würde auch sie vor Kummer sterben. Wäre dieses törichte Kind doch nur zu ihnen gekommen! Sie hätten ihr, ohne zu zögern, das Geld für Missie gegeben, und all dies wäre nicht geschehen. Aber Anna war schon immer ein eigensinniges Kind gewesen, stolz auf ihre Unabhängigkeit und ihre Karriere, die sie sich selbst erarbeitet hatte. Als ihr Blick auf Michael fiel, bemerkte sie, daß er sich verändert hatte. Er war nicht mehr der gebrochene, alte Mann wie noch vor einer Stunde. Aufrecht saß er da, vibrierend von jener kraftvollen Energie, die ihn sämtliche Klippen seines nicht immer einfachen Lebens hatte meistern lassen. Wenn irgend jemand Anna retten konnte, dann Michael.

Gulsen, der Außenminister, sagte besorgt: »Es stimmt, der russische Frachter befindet sich in türkischem Gewässer und unterliegt damit dem türkischen Seerecht, doch wenn wir es auf eine Konfrontation ankommen lassen und auf einer Durchsuchung bestehen, müssen wir absolut sicher sein, daß sich das Mädchen auch tatsächlich an Bord befindet. Denn falls dem nicht so ist, könnte diese Aktion einen größeren internationalen Zwischenfall verursachen — und darauf ist die Türkei alles andere als erpicht.«

»Ich habe das Schiff überprüfen lassen«, erklärte Michael. »Auf beiden Plattformen des Oberdecks sind bewaffnete Wachen in russischen Armeeuniformen postiert. In *Speznats*-Uniformen. *Ich bin vollkommen sicher*», fügte er bestimmt hinzu.

Jim Herbert, der amerikanische Konsul, seufzte auf. »Das Mädchen ist amerikanische Staatsbürgerin. Es muß etwas für sie getan werden. Aber wie Mr. Gulsen bereits betont hat, legt keiner von uns großen Wert auf einen internationalen Skandal. Sollten die Wachen tatsächlich *Speznats*-Leute sein, dann bewachen sie zweifellos etwas, vielmehr jemand sehr Wichtigen. So oder so, ich denke, die Türkei hat das gute Recht, ein paar Fragen zu stellen. Ich werde mich mit Washington in Verbindung setzen und Instruktionen erbitten.«

Michael deutete auf das Telefon. »Rufen Sie doch gleich an, Mr. Herbert. Wir sollten keine Zeit verlieren.«

»Anna ist mit einem British Airways-Flug von Heathrow aus angekommen«, mischte sich Ahmet ein. »Sie ist durch die Paßkontrolle gegangen und hat sich mit einem der Zollbeamten, den sie kennt, unterhalten. Er hat ihr noch nachgeschaut, sie aber dann, als sie plötzlich von einer Gruppe Männer umringt worden war, aus den Augen verloren. Für ihn hatte es den Anschein, als würde sie belästigt. Er drängte durch die Leute, um nach dem Rechten zu sehen, doch ehe er dort ankam, war sie schon verschwunden. So nahm er an, sie sei mit einem Taxi zu uns gefahren.« Bedächtig fügte er hinzu: »Es besteht absolut kein Zweifel, daß die Russen Anna am Flughafen abgefangen haben. Sie alle kennen die Gründe dafür. Der nächste logische Schritt für die Russen ist, sie nach Rußland zu bringen. Und welches Transportmittel wäre da geeigneter als ein Frachter? Der Frachtverkehr nach Rußland gehört zur Tagesroutine. Kein Mensch würde Verdacht schöpfen. Vermutlich werden sie die Nacht abwarten, um unbemerkt in See zu stechen.«

Alle Blicke wandten sich Jim Herbert zu, der gerade von seinem Telefongespräch zurückkehrte. Mit bedrückter Miene berichtete er, daß Cal Warrender vom Außenministerium bereits auf dem Weg nach Istanbul sei und heute abend eintreffen würde. Daß sich auf türkischem Boden auch CIA-Agenten befanden, verschwieg Jim Herbert wohlweislich und sagte lediglich: »Washington ist ebenfalls der Meinung, daß sich das Mädchen an Bord der *Breschnew* befindet. Amerika bietet volle Unterstützung für jede Aktion, die die Türkei durchzuführen gedenkt — obgleich man natürlich die Gefühle der Türkei in dieser Angelegenheit respektieren wird.«

»Wenn wir einen internationalen Zwischenfall vermeiden wollen, werden wir meines Erachtens nicht umhin können, auch die türkische Polizei einzuschalten«, bemerkte Polizeichef Kelic leicht verschnupft.

Gulsen nickte bedächtig. »Vielleicht könnten wir den Russen einen Ausweg anbieten. Wir sagen, daß unseren Informationen zufolge einer ihrer Matrosen ein Mädchen an Bord geschmuggelt habe. Sollten sie das Mädchen herausgeben, seien wir bereit, die Sache als erledigt zu betrachten.«

»Und wenn nicht?« hakte Michael nach.

Er zuckte mit den Achseln. »Dann müssen wir auf einer Durchsuchung bestehen.« Er seufzte. »Lassen Sie uns also vorerst den zivilisierten Weg versuchen und beten, daß wir nicht weitergehen müssen.«

Obgleich Gulsen ein großer Mann war, überragte ihn Michael noch um einen halben Kopf. »Ich warne Sie«, sagte er knapp. »Sollte Ihr Versuch fehlschlagen, werde ich die Sache selbst in die Hand nehmen. Anna muß gefunden werden, *bevor es zu spät ist!*«

Schweigend sahen ihn die vier Männer an. Ihnen war klar, daß er *»bevor sie umgebracht wird«* gemeint hatte.

Gulsen nickte dem Polizeichef zu. »Sie haben hiermit meine Genehmigung, alles zu tun, was notwendig ist.«

Als die vier Männer das Zimmer verlassen hatten, schaute Michael fragend zu Refika hinüber. »Nun?«

Sie nickte. »Es ist so, wie du gesagt hast. Wenn ihr Plan nicht funktioniert, mußt du die Sache in die Hand nehmen.«

Genie öffnete die Augen. Zumindest glaubte sie, dies zu tun, denn um sie herum war es so dunkel, daß sie glaubte, ihre Augen seien immer noch geschlossen. Sie blinzelte, doch es änderte sich nichts. Ungläubig drehte sie den Kopf nach beiden Seiten, suchte nach einem winzigen Lichtstrahl, irgend etwas, das sie erkennen konnte, aber da war nichts. Panik stieg in ihr auf, sie stöhnte, kämpfte sich durch die Nebelschwaden, die ihren Verstand umwirbelten, um zu verstehen, weshalb sie die Hände nicht zu ihrem dröhnenden Kopf hochheben konnte. Aber sie kam nicht drauf, ihr Verstand funktionierte einfach nicht.

Es war heiß und stickig, die Schwärze preßte sich gegen ihre Augenlider. Wellen von Gänsehaut überliefen sie, als sie sich an all die Gruselgeschichten über lebendig eingemauerte Nonnen erinnerte, über Menschen, die an einer seltenen Form von Paralyse litten, die sie unfähig machte, sich zu bewegen, zu schreien, wenn man sie in den Sarg legte und den Deckel über sie senkte . . .

Ihre Schreie klangen dünn in der Schwärze, dünn vor Angst, aber niemand eilte herbei, um ihr zu helfen. Es war niemand da, der sie hörte. Schluchzend versuchte sie sich aufzusetzen, doch ihre Hände ließen sich nicht hinter ihrem Rücken nach vorne bewegen, und ihre Beine waren auf höchst merkwürdige Weise an den Knöcheln übereinandergelegt . . . Und da dämmerte es ihr: *Sie war gefesselt!*

Erschöpft legte sie sich zurück, schnappte nach einem Atemzug frischer Luft in der fauligen Schwärze, doch es war, als atme sie Watte ein. Wieder versuchte sie sich zu erinnern. Sie war aus der British-Airways-Maschine gestiegen; aber warum, und was geschah dann? Nach und nach wurde ihr Kopf klarer, und ihre Erinnerung kehrte langsam zurück.

Sie hatte sich entschlossen, im Fernsehen die Wahrheit über die »Dame« zu verkünden, da ihr die Sache über den Kopf gewachsen war. Menschen waren umgebracht worden, und sie mußte inzwischen um ihr eigenes Leben, vor allem aber auch um das von Missie fürchten. Gleichfalls wünschte sie sehnlichst, ihr Versprechen an Cal einzuhalten, jenes Versprechen, ihrem Land zu helfen. Aber vorher mußte sie unbedingt die Kazahns sehen, damit sie wüßten, was auf sie zukommen wird; außerdem brauchte sie Michaels Rat bezüglich der netten, kleinen Summe von etlichen Milliarden Dollar, ihrem Erbe, das auf einer Schweizer Bank deponiert war. Seit sie von der Existenz des Geldes erfahren hatte, hatte sie viel darüber nachgegrübelt. Inzwischen wußte sie, was sie damit tun wollte, und Michael würde wissen, welche Schritte sie dafür unternehmen mußte. Abgesehen davon hatte sie auch geglaubt, bei den Kazahns in Sicherheit zu sein. Sie waren ihre Familie und würden sie beschützen. Aber ihr Plan war fehlgeschlagen. Sie war eine Gefangene.

Es war ihr unerklärlich, wie das·geschehen konnte. Sie hatte geglaubt, alle Spuren verwischt zu haben, als sie, statt in ihre Wohnung zurückzukehren, in das Flugzeug nach London gestiegen war. Aber irgendwie hatten sie wohl Lunte gerochen. Sie konnte sich nur an die Männer mit den dunklen Sonnenbrillen erinnern, die sie am Flughafen umzingelt hatten, an nichts weiter. Bis sie dann hier aufgewacht war. Wo immer *hier* auch sein mochte.

Plötzlich stutzte sie. Irgend etwas Merkwürdiges geschah mit dem Boden — er schaukelte leicht, eine vertraute Bewegung, die ein Gefühl in ihr erzeugte, das sie an ihre Ferien auf der Kazahn-Jacht erinnerte, an die Segelboote vor Rhode Island . . . Natürlich, sie war nicht lebendig begraben — sie befand sich an Bord eines Schiffes! Angestrengt lauschte sie in die Stille, und da sie weder ein Motorengeräusch noch das Schlagen von Wellen gegen den Schiffsrumpf vernahm, mußten sie wohl vor Anker liegen. Aber wo? War sie in Istanbul? Oder in Rußland?

Sie konzentrierte sich auf ihre Umgebung, befühlte den Boden mit ihren gefesselten Händen, spürte jedoch nur nackte Holzplanken. Obwohl die Fesseln schmerzhaft in ihre Haut schnitten, rollte sie über den Boden, bis sie gegen eine Wand stieß. Sie fühlte sich kalt an, wie Metall . . . oder Stahl . . .

Plötzlich zuckte sie zusammen. Waren da nicht Schritte? *Jemand stieg eine Leiter herunter.* Starr vor Angst starrte sie in die pechschwarze Leere.

Knarrend drehte sich ein Schlüssel im Schloß, und plötzlich füllte sich der Raum mit einem so hellen Licht, daß sie die Augen zusammenkneifen mußte. Neuerliche Schmerzwellen bohrten sich in ihr Hirn, raubten ihr fast die Besinnung.

»Jetzt sind Sie also aufgewacht, Anna Adair«, sagte eine schroffe Stimme mit fremdländischem Akzent.

Anna Adair . . . Diesen Namen hatte sie seit Jahren nicht mehr benutzt, ihn abgelegt, damit ihr Leben nicht länger von der traurigen Berühmtheit ihrer Mutter überschattet würde. Als sie mit achtzehn Jahren in das College eingetreten war, hatte sie den Start in ihr neues Erwachsenenleben als eigenständige Person und nicht als Tochter einer skandalumwitterten Mutter beginnen wollen. Außerdem war da auch immer die geheime Furcht gewesen, sie könne womöglich dieselben Augen haben. Missie hatte ihr zwar wiederholt beteuert, sie ähnle Ava Adair nicht im geringsten, aber dennoch war die Furcht geblieben. Durch die Änderung ihres Namens schien die Gefahr zwar nicht beseitigt, aber doch ein wenig gebannt. Den Namen »Reese« hatte sie nach dem Autor ihres ersten Lehrbuchs für das College gewählt. Und als Genie Reese fühlte sie sich auch. Sie besaß ihre eigene Identität, ohne die Last irgendeines Erbes — auch nicht jener schrecklichen Geisteskrankheit. Keiner ihrer Freunde im College erfuhr je, daß sie Ava Adairs Tochter war. Nur für Missie und die Kazahns war sie weiterhin Anna geblieben.

Der Mann mit der barschen Stimme zerrte sie auf einen Stuhl und zwängte ein Glas zwischen ihre Lippen. »Trinken!« befahl er kalt. Sie versuchte, ihn durch ihre Augenschlitze hindurch anzuschauen.

»Das ist bloß Wasser«, sagte er abfällig. »Trinken Sie, damit wir uns unterhalten können.«

Er kippte das Glas gegen ihren Mund, und kaltes Wasser rannt über ihr Gesicht. Unvermittelt von einem heftigen Durst gepackt, begann sie gierig zu trinken. Doch schon nach wenigen Schlucken nahm er ihr, unter höhnischem Lachen, das Glas wieder weg.

»Setzen Sie sich auf!« bellte er. »Ich möchte das Gesicht von Fürst Mischas Enkelin genau betrachten!« Lange glitten seine Augen über ihre Züge, bis er plötzlich auflachte. »Ein Jammer, daß Sie weder die Schönheit ihrer Großmutter noch die Ihrer Mutter geerbt haben! Doch dafür sind sie von deren Wahnsinn verschont geblieben, denn man erzählte mir, Sie seien klug und verfügten über einen scharfen Verstand.«

Er begann durch den Raum zu schreiten; die rohen Planken knarzten unter seinen Schritten. Blinzelnd versuchte sie, ihre Augen an die Helligkeit zu gewöhnen.

»Wer sind Sie?« fragte sie, ihre Stimme war ein rauhes Wispern. »Warum bin ich hier?«

»Das wissen Sie nicht?« Er setzte sich ihr gegenüber an den Rand eines kleinen Tischchens. Verschwommen erkannte sie eine massige Gestalt, einen kahlen Schädel, eine arrogante Haltung und verschränkte Arme. Und dann klarte sich plötzlich ihr Blick, als tauche sie aus einem grauen Tümpel an die Wasseroberfläche auf, und sie sah sein flaches Gesicht, die kleinen Augen unter den gewölbten Brauen, den ausladenden Kiefer und den grausamen Mund, der zu einem bösen Lächeln verzerrt war.

»Sie wissen doch bestimmt, wer ich bin?« fragte er. »Oder was ich repräsentiere?«

Sie nickte. »Rußland.«

Er stieß ein freudloses, spöttisches Lachen aus. »Ich bin Marschall Boris Solovsky, Oberhaupt des KGB.«

»Solovsky?« wiederholte sie bestürzt.

»Ah, der Name kommt Ihnen bekannt vor! Ja . . . ich bin der Onkel des attraktiven Valentin, des bekannten Diplomaten.« Er beugte sich vor, faßte sie an der Schulter und zwang ihr Gesicht ganz nahe zu seinem, so daß sie seinen abgestandenen Atem roch, die großen Poren sah, die Narbe neben seinem Mund und das wahnsinnige Glimmen in seinen Augen. Plötzlich griff er nach ihrer rechten Brust und quetschte sie brutal. Als sie aufschrie, verstärkte er den Druck noch.

»Gut«, murmelte er befriedigt. »Jetzt können wir anfangen.«

Valentin stellte den schnittigen, schwarzen Ford Scorpio am Yildiz Parkplatz ab und stieg auf einen bewaldeten Hügel mit Blick über den Bosporus. Beete mit bunten Frühlingstulpen durchzogen die Wiesenböschung mit farbenfrohen Streifen, und die Sonne tauchte als orangefarben glühender Ball in das Wasser. Valentin schaute dem Sonnenuntergang zu und dachte an Genie.

Als die grauen Schatten der Dämmerung heraufzogen, stand er auf und ging zum Auto zurück. Die Fahrt nach Istinye dauerte nur wenige Minuten, doch als er dort ankam, war es schon beinahe dunkel. Er parkte hinter einem Kran am äußersten Ende des kleinen Hafens und griff dann prüfend nach der Luger, die in einem Halfter unter seiner Armbeuge steckte. Dann holte er die kompakte Mikro-Uzi-Maschinenpistole aus seiner Aktentasche. Sie war leicht und handlich; mit zusammengelegtem Kolben maß sie nur 250 Millimeter und war somit klein genug für seine Jackentasche. Aber sie konnte 1.250 Schuß tödlicher 9-mm-Kugeln in der Minute abfeuern. Der Tod im Taschenformat. Er ließ den Wagen unabgesperrt und ging die 150 Meter zur *Leonid Breschnew.*

Das Schiff verfügte über zwei Fallreeps: das eine führte vom Zwischendeck zu den Frachträumen, das andere vom Heck zur Kommandobrücke und den Kajüten. Beide waren sie von je zwei Posten bewacht. Als er auf das Heck zuschritt, traten die Soldaten, ihre Karabiner im Anschlag, einen Schritt vor.

Er salutierte und sagte auf Russisch: »*Speznats*-Major Valentin Solovksy. Ich will den Kapitän sehen.« Die Männer lockerten ihre Finger an den Abzügen und salutierten zurück, warfen jedoch einander unschlüssige Blicke zu, da sie ganz offensichtlich Befehl hatten, niemanden vorzulassen. Valentin mußte es riskieren: Er teilte den Männern mit, daß sein Onkel, General-Major Solovsky, an Bord sei, woraufhin tatsächlich einer der beiden Männer über das Fallreep nach unten kam und seinen Ausweis verlangte. Nachdem er ihn sorgfältig studiert hatte, salutierte er erneut. Valentin bedachte ihn mit einem kalten Blick. Er wußte, daß sein militärisches Gebaren und sein übergeordneter Rang die gewünschte Wirkung gezeigt hatten. Sie würden ihn an Bord lassen.

»Ich werde Sie zum Kapitän führen, Sir«, sagte der Soldat ehrerbietig.

Valentin entgegnete, sie sollten besser weiterhin auf ihrem Posten bleiben, und er würde seinen Weg schon allein finden.

Als er an Deck ging, spürte er ihre Augen auf seinem Rücken und hoffte, sie würden es sich nicht doch noch anders überlegen. Freilich, *er* wäre ihr vorgesetzter Offizier und er würde sie unverzüglich vor das Kriegsgericht bringen. Ein *Speznats*-Soldat, der einen Befehl mißachtet, hat sein Leben verwirkt.

Der Kapitän war allein in seinem Quartier, aß sein Abendessen und trank dazu türkisches Bier aus der Flasche. Er war ein schwergewichtiger, grobknochiger Mann, dessen Job als Kapitän eines Frachtschiffs reine Routinearbeit war, die nur wenig Intelligenz erforderte. Die Anwesenheit seines bedeutenden Besuchers, General-Major Solovsky vom KGB, hatte ihn bereits ziemlich verunsichert, und als jetzt auch noch ein fremder Mann vor ihm auftauchte, verlor er vollends die Fassung.

»Wer, zum Teufel, sind Sie?« brüllte er, sein Bier auf den Tisch knallend.

Valentins Lippen kräuselten sich verächtlich.

»Aufgestanden!« kommandierte er. »*Speznats*-Major Valentin Solovsky!«

Tolpatschig erhob sich der Kapitän und wischte den Mund mit der Hand ab. »Entschuldigen Sie, Sir«, nuschelte er. »Ich habe niemanden erwartet . . . Der Befehl lautet, niemand an Bord zu lassen . . .«

»Außer mir«, knurrte Valentin wütend. »Wann werdet ihr Leute endlich denken lernen! Ich bin hier, um meinen Onkel zu sehen, General-Major Solovsky.«

Diese Information genügte, um den Kapitän vor Ehrfurcht erzittern zu lassen. »Ja, Sir, selbstverständlich, Sir«, sagte er untertänig. »Ich werde Sie persönlich zu ihm führen.«

»Nicht nötig! Essen Sie weiter!« Valentin musterte die riesige Schüssel mit dem dampfenden, bräunlichen Eintopf. »Beschreiben Sie mir einfach den Weg.«

Als er raschen Schrittes durch das Schiff ging, hörte er, wie sich die Besatzung in ihren Kajüten unterhielt; wahrscheinlich hatte man sie dorthin verbannt, damit sie den prominenten russischen Besucher nicht sehen konnten. Es waren weder KGB-Agenten noch weitere Wachen zu sehen. Eigentlich nicht weiter verwunderlich, da es Boris sicher ratsam erschienen war, so wenige Leute wie möglich einzuweihen. Er wollte seinen Besuch streng geheimhalten.

Über eine schmale Wendeltreppe gelangte er in das Innere

des Frachters. Er spürte, wie die Wellen sanft gegen den Schiffsboden schlugen. Eine einzelne Glühbirne verbreitete ein spärliches Licht. Valentin schaute sich nach allen Seiten um, doch kein Mensch war zu sehen. Links von der Treppe befand sich ein kleines Büro, und durch die Tür hindurch vernahm Valentin Boris' Stimme.

Die Tür war nicht abgesperrt. Valentin ging hinein und sah sich Auge in Auge mit seinem Onkel. Auf einem Holzstuhl dahinter saß Genie, an Händen und Füßen gefesselt.

»Valentin!« Boris' Miene wechselte von Verblüffung über Wut zu tiefer Befriedigung. »Ich frage lieber nicht, wie du hierhergekommen bist. Vermutlich hast du dich auf deine *familiären* Bande berufen, also komm herein.« Er lachte roh. »Auf diesen Moment habe ich sehr lange gewartet. *Ein denkwürdiger Moment.*«

Valentin schloß die Tür hinter sich. Genies verzweifelte Augen flehten ihn an, doch sie blieb stumm, und er ignorierte sie. Er lehnte sich gegen die Wand, verschränkte die Arme und sagte: »Tja, Onkel Boris, es sieht ganz so aus, als habest du mich geschlagen.«

»Hast du etwas anderes erwartet?« entgegnete Boris, die Lippen verächtlich geschürzt. »Hast du etwa geglaubt, den KGB überlisten zu können? *Und* mich? Du vergißt, Valentin, womit du es zu tun hast. Du vergißt meine Macht. *Du vergißt, daß ich alles weiß!*«

Boris trat einen Schritt auf ihn zu. In seinen kleinen, tückischen Augen glitzerte Mordlust, und Valentin spürte jenen Schauer der Angst, den ein Gefangener empfinden mußte, wenn er darauf wartet, daß Boris mit seinen ausgefeimten, grausamen Spielchen beginnt. Doch gleich darauf schob er dieses Gefühl mit einem Schulterzucken beiseite und ging auf Genie zu. Sie trug Jeans und ein weißes T-Shirt; sie war totenbleich, bis auf den roten Handabdruck auf ihrer Wange, wohin Boris sie geschlagen hatte. Benommen starrte sie ihn an. »Hast du Angst, sie könnte dir davonlaufen, Boris?« bemerkte er spöttisch. »Oder fesselst du deine Frauen immer auf diese Weise?«

»Glaub nicht, daß du mich reizen kannst, Valentin«, erwiderte Boris kalt. »Das Mädchen ist gefesselt, weil es meine Gefangene ist.«

»Nicht mehr lange«, entgegnete Valentin, während er sich auf Boris' Stuhl lümmelte und die Beine auf den Tisch legte. »Ich habe bei den entsprechenden Stellen angerufen, anonym natürlich, und die türkische Polizei wird dir demnächst einen Besuch abstatten. Und das ist nur das Vorspiel. Als Nächstes kommt die amerikanische Regierung, die türkische Regierung, der FBI, Interpol, die CIA . . .« Spöttisch betrachtete er Boris, dessen Gesicht zu einer steinernen Maske erstarrt war. »Diese kleine Eskapade hat alle Voraussetzungen für einen internationalen Zwischenfall, Onkel. Und ich frage mich, wie es dir ergehen wird, wenn man entdeckt, daß sich das Oberhaupt des KGB an Bord eines in türkischen Gewässern vor Anker liegenden Frachters befindet. *Und* daß er das vermißte amerikanische Mädchen als seine Gefangene an Bord hält. Stell dir die Schlagzeilen vor, Onkel! »Schande für den KGB — General-Major Solovsky entführt junge Amerikanerin. Ein Fall internationalen Menschenraubs«. Abgesehen von den Problemen, die auf deine Familie zukommen werden, frage ich mich, wie unser Präsident darauf reagieren wird. Was meinst du, Onkel Boris? Wird er dir die Schande verzeihen, die du über Rußland gebracht hast?«

»Du lügst! Niemand weiß, daß sie hier ist!«

»Natürlich ist das bekannt! Hältst du die anderen Leute etwa für Idioten? Jedem halbwegs intelligenten Menschen ist doch klar, daß man das Mädchen am einfachsten per Schiff nach Rußland schmuggeln kann. Also? Was ist dein nächster Schritt?«

Genies Blick schweifte angstvoll von Valentin, der zurückgelehnt in seinem Stuhl saß, zu Boris. Der stand neben der Tür, sein kahler Schädel glänzte im Schein der nackten Glühbirne, und sein grobschlächtiges, wulstiges Gesicht war in wütende Falten gelegt.

»Wir werden sofort in See stechen«, entschied er.

Valentin schüttelte den Kopf. »Geh an Deck, Onkel, und sieh dich um! Der Frachter ist bereits umzingelt.«

»Erwartest du ernsthaft, daß ich dir diesen ganzen Quatsch glaube?« lachte Boris herablassend.

»Das wäre ratsam, Onkel, denn es ist die Wahrheit. Aber ich weiß, wie du deinen Kopf noch retten kannst: Wir beide verlassen jetzt das Schiff, und ich besorge dir ein Privatflugzeug nach Ankara. Damit wärest du binnen kurzem aus dem Schneider.«

»Und das Mädchen überlasse ich selbstverständlich dir, oder?« grinste er zynisch. »Für wie dumm hältst du mich eigentlich? Du müßtest deinen »Onkel« doch besser kennen!« Die Hände auf dem Rücken, das Gesicht zu einer höhnischen Fratze verzerrt, schritt er die winzige Kabine auf und ab. »Dein Problem, Valentin, ist, daß du ein Idealist bist, und Idealisten verfolgen immer ein ganz bestimmtes Ziel.« Er bedachte Valentin mit einem hämischen Blick. »Leider bist du nicht idealistisch genug, um zuerst an *Rußland* zu denken. Dir geht es doch nur darum, deine eigene Haut zu retten — und die deines Vaters!«

»Und worum geht es dir, Onkel?«

»Mir?« Er blieb vor Genie stehen, die Hände nach wie vor auf dem Rücken, und wippte auf den Absätzen seiner Kanonenstiefel. »Ich will mein Lebensziel erreichen. Euch beide vernichten. *Endlich!*« Er warf den Kopf zurück und begann zu lachen, ein wahnsinniges, unkontrolliertes Lachen. Tränen liefen aus seinen Augen, und er verschluckte sich, weil er tiefrot anlief.

Zu Tode geängstigt beobachtete Genie, wie Valentin verstohlen die Luger aus dem Halfter zog und den Schalldämpfer anbrachte. Er bemerkte ihr Erschrecken, schüttelte leise den Kopf und legte einen Finger auf die Lippen.

Als Boris das vertraute Klicken des Sicherungsflügels hörte, wirbelte er herum. Verächtlich blickte er auf die Luger. »Damit wirst du nie durchkommen«, schnaubte er. »Auf einem *russischen* Schiff! Wenn du mich umbringst, kommst du hier nicht lebend heraus — und sie auch nicht!« Er griff nach Genie und hielt sie wie ein Schild vor sich hin. »Zuerst wirst du sie töten müssen!« grinste er triumphierend.

Valentin zuckte gleichgültig mit den Achseln und zielte.

»Das würde die Dinge vermutlich um einiges leichter machen«, sagte er nachdenklich. »Ja, tatsächlich — ich könnte euch beide mit einem einzigen Schuß erledigen.«

Nahezu besinnungslos vor Angst sackte Genie nach vorn, und Boris zerrte sie wütend zurück. Entsetzt starrte sie Valentin an. Sie hatte geglaubt, er sei zu ihrer Rettung erschienen, und nun würde er sie töten. Ihr wurde schwindlig, sie zitterte, während Boris seinen Griff verstärkte.

»Es gibt eine Möglichkeit, Onkel, wie du dein Leben retten kannst«, sagte Valentin ruhig. »Du kannst jetzt mit mir von Bord gehen. Das Mädchen nehmen wir mit. Ich garantiere dir, dich zum Flughafen und in ein Privatflugzeug nach Ankara zu bringen. Es wartet bereits auf der Rollbahn. Du wirst aus diesem Schlamassel herauskommen, und kein Mensch wird etwas darüber erfahren. Wenn du dich freilich anders entscheiden willst . . .« Sein Finger bewegte den Abzug, und Genie ließ einen gellenden Schrei los.

Boris warf sie auf den Stuhl zurück. Schweißperlen rannen über seine Stirn. Nervös leckte er die Lippen, während seine kleinen, bösen Augen auf der Suche nach einem Fluchtweg waren.

»Du hast fünf Sekunden«, sagte Valentin kalt.

»Eins . . . zwei . . . drei . . .«

»Gut, einverstanden.« Boris' Stimme war dünn vor Angst; er hob die Hand, die Innenfläche nach außen gewandt, um das todbringende Zählen zu beenden. »Ich werde tun, was du verlangst. Aber woher soll ich wissen, daß du dein Wort hältst?«

»Du mußt mir eben vertrauen«, erwiderte Valentin ungerührt. »Binde das Mädchen los!«

Als Boris' Hand zu seiner Tasche glitt, stieß ihm Valentin den Revolver zwischen die Rippen. »Ich brauche mein Messer!« schrie Boris. Die Klinge des Klappmessers blitzte im grellen Licht der Glühbirne auf. Den Lauf gegen Boris' Schläfe gepreßt, sagte Valentin: »Nur die Fesseln, Onkel . . .«

Seufzend durchtrennte Boris die dünne Schnur um Genies Handgelenke und Knöchel. Sie stöhnte vor Schmerz, als das Blut in Hände und Füße zurückströmte.

»Gib mir das Messer und leg die Hände über den Kopf«, kommandierte Valentin. Boris tat, wie ihm geheißen war, und blieb steif stehen, während Valentin ihn durchsuchte und ihm den schweren Colt, seine Lieblingswaffe, abnahm.

»Massier deine Füße, Genie«, wies Valentin sie an, »damit deine Blutzirkulation wieder in Schwung kommt. Du wirst nämlich allein gehen müssen.«

Nachdem sie kräftig ihre schmerzenden Knöchel gerieben hatte, suchte sie am Boden nach ihren Turnschuhen und zwängte sie über ihre geschwollenen Füße. Sie brannten, als würden sie von Tausenden von Nadeln gepiekst. Boris' Blick hing auf der auf ihn gerichteten Luger, als wolle er sie gleich einer Kobra hypnotisieren.

»Du gehst mit Genie voraus«, sagte Valentin. »Du wirst den Wachtposten erzählen, daß wir von Bord gehen. Wir werden zusammen die Gangway hinuntergehen und uns dann auf den Kran zubewegen, der etwa hundertfünfzig Meter weiter links liegt. Mach keinen Fehler, ich bin immer genau hinter dir. Ich werde dich keinen Moment aus den Augen lassen. Und bei einem Abstand von einem halben Meter werde ich mein Ziel bestimmt nicht verfehlen!«

Boris preßte die Lippen zusammen; er gab keine Antwort, sondern strich nur nervös über seinen kahlen Schädel. Als sie durch den Frachtraum schritten, schossen seine Augen nach allen Seiten, suchten nach einem Matrosen oder Wachtposten, der den Alarm auslösen könnte. Da fiel ihm, innerlich fluchend, ein, daß er die Besatzung bis zur Abfahrt in ihre Quartiere verbannt hatte. Als er die Wendeltreppe hinaufstieg, warf er einen Blick über die Schulter und schaute direkt in Valentins Augen. Der Haß brannte wie eine lodernde Fackel in ihm. Valentin war genau wie sein Vater. *Nun, da er endlich die beiden Ivanoff-Kinder hatte, würde er sie eher zur Hölle schicken, als sie entkommen zu lassen!* Er würde seine Zeit abwarten, wachsam sein, die erste Gelegenheit nutzen . . .

Die Wachen am Fallreep nahmen, als sie ihrer ansichtig wurden, militärische Haltung an. Boris sagte ihnen ein paar knappe Sätze, worauf sie salutierten und beiseite traten. Die Hand auf der Luger in seiner Tasche, ging Valentin zwei

Schritte hinter Boris und Genie den Landungssteg hinunter. Sobald sie an Land waren, stieß Valentin Boris den Gewehrlauf wieder in den Rücken. Es war stockdunkel. Genie stolperte und stöhnte leise auf.

Als er Boris auf den Rücksitz des Wagens beordert hatte, händigte Valentin Genie seine Luger aus. »Setz dich neben ihn. Bei der kleinsten Bewegung drückst du ab. Du kannst ihn nicht verfehlen.«

Boris bemerkte, wie ihre Hand zitterte, und grinste zuversichtlich. Er würde seine Chance bekommen. »Ich wußte gar nicht, daß ihr euch kennt«, sagte er sanft. »Das beweist wieder, wie klein die Welt doch ist.«

Als Valentin den Wagen anließ, fuhr Boris fort: »Findest du es nicht seltsam, Valentin, daß du sie kennst? Daß sich die Lösung die ganze Zeit direkt in deiner Nähe, in Washington befand?«

Ihre Augen begegneten sich im Spiegel, und Boris stieß ein schnaubendes Lachen aus. Ihm wurde bewußt, daß Valentin keine Ahnung hatte, worauf er anspielte. »Du weißt es nicht«, sinnierte er hämisch. »Du weißt es *noch* nicht, hast es *noch* nicht verstanden . . .«

Genie stieß ihm die Luger in die Seite. »Halt die Schnauze, du Schwein, oder ich drücke auf der Stelle ab«, zischte sie.

»Bist du in Ordnung?« fragte Valentin.

Sie wandte den Kopf nach Valentin, und diesen Bruchteil einer Sekunde nutzte Boris, um auf ihre Hand zu schlagen. Ein dumpfes Plop ertönte, als ihr Finger nervös den Abzug betätigte, doch die Kugel schlug harmlos durch den Wagenboden, und gleich darauf befand sich die Waffe in Boris' Hand. Er richtete sie auf Valentins Nacken, Schweiß troff ihm von der Glatze in den Kragen; mit einem Auge beobachtete er die verschreckt in der Ecke kauernde Genie, bereit, sie bei der leisesten Bewegung zu töten. »Raus aus dem Wagen!« kommandierte er. »Zurück zum Schiff! Wenn du versuchst, wegzulaufen, mein Mädchen, drücke ich ab!«

Sie zögerte. Wenn sie einfach losrannte, würde Boris nur eine Sekunde brauchen, um die Waffe von Valentin auf sie zu lenken. Sie mußte es auf eine andere Weise versuchen.

»*Beeil dich!*« brüllte er. »*Los!*«

Sie drehte sich seitlich, als wolle sie die Tür öffnen — und warf sich gleich darauf todesmutig auf die Hand mit der Waffe. Die Luger fiel abermals zu Boden. Wilde Flüche ausstoßend, schubste Boris Genie beiseite und bückte sich nach der Waffe. Doch als sich seine Finger schon um die Luger schließen wollten, trat ihm Genie mit aller Macht auf die Hand.

Mit einem Satz sprang Valentin aus dem Wagen und zerrte Boris am Kragen heraus. Er stellte ihn an die Tür und plazierte einen Handkantenschlag auf die links an seinem Hals verlaufende Karotis. In Boris' Augen flammte noch einmal Haß auf, ehe sie glasig wurden und sein Körper dann langsam zu Boden sackte.

Genie kam um das Auto gehumpelt und starrte auf den Mann am Boden. Sie leckte ihre ausgetrockneten Lippen. »Ist er . . .?« fragte sie mit dünner, furchtsamer Stimme.

Valentin nickte. »Es war die einzige Möglichkeit«, sagte er müde. »Er oder ich. So war es immer. Jetzt ist es vorbei.«

Sie sah aus, als würde sie jeden Moment umkippen, und er legte seinen Arm beschützend um ihre Schultern. »Es tut mir leid.«

»Schon gut. Es ist vermutlich nur der Schock. Und mein Fuß. Als ich vorhin so fest auf seine Hand getrampelt bin, glaubte ich, mein Fuß würde explodieren.«

»Setz dich ins Auto«, sagte er ruhig. »Ich muß mich um ihn kümmern.«

Sie stieg ein und beobachtete teilnahmslos, wie Valentin Boris auf die Schulter hievte und mit ihm in der Dunkelheit verschwand. Wenige Augenblicke später hörte sie ein schwaches Aufklatschen im Wasser und gleich darauf das Geräusch seiner Schritte, die auf sie zurannten.

Der Motor des Scorpio lief immer noch. Er legte den Gang ein und fuhr in Richtung Stadt. Als sie sich in den abendlichen Stoßverkehr einfädelten, donnerten vier Polizeiwagen mit schrillenden Sirenen und Blaulicht an ihnen vorbei. Sie wandte sich nach ihnen um. »Fahren sie tatsächlich zum Frachter?« fragte sie.

Er lächelte gequält. »Ich hatte mir die Geschichte nur ausgedacht, um Boris auszutricksen, aber nun scheint sie sich als wahr herauszustellen.«

Er nahm die Abkürzung über die Hügel, ließ die schicken Hotels hinter sich und überquerte schließlich den Taksim Square. Genie saß der Schock noch in sämtlichen Gliedern. Ohne Valentin wäre sie immer noch auf dem Frachter, nach wie vor in den Fängen jenes gräßlichen Mannes . . .

Valentin kämpfte sich durch den dichten Verkehr auf der Galata-Brücke und bog dann nach Eminou ab; nach einer Fahrt kreuz und quer durch das Labyrinth der hinter dem Gewürz-Markt verlaufenden Seitengassen hielt er schließlich vor einem heruntergekommenen Hotel, dessen grüne Neonschrift es als »Hotel Tourist« auswies. An dem Schild fehlten alle Ts, und das Hotel zählte zu jener Art billiger Unterkunft, in der ab sieben Uhr abends die Rezeption unbesetzt war und die Gäste sich selbst um ihre Schlüssel kümmern mußten. Valentin war es für seine Zwecke geeigneter erschienen als sein früheres Hotel in Emirgan.

Er stützte Genie, als sie über den Gehsteig auf das Hotel zuhumpelte. »Zwei Stockwerke«, sagte er, um sie gleich darauf kurzerhand hochzustemmen. »Das schaffst du nie.«

Sie klammerte sich an ihn wie ein verängstigtes Kind, vergrub ihr Gesicht in seinem Nacken. Valentin hatte sie gerettet. Er liebte sie. Er würde Michael anrufen, und dann wäre sie bald wieder zu Hause. Nie, nie mehr würde sie so etwas Unbesonnenes tun. Sie wünschte nur, Cal wäre ebenfalls hier, denn dann würde sie zugeben, welche Närrin sie gewesen war, und ihn um Vergebung bitten für die vielen Probleme, die sie verursacht hatte.

45

Das Flugzeug C21A der amerikanischen Luftwaffe, ein sechssitziger, mit zwei Turbinen angetriebener Düsenjet, sank aus einer Höhe von 12.000 Metern durch das dichte Wolkenband über der Türkei und landete auf einem kleinen

Flugplatz nördlich von Istanbul. Die Maschine war vom Washingtoner Andrews Luftstützpunkt aus gestartet und nur zweimal für je eine halbe Stunde zum Nachtanken in Gander, Neufundland, und in Upper Heyford, England, zwischengelandet.

Der Pilot wandte sich grinsend nach Cal um. »Der Magen wieder in Ordnung?«

»Gott sei Dank! Jetzt sind wir ja endlich gelandet.« Er öffnete seinen Sicherheitsgurt und atmete erleichtert durch, während sie auf dem betonierten Vorfeld links von der Landebahn ausrollten. »Mein letztes Frühstück in Washington scheint mir nicht sonderlich gut bekommen zu sein.«

»Wenn Sie erst einmal den türkischen Fraß probiert haben, werden Sie sich noch danach zurücksehnen«, bemerkte der Pilot. »Kuttel-Suppe. Pfui Teufel! Und Schafsaugen-Salat!«

»Ich dachte, dieses Zeug gibt es nur in Arabien«, lachte Cal, dem Piloten zum Abschied die Hand schüttelnd.

»Man lernt nie aus!« Der Pilot zwinkerte und reckte einen Daumen in die Höhe.

»Danke fürs Mitnehmen«, rief Cal ihm beim Aussteigen noch zu.

Männer in grünen Uniformen rannten, ihre Gewehre schwingend, auf ihn zu, und Cal beschloß, vorerst zu bleiben, wo er war.

»Ausweispapiere?« rief der diensthabende Offizier, während sein Kumpan die Waffe auf Cal richtete.

Er überreichte dem Mann seinen Diplomatenpaß sowie eine vom Weißen Haus abgestempelte Kopie über seinen Spezial-Auftrag und wartete geduldig, bis der Offizier die Dokumente überprüft hatte.

»Gut, Mr. Warrender«, sagte der Türke in perfektem Englisch. »Es steht bereits ein Hubschrauber bereit, der Sie nach Istanbul bringen wird.«

Während er zu dem Hubschrauber schritt, sah er von weitem, wie die C21A für den Rückflug nach Washington aufgetankt wurde. Der Helikopter war eine winzige, in grüner Tarnfarbe schillernde Seifenblase mit offenen Seiten. Cal stöhnte. Der Überschallflug hatte seine Konstitution schon mehr als genug strapaziert. Irgend jemand hätte den Türken sagen sollen, daß er das Fliegen haßt.

Angesichts des blutjungen Piloten mit dem Babygesicht stöhnte er abermals auf. Oh Gott, die Türken ließen *Kinder* mit diesen Dingern fliegen . . .« Die Propeller begannen zu rotieren, und er schloß die Augen.

Erst fünfzehn Minuten später, als der Pilot sagte: »Sir, wir werden jetzt landen«, öffnete er sie wieder. Unter dem weichen Schein des vollen Mondes erstreckte sich das Lichtermeer von Istanbul. Erleichtert atmete er auf; verglichen mit diesem Trip würde die Auseinandersetzung mit dem KGB ein Kinderspiel sein.

Am Rollfeld wartete ein langer, schwarzer Mercedes, in dem sich der amerikanische Konsul, der türkische Außenminister und Ahmet Kazahn befanden.

»Es sieht nicht gut aus, Cal«, begann Jim Herbert gleich nach er Begrüßung. »Der Polizeichef hat den Frachter durchsuchen lassen, aber nur ein halbes Dutzend russischer Militärs gefunden. Das ist natürlich ein gravierender Verstoß — fremde Soldaten auf einem Frachter in türkischem Gewässer —, aber das hilft unserer Sache auch nicht weiter.«

Cals Mut sank; er war fest davon überzeugt gewesen, daß sie sich auf dem Schiff befand.

»Aber wir *wissen*, daß sie dort war«, sagte er wütend.

Der Außenminister nickte. »Ja, das ist ziemlich sicher. Der Kapitän gibt vor, nichts zu wissen, außer daß sie den Besuch einer hochgestellten Persönlichkeit erwartet haben, eines Admirals, wie er meint, was auch der Grund für die Anwesenheit der Soldaten gewesen sein soll.« Er seufzte. »Ein russischer Admiral, der ein altes, verrostetes Frachtschiff besucht — welche Ausrede werden sie uns wohl als nächstes auftischen? Aber die Polizei hat in einer kleinen Kabine im Frachtraum ein paar Schnüre gefunden. Offensichtlich hatte man sie als Fesseln benutzt und dann durchgeschnitten.«

»Wie aber hat man das Mädchen von Bord gebracht?«

Er zuckte mit den Achseln. »Wir hatten Instinye mit einer Flotte hochleistungsfähiger Schnellboote umstellt, also konnte es nicht auf dem Seeweg passiert sein. Auf dem

Landweg wurde die Polizei von einem Bus aufgehalten, der Schwierigkeiten hatte, um eine enge Kurve zu fahren, und somit die einzige Durchfahrt versperrte. Dadurch ist sie zehn Minuten zu spät eingetroffen.«

Das Telefon summte, und er nahm den Hörer ab. »Gulsen«, meldete er sich. »Sind Sie sicher?« fragte er den Anrufer nach einer Weile auf Türkisch. »Es gab eine Identifikation? Ich verstehe. Danke.«

Er wandte sich den Männern im Wagen zu und sagte leise: »Die Polizei hat in der Nähe von Istinye die Leiche eines Mannes aus dem Wasser gefischt. Er trug einen schwarzen Anzug, aber all seine persönlichen Gegenstände wie Uhr, Brieftasche und so weiter wurden ihm abgenommen, ehe man ihn ins Wasser geworfen hat. Dennoch konnte er mit Hilfe von Fotos eindeutig als General-Major Boris Solovsky identifiziert werden.«

»Lieber Gott!« unterbrach Herbert nach einer Weile das Schweigen.

»Als genau den hat er sich vermutlich empfunden«, bemerkte Cal düster, »oder als eine Art selbsterschaffene Gottheit.«

»Unvorstellbar, welche Probleme das für die Türkei nach sich ziehen wird!« zischte Gulsen wütend. »Das Oberhaupt des KGB in Istanbul ermordet!«

»Ich finde, das Wichtigste ist zunächst, Anna zu finden«, warf Ahmet hastig ein. »Jemand hat Solovsky umgebracht und ihr zur Flucht verholfen. Es muß jemand sein, dem sie vertraut.«

Cal sah ihn nachdenklich an, während der Mercedes in den Innenhof der Villa Kazahn einbog.

»Natürlich«, sagte er. »Ich weiß, bei wem sie ist. Bei Valentin Solovsky.«

Michael Kazahn musterte die Männer, die herumstanden, Whisky tranken und sein schönes Zimmer vollqualmten, und lauschte düster Cals Ausführungen. Er saß neben Refika auf dem langen Diwan unter dem Fenster; hilfesuchend ergriff sie Michaels Hand, als Cal ihnen mitteilte, daß sich

Anna, oder vielmehr Genie, aller Wahrscheinlichkeit nach bei Valentin Solovsky befinde.

»Missie hat Genie nie die ganze Wahrheit gesagt«, meinte Cal. »Sie hatte keine Ahnung von dem Geld auf der Schweizer Bank. Selbst von den Juwelen erfuhr sie erst, als Missie sie ihr notgedrungen bei ihrem Umzug nach Fairlawns übergeben mußte. Doch von den Minen weiß sie noch immer nichts! Missie hat Genies russische Herkunft immer heruntergespielt. Sie hat kaum darüber gesprochen und ihr auch nie die alten Fotos gezeigt. Sie fand es am klügsten, die Vergangenheit zu vergessen und mit ins Grab zu nehmen, damit Genie ein unbeschwertes, von Sorgen und Ängsten freies Leben führen könne. Jenes Versprechen, das sie Mischa gegeben hatte, wollte sie bis zuletzt halten.

»Valentin ist ebenso gefährlich wie sein Onkel Boris«, schloß Cal leise. »Er ist ein Karrieremann, der nach der höchsten Position in Rußland strebt, und bis jetzt hat er sich auf dem Weg dorthin durch nichts abhalten lassen. Es ist kaum anzunehmen, daß er das jetzt tun wird. Er kann unmöglich zulassen, daß Genie im Fernsehen die Wahrheit verkündet. Das wäre das Ende seiner Karriere. Er beabsichtigt, Anna Adair zu töten, und glaubt, daß Genie ihm den Weg zu ihr weisen wird. Im Moment können wir nur beten, daß sie ihm nicht, aus dem Glauben heraus, er sei ihr Erretter, erzählt, wer sie wirklich ist. Denn dann hätte sie verspielt.«

»Und was sollen wir *Ihrer* Meinung nach nun tun?« bellte Michael, auf den Polizeichef zuhumpelnd. »Nachdem Sie die Sache mit dem Schiff vermasselt und das Mädchen verloren haben? Sollen wir etwa warten, bis Ihre Leute mal wieder im Verkehr steckenbleiben? Oder haben Sie einen besonders ausgefuchsten Plan, den sie uns bis dato vorenthalten haben?«

»Es war nicht unser Fehler!« entrüstete sich Kelic mit hochroten Wangen. »Der Verkehr in Istanbul ist nun mal mörderisch. Sogar die Wagenkolonne unseres Premierministers blieb schon darin stecken . . .«

»Pah!« Michael humpelte zu Cal zurück. Auf seinen Ebenholzstock gestützt, musterte er ihn durchdringend. »Sie kennen sie«, knurrte er schließlich. »Was, glauben sie, wird sie tun?«

Cal zögerte. Er dachte an Genies Begegnung mit Valentin in Genf und an ihr seltsames Verhalten danach. Er hatte keine Wahl, er mußte der schmerzlichen Wahrheit ins Gesicht sehen. »Valentin ist ein ausgesprochen attraktiver, charmanter Mann«, sagte er leise. »Genie ist . . . nun, sie ist sehr angetan von ihm und glaubt, dieses Gefühl beruhe auf Gegenseitigkeit — was ihn freilich keinesfalls davon abhalten würde, sie zu töten, falls er die Wahrheit erführe. Ich glaube, wir können vorerst nur hoffen, daß die Polizei ihre Spur findet. Und beten, daß sie bei Ihnen anruft.«

Refika begegnete dem Blick ihres Mannes und las seine Gedanken wie in einem offenen Buch. *Er dachte an Tariqs Treue-Gelübde gegenüber den Ivanoffs — und daran, daß er seinen Vater nun enttäuscht hatte.*

Mit wutverzerrtem Gesicht knallte Ferdie Arnhaldt den Telefonhörer in seinem Zimmer des Yesil Ev Hotels auf den Hörer. Genie Reese war entflohen, und die Türken hatten ihre Spur in dem Verkehrschaos an der Galata-Brücke verloren. Wäre dieser Idiot jetzt hier, würde er ihn eigenhändig erdrosseln. Es wäre eine wahre Freude, die Augen aus seinem dummdreisten Gesicht hervorquellen zu sehen . . .

Mit zitternder Hand zog er die gerüschten Samtvorhänge zurück und spähte auf den hektischen Abendverkehr hinunter. Sie konnte überall sein, irgendwo in dieser monströsen Stadt, zusammen mit dem Mann, der sie befreit hatte. »Ein junger Mann«, hatte der Türke gesagt, »ein Ausländer. Vielleicht ein Amerikaner.«

Er tigerte durch das Zimmer, dessen Enge und dessen viktorianische Ausstattung ihn nur noch nervöser machten. Hätte er jetzt die Weite von Haus Arnhaldt um sich, könnte er sich zumindest abreagieren. Er wollte hier raus, durch die Straßen streifen und nach seiner Beute Ausschau halten, wie er es bei Markheim und Abyss getan hatte — doch die Inkompetenz dieses Türken hatte ihn außer Gefecht gesetzt.

Das Telefon klingelte erneut, und er stürzte darauf zu. »Ja?« rief er atemlos.

»Vor zehn Minuten ist eine Limousine vor der Kazahn-Villa vorgefahren«, sagte der Türke. »Drei der Männer haben wir identifiziert: Ahmet Kazahn, den türkischen Außenminister und den amerikanischen Konsul. Der vierte ist uns unbekannt, doch ich vermute, er ist Amerikaner. Er ist mit einem Armeehubschrauber auf dem Flughafen gelandet. Vor knapp fünf Minuten ist auch der Polizeichef eingetroffen.«

»Observieren Sie das Haus weiter«, erwiderte Arnhaldt eisig. »Und nächstes Mal warten Sie nicht erst zehn Minuten, ehe Sie mir Bescheid geben. Wenn die Männer gehen, will ich *unverzüglich* davon in Kenntnis gesetzt werden — und auch darüber, wohin sie gehen. Wenn Sie mich noch einmal warten lassen, Sie Vollidiot, dann können Sie ihr Geld in den Wind schreiben!«

Er donnerte den Hörer auf die Gabel, schritt erneut durchs Zimmer und versuchte sich vorzustellen, wo Genie sein könnte, wenn Boris Solovsky ausschied. Nach zehn Minuten hielt er es nicht länger aus. Er verließ das Hotel und hastete zu seinem einen Block weiter geparkten Wagen. Der Türke war ihm zu unzuverlässig. Er würde die Kazahns selbst beobachten.

46

Genie lag auf dem Bett und sah Valentin zu, wie er sein Jackett ablegte und die Hände in dem winzigen Waschbecken in der Ecke des Zimmers wusch.

»Nimm etwas Wasser und wasch von deiner Hand das garst'ge Zeugnis«, deklamierte sie.

Er zog eine Grimasse. »Die grausame Lady Macbeth hat gesprochen!« Ernst fügte er hinzu: »Töten ist für mich nicht schwierig, Genie. Ich bin dazu ausgebildet. Ich tue es aus Notwendigkeit, nicht weil es mir gefällt. Bei Boris Solovsky blieb mir keine Wahl. Mein Vater ist ein aufrechter und ehrenhafter Mann; Boris wollte ihn ruinieren und sich selbst ein ruhmreiches Denkmal setzen. Ich liebe meine Heimat und alles, wofür sie steht, aber ich liebe auch meinen Vater.«

Sie gab keine Antwort. Ihre Augen folgten ihm, als er sein Jackett nahm, die Uzi aus der Tasche zog und auf den Tisch legte. Die Waffe glänzte wie ein kleines, bösartiges Wesen, und über ihren Rücken rann ein Schauer.

Er setzte sich neben sie. »Fühlst du dich jetzt besser?« fragte er, während er seine Hand unter ihr Kinn legte und ihr Gesicht betrachtete. »Hast du noch Schmerzen?«

Sein Blick fiel auf ihre offenen, blutenden Handgelenke und die geschwollenen Knöchel. »Arme Genie«, murmelte er zärtlich. »Du hattest keine Ahnung, worauf du dich da einläßt, nicht wahr?«

Er ging zum Waschbecken, ließ Wasser in eine Schüssel laufen, kniete vor ihr nieder und begann sie zu waschen. »Ich muß in die Apotheke«, sagte er besorgt. »Du brauchst ein Desinfektionsmittel und Schmerztabletten.« Er setzte sich wieder neben sie und umarmte sie. »Ich habe noch nie für jemanden so empfunden«, sagte sie weich.

»Mir geht es genauso, Valentin. Was wäre nur ohne dich aus mir geworden?«

Er küßte ihr Augen, ihre Ohren, ihr Haar, ihren Mund. Eine tiefe Zärtlichkeit durchströmte sie; er war ihr Retter, ihr Gefährte, ihr Geliebter. Es war so selbstverständlich, so absolut natürlich, sich ihm hinzugeben . . .

Als sie wieder erwachte, hatte sie keinerlei Vorstellung, wieviel Zeit vergangen war: eine Stunde, zwei, oder gar noch mehr. Valentin saß am Tisch und reinigte seine Waffe. Das Licht fing sich in seinem blonden Haar, und er sah aus wie ein schönes Kind, das versunken mit einem Spielzeug spielt. Einem todbringenden Spielzeug.

Er hob den Kopf und lächelte. »Du mußt hungrig sein.« Er schob den Metallschaft über die Uzi und legte sie auf den Tisch zurück.

Sie schüttelte den Kopf. »Inzwischen bin ich jenseits aller Hungergefühle. Ich kann mich nicht erinnern, wann ich das letzte Mal gegessen habe, wahrscheinlich im Flugzeug . . .

Ich weiß nicht einmal, wie lange das her ist.« Sie fühlte sich leicht benommen, desorientiert. »Valentin, wie soll es jetzt weitergehen?«

Er zog einen Holzstuhl zum Bett, setzte sich und schaute sie ernst an.

»Diesmal brauche ich *deine* Hilfe, Genie«, sagte er. »Ich muß die »Dame« finden, ehe mir der KGB oder der CIA zuvorkommt.«

Verdutzt starrte sie ihn an. »Ich dachte, du weißt schon alles.«

»Die einzige, die etwas weiß, bist *du*!«

Plötzlich fiel es ihr wie Schuppen von den Augen. Valentin wußte nicht, wer sie war. *Er glaubte nach wie vor, sie sei Genie Reese, die hitzköpfige Fernsehreporterin, die sich um ihrer Karriere willen auf eine Sache eingelassen hatte, die eine Nummer zu groß für sie war.* Ihre Kehle schnürte sich zusammen, und sie fragte tonlos: »Hast du mich deshalb befreit? Damit ich dich zu der »Dame« führe?«

»Ich gebe zu, das war einer der Gründe«, sagte er bedächtig, »aber du weißt, daß das nicht der einzige war.«

Ihr Blick fiel auf die schimmernde Waffe, die geduldig darauf wartete, daß ihr Herr sie ihrer tödlichen Bestimmung zuführte. Ihr Mund wurde trocken vor Angst, denn mit einem Mal bemächtigte sich ihrer eine schreckliche Erkenntnis: *Valentin würde sie töten, wenn er ihre Identität erfuhr.*

»Mir bleibt nicht mehr viel Zeit«, fuhr Valentin fort. »Eine Hand wäscht die andere, Genie. Ich habe dein Leben gerettet — und jetzt bitte ich dich, das meine zu retten. *Du mußt es mir sagen.*«

Sie schloß die Augen, um das böse Glimmen der Waffe auszuhalten, doch unter der Schwärze ihrer geschlossenen Lider glühte es weiter. »Ich . . . ich weiß nicht genau, wer sie ist« improvisierte sie rasch. »Ich . . . nun, ich hätte bei meiner Ankunft jemanden anrufen sollen. Jemanden, der sie kennt . . .«

»Wen?« drängte er, ihre Hand ergreifend. *»Wer kennt sie?«*

Sie nahm einen tiefen Atemzug. *»Michael Kazahn«*, sagte sie leise.

Er nickte. »Das ergibt Sinn. Der Smaragd wurde von einer der Kazahn-Gesellschaften verkauft. Ich habe Recherchen über die Familie angestellt: Sie ist russischer Abstammung und hat einst für die Ivanoffs gearbeitet.«

»Sie haben die Frau all die Jahre hindurch beschützt«, schmückte sie rasch ihre Geschichte aus. »Michael Kazahn hat mit mir Kontakt aufgenommen, weil ihm die Sache langsam zu heiß wurde. Er wollte den internationalen Spekulationen ein Ende setzen. Er sagte, es sei sicherer für sie, wenn ihre Identität bekannt würde . . . ehe sie jemand finde und sie . . .« Sie biß sich auf die Lippen, betete inständig, er möge ihr glauben. »Sie befindet sich in der Villa der Kazahns.«

Er hob ihre Hand an die Lippen. »Danke, Genie.«

Seine Augen strahlten tiefe Zärtlichkeit aus. Unvorstellbar, daß dies die Augen eines Mörders sein sollten. Für sie war er Valentin, der Mann, den sie liebte . . . aber aus den Tiefen ihres Gedächtnisses vernahm sie Cals warnende Stimme: *»Valentin ist zunächst Russe, und erst an zweiter Stelle ein Mann. Vergessen Sie das nicht!«*

Sie senkte den Kopf, über ihre Wangen rollten Tränen. »Es tut mir leid, Genie«, sagte er weich.

Er ordnete ihre Kissen, gab ihr einen zärtlichen Kuß, ging dann zum Tisch und ergriff die Uzi. Mit schreckgeweiteten Augen sah sie ihn an. Sie wollte nicht schreien. Sie wollte nicht einmal mehr weglaufen. Er würde sie töten. Es war unvermeidlich.

Valentin klappte den Lauf ein, zog sein Jackett über und steckte die kompakte kleine Maschinenpistole in die Tasche.

»Schlaf noch ein wenig«, sagte er. »Ich versuche, so schnell wie möglich wieder zurück zu sein.« Ein Lächeln erhellte sein anziehendes, jungenhaftes Gesicht. »Und dann kann das Leben wieder seinen normalen Gang gehen.« Gelassen, als gehe er auf einen kleinen Jagdausflug, schritt er zur Tür. Die Hand an der Klinke, drehte er sich noch einmal um. »Und wir werden endlich Zeit füreinander haben.«

Die Tür fiel zu; sie hörte, wie der Schlüssel umgedreht wurde und sich seine Schritte entfernten.

Schluchzend ließ sie sich in ihr Kissen sinken. Sie weinte nicht vor Erleichterung, sondern weil sie einen Mann liebte, der sie umbringen wollte.

Nach einer Weile setzte sie sich auf und trocknete die Augen mit dem zerschlissenen Laken. Sie stieg aus dem Bett und schaute aus dem Fenster. Es dämmerte bereits. Der schwarze Scorpio war verschwunden, und das Neonschild des Hotels blinkte über die verlassene Sraße. Sich abwendend, dachte sie an Missies Warnungen, die sie leichtfertig in den Wind geschlagen hatte. Nun hatte sie ihrer beider Leben zerstört. Denn sie wußte nun, daß Valentin Missie ebenfalls töten würde, wenn er die Wahrheit herausgefunden hatte. Sie mußte unbedingt hier raus! Sie mußte Hilfe holen!

All die schlauen Tricks mit Schlössern und Kreditkarten fielen ihr wieder ein, aber als man sie entführt hatte, war ihr ihre Tasche abhanden gekommen. Sie hatte nichts, nicht einmal eine Haarnadel. Fieberhaft durchsuchte sie den Raum nach irgendwelchem Werkzeug, doch leider vergebens. In einem Anfall von Verzweiflung rüttelte sie an der Klinke und wimmerte wie eine Wahnsinnige. Mit einem Knall, laut wie ein Pistolenschuß, landete die Klinke plötzlich in ihrer Hand, und die Tür sprang auf.

Im ersten Moment war sie unfähig, sich zu bewegen. Doch dann nahm sie sich zusammen und schritt vorsichtig in den Gang hinaus. Er war leer und still, als sei sie der einzige Gast. Sie rannte zur Treppe und blieb kurz stehen, um zu lauschen. Kein Laut war zu hören. Sie rannte in den ersten Stock und hielt noch einmal lauschend inne, ehe sie schließlich nach unten und dann hinaus auf die Straße rannte.

Von dem Scorpio war nichts zu sehen. Erleichtert aufatmend humpelte sie hastig in Richtung Hippodrom und hielt unentwegt Ausschau nach einem vorbeifahrenden Taxi. Doch der große Platz, an dem sich normalerweise Unmengen von Touristen tummelten, war zu dieser frühen Abendstunde wie ausgestorben. Hilflos blickte sie sich um. Sie hatte keine Ahnung, wo die nächste Polizeistation war. Wehmütig dachte sie an Cal und wünschte, er wäre hier. Warum, oh, warum hatte sie ihm nicht die Wahrheit gesagt? Sie hatte doch gewußt, daß sie ihm vertrauen konnte. Er jedenfalls würde ihr nicht mehr vertrauen — wenn sie hier überhaupt jemals heil herauskäme. Sie mußte unbedingt Michael anrufen. Michael würde kommen. Er würde sie retten.

Valentin beobachtete sie von der anderen Seite des Platzes aus. Er hatte versucht, zur Kazahn-Villa zu fahren, doch die Straße dorthin war von Polizeisperren abgeriegelt, und so mußte er rasch umdrehen, um nicht von ihnen angehalten zu werden. Als er über eine Seitenstraße zum Hotel zurückgefahren war, hatte er Genie im Rückspiegel entdeckt. Er hatte das Auto einen halben Block weiter abgestellt und war ihr gefolgt. Ihre Flucht traf ihn völlig unvorbereitet, denn er war der Meinung gewesen, sie würde ihm vertrauen. Traurig beobachtete er sie und versuchte zu entscheiden, ob er sie jetzt gleich schnappen oder warten solle, wohin sie ihn führt. Eben schlug sie auf ein Telefon, das offenbar nicht funktionierte, und humpelte dann zum nächsten, das ebenfalls außer Betrieb war. Sie legte den Kopf in die Hände, den Körper zu einem Bild des Jammers gekrümmt, und ihm wurde schwer ums Herz, weil sie ihn getäuscht hatte. Arme Genie. Armes, leichtsinniges, bezauberndes Mädchen.

Verzweifelt schaute sich Genie nach Hilfe um, doch kein Mensch war zu sehen, und so humpelte sie über den Sultanhamet Square und hielt Ausschau nach einem bereits geöffneten Café, von dem aus sie telefonieren konnte. Sie betete um ein Taxi . . . irgend etwas . . . irgend jemand . . . Ihr Weg ging an dem alten Wasserturm an der Yerebatan Straße vorbei, und schließlich blieb sie vor dem Versunkenen Palast stehen. Durch die gläserne Eingangstür erspähte sie ein Büro — *und ein Telefon!* Kurzentschlossen hob sie eine leere Bierflasche aus dem Rinnstein, schleuderte sie auf das Glas und beobachtete benommen, wie die Tür in tausend Scherben zersplitterte. Dann schob sie sich rasch hindurch, schnappte nach dem Hörer und wählte Michaels Nummer. »Heb ab, oh bitte, Michael, heb ab!« flehte sie schluchzend vor Angst, um gleich darauf vor Erleichterung zusammenzusacken, als das Telefon beim vierten Läuten abgenommen wurde.

»Michael, oh, Michael«, schrie sie in den Hörer, »ich bin es, Anna!«

»Erklär mir jetzt nichts! Sag mir nur, wo du bist!« wies er sie an.

»Am *Yerebatan Sarayi*. Ich habe die Glastür eingeschlagen, um an das Telefon zu kommen . . .«

»Warte dort! Ich komme und hol dich! Bist du in Ordnung, Anna? Verfolgt dich jemand?«

»Ja . . . nein . . .«, schluchzte sie wild. »Oh Michael, ich hab' solche Angst!«

»Ich bin gleich bei dir. Versteck dich so lange in der Zisterne. Ich komme, so schnell ich kann.«

Sie legte den Hörer auf, blickte nervös über die Schulter, schob sich dann durch das Drehkreuz und stieg, wie Michael es angeordnet hatte, die Stufen zum Versunkenen Palast hinunter. Es war ihr, als sei mit dem Ende des Telefongesprächs ihre Rettungsleine gekappt worden.

Valentin lehnte sich draußen an die Mauer, die Arme verschränkt, einen Ausdruck tiefen Leids im Gesicht. Sie hatte sich mit Michael Kazahn auf Englisch unterhalten; er hatte jedes Wort gehört. Genie war Anna. Sie war seine Cousine. *Genie* war die »Dame«, nach der er suchte.

47

»Es war Anna«, teilte Michael Refika mit. »Sie ist irgendwie entkommen und wartet auf mich am *Yerebatan Sarayi.*»

Ein Ausdruck von Erleichterung zog über ihr Gesicht. »Du mußt sofort die Polizei informieren«, drängte sie ihn ängstlich. »Jede Sekunde ist kostbar.«

Er schüttelte den Kopf. »Keine Polizei mehr. Jetzt übernimmt Michael Kazahn die Leitung.« Er humpelte zu der Vitrine unter Tariqs Porträt, schloß sie auf und holte das antike Tatarenschwert heraus.

Entsetzt starrte ihn Refika an. »Was hast du vor?« fragte sie. »Du hast es mit Mördern zu tun, Männern mit machtvollen

Waffen! Und du schnallst dir ein uraltes Schwert um, als
zögst du mit Dschingis-Khan in die Schlacht!«

»Ich bin ein friedfertiger Mann«, entgegnete Michael ruhig. »In meinem Haus gibt es keine modernen Waffen. Dieses Schwert hat meinem Vater mehr als einmal das Leben
gerettet, und nun wird es das gleiche für mich tun.« Er ergriff seinen Stock und humpelte zur Tür. Dort wandte er
sich noch einmal nach Refika um. »Ich werde zurückkommen«, sagte er leise, »und zwar mit Anna.«

Refika hörte die Eingangstür ins Schloß fallen und gleich
darauf das Geräusch eines anfahrenden Wagens. Sie rannte
zum Fenster, wartete, bis die Rücklichter verschwunden waren, und vergrub dann mit einem heiseren Stöhnen ihr Gesicht in den Händen. Sie kam sich vor wie eine Frau, deren
Mann gerade in den Krieg gezogen war. Nach einer Weile
rannte sie zum Telefon und berichtete Ahmet, was geschehen war.

»Ich werde sofort mit der Polizei dorthinfahren«, beruhigte
er sie. »Mutter, ruf bitte Cal Warrender und Malik Gulsen an
und sag ihnen, was passiert ist. Hast du ihre Nummern?«

»Ja«, wisperte sie tränenerstickt. »Bitte, Ahmet, beeil dich!«

Ungeduldig wedelte Michael die Polizeiblockade beiseite.
»Aus dem Weg!« brüllte er. »Ich hab' etwas Wichtiges zu tun!«

Respektvoll machten sie ihm Platz, doch als der große, silberne Bentley Turbo die Blockade passiert hatte, eilte der lei-
tende Offizier zu seinem Wagen und teilte dem Hauptquar-
tier mit, daß Kazahn Pascha soeben in höchster Eile davon-
gefahren sei.

Durch sein starkes Fernglas erspähte Ferdie den Bentley, wie
er hügelabwärts brauste. Er hatte im Vorhof der leeren Tank-
stelle gegenüber der Hauptstraße geparkt. Nun schaltete er
die Zündung ein, ließ den Wagen an, wartete jedoch solange, bis der Bentley die Küstenstraße erreicht hatte. Zufrieden
lächelnd beobachtete er, wie der Wagen an der Kreuzung
schlitternd abbremste und gleich darauf rasch nach rechts in
Richtung Istanbul jagte. Michael Kazahn hatte es offenbar
sehr eilig, und Ferdie könnte jede Wette eingehen, daß er

den Grund hierfür kannte. Während er ihm in gebührendem Abstand folgte, dachte er grinsend, daß sich das lange Warten nun doch noch gelohnt hatte.

Über den Treppen, die in die alte Zisterne hinabführten, brannte nur ein einziges Licht, und jenseits des Lichtkegels lag tintige Schwärze. Genie schloß die Tür hinter sich und stieg langsam die Steintreppen hinab. In ihren Füßen pochte der Schmerz, und die Einschnitte an ihren Knöcheln hatten wieder zu bluten begonnen. Am Ende des kleinen Lichtkegels blieb sie zögernd stehen, spähte in die undurchdringliche Schwärze, ehe sie einen vorsichtigen Schritt nach vorne wagte. Hier drinnen war es beinahe so schlimm wie in der Schiffskabine; die Luft war von einer klammen Feuchtigkeit, und aus der Ferne war das Tropfen von Wasser zu hören.

Durch Istanbul zog sich ein Netz von unterirdischen Zisternen. Die Basilika war eine der ältesten, erbaut von Kaiser Konstantin, um das Wasser, das über ein Viadukt aus den Wäldern Belgrads hierhergeleitet wurde, zu speichern, damit man im Falle einer Belagerung oder Dürre darauf zurückgreifen konnte. Auf den monolithischen Säulen byzantinischen und korinthischen Stils ruhte ein kuppelförmiges Ziegeldach; die Zisterne besaß derart gigantische Ausmaße, daß man sie *Yerebatan Sarayi*, Versunkener Palast genannt hatte. Zu früheren Zeiten hatte man sie mit Booten erforscht, doch inzwischen war das unentwegt versickernde Wasser auf weniger als einen Meter abgesunken, und man hatte hölzerne Gehwege gebaut, um den Touristen die Besichtigung zu erleichtern.

Als Genie früher einmal den Versunkenen Palast besucht hatte, waren die unheimlichen Säulengänge und Grotten in Scheinwerferlicht getaucht, und die düstere Musik von Bach war über Lautsprecher gehallt und hatte die alten Erzählungen über Männer, die sich in dem unterirdischen Labyrinth verirrt hatten und von mysteriösen Springfluten hinweggespült worden waren, als das erscheinen lassen, was sie waren — alte Geschichten. Doch als sie jetzt in der Dunkelheit auf der betonierten Plattform, die zu den Gehwegen führte, stand, erhielten die Sagen eine neue, schreckliche Realität. Sie dachte an Cal, der sich im weit entfernten Washington vielleicht gerade fragte, was mit ihr geschehen sei, und sie wurde plötzlich von einer übermächtigen Sehnsucht nach seiner beruhigenden Gegenwart ergriffen. Was würde sie dafür geben, den Blick seiner ehrlichen Irish-Setter-Augen auf sich zu spüren, seine ruhige Stimme zu hören, die ihr versicherte, daß alles gut sei und es keine Gefahr gebe. Und sie würde ihm glauben. — Das hier war jedenfalls nicht seine Schuld, es war ihre. Sie war es, die ein gefährliches Spiel gespielt hatte, sie, die verantwortlich für ihr eigenes Schicksal war. Und jetzt war sie allein.

Mit den Händen nach der Wand tastend, bewegte sie sich zögernd weiter, befühlte vor jedem neuen Schritt den Boden vor sich, um nicht in das einen Meter tiefer verlaufende, trübe Wasser zu stolpern. Nach einer Weile fanden ihre Finger ein Führungsseil, und sie spürte unter den Füßen die Holzplanken des Gehwegs. Eine Hand am Seil, schritt sie tapfer in die Dunkelheit, folgte langsam dem Pfad über dem Wasser, bis er schließlich in einer Sackgasse endete. Mit einem Seufzer der Erleichterung sank sie auf den Boden, die Arme um ihre angewinkelten Beine geschlungen, um sich ein wenig Wärme zu verschaffen. Die Schwärze drückte gegen ihre Lider, und die Stille dröhnte in ihren angespannt lauschenden Ohren, während sie in Gedanken die Sekunden zu zählen begann, die sie ihrer Rettung näherbringen sollten.

Als sie gerade bei drei Minuten angelangt war, vernahm sie ein Geräusch. Sie versteifte sich, starrte angespannt in die tiefschwarze Dunkelheit. Seit ihrem Anruf bei Michael waren noch nicht einmal zehn Minuten vergangen, zu wenig, um von seiner Villa ins Zentrum zu gelangen. Die Lichtquelle neben den Stufen war um die Ecke, außerhalb ihrer Sicht. Um sie herum herrschte nur tiefe Dunkelheit. Doch allmählich entspannte sie sich wieder, da außer dem Tröpfeln des Wassers nichts mehr zu hören war. Sie mußte sich geirrt haben. Den Kopf vor Erschöpfung auf die Hände gestützt, begann sie erneut zu zählen, zehn Sekunden, zwanzig, dreißig, vierzig — und dann hörte sie das Geräusch abermals. Nur war es diesmal unverkennbar ein Schritt. Michael konnte es unmöglich sein — er hätte sie bestimmt gerufen.

Panik überschwemmte sie. Sie preßte die Hände gegen den Mund, um nicht laut loszuschreien.

»Genie?« ertönte die Stimme eines Mannes. »Ich weiß, daß du hier bist. Sag mir, wo du bist. Ich muß mit dir reden.«

Es war Valentin! Sie verbarg den Kopf in den Armen, dachte daran, wie sich ihrer beider Körper noch vor wenigen Stunden liebend umschlungen hatten, wie glücklich sie in seinen Armen gewesen war, wie sicher sie sich gefühlt hatte. Doch sie mußte sich der schmerzlichen Erkenntnis stellen, so unwirklich ihr sie auch schien: Valentin hatte sie gefunden — er würde sie töten. Und niemand, nicht einmal Michael Kazahn, konnte ihn jetzt noch davon abhalten.

»Genie, antworte mir!« bat er. »Ich muß mit dir reden, ehe es zu spät ist! Wir müssen diese ganze Sache stoppen, ehe sie sich zu einer internationalen Katastrophe ausweitet! Antworte mir, Genie, bitte! *Ich flehe dich an!*«

Er klang so besorgt, so verzweifelt, so *zärtlich*, daß sie sich, um nicht schwach zu werden, rasch vergegenwärtigen mußte, wer er war: Valentin Solovsky, ein Russe, Neffe des KGB-Oberhaupts, das er gerade umgebracht hatte. Ein gelernter Killer, der zwar »nicht gerne« mordet, es aber tut, wenn es seine Pflicht gebietet.

Das Gesicht in den Händen vergraben, begann Genie lautlos zu weinen. Es war nur noch eine Sache von wenigen Minuten, bis er sie gefunden hatte — und dann würde alles mit einem Schlag vorbei sein.

Valentin tastete sich mit Hilfe einer winzigen Taschenlampe voran und verfluchte sich, daß er keine stärkere mitgenommen hatte. Auf diese Weise würde es ewig dauern, sie zu finden, und wenn er im Augenblick etwas nicht zur Verfügung hatte, so war es Zeit. Er vermutete, daß Michael Kazahn mit der Polizei in den nächsten fünf Minuten hier auftauchen würde.

Er ließ seinen winzigen Lichtstrahl kreisen, beleuchtete kleine Ausschnitte schwitzender, gewölbter Mauern und halbversunkener Säulen. »Genie«, rief er, und seine Stimme hallte unheimlich durch das Gewölbe, »bitte, sprich mit mir! Da gibt es etwas, was du wissen mußt.« Er wartete einen Moment und sagte dann: »Na gut, dann *hör mir wenigstens zu!* Ich weiß jetzt, daß du diejenige bist, die ich gesucht habe. Aber du weißt nicht, *weshalb* ich nach dir gesucht habe.«

Genie umklammerte ihre angewinkelten Knie und vergrub ihr Gesicht in der Armbeuge. »Genie, der Name meines Vaters lautete einst Alexei Ivanoff«, durchbrach Valentins Stimme das angespannte Schweigen. »Er ist der Bruder deiner Mutter. Ich bin dein Cousin, dein Blutsverwandter . . .!«

Sie vergrub ihren Kopf noch tiefer, wollte die Ohren gegen seine Lügen verschließen, ihn anschreien, aufzuhören.

»Mein Vater wurde im Wald von Varischnya von Grigori Solovsky gerettet. Er zog ihn zusammen mit seinem eigenen Sohn, Boris, auf. Boris haßte meinen Vater. Er wußte, wer er wirklich war, und wollte ihn vernichten. Doch dafür brauchte er einen Beweis über Alexeis Identität. Du solltest dieser Beweis sein, und deshalb mußte ich Boris Solovsky töten. Das ist die reine Wahrheit. Bitte, glaub mir, Genie! Ich hab' es für dich getan!« Er wartete einen endlos währenden Moment, dann fügte er seufzend hinzu: »Ich kann dir gar nicht sagen, wie sehr ich das alles bedauere. Ich wünschte, es wäre nie geschehen.«

Sie zuckte zusammen, als die Tür oben plötzlich mit einem Krachen aufgerissen wurde und Michaels Stimme ertönte: »Anna? Bist du hier?«

Sie vernahm seine unregelmäßigen Schritte auf den Treppen und dachte an Valentin, der in der Dunkelheit darauf lauerte, ihn zu töten.

»Michael!« kreischte sie. »Er ist hier, er wartet auf dich, er wird uns beide töten!«

Seufzend holte Valentin die Uzi aus seiner Tasche und klappte den Schaft auf. Kazahn war in den Lichtkegel getreten und blickte verächtlich in die schwarze Leere. Betrübt schüttelte Valentin den Kopf. Er war nur ein alter, weißhaariger Mann. Das Leben war so ungerecht. Als er die Patrone in Position klickte, nahm er einen Schatten wahr. Noch jemand kam die Treppe herunter, ein Mann mit einer automatischen Pistole in der Hand. Seine Augen verengten sich zu schmalen Schlitzen: Es war Ferdie Arnhaldt.

Ferdie blieb auf halber Höhe stehen, seine Waffe auf Kazahn gerichtet. Er fühlte keinerlei Skrupel. Markheim und Abyss hatte er bereits getötet, und er war bereit, jeden weiteren, der seinen Plänen im Wege stand, zu töten. Die Arnhaldt-Gesellschaften, so war sein Plan, sollten weltweit die Rüstung unter ihre Kontrolle bringen. Die Regierungen sollten um seine Gunst buhlen, und alle würden sie ihn fürchten. Er, Ferdie Arnhaldt, würde die Welt beherrschen.

Michael wirbelte herum, als Ferdie ihn beim Namen rief. »Ich schlage vor, Sie bitten Anna, hier herauszukommen«, sagte der Deutsche. »Sagen Sie ihr, wenn sie sich nicht binnen einer Minute bei mir meldet, werde ich Sie erschießen.«

»Du Dreckskerl!« knurrte Michael, sein Schwert aus der Scheide ziehend. »Glaubst du etwa, ich werde einfach hier stehenbleiben und zusehen, wie du sie umbringst? Draußen wartet die Polizei. Du bist ein toter Mann!«

Arnhaldt begann zu zählen.

»Aufhören! Sofort aufhören!« schrie Genie, während sie über die Holzplanken torkelte. »Bitte, hören Sie auf! Ich komme!«

Ferdie blickte in ihre Richtung, und mit einem wilden Kriegsschrei stürzte Michael auf ihn zu.

Plötzlich spuckte aus der Uzi Feuer, und die Dunkelheit zersplitterte in sprühenden Funken. Mit einem Ausdruck tiefer Verblüffung wandte sich Ferdie nach seinem Mörder um. Dann fiel er tot zu Michaels Füßen.

Valentin rannte auf Michael zu, die kompakte Maschinenpistole gegen die Schulter gestemmt, doch im selben Augenblick kam Genie um die Ecke. »Paß auf Solovsky auf!« schrie sie gellend. »Er wird dich töten!«

Michael schwang das Schwert über seinem Kopf und erschlug Valentin auf dieselbe Weise, wie es einst seine Vorfahren in der Schlacht getan hatten.

Valentin sank wie ein Stein zu Boden. Genie lief zu ihm und kniete neben ihm nieder. Sie strich eine blonde Strähne von seiner Stirn und legte ihre Hand über die klaffende Wunde an seinem Hals, um das Blut, das das Herz aus seinem Körper pumpte, zum Stillstand zu bringen. »Warum, Valentin? Ach, warum?« flüsterte sie erstickt, während ihre Tränen seine kalte Hand benetzten.

Seine grauen Augen blickten sie zärtlich an. »Was ich dir vorhin gesagt habe, war die Wahrheit«, murmelte er. »Ich hätte dich niemals töten können, Genie.« Ein schwaches Lächeln zuckte um seine Mundwinkel, sein Atem rasselte in seiner Kehle. Und dann verschwand das Licht aus seinen Augen. Er war tot.

Cal rannte noch vor der Polizei die Stufen hinunter. Die säulengestützten Zisternen waren nun in weißes Halogenlicht getaucht. Irgendein Idiot hatte den falschen Knopf gedrückt, und die Klänge einer Bach-Kantate hallten über das dunkle Wasser.

Sein Blick schweifte von Arnhaldts Leiche zu Michael, der sein Schwert noch in der Hand hielt, und dann weiter zu dem toten Russen. Die Szenerie wirkte wie ein biblischer Racheakt. Er betrachtete Genie, die über dem Körper von Valentin Solovsky weinte, und schüttelte leise den Kopf. In einer schwarzweißen Welt hatten die Guten überlebt, und die Bösen waren gestorben. Und so sollte es auch sein. Er legte tröstend den Arm um Genie und führte sie nach oben, in die Sicherheit.

48

Maryland
Eine Woche später besuchte Cal Missie erneut. Sie wußte, was geschehen war, doch da gab es noch etwas, das er ihr mitteilen mußte. Auch wollte er mit ihr zusammen Genies Fernsehauftritt um sechs Uhr abends sehen.

Missie trug ein violettes Kleid, das ihre Augen betonte. Ihr herrliches, silbernes Haar war untadelig nach oben gesteckt, und neben ihr, auf dem Tisch, stand das Foto von Mischa Ivanoff. Als er gerade den Kopf über ihre dargereichte Hand senkte, raschelte Schwester Milgrim mit einem Tablett Earl Grey-Tee herein.

»Ich hoffe, Sie werden sie nicht noch einmal die ganze Nacht wachhalten«, herrschte sie ihn an, während sie sich kämpferisch neben Missies Stuhl aufbaute, bereit, sie zu beschützen, sollte er ihre Warnung nicht beherzigen.

»Es ist alles gesagt, Milgrim«, entgegnete Missie gelassen. »Jetzt ist alles vorbei.«

»Nur noch eines«, sagte Cal. »Wir haben einen Bericht der TASS- Nachrichtenagentur bekommen. Darin heißt es, daß an der Krimküste das Wrack eines kleinen Flugzeugs gefunden worden ist. Die beiden Toten, die an Bord waren, wurden von Moskau als General-Major Boris Solovsky und sein Neffe Valentin identifiziert. Das Flugzeug war auf dem Rückweg von Ankara, wo sie in diplomatischer Mission weilten, abgestürzt.«

Missie nickte wehmütig. »Warum müssen sie lügen?«

»Man kam überein, daß diese Episode sich so am diplomatischsten beenden ließe. Rußland ist über die Geschichte peinlich berührt und hat sich bei der türkischen Regierung entschuldigt.«

»Armer Alexei«, sagte Missie mit Tränen in den Augen. »Er hat seinen einzigen Sohn verloren.«

»TASS hat auch gemeldet, daß Sergei Solovsky von seinem Amt im Politbüro zurückgetreten ist und fortan als Pensionär mit seiner Frau in seiner *Datscha* auf dem Land leben wird. Das sowjetische Volk nimmt tiefen Anteil an seiner Trauer.« Zögernd hielt er inne, ehe er hinzufügte: »Sie gelten als sehr harmonisches Paar, und wir können nur hoffen, daß sie aneinander Trost finden können.«

»Ich hätte Anna die ganze Wahrheit sagen sollen«, sagte sie müde. »Vielleicht wäre dann nichts von alldem geschehen. Valentin wäre noch am Leben, und Anna wären diese entsetzlichen Ereignisse erspart geblieben.« Langsam schüttelte sie den Kopf. »Ich hatte es gut gemeint, wollte sie nicht mit den Ängsten einer alten Frau belasten.«

»Wären Sie nicht gewesen, Missie, stünde Amerika nun im Kräfteverhältnis der Weltmächte auf der Verliererseite.«

»Es ist schon merkwürdig, wie sich die Prophezeihung der Zigeunerin nun doch noch erfüllt hat«, bemerkte sie mehr zu sich selbst. »Sie hat mir gesagt, daß einst eine große Verantwortung auf meinen Schultern laste, doch ich hatte mir darunter nichts vorstellen können.« Sie seufzte. »Und was ist mit Ferdie Arnhaldt?«

»Er war größenwahnsinnig, stammte aus einer Familie, die von ihrer eigenen Macht besessen war. Zuerst wollte Eddie Arnhaldt die Minen, da er es leid war, für die Schürfrechte an die Russen ein, wie er es nannte, Lösegeld zu bezahlen. Ich glaube, er hatte vor, seinen Sohn Augie später mit Azaylee zu verheiraten. Dann hätte niemand mehr die Rechte der Arnhaldts in Frage stellen können. Doch Ferdie ging in seinem Wahnsinn noch einen Schritt weiter. Er war bereit, jeden zu töten, der sich ihm in den Weg stellte. Einschließlich Genie.«

Michael Kazahn hat sie gerettet«, sagte Missie. »Er ist ein kühner und sehr mutiger Mann — genau wie sein Vater.«

»Genie sagte mir, die Kazahns hätten Sie gerne bei sich in der Türkei.«

Sie nickte. »Michael hat mich angerufen. Er will mir sein Flugzeug schicken. Er hat eine Suite in seinem Haus vorbereitet. Aber ich könnte auch den *yali* haben und den ganzen Tag auf der Terrasse sitzen, über den Bosporus schauen und meinen Gedanken nachhängen. Wenn ich will, kann ich sogar Schwester Milgrim mitnehmen.«

»Und?«

Sie lachte. »Für derlei Veränderungen bin ich schon zu alt. Ich bin glücklich mit meinen Wiesen und den Bäumen und den Wildenten vor dem Fenster. Außerdem habe ich ja Anna.«

Schwester Milgrim steckte den Kopf durch die Tür. »Es ist gleich sechs. Zeit für die Sendung.«

Missie griff nach der Fernsteuerung und schaltete das Gerät ein. Nach ein paar einleitenden Worten des Ansagers schwenkte die Kamera zu Genie. Sie war bleich, aber dennoch sehr attraktiv. Sie trug ein schwarzes Kleid, eine Perlenkette und hatte ihr blondes Haar zu einem weichen Knoten geschlungen. Cal dachte, daß sie immer noch wie ein Mädchen aussah, die wunderbar nach Chanel No.5 duftete. Doch sie war nicht mehr die Person, die er das letzte Mal auf dem Bildschirm gesehen hatte. Sie war nicht mehr die unbekümmerte, ehrgeizige junge Reporterin auf dem Weg zu einer steilen Karriere, und was sie sagte, hatte nichts mehr mit dem forschen Journalistenjargon ihrer früheren Berichte zu tun. In ihren blauen Augen lag Trauer, und als sie zu sprechen begann, zeigte das leise Beben ihrer Stimme, daß sie tief berührt war.

»Diese Geschichte begann vor langer Zeit«, fing sie an, »in einem Märchenhaus namens Varischnya, in dem eine Märchenfamilie lebte. Der Vater war ein gutaussehender Fürst, die Mutter die schönste aller Fürstinnen, und beide vergötterten sie ihre wunderschönen, kleinen Kinder, Alexei und Xenia. Und mit ihnen lebte in diesem wunderbaren Haus eine Freundin, ein junges englisches Mädchen . . .«

Ganz Amerika lauschte gebannt, als sie die Geschichte aufrollte, Fotos der schönen Ivanoffs zeigte, und ganz Amerika griff zu den Taschentüchern, als sie erzählte, wie diese traumhafte Familie ermordet wurde, einschließlich des kleinen Alexei, und nur Xenia, die Großmutter und das englische Mädchen entkommen waren.

Mit tränenfeuchten Augen hörte Missie zu, als Genie über ihr, Missies, turbulentes Leben berichtete und die Schwierigkeiten, die sie hatte, ihre Identität zu verbergen.

»Und es gelang ihr«, sagte Genie, »bis eine unüberlegte Tat die Ivanoffs wieder ins Rampenlicht rückte. Plötzlich wollte jeder wissen, wer jene »Dame« war, die die Juwelen verkauft hatte, und jeder wollte sie finden. Denn es hatte den Anschein, als seien jene Gerüchte über die Milliarden, die auf Schweizer Banken auf ihren rechtmäßigen Besitzer warteten, wahr. Und es gab noch etwas, wonach die großen Nationen trachteten — das Recht auf gewisse Minen in Rajasthan, in denen sich, wie sich herausgestellt hat, wertvolle Ablagerungen strategisch wichtiger Minerale befinden.«

Sie hielt inne, blätterte durch ihre Notizen und blickte dann direkt in die Kamera. »*Ich* bin die »Dame«, nach der man gesucht hat. Mein wirklicher Name lautet Anna Sofia Yevgenia Adair. Meine Mutter war Xenia Ivanoff, die vor vielen Jahren in jenem Wald bei Varishnya den Russen entkommen war.«

Cal musterte Missie besorgt von der Seite. Nach vorne gelehnt und das Kinn auf die Hand gestützt, hörte sie konzentriert zu, wie Genie die Geschichte von Ava Adair und ihrer beider Leben erzählte. Schließlich sagte sie, daß sie die Rechte über die Minen an die amerikanische Regierung übergeben habe und daß sie beabsichtige, mit ihrem Milliardenerbe eine Stiftung für die Notleidenden der Welt zu gründen, für Flüchtlinge, Obdachlose und hungernde Kinder und für die Ausbildung der Unterprivilegierten. Um dieser Aufgabe gerecht werden zu können, fuhr sie fort, wolle sie ihre Fernsehkarriere aufgeben.

Missie hielt hörbar die Luft an, als Genie nun ein Foto von ihr in die Kamera hielt und sagte: »Doch nicht mir schuldet Amerika Dank, sondern Missie O'Bryan. Denn ohne sie wären all diese Schätze unserem Land nicht zugefallen. Missie O'Bryan Abrams ist die eigentliche »Dame«, die Amerikas Hochachtung verdient.«

Das Bild verblaßte, der Ansager dankte Genie und sagte, daß später am Abend noch eine Diskussion über diesen Fall stattfinde.

Cal schaltete das Fernsehgerät aus. »Also hat sich jetzt doch noch alles zum Guten gewendet«, lächelte er, doch Missie starrte gedankenverloren auf den schwarzen Bildschirm. Betont fröhlich fügte er hinzu: »Genie wird bald hier sein. Wollen wir Schwester Milgrim nicht bitten, uns die Wartezeit mit einem Täßchen Tee zu verkürzen?«

Er drückte auf die Klingel, und wenige Minuten später erschien Schwester Milgrim mit einem Tablett. Mißtrauisch blickte sie von Missie zu Cal.

»Cal hat mit meiner Stimmung nichts zu tun«, sagte Missie leise. »Ich denke gerade an die Vergangenheit . . .«

Die Stille im Raum wurde nur durch das Ticken der kleinen Kaminuhr unterbrochen, und während die Minuten verrannen, dachte Cal, welch langes, ereignisreiches Leben hinter Missie lag. Jetzt wußte er, woher Genie ihren Lebensmut hatte. Missie O'Bryan hatte Genie gelehrt, sich dem Leben mutig zu stellen und nicht nur auf ihren Verstand, sondern auch auf die Stimme ihres Herzens zu hören.

Als sich die Tür öffnete, schaute er auf und blickte direkt in Genies traurige Augen. Tapfer lächelte sie ihn an und reckte das Kinn in der für sie typischen Art. Cals Herz geriet ins Stolpern.

»Okay?« fragte sie leise.

»Sie waren großartig«, erwiderte er schlicht.

Sie ging zu Missie hinüber, ließ sich vor ihr auf die Knie und ergriff ihre Hand. Schweigend blickten sie einander an, und obgleich kein Wort gesprochen wurde, hatte Cal das Gefühl, als lausche er einer intensiven Unterhaltung. Zwischen Missie und Genie waren Worte nicht nötig.

Müde legte Genie den Kopf auf den Schoß ihrer »Großmutter«, und Missie strich ihr zärtlich über das weiche, blonde Haar.

Ihr Blick wanderte von Genie zu Cal. Dann nahm sie Mischas Foto zur Hand und betrachtete es lange.

»Weißt du, Mischa«, sagte sie schließlich sanft, »manchmal frage ich mich, ob das alles wahr gewesen ist. Habe ich dich *wirklich* geliebt, hast du mich *wirklich* geliebt?«

Seufzend stellte sie das Foto zurück. »Und manchmal frage ich mich auch, ob ich nicht mein ganzes Leben auf den romantischen Träumen eines jungen Mädchens aufgebaut habe.«

Mit geschlossenen Augen lehnte sie sich in ihrem Stuhl zurück, und Genie streichelte liebevoll ihre Hand. Sie verstand, was Missie ihr sagen wollte. Daß die Vergangenheit vorbei war und die Gegenwart den Lebenden gehört. Ihre Augen verschmolzen mit Cals — jenen wunderschönen, braunen Irish-Setter-Augen —, und sie lächelte.